Zum Buch:

Fast zwanzig Jahre ist es her, dass die zwölfjährige Ricarda zusammen mit ihrem Zwillingsbruder Patrick adoptiert wurde. Damals war es nicht einfach für sie, Vertrauen zu fassen und sich auf dieses neue Leben einzulassen. Doch dann, an ihrem ersten Tag in der neuen Schule, hat sie Frank kennengelernt, und von diesem Moment an war er an ihrer Seite. Er war die Stütze, die Ricarda brauchte, ihr bester Freund, auf den sie sich verlassen konnte – und in den sie verliebt war, heimlich und bis über beide Ohren. Bis er seine Heimatstadt verließ, um zu studieren. Noch nie ist ihr etwas so schwergefallen, wie Frank gehen zu lassen und ihre Gefühle für sich zu behalten. Jetzt ist Frank zurück und Ricardas Gefühle sind noch genauso stark wie damals, doch für nichts auf der Welt will sie die Freundschaft zu ihm gefährden!

Zur Autorin:

Seit Petra Schier 2003 ihr Fernstudium in Geschichte und Literatur abschloss, arbeitet sie als freie Autorin. Neben ihren zauberhaften Liebesromanen mit Hund schreibt sie auch historische Romane. Sie lebt heute mit ihrem Mann und einem Deutschen Schäferhund in einem kleinen Ort in der Eifel.

Lieferbare Titel:

Körbchen mit Meerblick
Vier Pfoten am Strand
Strandkörbchen und Wellenfunkeln
Die Liebe gibt Pfötchen
Vier Pfoten im Sommerwind

Petra Schier

Plätzchen gesucht, Liebe gefunden

Roman

HarperCollins

1. Auflage 2021
Originalausgabe

Umschlaggestaltung von Zero Werbeagentur, München
Umschlagabbildung von mauritius images / nature picture library /
Mark Taylor, MaraZe, Jacob Lund, LilKar, Didecs / Shutterstock
Gesetzt aus der Stempel Garamond
von GGP Media GmbH, Pößneck
Druck und Bindung von GGP Media GmbH, Pößneck
Printed in Germany
ISBN 978-3-7499-0153-1
www.harpercollins.de

Was du liebst, lass frei.
Kommt es zurück, gehört es dir – für immer.
(Konfuzius)

Playlist mit Musik zum Buch:
YouTube: https://bit.ly/3jIsVHR
Spotify: https://spoti.fi/3s3zCb6

1. Kapitel

»Schon wieder ein Update!« Seufzend ließ Santa Claus, auch als Weihnachtsmann bekannt, die Computermaus los und lehnte sich in seinem Schreibtischstuhl zurück. »Wie soll man denn da vernünftig arbeiten, wenn das Betriebssystem sich ständig auf den neuesten Stand bringen will?«

Elfe-Sieben, seine Assistentin, die ebenfalls an ihrem Schreibtisch saß und die heute eingegangenen Wunschzettel sortierte, kicherte vor sich hin. »Du weißt doch, dass Elf-Dreizehn geradezu paranoid ist, was die Computertechnik angeht. Wehe, wenn nicht stets das neueste Update im System ist oder im Hintergrund alle Daten dreifach in mindestens vier verschiedenen Clouds als Back-ups gesichert werden. Er hat ja auch nicht ganz unrecht. Erinnerst du dich an den Computercrash vor, warte mal … zwölf Jahren, als du mit einem Tastendruck den Strom der gesamten nördlichen Welthalbkugel gekappt hattest? Damals hatten wir ewig damit zu tun, alle Daten wiederzufinden und zu sortieren. Ganz zu schweigen von dem Chaos, das du so für zwei Menschen verursacht hast.«

»Das habe ich doch ganz schnell wieder in Ordnung gebracht.«

Nun lachte Elfe-Sieben laut auf. »Schnell?«

Santa Claus räusperte sich, schmunzelte dabei jedoch. »Nun ja, ein bisschen kompliziert war es schon, aber sieh dir die beiden heute an. Julia und Daniel sind glücklich verheiratet, haben zwei nette Kinder … Sogar Nick, der süße

Schäferhundmischling, ist immer noch da, auch wenn er schon recht grau um die Nase geworden ist.«

»Okay, du hast recht.« Elfe-Sieben legte die sortierten Wunschzettel in die dafür vorgesehene Ablage. »Dieses Jahr haben wir schon früh ein erhöhtes Aufkommen an Wunschzetteln. Es ist gerade mal Anfang November, und ich muss schon einen zweiten Ordner für die per Post übermittelten Wünsche anlegen. Von den E-Mails ganz zu schweigen. Du und das Christkind habt mit eurer Kampagne, wieder mehr Menschen den Glauben an euch zurückzugeben, offenbar großen Erfolg.«

»Mhm.« Die Miene des Weihnachtsmannes hellte sich auf. »Ha, endlich ist das Update installiert. Dann kann ich ja weiterarbeiten. Du hast recht, unsere ›Kampagne‹, wie du sie nennst, ist gut angelaufen, aber ich hänge gerade an einem ziemlichen Problem fest.«

»Was denn für ein Problem?« Neugierig stand die kleine Elfe von ihrem Platz auf und trat neben Santa Claus, um einen Blick auf seinen Computerbildschirm zu werfen.

Santa Claus seufzte erneut. »Ich habe hier eine junge Frau auf meiner Liste, die eigentlich Weihnachten sehr gerne hat, aber trotzdem so gar nicht an die Erfüllung ihrer Wünsche glaubt. Ich fürchte, daran bin ich nicht ganz unschuldig.«

Elfe-Sieben hüstelte. »Was hast du denn wieder angestellt?«

»Gar nichts!« Abwehrend hob der Weihnachtsmann beide Hände, ließ sie dann aber wieder sinken und fuhr sich verlegen durch den Bart. »Ich saß bloß in der Zwickmühle, weißt du, und musste eine Entscheidung treffen. Das ist jetzt schon mehr als zehn Jahre her, aber ich fürchte, damit habe ich dazu beigetragen, dass sie jetzt nicht mehr an mich glaubt.«

»Um wen handelt es sich denn?« Aufmerksam studierte die Elfe die Daten auf dem Bildschirm und scrollte ein wenig nach oben, um den Steckbrief der betreffenden Person samt Foto zu sehen. »Ach du liebe Zeit, das ist ja Ricarda Sternbach! In ihrer Familie haben wir doch in den vergangenen Jahren so viel Gutes bewirken und den Glauben an die Liebe und die wahre Botschaft von Weihnachten stärken können. Ich dachte immer, Ricarda sei ein Weihnachtsfan. Sie hat doch immer mit so viel Freude beim Schmücken geholfen und mit ihrer Familie gefeiert und all das.«

Nervös trommelte der Weihnachtsmann mit den Fingern der linken Hand auf der Schreibtischplatte. »Ich sagte ja, sie mag Weihnachten, aber das bedeutet noch lange nicht, dass sie an mich oder das Christkind glaubt – oder an die wahre Weihnachtsbotschaft.«

»Und du glaubst, daran hast du einen Anteil?«

Santa Claus nickte betrübt. »Ricarda hat mir, als sie gerade ihr Abitur in der Tasche hatte, gedanklich einen Wunsch übermittelt. Ich war damals sehr überrascht, denn Ricarda ist ja eher zurückhaltend und hätte wohl auch nie offen zugegeben, dass sie sich ausgerechnet beim Weihnachtsmann etwas gewünscht hat. Schon gar nicht in ihrem Alter.«

»Sie ist ein bisschen distanziert und zurückhaltend.« Elfe-Sieben scrollte weiter durch die Daten. »Ihr Bruder nennt sie sogar scherzhaft die Queen der eisigen Schulter, weil sie so einen hohen Schutzwall um sich errichtet hat und auch Männer eiskalt abblitzen lässt. Sie ist sehr wählerisch, aber das ist ja kein schlechter Charakterzug.« Die Elfe kicherte wieder. »Ich erinnere mich noch aus den vergangenen Jahren, dass sie vor Romantik regelrecht die Flucht ergreift. Sie ist immer total genervt, wenn ihre Schwester und ihre Freundinnen sie zu Schnulzenabenden zwingen. Aber dann verdrückt sie doch heimlich ein paar Tränchen, wenn es besonders rührend oder romantisch wird.«

»Sie ist eine tolle, sehr starke Frau«, befand der Weihnachtsmann. »Aber leider konnte ich ihr den Wunsch damals nicht erfüllen, und jetzt habe ich in ihr eine große Zweiflerin, von der ich nicht weiß, wie ich sie dazu bringen soll, wieder an mich zu glauben.«

»Was für einen Wunsch hat sie denn gedacht?«

Santa Claus hörte mit dem Getrommel auf und fuhr sich stattdessen wieder durch den weißen Rauschebart. »Sie hat sich gewünscht, dass ihr bester Freund sie nicht verlassen soll, weil sie Angst hatte, ihn für immer zu verlieren.«

»Oh.« Betroffen ließ die Elfe den Kopf für einen Moment hängen. »Und er ist tatsächlich weggegangen?«

»Ich hatte gleichzeitig von Frank, so heißt er nämlich, einen eindringlichen Wunsch, er möge an der Universität in Berlin angenommen werden, weil er so gerne dort Jura studieren wollte. Und danach wollte er unbedingt ein Auslandsjahr in England machen und später vielleicht sogar in den USA Erfahrungen sammeln.«

»Das hat er sich bei dir gewünscht?«

Der Weihnachtsmann zuckte mit den Achseln. »Ich glaube, das hat er sich bei allen möglichen Instanzen gewünscht, die irgendwie Wünsche erfüllen können. Ich war eine davon, aber du weißt ja: Ein Wunsch ist ein Wunsch …«

»… ist ein Wunsch und muss deshalb erfüllt werden«, vollendete Elfe-Sieben das Motto des Weihnachtsmannes.

»Genau. Weißt du, die Sache war damals so kompliziert, weil Ricarda sich zugleich auch gewünscht hat, dass Franks Wünsche sich erfüllen. Was für eine Freundin wäre sie auch gewesen, wenn sie ganz eigennützig nur an sich selbst gedacht hätte? Aber sie hatte große Angst davor, ihn zu verlieren, wenn er so weit wegzieht. Deshalb war sie innerlich ganz zerrissen.«

»Das kann ich gut verstehen.« Die kleine Elfe zwinkerte mehrmals, weil sie gegen die Tränen der Rührung ankämpfte. »Du hast dich also entschieden, Franks Wünsche zu erfüllen.«

»Ich habe zumindest hier und da ein bisschen angestoßen. Im Grunde hat er das alles aus eigener Kraft geschafft. Er hat es weit gebracht, sich einen guten Namen als Anwalt gemacht und sich sogar auf zwei Gebiete spezialisiert, genau wie sein Vater. Er ist inzwischen Fachanwalt für Strafrecht und Sozialrecht und hat einen Doktortitel, dabei ist er erst dreiunddreißig.«

»Also hat er sich voll und ganz auf seine Karriere konzentriert.« Elfe-Sieben lächelte wieder. »Sind die beiden denn immer noch befreundet, oder hat sich Ricardas Befürchtung bewahrheitet, dass sie sich auseinanderleben?«

Santa Claus deutete auf den Bildschirm. »Das versuche ich gerade herauszufinden. Es ist nämlich so ...« Er räusperte sich umständlich.

Misstrauisch sah die Elfe ihn von der Seite an. »Was denn noch? Sag bloß, du hast etwas angestellt.«

»Nun ... nein.« Verlegen spielte der Weihnachtsmann mit der Maus herum. »Weißt du, ich hatte mir Ricardas Wunsch zur Wiedervorlage eingestellt, falls sich mal eine Gelegenheit ergeben sollte, ihn irgendwie doch noch zu erfüllen. So richtig geht das ja eigentlich nicht, weil ich damals entschieden hatte, dass Franks Wunsch Vorrang hat. Jetzt ... tja ...«

»Was jetzt?« Ungeduldig stieß Elfe-Sieben ihn mit dem Ellenbogen an. »Spuck schon aus, was du getan hast!«

»Gar nichts!« Empört schüttelte Santa Claus den Kopf. »Es ist nur so, dass Frank wieder in seine Heimatstadt zurückkehren wird.«

»Ach.« Überrascht merkte die Elfe auf, dann grinste sie. »Das ist doch fantastisch! Dann haben die zwei einander wieder.« Auf Santas bedröppelten Gesichtsausdruck hin kräuselte sie leicht die Lippen. »Oder mögen sie sich gar nicht mehr? Hat die Trennung ihre Freundschaft wirklich beendet?«

»Das anscheinend nicht gerade.« Der Weihnachtsmann druckste ein wenig herum. »Sie sind wohl lose in Verbindung geblieben. Weihnachts- und Geburtstagskarten, hin und wieder mal ein Anruf oder eine Mail. Zu Patricks Hochzeit war er sogar für drei Tage zu Besuch.«

»Ist das denn nicht gut?«

»Ich weiß es nicht. Die alte enge Freundschaft sah wohl doch ein wenig anders aus.« Santa schluckte hörbar. »Und ich fürchte, ich habe bei der ganzen Sache einen entscheidenden Punkt übersehen. Wenn ich ihn bemerkt hätte, wäre ich damals vielleicht ein bisschen vorsichtiger vorgegangen und hätte Ricardas Wunsch anders behandelt. Ich weiß nicht genau, wie, weil ihre Wünsche ja so widersprüchlich waren. Aber mir wäre schon irgendwas eingefallen. Jetzt fürchte ich, es ist alles zu spät und viel zu kompliziert, um noch etwas zu retten.«

»Santa, du sprichst in Rätseln.« Verwirrt sah Elfe-Sieben den Weihnachtsmann an. »Was genau hast du denn übersehen? Haben sie sich im Streit getrennt? Oder ist in der Zwischenzeit irgendetwas Schlimmes passiert, was die beiden daran hindert, die alte Freundschaft wieder aufzunehmen?«

»Nein, nein, das ist es nicht.« Der Weihnachtsmann wand sich regelrecht. »Ich fürchte, die Sache ist weit verzwickter. Wenn ich doch bloß früher bemerkt hätte … Ach, es ist zum Lämmerhüpfen! Wie hätte ich das aber auch ahnen sollen? Ricarda geht so sparsam mit ihren Gefühlsbekundungen um und ist eine wahre Meisterin darin, vor den Menschen – und sogar vor mir – zu verbergen, wie es wirklich in ihrem Herzen aussieht. Hätte ich das bloß vorher gesehen.«

»Was denn? Wovon sprichst du?« Besorgt umfasste Elfe-Sieben die Hand des Weihnachtsmannes. »Du bist ja ganz erschüttert.«

Mit einem abgrundtiefen Seufzer öffnete Santa Claus mehrere Videofeeds aus den vergangenen Jahren. »Sieh selbst.«

Stirnrunzelnd sah die Elfe sich die verschiedenen Videos an. »Was genau soll ich denn da entdecken? Das ist immer Ricarda in den verschiedensten Situationen, seit sie und ihr Zwillingsbruder Patrick von den Sternbachs adoptiert worden sind. Damals waren sie gerade zwölf.«

»Du musst die Videos in chronologischer Reihenfolge anschauen.« Santa ordnete die Feedansicht so, dass sie in der korrekten Reihenfolge angezeigt wurde. »Fang beim ältesten Video an.«

»Okay …« Mit zusammengekniffenen Augen betrachtete Elfe-Sieben die Videoausschnitte erneut. »Da kommt sie zu den Sternbachs. Hier lernen sie und Patrick Frank kennen. Da spielen sie in der Schule einen Streich. Herrje, die drei hatten es ja faustdick hinter den Ohren!« Sie gluckste leise. »Hier sitzen sie zusammen um ein Lagerfeuer, im nächsten … Ach du liebe Zeit, was machen sie denn da?«

Der Weihnachtsmann schmunzelte. »Frank hat Ricarda einen Feigling genannt, wenn sie nicht drei Runden lang mit ihm auf dem Karussell auf dem Weihnachtsmarkt mitfährt.«

»Wie hinterhältig von ihm!« Elfe-Sieben lachte lauthals. »Ricarda zieht ja ein Gesicht wie sieben Tage Regenwetter – oder Weihnachten ohne Schnee. Da hat er sie aber ganz schön geärgert. Sie findet solche Sachen doch schrecklich kitschig und bestimmt auch kindisch. Da müssen sie doch schon vierzehn Jahre alt gewesen sein.«

»Sie vierzehn, er ganz knapp fünfzehn, genau. Dennoch ist sie mitgefahren.«

»Ja, weil sie sich bestimmt nicht Feigling nennen lassen wollte.« Kopfschüttelnd klickte die Elfe zum nächsten Video. »So wie ich sie einschätze, hat sie ihm hinterher bestimmt gehörig … Oha, was haben wir denn da?«

Santa Claus hüstelte. »Jetzt kommen wir der Sache näher.«

»Was tut Frank denn da?«

»Er schenkt ihr die Kette mit dem Sternzeichen-Anhänger, die er von seinem Patenonkel zur Kommunion bekommen hat. Er ist Sternzeichen Löwe. Was der Anlass war, weiß ich nicht, so genau habe ich nicht recherchiert.«

»Na gut, das ist ungewöhnlich, aber unter besten Freunden auch nicht so sehr. Vielleicht hat sie ihm ja im Gegenzug auch …« Elfe-Sieben hielt inne und sog hörbar die Luft ein. »Potzblitz! Das gibt es doch nicht.«

»Hast du es jetzt auch endlich bemerkt?« Santa Claus nickte mit Nachdruck. »Sieh dir alle weiteren Videos bis heute an.«

»Bin schon dabei. Das … gibt es doch nicht!«

»Das habe ich auch gesagt, als es mir bei meiner Recherche auffiel.« Sorgenvoll zupfte der Weihnachtsmann wieder einmal an seinem Bart herum. »Ich fürchte, ich habe wirklich etwas übersehen.«

Elfe-Sieben biss sich auf die Unterlippe. »Glaubst du wirklich? Das wäre ja … du liebe Zeit. Jetzt begreife ich, weshalb du so aufgeregt bist. Wenn sie die Kette all die Jahre nie abgelegt hat …«

»Dann habe ich ihr mit meiner Entscheidung damals das Herz gebrochen.« Betrübt senkte der Weihnachtsmann den Blick. »Dabei ist es mein fester Vorsatz, niemals durch die Erfüllung eines Wunsches einem anderen Menschen Schmerz oder Schaden zuzufügen. Wie soll ich denn das je wiedergutmachen?«

Ratlos hob Elfe-Sieben die Schultern. »Das weiß ich leider auch nicht.«

2. Kapitel

Nein, also … nein! So geht das aber wirklich nicht. Ihr könnt mich nicht dauernd woandershin bringen. Erst war ich bei meinem Frauchen, dann war sie plötzlich weg, als ich mich gerade eben an sie gewöhnt hatte. Das war gar nicht so einfach, weil sie doch ein wenig seltsam und ruppig war. Aber man ist ja als Pudel durchaus anpassungsfähig.

Dann kam so ein alter Mann, der war wirklich nett. Der hat mich einfach mitgenommen und in seine Wohnung gebracht. Da habe ich mich überhaupt nicht ausgekannt, aber na gut, dachte ich, was soll's, er ist wirklich freundlich und hat mir so gut wie jeden Wunsch von den Augen abgelesen. So was von zuvorkommend! Doch dann war er plötzlich krank und kurz darauf weg. Und was nun?

Die beiden Menschen, die mich danach aufgenommen haben, sind zwar auch ganz freundlich, aber sie schimpfen andauernd, weil ich angeblich ganz verwöhnt und verzogen bin. Also wirklich! Verwöhnt doch nicht. Nur etwas anspruchsvoll. Und verzogen? Das ist eine Beleidigung, jawohl. Ich bin ein äußerst liebenswürdiges Wesen. Das hat Georg, mein altes Herrchen, auch immer gesagt und mich dabei am Hals gekrault, und hinter den Ohren. Aber er ist ja nicht mehr da. Ich weiß nicht, wo er hingegangen ist. Die beiden Menschen, bei denen ich jetzt seit ein paar Wochen bin, haben gesagt, er sei gestorben und ich würde ihn nicht mehr wiedersehen und sie müssten ein neues Zuhause für mich finden. Schon wieder! Ich bin es so satt, dauernd herumgereicht zu werden und mir dann auch noch anhören zu müssen, ich sei schwierig und zickig und bäh!

Bäh übrigens auch zu der Fahrt im Auto. Mit meinem Übergangsfrauchen – so nenne ich sie jetzt mal – und einem jüngeren Mann, den ich noch gar nicht richtig kenne, sind wir hierhergefahren. Die Fahrt war zwar nicht allzu lang, weil meine Übergangsmenschen hier ganz in der Nähe eine nette Wohnung besitzen, aber mir wird trotzdem immer total übel im Auto. Fürch-ter-lich! Wenn die Fahrt länger gedauert hätte, wäre mir mein Frühstück wieder hochgekommen, und das wäre äußerst peinlich und unangenehm gewesen.

Wo sind wir jetzt bloß wieder? In dieser Gegend bin ich, glaube ich, noch nie gewesen. Hier gibt es viel breitere Straßen als in dem kleinen Stadtkern, wo wir hergekommen sind. Und die Häuser sehen anders aus, irgendwie größer, und sie stehen weiter auseinander, und drumherum sind Gärten. Tja, also, das ist ja mal grundsätzlich recht vorzüglich. Ich mag Gärten. Glaube ich zumindest, denn ich war noch nie in einem. Nur in Parks, aber diese Gärten sehen so ähnlich aus, und ringsum sind große weite Flächen und Wiesen und Bäume. Viele, viele Bäume sehe ich in der Ferne. Ein bisschen unheimlich, aber vielleicht könnte man sich damit anfreunden. Allerdings nicht bei diesem Wetter. Es regnet. Hallo? Wuff? Ihr wollt doch wohl nicht, dass ich jetzt aus diesem trockenen, einigermaßen warmen Auto aussteige, um in das fiese, nasse Regenwetter hinauszugehen, oder? Und stürmisch ist es auch noch. Nein, nein, das geht überhaupt nicht. Ich protestiere aufs Allerschärfste und bin mit der Gesamtsituation grundsätzlich unzufrieden. Knurr!

»Hast du das gehört, Frank? Sie hat mich angeknurrt. Das macht sie andauernd.« Kopfschüttelnd deutete Annemarie Hellberger durch die Fensterscheibe auf die junge hellbraune

Kleinpudeldame, die ganz aufrecht in ihrer Transportbox auf der Rückbank des neuen grauen Mercedes GLC saß. »Sie ist so was von frech und unerzogen! Bist du dir wirklich sicher, dass du sie übernehmen willst? Du wirst jede Menge Arbeit mit ihr haben. Weiß der Himmel, was dein Großvater sich dabei gedacht hat, in seinem Alter noch einen jungen Hund bei sich aufzunehmen. Naila war ja fast noch ein Welpe. Ich meine, ich verstehe ja, dass er sie dieser unmöglichen Person weggenommen hat. Die hatte ja anscheinend einen Sprung in der Schüssel. Aber er hätte das Tier doch wohl ins Tierheim geben können.« Sie seufzte und schlug gegen den heftigen Wind und den hauchfeinen Nieselregen den Kragen ihres Mantels hoch. »Natürlich hat er das nicht getan. Nicht Papa.« Plötzlich schniefte sie und wischte sich mit dem Handrücken über die Augen. »Er musste immer allen helfen. Aber mit siebenundachtzig nimmt man keinen Hund mehr zu sich. Das konnte ja nicht gut gehen, nicht mit seinem schwachen Herzen. Oje. Ich vermisse ihn.«

»Schon gut, Mama.« Frank Hellberger zog seine Mutter in seine Arme und wiegte sie für ein Weilchen tröstend hin und her. »Er fehlt uns allen.«

Sein Großvater war erst vor drei Wochen ganz plötzlich verstorben und hatte in seinem Testament darum gebeten, dass Naila ein besonders liebevolles Zuhause erhalten sollte, möglichst innerhalb der Familie. Nach einer kurzen Beratung hatte Frank sich angeboten, die kleine Pudeldame zu sich zu nehmen, auch wenn er von Hunden nicht viel Ahnung hatte. Seine Eltern hatten immer Katzen gehalten, als er noch ein Kind gewesen war, doch seit sie kürzlich in ihre neue Eigentumswohnung nahe dem Stadtkern gezogen waren, hatten sie sich entschieden, keine neuen Haustiere mehr aufzunehmen. Stattdessen wollten sie in einem großen Wohnmobil die

Welt unsicher machen, wie sie es vergnügt nannten, während Frank die gut laufende Anwaltskanzlei seiner Eltern zu übernehmen gedachte. Er war lange fort gewesen, hatte in Großstädten und im Ausland gelebt. Erst vor wenigen Tagen war er in seinem Heimatstädtchen angekommen, und es fühlte sich alles noch ganz surreal an. Vor allen Dingen, wenn er sich wie jetzt zu seinem Elternhaus umdrehte, das seine Eltern ihm als Vorschuss auf sein Erbe kürzlich überschrieben hatten. Seine jüngere Schwester Greta hatte ebenfalls bereits einen Anteil erhalten, allerdings in Form von Geld, mit dem sie sich ihren Traum erfüllen wollte: eine eigene Buchhandlung.

»Ach, schon gut, schon gut. Ich kriege mich gleich wieder ein.« Immer noch leise schniefend löste Annemarie sich von Frank und wandte sich wieder der Pudeldame zu, die nach wie vor kerzengerade in der Box saß und sie mit einem äußerst skeptischen Blick musterte. »Nun komm schon, Naila, gehen wir mit Frank ins Haus. Dann kannst du dir gleich mal dein neues Zuhause ansehen.«

Nein, auf gar keinen Fall. Es regnet! Merkt ihr das überhaupt nicht? Regen geht gar nicht. Auch nicht, wenn er in feinem Nebel sprüht wie jetzt gerade. Und es stürmt wie irre. Da bringen mich keine zehn Pferde nach draußen. Das könnt ihr euch abschminken. Naila reckte das Näschen geziert zur Seite und legte sich demonstrativ hin.

»Sieh sie dir nur an.« Annemarie fasst sich an die Stirn. »Total stur und verzogen ist sie.«

»Meinst du wirklich?« Neugierig öffnete Frank die hintere Beifahrertür und trat näher an die Hundebox heran. Er hatte Naila bisher erst einmal kurz nach der Beerdigung gesehen, sich aber gleich in die kleine, freche Fellnase verguckt. »Ich glaube, sie ist nur verunsichert. Und wer will es ihr auch verdenken? Immerhin muss sie jetzt schon zum dritten Mal umziehen und sich an ein neues Herrchen und Zuhause gewöhnen.«

Ganz recht, der Herr. Wenigstens scheinst du Verstand zu besitzen. Können wir also jetzt bitte wieder umkehren und mir ein trockenes und warmes Plätzchen irgendwo an der Heizung suchen? Naila blickte Frank eingehend an und schnaubte dann kurz.

Frank lachte. »Na, komm mal mit, Naila. Ich fürchte zwar, dass es drinnen noch ein bisschen ungemütlich sein wird, aber ich war schon so lange nicht mehr hier und würde gerne sehen, was die Handwerker mit dem Haus angestellt haben.«

Wie bitte? Du willst mich auch in das Unwetter scheuchen? Nö, also wirklich: Nö. Das ist ja wohl die Höhe. Knurr! Und wie!

»Jetzt knurrt sie dich auch noch an.« Annemarie seufzte. »Das kann ja heiter werden.«

Ich knurre nicht nur, ich wehre mich auch ganz entschieden gegen diese Willkür, mit der ich hier einfach in den Regen gezerrt werden soll. Vehement stemmte sich Naila gegen die Leine, an der Frank versuchte, sie aus der Box zu ziehen.

»Na, was ist denn los, Kleine? Hast du etwa Angst vor mir?«

Angst? Ich? Pah, im Gegenteil! Ich habe vor nichts und niemandem Angst! Grrr.

Frank lachte, als die kleine Hündin einen empörten Grummellaut von sich gab, und hob sie beherzt aus der Box auf seinen Arm. »Na, na, nun sei mal nicht so zickig, Kleine. Ich will doch hoffen, dass wir mal gute Freunde werden, du und ich.«

Wie bitte? Du und ich? Hey, was wird das denn? Naila fiepte erschrocken und zappelte ein wenig. *Warum hebst du mich denn auf deinen Arm? Meine Güte, wie hoch das hier ist! Da wird einem ja schwindelig. Lass mich bloß nicht fallen. Hilfe, bist du groß und … Du fühlst dich ganz hart an und du riechst irgendwie seltsam, da am Hals. Was ist denn das? Schnüff? Ich glaube, jetzt habe ich doch ein bisschen Angst vor dir.*

»Siehst du, Mama, sie hat Angst. Bestimmt reagiert sie deshalb so widerspenstig.« Vorsichtig trug Frank Naila durch den winterlich kahlen Vorgarten auf die Haustür zu, nestelte den Schlüssel aus seiner Jackentasche und öffnete die Tür. Dann ließ er seiner Mutter den Vortritt.

»Also, ich weiß nicht. Vor deinem Vater und mir hatte sie bestimmt keine Angst. Ich glaube eher, sie ist von Natur aus eigensinnig und frech. Sagt man das nicht über Pudel?«

»Kann sein, aber man sagt ihnen auch eine hohe Intelligenz nach.« Grinsend setzte Frank Naila auf dem Boden im Flur ab und schloss die Haustür, bevor er sich umsah. »Liebe Zeit, hier ist ja kaum noch etwas wiederzuerkennen!«

Gut, zumindest sind wir aus dem Regen heraus. Aber was bitte ist das hier? Ein riesiges Haus mit lauter leeren Räumen? Hier gibt es ja nicht mal ein einziges Möbelstück! Keine Couch, kein Sessel, nicht mal ein Hundekissen. Gar nichts. Soll ich hier etwa wohnen? Nee, auf gar keinen Fall. Und ich dachte, es könnte nicht noch schlimmer werden.

»Wir haben alles komplett renovieren lassen.« Annemarie sah sich anerkennend um. »Die Wand zwischen Esszimmer und Küche ist durchbrochen worden, und der Durchgang zum Wohnzimmer wurde ebenfalls verbreitert, wie du gleich sehen wirst. Alles genau, wie du es dir gewünscht hast.«

»Und wie ich es wohl bezahlen werden muss.« Frank lachte und ging zielstrebig zur Küche.

»Das auch.« Seine Mutter lachte ebenfalls.

Naila folgte ihm leise grummelnd. *Das hier hast du dir gewünscht? Na, danke. So spartanisch möchte ich aber nicht leben. Und das hier soll die Küche sein? Wo ist denn der Kühlschrank?*

»Wow, mir war gar nicht klar, wie groß dieser Raum ist.«

Seine Mutter schmunzelte. »Das liegt daran, dass die neue Kücheneinrichtung noch nicht geliefert wurde. Der breitere Durchgang macht natürlich optisch auch was her. Der Termin für die Küchenlieferung ist kommenden Montag um zehn Uhr. Ich hoffe, die neue Einrichtung wird dir dann auch gefallen. Du hast ja damals nur übers Internet mit der Küchenplanerin kommuniziert. Das hätte ich mich nicht getraut. Ich muss so etwas vor Ort entscheiden und vorher alles hundertmal angeschaut und angefasst haben.«

»Ach was, das wird schon alles super werden. Es ging ja nicht anders, weil ich mit diesem Vergewaltigungsfall so beschäftigt war.« Neugierig drehte Frank sich einmal im Kreis und ging dann weiter ins Ess- und Wohnzimmer, das ebenfalls noch gänzlich leer und ohne eine Spur von Möbeln auskam. Die großen Glasfronten, die auf den Garten hinausgezeigt hatten, waren verschwunden und durch einen angebauten Wintergarten ersetzt worden, von dem aus man ebenfalls einen schönen Blick auf den Garten hatte. Er sah die große Rasenfläche, den von Grund auf sanierten Pool, Zierbüsche und Blumenbeete, die jetzt im November natürlich ebenso kahl wirkten wie die Beete im Vorgarten, und dahinter das ehemalige Gewächshaus seiner Mutter, in dem sie Melonen und alle möglichen tropischen Früchte zu züchten versucht hatte.

Seine Schwester und er waren privilegiert aufgewachsen, das stand außer Frage. Das Wohnviertel bestand überwiegend aus großzügigen Einfamilienhäusern mit weitläufigen Gärten. Ringsum gab es Felder und viel Wald, den er mit seinen Freunden als Kind unsicher gemacht hatte. Sie hatten wild gecampt, Baumhäuser und Höhlen gebaut – und jede Menge Unsinn getrieben.

Beim Gedanken an seine Freunde von damals standen ihm vor allem zwei Gesichter sofort eindringlich vor Augen. Ricarda und Patrick Sternbach. Die beiden hatten in der Nachbarschaft gewohnt. Beide waren im Alter von zwölf Jahren von dem Hotelier-Ehepaar Margit und Hans Sternbach adoptiert worden, nachdem sie zuvor auf der Straße und in Kinderheimen aufgewachsen waren. Damals hatte diese Adoption einiges an Aufsehen erregt, weil vor allem Patrick ein sehr wilder und rebellischer Junge gewesen war. Seine Zwillingsschwester Ricarda war das genaue Gegenteil gewesen, zumindest auf den ersten Blick. Ruhig, besonnen, zurückhaltend – geradezu distanziert war sie meist aufgetreten. Die Queen der eisigen Schulter, dabei aber hochintelligent, ausgesprochen hübsch und, wie Frank sehr wohl wusste, alles andere als kaltschnäuzig. Zumindest, wenn man sie näher kannte und es schaffte, ihren Schutzpanzer zu durchbrechen.

Er hatte sich mit den Zwillingen, obwohl sie so verschieden waren – oder vielleicht auch gerade deswegen –, sofort gut verstanden. Sie waren in dieselbe Klasse am Gymnasium gegangen und hatten viel miteinander erlebt. Die beiden waren seine besten Freunde gewesen, viele Jahre lang. Nach dem Abitur hatten sich ihre Wege dann allerdings getrennt, weil er seinen Traum verwirklichen wollte: Anwalt werden wie seine Eltern und möglichst viele Erfahrungen sammeln, auch im Ausland. Erst vor wenigen Wochen war er nach Deutschland zurückgekehrt – und hatte leider als Erstes seinen Großvater beerdigen müssen. Seine Rückkehr war jedoch schon länger geplant gewesen, deshalb hatte er mit seinen Eltern die Renovierung des Hauses von Ferne in Angriff nehmen können.

Selbstverständlich hatte er auch Patrick und Ricarda per E-Mail darüber informiert, dass er bald nach Hause zurückkehren und die Kanzlei seiner Eltern übernehmen würde. Dass er nun endlich hier war, hatte er ihnen jedoch bisher verschwiegen. Durch die Beerdigung waren seine Pläne ein wenig durcheinandergeraten, und wenn er ehrlich zu sich war, wusste er nicht recht, wie er sich den beiden gegenüber verhalten sollte. Der Kontakt war nie ganz abgerissen. Sie hatten einander Weihnachtskarten und Geburtstagsgrüße geschickt, und hin und wieder E-Mails oder witzige Fotos über die sozialen Netzwerke. Aber es war nicht mehr dasselbe gewesen. Ihre Vertrautheit hatte wahrscheinlich darunter gelitten, dass er so lange fort gewesen war.

Selbst als er vor zwei Jahren für ein langes Wochenende hergekommen war, um Patrick bei seiner Hochzeit als Trauzeuge zur Seite zu stehen, war die Stimmung zwischen ihnen dreien ein wenig seltsam gewesen. Sie hatten sich gefreut, einander wiederzusehen, sich amüsiert und so getan, als wäre alles beim Alten. In mancherlei Hinsicht war es das wohl auch noch, doch die kurze Zeit hatte einfach nicht gereicht, um die vielen Jahre der Trennung wettzumachen. Durch die große Feier mit viel Familie, unzähligen Freunden und Bekannten war ihnen letztlich auch kaum Zeit und Gelegenheit geblieben, mehr als Small Talk zu machen.

Nun würde alles ganz anders werden – so wie früher. Zumindest erging sich Frank in der Hoffnung, die alte Freundschaft zu den beiden wieder aufleben zu lassen. Immerhin hatte er diesmal alle Zeit der Welt, denn er hatte nicht vor, seine Heimatstadt noch einmal zu verlassen, außer vielleicht für einen Urlaub.

»Oben sind alle Zimmer mit neuen Böden und Tapeten ausgestattet worden und die beiden Badezimmer komplett nach deinen Wünschen neu gestaltet«, zählte Annemarie auf, während Frank sich weiter umsah. »Auch das Gästebad hier unten ist erneuert worden. Ich gebe zu, die dunkelblauen und silbernen Fliesen sehen richtig chic aus. Ich wusste gar nicht, dass du so einen guten Geschmack hast.«

Frank drehte sich lachend zu seiner Mutter um. »Überschätz mich mal lieber nicht. Ich hatte in Boston eine Bekannte, die Frau eines Kollegen, die Innenarchitektin ist. Sie hat mir jede Menge Tipps gegeben und mich mit Unmengen an Katalogen versorgt. Es war nur ein bisschen kompliziert, die richtigen Materialien hier in Deutschland zu finden, noch dazu aus so großer Entfernung.«

»Das kannst du laut sagen.« Nun lachte auch Annemarie herzlich. »Alle grauen Haare, die ich seither bekommen habe, gehen auf die Telefonate mit den Handwerkern und Zulieferern zurück.«

»Das tut mir leid, Mama.« Frank trat neben seine Mutter und legte ihr einen Arm um die Schultern. »Ohne dich und Papa hätte ich es nicht geschafft. Alles, meine ich, nicht nur die Hausrenovierung. Ihr habt mich und Greta immer so sehr unterstützt …«

»Also wirklich!« Empört schüttelte Annemarie den Kopf. »Wozu sind Eltern denn da, wenn nicht, um ihren Kindern den bestmöglichen Start ins Leben zu bieten und ihnen unter die Arme zu greifen, wenn es irgendwie geht.«

Frank drückte seine Mutter sanft an sich. »Du weißt genau, dass es anderen nicht so gut ging oder geht wie Greta und mir. Ich weiß gar nicht, wie wir euch das je danken sollen.«

»Gar nicht, Frank.« Seine Mutter stellte sich auf die Zehenspitzen und küsste ihn auf die Wange. »Das war und ist für deinen Vater und mich selbstverständlich. Auch wenn wir gerade mit dir hin und wieder ganz schön Arbeit hatten.

Wenn ich nur an all den Unsinn denke, den du zusammen mit Patrick Sternbach ausgeheckt hast. Wenn ich es recht bedenke, stammen viele meiner grauen Haare doch eher schon aus dieser Zeit. Himmel, ihr wart schlimmer als ein Sack Flöhe! Und wenn Ricarda auch noch mitgemischt hat, waren Hopfen und Malz gänzlich verloren. Ich schwöre, dieses Mädchen sieht zwar unschuldig und harmlos aus. Aber wehe, man unterschätzt sie. Weißt du noch, dieser Sitzstreik in der Kirschenplantage damals …«

Frank lachte wieder. »O ja, das war ein Happening. Nicht mal die Polizei hat Ricarda dazu bewegen können, von ihrem Platz aufzustehen und die Bäume zum Fällen zurückzulassen. Patrick und ich hatten die Hosen voll, als die Polizeiautos angebraust kamen, aber Ricarda blieb eiskalt sitzen, bis ihre Eltern sie zwangen aufzustehen. Aber immerhin haben wir etwas bewirkt. Der Besitzer der Plantage hat sie an Hans Sternbach verkauft, und soweit ich mich von meinem letzten Besuch hier erinnere, stehen die Kirschbäume immer noch da.«

»Stimmt, das tun sie.« Annemarie schmunzelte. »Bessere Süßkirschen gibt es weit und breit nicht. Margit bringt uns im Sommer regelmäßig ganze Körbe voll davon. Insofern hast du recht, es hat etwas gebracht. Hauptsächlich die Einsicht, dass man gegen Ricardas Dickschädel nicht ankommt.«

»Ein wahres Wort.«

»Da wir gerade von Dickschädeln reden …« Annemarie trat in den Wintergarten und sah sich beiläufig um. »Hast du den beiden schon erzählt, dass du wieder im Lande bist?«

»Nein.«

»Warum nicht?«

»Ja, warum eigentlich nicht?« Achselzuckend schloss Frank zu seiner Mutter auf. »Ich war mir nicht ganz sicher, wie sie reagieren würden. Ich hatte ihnen geschrieben, dass ich voraussichtlich irgendwann ab Oktober oder November wieder im Lande sein und die Kanzlei übernehmen werde. Darauf kamen von beiden zwar Glückwünsche, aber irgendwie auch nicht viel mehr, so als würden sie sich zwar freuen, meine Rückkehr aber nicht als so furchtbar wichtig einstufen. Oder sie glauben mir nicht, dass ich wirklich Ernst mache. Immerhin wollte ich vor drei Jahren schon einmal zurückkommen und habe es nicht getan.«

»Ach, na, das ist ja seltsam. Vielleicht bildest du dir das aber auch bloß ein. Du solltest einfach mal ein Lebenszeichen von dir geben und abwarten, was passiert. Ihr wart immer so gut befreundet. Ich kann mir nicht vorstellen, dass davon nichts mehr übrig sein soll. Oder glaubst du, sie nehmen es dir übel, dass du deinem Traum gefolgt bist?«

»Nein, das glaube ich nicht. Ich habe ja nie einen Hehl daraus gemacht, wie meine Pläne aussahen, und weder die beiden noch meine anderen Freunde hatten je etwas dagegen einzuwenden. Im Gegenteil. Sie haben mich immer ermutigt.« Nachdenklich blickte Frank auf den Pool, in dem er sich mit seinen Freunden so manche wilde sommerliche Wasserschlacht geliefert hatte. »Ich weiß nur nicht ...«

»Was?« Aufmerksam musterte seine Mutter ihn von der Seite.

Er hob die Schultern. »Ursprünglich lautete der Plan, dass ich mit dreißig wieder zurückkehre. So wie Papa es damals gemacht hat. Dass ich noch drei Jahre in Boston drangehängt habe, war mehr dem Zufall geschuldet. Aber hätte ich ablehnen sollen? Die Gelegenheit, bei dieser international agierenden Kanzlei zu arbeiten, war einmalig. Auch wenn ich die meiste Zeit grässliches Heimweh hatte.«

»Ach, mein Schatz.« Liebevoll legte seine Mutter ihm eine Hand an die Wange. »Sieh es einmal so: Diese Erfahrung kann dir niemand mehr nehmen. Wer weiß, wofür sie gut war. Immerhin konntest du einige wichtige Fälle bearbeiten und vielen Menschen helfen.«

»Ja, aber zu welchem Preis?« Frank seufzte unterdrückt. »Ich hätte auch in der deutschen Niederlassung viel bewirken können. Dann wäre ich wenigstens nicht auf der anderen Seite des Ozeans gewesen. Vielleicht sind Patrick und Ricarda deshalb so zurückhaltend, zumindest in letzter Zeit. Diese drei Jahre waren einfach zu viel des Guten. Mir ging es ja auch nicht wirklich gut, wie gesagt. Ich hatte wirklich Heimweh.«

»Jetzt bist du ja wieder zu Hause.« Seine Mutter ließ die Hand wieder sinken und legte sie ihm stattdessen auf den Arm. »Glaub mir, dein Vater und ich könnten nicht glücklicher sein, dass du wieder da bist. Wir haben dich sehr vermisst.«

Frank nickte, dann grinste er. »Gib es zu, Mama, ihr habt nur ungeduldig darauf gewartet, dass ich endlich die Kanzlei übernehme, damit ihr euch euer nagelneues Wohnmobil schnappen und um die Welt gondeln könnt.«

»Tja.« Annemarie erwiderte sein Grinsen. »Das auch.«

Die beiden sahen einander verständnisinnig an. Im nächsten Moment runzelte Frank die Stirn. »Sag mal, wo steckt eigentlich Naila?«

»Naila?« Alarmiert sah seine Mutter sich um. »Oje. Naila! Komm her! Wo steckst du denn?«

Wau. Äh … Sag ich lieber nicht. Ist zu peinlich.

»War das ein Bellen?« Erschrocken hielt Annemarie inne.

»Ich bin mir nicht sicher.« Auch Frank horchte angestrengt. »Nein, nichts. Naila? Naila! Komm zu Herrchen!«

Nee, kann ich nicht. Außerdem habe ich gar kein Herrchen. Oder … Meinst du etwa dich? Tja, also darüber muss ich erst nachdenken. Ich kenne dich überhaupt nicht.

»Kann sie irgendwie aus dem Haus entwischt sein?« Besorgt sah Annemarie in jeden Raum im Erdgeschoss. »Wir haben doch die Haustür geschlossen, und alle übrigen Türen und die Fenster sind ebenfalls zu. Wo kann sie sich denn nur versteckt haben?«

Also versteckt würde ich es nicht nennen. Das war eher ein dummes Missgeschick.

Frank ging auf die Treppe ins Obergeschoss zu, deren helles Holz aufgearbeitet worden war, sodass sie fast neu aussah, ihren abgenutzten Flair jedoch behalten hatte. Anerkennend strich er über den Handlauf. »Sieht toll aus. Ich schaue mal oben nach. Vielleicht hat sie einen Rundgang durchs Haus gemacht.«

Das habe ich in der Tat. Alles ziemlich groß hier, aber ungemütlich wie nur was. Im ganzen Haus scheint es nur zwei Stühle und so einen langen Klapptisch zu geben, auf dem Papierrollen liegen. Und … nun ja … Farbeimer. Und überall liegen so knisternde Plastikfolien auf dem Boden. Spannend und interessant, aber nicht ganz ungefährlich.

»Naila! Sag doch mal was. Wo steckst du denn? Sag Wau!«

Hä?

»Ich schimpfe auch nicht, falls du etwas angestellt haben solltest.«

»Was soll sie denn angestellt haben?«, erklang von unten Annemaries Stimme. »Hier gibt es gar nichts zum Kaputtmachen. Glücklicherweise, muss man vielleicht dazusagen. Wer weiß, ob sie nicht auch irgendwelche lästigen Angewohnheiten entwickelt hat. Bei uns hat sie zwar nichts kaputt gemacht, aber man weiß ja nie.«

Ich habe keinerlei lästige Angewohnheiten, dass das mal klar ist. Nur unbedingt notwendige, aber darauf nehmt ihr ja alle keine Rücksicht.

»Naila!« Frank blickte in jedes Zimmer im Obergeschoss, doch von der kleinen Pudeldame war weit und breit nichts zu sehen. »Komm schon, du kannst dich doch nicht in Luft aufgelöst haben.«

Habe ich auch nicht. Ich bin bloß im Augenblick ein wenig indisponiert. Niemand kann von mir verlangen, dass ich mich auch nur einen Millimeter von hier weg rühre.

»Naila, Süße, gib doch mal Laut!« Frank stieß die einen Spaltbreit offen stehende Tür zum ehemaligen Elternschlafzimmer auf … und blieb wie angewurzelt stehen.

Na gut, wenn es sein muss: Wau. Bist du jetzt zufrieden?

»Naila!« Frank kämpfte mit sich. Der Anblick, den die kleine Hündin bot, war die perfekte Mischung aus Verzweiflung und rechtschaffener Empörung – und einfach zu drollig. »Was ist denn hier passiert?«

Sieht man das nicht? Naila saß kerzengerade mitten im Raum, umringt von mehreren umgekippten Farbeimern, deren Inhalt sich teilweise, wo sich die Deckel gelöst hatten, um sie herum zu einem cremefarbenen, silbergrauen und bläulichen See ergossen hatten. Die Folie, die die Anstreicher auf dem Boden ausgelegt hatten, war an einigen Stellen zusammengeschoben, an anderen zerrissen. Nailas Pfötchen waren mit der Farbe in Berührung gekommen, und anscheinend traute sie sich jetzt nicht, sich von ihrem Platz wegzubewegen.

»Hast du sie gefunden?« Die Stimme seiner Mutter kam näher.

Frank biss sich auf die Unterlippe, sog die Luft ein … Dann lachte er laut auf. »Um Himmels willen, was für ein Anblick. Warte mal.« Obwohl er prustete und sich vor Lachen bog, fischte er sein Smartphone aus der Gesäßtasche seiner Jeans.

»Was ist denn los?« Seine Mutter steuerte eindeutig auf das Zimmer zu.

»Warte mal, Mama. Komm nicht rein. Ich muss erst …« Wieder prustete er und blinzelte sogar gegen Lachtränen an. »Das glaubt mir sonst keiner.« Hastig rief er die Kamera-App an seinem Mobiltelefon auf und knipste mehrere Fotos von Naila, die zutiefst beleidigt zu ihm aufblickte.

Also bitte, was soll das denn jetzt? Ist das dein Ernst? Du fuchtelst mit diesem Kästchen herum, anstatt mich aus dieser misslichen Lage zu befreien? Und lachst mich auch noch aus? Das ist eine Unverschämtheit, jawohl. Schnüff. Würdevoll drehte Naila den Kopf zur Seite und blickte in eine andere Richtung.

Ihre Reaktion führte jedoch nur dazu, dass Frank erneut von einem Lachanfall geschüttelt wurde. Wahllos knipste er weiter Bild um Bild, bis seine Mutter hinter ihm auftauchte.

»Also, sag mal, was geht denn hier vor? Was in aller Welt ist denn so dermaßen witzig … Oh. Oje! Wie hat sie denn das geschafft, ohne dass wir es mitbekommen haben?« Annemarie starrte perplex auf das Durcheinander, das Naila angerichtet hatte. »Ach du liebe Zeit, die viele Farbe und der gute neue Laminatboden!«

»Nein, warte.« Frank hielt sie rasch zurück. »Ich glaube, die ganze Sauerei ist auf der Folie gelandet. Naila scheint zwar damit gespielt zu haben, aber nur außen herum.«

Ich habe nicht damit gespielt! Na gut, vielleicht ein bisschen. Eigentlich wollte ich nur nachsehen, was sich unter diesem Folienzeug befindet. Dabei habe ich mich vor dem Knistern erschreckt und bin zur Seite gesprungen. Dabei bin ich gegen die Wand geprallt, was natürlich nicht gerade angenehm war. Deshalb bin ich wieder in die entgegengesetzte Richtung gerannt und habe dabei leider diese Farbeimer übersehen. Das war ein bedauerlicher Unfall! Aber ganz ehrlich, diese Farbe riecht komisch und klebt an den Pfoten. Höchst ärgerlich und ekelhaft. Ich gehe hier nicht weg, bis die Farbe getrocknet ist, das steht fest. Naila grummelte ungehalten und hob immer wieder abwechselnd die linke und die rechte Vorderpfote.

»Ich glaube, sie traut sich nicht, durch die Farbe zu laufen.« Grinsend ging Frank auf die Pudeldame zu und hockte sich vor sie. »Was ein Glück ist, denn andernfalls sähe es hier noch viel schlimmer aus.«

Wie es hier aussieht, ist mir schnurz. Schau dir bloß mal meine Pfoten an! An meinem Bauch klebt, glaube ich, auch was von diesem weißen Zeugs. Was gedenkst du dagegen zu tun?

Auf Nailas erneutes Brummeln hin streckte Frank beherzt die Hände aus und hob sie vorsichtig hoch.

Waaaa…? Was denn nun? Ach so, du rettest mich. Na gut, das lasse ich gelten. Jetzt bring mich bitte von hier weg. In diesem Haus gefällt es mir überhaupt nicht.

»Halb so wild«, stellte Frank nach einem Blick auf Nailas Pfötchen fest. »Das waschen wir rasch ab, dann ist alles wieder gut.« Schon trug er sie an seiner Mutter vorbei in das geräumige Badezimmer. »Ist das Wasser angeschlossen?«

»Selbstverständlich. Die Installationen sind alle fertig, nur die Möbel fehlen noch.«

Frank hatte es selbst bereits bemerkt. Erfreut blickte er sich in dem nahezu quadratischen Raum um, in dem eine neue Regendusche und in der linken Ecke eine große ovale Badewanne eingebaut worden waren. Von der Wanne aus konnte man durch zwei bodentiefe Fenster hinaus in den Garten blicken. Auch die Toilette und die beiden großen, rechteckigen Waschbecken waren nagelneu und blendeten beinahe in ihrem strahlenden Weiß. Die Möbel, die mit ihrer nussbaumfarbenen Oberfläche perfekt zu den cremeweißen und silbernen Fliesen passen würden, lagerten bereits beim Möbelhaus und warteten darauf, ausgeliefert zu werden. Frank konnte es kaum erwarten und verspürte ein angenehmes Ziehen in der Magengrube. Endlich war er wieder zu Hause. Endlich konnte er so leben, wie es ihm immer vorgeschwebt hatte. Doch zunächst einmal galt es, sich um Nailas Pfötchen zu kümmern. »Na komm, Kleine, setz dich mal ins Waschbecken.«

Ins … was? WAS BITTE? Waschbecken? Bist du verrückt geworden? O nein, nicht mit mir. Auf gar keinen Fall. Niemals!

Als Naila wild zu zappeln begann, wäre sie ihm beinahe aus den Händen gerutscht. »He, he, was ist denn los?«

Ich will nicht gewaschen werden. Auf gar keinen Fall. Gebadet auch nicht. Da werde ich doch nass. Das ist unerhört! Lass mich sofort los! Ich will hier weg. Bring mich einfach aus diesem Haus und mach mir die Farbe von den Pfoten. Egal wie, nur ohne Waaaaaassser! Iiih! Nicht den Hahn aufdrehen, das ist doch kalt und bäh! Nass!

»Du meine Güte, was ist denn jetzt schon wieder passiert?« Erschrocken stürzte Annemarie ins Bad. »Warum jault Naila denn so?«

Frank kämpfte noch immer mit dem wild zappelnden Bündel Hund. »Sie scheint wasserscheu zu sein. Aber ich muss ihr die Farbe von den Pfoten waschen.«

»Kann ich dir irgendwie helfen?« Unsicher trat seine Mutter neben ihn. »Sie ist ein bisschen empfindlich. Regen mag sie auch nicht.«

Aus gutem Grund! Regen ist nass, und nass ist igitt. Genauso wie dieser fiese Wasserstrahl da im Waschbecken.

Uuuuaaaah, neeeiiin! Nicht die Pfoten nass machen. Bitte, bitte nicht! Iiih!

Frank konnte sich trotz Nailas erbärmlichem Gejaule kaum halten, so sehr musste er lachen. »Meine Güte, was stellst du dich an, Kleine. Es ist doch überhaupt nicht schlimm. Nur ein bisschen warmes Wasser, damit deine Pfötchen wieder sauber werden.«

Das sagst du so. Ich mag einfach kein Wasser. Also außer dem, das man mir zu trinken gibt. Das ist okay. Aber baden? Hör mir auf!

»Komm, komm, nun beruhige dich mal.« Endlich hatte Frank seinen Lachanfall unter Kontrolle und bemühte sich, ganz leise und ruhig auf Naila einzureden. »Schau mal, das ist doch nur Wasser, nichts Schlimmes. Ja, du wirst jetzt ein bisschen nass, aber ich trockne dich auch wieder ab, versprochen. Sobald deine Pfötchen wieder hellbraun und nicht blau-silber-weiß sind.«

Ui, wie wird mir denn? Du kannst aber merkwürdig reden. So ganz sanft und dunkel, da schaudert es mich ja richtig, aber nicht unangenehm. Naila blickte überrascht zu ihm auf und legte den Kopf schräg. Dabei vergaß sie ganz, sich weiter gegen Franks Ansinnen zur Wehr zu setzen.

»Na siehst du, kein Grund zum Weinen.« Frank behielt den warmen, sanften Tonfall bei und hielt vorsichtig eines von Nailas Pfötchen unter den warmen Wasserstrahl. Sie zuckte zwar ein wenig, hielt dann aber doch still. »Brav bist du. Alles gar nicht so schlimm, nicht wahr?«

Doch, und wie, aber deine Stimme klingt so angenehm, und irgendwie beruhigt mich das. Hoffentlich bist du bald fertig. Nasse Pfoten sind scheußlich!

»Mama, hast du im Auto vielleicht irgendwas, womit ich Naila gleich abtrocknen kann?« Frank hatte den Kopf ein wenig zur Seite gedreht und sprach weiterhin ganz ruhig. »Ich glaube, sie hasst es wirklich, nass zu werden.«

Endlich hast du es kapiert!

»Ich schau mal nach. In meiner Yogatasche vielleicht, die liegt im Kofferraum.«

»Sonst geh an meine Koffer auf der Rückbank meines Autos. Da sind auch Handtücher drin.« Vorsichtig ließ Frank Naila mit einer Hand los, angelte seinen Schlüsselbund aus der Hosentasche und hielt ihn, ohne hinzusehen, seiner Mutter hin.

He, was machst du denn? Nicht loslassen, dann glitsche ich doch unter den Wasserstrahl! Wau!

»Huch, entschuldige bitte.« Rasch griff er wieder mit beiden Händen zu und reinigte auch noch die drei übrigen Pfötchen und danach vorsichtig das Fell an Nailas Bauch und Hinterteil.

Naila winselte leise vor sich hin. *Das ist so was von bäh, nass, schauderhaft! Habe ich schon erwähnt, dass ich Baden und Duschen hasse?*

»Na, also, was ist denn? Ist doch alles okay, Süße. Schau mal, deine Pfötchen sind wieder ganz sauber, und ich glaube, alles andere auch. Jetzt warten wir noch auf Mama, die uns ein schönes, trockenes Handtuch bringt, und dann ist gleich alles wieder paletti.«

Na gut, kann schon sein. Das war jetzt zwar unangenehm, hätte aber auch schlimmer werden können. In den ekelhaften Regen gehe ich heute allerdings nicht mehr hinaus, dass das mal klar ist. Unter keinen Umständen bringt ihr mich vor die Haustür! Wenn ich mal muss – lass dir was einfallen!

Aus der Ferne wurden Schritte laut, dann Annemaries Stimme. »Ich habe eins von deinen Badehandtüchern mitgebracht. Seid ihr fertig?«

»Ja, alles wieder sauber.« Lachend nahm Frank das Handtuch entgegen und wickelte Naila sorgsam darin ein. Dann rubbelte er sie vorsichtig trocken.

Ooooh! Aaaaah! Guuuut! Troooocken! Schöööön! Eeeendliiiich! Hach! Schnüff.

Als Naila hörbar schnaubte, ließ Frank grinsend von ihr ab und drapierte das Handtuch so um sie herum, dass es aussah, als trüge sie einen Mantel mit Kapuze. »Du bist zuckersüß, weißt du das?« Rasch angelte Frank nach seinem Smartphone und öffnete die Kamera-App.

Wer? Ich? Echt?

Genau im richtigen Moment betätigte Frank mehrmals den Auslöser, dann schob er das Mobiltelefon zurück in seine Gesäßtasche. »Ich sehe schon, ich werde im Handumdrehen mindestens eine Million Fotos von dir haben und damit jedem auf den Geist gehen.«

Auf den Geist? Mit mir? Verstehe ich nicht. Aber weißt du was? Ich bleibe jetzt einfach hier. Naila legte sich hin und den Kopf auf ihre Pfötchen.

»Also, süß gucken kann sie ja.« Annemarie blickte kopfschüttelnd auf die kleine Pudeldame, die es sich in dem großen Handtuch bequem gemacht hatte. »Wenn sie bloß nicht so schwierig wäre.«

Frank richtete sich wieder auf. »In Amerika sagt man dazu: *She's a handful.* Aber das kriegen wir schon irgendwie hin. Ich mag sie.«

3. Kapitel

»Wir sollten diese Fotosession hinter uns bringen, solange das Wetter noch so schön ist.« Laura Sternbach legte die Tasche mit ihrer Fotoausrüstung auf einem der niedrigen Tische in der Lounge des Sternbach Wellnessresorts ab und strich sich ihr welliges rotes Haar hinters Ohr. »Diese Mischung aus Hochnebel und diesiger Sonne, die versucht, sich ihren Weg zu bahnen, wird fantastisches Licht liefern. Herbststimmung pur.«

»Ja, und frostig kalt.« Angelique, Lauras Schwägerin und beste Freundin, schüttelte sich, lachte dabei jedoch. Mit einer Hand zog sie das silberne Haargummi aus ihren langen rabenschwarzen Locken und fasste sie neu zusammen. »Da wünsche ich euch viel Vergnügen beim Bibbern. Ich würde ja mitkommen, aber ich muss gleich wieder zurück an meinen Arbeitsplatz. Patrick hat noch eine knappe Stunde Bürozeit, bevor er wieder rüber zur Baustelle fährt, und bis dahin muss ich unseren Sohnemann wieder übernommen haben.« Sie schielte auf die Uhr. »Mit ein bisschen Glück macht Jakob jetzt sein Vormittagsnickerchen, aber darauf schwören würde ich nicht. Er findet es immer ganz toll, wenn Papa auf ihn aufpasst. Nur dass Patrick dann immer nur die Hälfte schafft, weil er sich natürlich immer wieder ablenken lässt.«

»Kannst du es ihm verdenken?« Laura lächelte und streichelte dabei gedankenverloren über ihren kleinen Babybauch. »Jakob ist so was von schnucklig! Ich weiß gar nicht, wie ihr beide überhaupt noch irgendeine Arbeit fertig bekommt, wenn er ständig bei euch ist. Ich würde ihn ohne Unterbrechung knutschen.«

Angelique lachte. »Er ist schon ein kleiner Charmeur, da hast du recht, aber man gewöhnt sich auch daran. Außerdem darf man ihm nicht alles durchgehen lassen, sonst glaubt er am Ende, die Welt würde sich nur um ihn drehen.« Grinsend drehte sie ihr Zopfende um den Finger. »Okay, ich gebe es zu, mir fällt es auch schwer, mich in seiner Gegenwart zu konzentrieren, aber eine muss es ja tun, sonst läuft der Laden nicht so, wie er soll.«

»Patrick hat wirklich Glück, dass du so ein Organisationstalent bist.«

Angelique grinste breit. »Ja, und dass ich das Zepter fest in der Hand habe. Daran wird sich Jakob auch tunlichst gewöhnen müssen.«

»Stimmt.« Laura kicherte. »Und an dein gefährliches Temperament.«

»Aber hallo! Das hat er schon mit der Muttermilch aufgesaugt. Sag mal, wo bleibt denn Ricarda? Ich dachte, ihr wolltet zusammen rüber zum Campingplatz, um die Fotos für den Hotelblog zu schießen.«

»Keine Ahnung.« Suchend blickte Laura sich um und dann auf ihre Armbanduhr. »Sie wollte längst hier sein. Vielleicht … Ach, da kommt sie ja!« Sie deutete in Richtung der Aufzüge. Aus dem linken trat gerade Ricarda Sternbach, die Zwillingsschwester von Angeliques Mann Patrick, und eilte auf ihre beiden Schwägerinnen zu. Sie trug Bluejeans, einen cremefarbenen Wollpullover mit modischem Stehkragen und feste, mit Plüsch gefütterte Wanderschuhe. Im Arm hielt sie einen dunkelblauen Steppkurzmantel und einen weißblauen Schal. Ihr brünettes, etwas mehr als schulterlanges, glattes

Haar hatte sie mit zwei einfachen Kämmchen an den Schläfen zurückgenommen. »Entschuldige bitte, Laura.« Als sie die beiden Frauen erreichte, nahm sie ihre modische, dunkel gerahmte Brille ab und hielt sie prüfend gegen das Licht, dann setzte sie sie wieder auf. »Ich bin aufgehalten worden. Die Frau vom Finanzamt wollte unbedingt noch ein Schwätzchen am Telefon halten, weil wir bei der letzten Prüfung unserer Bücher so gut miteinander ausgekommen sind. Jetzt kenne ich, glaube ich, die Namen all ihrer Kinder, Nichten, Neffen, Nachbarn und was weiß ich noch.« Amüsiert verdrehte sie die Augen. »Und dann musste ich mich natürlich noch schnell umziehen. In Bluse und Stoffhose hätte ich bestimmt fürchterlich gefroren.«

»Das ist gut möglich.« Laura lächelte ihr zu und zupfte an ihrem eigenen dunkelbraunen Wollpulli herum. »Die Gelegenheit ist aber heute einfach zu günstig mit dem Wetter. Gut, dass du Sachen zum Wechseln hier hattest.«

»Ich bin gerne auf alles vorbereitet.« Ricarda legte den Schal neben Lauras Tasche auf den Tisch und schüttelte kurz den Mantel aus. »Man kann schließlich nie wissen, was über den Tag hinweg alles …« Als ihr Blick auf den Eingangsbereich mit der großen gläsernen Automatikschiebetür fiel, brach sie abrupt ab.

Laura folgte ihrem Blick. »Ricarda? Stimmt etwas …?« Erschrocken zuckte sie zusammen, als Ricarda ein wildes Kreischen ausstieß, die Jacke fallen ließ und quer durch das Foyer rannte. »Was ist denn jetzt los?« Verblüfft beobachtete sie, wie Ricarda auf einen hochgewachsenen Mann im grauen Businessanzug und passendem Kaschmirmantel zustürmte. Er sah gut aus mit seinem blonden, leicht unordentlich wirkenden Haar und dem sehr kurz geschorenen Kinn- und Oberlippenbart. Irgendwie kam er Laura bekannt vor.

Ricarda kreischte noch einmal und sprang dem Mann geradewegs in die Arme, schlang ihre Beine um seine Hüften und ließ sich von ihm einmal im Kreis drehen. Der Anblick verblüffte Laura derart, dass sie hustete. »Was ist das denn?«

Angelique kräuselte die Lippen. »Nicht was, sondern wer. Ich glaube, das ist Frank. Du weißt schon …«

»Patricks Trauzeuge!« Laura stieß einen leisen Pfiff aus. »Haben die beiden sich auf eurer Hochzeit auch so begrüßt?«

»Weiß ich nicht, ich war nicht dabei.« Angelique tippte sich gegen die Unterlippe. »Aber wow, so habe ich unsere Queen der eisigen Schulter noch nie gesehen, das steht fest.«

***

»Frank!« Ricarda warf sich, ohne überhaupt nachzudenken, in die Arme ihres besten Freundes seit Jugendtagen und vertraute darauf, dass er ihrem Ansturm standhielt. Sie schlang einfach ihre Beine um seine Hüften und presste sich an ihn. »Wo kommst du denn her?«

»Durch die Tür, was denn sonst?« Lachend drehte Frank sich einmal mit ihr im Kreis, bevor er sie wieder auf dem Boden abstellte.

»Warum hast du denn nicht Bescheid gesagt, dass du schon hier bist? Dann hätte ich … äh …«

»Was hättest du dann getan?« Frank trat einen halben Schritt zurück und musterte sie, ohne sie jedoch loszulassen.

»Ach, nichts. Nur eben gewusst, dass du wieder im Lande bist.« Ihr Herz pochte freudig, als sie seine eingehende Musterung erwiderte. Sie waren einst wie Pech und Schwefel gewesen. Sie hatte ihn vermisst. Wie sehr, das musste sie ihm ja nun nicht unbedingt auf die Nase binden. Das war ganz allein ihre Sache.

»Das hätte mir aber die Überraschung verdorben, und vielleicht wäre dann deine Begrüßung nicht so überschwänglich ausgefallen.«

»Warum denn nicht?« Verblüfft sah Ricarda ihn an. »Wenn ich gewusst hätte, dass du wieder da bist, hätte ich mich doch nicht weniger gefreut.«

»Aber vielleicht erst nachgedacht, bevor du mich anspringst wie eine Seemannsbraut ihren lang vermissten Piratenkapitän. Die Leute starren uns an.«

Ricarda zuckte lediglich mit den Achseln. »Lass sie starren. Mensch, du hättest wirklich mal was sagen können. Ich dachte, ich falle um, als ich dich eben reinkommen sah.«

Frank lachte. »Dafür warst du aber erstaunlich stabil auf den Beinen. Du siehst übrigens gut aus. Der *Casual Look* steht dir.«

»Der was?« Überrascht blickte sie an sich hinab. »Ach so, ja, ich wollte gerade mit Laura losziehen und Fotos vom rundum erneuerten Campingplatz und den Baufortschritten am Verwaltungsgebäude machen. Normalerweise bin ich fürs Büro ein bisschen formeller gekleidet.« Sie zupfte am Aufschlag seines Mantels. »Wenn auch nicht ganz so formell wie du. Feines Stöffchen. Der Anzug ist maßgeschneidert, oder?«

»Erwischt.« Grinsend wedelte Frank mit einem Ende des dunkelroten Schals herum, den er lässig offen um den Hals trug. »Alles noch Bostoner Bestände.«

Ricarda schnappte sich das Schalende und rieb es zwischen den Fingern. »Damit wirst du hier in der Kleinstadt mächtig Eindruck schinden.«

»Glaubst du, das habe ich nötig?«

»Keine Ahnung. Kommt drauf an, wen du zu beeindrucken gedenkst.«

»Hallo, Frank.« Angelique und Laura waren inzwischen näher gekommen, und Angelique drückte Ricarda wortlos den blauen Mantel und den Schal in die Arme. »Lange nicht gesehen.«

»Viel zu lange!« Erfreut umarmte Frank erst Angelique, dann Laura. »Schön, euch gleich alle auf einmal zu treffen. Ich dachte, ich mache einfach mal die Runde. Als Nächstes wollte ich Patrick besuchen. Oder ist er im Moment zu beschäftigt?«

Angelique schüttelte den Kopf. »Wenn er nur halb so begeistert über dein Auftauchen ist wie Ricarda, wird er sich die Zeit gerne nehmen. Er ist drüben in unserer Firma. Ich muss gleich rüber, um Jakob wieder zu übernehmen. Wir wollten ihn nicht schon so früh in die Kita geben. Mit einem Jahr oder anderthalb reicht auch. Bis dahin wechseln wir uns irgendwie ab.«

»Wow, Jakob muss ich unbedingt kennenlernen. Wie alt ist der kleine Mann jetzt? Ein halbes Jahr, oder?«

»Ziemlich genau sechs Monate, ja.« Angelique lächelte ihr verliebtes Mamalächeln. »Wenn du willst, kannst du mit mir rüberfahren. Oder geh mit Ricarda und Laura rüber zum Campingplatz und triff Patrick nachher dort. Er muss sowieso gleich dorthin.«

»Hm …« Frank rieb sich nachdenklich übers Kinn. »Schwere Entscheidung. Wenn ich mit dir fahre, würde ich Jakob gleich kennenlernen. Aber wenn Patrick dann eh nur auf dem Sprung ist, gedulde ich mich besser und treffe ihn auf dem Campingplatz. Jakob läuft mir ja nicht weg.«

»Noch nicht«, stimmte Angelique lachend zu.

»Ich bin ja schon gespannt, was ihr in den letzten Jahren alles geschafft habt. Die Fotos auf eurer Website sind der Wahnsinn.«

»Die Realität übertrifft die Fotos bei Weitem!« Ricarda, die inzwischen Mantel und Schal angezogen hatte, hakte sich bei ihm unter. »Laura ist zwar inzwischen eine richtig begnadete Fotografin. Aber in natura ist alles noch viel toller.«

Laura nickte zustimmend. »So muss es ja auch sein. Die Fotos locken die Leute her, und wenn sie erst hier sind, begeistern wir sie mit einem so zauberhaften Ambiente, dass sie gar nicht anders können, als immer wieder herzukommen und uns all ihren Freunden und Bekannten zu empfehlen.«

»Da spricht die Marketingfachfrau.« Angelique deutete zur Tür. »Was ist, macht ihr euch auf den Weg? Sonst ist das schöne Hochnebel-Sonnenlichtgemisch doch wieder futsch.«

***

»Wahnsinn, was sich hier alles verändert hat.« Beeindruckt sah Frank sich auf dem Campingplatz um, der in seiner Erinnerung eher gewöhnlich bis leicht heruntergekommen gewesen war. Seit Hans und Margit Sternbach ihn vor einigen Jahren gekauft und auf Vordermann gebracht hatten, um ihn an das Resort und das Feriendorf am See anzuschließen, das sie unweit von hier erbaut hatten, war das Gelände kaum wiederzuerkennen. Die Stellplätze für Wohnwagen und Zelte waren von niedrigen Wildrosen- und Bauernjasminbüschen voneinander getrennt, die Wege mit Natursteinen gepflastert, Zierbeete angelegt worden, die aber wohl erst im Frühjahr bepflanzt werden würden. Schon von Weitem war das ganz aus Holz erbaute Verwaltungsgebäude zu erkennen, in dem sich auch ein Restaurant, eine Kneipe, ein kleiner Supermarkt und im Obergeschoss Dusch- und Baderäume befanden. Ein weiteres Gebäude mit Duschen und Toiletten befand sich am anderen Ende des Areals, wie Ricarda ihm begeistert mitgeteilt hatte.

Auf dem Weg hierher hatte sie ihm genau erklärt, was sie alles für den Campingplatz und das angrenzende Feriendorf geplant hatten. Er hörte ihr gerne zu. Sie hob natürlich, typisch für sie, hauptsächlich die Investitionen hervor, die hier getätigt worden waren, und die finanziellen Vorteile, die diese Erweiterung des Resorts mit sich brachte. Zahlen waren ihre Welt, doch er sah ihr zugleich an, wie stolz sie auf das Werk war, an dem ihre gesamte Familie beteiligt gewesen war. Insbesondere Patrick, denn von ihm stammten sämtliche Holzhäuser sowohl auf dem Campingplatz als auch drüben im Feriendorf. Sogar für seinen älteren Bruder Justus und dessen Frau hatte er ein Haus gebaut – ganz zu schweigen von seinem eigenen, in dem er nun mit Angelique, Jakob und seinen zwölfjährigen Zwillingen Jessica und Joel lebte.

Patrick hatte es weit gebracht, das stand fest. Ebenso wie Frank war er seinen Weg gegangen, wenn auch auf ganz andere Weise. Tatsächlich hatte er sogar noch mehr erreicht, denn immerhin war er inzwischen sogar glücklicher Familienvater von gleich drei Kindern. Obgleich die Sache mit den Zwillingen vor einigen Jahren vollkommen unverhofft über Patrick hereingebrochen war. Er hatte nicht gewusst, dass die beiden überhaupt existierten, bis ihre Mutter, die im Sterben lag, ihn kontaktiert hatte. Nach ihrem Tod hatte er die Kinder zu sich genommen.

Frank bewunderte ihn dafür. Er wusste nicht, wie er in einer solchen Situation gehandelt hätte. Doch Patrick hatte sich von dem wilden, oft aggressiven und rebellischen Jungen, als der er zu den Sternbachs gekommen war, zu einem echten Familienmenschen entwickelt.

Frank hingegen war immer gerne frei gewesen, ungebunden und unabhängig, weil er einen klaren Plan vor Augen gehabt hatte, was er erreichen wollte. An seinem ersten

Etappenziel war er nun angekommen, und es wurde Zeit, sich Gedanken darüber zu machen, wie sein weiteres Leben konkret aussehen sollte. Über Familie und Kinder hatte er nie weiter nachgedacht. Wenn es geschehen sollte, würde es geschehen, davon ging er einfach aus. Allerdings hatte er bisher nie aktiv nach einer passenden Frau für dieses Unterfangen gesucht. Wozu auch? In solchen Dingen vertraute er ganz dem Universum. Dumm nur, dass es sich offenbar viel Zeit damit lassen wollte, ihn in eine geeignete Richtung zu stoßen. Zwar hatte er sich über die Jahre mit diversen Frauen eingelassen, mal mehr, mal weniger ernsthaft, doch wirklich berührt hatte ihn bislang keine von ihnen. Wenn er ehrlich zu sich war, wusste er nicht einmal, ob er schon jemals richtig verliebt gewesen war. Zumindest nicht seit … Rigoros schob er den Gedanken beiseite. Das war alles lange her, und jetzt war sicher nicht der beste Zeitpunkt, sich ausgerechnet darüber Gedanken zu machen.

Ricarda hatte sich bei ihm untergehakt und deutete auf den restaurierten, beinahe schon antik wirkenden Wohnwagen, der über und über mit Büchern bemalt war. Auf der Tür stand *Offene Bücherei.* »Schau mal, die Idee stammt von Laura und Justus. Ein offener Bücherschrank, nur ein bisschen größer als der in der Stadt. Hier können die Urlauber ihre ausgelesene Lektüre loswerden und sich kostenlos neue aussuchen. Ich habe schon etliche meiner alten Bücher gespendet.«

»Ich auch.« Laura brachte sich in Position und knipste mehrere Fotos von dem Wohnwagen und dann einige, auf denen man eine Ecke des Wagens würde sehen können und gleichzeitig den Ausblick auf den kleinen Gemeinschaftslagerfeuer- und Grillplatz, der das Zentrum des Campingplatzes bildete und zum gemeinsamen Verweilen und Feiern einlud. »Jetzt kann ich endlich wieder ohne schlechtes Gewissen neue Bücher kaufen und habe sogar Platz in meinen Regalen.« Während sie sprach, schoss Laura weitere Fotos aus diversen Winkeln. »Ich habe beschlossen, immer nur noch meine absoluten Lieblingsbücher zu behalten. Alle anderen, die ich wahrscheinlich nur einmal im Leben lesen werde, spende ich.«

»Das ist eine gute Idee.« Frank musterte den bunten Büchereiwohnwagen eingehend. »Wenn meine Sachen aus dem Lager kommen, werde ich auch mal aussortieren. Vielleicht kann ich ein paar Krimis und Thriller beisteuern, damit ihr im kommenden Frühjahr bei der Eröffnung eine gute Grundausstattung vorweisen könnt und nicht nur Liebesschnulzen im Regal stehen.«

»Liebesschnulzen?« Empört starrte Ricarda ihn an, und das war genau die Reaktion, die er hatte provozieren wollen. »Bei dir piept's wohl. In meiner Wohnung gibt es nicht eine einzige Schnulze, dass das mal klar ist.«

»Ach?« Frank grinste breit. »Wo versteckst du sie denn? Im Keller? Auf dem Dachboden? Oder immer noch unter der Matratze in deinem alten Mädchenzimmer im Haus deiner Eltern?«

»Was?« Laura ließ die Kamera sinken und drehte sich verblüfft um. »Unter der Matratze?«

»Das war ein Jane-Austen-Roman und keine Schnulze.« Ricarda funkelte Frank erbost an. »Und ich habe das Buch nicht versteckt.«

»Also hat es nur rein zufällig dort gelegen?« Sie hatte sich wirklich nicht verändert, und das machte Frank glücklich – und vielleicht ein bisschen zu übermütig. »Oder ist es normal, dass Mädchen ihre Lektüre an solchen Stellen verstecken? Laura, du bist doch auch ein Mädchen. Ist das ein normaler Lagerplatz für Bücher?«

»Nur wenn man sie eigentlich noch nicht lesen darf, weil man für den Inhalt zu jung ist.« Laura schmunzelte. »Bei Jane Austen dürfte diese Gefahr allerdings nicht bestanden haben.«

»Ich habe das Buch einfach dort hingelegt, damit niemand es beschädigt. Patrick hatte doch dauernd irgendeinen Unsinn im Kopf und hat mich gezankt.«

»Also an Büchern hat er sich meines Wissens nie vergriffen.« Frank feixte. »Vielleicht war es dir auch einfach nur peinlich, dass du für Mr. Darcy geschwärmt hast.«

»Das habe ich nicht!« Ricarda starrte ihn zornig an.

»Aber Colin Firth in der BBC-Verfilmung magst du schon«, warf Laura ein.

»Colin Firth, so heißt der Schauspieler! Stimmt.« Frank duckte sich zur Seite, als Ricarda ihn schubsen wollte. »Ich bin mir ziemlich sicher, dass du unter deiner Matratze auch ein Poster von ihm hattest. Und diese Miniserie hattest du auf Videokassette. Oder war es schon eine DVD? Ich weiß es nicht mehr genau.«

»Für die Schule!« Ricarda funkelte ihn immer noch böse an. »Du weißt genau, dass wir das Buch im Englischunterricht durchgenommen haben. Du hast doch selbst einen Aufsatz darüber geschrieben.«

»Kann schon sein.« Frank zuckte mit den Achseln. »Im Gegensatz zu dir habe ich aber kein Problem mit ein bisschen Romantik – und ich verstecke auch keine Bücher unter meiner Matratze.«

»Ist doch auch egal.« Laura räusperte sich vernehmlich. Offenbar wollte sie Frieden stiften. »Schaut mal, wie wäre es, wenn ich auch noch von den frisch angelegten Beeten Fotos machen würde. Ich könnte von heute an jede Woche oder alle zwei Wochen einmal herkommen und dokumentieren, wie sie sich bis zum Frühling oder sogar bis zum Sommer verändern. Daraus könnte man sogar ein kleines Video basteln – oder ein Reel für Instagram. Was meint ihr?«

Ricarda starrte Frank noch einen Atemzug lang schweigend an, dann entspannte sie sich wieder. »Gute Idee. Aber dann musst du bei jedem Wetter hierherkommen.«

»Na klar, das ist doch der Sinn der Übung. Das habe ich damals beim Bau der Feriendorfanlage auch gemacht.« Laura lächelte erleichtert. »Was hältst du von der Idee?«, wandte sie sich an Frank.

»Keine Ahnung.« Er betrachtete das kahle Beet. »Mit Instagram kenne ich mich nicht besonders gut aus. Was bitte sind Reels?«

»O Gott, frag Laura niemals nach so etwas!« Ricarda wedelte abwehrend mit beiden Händen und tat entsetzt. »Sie wird dir einen ewig langen Vortrag über die Vor- und Nachteile von sozialen Netzwerken und ihre Funktion in unserer Marketingstrategie halten.«

»Ach.« Neugierig wandte er sich an Laura. »Wirst du das tun?«

»Nicht hier und jetzt.« Laura kicherte. »Ich muss das Licht ausnutzen. Aber wenn es dich interessiert, können wir uns ein andermal darüber unterhalten.«

»Warum nicht? Vielleicht essen wir alle mal zusammen.« Er warf Ricarda einen Seitenblick zu. »Was meinst du?«

»Klar, warum nicht?« Sie nickte beiläufig.

»Justus ist garantiert mit dabei.« Laura lächelte fröhlich, während sie etwas an ihrer Kamera einstellte. »Und Viola und Lukas ganz sicher auch. Allerdings wird es vor ihrer Hochzeit ein bisschen eng, schätze ich.«

»Ja, stimmt, ich habe läuten hören, dass Viola heiratet.« Frank hüstelte. »Ich bin ja mal gespannt, wie ihr Zukünftiger so ist.«

»Er ist klasse.« Ricarda hatte sich wieder entspannt. »Die beiden sind einfach perfekt zusammen, und wenn ich das schon sage, kannst du mir ruhig glauben. Man könnte glatt neidisch werden, so glücklich, wie die beiden sind.«

»Du bist neidisch auf Viola?« Überrascht sah Frank Ricarda an.

Rasch winkte sie ab. »Na ja, neidisch vielleicht doch nicht gleich. Viola hatte ja schon immer was für Romantik übrig, und das mit ihr und Lukas war schon fast schmerzhaft ...«

»Romantisch?«, half er nach.

»Nein, kitschig!« Ricarda schnaubte, lächelte dann aber. »Na ja, romantisch wahrscheinlich auch. Von mir aus gerne, solange es die beiden glücklich macht. Wenn ich nur an die Sache letztes Jahr zu Weihnachten denke ...«

»Ja, das war ein Ding!« Laura lachte laut auf. »Lukas und Viola unterm Weihnachtsbaum!«

»Unterm Baum?« Frank verstand nur Bahnhof.

»Ja, wortwörtlich!« Ricarda unterdrückte ganz offensichtlich ebenfalls ein Glucksen. »Und dann hat sie auch noch behauptet, damit hätte sich ihr Weihnachtswunsch erfüllt.«

Frank schmunzelte. »Was hat sie sich denn gewünscht?«

Laura prustete. »Na, ihren Mr. Right unterm Weihnachtsbaum. Das hat sie sich beim Weihnachtsmann gewünscht.«

»Ja, volltrunken!« Ricarda presste die Lippen zusammen, doch ganz konnte sie ihr Lachen doch nicht verbergen. »Also, der Wunsch wurde in trunkenem Zustand geäußert. Mr. Right war meines Wissens vollkommen nüchtern.«

»Ja, war er. Und es war so romantisch, wie er ihr vor uns allen seine Liebe gestanden hat.« Laura seufzte aus tiefstem Herzen. »Einfach schön.«

»Hätte schlimmer sein können.« Ricarda winkte lässig ab.

»Zum Glück ist er nicht auch noch auf Knien mit einem Ring vor ihr herumgerutscht. Zumindest nicht in unserer Gegenwart.«

»Wann genau ist denn die Hochzeit?«, hakte Frank nach.

»In vier Tagen«, antworteten beide Frauen gleichzeitig und lächelten einander amüsiert an.

»Was, so bald schon?«

»Hättest du uns verraten, wann du wieder im Lande bist, hättest du eine Einladung erhalten. So hat Viola gedacht, dass du wohl sowieso nicht da sein wirst. Aber keine Sorge, du darfst bestimmt trotzdem kommen.« Ricarda grinste. »Am Singletisch ist immer ein Plätzchen frei.«

»Sitze ich dann also neben dir?« Er zwinkerte ihr schalkhaft zu.

Ricarda nickte nur. »Klar, was sonst? Da kann man sich in Ruhe danebenbenehmen.«

»So ein Unsinn.« Laura gluckste. »Es gibt doch gar keinen Singletisch.«

»Wie schade.« Ricarda lächelte leicht. »Wäre sicher lustig geworden.«

»Ich hoffe, ich darf mich dennoch neben dich setzen.« Frank stieß sie spielerisch mit dem Ellenbogen an. »Dann habe ich wenigstens jemanden, mit dem ich lästern kann.«

Laura hob die Augenbrauen. »Du lästerst gerne?«

Frank setzte ein breites Grinsen auf. »Nur zusammen mit Ricarda. Darin waren wir Champions.« Er zögerte kurz, feixte dann aber wieder. »Obwohl ich mir nicht sicher bin, dass es heute noch das Gleiche wäre wie damals.«

Erstaunt sah Ricarda ihn an. »Warum nicht?«

»Weil ich das Gefühl habe, dass du im Alter weich geworden bist.«

»Ich und weich?«

Er zuckte mit den Achseln. »Hey, wer hat denn von dieser Sache mit Viola, Lukas und dem Weihnachtsbaum geschwärmt?«

»Ich habe nicht geschwärmt!«

»Was denn dann?«

Empört stemmte Ricarda die Hände in die Seiten. »Ich habe einzig und allein erzählt, was …«

»Frank Hellberger! Bei Schneewittchen und den sieben Zwergen, du bist es wirklich!« Mit großen Schritten kam Patrick Sternbach aus Richtung des Parkplatzes herübergelaufen. »Das gibt es ja nicht.«

»Und wie es das gibt!« Frank ging seinem besten Freund entgegen und umarmte ihn herzlich. Kräftig schlugen sie sich gegenseitig auf die Schultern. »Allerdings komme ich nicht über die sieben Berge, sondern bin über den großen Teich geflogen.«

»Warum hast du uns denn nicht gesagt, dass du schon wieder im Lande bist? Dann hätten wir eine Party schmeißen können. Ach, egal.« Kopfschüttelnd, jedoch mit einem breiten Lächeln im Gesicht, musterte Patrick Frank von Kopf bis Fuß. »Sieh dich bloß an. Der Anwalt von Welt, wie er im Buche steht. Wie kann man sich nur freiwillig in so einen Fetzen werfen? Mir hat mein Hochzeitsanzug schon gereicht. Und in Kürze muss ich mich noch mal in so ein Teil quetschen, wenn Viola heiratet. Darauf müsste es irgendwelche Boni geben. Zehn Ganzkörpermassagen pro Stunde, die man einen Anzug tragen muss.« Grinsend strich er das wattierte braun-grau karierte Arbeitshemd glatt, das er über der derben Schnittschutzhose trug, die zu seiner Arbeitsausrüstung gehörte.

»Wenn ein Anzug maßgeschneidert ist, trägt er sich eigentlich ganz angenehm.« Frank lachte über das übertriebene Schütteln, mit dem Patrick seine Abneigung gegen jede

Art von Anzügen zum Ausdruck brachte. »Doch, doch, du müsstest es nur mal versuchen.«

»Und einen Tausender für so einen Fetzen ausgeben? Im Leben nicht.«

Lachend winkte Frank ab. »Für einen Tausender kriegst du bei meinem Schneider in Boston gerade mal die Hose – vielleicht.«

»Heiliger Bimbam!« Entgeistert riss Patrick die Augen auf.

Frank hob nur die Schultern. »Das hat da drüben einfach dazugehört. Auf Dauer muss es auch nicht gerade *Stevens & Stevens* sein. In der Kanzlei haben alle dort eingekauft, da konnte ich mich schlecht drücken. Man kann aber alles übertreiben. Wahrscheinlich gewöhne ich mich ganz schnell auch wieder an weniger teure Anzüge. Ich bin da nicht so empfindlich.«

»Ich schon.« Patrick schüttelte sich noch einmal, doch dann lachte er und schlug Frank erneut auf die Schulter. »Aber nun erzähl mal, wie es dir ergangen ist und was du so vorhast.«

»Musst du nicht arbeiten?«

»Ja, klar, aber wenn du mit rüber zum Haupthaus kommst, können wir auf dem Weg schon mal ein bisschen quatschen.« Fragend wandte Patrick sich an Ricarda und Laura. »Ist doch okay, wenn ich ihn euch entführe? Ihr hattet ihn immerhin zuerst.«

»Klar, ich bin sowieso noch beschäftigt, und Ricarda muss mir gleich mit ein paar Requisiten helfen.« Laura kramte in ihrer Fototasche. »Mensch, wo ist denn … Ah, da ist die Blende ja.«

»Von mir aus …« Auch Ricarda nickte zustimmend. »Wir sehen uns ja bestimmt später noch … irgendwo.«

»Klar.« Frank zwinkerte ihr zu. »Irgendwo, irgendwann.«

4. Kapitel

Erleichtert warf Ricarda die Wohnungstür hinter sich ins Schloss, schälte sich aus Mantel und Schal, hängte beides nachlässig an die Garderobe und stürmte geradezu auf ihre Couch zu. Mit einem wohligen Seufzen zog sie den Pullover aus, schmetterte ihn auf einen Sessel und streckte sich auf der Couch aus. Zufrieden schloss sie für einen Moment die Augen. »Feierabend!« Sie sprach das Wort mit so viel Enthusiasmus aus, dass sie über sich selbst lachen musste.

Sie liebte ihren Beruf als Buchhalterin für das Stadthotel und das Resort samt Feriendorf und Campingplatz und konnte sich nicht einmal im Traum vorstellen, jemals etwas anderes zu tun. Doch heute war ein irrer Tag gewesen. Der Vormittag mit dem Fotoshooting kam dabei noch besonders gut weg, das hatte Spaß gemacht. Ganz besonders natürlich, weil Frank so unverhofft aufgetaucht war. Allein der Gedanke an ihn ließ ein herrlich warmes Gefühl in ihrer Magengrube aufsteigen.

Leider hatte die Freude nicht allzu lange angehalten, denn bei ihrer Rückkehr ins Resort hatte sie einen verzweifelten Anruf aus dem Stadthotel erhalten, weil dort die Registrierkassen und die EDV-Anlage ausgefallen waren und weder die Kunden bedient noch Abrechnungen erstellt werden konnten. Es hatte mehrere Stunden gedauert, bis das System wiederhergestellt und alle Buchungen nachgetragen worden waren. Selbstverständlich hatte Ricarda danach noch weitere Arbeit gehabt, weil die Buchungen alle auch noch in ihrer

Buchhaltungssoftware eingearbeitet werden mussten. Normalerweise lief das alles mehr oder weniger automatisch, doch durch den Systemausfall, für den offenbar eine Stromschwankung durch Bauarbeiten in der Stadt verantwortlich gewesen war, hatte sich auch ihre Software aufgehängt. Es hatte zweieinhalb Überstunden gebraucht, um alles wieder ans Laufen zu bringen und sämtliche Vorgänge korrekt zuzuweisen. Für heute hatte Ricarda wirklich genug. Ihr Magen knurrte, doch sie war viel zu müde gewesen, um irgendwo anzuhalten und sich etwas zu essen zu kaufen. Zumindest hatte sie noch Brot in der Küche. Butter und Käse ebenfalls. Das musste reichen. Vielleicht noch einen Apfel für die Vitaminzufuhr. Was gäbe sie jetzt für eine Frühlingsrolle, gebratenen Reis, krosse Ente und Erdnusssoße mit Sprossen! Ob sie vielleicht noch etwas bestellen sollte? Das China-Restaurant lieferte bis neun Uhr abends.

Ricarda warf einen scheelen Blick auf das Telefon, das in seiner Station auf dem Schränkchen an der Wand stand. Zu weit weg. Seufzend tastete sie nach ihrem Handy, das sie normalerweise in der Gesäßtasche mit sich führte. Doch dort fand sie es nicht. Irritiert hielt sie inne. »Och nö.« Stöhnend streckte sie die Hand in Richtung Flur aus. Sie hatte das Handy vorhin nach dem Tanken in ihre Manteltasche gesteckt. Ungewöhnlich, denn sie war ein absolutes Gewohnheitstier. Doch der Mantel war zu lang gewesen, und sie hatte sich nicht verrenken wollen, um ihr Handy nach dem Abrufen der Bonuspunkte von der Tankstelle wieder in die Hosentasche zu verfrachten. Also war es in die Manteltasche gewandert – und die war noch viel weiter weg als ihr Festnetztelefon. »So ein Mist. Ich will nicht aufstehen.«

Zu allem Überfluss gab ihr Smartphone in diesem Moment einen Signalton von sich, der anzeigte, dass sie eine

Textnachricht erhalten hatte. Und gleich darauf noch eine. Ricardas Herz machte einen kleinen Hüpfer. Dieser besondere Ton war für Frank eingerichtet – und sie hatte ihn schon lange nicht mehr vernommen. In den vergangenen Monaten und Jahren hatte er sich übers Handy sehr selten gemeldet. Meist nur zum Geburtstag oder zu hohen Feiertagen. Das war vielleicht auch besser so gewesen. In der Anfangszeit seiner Abwesenheit hatten sie beinahe täglich telefoniert oder sich via SMS unterhalten, doch Ricarda war diese Art der Kommunikation irgendwann immer schwerer gefallen. Es war nicht mehr dasselbe gewesen, und mit der Zeit hatten sie beide diese Kontaktwege einschlafen lassen. Natürlich waren sie in Verbindung geblieben, per E-Mail, Postkarten, sogar manchmal richtigen Briefen – aber eben nur noch hin und wieder übers Telefon.

Lange Zeit hatte Ricarda ihren besten Freund schmerzlich vermisst, doch der verringerte Kontakt hatte ihr geholfen, darüber hinwegzukommen, dass Frank weit, weit fort war. Erst in Berlin, später in München, Hamburg, Paris, London, Glasgow und zuletzt für drei Jahre in Boston. Er war in der Welt herumgekommen, hatte Karriere gemacht. Sie war stolz auf ihn und bewunderte den Elan und Ehrgeiz, mit dem er seine Ziele verfolgt hatte. Sie selbst hatte nie das Bedürfnis verspürt, sich in der Welt zu beweisen. Zwar hatte sie ebenfalls zweimal Zeit im Ausland verbracht – einmal ein Jahr in London als Au Pair und ein halbes Jahr in einem Hotel in der Schweiz, wo sie natürlich in der Buchhaltung gearbeitet hatte. Danach war sie jedoch mit fliegenden Fahnen heimgekehrt, weil sie es vor Heimweh nicht mehr ausgehalten hatte. Seither verbrachte sie höchstens einmal einen Urlaub im Ausland. Sie war einfach keine Weltenbummlerin und fühlte sich zu Hause in ihrer kleinen, gemütlichen Heimatstadt pudelwohl.

Als ihr Handy einen dritten Signalton von sich gab, rappelte sie sich auf und eilte in den Flur, um nachzusehen, was Frank ihr geschrieben hatte.

Frank: Hast du Hunger?

Frank: Wir stehen gerade vor dem *Sunrise in China* und überlegen, ob wir uns eine Frühlingsrolle gönnen sollen.

Frank: Wir könnten dir etwas mitbringen.

Wie auf Kommando knurrte Ricardas Magen so laut, dass sie zusammenzuckte. Gleichzeitig runzelte sie jedoch die Stirn.

Ricarda: Wer ist *wir*?

Es dauerte nur Sekunden, bis als Antwort ein Foto bei ihr ankam. Offensichtlich ein Selfie, das Frank vor dem China-Restaurant geschossen hatte. Es zeigte ihn und einen bezaubernden kleinen hellbraunen Pudel.

Ricarda: O mein Gott, wer ist das denn? Ist der süß!

Frank: Er ist eine Sie. :-D Ihr Name ist Naila, und sie würde dich gerne kennenlernen.

Ricarda: Seit wann hast du denn einen Hund? Oder gehört sie deinen Eltern?

Frank: Das erkläre ich dir gerne, wenn du meine Einladung zum Essen annimmst. Ich liefere auch frei Haus. Es sei denn, du hast schon etwas anderes vor.

Ricarda blickte an sich hinab. Sie trug nur ein dünnes cremefarbenes Seidentop über ihrem BH.

Ricarda: Viel hatte ich heute nicht mehr vor. Bin ziemlich abgeschlagen und gerade erst nach Hause gekommen und verhungere fast. Du wärst meine Rettung.

Frank: Gib uns eine Viertelstunde.

Ricarda antwortete mit einem Daumen-hoch-Emoji, dann rannte sie in ihr Schlafzimmer und riss die Kleiderschranktür auf. Rasch griff sie sich eine lässige hellblaue Bluse mit Dreiviertelarm und aufgestickten Rosenblüten. Im Laden hatte sie noch gedacht, das Muster wäre zu verspielt für sie, doch inzwischen war die Bluse zu ihrem Lieblingsstück aufgestiegen. Sie war nur leicht tailliert und konnte lässig über einer Jeans getragen werden. Manchmal knotete Ricarda sie auch einfach auf Bauchnabelhöhe, doch davon sah sie heute ab. Stattdessen überlegte sie eine ganze Weile, ob sie nur den oberen Knopf offen lassen sollte oder vielleicht sogar zwei, bis sie fluchte und sich die Zunge herausstreckte. »Es ist doch nur Frank!«, schalt sie sich, obgleich der Gedanke ihr dennoch ein leichtes Herzklopfen bescherte. »Hör sofort auf mit dem Quatsch. Du bist erwachsen. Kein Grund zur Aufregung.« Trotzdem rannte sie – mit zwei geöffneten Knöpfen – ins Wohnzimmer zurück und raffte die umherliegenden Zeitschriften zusammen, warf den Pullover durch die Tür zielsicher bis aufs Bett und räumte danach auch noch das schmutzige Geschirr vom Frühstück in die Spülmaschine. Danach blickte sie sich mit argwöhnischem Blick in ihrer kleinen Wohnung um. Alles ordentlich, wie fast immer. Aber nicht zu ordentlich. Sie lebte schließlich nicht in einem Museum. In letzter Sekunde fiel ihr ein, dass sie mehrere BHs und Bustiers auf der Klappleine im Bad hängen hatte. Hastig raffte sie sie zusammen, warf dabei fast die Klappleine um und stopfte die Unterwäsche in die dafür vorgesehene Schublade im Schlafzimmer. Sie hatte gerade das Leinengestell hinter der Badezimmertür verstaut, als es klingelte.

***

Sobald Ricarda die Wohnungstür im zweiten Stock des Mehrfamilienhauses öffnete, in dem sie schon seit rund sieben Jahren wohnte, hielt Frank grinsend die riesige Papiertüte hoch, in der das chinesische Essen verstaut war. »Ich hoffe, du magst immer noch gebratenen Reis mit Erdnusssoße und knuspriger Ente.«

Ricarda grinste zurück. »Sprossen in der Soße?«

»Klaro.«

»Frühlingsrollen?«

»Die extragroßen.«

»Komm rein.« Sie trat zur Seite und gab die Tür frei. Dabei fiel ihr Blick auf die kleine Pudeldame. »Oh, du natürlich auch, du Hübsche. Naila, nicht wahr?«

Guten wuff, äh, guten Abend! Ja, Naila ist mein Name, woher weißt du das? Naila wedelte mit der Rute und legte neugierig den Kopf schräg. *Na, ist ja egal. Ich danke dir für die freundliche Begrüßung. Wohnst du hier? Lass mal sehen und riechen … ja, sehr nett. Viel besser als das riesige Haus gestern. Hier gibt es wenigstens Möbel, auch wenn hier nicht so viel Platz ist und es auch keinen Garten gibt. Warm ist es hier, das gefällt mir auch sehr gut. Draußen ist es unangenehm kalt und ganz diesig-neblig. Bestimmt regnet es bald wieder. Hatte ich schon erwähnt, dass ich Regen verabscheue?*

»Was brummelst du denn da vor dich hin?« Ricarda ging vor Naila in die Hocke und hielt ihr vorsichtig die Hand hin. »Willst du mal schnuppern? Du bist ja wirklich Zucker!« Sie blickte Frank lächelnd an. »Sag jetzt nicht, dass du sie aus Boston mitgebracht hast.«

»Nein, habe ich nicht.« Frank ging in das hell erleuchtete Wohnzimmer und stellte die Tüte auf dem Couchtisch ab. Es hatte sich nicht allzu viel verändert, seit er vor zwei Jahren kurz hier gewesen war. Auch davor war er hin und wieder – viel zu selten – kurz hier zu Besuch gewesen, deshalb kannte er sich recht gut aus. »Sie hat meinem Opa gehört.«

»Ach, wirklich? Und was macht sie dann bei dir?« Ricarda war ihm gefolgt, stutzte nun aber. »Moment, sie hat ihm gehört? Heißt das etwa …?«

»Er ist vor drei Wochen an einem Herzinfarkt gestorben.«

»O nein, das wusste ich nicht.« Erschrocken trat Ricarda auf ihn zu und umarmte ihn sanft und energisch zugleich – so wie früher. »Das tut mir so leid.«

»Es kam ziemlich überraschend, auch wenn er schon länger mit einer Herzschwäche zu tun hatte.« Frank erwiderte die Umarmung dankbar. Warum hatte er sich eigentlich Sorgen gemacht, dass zwischen ihnen nicht mehr alles so wie früher sein könnte? Als ihm Ricardas Duft in die Nase stieg, ein Hauch ihres Shampoos und die Überreste eines blumigen, aber nicht zu süßen Parfüms, durchfuhr ihn ein unerwartet heftiger Stich. Einige Dinge hatten sich anscheinend wirklich nicht geändert. Rasch löste er sich wieder von ihr und lächelte ihr zu. »Opa wollte, dass wir ein gutes Zuhause für Naila finden. Er hat sie einer Frau abgekauft, die inzwischen, soweit ich weiß, in eine Psychiatrie eingewiesen wurde.«

»Ach du liebe Zeit!«

»Ja, das ist alles nicht so erfreulich.«

»Und jetzt hast du Naila adoptiert?«

»Allerdings.« Er löste die Leine von Nailas Geschirr, und sofort sauste sie los, um die Wohnung in Augenschein zu nehmen. »Das passt doch irgendwie dazu, hier endlich sesshaft zu werden, oder?«

Ricarda gluckste und bedeutete ihm, sich zu setzen. »Ein Mann und sein Pudel? Das ist auf jeden Fall ein interessanter Anblick. Was möchtest du trinken? Ich habe eine halbe Flasche Weißwein da, alkoholfreies Radler, Wasser und Cola.«

»Radler klingt gut zu Frühlingsrollen und Ente.« Während Ricarda die Getränke holte, packte Frank rasch die Pappschachteln und Bambusschalen mit dem Essen aus.

Ricarda stellte nur Augenblicke später zwei geöffnete Flaschen Radler auf den Tisch und legte Besteck dazu.

»Willst du nicht mit Stäbchen essen?« Zwinkernd wedelte Frank mit den Bambus-Essstäbchen vor ihrem Gesicht herum.

»Du willst ja nur, dass ich mich wieder einsaue und dann oben ohne herumrennen muss.« Ricarda schnappte sich die Essstäbchen und legte sie außer Reichweite auf einem Beistelltischchen ab. »Nichts da. Seit jenem Tag benutze ich eine Gabel – oder die Finger, wenn es sein muss.«

Frank lachte. »Ist doch unter uns geblieben.«

»Ja, unter uns und dem Rest der Klassenstufe.«

»Beschwert hat sich aber niemand über den Anblick.« Frank erinnerte sich noch ausgesprochen gut an die Party, die sie in der zwölften Klasse gefeiert hatten. Ricarda hatte noch nie gut mit Stäbchen essen können, es aber stoisch immer wieder versucht, leider mit dem Ergebnis, dass ihr Shirt am Ende vollkommen bekleckert gewesen war. Da sie außerdem ein paar Kurze zu viel getrunken hatte, war sie für den Rest des Abends oben ohne herumgelaufen – oder vielmehr nur im Bustier.

»Natürlich nicht. Ein Haufen hormongesteuerter Teenager fand das natürlich toll.« Bei der Erinnerung musste sie schmunzeln.

»Ich glaube nicht, dass nur hormongesteuerte Teenager deinen Anblick im BH genießen würden – damals wie heute.«

»Ja, weil die Hormonsteuerung bei euch Kerlen erst ausfällt, wenn euer Puls stoppt.«

»Autsch!«

»Willst du es bestreiten?«

Er grinste. »Ich verweigere die Aussage.«

»Na klar.«

»Ich erinnere mich noch gut, dass Marco Hofmann damals extrem enttäuscht war, dass du zwar einen halben Striptease hingelegt hast, aber trotzdem nicht auf seine Anmachversuche eingegangen bist.«

»So besoffen, dass ich darauf verfallen wäre, war ich nun auch wieder nicht.«

»Er war ganz schön in dich verschossen.«

»Marco?« Ricarda lachte auf, hielt dann aber inne. »Der doch nicht. Der war hinter allem her, was Brüste hatte.«

»Täusch dich mal nicht. Er hat monatelang nur von dir geschwärmt, aber du hast ihm die Ricarda-typische kalte Schulter gezeigt.«

»Weil er mich nicht interessiert hat.« Sie zuckte mit den Achseln.

»Wie alle anderen. Soweit ich mich erinnere, hattest du während der gesamten Schulzeit keinen Freund.«

»Na und?« Ricarda zog eine der Reisschachteln zu sich heran und klappte sie auf. »Hm, lecker!« Mit leuchtenden Augen schaufelte sie sich eine Gabel voll in den Mund und kaute genüsslich.

»Damit hast du sicher nicht nur Marcos Herz gebrochen.«

»Ach ja? Wessen denn noch?« Amüsiert winkte sie ab. »Lass mal, um mich brauchst du dir keine Sorgen zu machen. Ich bin eben wählerisch, aber ich komme schon auf meine Kosten, wenn mir danach ist.«

»Da bin ich mir sicher.«

Ricarda hob den Blick von ihrem Reis. »Warum sagst du das so komisch? Du kennst mich doch. Also … Ich habe mich jetzt nicht so sehr verändert in den letzten Jahren.«

»Schon klar.« Dummerweise schlug ihm genau diese Erkenntnis gerade heftig auf den Magen. Wenn er ehrlich zu sich war, hatte er halb gehofft und halb befürchtet, dass Ricarda inzwischen längst vergeben wäre. »Die Männer hier in der Stadt müssen alle ziemlich blind und blöd sein.«

Wieder hob Ricarda den Blick. »Warum?«

Er bedachte sie mit einem vielsagenden Blick. »Weil sie anscheinend nicht erkennen, was sie an dir haben.«

»Was haben sie denn an mir?«

Verärgert stellte er fest, dass er sich in Teufels Küche manövriert hatte. Glücklicherweise kam Naila ihm zu Hilfe, indem sie sich dicht vor ihm hinsetzte – kerzengerade wie immer – und ein vernehmbares Schnauben ausstieß. Dabei wanderte ihre Nase langsam, aber auffällig in Richtung der Box mit der gebratenen Ente.

Also diese Wohnung ist sehr okay. Viele kuschelige Ecken, in denen man sich zusammenrollen kann. Zwar kein Körbchen mit Kuschelkissen, aber darüber kann ich mal hinwegsehen. Vielleicht täte es ja auch der Sessel dort drüben. Muss ich nachher mal testen. Aber erst einmal wäre es ganz vorzüglich, wenn ihr mir etwas von diesem lecker riechenden Fleisch abgeben würdet.

Frank räusperte sich vernehmlich. »Nein, Naila, das ist nichts für dich.«

Das behauptest du. Ich kenne aber den Geruch. Das ist Geflügelfleisch. Ente vermutlich. In meinem Hundefutter ist auch Ente. Zumindest sagt die Frau das, die du Mama nennst. Ente ist demnach ganz eindeutig etwas für mich.

Ricarda gluckste. »Sie ist ja so was von süß, wie sie dasitzt und ihre Nase immer länger wird.«

Das ist nicht meine Nase, sondern mein Hals, den ich mir gleich verrenke, wenn ihr mir nicht endlich etwas abgebt.

»Ich fürchte, mein Opa konnte ihr nicht widerstehen und hat ihr immer etwas vom Tisch gegeben.« Frank warf Naila einen abschätzenden Blick zu. »Andernfalls würdest du es jetzt wohl nicht versuchen, nicht wahr?«

Stimmt schon. Georg war ein sehr, sehr netter Mann. Er hat sein Essen immer mit mir geteilt.

»Ich habe eine Idee.« Ricarda stand auf und eilte in die Küche. Kurz darauf kam sie mit einer flachen Porzellanschüssel zurück, in der ein paar Hundekuchen lagen. »Die habe ich immer im Haus, weil meine Geschwister alle auf den Hund gekommen sind und ich Bestechungsmittel brauche, wenn sie mit ihren Fellnasen hier zu Besuch sind. Wenn wir jetzt … Moment …« Sie nahm mit ihrer Gabel zwei Streifen Entenfleisch und bugsierte sie zu den Hundekuchen in die Schale. »Das ist zum Glück nicht scharf gewürzt. Was meinst du? Darf sie das haben? Dann gibt sie vielleicht Ruhe.«

Beeindruckt nickte Frank ihr zu. »Klar, gib ihr das ruhig. Ich wäre nie darauf gekommen, dass du Hundefutter im Haus hast.«

»Wie gesagt, das dient Bestechungszwecken. Lizzy, Oskar und Miss Daisy stehen total darauf und tun alles für diese Hundekekse. Das kann manchmal ganz nützlich sein.«

»Miss Daisy?« Frank lachte. »Und Oskar und Lizzy? Das klingt ja nach einer Rasselbande.«

»O ja, das kannst du laut sagen.« Ricarda beugte sich ein wenig vor, sodass sie mit dem Oberkörper praktisch auf seinen Beinen lag, und stellte die Schüssel vor Naila auf dem Boden ab. »Hier, meine Hübsche, damit du nicht verhungern musst, während wir schlemmen.«

Oh, danke sehr! Mir war doch gleich so, als wärst du eine richtige Hundekennerin. Hm, das riecht so lecker. Was sind diese runden Dinger denn? Kekse? Die riechen fast genauso gut wie das Fleisch. Mjam, so lasse ich mir das gefallen. Naila versenkte ihre Nase in der Schüssel, und gleich darauf war ein leises Schmatzen und das Knuspern der Hundekekse zu vernehmen.

Frank blickte halb amüsiert, halb verlegen auf Ricarda hinab, die immer noch halb auf ihm lag und Naila beim Fressen zusah. »Ich hoffe, du hast es bequem?«

»Hm? Was? Oh, entschuldige.« Hastig richtete Ricarda sich wieder auf und zupfte an ihrer Bluse herum.

»Dazu besteht kein Grund. Ich mag es, wenn schöne Frauen auf mir liegen.«

»Pfff.« Erheitert stieß sie ihm den Ellenbogen in die Seite. »Seit wann raspelst du denn Süßholz? Lernt man das drüben in Boston?«

»Meine Raspel habe ich zu Hause gelassen.« Frank war einigermaßen froh, dass Ricarda sich wieder ein Stückchen von ihm zurückgezogen hatte. Sein Puls war eindeutig zu heftig in die Höhe geschossen. Verdammt, manche Dinge änderten sich wirklich nie. So hatte er sich das nicht vorgestellt. »Wenn du diese Bemerkung schon als Süßholz einstufst, bist du entweder viel zu lange aus der Übung oder zu oft an Blödmänner geraten.«

»Beides wahrscheinlich.« Mit Daumen und Zeigefinger nahm Ricarda sich vorsichtig ein Stückchen Fleisch, tunkte es in die Erdnusssoße und ließ es sich in den Mund fallen. »Hm, das *Sunrise in China* macht das beste chinesische Essen auf diesem Planeten.«

Frank hatte sie beobachtet und riss seinen Blick nur mit Mühe von ihrem Gesicht los. »Da hast du recht. Selbst in Boston gibt es kein China-Restaurant, das dem *Sunrise* das Wasser reichen kann.« Er hüstelte und suchte krampfhaft nach einem unverfänglichen Thema. »Tja ... Viola heiratet also in vier Tagen.«

»Inzwischen sind es nur noch drei und eine Nacht.« Während sie sprach, stocherte Ricarda mit der Gabel in ihrem Reis herum. »Dieses Jahr ist bei uns das Hochzeitsfieber ausgebrochen. Erst im Frühjahr Elke und Otto, jetzt Viola und Lukas. Wir kommen aus dem Feiern gar nicht mehr heraus.«

»Stimmt ja, deine Tante Elke hat auch geheiratet. Ich habe ja wirklich so einiges verpasst.«

»Wir hatten viel Familienzuwachs in letzter Zeit.« Ricarda schmunzelte. »Interessanterweise immer um Weihnachten herum. Anscheinend liegt zu dieser Jahreszeit irgendwas in der Luft.«

»Romantik vielleicht?«

»Wie kommst du denn darauf?«

Frank hob die Schultern. »Schnee, Lichter, Kaminfeuer, Kerzenlicht ... Gibt es eigentlich immer noch den schönen Weihnachtsmarkt, oder ist der inzwischen dem Kommerz zum Opfer gefallen?«

»Es gibt ihn immer noch, und er ist genauso wie früher. Na ja, es gibt schon ein paar neue Stände, und in der Mitte bauen sie jetzt immer eine Bühne für unseren Gospelchor oder den Kirchenchor auf, aber ansonsten ist immer noch alles beim Alten. Sogar das alte Karussell steht immer noch jedes Jahr am gleichen Platz. Was den Kommerz angeht … Klaus hat seit ein paar Jahren eine lukrative neue Einnahmequelle für sich entdeckt.«

»Ach, wirklich? Welche denn? Züchtet er Karussell-Ableger?«

Ricarda prustete und hätte dabei beinahe ihren Reis ausgespuckt. »Nein!« Hustend griff sie nach einer Serviette und tupfte sich über den Mund. »Aber wenn ich es recht bedenke, züchtet er in gewisser Weise Kundennachwuchs für das Karussell.«

»Wie denn das?«

Ricarda griff nach ihrer Radlerflasche und nahm einen großen Schluck. »Er lässt seit einigen Jahren abends, wenn die Kinder wieder weg sind, die Erwachsenen fahren. Paarweise versteht sich. Das ist inzwischen der Hit bei den verliebten Pärchen in der Stadt. Dazu spielt er natürlich die passende Schnarchmusik.«

»Schnarch?« Frank schmunzelte.

»Na ja, Liebesschnulz eben. Man gleitet praktisch auf dem Schmalz dahin.«

Erheitert lachte Frank auf. »Hast du das auch schon ausprobiert? Das Gleiten, meine ich?«

»Um Himmels willen, nein, natürlich nicht.« Entschieden schüttelte Ricarda den Kopf. »Du weißt doch, dass dieses ganze Romantikgedöns nichts für mich ist. Das ist mir viel zu albern. Ich meine, kann sein, dass manche Leute das supertoll finden und hinterher glauben, noch verliebter zu sein als vorher, aber mir leuchtet nicht ganz ein, was so eine Karussellfahrt an irgendwelchen Gefühlen ändern soll, die entweder vorher schon da waren oder eben nicht.«

»Vielleicht weil du es tatsächlich noch nicht selbst erlebt hast.« Mutwillig zwinkerte Frank ihr zu. »Ich finde die Idee klasse. Das werde ich glatt mal testen. Beginnt der Weihnachtsmarkt wie immer am Freitag vor dem ersten Advent?«

»Ja. Aber wie willst du bis dahin eine geeignete Frau für dieses Experiment finden?«

»Ha, du unterschätzt meine Fähigkeiten!« Grinsend nahm auch Frank einen Schluck von seinem Radler. »Wenn ich die Richtige entdecke, greife ich sie mir – und schwupps, ist sie mein.«

»Heiliger Bimbam, aus welcher Höhle haben sie dich denn freigelassen?« Halb empört, halb erheitert stieß Ricarda ihn an. »Kleines Update: Heutzutage lassen sich die Frauen nicht mehr einfach so greifen. Schon gar nicht von jemandem mit einem derart übersteigerten Ego.«

Frank grinste immer noch. »Ich wiederhole: Unterschätz mich nicht! Aber falls es doch ein bisschen länger dauern sollte, bis ich ein passendes weibliches Gegenstück zu meinem übersteigerten Ego gefunden habe, kann ich ja einfach dich mitnehmen.«

»Wohin mitnehmen?« Argwöhnisch zog Ricarda die Brauen zusammen.

»Na, aufs Karussell, was denn sonst.«

»Im Leben nicht!«

»Einmal hab ich das schon geschafft, also gilt der Zeitraum Leben in diesem Zusammenhang nicht.«

»Okay, dann lass es mich anders formulieren: nur über meine Leiche. Das war damals eine dreiste Erpressung, und noch einmal wirst du damit nicht durchkommen.«

»Werde ich nicht?«

»Nein.«

»Dann bist du also seit damals zum Feigling mutiert? Wie bedauerlich.«

»Bin ich nicht.« Ricarda funkelte ihn aufgebracht an. »Aber erwachsen geworden. Erpressung zieht bei mir nicht mehr.«

»Na, das werden wir ja sehen.« Frank genoss den kleinen Schlagabtausch. Ricarda hatte sich wirklich nicht verändert. In ihrer Gegenwart fühlte er sich einfach wohl, gelöst und – glücklich. Verflixt. »Oder ich ändere meine Strategie.«

»Keine Chance!«

Frank sah sie mit leicht schräg gelegtem Kopf an. »Ist das eine Herausforderung? Du kennst meine neue Strategie noch nicht. Was machst du, wenn ich sie erfolgreich anwende?«

Ricarda setzte eine entschlossene Miene auf. »Das wird dir nicht gelingen.«

»Und wenn doch?«

»Vergiss es. Ganz egal was für Geschütze du auffährst, ich falle nicht darauf rein.«

So ganz sicher war Frank sich nicht, ob er das Richtige tat, doch was konnte schon groß passieren? Früher hatte er sich ja auch stets unter Kontrolle gehabt. Also setzte er alles auf eine Karte. »Nun lass mir doch den Spaß. Nur um der Wette willen: Was würdest du tun, wenn ich es allen Widrigkeiten zum Trotz schaffe, dich noch einmal auf dieses Karussell zu locken?«

»Ich würde die Krise kriegen!«

Frank lachte. »Nein, im Ernst. Nehmen wir an, meine Strategie ist erfolgreich und dir gefällt die Karussellfahrt sogar.«

»Das wird nicht passieren.«

»Komm schon, Ricarda!«

Sie seufzte ergeben. »Na gut, in diesem absolut unwahrscheinlichen Fall würde ich …« Sie dachte nach. »Keine Ahnung. Dann hättest du einen Wunsch bei mir frei.«

»Einen Wunsch?« Verblüfft musterte er sie. »Egal welchen?«

Sie zuckte mit den Achseln. »Schon einen, den ich auch erfüllen kann.«

»Klar.«

»Aber da dieser Fall niemals eintreten wird, weil eher die Hölle zufriert und die Welt sich in entgegengesetzter Richtung dreht, muss ich mir darüber keine weiteren Gedanken machen.« Triumphierend grinste sie ihn an.

»Okay.« Frank tat, als gäbe er klein bei, doch irgendwo tief in seinem Inneren wusste er genau, dass er die Herausforderung angenommen hatte. Jetzt musste er sich nur noch eine passende Strategie überlegen.

»Jetzt aber mal was ganz anderes«, wechselte Ricarda das Thema und stellte die inzwischen leeren Schachteln und Schalen ineinander. »Warum bist du eigentlich hier? Ich meine, du bist gerade erst zurückgekehrt. Hast du nichts Besseres zu tun, als hier mit mir abzuhängen?«

»Also erstens hängen wir nicht, wir sitzen.« Frank trug den Abfall in die Küche und entsorgte ihn im Mülleimer. Die Bambusschalen stellte er in die Spüle. Erst bei seiner Rückkehr sprach er weiter. »Und zweitens wüsste ich überhaupt nichts Besseres, als den Abend mit dir zu verbringen.«

Ricarda sah ihn überrascht an. »Wollen nicht erst mal deine Eltern etwas von dir haben?«

»Wir hatten bereits Zeit, uns wieder aufeinander einzustellen. Ich bin ja schon seit ein paar Wochen wieder im Lande.« Frank lehnte sich auf der Couch zurück, streckte die Beine aus und überkreuzte sie an den Knöcheln. »Heute bin ich hier, weil ich dich sehen wollte – und weil ich etwas herausfinden wollte.«

»Und was?« Gespannt erwiderte Ricarda seinen Blick.

»Ob zwischen uns noch alles in Ordnung ist.«

Für einen langen Moment schwieg Ricarda. »Hast du daran gezweifelt?«

»Nach deiner stürmischen Begrüßung heute Vormittag nicht mehr allzu sehr.« Er lächelte leicht. »Ich dachte nur … Mir war so, als wärst du in der letzten Zeit ziemlich still und distanziert gewesen. Kaum mal eine Mail, und wenn, dann nur ein paar knappe Sätze.«

»Du hast dich auch ziemlich rar gemacht.«

Er nickte. »Mag sein, aber nicht so sehr wie du – und Patrick im Übrigen auch. Mit ihm muss ich auch noch reden.«

Nun setzte sich auch Ricarda anders hin, lehnte sich zurück, zog aber die Füße unter den Po. »Vielleicht habe ich einfach abgewartet, ob du diesmal wirklich Ernst machst. Ich wollte mich nicht in Vorfreude hineinsteigern, die dann enttäuscht wird. So wie …« Sie brach ab und wich seinem Blick aus.

»Wie vor drei Jahren?«, half er nach. »Ich weiß, ich hatte damals schon versprochen zurückzukommen. Und dann hat sich diese Wahnsinnschance in Boston aufgetan.«

»Du braucht das nicht zu erklären oder dich zu entschuldigen.« Ricarda sah ihn nun wieder an, gefasst und mit ernster Miene. »Du hast getan, was das Beste für dich und deine Karriere war. Das ist doch selbstverständlich. Ich bin dir deshalb nicht böse oder so.«

»Aber du warst enttäuscht.« In seinem Magen bildete sich ein unangenehmer Knoten.

»Ja, schon irgendwie.« Sie hob die Schultern. »Aber wie gesagt, ich habe es dir nicht übel genommen. Ich verstehe es – und jetzt bist du ja wieder hier.«

»Allerdings.« Er sah ihr an, dass sie noch mehr hatte sagen wollen, es jedoch zurückhielt. Sie verbarg etwas vor ihm, doch es war wohl zu früh, um zu hoffen, dass sie sich ihm freimütig wie früher anvertrauen würde. Vielleicht musste er hier und jetzt den Grundstein dafür legen. »Ich habe dich vermisst.«

Als ihr Kopf sich ruckartig hob, merkte er erst, wie intensiv die Worte geklungen hatten. »Euch alle«, setzte er vorsichtshalber hinzu. »Diese drei Jahre in Boston waren ziemlich irre. Irre lehrreich auf jeden Fall. Aber die meiste Zeit hatte ich entsetzliches Heimweh.« Nach dir, hätte er gerne hinzugesetzt, doch das wäre wohl wirklich zu intensiv rübergekommen – und er war sich noch nicht ganz sicher, ob er das riskieren wollte. Er war gerade erst wieder im Lande und vielleicht noch ein bisschen verwirrt von der Umstellung und der Wiedersehensfreude.

»Ich … Wir haben dich auch vermisst.« Ricarda sprang auf und schnappte sich die leeren Radlerflaschen. »Willst du auch noch eins?« Schon war sie in die Küche verschwunden.

»Klar, ist ja alkoholfrei.« Ziellos blickte er sich im Wohnzimmer um. Ob sie es wirklich schafften, nahtlos an der Stelle anzuknüpfen, an der sie vor fast vierzehn Jahren aufgehört hatten? Einerseits wünschte er sich nichts mehr – andererseits sagte ihm ein seltsames Gefühl in der Magengrube, dass die Sache nicht ganz so einfach werden würde, wie er gehofft hatte. Spontan kam ihm eine Idee, und ehe er sie als zu gefährlich verwerfen konnte, sprach er sie auch schon aus. »Wir könnten übrigens zusammen gehen.«

»Wohin?« Ricarda stellte zwei neue Radlerflaschen auf den Tisch und setzte sich wieder.

»Zu Violas Hochzeit. Sähe doch irgendwie professioneller aus, als einzeln dort aufzukreuzen.«

Ricarda, die sich gerade wieder in die Couchkissen gekuschelt hatte, setzte sich wieder auf. »Wir beide? Als Date?«

Das Wort vibrierte für einen Moment zwischen ihnen. Sicherheitshalber winkte er lässig ab. »Gewissermaßen. Ein Notnagel-Date unter Freunden. Dann entfällt auch die Sache mit dem Singletisch.«

»Das war doch nur ein Scherz. So was kommt nur in Hollywoodfilmen vor. Oder in Romanen.«

Er verkniff sich die Frage, woher sie das so genau wusste. »Trotzdem wäre es doch viel witziger. Wir könnten im Partnerlook gehen. Oder hat Viola dich zur Brautjungfer auserkoren und du musst ein lächerliches Elfenkleid in einer schrägen Farbe tragen?«

Ricarda lachte. »Du warst zu lange in Amerika. Ich bin zwar Violas Trauzeugin, aber einen Kleiderkodex gibt es nicht. Und auch keine Brautjungfern. Nur meine Unterschrift auf der Heiratsurkunde und ein paar Extrafotos vermutlich.«

»Also ist der Partnerlook schon mal abgemacht.« Er grinste breit.

»Von wegen. Glaubst du nicht, dass Patrick eifersüchtig wird, wenn wir zusammen zur Hochzeit gehen?«

»Eifersüchtig?« Frank nahm seine Flasche vom Tisch. »Er wird doch wohl mit Angelique und Jakob hingehen oder etwa nicht?«

Ricarda räusperte sich, griff dann aber ebenfalls nach ihrer Flasche. »Du weißt schon, was ich meine. Er ist genauso dein Freund … wie ich.«

»Ganz sicher wird er froh sein, dass ich mich erbarme und mich um die einzige Single-Schwester kümmere, die ihm noch geblieben ist.«

»Iih, sag doch so was nicht!« Ricarda schüttelte sich. »Das klingt, als wäre ich das arme Mauerblümchen, das keinen Mann abbekommen hat.«

»Als Mauerblümchen würde ich dich nicht gerade bezeichnen. Aber du bist nun mal die letzte von den Sternbach-Geschwistern, die noch solo ist.«

»Danke, dass du mich so vehement darauf hinweist.« Sie kräuselte die Lippen. »Vielleicht gefällt es mir ja so am besten?«

»Kann schon sein. Aber wenn wir zusammen hingehen, vermeidest du blöde Anspielungen darauf.«

»Dafür provozieren wir damit aber neue Gerüchte.«

Dieser Punkt war ihm nur zu bewusst. »Über irgendwas müssen die Leute doch reden. Außerdem macht es mehr Spaß, wenn man nicht alleine auf eine Hochzeit geht – und einen Tanzpartner hat.«

»Ich tanze nicht.«

»Nicht mal eine kleine Ehrenrunde oder bei der Polonaise?«

»Woher willst du wissen, dass es eine Polonaise geben wird?«

Er lachte. »Es gibt immer eine Polonaise.«

»Dazu brauche ich aber keinen Partner.«

»Für die Ehrenrunde aber schon. Viola ist bestimmt enttäuscht, wenn du dich nicht zu ihr und ihrem frischgebackenen Ehemann auf die Tanzfläche traust.«

»Großer Gott, das wird albern.« Ricarda beäugte skeptisch ihr Radler. »Ich tanze nun mal nicht gerne. Zumindest keine Paartänze.«

»Später am Abend gibt es bestimmt auch Freestyle-Tanz. Komm schon, das wird lustig.«

»Das wird es so oder so.«

»Ich korrigiere: *lustiger*.«

»Als was?«

»Das wirst du schon sehen.«

»Ich glaube eher, dass ich es bereuen werde, weil danach alle glauben, wir wären …«

»Was? Gut genug befreundet, dass du mich nach langer Abwesenheit voller Erbarmen als deinen Begleiter auf die Hochzeit schleppst, damit ich mich nicht so verloren fühle?«

»So ein Quatsch. Deine Eltern kommen doch auch.«

»Und du glaubst, es macht einen guten Eindruck, wenn ein Mann von dreiunddreißig mit seinen Eltern auf eine Hochzeit kommt? Dann nehme ich lieber dein Erbarmen.« Er beugte sich ein wenig vor und berührte Ricardas Flasche leicht mit der seinen. »Guter Plan.«

5. Kapitel

»Ach je, ist das schön.« Margit Sternbach schniefte und ergriff Ricardas Hand. »Meine Kleine heiratet. Ich kann es immer noch nicht fassen.«

Ricarda erwiderte den Händedruck ihrer Mutter sanft. Sie kämpfte selbst mit den Tränen, auch wenn sie das nur ungern zugab. Hochzeiten hatten so etwas entsetzlich Rührendes an sich, vor allem wenn man in der zweiten Reihe der Kirchenbänke saß, direkt hinter den Blumenkindern, und einen ungehinderten Blick auf das Brautpaar hatte. Viola strahlte aber auch wie die Sonne selbst in ihrem schlichten, knöchellangen cremefarbenen Kleid und der blütengeschmückten Tiara, die perfekt zu der frechen blonden Kurzhaarfrisur passte. Auch Lukas wirkte geradezu entrückt glücklich und wandte seinen Blick nicht eine Sekunde von Violas Augen ab, als sie einander an den Händen fassten und ihr jeweiliges Eheversprechen sprachen. Plötzlich hatte Ricarda einen dicken Kloß im Hals.

Die beiden hatten eine Mischung aus traditionellem Eheversprechen und eigenen Worten gewählt. Ricarda hatte beide Texte vorher testlesen müssen, sodass sie sie eigentlich bereits kannte. Doch als sie sie nun hier in der feierlich geschmückten Kirche hörte, war sie tatsächlich bezaubert. Dabei hatte sie sich so gut gehalten, als sie vor zwei Stunden alle zusammen beim Standesamt gewesen waren. Gefasst, gleichmütig lächelnd, ganz so, wie es zu ihr passte. Aber jetzt blinzelte sie wie wild gegen die aufsteigenden Tränen an.

Frank, der rechts neben ihr saß, neigte sich so weit zu ihr herüber, dass sie seinen warmen Atem am Ohr spürte. »Du darfst ruhig weinen, Schatz. Mit ziemlicher Wahrscheinlichkeit wird Viola nur einmal in ihrem Leben heiraten. Da sind schwesterliche Tränen absolut erlaubt.« Seine Stimme war kaum mehr als ein Raunen, führte aber dazu, dass sich rund um ihr Ohr und in ihrem Nacken eine Gänsehaut bildete.

Hektisch schluckte Ricarda gegen die merkwürdigen Empfindungen an. »Mit großer Wahrscheinlichkeit?«

Wieder streifte Franks Atem sie. »Wenn das nicht die große Liebe ist, wie sie im Buche steht, weiß ich es auch nicht. Ich gehe fest davon aus, dass wir in fünfzig Jahren auf der Goldenen Hochzeit der beiden tanzen werden.«

Der Gedanke gefiel Ricarda irgendwie – und lenkte sie zum Glück weit genug ab, dass sie den Drang zu weinen in den Griff bekam. Zumindest einigermaßen. Eine einzelne Träne rollte ihr über die Wange. Hastig wischte sie sie mit dem Handrücken fort. Inzwischen tauschten Lukas und Viola die Ringe aus, und der Pfarrer sprach den Segen. Innerlich atmete Ricarda auf. Das Schlimmste – und auch das Schönste wahrscheinlich – war überstanden. Ein kurzer Seitenblick auf Frank sagte ihr, dass er wieder ganz entspannt und mit einem feinen Lächeln nach vorn zum Altar blickte. Zwei Plätze weiter hielt Justus sein Smartphone hoch und filmte die gesamte Zeremonie, obgleich das auch schon der professionelle Fotograf tat, der sich seitlich neben dem Altar postiert hatte.

Schnell richtete Ricarda ihr Augenmerk ebenfalls wieder auf das Brautpaar. Schräg hinter sich vernahm sie das leise Greinen und Glucksen ihres kleinen Neffen Jakob und das Wispern ihrer Schwägerin Angelique, die das Baby beruhigte. Kleider raschelten, Papier knisterte, als ein Lied angestimmt wurde. Ricarda sang mit, doch ihre Gedanken schweiften ab.

Frank hatte sich nicht mehr davon abbringen lassen, mit Ricarda als Paar zu der Hochzeit zu gehen. Als Freundespaar natürlich nur, aber ein paar interessierte Blicke von Verwandten hatten sie bereits auf sich gezogen. Der engsten Familie und ihren Freunden hatte Ricarda selbstverständlich gleich erklärt, dass nicht mehr als ein Freundschaftsdienst dahintersteckte. Alle hatten die Idee begrüßt, selbst ihre Eltern fanden sie gut. Immerhin kannten sie Frank schon, seit er auf der Welt war, denn er war ja in beinahe direkter Nachbarschaft zu den Sternbachs aufgewachsen.

Inzwischen hatte Ricarda ein paar Tage Zeit gehabt, sich an den Gedanken zu gewöhnen, dass ihr bester Freund wieder hier war. Im ersten Moment war sein plötzliches Auftauchen irgendwie surreal gewesen. Als er im Resort plötzlich vor ihr gestanden hatte, war sie einfach nur glücklich gewesen. Dieses überschwängliche Gefühl der Wiedersehensfreude war selbst damals, als er zu Patricks Hochzeit zu Besuch gewesen war, nicht so heftig ausgefallen. Diesmal hatte sie wohl einfach sofort gewusst, dass er nicht nur auf einen Sprung da war, sondern für immer.

Für immer! Zwei Wörter, die ihr eine Gänsehaut bescherten. Dass seine Freude, sie wiederzusehen, ebenso groß war wie ihre, hatte er ihr bewiesen, indem er gleich einen ganzen Abend mit ihr verbracht hatte. Wie früher. Oder doch zumindest fast. Zwar hatten sie sich sofort wieder verstanden, auf derselben Wellenlänge gesendet wie schon immer, doch die lange Trennung war selbstverständlich nicht spurlos an ihnen vorübergegangen. Vierzehn Jahre waren eine lange Zeit, und es würde eine Weile dauern, bis die alte Vertrautheit vollständig wiederhergestellt war.

Dass Frank darüber hinaus auf den Hund gekommen war, hatte Ricarda nicht wenig überrascht. Sie wusste, dass er und seine Eltern früher immer Katzen gehalten hatten. Ihn mit der süßen kleinen Pudeldame zu sehen war gewöhnungsbedürftig. Vielleicht lag es daran, dass er mit seinem leicht wirren blonden Haar und dem kurz geschorenen Oberlippen- und Kinnbart ein bisschen wie ein verwegener Pirat im Dreitausend-Dollar-Anzug wirkte und Naila wie ein putziges Schoßhündchen. Zwei krasse Gegensätze auf den ersten Blick, auf den zweiten hingegen ein gefährliches Duo. Denn welche Frau mit einem funktionierenden Puls konnte schon einem großen, starken Mann mit einem zuckersüßen kleinen Hund widerstehen?

Sie selbst natürlich ausgenommen. Aus irgendeinem unerfindlichen Grund war es Ricarda wichtig, sich gerade jetzt energisch daran zu erinnern. Einmal hatte sie ihr Herz verloren, doch das war eine Ewigkeit her und würde ihr auf gar keinen Fall noch einmal passieren. Gründe dafür gab es unzählige. Die beiden wichtigsten führte sie sich seit Franks unverhoffter Rückkehr beinahe mantraartig vor Augen, um sie nur ja nicht zu vergessen: Erstens waren sie beste Freunde, und das war für sie weit wichtiger als irgendwelche romantischen Anwandlungen, die, wenn man nicht achtgab, jene Freundschaft in einem Wimpernschlag zerstören konnten, sobald sie verflogen oder wenn es aus irgendeinem anderen Grund nicht funktionierte. Zweitens erwiderte Frank diese Gefühle nicht. Hatte er nie, und würde er nie. Sie waren beste Freunde, nicht mehr und nicht weniger. Das war viel und musste genug sein. Womit sie wieder bei Grund eins angelangt war. Sie waren beste Freunde, und das war wichtiger als alles andere. Es war das, was sie damals gebraucht hatte, und so war es auch heute noch.

Es war schwer genug für Ricarda, sich einzugestehen, dass sie Frank brauchte – und wie sehr. Wie schrecklich sie ihn all die Jahre vermisst hatte. Nun saß er neben ihr in dieser Kirchenbank, zwinkerte ihr hin und wieder fröhlich zu und war einfach wieder da. Ricardas Welt war wieder in Ordnung, und so musste es auch bleiben.

Knapp zwanzig Minuten später zog das frisch getraute Paar unter Glockengeläut und gefolgt von Familie und Freunden aus der Kirche hinaus in den matten Novembersonnenschein. Unzählige Umarmungen, Glückwünsche, Späße und Tränenströme später saßen sie alle zusammen im festlichen Bankettsaal des Sternbach Stadthotels bei Kaffee und vorzüglichem Kuchen. Viola und Lukas hatten gerade unter vielen Ahs und Ohs, Gelächter und Applaus die dreistöckige Hochzeitstorte angeschnitten, die von einem gläsernen Brautpaar geschmückt wurde, das in Judogi gekleidet war. Ricarda, Justus und Patrick waren gemeinsam auf diese Idee gekommen und hatten Violas ehemalige Klassenkameradin Jana Weißmüller, eine begnadete Glaskünstlerin, dazu überredet, dieses ganz besondere Brautpaar anzufertigen. Es war eine Anspielung darauf, dass Viola und Lukas vergangenes Jahr vor versammelter Familie einen Judokampf ausgetragen hatten, aus dem Viola siegreich hervorgegangen war. Etwa um diese Zeit herum waren sie einander erstmals nähergekommen, nachdem sie kurz vorher, am Freitag, dem dreizehnten November, zufällig zusammen die kleine Schnauzerdame Miss Daisy ausgesetzt an einer Straße gefunden hatten. Sie hatten beschlossen, sich zunächst beide abwechselnd um die Hündin zu kümmern, bis sie sich einig wären, bei wem Miss Daisy bleiben sollte.

Amüsiert dachte Ricarda an jene Tage zurück. Viola, die von Natur aus extrem schüchtern war, hatte sich zunächst nicht getraut, Lukas ihre Gefühle zu offenbaren – bis dieser, unter anderem wohl mit dem Judokampf, die Sache ins

Rollen gebracht hatte. Und nun waren die beiden also vor dem Altar gelandet, ebenfalls am dreizehnten November. Nur dass heute nicht Freitag, sondern Samstag war. Wenn man einmal den Kitschfaktor beiseiteließ, fand Ricarda dieses Datum sehr passend. Es konnte eigentlich nur ein gutes Omen für die beiden sein.

»Träumst du?« Frank, der auch an der großen, U-förmigen Kaffeetafel an Ricardas rechter Seite saß, stieß sie sachte mit dem Ellenbogen an. »Du starrst jetzt schon geschlagene fünf Minuten dieses Stück Torte an. Ich empfehle dir, es zu essen. Es schmeckt nämlich vorzüglich. Oder magst du es nicht? Dann nehme ich es und muss nicht extra aufstehen, um mir ein zweites Stück zu holen.«

»Nichts da, du Vielfraß!« Hastig brachte Ricarda ihren Teller in Sicherheit, weil Frank so tat, als wolle er ihn ihr entführen. »Ich habe nur nachgedacht, nichts weiter.«

»Worüber?« Neugierig musterte er sie von der Seite.

»Das erzähle ich dir ein andermal.« Oder besser niemals.

»Oho, waren es womöglich anzügliche Gedanken?« Frank wackelte vielsagend mit den Augenbrauen. »Welcher der Gäste hat dich denn dazu animiert?« Übertrieben aufmerksam musterte er die Hochzeitsgesellschaft, die aus fast hundert Personen bestand.

»Hör schon auf mit dem Quatsch!« Lachend stieß sie ihm den Ellenbogen in die Seite.

»Nein, nein, warte, ich finde es bestimmt heraus. Ein paar Junggesellen sind doch hier, will ich meinen. Wie wäre es mit …« Wieder ließ er seinen Blick über die Gäste wandern.

»Vergiss es. Die sind alle mit mir verwandt!«

»Nicht alle.« Er zwinkerte schalkhaft. »Und wenn, dann nicht blutsverwandt. Mal sehen, wer hat dich zu unkeuschen Gedanken verführt?«

»Niemand!« Ricarda konnte sich ein Glucksen nicht verkneifen. »Oder doch, ganz bestimmt Großcousin Jochen.« Sie deutete mit dem Kinn auf einen etwa fünfundvierzigjährigen Mann mit Halbglatze und unverkennbarem Bierbauch. »Er ist ein echt guter Fang, weißt du.«

»Oh, ja?« Frank ging sofort auf den Scherz ein. »Hat er Geld?«

»Wie Heu. Und ein großes Haus mit Garten. Na ja, eigentlich gehört das Haus seinen Eltern, und er wohnt in der Souterrain-Wohnung, aber immerhin spart er dadurch eine Menge Miete und Nebenkosten. Frisch gewaschene Kleider hat er immer frei Haus, und gut genährt ist er auch, wie man sieht, weil Großtante Agnes so gut für ihn kocht.«

»Wow, was für ein Mann.« Frank hustete, um ein lautes Lachen zu kaschieren. »Der Traum jeder hübschen Maid.«

»Aber hallo.« Ricarda wollte ein Stück Torte essen, entschied sich aber dagegen, weil sie zu heftig gegen das Lachen ankämpfte und fürchtete, sich zu verschlucken. »Aber das mit dem Geld stimmt. Er gibt ja nie was aus. Irgendwo muss er einen ganzen Batzen davon versteckt haben.«

»Du meinst jenes Geld, das er nicht in Bier investiert?«

Ricarda versuchte sich zusammenzureißen. »Wir sind ziemlich gemein. Jochen ist echt nett.«

»Und offenbar der Traum deiner schlaflosen Nächte, wenn allein sein Anblick dir sündige Gedanken beschert.«

»Ich habe keine sündigen Gedanken.« Ricarda stockte, weil sie viel zu laut gesprochen hatte. Prompt sahen sie die in der Nähe sitzenden Familienmitglieder überrascht an. »Mist, das hast du jetzt davon.«

»Wieso ich? Meine Gedanken sind vollkommen jugendfrei.«

»Meine auch! Könnte höchstens sein, dass ein Mord darin vorkommt.«

»Huh, jetzt willst du mir aber Angst machen.« Frank grinste breit. »Ich schätze, bei so vielen Zeugen bin ich ziemlich sicher.«

»Warte, bis ich dich allein irgendwo erwische.«

Frank feixte. »Womit wir wieder bei den anzüglichen Gedanken wären ...«

»Alles okay bei euch?« Angelique war hinter Ricarda aufgetaucht, legte ihr und Frank je eine Hand auf die Schulter und beugte sich zwischen ihnen ein wenig vor. »Ricarda, du hast ja noch gar nichts von deiner Torte gegessen. Schmeckt sie dir etwa nicht? Das dürfen wir Viola aber nicht verraten.«

»Doch, doch, sie ist bestimmt hervorragend, aber Frank lässt mir ja keine Ruhe, um mal ein Stückchen zu probieren.«

Frank lachte auf. »Wer hat denn eine halbe Ewigkeit vor sich hin geträumt und unkeusche Gedanken dem Kuchen vorgezogen?«

»Unkeusche Gedanken?« Interessiert sah Angelique Ricarda an. »Über wen? Frank etwa?«

»Nein!« Erschrocken zuckte Ricarda zusammen, weil sie schon wieder viel zu laut geworden war. »Ich habe überhaupt keine unanständigen ... Grins nicht so!« Aufgebracht funkelte sie Frank an, der sich vor Lachen bog. »Er will mich bloß ärgern.«

»Erfolgreich, wie mir scheint.« Anerkennend nickte Angelique Frank zu. »Hut ab, wenn ich einen tragen würde. Ricarda aus der Fassung zu bringen gelingt nur wenigen.«

»Jahrelange Übung.« Frank zwinkerte Ricarda zu. »Manche Dinge verlernt man eben nicht.«

»Scheint so.« Aufmerksam wanderte Angeliques Blick von Frank zu Ricarda. »Also ist mit der Torte alles in Ordnung.«

»Ganz bestimmt, wenn ich endlich mal dazu käme, sie zu essen.« Entschlossen schob Ricarda sich eine Gabel voll Torte in den Mund.

Frank erhob sich. »Sie ist sogar so gut, dass ich mir noch ein Stück hole, bevor nichts mehr übrig ist.«

Kaum war er verschwunden, als sich Angelique auch schon auf seinen Stuhl gleiten ließ. »Ihr habt gestritten.«

Ricarda schüttelte den Kopf, nickte dann aber. »Das ist normal. Wir ... sind so. Oder waren so, damals, meine ich.«

»Dann habt ihr aber schnell wieder zur alten Routine zurückgefunden.«

Sicherheitshalber schob Ricarda sich ein weiteres Stück Torte zwischen die Lippen und nickte nur vage.

»Er sieht gut aus.« Beiläufig faltete Angelique die Hände auf dem Tisch. »Ein bisschen verwegen, wie ein Pirat, nur ohne Augenklappe. Dazu dieser Anzug ... ein interessanter Gegensatz. Du stehst auf ihn, nicht wahr?«

Beinahe hätte Ricarda sich jetzt doch an der Torte verschluckt und hustete. »Was? Nein. Wie kommst du denn darauf?«

»Ach, ich dachte nur, ich hätte so Schwingungen zwischen euch aufgefangen.«

»Da sind keine Schwingungen.« Hastig trank Ricarda einen Schluck Kaffee, der schon reichlich abgekühlt war. »Wir sind nur Freunde.«

»Gute Freunde.«

»Ja.«

»Wie gut?«

»Was meinst du?«

»Nur gute Freunde oder Freunde mit ... gewissen Vorzügen?«

»Angelique!« Halb erschrocken, halb verärgert starrte Ricarda ihre Schwägerin an. »Bloß gute Freunde. Beste Freunde. Zumindest waren wir das mal. Aber nicht … was du meinst.«

»Ah, okay.« Friedfertig lächelte Angelique ihr zu. »Ich verstehe. Patrick hat mir schon so was erzählt, aber du weißt ja, wie ich bin. Ich will immer alles ganz genau aus erster Hand wissen. Gut sieht der Kerl aber trotzdem aus, das wirst du wohl nicht abstreiten.«

»Weshalb sollte ich?« Unbehaglich rutschte Ricarda auf ihrem Stuhl hin und her. »Darf man nur mit hässlichen Männern gut befreundet sein?«

»Das nicht.« Auf Angeliques Lippen erschien ein feines Lächeln. »Ich stelle es mir nur schwierig vor, nicht zu sabbern, wenn dein bester Freund *so* aussieht.« Ihre Worte wurden von einem bedeutungsvollen Blick in Richtung Kuchenbüfett begleitet, wo Frank gerade mit Patrick und den Zwillingen scherzte und Jakob, den Patrick auf dem Arm trug, einen Finger hinstreckte. Das Baby griff nach dem Finger und hielt ihn sichtlich energisch fest, woraufhin Frank lachend mit ihm sprach. »Oy, ein Babyflüsterer scheint er auch zu sein. Jakob ist nur bei Leuten ein Fingergrapscher, die er sympathisch findet.« Sie legte Ricarda eine Hand auf den Arm. »Weshalb ich hier bin …«

Ricarda seufzte übertrieben auf. »Ich wusste, dass du nicht ohne Grund deine Runde hier unterbrochen hast. Was geht gerade schief?«

»Nichts.« Lachend winkte Angelique ab. »Keine Sorge, Laura und ich haben alles unter Kontrolle. Wir suchen aber noch jemanden, der – oder besser die – gleich mit der Hunderasselbande mal in den Park geht. Die Fellnasen vergnügen sich zwar hervorragend nebenan in dem Garderobenraum, aber natürlich müssten sie mal … Du weißt schon. Ich kann jetzt hier nicht weg, weil ich darauf achten muss, dass gleich die Tische abgeräumt und frisch eingedeckt werden. Laura macht Fotos, Patrick kümmert sich um Jakob, und Justus hat sich erbarmt, mit den Eltern eurer Mutter einen kleinen Verdauungsspaziergang zu machen. Die beiden sind ja nicht gerade das, was man einfach im Umgang nennt.«

Ricarda nickte zustimmend. »Die beiden sind … anspruchsvoll.«

»Eben, und deine Eltern sind auch beschäftigt. Würdest du also vielleicht … bitte, bitte?«

Inzwischen hatte Ricarda ihr Stück Torte verputzt und schob den Teller ein Stückchen zur Seite. »Okay, kein Problem. Wer ist denn alles da? Miss Daisy, Oskar, Lizzy …«

»Frank hat dieses zuckersüße Pudelmädchen mitgebracht. Naila. Ich bin schockverliebt.« Angelique verdrehte die Augen.

»In wen?« Frank war unbemerkt wieder zurückgekehrt, in den Händen seinen Kuchenteller mit zwei großen Tortenstücken.

»In deinen Hund.« Rasch erhob Angelique sich. »Entschuldige. Bitte, setz dich wieder. Ich habe Ricarda gerade vorgeschwärmt, wie süß die kleine Naila ist. Ricarda hat sich bereit erklärt, unsere Hunderasselbande für ein halbes Stündchen in den Park zu entführen. Vielleicht kann sie Naila auch mitnehmen.«

»Das ist eine gute Idee.« Zustimmend nickte Frank. »Naila muss bestimmt bald mal raus. Ich kenne ihren Rhythmus noch nicht so gut, aber meine Mutter hat mir auch schon Zeichen gegeben.« Er wandte sich an Ricarda. »Wenn wir den Kuchen verdrückt haben, gehen wir mit den Bestien in den Park.«

Ricarda merkte auf. »Wir?«

»Tausend Dank!« Angelique strahlte Frank an. »Das ist wirklich nett von euch.« Schon war sie verschwunden.

Frank nahm wieder Platz. »Ich begleite dich gerne. Nach diesen Kalorienbomben tut uns ein bisschen Bewegung ganz sicher gut.«

»Klar, wenn du vorhast, diese beiden Riesentortenstücke zu verputzen …«

»Eins davon ist für dich. Du hattest die untere Etage mit Schokoladen- und Vanillecreme. Ich habe je ein Stück aus der Mitte und von oben. Flockentorte und irgendwas, was sich Spekulatius-Tiramisu-Torte nennt. Wir müssen selbstverständlich beides noch kosten, sonst können wir in Zukunft niemals wirklich mitreden, wenn das Thema bei diversen Feierlichkeiten auf diese Hochzeitstorte kommt.« Auffordernd deutete er auf Ricardas Kuchengabel. »Also los, koste. Beide Sorten.«

Zögernd kratzte Ricarda an einem der beiden Tortenstücke herum und probierte. »O Gott, ist das lecker!«

»Ganz meine Meinung.« Lächelnd aß auch Frank abwechselnd von der einen, dann von der anderen Torte. »Da war eine Meisterkonditorin am Werk. Patrick meinte, sie führt ein Café im Stadtpark. Das *Café Lotte*. Ich erinnere mich noch dunkel daran.«

»Das Café hat unlängst die Besitzerin gewechselt.« Vorsichtig, um Frank mit ihrer Gabel nicht ins Gehege zu kommen, nahm Ricarda sich noch einen Bissen. »Sie scheint ihr Handwerk zu verstehen.« Genüsslich ließ sie sich die Tiramisu-Creme auf der Zunge zergehen. »Du brauchst aber nicht mitzukommen. Mit den Hunden, meine ich. Ich schaffe das schon alleine.«

»Mit vier Hunden? Quatsch.« Unter dem Tisch streckte Frank seine langen Beine aus. »Außerdem tut mir ein bisschen Bewegung wirklich gut. Ich will ja später noch das Abendbüfett plündern.«

»Ich dachte, du willst die Kalorien beim Tanzen wieder loswerden.«

Er schmunzelte. »Ist das ein Angebot? Alles klar, die ersten beiden Tänze auf deinem Tanzkärtchen gehen an mich.«

»Ich will doch gar nicht tanzen.«

»Doch, doch, willst du. Sonst musst du am Ende mit Großcousin Jochen abhängen.«

»Und wenn schon.« Ricarda zuckte betont lässig mit den Achseln.

»Na, wir werden ja sehen.« Frank deutete mit der Gabel auf den Teller. »Und nun iss brav auf, damit wir die Pfotentiere an die frische Luft bringen können.«

***

Frank hatte sich lange geduldet. Die ersten beiden Tänze hatte er leider nicht ergattern können, da Ricardas Vater sie aufgefordert hatte. Also hatte Frank stattdessen Margit Sternbach auf die Tanzfläche geführt. Danach hatte Ricarda sich auffallend geschickt um weitere Tänze herumgedrückt, indem sie sich überaus geschäftig um das Wohlergehen der Gäste gekümmert hatte, obwohl dafür eigentlich Laura und Angelique zuständig waren. Die beiden hatten ihrerseits natürlich die Gelegenheit genutzt und ebenfalls das eine oder andere Tänzchen gewagt. Selbst bei der unvermeidlichen Polonaise quer durchs Hotel war Ricarda viel zu weit von ihm entfernt gewesen – zwischen Großcousin Jochen und ihrer Tante Elke. Frank selbst hatte sich deutlich weiter hinten zwischen Ricardas Großmutter Iris und Violas Sprechstundenhilfe Carla eingereiht.

Erst viel später, als der DJ die Musikrichtung gewechselt und zum Freestyle-Tanz aufgerufen hatte, war Ricarda auf die Tanzfläche zurückgekehrt. Allerdings war sie ständig von ihren Freundinnen und Schwägerinnen umgeben gewesen, sodass er sie weitgehend in Ruhe gelassen, jedoch aus der Ferne sehr wohl bewundert hatte. Ricarda machte eine gute Figur in ihrem silbrig blauen Etuikleid, dessen kurzes Jäckchen sie bereits vor über einer Stunde über ihre Stuhllehne gehängt hatte. Das Kleid besaß schmale Träger, sodass das Tattoo auf Ricardas linker Schulter gut zu erkennen war. Es handelte sich um keltische Schriftzeichen, die übersetzt »Mut« und »Stärke« bedeuteten, und darunter befand sich ein verschlungenes, ebenfalls keltisches Ornament. Ricarda hatte sich das Tattoo an ihrem siebzehnten Geburtstag stechen lassen. Frank erinnerte sich noch, dass ihr Vater nicht allzu begeistert gewesen war, jedoch seine Erlaubnis gegeben hatte, weil Ricarda keine Ruhe gegeben hatte. Sie hatte sich selten etwas gewünscht, deshalb war der Besuch im Tattoo-Studio schließlich das Geburtstagsgeschenk ihrer Eltern gewesen.

Mut und Stärke waren genau die Eigenschaften, die Ricarda in Franks Augen ausmachten. Sie hatte eine sehr schwere Kindheit gehabt. Ihre leiblichen Eltern waren nicht der Rede wert und inzwischen beide verstorben. Ricarda und Patrick waren in Heimen und Pflegefamilien herumgereicht worden, insbesondere weil Patrick ein schwieriger Charakter gewesen war – aufbrausend und latent aggressiv. Kein Vergleich zu dem Mann, der er heute war. Er hatte lange und hart an sich gearbeitet, nicht zuletzt mit der Hilfe seiner Adoptiveltern.

Ricarda war die Ruhigere, Vernünftigere gewesen und stets bemüht, nicht von ihrem Zwillingsbruder getrennt zu werden. Sie war eine Viertelstunde älter als Patrick, vielleicht sah sie sich deshalb als große Schwester, die alles für sie beide organisieren und regeln musste. Leider waren die beiden zeitweise auch in die Fänge einer kriminellen Bande geraten, die die damals noch nicht einmal zehnjährigen Geschwister zu Taschendieben ausgebildet hatte. Frank hatte immer gedacht, so etwas sei der Stoff für Fernsehfilme, doch Ricarda und Patrick hatten die Hölle, auf der Straße zu leben und sich mit solchen kriminellen Elementen auseinandersetzen zu müssen, am eigenen Leib erfahren.

Es hatte lange gedauert, bis Ricarda allmählich gelernt hatte, nicht nur sich selbst und ihrem Bruder, sondern auch anderen Menschen Vertrauen entgegenzubringen. Erst ihren Adoptiveltern und ihren Stiefgeschwistern, später dann auch einer Handvoll engen Freundinnen und Freunden. Und ihm.

Frank hatte sich, das gab er freimütig zu, vom ersten Moment an, damals noch in der sechsten Klasse, von Ricarda und Patrick angezogen gefühlt. Die Geschwister hatten etwas an sich gehabt, das ihn neugierig gemacht und seinen angeborenen Beschützerinstinkt aktiviert hatte. Selbst mit knapp dreizehn Jahren war diese Seite an ihm bereits ausgeprägt gewesen, und er hatte sogar schon gewusst, dass er einmal in die Fußstapfen seines Vaters treten und die Anwaltskanzlei übernehmen wollte, die dieser mit seiner Frau gegründet hatte.

Über die Jahre war zwischen den Zwillingen und ihm eine tiefe Freundschaft gewachsen. Mit Patrick hatte er viel Unsinn angestellt, jedoch soweit möglich auch dafür gesorgt, dass Patrick nicht zu sehr in Schwierigkeiten geriet. Immer war ihm das nicht geglückt, doch auch wenn sein Freund hin und wieder weit über die Stränge geschlagen hatte, war Frank nie von seiner Seite gewichen. Instinktiv hatte er dem rebellischen Jungen einen festen Ruhepol geboten, einen Freund, auf den er sich in jeder Lebenslage verlassen konnte.

Mit Ricarda war es ein wenig anders gewesen. Frank hatte sich oft Spötteleien von Kumpels anhören müssen, weil er so eng mit ihr befreundet gewesen war wie sonst vielleicht nur zwei Mädchen miteinander. Tatsächlich hatte Ricarda nie eine beste Freundin gehabt – sondern ihn. Sie hatten Nachmittage, Abende und manchmal sogar halbe Nächte miteinander verbracht, geredet, gelacht, Filme geschaut, Musik gehört. Später waren sie zusammen um die Häuser gezogen, hatten einander hin und wieder unterstützt, wenn es darum ging, eine Eroberung zu machen. Allerdings war Ricarda in dieser Hinsicht immer sehr wählerisch und zurückhaltend gewesen. Frank wusste bis heute nicht sicher, wann und mit wem sie zum ersten Mal geschlafen hatte. Das war ein Thema gewesen, das sie stets in all ihren Gesprächen ausgeklammert hatten. Auch Frank hatte nie vor Ricarda mit seinen kleinen Abenteuern geprahlt oder ihr viele Details erzählt. Das hatte allerdings verschiedene Gründe. Ricardas natürliche Zurückhaltung in diesen Dingen war nur einer davon.

Nun war er nach vierzehn Jahren Abwesenheit wieder zurückgekehrt und konstatierte, dass es ihm schwerfiel, seinen Blick von seiner besten Freundin zu lassen, die im Kreis ihrer Freunde zu dem fast schon antiken Dancefloor-Hit *Rhythm is a Dancer* ausgelassen tanzte. Es war inzwischen kurz nach halb zwei, und die Menge hatte sich bereits deutlich gelichtet. Viola und Lukas tanzten aber noch fröhlich miteinander. Als das Lied endete und in Lady Gagas *Pokerface* überging, beobachtete Frank, wie Viola zum DJ hinüberging und ihm etwas ins Ohr rief. Anscheinend hatte sie einen besonderen Wunsch, denn der junge Mann nickte sofort und begann, etwas an seinem Laptop einzustellen.

»Ganz schön heiß hier drin, oder?« Unbemerkt war Lukas neben Frank aufgetaucht. »Ich glaube, die Horde braucht mal eine kurze Verschnaufpause. Die Mädels scheinen einigermaßen angeschickert zu sein. Angelique besorgt uns eine Runde Getränke – ohne Alkohol, damit niemand dehydriert.« Lachend nickte er Viola zu, die ihm vom DJ-Pult aus Handzeichen gab, die offenbar nur Lukas verstand. Gleichzeitig tauchte Angelique mit einem Tablett voller Wassergläser auf. Die Tanzenden stürzten sich geradezu darauf, ließen sich jedoch nicht vom weiteren Tanzen abhalten. Als Helene Fischer ihr *Atemlos* aus den Lautsprechern erklingen ließ, sangen die meisten sogar begeistert mit.

»Tanzt du nicht?« Aufmerksam musterte Lukas Frank von der Seite.

»Doch, doch. Ich habe nur eine kleine Pause eingelegt, nachdem ich meine Eltern vorhin zum Auto begleitet habe. Sie haben Naila mitgenommen, damit ich mich heute Nacht nicht mehr um sie zu kümmern brauche.«

»Mal sehen, wie lange die Bande noch aushält.« Sichtlich zufrieden ließ Lukas seinen Blick über die verbliebenen Gäste schweifen. Diejenigen, die nicht tanzten, standen an der Bar oder saßen in Grüppchen beisammen und plauderten angeregt. »Immerhin habe ich noch ein bisschen was vor heute Nacht.«

»Das wird eine ziemlich späte Hochzeitsnacht, würde ich sagen. Eher ein Hochzeitsmorgen.« Frank schmunzelte. »Nicht dass ihr einfach umfallt und einschlaft.«

»Keine Sorge, so müde sind wir nicht.« Lukas grinste vielsagend. »Allerdings werden wir spätestens morgen Nachmittag laut fluchen, weil wir todmüde sein werden. Aber glücklicherweise können wir ja im Hotel erst mal ausschlafen.«

»Ricarda hat mir erzählt, dass ihr eure Hochzeitsreise in England und Schottland verbringen werdet.«

Lukas nickte. »Erst vier Tage London, dann zwei Tage

englische Landschaften, dann vier Tage Edinburgh und schottische Highlands und danach noch einen viertägigen Abstecher nach Irland.«

»Das klingt ja streng durchgeplant.«

»Nur teilweise. Die Hotels haben wir vorab reserviert, aber unseren Tagesablauf können wir bestimmen, wie wir möchten, das war uns sehr wichtig. Außerdem hat Viola darauf bestanden, dass wir zum ersten Advent wieder zurück sind, damit wir nicht den traditionellen Familienbacktag verpassen.«

»Sag bloß, den gibt es immer noch. Ich kann mich noch gut daran erinnern. Die gesamte Familie Sternbach verfällt einen Tag lang in eine Art Backwahn. Wenn man nicht achtgibt, wird man gnadenlos rekrutiert, und ehe man sich's versieht, ist man ebenfalls im Plätzchenrausch.«

»So ist es mir ergangen.« Lukas lächelte so breit, dass kein Zweifel dran bestand, wie sehr er sich der Familie seiner frischgebackenen Ehefrau verbunden fühlte. »Vor zwei Jahren hat Angelique mich zum ersten Mal mitgeschleppt, weil ich zufällig bei ihr zu Besuch war. Tja, was soll ich sagen.« Sein Blick wanderte zu Viola, die inzwischen wieder tanzte. »Das war wohl der Tag, an dem sich mein Leben für immer verändert hat. Obwohl ich ein ganzes Jahr gebraucht habe, um das zu begreifen und mir einzugestehen.« Er warf Frank wieder einen Seitenblick zu. »Wenn du mit ihr tanzen willst, solltest du die nächste Gelegenheit beim Schopfe packen.«

Frank hüstelte. »Willst du nicht lieber selbst mit deiner Frau tanzen?«

Lukas lächelte schmal. »Es ist nicht meine Frau, die du nicht aus den Augen lässt, seit wir hier stehen und uns unterhalten. Worauf wartest du?«

»Ricarda tanzt nicht gerne.«

Lukas schnaubte amüsiert. »Dafür tut sie es aber schon seit fast zwei Stunden sehr ausdauernd.«

»Paartänzen geht sie aus dem Weg«, präzisierte Frank mit vielsagendem Blick. »Schon immer.«

»Tja, dann lass dir was einfallen.« Grinsend hob Lukas die Schultern. »Vielleicht macht sie ja eine Ausnahme. Falls du die Gelegenheit nutzen willst – es gibt gleich eine Kuschelrunde.« Als in diesem Moment die Musik stoppte, eilte Lukas rasch an die Seite seiner Braut zurück.

Der DJ spielte so etwas wie einen improvisierten Tusch. »Das war's erst mal für die Zappelfraktion. Viola war gerade bei mir und hat mir ins Ohr geflüstert, dass sie und ihr frischgebackener Ehemann gerne öffentlich schmusen möchten. Und wo geht das besser als mitten auf der Tanzfläche? Deshalb gibt es jetzt ein bisschen Kuschelrock für alle, die gerne eng tanzen möchten. Aber Achtung, die ersten beiden Lieder sind von Viola höchstpersönlich ausgewählt worden. Es wird also nicht nur kuschelig, sondern auch romantisch!«

Frank straffte die Schultern. Er war wirklich geduldig gewesen. Lukas hatte recht. Wenn er noch länger wartete, machte er sich lächerlich – wenn auch hauptsächlich sich selbst gegenüber. Aus den Lautsprechern tönten nun die ersten Akkorde von Bryan Adams *Everything I do, I do it for you*. Frank beobachtete, wie sich nicht nur Viola und Lukas, sondern auch noch mehrere weitere Paare auf der Tanzfläche zusammenfanden. Ricarda steuerte auf ihn zu … und wollte schon an ihm vorbeieilen.

Rasch hielt er sie am Arm fest. »Warte mal!«

»Worauf?« Ricarda schüttelte sich übertrieben. »Die Stehblues-Knutschrunde lasse ich lieber aus.«

»Wer sagt denn was vom Knutschen?« Frank stockte, als Ricarda mit dem Kinn auf ihre Schwester und Lukas deutete, die tatsächlich gerade einen innigen Kuss austauschten. »Okay, die beiden haben die offizielle Erlaubnis, heute so viel zu knutschen, wie sie wollen. Schließlich ist das hier ihre Hochzeit.« Er hielt Ricarda sicherheitshalber immer noch fest. »Du bist mir ausgewichen.«

»So ein Blödsinn.« Stirnrunzelnd blickte Ricarda auf seine Hand an ihrem Arm. »Lass mich los.«

»Erst wenn du mir die beiden versprochenen Tänze gewährst.«

»Ich habe dir überhaupt nichts versprochen.«

Mutig zog Frank sie einfach mit sich auf die Tanzfläche. »Eigentlich müsste ich die Anzahl der Tänze verdoppeln, die du mir schuldest. Zinsen.«

»Hast du zu viel getrunken?« Argwöhnisch musterte sie ihn. »Ich will nicht tanzen.«

»Willst du nicht, oder willst du nicht mit mir?« Er wusste, er ging ein Risiko ein, indem er sie einfach näher zu sich heranzog und ihr locker die Arme um die Hüften legte. Ricarda konnte verflixt brutal werden, wenn ihr etwas nicht passte, und sie hatte im Moment jeden Muskel in ihrem Körper angespannt.

»Ich will einfach nicht.« Nervös blickte sie links und rechts an ihm vorbei. »Solche Musik ist für Pärchen, wenn überhaupt.«

»Komm schon, wir haben früher auch schon eng getanzt und waren nie ein Paar.«

Sie kräuselte die Lippen. »Ja, auf Teenager-Partys, wo jede mit jedem getanzt hat. Das fand ich damals auch schon blöd.«

»So blöd nun auch wieder nicht.« Sanft begann er sich mit ihr im Kreis zu wiegen. »Ich kann mich an ein paar Tänze erinnern, die durchaus nett waren. Romantisch sogar.«

»Du hast wirklich zu viel Wein intus.«

»Ich habe seit Stunden keinen Alkohol mehr angerührt.« Es freute ihn, dass sie sich allmählich wieder entspannte. Er befand sich also nicht mehr in akuter Lebensgefahr. »Im Gegensatz zu dir.«

»Ich bin nicht betrunken.«

Das wusste er genau. Ricarda betrank sich niemals. Sie trank Alkohol, aber immer nur haargenau so viel, dass sie nicht die Selbstbeherrschung verlor. Sie wurde vielleicht ein wenig lockerer, doch sobald sie befürchtete, dass ihr die Kontrolle entgleiten könnte, schwenkte sie auf Wasser oder Cola um. Lächelnd strich er ihr eine weiche braune Haarsträhne hinters Ohr, die sich aus ihrer kunstvollen Hochsteckfrisur gelöst hatte. »Das habe ich auch nicht behauptet. Aber du hast genug intus, dass ich dich nachher nach Hause fahren werde.«

»Okay.« Sie zuckte mit den Achseln. »Das spart mir einen langen, kalten Fußweg.«

»Du glaubst doch nicht im Ernst, dass irgendjemand hier dich heute Nacht alleine nach Hause *gehen* lassen würde.«

»So weit ist es nun auch wieder nicht. Eine knappe Viertelstunde.«

Eindringlich suchte er ihren Blick. »Nachts. Alleine. Vergiss es.«

»Hab ich ja schon, weil du mich netterweise fahren wirst.« Sie grinste, als das Lied endete. »Können wir jetzt aufhören?«

»Keine Chance.« Vorsichtig zog er sie noch etwas näher zu sich heran. »Vier Lieder mindestens. Du weißt doch, die Zinsen.«

»Zwei allerhöchstens.«

»Drei.« Als er das nächste Lied erkannte, hüstelte er. »Wow, das hat Viola sich gewünscht?«

Josh Grobans Stimme erfüllte den Saal mit seiner Liebeshymne *Per Te*. Da Frank Italienisch in der Schule gelernt hatte, verstand er jedes Wort.

Ricarda hatte ihren Blick auf das Brautpaar gerichtet, das sich nicht weit von ihnen sachte zu der Musik wiegte und sich dabei unentwegt in die Augen sah. Die Welt um sie herum schienen die beiden vollkommen vergessen zu haben. »Ich glaube, es gibt keinen Song auf der Welt, der besser zu den beiden passt.«

Frank folgte ihrem Blick und begriff sofort, was sie meinte. Ein seltsames Ziehen in seiner Magengrube machte sich bemerkbar. »Wenn du das sagst.«

»Das sage ich ganz objektiv. Ich bin vielleicht keine Freundin von Schmalz, aber hey, es ist ihre Hochzeit.«

»Du bist im Alter wirklich weich geworden.« Grinsend zog er sie ganz in seine Arme, bis seine Wange beinahe, nur ganz leicht, die ihre berührte. »Gefällt mir irgendwie.«

Er hörte sie schnauben, doch obgleich sie sich wieder etwas versteift hatte, ließ sie es zu, dass er sie weiter im Takt wiegte.

Nach einer Weile seufzte sie beinahe verzweifelt. »Großer Gott, ich bin umgeben von lauter solchen Paaren. Als wäre dieses verdammte Lied für unsere Familie geschrieben worden.«

Frank hatte ebenfalls bemerkt, dass sowohl Justus und Laura als auch Angelique und Patrick sich auf die Tanzfläche gesellt hatten. Sogar Hans und Margit tanzten eng umschlungen, und gerade kamen auch noch Ricardas Tante Elke und ihr Mann Otto hinzu. »Ist doch schön«, raunte er in Ricardas Ohr. »Nicht jedem ist eine so glückliche Familie vergönnt. Du hast großes Glück.«

»Das weiß ich.« Es klang beinahe wie das Fauchen einer Katze. »Müssen sie das nur immer so geballt demonstrieren?«

»Ach, komm schon, ein bisschen Romantik hat noch niemandem geschadet. Auch dir nicht.«

In diesem Moment wechselte die Musik zu Ed Sheerans *Perfect*. Ricarda stöhnte. »Echt jetzt?«

Amüsiert wirbelte er sie einmal im Kreis, um sie gleich darauf wieder an sich zu ziehen. »Da musst du jetzt wohl oder übel durch.«

»Ja, leider.« Ihre Stimme klang ein wenig gepresst.

Frank löste sich eine Winzigkeit von ihr, um ihr ins Gesicht sehen zu können. Als sich ihre Blicke trafen, spürte er einen heftigen Stich. Verflixt noch mal, es hatte sich wirklich gar nichts geändert. Er schluckte gegen die plötzliche Enge in seiner Kehle an. »Zumindest hat Ed mit einer Sache recht.«

Ricarda wirkte mit einem Mal leicht verunsichert. »Womit denn?«

Er lächelte leicht. »Versprichst du mir, mich nicht zu schlagen, wenn ich es dir verrate?«

Zwischen ihren Augen entstand eine Falte, doch sie antwortete nicht. Fast schien es, als ahne sie, was er sagen wollte. Im nächsten Moment wich sie seinem Blick aus.

Frank lächelte überrascht, zog sie wieder ganz nah zu sich heran und brachte nach einigen Atemzügen seinen Mund ganz nah an ihr Ohr. »Darling, you look perfect tonight«, sang er leise den Text mit.

Er konnte regelrecht spüren, wie Ricarda für einen Moment den Atem anhielt, doch er tat, als sei nichts weiter Besonderes geschehen. »Das ist die reine Wahrheit, nichts weiter, und die darf doch wohl ausgesprochen werden, nicht wahr?«

Ricarda antwortete nicht, und für den Rest des Liedes bewegten sie sich schweigend über die Tanzfläche.

***

Verdammt noch mal, wie konnte er es nur wagen, sie derart durcheinanderzubringen! Noch über eine halbe Stunde nachdem sie die Tanzfläche verlassen hatten, vibrierte Franks Stimme in Ricardas Ohr, spürte sie seine Wange an ihrer, seine Arme, die sie dicht an seinem Körper festhielten. Wütend starrte sie ihr Spiegelbild in der luxuriösen Damentoilette an. Das konnte einfach nicht wahr sein. Es durfte nicht passieren! Sie war erwachsen! Vernünftig! Keinesfalls – nein, das kam überhaupt nicht infrage! – würde sie den gleichen Fehler zweimal machen.

Bestimmt lag es nur am Alkohol, an den ganzen verliebten Paaren und der Überdosis Glück, die so eine Hochzeit mit sich brachte. Das verwirrte die Sinne. Außerdem war es absolut realitätsfern, anzunehmen, Frank habe mit ihr geflirtet. So etwas tat er nicht. Sie beide taten das nicht, es sei denn aus Scherz und Spaß. Niemals ernst.

Dennoch durchrieselten sie beim Gedanken an seine tiefe, raunende Stimme kalte und heiße Schauer, und die Erinnerung an den Blick, den sie ausgetauscht hatten, ließ ihren Puls aus dem Takt geraten.

Sie hätte nicht mit ihm tanzen dürfen. Stundenlang war sie ihm erfolgreich aus dem Weg gegangen, bis sie glaubte, dass er sein Ansinnen aufgegeben hatte. Er kannte sie. Sie tanzte nun einmal nicht gerne mit Partner. Schon gar nicht eng. Schon gar nicht mit ihm. Die Gefahr, in einem unachtsamen Augenblick die Kontrolle zu verlieren, war viel zu groß.

Kontrolle war etwas immens Wichtiges. Solange sie sie besaß – über ihr Leben, über die Dinge, die geschahen, und natürlich über ihre Gefühle –, fühlte sie sich sicher und selbstbewusst. Auf diese Weise hatte sie die ersten zwölf Jahre ihres Lebens gemeistert, und auch später hatte sie ihr Leben danach ausgerichtet. Selbst ihre Berufswahl spiegelte ihr Lebensmotto wider. Zahlen ließen sich kontrollieren, viel besser als Menschen oder gar Gefühle. Kontrolle war gut. Kontrolle war wichtig. Deren Verlust jagte ihr eine Heidenangst ein, speziell wenn dieser irgendetwas mit Frank Hellberger zu tun hatte – oder gar von ihm ausgelöst wurde.

»Was treibst du denn so lange allein hier drinnen?« Laura war hinter Ricarda in die Damentoilette getreten. »Geht es dir nicht gut? Zu viel Weinschorle? Entschuldige mich bitte, ich muss für kleine Königstiger.« Schon verschwand sie in eine der Kabinen.

Ricarda überlegte, ob sie einfach flüchten sollte, doch im Moment fehlte ihr die Kraft dazu. Sie musste erst ihre Fassung zurückgewinnen, bevor sie Frank noch einmal gegenübertrat – und sich von ihm nach Hause fahren ließ.

Es dauerte nicht lange, bis Laura wieder auftauchte und sich am Waschbecken neben Ricarda erst die Hände wusch und dann amüsiert ihr Make-up prüfte. »Na ja, für Viertel nach zwei in der Nacht noch ganz passabel. Aber Justus und ich werden gleich die Segel streichen. Ich wundere mich, dass die Kleine hier drinnen so lange durchgehalten hat, ohne zu protestieren.« Zärtlich streichelte sie über ihren Babybauch. »War das nicht eine wunderwunderschöne Hochzeit? Fast noch schöner als unsere, obwohl das eigentlich gar nicht möglich ist.«

»Sie war schon ziemlich okay.« Mit einiger Mühe schaffte Ricarda es, sich zusammenzureißen und sogar zu lächeln. »Jede Menge Kitsch und Schmalz, aber dafür echt in Ordnung.«

»Wow, was für ein Kompliment aus deinem Mund.« Kichernd stieß Laura sie an. »Gib es zu, du träumst auch von einer zauberhaften Hochzeit in Weiß mit Blumen und Musik und allem Drum und Dran. So wie heute eben.«

»Nicht mal in meinen Albträumen!«

Wieder kicherte Laura. »Und wie sieht deine Traumhochzeit aus? Totenköpfe zu Halloween auf dem Friedhof?«

Nun musste auch Ricarda lachen. »Das wäre zumindest ein cooles Happening. Dann müsstet ihr euch alle als Zombies verkleiden.«

Laura prustete. »Ich glaube, so was hab ich mal in einer Fernsehserie gesehen.« Routinemäßig zupfte sie an ihrer Frisur herum. »Sag mal, wie kommst du eigentlich nach Hause? Sollen wir dich mitnehmen?«

»Nein, nicht nötig. Außerdem wohnt ihr in entgegengesetzter Richtung zu meiner Wohnung. Das wäre doch ein riesiger Umweg.«

»So riesig nun auch wieder nicht.« Laura musterte sie streng. »Du gehst nicht allein zu Fuß, dass das mal klar ist.«

»Himmel, was ihr heute alle besorgt seid. Hier im Ort passiert doch nie etwas. Die Kriminalitätsrate liegt drei Meilen unter dem Bundesdurchschnitt. Mindestens.«

»Das ist doch egal. Nachts geht man einfach nicht allein durch die Stadt. Nicht mal Männer tun das gerne.« Laura stockte. »Wer ist ›ihr‹? Macht sich sonst noch jemand Sorgen?«

Ricarda zuckte mit den Achseln. »Frank bringt mich nach Hause.«

»Ah, sehr gut.« Beiläufig zupfte Laura nun an ihrem Kleid herum. »Ihr gebt ein hübsches Paar ab.«

»Wir sind kein Paar!« Missvergnügt verzog Ricarda die Lippen. »Ich wusste gleich, dass so was kommen würde. Da erweist man einmal einem Mann einen Freundschaftsdienst, indem man ihn zur Hochzeit der eigenen Schwester mitnimmt, und schon hört die Sternbach-Sippe die Mäuse husten. Wir sind nur Freunde, okay? Nicht mehr. Und dass er mich nach Hause bringt, ist auch nichts anderes als ein Freundschaftsdienst.«

»Auf der Tanzfläche, hatte ich eigentlich nur gemeint.« Laura warf ihr im Spiegel einen vielsagenden Blick zu. »Er ist ein guter Tänzer. Interessant, dass du gleich so aus der Haut fährst. Habe ich versehentlich einen Nerv getroffen?«

Ricarda schloss die Augen und stöhnte verzweifelt.

»Oje, das war anscheinend ein Volltreffer.« Sanft legte Laura ihr eine Hand auf die Schulter. »Tut mir leid. Willst du darüber reden?«

»Nein.« Verdammt, damit hatte sie sich verraten. »Es gibt nichts zu bereden.«

»Na gut, wie du willst.« Friedfertig drückte Laura Ricardas Schulter noch einmal leicht, dann ließ sie sie wieder los. »Aber falls du es dir anders überlegen solltest …«

»Jaja.« Ungeduldig wedelte Ricarda mit der Hand, warf ihrer Schwägerin dann aber noch einen argwöhnischen Blick zu. »Erzähl bitte niemandem etwas.«

»Wovon denn?« Laura lächelte ihr begütigend zu. »Wir haben uns doch nur vor dem Spiegel im Damenklo über mein Make-up unterhalten.« Sie zwinkerte Ricarda zu. »Wir sehen uns.« Mit einem flüchtigen Kuss auf die Wange verabschiedete Laura sich und war im nächsten Moment verschwunden.

»Shit!« Erneut warf Ricarda ihrem Spiegelbild einen verärgerten Blick zu. »Reiß dich mal zusammen, du dusseliges Frauenzimmer!« Der rüde Angriff auf sich selbst half – und reizte sie sogar für einen Moment zum Lachen. »Ab nach Hause jetzt mit dir!«, befahl sie sich, straffte die Schultern und verließ die Damentoilette wieder. Auf dem Weg zu ihrem Platz an der Hochzeitstafel sah sie, dass Frank mit dem Rücken zu ihr an der Bar stand und sich mit Justus und ihrem

Vater unterhielt. Für einen kurzen, lächerlichen Moment erwog sie, sich doch lieber ein Taxi zu nehmen, doch da drehte Frank sich bereits zu ihr um und winkte ihr. Offenbar hatte ihr Vater ihn auf sie aufmerksam gemacht. Na toll. Anscheinend hatte sich bereits überall herumgesprochen, dass Frank sie nach Hause bringen wollte. Hoffentlich führte das nicht zu noch mehr Spekulationen.

Rasch zog sie sich das kurze Jäckchen über und hängte sich das Abendtäschchen an dem langen Riemen über die Schulter. Als sie Frank erreichte, war Justus verschwunden, und ihr Vater klopfte Frank jovial auf die Schulter. »Danke, Frank, dann brauchen wir uns darum schon mal keine Gedanken mehr zu machen. Du musst bei Gelegenheit mal zu uns zum Essen kommen, damit wir uns weiter unterhalten können. Heute war so viel los, dass wir zu rein gar nichts gekommen sind.« Er lachte. »Ich bin immer noch ganz durch den Wind von dem Gedanken, dass mein kleines Mädchen jetzt eine verheiratete Frau ist. Damit bleibt mir nur noch meine Ricarda.« Er lächelte sie liebevoll an. »Pass mir nur gut auf sie auf, ja? Damit wenigstens sie mir noch für ein Weilchen bleibt.«

»Aber klar. Ich verjage alle, die möglicherweise feste Absichten bei deiner Tochter haben könnten.« Frank grinste Ricarda schalkhaft zu.

Sie atmete auf – dabei hätte sie sich eigentlich wegen der fast schon machohaften Allüren der Männer aufregen müssen. Doch heute ließ sie es ihnen durchgehen. Vor allem ihrem Vater konnte sie nicht böse sein. Er bedeutete ihr unsagbar viel, und sie wusste genau, dass dies auf Gegenseitigkeit beruhte.

»Sehr gut.« Hans legte Ricarda einen Arm um die Schultern. »Na, mein Schatz, wie war dein Tag?«

»Ausgezeichnet.« Sie legte ihrem Vater ihren Arm um die Hüfte. »Und der deine?«

»Ach, weißt du …« Hans Sternbach räusperte sich umständlich. »Es war ein wunderschöner und zugleich grauenhafter Tag für mich als Vater.« Er warf Frank einen bedeutsamen Blick zu. »Das wirst auch du eines Tages erfahren, wenn du das Glück haben solltest, eine Tochter zu haben. Aber für Viola und Lukas bin ich sehr glücklich. Die beiden sind ein schönes Paar.« Ein versonnenes Lächeln zeichnete sich auf seinen Lippen ab. »So viel Glück! Ich bin ein wahrhaft gesegneter Mann.« Sein Blick richtete sich auf Ricarda. »Erinnere mich bitte daran, wenn dich mir eines Tages auch irgendein dahergelaufener Kerl wegnimmt. Ich hoffe sehr, es wird jemand sein, den ich genauso gerne als Sohn in meine Familie aufnehmen werde wie Lukas.«

»Papa!« Verlegen stieß sie ihn leicht mit der Hüfte an.

»Doch, doch, mein Schatz, das ist immens wichtig!« Hans' Augen glänzten ein wenig. Anscheinend hatte er zu viel Wein getrunken. »Frank, du musst mir versprechen, dass du auf mein Mädchen achtgibst, damit sie nicht an den Falschen gerät.«

»Hey!« Sie bedachte ihren Vater mit einem empörten Blick. »Ich kann für mich selbst entscheiden.«

»Ich tue mein Bestes, versprochen.« Frank bot ihr seinen Arm an. »Komm, mein Schlitten steht schon für die Prinzessin bereit.«

»Ich bin keine Prinzessin.« Ricarda gab ihrem Vater einen Kuss auf die Wange und wandte sich zum Gehen. Franks Arm ignorierte sie geflissentlich.

Hinter sich hörte sie ihn lachen. »Ich fürchte, erst einmal muss sich jemand finden, den ihre schlechten Manieren nicht stören.«

Auch Hans lachte auf. »Nein, Frank, du siehst das falsch. Meine Ricarda ist was Besonderes. Besonders stark und eigensinnig. Wer sie erobern will, muss es mit ihr aufnehmen können.« Er hielt kurz inne. »Bring sie sicher nach Hause, ja?«

»Zu Befehl.« Augenblicke später schloss Frank zu ihr auf. »Wo warst du denn eben so lange? Viola und Angelique waren ganz enttäuscht, weil sie unbedingt noch so was wie einen Sirtaki tanzen wollten.«

»So was wie?«

Frank grinste breit: »Das, was sie da aufgeführt haben, hätte Mikis Theodorakis die Tränen in die Augen getrieben. Ob deine Beteiligung daran etwas geändert hätte, ist allerdings fraglich.«

»Mikis wer?« An der Rezeption ließ Ricarda sich ihren Mantel bringen.

»Theodorakis. Der Choreograf, der die Schrittfolge des Sirtaki für den Film *Alexis Sorbas* erfunden hat.« Frank ließ es sich nicht nehmen, ihr in den Mantel hineinzuhelfen, bevor er sich den seinen überwarf. »Sag bloß, das wusstest du nicht.«

»Nein, woher denn? Ist das auch so ein Schnulzfilm?«

»Himmel, nein, das ist ein waschechtes Drama mit allem Drum und Dran. Ein Klassiker von 1964 mit Anthony Quinn in der Hauptrolle.« Stirnrunzelnd musterte Frank sie von der Seite. »Das ist eine frappierende Bildungslücke.«

»Von mir aus.« Ricarda strebte dem Ausgang zu und schauderte prompt, als sie draußen Bekanntschaft mit der eisigen Novembernachtluft machte.

»Die muss dringend geschlossen werden.« Erneut hatte Frank rasch zu ihr aufgeschlossen und zog sie einfach an der Hand mit sich zu seinem Auto, das in der ersten Reihe auf dem Parkplatz stand. Galant hielt er ihr die Tür auf. »Sobald ich mich zu Hause richtig eingerichtet habe, machen wir einen DVD-Abend.«

»Klar, warum nicht.« Es gab überhaupt keinen Grund, deshalb nervös zu werden, deshalb nickte Ricarda zustimmend. »Solange da nicht ständig geseufzt und geknutscht wird.«

»Der Film wird dir gefallen.« Frank setzte sich hinters Steuer und ließ den Motor an. »Darin bringt sich sogar jemand um, und einer Frau wird die Kehle durchgeschnitten.« Er warf ihr einen amüsierten Blick zu und lenkte den Wagen auf die Straße. »Es geht um ein Bergwerk und um eine Seilbahn ... Eine Kurtisane spielt auch mit, und ja, es gibt auch eine tragische Liebe. Aber die endet blutig, also ganz nach deinem Geschmack. Na ja, ich will nicht zu sehr spoilern.«

»Und das ist ein Klassiker?« Zweifelnd kräuselte Ricarda die Lippen.

»Und wie. Drei Oscars, für sieben war er nominiert.«

»Okay.«

»Eine Literaturverfilmung.«

»Auch das noch!« Sie lachte. »Na gut, dann will ich dir mal vertrauen.«

»Kannst du.« Er zwinkerte ihr kurz zu. »Immer.«

»So wie damals, als du behauptet hast, *Cujo* wäre weniger schlimm als *Friedhof der Kuscheltiere*?«

Frank lachte laut auf. »Ist er doch auch. Da geht es immerhin nur um einen Hund. Bei *Friedhof der Kuscheltiere* hingegen ...«

»Ich hatte nächtelang Albträume von *Cujo*!« Sie schüttelte sich. »Den kann ich heute noch nicht ansehen. *Friedhof der Kuscheltiere* habe ich ganz leicht weggesteckt.«

»Vielleicht probieren wir das auch noch mal aus. Ich beschütze dich auch vor dem großen, bösen *Cujo*.«

Spöttisch schnaubend winkte sie ab. »Vergiss es. Ich bin keine vierzehn mehr und verkrieche mich ganz sicher nicht mehr vor Angst unter deinem Arm, nur damit du mich danach wochenlang damit aufziehen kannst.«

»Schade.«

Seine lapidare Antwort ließ Ricarda aufmerken, doch seine Miene verriet nicht, ob er es scherzhaft gemeint hatte oder ob er tatsächlich bedauerte, dass sie den Horrorfilm nicht erneut mit ihm ansehen wollte. Sicherheitshalber äußerte sie sich nicht weiter dazu.

***

Kaum hatte Frank seinen Wagen am Bordstein vor Ricardas Wohnhaus geparkt, als sie auch schon den Gurt gelöst hatte und halb zur Tür hinaus war. »Danke fürs Fahren. Bis dann, wir sehen uns, ja?«

Fluchend löste er ebenfalls seinen Gurt und nahm die Verfolgung auf. »Ricarda, warte doch mal!« An der Tür hatte er sie eingeholt.

»Was denn noch?« Sie kramte bereits in ihrem Täschchen nach dem Schlüssel.

Er wusste selbst nicht so genau, was er darauf antworten sollte, doch so abrupt durfte der Abend nicht enden, das stand fest. »Warum läufst du denn vor mir weg?« Falsche Frage, das wusste er sofort.

»Tu ich doch gar nicht.« Sie hatte den Schlüssel gefunden und schob ihn ins Schloss. »Es ist nur schon ziemlich spät, und ich bin müde.«

Er kannte Ricarda, auch nach der langen Trennung. Müde sah sie gerade nicht aus. Nervös und angespannt aber sehr wohl, und das machte ihn neugierig – und wagemutig.

Vorsichtig legte er seine Hand über ihre am Türschloss. »Ricarda.«

Sie hob ruckartig den Kopf, und als ihre Blicke sich trafen, durchzuckte ihn ein heftiger Stich. »Was denn?« Ihre Stimme klang gepresst.

Mit einiger Anstrengung zwang er sich, seinen Blick auf ihre Augen gerichtet zu lassen und nicht etwa hinab zu ihren Lippen zu schielen. »Danke, dass du mit mir zu der Hochzeit gegangen bist. Auch wenn wir nicht halb so viel gelästert haben, wie du mir versprochen hattest.«

»Ich hatte dir überhaupt nichts versprochen.«

»Du bist mir ausgewichen.«

Ihr Blick zuckte zu seiner Hand, die immer noch die ihre umfasst hielt. »Wir haben doch wohl miteinander getanzt.«

»Stimmt.« Vorsichtig trat er etwas näher an sie heran und konstatierte mit einiger Überraschung, dass ihre Augen sich weiteten. Wie vorhin strich er ihr die widerspenstige Haarsträhne hinters Ohr und ließ dabei probehalber seine Fingerspitzen ganz sachte und wie zufällig über ihre Wange und ihren Hals hinab wandern. Er spürte, wie sie sich anspannte, und wenn er sich nicht täuschte, hielt sie den Atem an. Das war verrückt! Ricarda reagierte nie so auf ihn.

»Ich … sollte jetzt reingehen.« Immer noch hörte ihre Stimme sich etwas dünn an, angestrengt. Sie schluckte.

»Ja, solltest du«, stimmte er zu. Das hier geriet eindeutig aus dem Ruder. Etwas, was er stets zu verhindern gewusst hatte. Doch sie sah im Schein der funzeligen Eingangsbeleuchtung einfach zu schön aus. Ehe er sich stoppen konnte, hatte er sich zu ihr hinabgeneigt, bis ihre Lippen nur noch wenige Zentimeter voneinander entfernt waren. »Es war ein sehr schöner Tag … und Abend.« In seiner Magengrube begann es zu brennen; sein Puls beschleunigte sich, weil sie ihm nicht auswich. Vorsichtig, nur ganz sachte, berührte er mit den Lippen ihren Mundwinkel. »Wir sehen uns.« Bevor sie antworten – oder aufbegehren – konnte, zog er sich rasch zurück, lächelte ihr noch einmal zu und ging zu seinem Auto.

Er hatte den Verstand verloren, ganz eindeutig. Was hatte er sich nur dabei gedacht, seine beste Freundin aus Kindertagen zu küssen? Oder beinahe zumindest.

Als er zum Hauseingang blickte, war Ricarda verschwunden. Er war ein elender Idiot!

6. Kapitel

»Bittebittebittebitte, Santa Claus, komm schnell!« Elfe-Sieben hüpfte neben dem Bett des Weihnachtsmannes auf und ab und rüttelte ihn heftig am Arm. »Wach auf, Santa!«

Brummelnd setzte der Weihnachtsmann sich im Bett auf. »Du liebe Güte, Elfe-Sieben, was ist denn passiert? Was machst du denn hier? Weshalb bist du nicht im Bett und schläfst? Es ist mitten in der Nacht.«

»Du musst mit ins Büro kommen!« Die kleine Elfe hüpfte immer noch hektisch auf und ab. Sie trug einen geblümten Schlafanzug, und ihre Mütze saß ganz schief auf ihrem Kopf. »Das Gefühlsradar spielt total verrückt. Ich habe den Funkmeldeempfänger wie immer sicherheitshalber mit an mein Bett genommen, und eben hat er Alarm geschlagen. Im Büro war zum Glück der Ton am Radar ausgeschaltet, sonst wäre inzwischen der ganze Nordpol hellwach.«

»Das Gefühlsradar?« Besorgt erhob der Weihnachtsmann sich und zog einen flauschigen roten Bademantel über seinen karierten Schlafanzug. »Ist denn auf der Erde irgendetwas passiert?«

»Was ist denn los, Schatz?« Verschlafen streckte die Ehefrau des Weihnachtsmannes ihre Nase zwischen den bauschigen Kissen und Decken hervor. »Stimmt etwas nicht? Elfe-Sieben, was machst du denn hier?«

»Es eilt wirklich, Santa, bitte komm jetzt!« Die Elfe fasste den Weihnachtsmann an der Hand und zerrte ihn mit sich aus dem Schlafzimmer hinaus, die Treppe hinab und ins Büro. Santas Frau folgte ihnen eilig.

»Hier, schau, das Radar schlägt wie wild aus, und wenn man den Ton einschaltet …« Elfe-Sieben drehte nur ganz leicht die Lautstärke hoch, und sogleich ertönte ein schriller, Ohrenschmerzen verursachender Kreischton. Schnell stellte sie den Ton wieder ab.

»Heiliger Bimbam!« Erschrocken überprüfte Santa Claus alle Funktionen des Gefühlsradars. »Das ist ja fürchterlich.«

»Mein Lieber, wieso schlägt das Radar denn plötzlich so heftig aus? Wovon wurde das ausgelöst? Ich hatte gerade so schön geträumt.« Gähnend blickte die Frau des Weihnachtsmannes auf ihre Armbanduhr, dann trat sie an die große Videowand, mit deren Hilfe Santa Claus die wichtigsten Wunscherfüllungsprojekte im Auge behielt. »Nichts, hier ist alles ruhig. Nein, halt! Oje, sieh mal, mein Schatz!«

»Was denn?« Santa Claus prüfte immer noch das Radar und zupfte dabei besorgt an seinem Rauschebart.

»Hier, bei Ricarda Sternbach tut sich etwas.« Seine Frau deutete auf die Mitte der Wand. »Das sieht aber merkwürdig aus. Was macht sie denn da? Warum steht sie in dem dunklen Hausflur, und das mitten in der Nacht?«

»Im Flur? Lass sehen.« Santa Claus eilte ebenfalls zur Videowand und betrachtete den Bildschirm eingehend. »Das ist eigenartig. Moment mal …« Er betätigte eine Taste, und schon sahen sie die Ereignisse der letzten Minuten im Rückwärtsgang.

»Halt, das ist zu weit!«, rief Elfe-Sieben. »Was ist denn das? Oh, stimmt, gestern war doch Violas Hochzeit. Ricarda und Frank sind zusammen hingegangen. Ich habe bei der Zeremonie in der Kirche zugeschaut. Sooo schön und romantisch!« Die Elfe seufzte verzückt, wurde aber gleich wieder ernst. »Spul mal ein bisschen weiter vor.«

Santa Claus tat, wie ihm geheißen, bis er an die Stelle kam, als Franks Wagen vor Ricardas Haus hielt.

»Stopp!« Seine Frau hob mahnend den Zeigefinger. »Nun wollen wir doch mal sehen …« Sie stieß einen erschrockenen Laut aus. »Du meine Güte! Santa, war das etwa deine Idee? Hast du deine Finger im Spiel?«

»Nein, ganz bestimmt nicht.« Der Weihnachtsmann sah sich die Ereignisse mit ernster Miene an. »Hm. Tja. Also so etwas.«

»Kein Wunder, dass das Gefühlsradar verrücktspielt.« Elfe-Sieben zappelte vor dem Bildschirm herum. »Unser Verdacht war anscheinend richtig, was Ricarda angeht.«

»Ihr hattet einen Verdacht?« Santas Frau musterte die beiden mit strenger Miene. »Warum erfahre ich wieder einmal als Letzte davon? Ich dachte, hier soll nur eine alte Freundschaft wiederhergestellt werden.«

»Das war der ursprüngliche Plan«, gab der Weihnachtsmann kleinlaut zu. »Aber mir war von Anfang an nicht wohl dabei.« Mit wenigen Sätzen schilderte er seiner Frau, was in der Vergangenheit vorgefallen war und welchen Anteil er an den Ereignissen auf der Erde gehabt hatte.

Seine Frau schlug die Hände über dem Kopf zusammen. »Um der Liebe der Elfen willen! Das ist ja unglaublich. Wie konnte dir nur so etwas passieren? Wenn ich mir ansehe, was da gerade geschehen ist, müsste uns das Gefühlsradar eigentlich schon längst um die Ohren geflogen sein.«

»Ich konnte doch nicht wissen, dass sich die Dinge *so* entwickeln würden.« Santa Claus rieb sich nachdenklich übers Kinn. »Obwohl …«

»Was?« Seine Frau kniff die Augen zu schmalen Schlitzen zusammen. »Sag die Wahrheit! Hast du es etwa darauf ankommen lassen?«

»Nun … nein, das nicht gerade.« Verlegen druckste der Weihnachtsmann herum. »Ich habe nicht damit gerechnet, dass so etwas hier passieren würde. Vielleicht irgendwann später mal. Ich bin selbst ganz verwirrt. Irgendwas stimmt doch an der Sache nicht. Ich dachte, ich hätte damals Ricarda … nun ja, das Herz gebrochen. Oder vielmehr dafür gesorgt, dass Frank es tut. Oder … Ach, es ist einfach zu verzwickt.«

»Das hast du ja auch.« Elfe-Sieben ließ den Kopf hängen. »Nicht mit Absicht natürlich, aber es ist passiert.«

»Ja, aber warum küsst Frank Ricarda jetzt plötzlich?« Santa Claus hüstelte. »Oder doch zumindest fast. Das kann ihm doch nicht mal eben so plötzlich in den Sinn gekommen sein.«

»Na, also manche Menschen sind aber so«, gab seine Frau zu bedenken. »Sie handeln spontan und ohne an die Folgen zu denken.«

»Aber doch nicht Frank Hellberger!« Vehement schüttelte der Weihnachtsmann den Kopf. »Ich habe mich genau über ihn informiert. Er war bis zum Abitur Ricardas bester Freund und hätte niemals etwas getan, was sie so aus dem Konzept bringt oder ihre Gefühle verletzt.« Wieder rieb er sich nachdenklich übers Kinn. »Was hat sich denn in den wenigen Tagen seit seiner Rückkehr so drastisch geändert?«

»Nichts, ich habe genau aufgepasst. Da war nichts«, beteuerte Elfe-Sieben und spulte die Handlung noch einmal ein Stückchen zurück bis zur Hochzeitsfeier. Dann ließ sie die Aufnahme im Zeitraffer laufen, bis Santas Frau einen verblüfften Laut ausstieß. »Schaut nur!«

Elfe-Sieben drückte die Pausetaste, und die drei sahen einander bedeutungsvoll an.

»Herrjemine!« Santa Claus ließ sich auf die Schreibtischkante sinken. »Mir scheint, ich habe damals noch weit mehr übersehen, als ich bislang dachte.«

»Und was jetzt?« Elfe-Sieben konnte ihren Blick nicht von dem Standbild losreißen.

»Jetzt muss mein lieber Mann sich ganz flott etwas einfallen lassen, wie er das wieder hinbiegt.« Vielsagend blickte Santas Frau von der Elfe zu ihrem Mann. »Die arme Ricarda. Noch einmal wird sie es nicht ertragen, wenn ihr das Herz gebrochen wird.«

»Der arme Frank!«, rief die Elfe aufgeregt. »Das gibt ein Desaster, wenn uns nicht ganz schnell etwas einfällt.«

Schweigend blickten sie alle drei auf den Bildschirm, selbst als der Bildschirmschoner sich schon längst wieder eingeschaltet hatte.

7. Kapitel

Schwer atmend stand Ricarda hinter der Eingangstür, die sie eiligst hinter sich geschlossen hatte. Ihr war schwindelig, und die Stelle an ihrem Mundwinkel, an der Franks Lippen sie gestreift hatten, kribbelte wie verrückt. Ihr Herz pochte im Stakkato gegen ihre Rippen. Nur mit Mühe schaffte sie es, sich die Treppen hinaufzuschleppen. Von Ferne vernahm sie den Motor von Franks Wagen, als dieser sich vom Haus entfernte.

Er hatte sie geküsst! Nein, nicht ganz, aber doch fast, und das war eine unglaubliche Frechheit. Wie konnte er es wagen? Sie waren Freunde, verdammt noch mal. Freunde küssten einander nicht – auch nicht beinahe.

Mit zitternden Fingern schloss sie ihre Wohnungstür auf, trat ein, schob die Tür ins Schloss und ließ sich einfach dagegen sinken und nach unten rutschen, bis sie auf dem Fußboden saß. Wahrscheinlich hatte er doch mehr getrunken, als er zugegeben hatte. Das sah ihm zwar nicht ähnlich, aber einen anderen Grund für sein irrationales Handeln gab es nicht.

Nur mit Mühe widerstand Ricarda dem Drang, sofort jemanden anzurufen. Viola fiel ihr zuerst ein, doch die verbrachte jetzt ihre Hochzeitsnacht – oder vielmehr das, was davon noch übrig war – mit Lukas. Angelique brauchte dringend ihren Schlaf, ebenso wie Laura. Ganz zu schweigen davon, dass Ricarda nicht einmal wusste, wie sie den ganzen Schlamassel überhaupt erklären sollte. Niemand wusste von … all dem. Von ihren Gefühlen. Von ihrem gebrochenen Herzen, das sie endlich für geheilt gehalten hatte. Nicht einmal Patrick, obwohl er ihr am allernächsten stand und so gut wie immer wusste, was in ihr vorging – genau wie umgekehrt. Es hieß, zweieiige Zwillinge seien lediglich wie normale Geschwister und hätten nicht so eine starke Verbindung zueinander wie eineiige Zwillinge. Doch bei Patrick und ihr bestand sehr wohl ein solches Band. Eine unsichtbare Leitung, die es ihnen ermöglichte, fast telepathisch miteinander zu kommunizieren – und gemeinsam zu überleben. Doch von Frank wusste Patrick nichts. Niemand wusste davon, und so musste es auch bleiben. Ricarda hatte alles unter Kontrolle gehabt. Himmel, und das durfte sich auch nicht ändern.

Was war nur in ihn gefahren? Warum hatte er das getan? Oder reagierte sie gerade einfach über? War das einfach eine freundschaftliche Verabschiedung gewesen, die sie vollkommen in den falschen Hals bekommen hatte? Ja, das musste es sein. Sie hätte ihn, als er neulich in der Lobby des Resorts aufgetaucht war, auch beinahe geknutscht. Einfach so, aus Wiedersehensfreude. Ohne Hintergedanken. Wahrscheinlich verhielt es sich nun ganz ähnlich. Er hatte sie ja nicht wirklich geküsst, sondern nur ihren Mundwinkel mit seinem gestreift. Vorsichtig berührte sie mit den Fingerspitzen die Stelle. Und die Haare hatte er ihr früher auch schon mal aus dem Gesicht gestrichen. Ganz bestimmt sogar. Wenn sie nur scharf genug nachdachte, würde sie mindestens vier, fünf Gelegenheiten aus der Tiefe ihrer Erinnerung zutage fördern.

Ganz langsam entspannte sie sich wieder und atmete ruhiger. Ihr Herzschlag beruhigte sich ein wenig. Die Panikattacke verflüchtigte sich, bevor sie richtig ausbrechen konnte. Es war alles gut. Kein Grund, sich aufzuregen. Panik war kontraproduktiv. Als junges Mädchen hatte sie eine Zeit lang unter entsetzlichen Panikattacken gelitten, bis sie mit der Hilfe eines Therapeuten gelernt hatte, ihr Leben und ihre

Gefühle in den Griff zu bekommen. Solange sie die Kontrolle über ihr Handeln und ihre Gefühle behielt, war alles in Ordnung. Kontrollverlust bedeutete Chaos, und Chaos verursachte Panik.

Doch dafür gab es wirklich keinen Grund, redete sie sich gut zu und wiederholte die Worte im Geiste wie ein Mantra. Sie war nur ein wenig instabil, weil sie Alkohol getrunken hatte und weil der ganze Tag im Zeichen einer wahnsinnig romantischen Hochzeit gestanden hatte. Das hatte sie ein bisschen verunsichert, nichts weiter. Ganz bestimmt hatte Frank sich überhaupt nichts dabei gedacht, sich auf diese Weise von ihr zu verabschieden. Sie waren gute Freunde. Beste Freunde. Er kannte sie. Sie kannte ihn. Es gab keine Geheimnisse. Bis auf das eine natürlich, aber ansonsten war zwischen ihnen stets alles klar gewesen.

Erleichtert, dass sie die Gefahr einer Panikattacke abgewendet hatte, rappelte Ricarda sich wieder auf und tappte, ohne Licht zu machen, hinüber in ihr Schlafzimmer. Sie musste dringend schlafen. Morgen oder vielmehr nachher bei Tageslicht würde alles wieder genau so aussehen, wie es sich gehörte. Wie sie es brauchte.

Auch wenn sie wusste, dass sie sich am Morgen darüber ärgern würde, zog Ricarda nur das Kleid aus und kroch in Unterwäsche und Seidenstrumpfhose ins Bett. Sie schminkte sich nicht ab, sondern zog nur im letzten Moment die Nadeln aus ihrer Hochsteckfrisur und warf sie auf den Nachttisch. Dann schloss sie die Augen und begann, von tausend an rückwärts zu zählen. Irgendwann zwischen vierhundertfünfzig und dreihundert wurde sie schläfrig. Bei zweihundertdreiundzwanzig schlief sie ein.

***

Da ist jemand, da ist jemand! Da, an der Wohnungstür. Hilfe, was mache ich denn jetzt bloß! Was, wenn das ein böser Einbrecher ist? Ob ich bellen soll? Ja, ich glaube, ich belle gleich. Und knurren sollte ich wohl auch sicherheitshalber. Also: Knurr! Oh, huch! Das ist ja Frank. Herrje, bin ich vielleicht erleichtert. Was kommst du denn so spät nach Hause? Hallo? Ich bin zu Tode erschrocken.

»Pst, Kleine, ganz ruhig. Ich bin es nur.« Rasch schob Frank sich in die Wohnung seiner Eltern und schloss die Tür hinter sich. »Hast du dich erschreckt? Ich bin ziemlich spät – oder früh.«

Das kannst du laut sagen. Ich habe schon seit Stunden geschlafen. Mich so abrupt zu wecken ist wirklich nicht nett. Du riechst auch so komisch. Fast so wie deine Eltern, als sie nach Hause gekommen sind. Und wie dieses große Haus, in dem wir alle so lange waren und wo so viele Menschen und Hunde herumliefen und saßen und gegessen und getrunken haben und was weiß ich nicht noch alles. Das war vielleicht aufregend. Nach solch einem Tag brauche ich dringend meinen Schönheitsschlaf!

Auf Zehenspitzen schlich sich Frank in das kleine Gästezimmer, in dem er derzeit nächtigte, dicht gefolgt von Naila, die leise und hörbar ungehalten vor sich hin maulte und brummelte. Seine Mutter hatte das Hundekörbchen ebenfalls ins Gästezimmer gestellt, damit Naila und er sich aneinander gewöhnten. Naila setzte sich mitten hinein, kerzengerade, und sah ihn erwartungsvoll an.

Was ist denn jetzt? Machst du langsam mal das Licht aus? Ich will schlafen! Und du solltest das um diese Zeit auch tun.

»Ich bin gleich so weit.« Rasch schälte Frank sich aus seinem Anzug und huschte hinüber ins Bad, um die Toilette zu benutzen. Als er zurückkehrte, saß Naila noch haargenau da wie zuvor, und er hätte schwören können, dass sie ihn missbilligend musterte. Erst als er sich unter die Bettdecke geschoben und das Licht gelöscht hatte, vernahm er ein Rascheln. Naila schien sich mehrmals um die eigene Achse zu drehen, bevor sie eine geeignete Liegeposition gefunden hatte. Mit einem unüberhörbaren Schnauben ließ sie sich fallen.

Ich hoffe, jetzt ist Ruhe, sonst werde ich unleidlich! Gute Nacht.

Frank streckte sich auf dem Rücken aus und verschränke die Arme hinter dem Kopf. Sein Wecker projizierte die Uhrzeit in roten Ziffern an die Zimmerdecke. Zehn vor drei.

Er war ein solcher Idiot! Wahrscheinlich konnte er von Glück sagen, dass Ricarda ihm nicht eine geklebt hatte. Wenn sie nie mehr mit ihm sprach, war das auf jeden Fall sein Verschulden.

Sie war nicht zurückgewichen. Hatte nicht aufbegehrt, wie es eigentlich ihre Art hätte sein müssen. Sie hatte ihn bloß angesehen, den Blick starr auf seine Augen gerichtet, und kaum noch geatmet. Nicht vor Zorn und auch nicht vor Schreck, so gut kannte er sie. Oder hatte er sie gekannt. In- und auswendig. Genau deshalb hatte er sich geschworen, dass ihm so etwas niemals passieren würde.

Ricarda war im Grunde sehr einfach gestrickt: Gefühle jedweder Art machten ihr Angst. Deshalb verschloss sie ihr Innerstes in der Regel vor der Welt und den Menschen und gab nur selten etwas über sich preis. Es hatte eine Zeit gegeben, als sie von ihrem neuen Leben und dem Übermaß an Liebe und Zuneigung, die man ihr in ihrer neuen Familie entgegenbrachte, so überwältigt und verunsichert gewesen war, dass sie unter heftigen Panikattacken gelitten hatte. Er hatte selbst die eine oder andere miterlebt und später durch

Ricardas Therapeuten gelernt, damit umzugehen. Seit jener Zeit übte sie sich noch mehr als zuvor schon in Selbstkontrolle. Neue Eindrücke, die irgendwie mit Gefühlen einhergingen, brachten sie allzu leicht aus der Balance. Deshalb hatte Frank alles darangesetzt, ihr ein zuverlässiger, vertrauenswürdiger Freund zu sein, der ihr die Sicherheit gab, die sie brauchte – und hin und wieder auch einmal im Rahmen ihrer Möglichkeiten ein Gefühl zuzulassen, ohne befürchten zu müssen, dass ihr der Boden unter den Füßen weggezogen wurde.

Seit jenen Tagen war viel geschehen, und sie hatte sich immens weiterentwickelt. Ihre generelle Angst vor Kontrollverlust war gewichen und hatte einer gelassenen Distanz Platz gemacht, mit der alle, die Ricarda liebten, inzwischen sehr gut umzugehen wussten. Er konnte nur hoffen, dass er mit seinem unbedachten Handeln nicht die Vertrauensbasis zerstört hatte, die er unbedingt wieder zwischen ihnen aufbauen wollte. Sie war viel zu wertvoll, als dass er ihre Freundschaft aufs Spiel setzen wollte.

Aber sie war nicht zurückgewichen. Hatte sich weder innerlich noch äußerlich von ihm zurückgezogen oder verschlossen. Vielmehr war ihre Reaktion die einer Frau gewesen, die … ja, was? Geküsst werden wollte? Zumindest schien sie nichts dagegen einzuwenden gehabt zu haben. Wenn dem so gewesen wäre, hätte sie reagiert, das wusste er nur zu gut. Sie konnte sogar richtig aggressiv werden, wenn ihr etwas gegen den Strich ging. Davon konnte so mancher Kerl ein Lied singen, der versucht hatte, sich über ihre Grenzen hinwegzusetzen. Viola war diejenige, die seit Kindertagen Judo ausübte und sich in fairen Wettkämpfen durchzusetzen wusste. Ricarda hingegen war auf der Straße aufgewachsen und kannte Griffe, Tritte und Tricks, die alles andere als fair, dafür aber umso wirksamer waren. Wer sich ihr zu mutig näherte, tat es auf eigene Gefahr.

Himmel, er war stolz auf sie!

Er sehnte sich nach ihr.

Verflucht noch mal, er liebte sie. Wie lange, das konnte er nicht einmal mit Sicherheit sagen. Vielleicht schon vom ersten Tag ihrer Bekanntschaft an. Zumindest konnte er sich an keinen Tag danach erinnern, an dem dieses elende Gefühl ihn nicht gemartert hatte.

Sie hatte ihn nicht in seine Schranken verwiesen. Dieser Gedanke trieb ihn allmählich in den Wahnsinn, denn er barg einen verteufelten Funken Hoffnung, den er sich all die Jahre niemals auch nur zu träumen gewagt hätte. Allerdings hatte er keinen Schimmer, wie er sich von jetzt an verhalten sollte. Ricardas Freundschaft war ihm das Wichtigste überhaupt. Auf keinen Fall wollte er sie zerstören oder auch nur einen klitzekleinen Keil zwischen ihnen zulassen, nur weil sein eigensinniges Herz, gepaart mit seinen widerspenstigen Hormonen, ihm die Sinne vernebelte. Das kam überhaupt nicht infrage. Doch dieser unbarmherzige Hoffnungsfunke blieb beharrlich und verursachte ihm ein schmerzliches Ziehen in der Magengrube.

Das Vibrieren seines Handys riss ihn aus diesem wilden Gedankenkarussell. Verwundert nahm er das Mobiltelefon vom Nachttisch. Wer schrieb ihm denn mitten in der Nacht eine Textnachricht?

Als er den Absender erkannte, stutzte er. Janet, eine Kollegin und gute Freundin aus Boston, wo es jetzt gerade mal neun Uhr abends war. Als er die Nachricht aufrief, musste er schlucken. Janets Vater, der Gründer der Anwaltskanzlei, in der Frank die letzten Jahre gearbeitet hatte, war an einem Herzinfarkt verstorben. Janet bat ihn, zur Beerdigung zu kommen. Der Termin stand bereits fest.

Selbstverständlich würde er hinfliegen, das stand außer Frage. Und zwar so schnell wie möglich, denn er konnte sich vorstellen, wie sehr Janet und ihre Familie unter dem Verlust litten. Unter allen Umständen würde er ihnen beistehen, sobald und so gut es nur ging. Kurz erwog er, sie anzurufen, schrieb dann aber doch nur rasch eine Nachricht, in der er sein Beileid bekundete und Janet jede Hilfe seinerseits zusicherte. Sie hatte ihm in der Anfangszeit sehr geholfen, ebenso wie ihr Vater, und inzwischen war er nicht nur mit ihr, sondern auch mit ihrem Mann und ihren drei Kindern im Teenageralter sehr eng befreundet. Er zählte sie zu seiner Familie. Der Verlust war tragisch und auch für ihn schmerzlich. Er würde gleich morgen einen Flug buchen – und musste sich etwas überlegen, denn am Montag kam die Einbauküche, und bis Donnerstag sollten seine restlichen Möbel und die Sachen aus dem Lager geliefert werden. Diese sehr alltäglichen Probleme lenkten ihn so weit von seinen durcheinandergeratenen Gefühlen ab, dass er irgendwann einschlief.

8. Kapitel

Obwohl sie rechtschaffen müde war – anscheinend vertrug sie das lange Aufbleiben nicht mehr so gut wie früher –, hielt Ricarda sich den Sonntag über so beschäftigt wie nur möglich. Sie räumte auf, putzte ihre Wohnung, sortierte ihre Kleider und ordnete ihren Kleiderschrank neu. Dann räumte sie ihren Kühlschrank aus und reinigte ihn ausgiebig. Keine wirklich angenehmen Beschäftigungen für einen Sonntag, doch zusammen mit einem Hörbuch-Thriller hielten sie sie vom Grübeln und möglicherweise einer erneuten Panikattacke ab.

Am späten Nachmittag, der Regen pladderte, getrieben von einem stürmischen Wind, lautstark gegen ihre Fensterscheiben, breitete sie ihre Yogamatte im Wohnzimmer aus und begann mit ein paar einfachen Übungen. Gerade als sie den Schwierigkeitsgrad ein wenig anheben wollte, klingelte ihr Handy. Franks Klingelton.

Sie erstarrte mitten in der Übung und fiel beinahe um. Ihr Herz zuckte wild in ihrer Brust. Verärgert über ihre übertriebene Reaktion, rappelte sie sich auf und schnappte sich das Smartphone vom Küchentisch. »Hey.« Du meine Güte, mehr fiel ihr nicht ein?

»Hey, Prinzessin.« Franks Stimme klang wie immer. Das Lächeln war seiner Stimme anzuhören. »Wieder fit nach der durchtanzten Nacht?«

Etwas kraftlos ließ sie sich auf einen Küchenstuhl sinken. »Nenn mich gefälligst nicht Prinzessin.«

»Warum nicht?«

»Weil ich keine bin.« Sie atmete tief durch. »Ich bin ein bisschen angeschlagen. Anscheinend werde ich alt.«

Frank lachte. »Da sind wir schon zwei. Wie peinlich. Dreiunddreißig und schon ein altes Eisen.«

»Ich bin erst zweiunddreißig!«

»Umso peinlicher.«

»Pfff.« Sie seufzte. »Da hast du leider recht.« Sie entspannte sich wieder. Frank war ganz so wie immer. So, wie sie ihn kannte. Wie sie ihn brauchte. Wahrscheinlich hatte sie gestern wirklich etwas in den falschen Hals bekommen und überreagiert. Kein Wunder nach der Überdosis Romantik, der sie den ganzen Tag ausgesetzt gewesen war. »Viola hat mich heute schon mit mindestens hundert Fotos bombardiert. Vor einer knappen Stunde sind sie und Lukas in ihrem Hotel in London angekommen, und wahrscheinlich braucht sie jetzt schon eine neue Speicherkarte für ihr Handy, so viel wie sie knipst und filmt.«

»Ich weiß, ich hab auch schon Bilder bekommen.« Frank räusperte sich umständlich.

Ricarda kannte das Geräusch nur zu gut. »Weshalb rufst du an?«

»Weshalb ich anrufe …« Da sie gleichzeitig gesprochen hatten, hüstelte Frank erneut. »Okay, ich mache es kurz: Ich brauche dich.«

Ricarda verschluckte sich fast. »Was?«

»Deine Hilfe. Ich brauche deine Hilfe.«

Krampfhaft versuchte sie, nicht zu husten. Sie musste aufhören, immer gleich das Schlimmste anzunehmen! »Wobei?«

»Geoffrey Bainstone ist gestorben.«

Ricarda hielt für einen Moment betroffen inne. »Mein … Beileid?«

»Er war der Gründer der Kanzlei Bainstone und Blair, in der ich in Boston gearbeitet habe.«

»Ach so.« Ricarda biss sich auf die Unterlippe. »Das tut mir leid.«

»Seine Tochter Janet hat mir letzte Nacht Bescheid gegeben. Also bei ihr war es ja erst abends. Sie hat mich zur Beerdigung am kommenden Freitag eingeladen.«

»Aha.« Wenn das ein Anflug von Eifersucht sein sollte, würde sie sich gleich höchstselbst mit einem Holzhammer schlagen!

»Sie und ihr Mann und auch Geoffrey waren in den drei Jahren drüben meine Ersatzfamilie.«

Jetzt würde sie sich erst recht selbst züchtigen müssen. Sie war eine dumme Kuh! »Das ist bestimmt schlimm für dich.«

»Ich würde gerne schon morgen Mittag rüber fliegen, um Janet und ihrer Familie beizustehen. Und wenn ich mich bloß um die Kids kümmere oder so.«

»Und wozu brauchst du mich?«

»Ja, also …« Sie konnte sein Achselzucken geradezu vor sich sehen. »Ich kann nur fliegen, wenn sich hier jemand um meine Angelegenheiten kümmert. Mama hat der Küchenfirma zugesagt, dass sie morgen Vormittag liefern können. Am Dienstag und Donnerstag kommen zwei Wagenladungen Möbel und Kisten aus dem Lager. Ich weiß nicht, ob man das morgen früh alles noch canceln kann. Natürlich werde ich es versuchen, aber wenn es zu kurzfristig ist …«

»Ich kann mich darum kümmern.«

»Wirklich?« Die Erleichterung war Franks Stimme anzumerken. »Ich kann leider auch meine Eltern nicht darum bitten, weil sie morgen früh mit dem Wohnmobil losdüsen und bis kurz nach dem ersten Advent eine erste Probereise machen wollen. Mama würde garantiert alles verschieben, aber das kann ich nicht von ihnen verlangen. Sie haben monatelang das Haus renoviert und umgebaut und alles für mich erledigt. Da kann ich sie unmöglich um ihren verdienten Urlaub bringen.«

»Ist schon gut, Frank. Ich sagte doch, ich kümmere mich darum. Entweder ums Canceln oder, falls nötig, nehme ich die Lieferungen entgegen.«

»Du bist ein Geschenk des Himmels.«

Ricarda schmunzelte. »Übertreib mal nicht.«

»Während die Küche eingebaut wird, müsstest du dort bleiben, um den Handwerkern auf die Finger zu schauen.«

»Okay.« Im Geiste ging Ricarda ihren Terminplan durch und beschloss, dass sie mit ihrem Laptop durchaus mobil würde arbeiten können. »Das kriege ich hin.«

»Danke.« Wieder dieses umständliche Räuspern.

»Was noch?« Argwöhnisch kräuselte die sie Lippen.

»Da wäre die Sache mit Naila.«

Sie hielt inne. »Was für eine Sache mit Naila?«

»Ich kann sie nicht mitnehmen, und meine Eltern sind ja wie gesagt auch nicht da, um sich um die Kleine zu kümmern. Also … Sind in deiner Wohnung Hunde erlaubt?«

»Äh … nein, leider nicht. Nur Katzen. Oder vielmehr dürfen Hunde nur tagsüber zu Besuch kommen und eigentlich auch nur zwischen zehn und siebzehn Uhr. Meine Vermieterin ist da ein bisschen eigen. Es gab wohl mal Mieter, deren Hunde haben die ganze Nacht über gebellt wie irre und damit das ganze Haus wachgehalten. Seitdem hat sie festgeschrieben, dass Hunde nur noch tagsüber geduldet werden. Halten darf man sie hier nicht.«

»Mist. Haben wir also neulich gegen die Hausregeln verstoßen? Dann muss ich eine gute Hundepension suchen.

Vielleicht kann auch Greta aushelfen, aber sie ist auf diesem Fortbildungskurs und … Nein, irgendwie muss es gehen. Ich finde schon was.«

»Ich könnte in deinem Haus übernachten.« Sie hüstelte. »Das klang seltsam. Für mich ist es immer doch dein Elternhaus, aber nicht … *dein* Haus. Aber egal. Die Heizung und sanitären Anlagen funktionieren doch bestimmt schon, oder?«

»Ja, selbstverständlich. Nur die Einrichtung fehlt noch.« Frank zögerte hörbar. »Es gibt kein Bett dort. Zumindest nicht bis frühestens Dienstag.«

»Ich kann eine Luftmatratze mitbringen.«

»Das wäre … Bist du dir sicher, dass du das tun willst?«

»Hätte ich es sonst vorgeschlagen?« Sie lachte. »Ich habe auch früher schon mal auf dem Fußboden kampiert. Außerdem bin ich sehr neugierig darauf, was du aus dem Haus gemacht hast. Oder vielmehr hast machen lassen.«

»Es ist alles sehr schön geworden, viel heller und offener.« Frank stockte. »Das ist wirklich großartig von dir. Allerdings …«

»Oha, was denn jetzt noch?«

»Nichts. Es ist nur … Naila ist ein bisschen schwierig. Anspruchsvoll könnte man es auch nennen.«

»Was du nicht sagst.«

»Mama behauptet, der Hund sei nach Strich und Faden verwöhnt worden.«

»Neulich Abend war Naila doch ganz lieb.«

»Stimmt.« Eine kurze Pause entstand. »Vielleicht hast du ja einen guten Draht zu ihr.«

»Du etwa nicht?« Amüsiert lächelte sie vor sich hin. Frank Hellberger gelang normalerweise alles im ersten Anlauf. Es war erheiternd, sich vorzustellen, dass er mit der putzigen Pudeldame nicht zurechtkommen könnte.

»Wir gewöhnen uns noch aneinander.«

»Ich habe Erfahrung im Hundesitting, seit meine Familie hundeverrückt geworden ist. Schwieriger als Oskar, Lizzy und Miss Daisy zusammen kann Naila nicht sein.«

»Dein Wort in Gottes Gehörgang. Könnte ich sie heute schon zu dir bringen? Oder vielmehr zum Haus? Ich weiß, es ist viel verlangt, dass du jetzt so plötzlich umsiedelst, aber vielleicht erwische ich dann sogar noch den frühen Flug morgen um acht.«

Ricarda sah stirnrunzelnd an sich hinab. »Klar, kein Problem.«

»Danke, Prinzessin, du bist ein Goldschatz.«

Zwischen ihren Augen bildete sich eine steile Falte. »Wenn du mich noch mal Prinzessin nennst, bin ich nicht mehr dein Goldschatz, sondern deine Henkerin.«

»Kannst du in einer Stunde am Haus sein? Okay, bis später.« Lachend unterbrach Frank die Verbindung.

»Eine Stunde.« Erneut musterte Ricarda ihren Aufzug. Yoga hatte sich nun wohl erledigt. Sie würde packen müssen und sich den Kopf zermartern, wo in drei Teufels Namen sie ihre Luftmatratze verstaut hatte.

***

Frank war zutiefst erleichtert, dass Ricarda ihm den Beinahekuss offenbar nicht übel nahm und dass sich auch sonst keinerlei Anzeichen für Stress zwischen ihnen abzeichneten. Sie war frech und angriffslustig wie immer – und ebenso hilfsbereit. Er hatte den Tag damit verbracht, sich eine Lösung zu überlegen, und war mehrmals zu der Erkenntnis gelangt, dass er riskieren musste, Ricarda um Hilfe zu bitten. Er konnte sich ja nicht plötzlich vor ihr verstecken, das würde die falschen Signale aussenden. Anscheinend hatte er sich umsonst Sorgen gemacht. Vielleicht hatte sie die ganze Angelegenheit gar nicht so aufgefasst, wie er befürchtet hatte.

Als er mit Naila eine knappe Stunde später in seinem Haus ankam, fühlte er sich fast wieder normal – und vollkommen gelassen und zuversichtlich, dass die Welt trotz seines Fehlers immer noch in Ordnung war. Er hatte kaum die Lichter im Erdgeschoss angeschaltet, als Ricarda bereits in ihrem Wagen vorfuhr.

Er öffnete ihr die Tür – und hatte das Gefühl, als hätte ihm jemand einen Faustschlag in den Unterleib verpasst. Sie lächelte ihn an. »Hallo, ihr beiden.« Vor Naila ging sie in die Hocke. »Guten Abend, Naila, du Hübsche.«

Guten Abend, Ricarda. Wie nett, dass du mich so höflich begrüßt, und jaaa, hinter dem Ohr lasse ich mich gerne kraulen. Haaach, sehr angenehm! Naila wedelte freudig mit der Rute und reckte ihren Kopf in Ricardas Richtung.

Ricarda lachte. »Das gefällt dir, was?« Rasch erhob sie sich. »Darf ich reinkommen? Ich nehme an, du hast Nailas Sachen noch im Auto? Oder seid ihr schon länger hier und habt euch schon eingerichtet?« Neugierig blickte sie sich um und ging an ihm vorbei bis ins Wohnzimmer. »Wow, das ist ja toll geworden!«

Frank fluchte innerlich und folgte ihr. Die Haustür schob er einfach mit dem Fuß ins Schloss. »Ricarda!«

Staunend drehte sie sich im Wohnbereich einmal um die Achse, eilte hinüber in den Essbereich und von dort aus in die Küche. »Unglaublich, wie sich hier alles verändert hat. Ist die Küche irgendwie größer geworden? Oder wirkt das nur so, weil hier noch keine Möbel eingebaut sind?« Schon eilte sie wieder in den Flur. »Sollen wir Nailas Sachen zusammen hereintragen? Was frisst sie denn, Trocken- oder Nassfutter?

Und muss ich irgendwas beachten? Pudel brauchen eine gute Fellpflege, oder? Und hat sie Spielzeug? Und ein Extra-Handtuch, mit dem sie abgetrocknet werden kann, wenn es mal regnet? Meine Geschwister haben lauter alte Handtücher für ihre Hunde ausrangiert, weil die Schlammflecken irgendwann auch beim Waschen nicht mehr rausgehen.«

Wie? Was? Abtrocknen? Das wird nicht nötig sein. Wenn es regnet, gehe ich nicht raus, so einfach ist das. Und wovon redest du da eigentlich? Meine Sachen hier hereinbringen? Wozu denn? Liebe Zeit, ich soll doch wohl nicht hier wohnen, oder? In diesem riesigen leeren Kasten? Hier ist es doch furchtbar ungemütlich. Das könnt ihr doch nicht wirklich von mir verlangen, oder?

Frank trat hinter Ricarda, die wieder in die Küche gegangen war und nun an einem der Fenster stand. Sie hatte die Schultern leicht hochgezogen.

»Das Wetter scheint wieder umzuschlagen. Ich glaube, es ist sogar Sturm gemeldet. Ich hoffe, es wird nicht so schlimm, dass es Auswirkungen auf die Flugverbindungen hat.«

»Ricarda, verdammt noch mal. Sieh mich an.« Sanft legte er ihr eine Hand auf die Schulter und spürte, wie sich unwillkürlich ihr gesamter Körper anspannte.

Ruckartig drehte sie sich zu ihm um. »Lass das.«

Sofort ließ er sie los. In seinem Magen bildete sich ein schmerzhafter Knoten, als er ihr Gesicht von Nahem sah. Auf ihren Wangen hatten sich rote Flecke gebildet. Ihr Atem ging ein wenig zu schnell und flach. »Scheiße.« Wenn er gekonnt hätte, hätte er sich selbst einen Kinnhaken verpasst. »Du hattest eine Panikattacke.«

»Nein, hatte ich nicht.« Ihre Stimme klang spröde, fast wie Glas. Ihr Blick wich dem seinen aus und heftete sich auf das Fenster.

Was ist denn jetzt los? Ihr beachtet mich nicht mehr? Dann mache ich mal eine Inspektionsrunde durch diese leeren Hallen. Vielleicht finde ich ja doch noch irgendwo Möbel. Die Leine hättet ihr mir zwar wirklich abnehmen können, aber egal.

»Ich sehe es dir an, Ricarda!« Er bemühte sich, ruhig zu bleiben, doch es fiel ihm schwer.

»Ist schon wieder gut. Anscheinend war das gestern alles ein bisschen viel Aufregung. So eine Überdosis Kitsch und Gefühlsduselei bekommt mir eben nicht.«

Er verkniff sich die Bemerkung, dass sie nach Patricks und Angeliques Hochzeit keinerlei panische Anwandlungen gehabt hatte – und die war nicht weniger romantisch gewesen. »Es tut mir leid. Ich hätte nicht …«

»Ich war in dich verliebt.«

Verdattert hielt er inne. »Was?«

»Damals. Albern, ich weiß, aber es war eben so. Meine Therapeutin hat immer gesagt, ich soll die Dinge beim Namen nennen, damit sie ihren Schrecken verlieren, also tue ich das jetzt.« Sie richtete ihren Blick auf sein Gesicht, aber es schien, als nehme sie ihn nicht wirklich wahr. Sie hatte sich in sich zurückgezogen. Kein gutes Zeichen. »Ich war sogar ziemlich heftig in dich verliebt. Na ja, das ist lange her und muss dich nicht weiter bekümmern. Heute ist heute und … Vermutlich hatte ich gestern nur ein paar Flashbacks oder so.«

»Flashbacks.« Er versuchte gerade zu begreifen, was sie ihm da gestanden hatte. Sie war in ihn verliebt gewesen? Damals?

»Ja, so was kommt vor, wenn man unter emotionalem Stress steht.« Sie nickte mit ernster Miene. »Ich habe viel darüber gelesen. Im Internet. Das ist fast so wie eine posttraumatische Belastungsstörung. Nur nicht so heftig. Also bei mir ist es nicht schlimm. Ich bin schon wieder ganz in Ordnung, und das letzte Nacht war nur … Stress. Ist schon wieder gut. Gibst du mir noch deinen Hausschlüssel?« Sie deutete vage in Richtung Haustür. »Ich habe das Nötigste für heute Nacht und morgen früh schon mal gepackt und mitgebracht. Den Rest kann ich morgen Vormittag aus meiner Wohnung holen.«

»Ricarda, hör auf damit.« Er sah ihr an, dass sie sich schon wieder in Panik hineinsteigerte. Rasch fasste er sie erneut an den Schultern und schob sie durch die Tür ins Wohnzimmer. »Setz dich.«

»Ich muss mich nicht setzen.« Abrupt entzog sie sich ihm. »Wohin auch? Hier gibt es nicht mal einen Stuhl. Außerdem geht es mir gut.«

Es gab wirklich keine Sitzgelegenheiten. Innerlich fluchte er. »Atme, bitte.« Als sie einen unartikulierten Laut ausstieß, war er sofort wieder bei ihr und legte ihr einen Arm um die Schultern. »Atme, Ricarda. Ein, aus, ganz ruhig und gleichmäßig.«

»Ich atme doch!«

Der aufflackernde Trotz in ihrer Stimme ließ ihn beinahe auflachen. »Das kannst du besser, Prinzessin.«

»Nenn mich noch einmal so, und du hast es hinter dir!«

»Das Risiko gehe ich ein. Komm her.« Sanft zog er sie in seine Arme, sodass ihr Gesicht an seiner Schulter landete. »Tut mir leid, dass ich dich so erschreckt habe.«

»Du hast mich nicht erschreckt.«

»Doch, das habe ich ganz offensichtlich.« Zärtlich strich er über ihr seidenweiches Haar. »Das wollte ich wirklich nicht. Du warst nur gestern so … und ich …«

»Was war ich?« Ihre Stimme klang gepresst an seiner Schulter, und ihr Körper stand regelrecht unter Hochspannung.

In seiner Kehle bildete sich ein Knoten, der ihm die Luft abzuschnüren begann. »Schön.«

»Spinnst du?«

»Nein, aber ich war ein Idiot. Ich hätte wissen müssen, dass das zu schnell zu viel verlangt war.«

»Was redest du da für einen Quatsch?« Sie hielt den Blick beharrlich gesenkt. »Wir sind gute Freunde. Das letzte Nacht war nur … gar nichts.«

Sein Puls überschlug sich und donnerte in seinen Ohren. »Es war nicht nichts, Ricarda, wenn du davon eine Panikattacke bekommst.«

»Bekomme ich doch gar nicht. Ich habe dir lediglich erklärt, dass ich eine Art Flashback hatte und deshalb ein bisschen gestresst bin. Aber das legt sich wieder, und alles ist okay. Du brauchst dir darüber keine Gedanken zu machen. Ist ja nicht so, dass ich dir heute noch hinterhertrauere oder so. Das wäre total kindisch. Wir sind immerhin mittlerweile erwachsen. Jetzt lass mich wieder los.«

»Nein, noch nicht.« Er sog ihren Duft ein und brachte seinen Mund dicht an ihr Ohr. »Du hast mir hinterhergetrauert? Wann genau war das?«

»Was?« Sie hatte sich eine Spur entspannt. »Habe ich nicht. Also nicht, dass du glaubst, ich hätte jede Nacht geheult und von dir geträumt oder so. Es war nur eine Phase. Als du dann weggegangen bist, war schnell alles wieder normal.«

»Normal, ja?« Er wusste nicht, was er mit dieser ungeheuerlichen Information anfangen sollte. Vorsichtig trat er einen halben Schritt zurück, um ihr ins Gesicht sehen zu können. Ihre Miene war nach wie vor verschlossen.

»Ganz normal. Wie gesagt, es ist keine große Sache. Ich dachte nur, dass ich es dir sagen sollte, damit ich die Flashbacks wieder unter Kontrolle bekomme. Scheint zu funktionieren.«

»Wirklich?« Sein Blick war über ihr Gesicht geglitten und blieb nun an dem goldenen Kettchen hängen, das sie um den Hals trug. Den Anhänger erkannte er sofort wieder. Ehe er sich davon abhalten konnte, berührte er ihn bereits mit den Fingerspitzen. »Hattest du damals schon … diese Gefühle für mich?«

Sie antwortete nicht, sondern schluckte nur hörbar.

Eine Kaskade unterschiedlichster Empfindungen stürzte über ihn herein. Ihr Geständnis hatte ihn vollkommen aus der Bahn geworfen, und er wusste nicht, wie er reagieren sollte. Vorsichtig zog er sie wieder in seine Arme. »Wenn ich das gewusst hätte …«

»Was dann? Es betraf dich doch gar nicht. Wir waren Freunde, mehr nicht.«

»Das ist doch wohl nicht dein Ernst!« Fast schon verzweifelt presste er seine Lippen auf ihren Scheitel.

Ihre Stimme klang dumpf an seiner Schulter. »Es war allein mein Problem. Ich bin damit zurechtgekommen. Ende der Geschichte.«

»Natürlich betraf es auch mich. Verdammt, Ricarda.« Er schloss die Augen. »Ich habe das Gefühl … Ich hab dich im Stich gelassen.«

»Nein, hast du nicht.«

»Doch. Wenn ich davon gewusst hätte …«

»Was denn dann? Wärst du dann etwa nicht weggegangen? Das ist doch totaler Mumpitz.« Das kämpferische Funkeln war in ihre Augen zurückgekehrt. »Wegen einer kindischen Schwärmerei hättest du deine Zukunft ganz sicher nicht weggeworfen. Das hätte ich niemals zugelassen. Es ist alles so gekommen, wie es kommen sollte. Jetzt sind wir erwachsen und können da weitermachen, wo wir damals aufgehört haben. Ohne irgendwelche Flausen.«

»Flausen?« Wenn er nicht so entgeistert gewesen wäre, hätte er glatt gelacht.

»Eine weitere Sache müssen wir aber noch klären.«

Das Lachen blieb ihm in der Kehle stecken. »Welche Sache?«

Ricarda löste sich etwas von ihm und blickte an ihm vorbei auf einen Punkt an der Wand. »Weshalb hast du mich gestern geküsst? Oder nicht geküsst. Fast geküsst. Was auch immer.« Sie stockte kurz. »Das war nur eine Geste unter Freunden, nicht wahr? Mein Unterbewusstsein hat sie falsch bewertet und deshalb die Flashbacks ausgelöst. Wenn du so gut wärst, mir das noch zu bestätigen, kann ich die Sache abhaken, und alles funktioniert wieder wie gehabt.«

Sein Puls schnellte in die Höhe. »Das kann ich nicht, Ricarda.«

Stirnrunzelnd sah sie ihm in die Augen, jedoch nur für einen winzigen Moment. »Was kannst du nicht? Das ist doch ganz einfach. Sag mir, dass es nicht mehr zu bedeuten hatte als eine freundschaftliche Verabschiedung … und fertig.«

»Dann würde ich dich anlügen.«

Erneut flackerte ihr Blick zu seinem, doch sie sagte kein Wort.

Er lächelte verhalten. »Du willst doch nicht, dass ich dich anlüge, oder?«

»Natürlich nicht. Aber das gestern war doch nichts weiter als …«

»Ricarda.« Er ergriff ihre Hände und trat wieder nah an sie heran. »Ich wollte dich küssen. Nicht als Freund. Oder nicht nur, sondern … Herrgott noch mal, weshalb will ein Mann eine schöne Frau küssen? Du hast mir für einen Moment den Verstand geraubt. Nicht zum ersten Mal übrigens. Zum Glück habe ich ihn rechtzeitig wiedergefunden, um dich nicht zu überfallen. Deshalb dieser, nun ja, Fast-Kuss. Ich hätte wissen müssen, dass das zu viel war – und viel zu schnell ging.«

»Du wolltest …?« Ihre Brust hob und senkte sich ein wenig zu rasch.

»Dich küssen, ja.« Ihr verwirrter Blick reizte ihn erneut zum Lachen – und bedrohte seinen Verstand erneut ganz bedenklich.

»Mich nicht überfallen?«

Er brachte gerade so ein schiefes Grinsen zustande. »Wenn schon ein Beinahe-Kuss Panikattacken bei dir auslöst, schätze ich, dass ich gut daran getan habe, mich im letzten Moment zu bremsen.«

Ricarda schluckte. In ihre Miene trat ein halb verärgerter, halb entschlossener Ausdruck. »Das war keine Panikattacke, verdammt noch mal. Wie oft muss ich das noch klarstellen? Ich werde das doch wohl am besten beurteilen können, oder? Es waren Flashbacks.«

»Mir ist es egal, wie du es nennst.« Er schüttelte leicht den Kopf. »Es hat dich überfordert und war deshalb vollkommen unerhört von mir.«

»Das ist Unsinn!« Ihre Augen funkelten wütend. »Du tust ja gerade so, als ob man mich mit Samthandschuhen anfassen müsste, nur weil ich als Mädchen mal eine Zeit lang in Therapie war. Du könntest mich so viel küssen, wie du willst – ich würde davon keine Panikattacke bekommen.«

»Nicht?« Nun war es an ihm, die Stirn zu runzeln.

»Nicht mal die kleinste. Das ist doch albern. Ich bin emotional vollkommen stabil.«

»Dann hast du mir im Augenblick einiges voraus.« Mutig – oder war er irrsinnig? – zog er sie wieder in seine Arme. »Ich fühle mich nämlich im Augenblick alles andere als stabil.«

Sie schien ihm gar nicht richtig zugehört zu haben. »Wie gesagt, selbst wenn du mich noch mal küsst, würde das nicht das Geringste …« Ihre Augen weiteten sich, als er seine Lippen den ihren langsam, aber entschlossen näherte. »… ändern.« Ihre Stimme war nur noch ein Hauch und ging in einen kehligen Laut über, als ihre Lippen sich berührten.

Für einen langen Moment verharrte Frank so, berauscht von Ricardas Nähe und zugleich innerlich fluchend, weil er nicht sofort mit diesem Wahnsinn aufhörte. Wie aus weiter Ferne vernahm er das leise Knistern eines Graupelschauers, der vom Sturm gegen die Fensterscheiben geweht wurde. Als Ricarda den Kuss erwiderte, vergaß er alles um sich herum.

***

Für einen Moment schien es Ricarda, als würde die Zeit stillstehen. Sie hielt den Atem an, als sie Franks Mund auf ihrem spürte, sachte, wie fragend. War ihr Herz für einen oder zwei Schläge stehen geblieben? Sie war sich nicht sicher, denn ohne dass sie bewusst reagiert hätte, reckte sie sich ihm bereits entgegen und erwiderte den Kuss. Ein heftiger, fast schmerzlicher Stich durchfuhr sie und breitete sich in einer Art Welle von ihrer Magengrube aus, strahlte bis in ihre Fingerspitzen und Zehen.

Frank zog sie noch dichter an sich heran, bis ihre Körper sich auf ganzer Länge berührten. Seine Lippen wanderten fest und zugleich zärtlich über ihre, neckten, forderten mehr.

Und sie gab mehr. Instinktiv, denn denken konnte sie nicht mehr. Sie spürte nur dieses irre, schmerzliche Ziehen in ihrem Inneren und ihren rasenden Herzschlag. Franks Hand an ihrer Wange, dann seine Finger in ihrem Haar. Seine Zunge, die ganz sachte über ihre Unterlippe strich.

Erschrocken zuckte sie zurück, starrte ihn atemlos an. Was geschah hier?

Franks Atem streifte warm ihr Gesicht. Er atmete schwer und schien etwas sagen zu wollen, doch da hatte sie seinen Mund auch schon wieder mit ihrem verschlossen.

Wieder ein heftiger Stich, wieder diese schmerzlichen Wellen, die ihren Verstand lahmlegten. Als sie diesmal seine Zunge spürte, öffnete sie die Lippen. Sie konnte gar nicht anders, selbst wenn sie gewollt hätte. Ihr Mund schien ein Eigenleben zu führen, das sich mit dem Kopf nicht steuern ließ.

Die Berührung ihrer Zungenspitzen löste ein Schwindelgefühl in ihr aus. Sie hätte geschwankt, wenn Frank sie nicht festgehalten hätte. Ihrer beider Atem mischte sich, Hitzewellen waberten zwischen ihnen. Das fühlte sich so verdammt gut an. So … Verdammt!

Schwer atmend und innerlich aufgewühlt löste Ricarda ihre Lippen wieder von Franks Mund und versuchte sich zu beruhigen. Von ihm loszukommen. Doch sie konnte es nicht. Ihr Körper presste sich an seinen, ohne dass sie es irgendwie verhindern konnte. Doch zumindest hatte sie jetzt den Beweis erbracht. Mühsam rang sie nach Atem. »Siehst du? Keine Panikattacke.«

Für einen langen Moment sah Frank sie nur an. Dunkel, schweigend, leicht außer Atem. Dann lächelte er plötzlich. »Warum zitterst du dann?«

»Tue ich doch gar nicht.« Verspätet wurde ihr bewusst, dass er recht hatte. Sie fühlte sich irgendwie schwach und zittrig. Nicht panisch, das war ganz anders. »Lässt du mich jetzt wieder los?«

»Lieber nicht.« Er löste seine Hand aus ihrem Haar und ließ sie zärtlich über ihre Wange und ihren Hals bis zu ihrer

Schulter wandern. »Denn da du offenbar nicht in Panik ausbrichst, möchte ich ganz gerne wissen, wo das eben herkam.«

»Was meinst du?« Verunsichert, weil sie genau wusste, was er meinte, wich sie seinem Blick aus.

»Du hast gesagt, dass das von damals, diese Verliebtheit, längst vorbei sei.«

»Natürlich ist sie das!«

Er neigte den Kopf leicht zu Seite und musterte sie forschend. »Ganz gleichgültig kannst du mir gegenüber aber nicht sein, denn andernfalls wäre dieser Kuss nicht so«, er schmunzelte, »heiß geworden.«

Sie biss sich auf die Unterlippe. »Hormone vielleicht?«

»Ausgelöst wovon?« Er lockerte seinen Griff ein wenig und gab ihr damit etwas mehr Luft zum Atmen – und auch die Gelegenheit, sich zurückzuziehen. Dumm nur, dass sie sich immer noch nicht von der Stelle rühren konnte.

»Willst du dich jetzt über mich lustig machen? Das ist unfair. Vielleicht sind es ja doch noch irgendwelche Flashbacks.«

»Offenbar hatte ich auch welche.« Er neigte sich ein wenig vor und küsste sie auf den Mundwinkel. Dann zögerte er, und es schien, als wolle er noch etwas hinzufügen. Er lächelte jedoch nur kopfschüttelnd. »Fakt ist, dass du mir gerade beinahe schon wieder den Verstand geraubt hättest. Und ganz gleich, ob das die Hormone waren oder etwas anderes, würde ich sagen, dass wir …«

»Ein Problem haben«, unterbrach sie ihn hastig, machte sich von ihm los und trat in den Wintergarten, gegen dessen Glasflächen der Wind immer noch knisternd Graupel trieb. »Wir sind Freunde, Frank. Nicht mehr. Das … geht nicht.«

»… dass wir das unbedingt noch ein paarmal wiederholen sollten, wollte ich eigentlich sagen.« Er trat dicht hinter sie und umfing sie locker mit den Armen. Sogleich wurde ihr warm, und in ihrem Nacken prickelte eine Gänsehaut, als er einen Kuss in ihre Halsbeuge hauchte. »Damit wir ganz sichergehen können, ob es ein wiederholbarer Effekt ist oder ein einmaliger Ausrutscher. Wenn Ersteres nämlich der Fall sein sollte, müssen wir dringend unseren derzeitigen Freundschaftsstatus überdenken.«

Ihr wurde heiß und kalt zugleich, und eine diffuse Angst breitete sich in ihr aus. »Da gibt es nichts zu überdenken, Frank. Ich will unsere Freundschaft nicht aufs Spiel setzen, nur weil … weil …«

»Weil was?« Er schwieg eine geraume Weile, bevor er erneut ihre Halsbeuge mit den Lippen berührte. Sein kurz geschorener Bart an Oberlippe und Kinn kratzte geradezu köstlich über ihre Haut und machte sie ganz kirre. »Ich will dich auch nicht verlieren, Ricarda. Ich habe dich doch gerade erst wieder zurück.«

Verzweifelt versuchte sie, den Aufruhr in ihrem Inneren unter Kontrolle zu bringen. »Ich kann das nicht.« Sie schluckte. »Wir können das nicht tun.«

»Du meinst, du willst nicht, weil du dich sorgst, was passiert, wenn es schiefgeht.« Am liebsten hätte sie ihn weggestoßen, denn seine Lippen an ihrem Hals und dieser verfluchte Bart auf ihrer Haut machten sie schon wieder schwindelig. Doch sie hielt ganz still und spürte das Kribbeln bis in ihre Zehenspitzen. Seine Stimme wurde ganz dunkel und rau. »Oder was passiert, wenn es nicht schiefgeht.«

»Hör auf damit!« Sie bekam kaum noch Luft. Nicht wie bei einer Panikattacke und dennoch irgendwie so ähnlich. »Es wird weder etwas schief- noch gut gehen, weil wir gar nichts tun werden. Alles bleibt, wie es ist.«

Als Frank heiser lachte, streifte sein Atem ihre Haut. »Ich

enttäusche dich nur ungern, Prinzessin, aber es ist längst nichts mehr, wie es einmal war.« Ehe sie aufbegehren konnte, fuhr er fort: »Was nicht bedeutet, dass sich alles ändern muss. Wir sind immer noch Freunde, Ricarda. Beste Freunde, wenn es nach mir geht. Wir müssen nur möglicherweise ein paar Details unserer Freundschaft neu justieren.«

»Müssen wir nicht. Das ist wirklich nicht nötig.« Nun machte sich doch ein Anflug von Panik in ihr breit. »Wir könnten auch einfach vergessen … hey!« Mit Schwung hatte Frank sie zu sich herumgedreht und küsste sie. Nicht sanft und zärtlich, sondern hungrig, drängend. Ihr Puls schoss sofort in schwindelerregende Höhen, und dieses grässliche, grässliche, schmerzliche Ziehen meldete sich mit Macht zurück. Diesmal bat seine Zunge nicht vorsichtig um Einlass, sondern plünderte unbarmherzig. Sie kam gar nicht dazu, sich dagegen zu sperren, so heftig reagierte ihr Körper auf seinen. Ihr wurde heiß, und ein wahnwitziges Pulsieren breitete sich in ihrer Körpermitte aus. Ein gefährlicher Cocktail aus Empfindungen floss durch sie hindurch. Damit sie nicht ins Schwanken geriet, grub Ricarda ihre Finger in Franks Schultern, spürte den teuren Hemdstoff und darunter feste Muskeln. Er ließ seine Hände beide gleichzeitig in ihr Haar gleiten, zog sie näher zu sich. Sein gesamter Körper drängte sich gegen ihren, bis sie rücklings gegen die kühle Fensterfront stieß.

Sie spürte sehr deutlich seine Erregung – irgendwie surreal, denn er war doch ihr Freund. Ihr bester Freund. Doch heute war er noch etwas anderes. Mehr. Ihr Körper reagierte mit noch mehr Pulsieren und sehnsüchtigem Pochen auf die Erkenntnis, dass er sie wollte. Nicht als Freund, sondern als …

»Großer Gott.« Außer Atem, sichtlich erschrocken und gleichzeitig mit einem verblüfften Lachen löste Frank seinen

Mund von ihrem. »Damit wäre die Beweisführung abgeschlossen. Der Effekt ist eindeutig wiederholbar. Steigerbar sogar. Ich weiß nicht, wie es dir geht, aber vergessen werde ich das ganz sicher nicht können.«

»Die … Beweisführung?« Das Blut rauschte in ihren Ohren, sodass sie sich nicht sicher war, ob sie ihn richtig verstanden hatte.

Er lächelte, offenbar entschlossen, das eben Erlebte mit Heiterkeit zu quittieren. »Ich bin Anwalt, schon vergessen? Beweisführung liegt mir im Blut.«

Da sie noch nicht richtig denken konnte, antwortete sie lieber nicht darauf.

***

Forschend musterte Frank die Frau in seinen Armen und zog sie wieder ein wenig von der Fensterfront weg. Er wusste nicht, was er tun oder sagen sollte – oder wie er das Glücksgefühl, das durch seine Adern pulste, zur Räson bringen sollte. Er hatte soeben alles aufs Spiel gesetzt. Alles! Und er hatte nicht die geringste Ahnung, ob und wie sie je wieder heil aus dieser Sache herauskommen konnten.

Am meisten bereitete ihm Sorge, dass er so forsch vorgegangen war. Wenn Ricarda deshalb wieder in alte Muster verfiel und mit Panikattacken zu kämpfen hätte, würde er sich das nicht verzeihen. Sie hatte eine Weile schrecklich darunter gelitten. Nicht zuletzt durch seine beharrliche Freundschaft hatte sie sie überwunden. Doch im Augenblick wirkte sie nicht panisch, sondern verwirrt und vielleicht auch eine Spur verzweifelt. Beide Gefühle konnte er nachempfinden.

»Du solltest jetzt gehen.« Abrupt machte Ricarda sich von ihm los und trat an ihm vorbei in die Mitte des Wintergartens. Mit jedem Schritt, den sie sich von ihm entfernte, konnte er spüren, wie die Luft zwischen ihnen sich abkühlte. Als sie sich zu ihm umwandte, lächelte sie kühl. »Es ist spät, und wenn ich mich nicht irre, willst du morgen früh den Flug um acht erwischen. Das bedeutet, du musst spätestens um sechs am Flughafen sein. Besser noch früher. Hast du schon gepackt? Du solltest dich beeilen, sonst kriegst du nicht genügend Schlaf.«

Es war erstaunlich – wenn auch nicht unerwartet –, wie rasch Ricarda imstande war, ihre inneren Schutzmauern hochzuziehen, wenn etwas sie zu überwältigen drohte. Von einer Sekunde zur anderen wirkte sie kühl und abweisend. Die Queen der eisigen Schulter. Seine Prinzessin. Wenn er sie nicht so gut kennen würde, hätte er sich vielleicht vor den Kopf gestoßen gefühlt. Doch er wusste, dass sie nicht anders mit den überwältigenden Gefühlen umgehen konnte, die eindeutig zwischen ihnen hochgelodert waren. Deshalb nickte er mit einem halben Lächeln. »Du hast recht, ich muss wieder los.« Suchend blickte er sich um und entdeckte Naila, die sich in einer Ecke des Wohnzimmers zusammengerollt hatte und offenbar fest schlief. »Schau mal, die Kleine sieht sogar im Schlaf noch beleidigt aus. Ich glaube, es gefällt ihr hier nicht so richtig.« Er deutete mit dem Kinn in Richtung der kleinen Pudeldame.

Ricarda folgte seinem Blick. »Bestimmt liegt sie nicht gerne auf harten Fliesen, sondern lieber in einem weichen Körbchen.«

»Ihre Sachen sind noch im Auto.«

Ricarda nickte nur. »Ich komme mit nach draußen und trage alles rein. Ist es viel?«

»Es geht. Allerdings hat Opa ihr ein paar schräge Sachen gekauft … Du wirst schon sehen. Ich habe mal sicherheitshalber alles mitgebracht.«

»Gut.« Hoch erhobenen Hauptes und mit leicht hochgezogenen Schultern ging sie in den Flur und riss die Haustür auf. »Beeilen wir uns.« Schon war sie draußen.

Frank blickte für einen Moment auf den Punkt, an dem sie eben noch gestanden hatte, und seufzte.

He, hallo? Was ist denn los? Wo wollt ihr denn hin? Ihr wollt mich doch wohl nicht hier allein lassen, oder?

Das unterdrückte Wuffen des Pudelmädchens ließ Frank aufmerken. Rasch drehte er sich zu ihr um. Sie stand im Durchgang zum Wohnzimmer und blickte ihn fragend an. »Haben wir dich geweckt?«

Ja, schon, aber das ist nicht schlimm. Solange ihr nicht einfach abhaut und mich hier zurücklasst. Das fände ich gemein.

»Wir holen nur schnell deine Sachen, und dann muss ich leider weg.« Er ging vor Naila in die Hocke und streichelte sie mit beiden Händen. »In ein paar Tagen bin ich wieder hier, okay? Am Wochenende voraussichtlich. Bis dahin bleibst du mit Ricarda hier, ja? Und verträgst dich gut mir ihr?«

Tja, es wird mir wohl nichts anderes übrig bleiben. Gut, Ricarda scheint ganz nett zu sein, es gäbe also schlimmere Alternativen. Aber blöd ist das jetzt schon ein bisschen. Ich hatte gerade angefangen, mich an dich zu gewöhnen, und jetzt willst du schon wieder weg. Hoffentlich wird das keine Gewohnheit. Das kann ich nämlich überhaupt nicht leiden. Ich will endlich mal irgendwo richtig zu Hause sein. Ich dachte, du wärst ein ganz passables Herrchen. Wehe, wenn ich mich geirrt habe!

»Na, was murmelst du da vor dich hin? Bitte nicht winseln, okay? Ich bin wirklich bald wieder hier.« Rasch erhob Frank sich und verließ die Wohnung. Die Tür zog er hinter sich zu. Ricarda stand bereits an seinem Auto, als er aus dem Haus trat.

»Wo bleibst du denn?« Ungeduldig wippte sie auf den Fußballen. Sie hatte die Kapuze übergestreift, doch der Wind wehte sie ihr wieder vom Kopf. Prompt schauderte sie. »Es ist saukalt!«

»Wenigstens graupelt es nicht mehr. Ich habe mich noch kurz von Naila verabschiedet.« Rasch betätigte er die Fernbedienung und öffnete den Kofferraum, in dem das hellblau gepolsterte Körbchen verstaut war, ebenso wie die Tasche mit den Utensilien für die Fellpflege, ein paar Futterdosen und Spielzeug.

Ehe er sich's versah, hatte Ricarda bereits die Tasche gegriffen und schnappte sich auch noch das Körbchen. »Ist das alles?«

»Auf der Rückbank liegt noch ein Beutel Trockenfutter.« Da sie sich einfach umdrehte und wieder zum Haus ging, schnappte er sich den Futterbeutel und beeilte sich, ihr zu folgen. An ihrer Wohnungstür hatte er sie wieder eingeholt. »Ricarda.«

»Schlüssel.« Auffordernd hielt sie ihm ihre rechte Hand hin, woraufhin er den Hausschlüssel von seinem Schlüsselbund entfernte und ihr reichte.

»Ich wünsche dir einen guten Flug.« Sie schloss die Tür auf. »Und, na ja, was man so zu einer Beerdigung wünscht. Mein Beileid und so, auch unbekannterweise für deine Freunde drüben.« Umständlich schob sie das Körbchen und die Tasche ins Haus, nahm ihm den Futterbeutel ab und warf ihn beinahe in den Flur.

Ehe sie nach drinnen flüchten konnte, trat Frank an sie heran und nahm ihre Hände in seine. »Ich melde mich, wenn ich angekommen bin.«

»Okay.« Sie sah an ihm vorbei.

»Und auch danach, sooft es geht.«

»Klar. Musst du aber nicht.«

»Werde ich aber – und du wirst mir brav antworten.«

»Brav?« Ihr Blick ruckte zu seinem.

»Ich brauche dich, Ricarda. Freunde stehen einander bei, oder etwa nicht? Das wird nicht einfach drüben. Geoffrey war ein guter Freund – und ein sehr fordernder Chef. Ich habe eine Menge von ihm gelernt.«

»Tut mir leid.« Sie wandte den Blick wieder ab. »Ich weiß nicht, was man in so einem Fall sagt.«

»Das weiß niemand so genau. Versprich mir nur, dass du keine Funkstille hältst, Prinzessin. Deine kalte Schulter ist mir gegenüber vollkommen unangebracht.«

»Ach ja?« Als sie ihn erneut ansah, flackerte es in ihrem Blick teils verunsichert, teils verärgert.

»Du weißt, dass du mich damit noch nie beeindruckt hast. Weshalb sollte sich daran jetzt etwas ändern?« Ehe sie etwas erwidern konnte, küsste er sie. Eindringlich und gerade so lange, dass sein Puls sich erneut auf den Weg in eine ungesunde Höhe machen konnte. Er hörte, wie sie nach Atem rang, als er sich wieder von ihr löste, und suchte ihren Blick. »Gib dir keine Mühe, Ricarda. Es ist zwecklos, einen Weg zu suchen, wie wir den ursprünglichen Stand unserer Freundschaft wiederherstellen können. Wir haben längst mehrere Schritte in eine neue Richtung gemacht. Wenn ich wieder zurück bin, werden wir gemeinsam an der Neujustierung arbeiten. Bis dahin haben wir beide ein bisschen Zeit, uns zu überlegen, was wir wollen. Okay?«

Ricarda sah ihn nur schweigend an. Im nächsten Moment wandte sie sich um und verschwand ins Haus. Die Tür klappte vernehmlich hinter ihr zu.

9. Kapitel

»Na bitte, wer sagt's denn!« Höchst zufrieden mit sich, rieb der Weihnachtsmann die Handflächen aneinander. »Das klappt ja besser als gedacht!«

»Was klappt?« Elfe-Sieben kam gerade mit einem Stapel Wunschzettel zur Bürotür herein. »Oyoyoyoyoy, was ist denn hier los? Warum quietscht das Gefühlsradar denn schon wieder?«

»Ach, das. Entschuldige bitte.« Eilig drehte Santa Claus die Lautstärke so weit herunter, dass nur noch ein leises Zirpen zu vernehmen war. »Das Radar ist von Elf-Dreizehn neu justiert worden und fängt nun noch genauer jede Gefühlsregung der Menschen auf, deren Wunscherfüllung wir überwachen.«

Elfe-Sieben legte den Briefestapel auf ihrem Schreibtisch ab und ging zu dem Gefühlsradar hinüber. »Du hast es auf Ricarda und Frank ausgerichtet. Warum spielt es denn schon wieder verrückt? Und noch wichtiger: Wie kommt es, dass du dich darüber so freust? Letzte Nacht warst du genauso besorgt wie deine Frau und ich.«

»Das stimmt schon, aber seither habe ich Elf-Zwei und Elfe-Acht ausgeschickt, damit sie mir ein paar Informationen beschaffen, und danach bin ich ein bisschen im Hintergrund aktiv geworden.« Lächelnd zupfte der Weihnachtsmann an seinem Bart herum. »Ich gebe zu, es sieht vielleicht auf den ersten Blick ein wenig morbid aus …«

»Morbid?« Elfe-Sieben war inzwischen an die Videowand getreten und sah sich an, was auf der Erde geschah.

Erschrocken schnappte sie nach Luft. »Santa! Das warst doch wohl nicht du, oder?«

Der Weihnachtsmann trat neben sie. »Nein, selbstverständlich hatte ich mit dem Tod dieses Mannes nichts zu tun. Was denkst du denn von mir!« Empört schüttelte er den Kopf. »Aber dieses Ereignis hat mir durchaus in die Karten gespielt.«

»In die Karten?« Mit großen Augen starrte die Elfe ihn an. Als sie vor der Tür ein Geräusch hörte, fuhr sie herum. »Rudolph, du liebe Zeit, hast du mich erschreckt. Was hast du denn hier im Haus zu suchen? Ihr Rentiere sollt doch draußen bleiben.«

Rudolph, das hübsche Rentier mit der roten Nase, die im Dunkeln leuchtete, scharrte verlegen mit den Hufen auf dem Läufer im Flur vor dem Büro. »Verzeihung, aber die Heizung im Stall ist ausgefallen und uns ist kalt. Außerdem haben wir Hunger, und aus der Küche riecht es schon wieder so ungeheuerlich gut nach Keksen. Kriegen wir vielleicht welche? Dasher und Dancer haben mich reingeschickt, weil ich das kleinste Rentier bin und am wenigsten Dreck mache.«

»Dasher und Dancer mal wieder.« Elfe-Sieben hüstelte bedeutsam. »War ja klar. Und wer hat die beiden dazu angestiftet? Prancer oder Vixen?«

Rudolph scharrte wieder mit den Hufen, und beinahe sah es so aus, als würden auch seine Ohren ganz rot. »Äh, diesmal waren es Blitzen und Donner. Aber das ist mir egal. Ich hab wirklich bloß Hunger.«

»Die Heizung im Stall ist aus, sagst du?« Besorgt runzelte der Weihnachtsmann die Stirn und betätigte den Knopf an der Gegensprechanlage. »Elf-Siebzehn? Bist du da?«

»Na klar, schwer beschäftigt, zusammen mit Elf-Vierzehn«, schnarrte es zurück. »Wir sind gerade dabei, die jährliche Inspektion an deinem Schlitten durchzuführen. Was gibt es denn?«

»Im Stall scheint die Heizung ausgefallen zu sein. Könntest du wohl mal nachsehen?«

»Ja, klar. Oder … Warte mal. Elf-Fünf! Elf-Vier! Kommt mal her. Da habe ich ja genau die Richtigen entdeckt. Ihr seid doch hier die Handwerker. Was stimmt nicht mit der Heizung im Rentierstall?«

Santa Claus wurde unruhig, als er unverständliches Getuschel im Hintergrund vernahm. »Stimmt etwas nicht?«

»Alles klar«, kam nun wieder Elf-Siebzehns Stimme aus der Gegensprechanlage. »Die Handwerkerelfen kümmern sich darum. Offenbar funktioniert das neue Ökostrommodul noch nicht richtig, das an den Wärmetauscher des Stalls gekoppelt ist. Elf-Vier und Elf-Fünf kümmern sich sofort darum.«

»Danke sehr.« Erleichtert atmete der Weihnachtsmann auf.

»Dann wird es also bald wieder warm bei uns im Stall?« Erfreut wedelte Rudolph mit dem Schwanz und erwischte dabei ein Bild an der Wand im Flur, das bedenklich hin und her schwankte und beinahe herunterfiel. »Oh, Entschuldigung.« Mit der Nase rückte Rudolph das Bild wieder gerade und trat dann gleich wieder an die Bürotür. »Was ist denn jetzt mit den Keksen? Dürfen wir welche haben?«

Der Weihnachtsmann hob die Schultern. »Da musst du nicht mich fragen, sondern meine Frau. Sie steht schon seit heute früh in der Küche und backt.«

»Ja, aber sie ist viel strenger als du, Santa.« Mit Unschuldsblick und großen Kulleraugen sah Rudolph ihn an. »Wenn du vielleicht ein gutes Wort für uns einlegen könntest …«

»Ein gutes Wort bei wem und weswegen?«, erklang in diesem Moment die Stimme von Santas Frau hinter dem Rentier.

»Huch!« Rudolph zuckte so heftig zusammen, dass er beinahe erneut mit dem Schwanz das Bild von der Wand geschubst hätte. »Hallo, äh … ja, also, hallo.«

»Du wiederholst dich.« Lachend knuffte die Frau des Weihnachtsmannes das Rentier in die Seite. »Was hast du denn schon wieder hier im Haus zu suchen?«

»Ich hab mir die Hufe abgetreten, bevor ich reingekommen bin!« Zum Beweis hob Rudolph erst den linken, dann den rechten Vorderhuf an.

»Das ist auch dein Glück!« Mit erhobenem Zeigefinger drohte Santas Frau ihm scherzhaft. »Lass mich raten: Dancer und Dasher haben dich vorgeschickt. Ich habe sie eben durch das Küchenfenster im Hof herumlungern sehen.«

»Na ja.« Rudolph senkte den Kopf. »Schon, ja, irgendwie. Wir haben solchen Hunger auf Kekse, und aus der Küche riecht es sooo gut!«

»Habt ihr denn euer Futter schon gefressen?«

»Aber ja, alles bis auf den letzten Krümel.« Eifrig nickte Rudolph.

»Und da habt ihr immer noch Hunger?«

»Na klar, auf Kekse immer. Besonders wenn sie so lecker riechen wie die, die du heute gebacken hast.«

»Soso.« Die Frau des Weihnachtsmannes schmunzelte. »Dann komm mal mit. Ich sehe nach, ob ich genug Kekse für euch alle übrig habe. Es sind übrigens amerikanische Weihnachtscookies. Frank und Ricarda haben mich dazu inspiriert, weil Frank doch eine Weile in den USA gelebt hat.« Sie hielt inne, als ihr Blick auf die Videowand fiel. »Nanu, was geht denn dort vor sich? Was macht Ricarda da mit Naila?«

»Was meinst du?« Verwundert blickte auch der Weihnachtsmann auf den Bildschirm, dann grinste er wieder. »Ach so, das meinst du. Das gehört alles zu meinem fabelhaften Plan.«

»Du hast einen Plan?« Skeptisch zog seine Frau die Stirn in Falten. »Einen fabelhaften noch dazu?«

»O ja, und wie ich den habe. Es ist schon alles in die Wege geleitet, und jetzt ist Ricarda bei Frank eingezogen.«

»Sie zieht bei ihm ein?« Entgeistert starrte seine Frau ihn an. »Das kann ja jetzt wohl nicht sein, oder?«

»Erst mal nur vorübergehend, weil er doch zu dieser Beerdigung nach Boston muss.« Beschwichtigend hob der Weihnachtsmann beide Hände. »Aber das ist ein ganz wichtiger Aspekt meines Plans. Jetzt muss ich noch dafür sorgen, dass die mobilen Daten rund um sein Haus schön stabil bleiben, damit sie genügend Internetdatenrate hat und immer erreichbar ist. WLAN ist ja leider in seinem Haus noch nicht installiert.«

»Zu was soll das alles gut sein?« Immer noch argwöhnisch sah seine Frau sich an, was sich auf dem Bildschirm tat. Das Bild im Bild war eingeschaltet, sodass man oben rechts in einem kleinen Fenster sehen konnte, was sich in Boston tat. »Sie kümmert sich um das Haus und die kleine Naila, wenn ich das richtig sehe.«

»Genau.« Santa Claus nickte mit Nachdruck. »Ich habe dafür gesorgt, dass sie sowohl die neue Küche in Empfang nehmen muss als auch Franks Möbel und die anderen Sachen, die er aus dem Lager holen lässt.«

»Und wie soll das bei dem Schlamassel helfen, den du angerichtet hast?«, mischte Elfe-Sieben sich neugierig ein.

»Das wirst du bald erleben«, orakelte der Weihnachtsmann. »Ich werde heute Abend Elf-Siebzehn auf die Erde schicken, damit er mal mit Naila redet. Vielleicht kann sie uns ein bisschen helfen.«

»Das ist eine gute Idee!«, jubelte die Elfe. »Hunde sind ganz tolle Helfer und Vermittler zwischen den Menschen.«

»Das mag ja stimmen, aber das da«, Santas Frau deutete auf die Ereignisse, die sich auf dem Bildschirm abzeichneten, »sieht mir nicht danach aus, dass diese Fellnase sehr kooperativ ist.«

»Was meinst du?« Stirnrunzelnd sah der Weihnachtsmann genauer hin. Dann lachte er. »Na, also das ist ja vielleicht eine! Hui, da wird Elf-Siebzehn aber eine Menge Arbeit haben.«

»Hoffentlich hast du mit deinem Schicksal-Spielen nicht noch mehr Chaos angerichtet.« Zweifelnd kräuselte Santas Frau die Lippen. »Manchmal kommst du aber auch auf seltsame Ideen.«

Lächelnd zupfte der Weihnachtsmann wieder an seinem Bart herum. »Ach was, die verrückte kleine Naila wird hervorragend in meinen Plan passen. Keine Sorge, mein Schatz. Ich habe alles unter Kontrolle.«

Seine Frau warf ihm nur einen vielsagenden Blick zu. »Das sagst du jedes Mal.« Seufzend wandte sie sich ab und winkte Rudolph zu. »Komm, ich packe dir und den anderen Rentieren einen Korb mit Keksen, und du trägst ihn rüber in den Stall.«

»Au ja! Danke!« Freudig wedelte das Rentier mit dem Schwanz, und diesmal traf er das Bild so heftig, dass es polternd zu Boden fiel. Sofort zog Rudolph den Kopf ein und legte die Ohren an. »Oh, oh. 'tschuldigung.«

10. Kapitel

»Nun komm schon, Naila, du warst schon eine ganze Weile nicht draußen. Es wird Zeit für einen Spaziergang.«

Nein, wird es überhaupt nicht. Also, nun ja, ich müsste schon dringend mal raus, aber siehst du nicht das Wetter? Es regnet. Regen ist pfui Teufel! Und bah, so weißes, kaltes Zeugs ist auch wieder dabei. Das ist eklig. Eklig, hörst du? Ich verwahre mich gegen jeden Versuch, mich in ein solches Mistwetter hinauszulocken. Lieber halte ich es ein, bis … keine Ahnung. Hauptsache, ich bleibe trocken und warm.

Ricarda seufzte, als Naila sich in die offene Haustür setzte – kerzengerade wie immer – und sich vehement gegen die Leine stemmte. »Ich weiß, es ist nicht gerade schön draußen, und dunkel ist es auch schon geworden, aber ich bin mir ziemlich sicher, dass du mir ins Haus machst, wenn wir noch länger warten.«

Kann sein. Oje, wie peinlich! Ich bin doch längst stubenrein. Das wäre mir so was von unangenehm. Aber Regen ist noch schlimmer. Ich gehe da nicht raus, egal was passiert.

»Mist. Was mache ich denn jetzt mit dir?« Ratlos blickte Ricarda auf das sture Pudelmädchen hinab. »Komm, bitte, es darf auch ganz schnell gehen. Nur einmal die Straße rauf bis zu meinen Eltern und wieder zurück. Wir sind in ein paar Minuten zurück. Das Wetter wird heute nicht mehr besser. Es ist Frost gemeldet, und später wird es bestimmt schneien.«

Schneien? Was ist das? Verstehe ich nicht. Wenn das so was Ähnliches ist wie Regen, nur kälter, dann vergiss es. Obwohl es mich ja schon ziemlich drückt. Naila stieß ein helles Bellen aus, sprang auf und trippelte nervös auf der Stelle.

»Siehst du, du musst mal. Also los, lass uns schnell rausgehen, bevor du hier drinnen einen Unfall hast.« Verzweifelt ruckelte Ricarda leicht an der Leine, doch Naila machte nur ein paar Schritte rückwärts, bellte noch einmal und blickte sie anklagend an. »Was denn? Am Wetter kann ich nichts ändern.«

Das ist mir schon klar. Herrje, ich muss echt mal, aber nee, nicht da draußen. Niemals nie nicht. Wuff.

»Shit.« Ricarda schloss die Haustür wieder und sah sich verzweifelt im Hausflur um. Von den umtriebigen Handwerkern waren sämtliche Spuren beseitigt worden, die darauf hingewiesen hätten, dass hier bis vor einer knappen halben Stunde eifrig gearbeitet worden war. Zwei Männer und zwei Frauen hatten vom Vormittag an wie die Heinzelmännchen gewerkelt, und nun stand die neue Küche, und alle Geräte waren vorschriftsmäßig angeschlossen. Ricarda hatte noch gar keine Zeit und Muße gehabt, sich alles genau anzusehen. Im Wohnzimmer, in dem sie den Verpackungskarton der Spülmaschine zu einem Tisch umfunktioniert hatte, war sie den ganzen Tag damit beschäftigt gewesen, ihre Arbeit mit ihrem Laptop und ihrem Handy irgendwie sinnvoll auf die Reihe zu bekommen. Zwischendurch hatte sie immer wieder in der Küche nach dem Rechten geschaut und sich den Anschein gegeben, mehr oder weniger vom Fach zu sein und entsprechend fachfraulich die Arbeiten zu überwachen. Es hatte offenbar funktioniert – dank ihrer forschen Art und den wenigen Fachbegriffen, die sie sich vorab angeeignet hatte. Vorbereitung war alles!

Alle Arbeiten schienen ordnungsgemäß ausgeführt worden zu sein. Lediglich zwei Schubladen und eine Zierleiste fehlten noch, die mit dem Lkw, der die Möbel gebracht hatte, nicht mitgeliefert worden waren. Die Chefmonteurin, wie Ricarda sie insgeheim getauft hatte, weil sie offensichtlich in der Gruppe den Ton angab, hatte ihr zugesichert, sich umgehend nach dem Verbleib der fehlenden Teile zu erkundigen und diese, sobald sie sich wieder einfanden, höchstpersönlich vorbeizubringen und einzubauen.

Den gesamten Verpackungsmüll – bis auf den Kartontisch – hatten sie wieder mitgenommen, sodass das Haus nun wieder still und leer dastand. Ricarda fiel der viereckige Weidenkorb mit Deckel ein, den sie ins Wohnzimmer gestellt hatte und der Nailas Spielzeug und wahrscheinlich noch weitere Hundeutensilien enthielt. Franks Großvater hatte es mit dem Verwöhnen offenbar ziemlich übertrieben. Vielleicht fand sich ja irgendetwas, mit dem sich Naila nach draußen locken ließ. Ein Spielzeug oder Leckerchen.

Mit einem kurzen Blick zu Naila, die immer noch nervös hin und her trippelte, eilte Ricarda auf den nicht gerade kleinen Korb zu und hob den Deckel an. »Ach du liebe Güte!« Übertrieben war gar kein Ausdruck. Gleich mehrere quietschbunte Plüschtiere lagen obenauf. Als sie sie herausnahm, kam Naila neugierig näher.

Was machst du denn da? Ach, das sind ja meine Sachen. Plüschi und Wauzi und die Mausi. Willst du jetzt etwa spielen? Gute Idee, aber erst mal muss ich. Nur, wohin soll ich mich dazu verdrücken? Dieses Haus ist zwar riiiiesig und schrecklich leer und ungemütlich, aber reinmachen will ich trotzdem nicht. Das wäre doch sehr unhöflich. Wenn es doch nur nicht so scheußlich regnen würde. Bah, ist das blöd. Schnüff.

»Magst du die Kuscheltiere?« Versuchsweise wedelte Ricarda mit der rosafarbenen Maus vor Nailas Nase herum, die daraufhin tatsächlich mit der Rute wedelte.

Ja, klar, das ist die Mausi. Mit der kann man ganz toll kuscheln, aber nicht jetzt. Naila setzte sich hin und legte den Kopf schräg. *Lass dir gefälligst schnell etwas anderes einfallen.*

»Hm, na gut, also nicht die Maus. Der Teddy auch nicht?«

Nö.

Ricarda warf den Teddy zur Seite und richtete ihren Blick wieder auf den Inhalt des Korbs. Bürsten, Kämme, eine kleine Schermaschine speziell für Pudelfell, ein paar Kauspielzeuge, Ersatzhalsband und eine Flexileine. Das brachte sie alles nicht wirklich weiter. Etwas weiter unten entdeckte sie dann einen Stoffbeutel, der tatsächlich Hundejacken und -pullover enthielt. »Ach du grüne Neune!« Kopfschüttelnd musterte sie die Sachen. Darunter befanden sich auch ein Wintermäntelchen und ein Regenparka. »Das ist ja irre!«

Keine Ahnung, was du meinst. Das sind meine Sachen. Die hat mein Herrchen für mich gekauft, und wir haben lange geübt, bis ich wusste, dass ich stillhalten muss, damit er sie mir anziehen kann. Das war ein lustiges Spiel. Aber jetzt ist er tot und für immer weg, und mein neues Herrchen hat gesagt, dass er für so einen Quatsch nicht zu haben ist. Quatsch! Also wirklich. Das ist die neueste Pudelmode, und die Sachen sind auch schön kuschelig und warm, wenn es draußen so kalt ist wie jetzt gerade.

Ricarda drehte das Hunderegenjäckchen nachdenklich in den Händen. »Würdest du mit mir rausgehen, wenn ich dir das anziehe?«

Nein. Aber anziehen darfst du mir das schon. Das ist lustig. Freudig hüpfte Naila vor Ricarda auf und ab und stupste mit der Nase gegen die Jacke.

»Das Ding hat sogar eine Kapuze. Fehlen nur noch die passenden Stiefel.« Ricarda gluckste. »Das wäre ein Anblick.«

Stiefel? Keine Ahnung, was du meinst. Was ist denn nun, spielen wir Verkleiden? Naila setzte sich wieder und wedelte erwartungsvoll mit der Rute.

»Okay.« Eingehend begutachtete Ricarda das Kleidungsstück. »Wie geht das denn überhaupt?« Sie öffnete die Druckknöpfe und drehte den Parka zweimal, bis sie sich traute, einen Versuch zu starten. Überrascht konstatierte sie, dass Naila zuvorkommend ihre Pfötchen hob und genau zu wissen schien, was sie zu tun hatte. »Das machst du aber nicht zum ersten Mal, was?«

Selbstverständlich nicht. Wie gesagt, wie haben das ganz oft trainiert. Du scheinst ein bisschen ungeschickt zu sein, aber mit etwas Übung wird das schon. Geduldig hielt Naila still, bis Ricarda alle Knöpfe geschlossen, ihr die Kapuze übergezogen und unter der Schnauze befestigt hatte, damit sie nicht herunterrutschen konnte. »So, fertig.« Rasch erhob sie sich wieder vom Boden. »Dann komm mal mit. Starten wir einen neuen Versuch.«

Wie? Was? O nein, auf gar keinen Fall. Ich sagte doch, dass ich nicht rausgehe. Ich dachte, wie spielen hier einfach nur nett. Mit einem ungehaltenen Laut ließ Naila sich auf ihr Hinterteil sinken und stemmte sich erneut gegen die Leine.

»Mannomann!« Ratlos blickte Ricarda auf die Pudeldame hinab. Sie selbst trug schon die ganze Zeit ihren Parka und einen Schal und begann allmählich zu schwitzen. »Du bist ja echt ein Sturkopf. Los jetzt, das wird mir echt zu bunt.« Entschlossen hob Ricarda Naila auf den Arm. »Ab durch die Mitte.«

Hey, was machst du denn da? Hilfe! Wo trägst du mich hin? Nein, nicht nach draußen, es ist nass und kalt und eeeeklig!

»Nicht winseln!«

Doch, und wie! Das kannst du mir doch wirklich nicht antun. Das ist so was von … Iiiih! Nass! Naila stieß ein empörtes Bellen aus, als das Gemisch aus Regentropfen und Schneeflocken sie traf, und versuchte, ihre Nase in Ricardas Achselhöhle zu verstecken.

»Hey, komm schon, nicht jaulen. Du tust ja gerade so, als wolle ich dich am Spieß braten.«

Schlimmer kann das kaum sein.

Ricarda schüttelte sich leicht, weil der Schneeregen ihr genau ins Gesicht wehte und sich sofort einen Weg zu jedem freien Stückchen Haut zu bahnen schien. Der stürmische Wind zerrte an ihrer Kapuze und wehte sie ihr vom Kopf. Rasch setzte sie die jammernde Naila auf dem Boden ab. »So, und jetzt beeil dich einfach. Schau, hier ist ein Busch, da sind wir ein bisschen vor dem Wind geschützt.« Sie waren vielleicht gerade fünfzehn oder zwanzig Schritte gegangen – bis zur anderen Straßenseite, auf der eine schon seit Jahren brachliegende Wiese lag. Die Besitzer ließen dort Gräser und Blumen wild wachsen, um Insekten anzuziehen. Jetzt, Mitte November, wirkte das Areal natürlich sehr trist im Schein der Straßenlaterne.

Naila trippelte brummelnd und schnaubend hin und her, dann erledigte sie endlich ihr kleines und großes Geschäft. Kaum war sie fertig, preschte sie auch schon los und überraschte Ricarda damit so sehr, dass ihr die Leine aus der Hand glitt. »Huch, warte doch mal. Wo willst du denn hin?« Kopfschüttelnd folgte Ricarda der kleinen Hündin, die bereits die Haustür erreicht hatte und bellend daran hochsprang.

Was dachtest du denn? Ich will wieder rein. Sofort! Keine Minute länger bleibe ich in diesem nassen, eisigen Wind. Los, hopp, hopp, beeil dich mal ein bisschen.

»Halt, warte.« Nachdem sie die Tür geöffnet hatte, schnappte Ricarda sich die Leine wieder, damit Naila nicht mit den nassen Pfoten quer durchs Haus rannte. »Bleib hier, bis ich dich abgetrocknet habe.«

Selbstverständlich. Das ist wohl auch das Mindeste, was ich von dir erwarten kann, nachdem du mich so hinterhältig in dieses Unwetter entführt hast. Bitte sehr, sehr gründlich trocken rubbeln! Naila hielt anstandslos still, bis Ricarda ihr das Mäntelchen wieder ausgezogen und die Pfötchen abgetrocknet hatte.

»Siehst du, du bist gar nicht so schlimm nass geworden. Dafür ist der Regenmantel nämlich gedacht. Auch wenn er ein bisschen albern aussieht, erfüllt er seinen Zweck.«

Das ist ja gut und schön, aber deshalb kann ich so ein nasses Wetter trotzdem nicht leiden. Nachdem sie sich einmal kurz, aber heftig geschüttelt hatte, tappte Naila zu ihrem Körbchen, das Ricarda neben der Schiebetür zum Garten im Wintergarten aufgestellt hatte. *Eine Kuscheldecke oder so etwas wäre jetzt nicht schlecht.*

»Schau mal, hier im Korb liegt eine flauschige Decke. Das ist bestimmt deine, oder?« Ricarda schnappte sich die hell- und dunkelblau gestreifte Decke und drapierte sie um Naila, die sich auf dem weichen Kissen im Körbchen bereits zusammengerollt hatte.

O ja, das ist sehr gut. Schön warm und weich. Ganz nach meinem Geschmack. Vielen Dank. Und jetzt geht es mir auch viel besser als eben noch. Ich musste wirklich mal dringend raus. Jetzt ist meine Welt wieder in Ordnung.

»Guck mal, magst du so eine Kaustange?« Aus der Tasche, die Frank für Naila gepackt hatte, nahm Ricarda einen Kauartikel, der ein bisschen nach Speck roch, und hielt ihn Naila hin.

Oh, ein kleiner Snack? Warum nicht. Danke sehr. Naila nahm die Kaurolle an und begann genüsslich, daran zu nagen.

»Gut.« Erleichtert atmete Ricarda auf. Dieses Drama war also offenbar erst einmal überstanden. Allmählich bekam sie Hunger. Vielleicht sollte sie sich noch eine Pizza bestellen oder etwas vom Chinesen. Doch zunächst einmal wollte sie ihr Bett aufschlagen. Die Luftmatratze war extradick und besaß einen Stromanschluss, mit dessen Hilfe sie sich auf Knopfdruck selbst aufblasen konnte. Ricarda überlegte, ob sie einen der oberen Räume nutzen sollte, entschied sich aber dagegen. Das leere Haus wirkte irgendwie seltsam auf sie. Früher war sie hier fast so oft ein- und ausgegangen wie in ihrem eigenen Zuhause, doch nach dem Umbau wirkte alles ein bisschen fremd auf sie. Da es hier im Wintergarten, der sich offen ans Wohnzimmer anschloss, angenehm warm war, beschloss sie, einfach hier zu übernachten. Eine Steckdose war schnell gefunden und ihr Bett in wenigen Minuten aufgebaut.

Ricarda wollte gerade die Nummer von *Luigis Pizzeria* auf ihrem Smartphone heraussuchen, als ein Signalton ihr verriet, dass Frank eine Textnachricht an sie gesendet hatte. Schon am Nachmittag hatte er eine Nachricht geschickt samt Foto vom Bostoner Flughafen. Das unangebrachte Zucken in ihrer Herzgegend versuchte sie vergeblich zu ignorieren, als sie die neue Nachricht aufrief.

> **Frank:** Hat mit der Küche alles geklappt? Die Handwerker müssten jetzt weg sein, oder?

Ricarda atmete tief durch. Sie verhielt sich schlimmer als ein Teenager. Damals hatte sie sich deutlich besser unter Kontrolle gehabt.

Ricarda: Ja, alles gut. Nur ein paar Kleinteile fehlen. Mit etwas Glück kommen sie im Lauf der Woche.

Sie eilte hinüber in die Küche, schaltete das Licht ein und schoss rasch ein paar Fotos, die sie ihrer Nachricht beifügte. Erst nachdem sie sie versendet hatte, sah sie sich einmal ganz in Ruhe um. Dort, wo sich früher eine einfache L-förmige Küchenzeile befunden hatte, war auch jetzt wieder eine solche eingebaut worden, jedoch deutlich größer und mit Schränken, die bis unter die Decke reichten. Jetzt erkannte sie auch, wozu die kleine hölzerne Trittleiter gedacht war, die optisch im gleichen Stil wie die hellen Eichenholzfronten gehalten war.

An den rechten Schenkel schloss sich eine riesige Arbeitsinsel an, sodass sich ein offenes U aus der gesamten Küche bildete. Auf der Innenseite besaß diese Insel Schränke und Schubladen, auf der Außenseite befand sich eine Aussparung, sodass sich ein erhöhter Tisch mit vier hohen Stühlen ergab.

Auf den Fensterbrettern der beiden großen Fenster, von denen eines zur Straße, das andere in Richtung ihres Elternhauses zeigte, standen kleine Kartons mit überzähligen Schienen, Schrauben und Klemmen. Einiges davon gehörte wahrscheinlich zu den fehlenden Schubladen. Die zweiflüglige, mannshohe Kühl- und Gefrierkombi ließ Ricarda sehnsüchtig aufseufzen. Sie besaß nur einen winzigen Kühlschrank und ein Eisfach, das des Namens kaum wert war. Wie gerne hätte sie so viel Platz wie hier zur Verfügung gehabt. Sie mochte keine begnadete Köchin sein, aber in den letzten beiden Jahren hatte sie sich zumindest ein paar Grundkenntnisse angeeignet und empfand Kochen und Backen als sehr entspannend. Verraten würde sie das allerdings niemandem, zumindest nicht außerhalb ihrer engsten Familie. Es passte, wie sie fand, nicht ganz zu dem Bild, das sie von sich selbst erschaffen hatte.

Der Signalton ihres Smartphones riss sie aus ihren Gedanken.

Frank: Sieht toll aus. Da würde ich am liebsten gleich was Gutes für uns kochen.

Ricarda: Seit wann kochst du denn?

Frank: Seit ich auf der Uni keine Lust hatte, mich nur von Junkfood zu ernähren. Ich dachte, das wüsstest du.

Ricarda: Woher denn?

Frank: Habe ich dir das nicht irgendwann mal erzählt?

Ricarda: Übers Kochen haben wir noch nie geredet.

Frank: Dann wird es vielleicht Zeit. Meine Steaks sind vom Feinsten. Meine Eintöpfe übrigens auch.

Ricarda: Was du nicht sagst.

Frank: Wenn ich wieder zu Hause bin, werde ich es dir beweisen. Wie geht es Naila?

Ricarda zögerte kurz, dann machte sie ein Foto von dem Regenmäntelchen, das sie zum Trocknen im Gästebad auf den Rand des Waschbeckens gelegt hatte.

Ricarda: Du hast vergessen zu erwähnen, dass Madame Etepetete eine Aversion gegen Regen hat. Selbst in dem Outfit hier wollte sie nicht länger als zwei Minuten nach draußen. Vorher hat sie sich fürchterlich angestellt, so als wolle ich ihr sonst was antun.

Es dauerte ein Weilchen, bis die Antwort ankam. Wahrscheinlich hatte Frank sich erst einmal vor Lachen auf dem Boden gekringelt. Anstelle eines weiteren Nachrichtentons klingelte Riccardas Handy. Sie erschrak dermaßen, dass sie es beinahe fallen gelassen hätte. Ihr Herz zuckte unruhig in ihrer Brust, als sie den Anruf annahm. »Jaja, lach du nur.«

»Ich lache nicht. Du hast ihr doch nicht im Ernst dieses Ding da angezogen?«

»Doch. Sie schien das toll zu finden. Anscheinend hat dein Opa das mit ihr geübt. Sie wusste ganz genau, was sie tun und wann sie stillhalten musste, damit ich die Knöpfe zubekomme. Das nächste Mal mache ich ein Foto von ihr in dem Mäntelchen. Das sieht irgendwie schräg aus, aber auch ziemlich süß.«

»Kann ich mir vorstellen.« Nun lachte Frank doch kurz auf. »Wie soll ich denn jemals wieder als ganzer Kerl durchgehen, wenn ich meinem Hund Kleidchen anziehen muss?«

»Von Kleidchen war ja nicht die Rede. Aber so kleine Hunde kühlen im Winter schnell aus, habe ich mal gelesen. Da sind solche Mäntelchen gar nicht schlecht.« Dass Frank gerade zusammen mit so einem putzigen kleinen Pudel besonders sexy wirken würde, verschwieg Ricarda tunlichst. Auf dieses Glatteis wollte sie sich lieber nicht begeben, dazu war sie zu nervös.

»Na gut, wenn du das sagst.« Frank hielt einen Moment inne. »Ich soll dich von Janet grüßen. Sie ist ganz neugierig auf dich und hofft, dich irgendwann einmal kennenlernen zu dürfen.«

Ricarda schluckte. »Dann, äh, grüß sie bitte zurück. Wie geht es ihr?«

»Sie weint viel, aber ansonsten hält sie sich tapfer. Clark und die Kinder sind ihr eine große Stütze.«

»Ist … ihre Mutter noch da?«

Frank seufzte. »Ja. Sie wird zur Beerdigung aus Seattle herüberkommen. Sie hat sich schon vor fast dreißig Jahren von Janets Vater scheiden lassen und kein sehr gutes Verhältnis zu ihrer Tochter.«

Ricarda schauderte. »Das stelle ich mir schrecklich vor.«

»Angenehm ist es nicht. Ich habe Lilian einmal kurz kennengelernt. Sie ist eine sehr schwierige und wohl auch egozentrische Person. Übrigens besitzt sie eine große Ladenkette für Erotikartikel.«

»Ach.« Ricarda wusste nicht genau, was sie mit der Information anfangen sollte.

»Ja, so habe ich auch reagiert.« Frank lachte wieder. »Sex und das passende Zubehör scheint ihr Hauptlebensinhalt zu sein. Sie hat sich ihr kleines Imperium selbst aufgebaut. Ihre Tochter war ihr dabei wohl immer im Weg.«

»Menschen gibt's …« Ein anderer Kommentar fiel Ricarda darauf nicht ein.

»… die gibt's gar nicht«, vervollständigte Frank den Satz. »Oder eben manchmal doch, und man muss sie verschleißen, wie sie sind. Sagte deine Oma immer.«

»Das tut sie heute noch.«

»Ich hoffe, ich werde deine Großeltern demnächst noch mal sehen. Auf der Hochzeit hatten wir zu mehr als ein bisschen Small Talk keine Gelegenheit. Die beiden sehen aber immer noch sehr gut und vor allem fit aus.«

Ricarda lächelte. »Ja, sie sind glücklicherweise beide noch sehr rüstig. Oma triezt Opa immer, dass er gesund essen soll, und geht jetzt mit ihm zweimal die Woche zum Walken.«

»Ist nicht wahr.« Frank lachte auf. »Das muss ich mal live sehen. Dein Opa mit Walking-Stöcken?«

»Oma hat sie übers Internet bestellt.« Allmählich entspannte Ricarda sich, und die Nervosität verflog. »Was hast du denn noch so vor? Bei euch ist es doch jetzt erst Mittag, oder?«

»Kurz vor zwölf«, bestätigte Frank. »Ich habe versprochen, für Janet einkaufen zu fahren, damit sie sich um den ganzen Papierkram in der Kanzlei kümmern kann. Später hole ich die Kids von der Schule ab und gehe mit ihnen Pizza essen.«

»Pizza!« Ricarda seufzte. »Da sagst du was. Ich wollte gerade welche bestellen.«

»Bei Luigi?«

»Wo sonst? Die beste Pizza diesseits der italienischen Grenze.«

»Dann wünsche ich dir guten Hunger.«

»Danke. Morgen Vormittag wird übrigens pünktlich der erste Lkw mit Sachen aus deinem Lagerraum kommen. Die Spedition hat den Termin heute Nachmittag bestätigt.«

»Sehr gut. Ich hoffe, es macht dir nicht zu viele Umstände, die Sachen in Empfang zu nehmen.«

»Nein, das geht schon. Ich hoffe nur, es ist ein Tisch unter den Sachen.«

»Ein Tisch?« Frank räusperte sich. »Tut mir leid, dass das Haus noch komplett leer steht. Aber jetzt kannst du doch zumindest an der neuen Theke sitzen.«

Das hatte Ricarda beinahe vergessen. »Ja, stimmt, könnte ich. Trotzdem wäre es …« Sie stockte, als die Türklingel ging und nur eine Sekunde später Naila wie der Blitz aufsprang und bellend zur Tür rannte.

Da ist jemand! Wau! Meine Güte, habe ich mich erschreckt! Dabei hatte ich gerade so schön geschlafen und geträumt. Nun komm schon, Ricarda, mach die Tür auf. Ich will wissen, wer da kommt.

»War das die Türklingel? Erwartest du noch Besuch?« Frank klang amüsiert.

»Ganz sicher nicht.« Ricarda eilte zur Haustür.

»Vielleicht ein knackiger Pizzalieferant.«

Sie verdrehte die Augen und öffnete die Tür. »Du guckst wohl zu viele Pornos.«

»Wie bitte? Was ist das denn für eine merkwürdige Begrüßung?« Ricardas Tante Elke, eine flippig-flotte Mittfünfzigerin in bestickten Jeans und einer weiten, bunt gemusterten Seidenbluse unter dem knallblauen Wintermantel, stand auf der obersten Stufe vor dem Eingang und sah sie höchst erstaunt an. Im nächsten Moment bückte sie sich und lachte. »Na, na, wen haben wir denn da? Die süße Naila? Du bist ja ganz aufgeregt.«

Selbstverständlich bin ich aufgeregt, wenn so unverhofft Besuch auftaucht und ich es nicht mal rechtzeitig mitbekomme. Wie peinlich, dass ich dich nicht früher gehört habe. Wild wedelnd hüpfte Naila um Elke herum und stieß immer wieder ein helles Bellen aus.

»Entschuldige bitte, Elke, ich hatte nicht dich gemeint, sondern Frank am Telefon.« Ricarda nahm ihrer Tante den Picknickkorb ab, den diese mitgebracht hatte. »Komm doch herein.«

»Gerne. Ihr unterhaltet euch über Pornos? Das Wetter ist ja wirklich zum Davonlaufen, nicht wahr?« Elke schüttelte sich übertrieben und rieb sich über die Oberarme.

Ganz meine Meinung. Wuff. Ein unerträgliches Wetter. Naila schnaubte und nickte dabei mit dem Kopf, sodass es aussah, als schließe sie sich Elkes Aussage an.

Rasch schob Elke die Tür ins Schloss. »Wir beide verstehen uns, nicht wahr, Naila?« Übergangslos wandte sie sich an Ricarda. »Du telefonierst gerade mit Frank?« Sie streckte die Hand aus und zog Ricardas Hand mit dem Smartphone ein Stück zu sich heran. »Hallo, Frank! Wie geht es dir? Hattest du einen guten Flug?«

Ricarda verdrehte amüsiert die Augen und stellte das Telefon auf Mithören.

»Elke? Hallo.« Frank klang immer noch erheitert. »Danke der Nachfrage, mein Flug war sehr angenehm. Was führt dich denn in mein Haus? Willst du mit Ricarda einen Mädelsabend machen?«

Elke gluckste. »Das wäre mal was. Vor allem, weil Otto heute die Spätschicht im Stadthotel hat. Aber nein, ich habe Ricarda nur etwas zu essen vorbeigebracht. Heute Mittag gab es bei uns Linseneintopf, und davon ist so viel übrig geblieben, dass ich dachte, ich bringe ihr ein bisschen was rüber.«

»›Rüber‹ ist gut.« Seufzend hob Ricarda den Deckel vom Picknickkorb und warf einen Blick auf den Inhalt. »Du wohnst doch inzwischen auf der anderen Seite der Stadt. Das ist ein viel zu weiter Weg, nur um mir Suppe zu bringen.«

»Ach was, mein Schatz, wie gesagt, Otto arbeitet heute Abend, und mir war ein bisschen langweilig.« Elke ging an Ricarda vorbei in Richtung Küche. »Außerdem kann ich bei der Gelegenheit das renovierte Haus mal von innen ansehen. Liebe Zeit!« Sie klatschte in die Hände. »Das ist ja eine Wahnsinnsküche! So eine will ich auch haben, wenn wir mit dem Umbau von Ottos Haus fertig sind. So viel Platz.

Ein Traum!« Sie kehrte zu Ricarda zurück und ergriff wieder ihre Hand mit dem Handy. »Was hast du denn hier geplant, Frank? Willst du eine Fußballmannschaft zeugen?«

»Elke!« Erschrocken zog Ricarda ihre Hand mit dem Mobiltelefon zurück.

Frank lachte nur. »Keine Ahnung. Ich nehme es, wie es kommt. Eine ganze Fußballmannschaft muss es aber nicht gleich sein. Dir gefällt meine neue Küche also?«

»Und wie!« Elke seufzte übertrieben laut. »Ein-ma-lig schön!« Ihr Blick wanderte hinüber ins Wohnzimmer. Dabei entdeckte sie die Luftmatratze. »Du lieber Himmel, willst du etwa dort im Wintergarten kampieren, Ricarda?«

»Im Wintergarten?«, echote es verblüfft aus dem Handy.

Ricarda winkte ab, obwohl Frank das ja gar nicht sehen konnte. »Warum nicht?«

»Du kannst auch das Schlafzimmer oben benutzen oder eines der anderen Zimmer«, schlug Frank prompt vor.

»Da ist es genauso leer wie hier unten«, widersprach sie rasch. »Wo ist der Unterschied?«

»Bei den Sachen, die morgen kommen, müsste auch mein Bett dabei sein. Benutze es.«

»Nein.«

Frank atmete deutlich hörbar aus. »Feigling.«

Ricardas Puls schoss in die Höhe. »Hör auf damit! Ich habe mein eigenes Bett mitgebracht, also benutze ich es auch.«

»Dein Bett?«

»Ein Luftbett.« Elke ging darauf zu, prüfte es mit einer Hand und setzte sich vorsichtig darauf. »Na ja, geht schon, aber ein richtiges Bett wäre doch wirklich bequemer. Wie lange wirst du in Boston bleiben, Frank?«

»Eine Woche, vielleicht zehn Tage.«

Elke bedachte Ricarda mit einem eindringlichen Blick.

»So lange solltest du deinem Rücken dieses Ding hier nicht zumuten, sonst hat Viola, wenn sie aus den Flitterwochen zurückkehrt, erst einmal eine riesige Baustelle an ihrer großen Schwester. Sie kann zwar traumhaft massieren, aber am Ende muss sie dich noch in Physiotherapie nehmen, wenn du dir das Kreuz hier verrenkst.«

»Ich verrenke mir gar nichts.« Ricarda gab sich betont gelassen, damit nicht auffiel, dass sie schon wieder nervös wurde. Verflixt, was war nur mit ihr los? »Diese Luftmatratze ist zufällig sehr bequem.«

»Bis du runterfällst. Schau nur, wie schmal sie ist.« Besorgt wippte Elke ein wenig auf der Matratze. »Nein, also für mich wäre das nichts.«

»Muss es ja auch nicht.« Wie gerne hätte Ricarda das Thema gewechselt!

»Du kannst aber doch Franks Angebot annehmen, mein Schatz«, redete Elke unbeirrt weiter. »Ein richtiges Bett ist viel angenehmer. Wo liegt denn das Problem? Ihr seid doch so gut befreundet.«

»Ja, genau, wo liegt das Problem?«, kam prompt Franks Echo aus dem Smartphone.

»Es gibt kein Problem.« Ricarda verdrehte die Augen. »Mach's gut, Frank.« Ohne auf eine Antwort zu warten, unterbrach sie die Verbindung und schob das Mobiltelefon in die Gesäßtasche ihrer Jeans.

»Ricarda!« Erschrocken sprang Elke auf. »Das war aber nicht nett. Du kannst doch den armen Frank nicht so einfach abwürgen.«

»Du siehst doch, dass ich das kann.«

»Aber so etwas macht man nicht.«

»Er wird es überleben.« Sie zuckte zusammen, als ihr Handy piepte und gleichzeitig vibrierte. Eine Textnachricht von Frank. Innerlich fluchend zog sie das Handy wieder aus der Tasche und rief die Nachricht auf.

Frank: Du sollst mir doch nicht ausweichen, Prinzessin. ;-) Wir lesen oder sprechen uns später.

Mit einem verärgerten Schnauben schob sie das Telefon in ihre Gesäßtasche zurück. »Ich gebe dir gleich eine Prinzessin, du Idiot!«

»Na, na, was habt ihr beide denn miteinander?« Überrascht musterte Elke sie.

»Wir haben gar nichts miteinander!« Aus unerfindlichen Gründen schlug Ricarda das Herz plötzlich bis zur Kehle hinauf.

»Weshalb zankt ihr dann?«

»Tun wir doch gar nicht.«

»Kindchen.« Elke legte ihr eine Hand auf den Arm. »Du lässt dich doch sonst nicht so leicht von einem Mann ärgern. Von diesem schon mal gar nicht. Ihr wart immer ein Herz und eine Seele. Oder hat sich daran etwas geändert?«

»Nein, hat es nicht. Wir sind immer noch Freunde.« Die sich geküsst hatten. Ziemlich heftig. Ziemlich heiß. Ein Nachhall dieses schmerzlichen Ziehens machte sich in ihrer Magengrube breit.

»Na also. Was ist denn los? Warum willst du nicht oben im Schlafzimmer übernachten? Also wenn da ab morgen ein Bett steht.« Forschend musterte Elke sie.

Ricarda rieb sich über die Stirn. »Weil es Franks Bett ist.«

»Aber …« Elke hielt inne, dann kräuselte sie die Lippen. »Ach so.«

»Nichts ach so«, versuchte Ricarda sich herauszureden. »Ich finde nur, dass es unpassend wäre. Wir sind zwar noch

Freunde, aber es ist eine ziemlich lange Zeit vergangen. Er ist gerade erst wieder zurück und … Wir müssen uns erst wieder aneinander gewöhnen und so. Der Gedanke fühlt sich falsch an, in seinem Bett zu schlafen. Ich habe lieber mein eigenes.«

»Aha.« Auf Elkes Lippen erschien ein fast unmerkliches Lächeln. »So ist das.«

In Ricarda machte sich ein Anflug von Panik breit. »Nein, gar nichts ist *so*. Interpretier da jetzt bitte nichts hinein. Liebe Güte, wenn es euch so wichtig ist, penne ich eben ab morgen in seinem Bett. Zufrieden?« Abrupt drehte Ricarda sich um, ging ein paar Schritte durch den Wintergarten und verschränkte die Arme vor der Brust.

»Ricarda. Liebes.« Elke näherte sich ihr. »Da scheine ich unabsichtlich in ein Wespennest gestochen zu haben. Tut mir leid.«

»Muss es nicht.« Ricarda zog die Schultern ein wenig hoch, besann sich und versuchte sich wieder zu entspannen. Das Ergebnis war nur mäßig zufriedenstellend.

»Er ist ein hochattraktiver Mann geworden.« Elke trat neben sie und legte ihr locker einen Arm um die Schultern. »Er war ja schon immer ein Hingucker, aber inzwischen ist er auch erwachsen geworden. Dazu noch so charmant und verlässlich. Eine gefährliche Mischung für die Frauenwelt.«

»Ich will jetzt nicht darüber reden.« Rasch machte Ricarda sich wieder von ihrer Tante los. »Ich habe Hunger.« Wie zum Beweis knurrte ihr Magen vernehmlich.

Elke lachte. »Heiliger Bimbam, das war deutlich. Du Arme, wann hast du denn zuletzt etwas gegessen? Soll ich dir die Suppe warm machen?«

»Das schaffe ich schon noch allein.« Eilig ging Ricarda hinüber in die Küche und sah sich suchend um. Es gab noch kein Kochgeschirr oder Besteck.

»Ich habe alles mitgebracht, was du brauchst.« Elke hatte den Picknickkorb geholt und stellte ihn auf die Anrichte neben dem breiten Induktionskochfeld. Sachte strich sie Ricarda über den Unterarm, zog die Hand jedoch gleich wieder zurück. »Am besten lasse ich dich und Naila jetzt mal wieder allein. Ach, sieh nur, die Kleine schläft!« Lächelnd deutete sie auf das Hundekörbchen, in das sich das Pudelmädchen wieder zurückgezogen hatte. »Bestimmt ist sie ganz erschöpft nach dem langen Tag mit den Monteuren. Wie kommst du denn mit ihr zurecht? Annemarie hat mir auf der Hochzeit erzählt, dass Naila ein bisschen schwierig ist.«

»Na ja, geht so. Wir gewöhnen uns aneinander.« Um ihre Hände zu beschäftigen, hob Ricarda den Topf mit der Linsensuppe aus dem Korb. »Was ist das denn?« Erstaunt förderte sie noch eine flache Porzellanschale mit Silikondeckel zutage.

»Nur Vanillepudding. Du weißt schon, der ganz einfache, gekochte. Den magst du doch so gerne.« Ganz kurz tätschelte Elke Ricardas Wange, dann trat sie einen Schritt zurück. »Ich lasse dich dann jetzt mal wieder allein, ja?«

Ricarda nickte. »Okay. Danke für das Essen.«

»Keine Ursache.« Elke zwinkerte ihr fröhlich zu. »Und wenn du mal reden willst, weißt du ja, wo du mich findest«

»Klar.« Ricarda rang sich ein Lächeln ab.

»Mach's gut.« Elke warf ihr noch einen Handkuss zu und war im nächsten Moment schon verschwunden.

Als die Haustür zuklappte, hob Naila verschlafen den Kopf. *Nanu, was war das? Ist der Besuch schon wieder weg? Na gut, dann kann ich ja weiterschlafen.*

Ricarda wärmte sich rasch die Suppe auf, füllte etwas davon in den tiefen Teller, den Elke ihr mitgebracht hatte, nahm diesen samt Löffel und Puddingschale mit hinüber in den Wintergarten und stellte dort alles auf dem Boden neben der Luftmatratze ab. Dann ließ sie sich rücklings auf die Matratze fallen – und wäre beinahe seitlich heruntergerutscht. Gerade noch konnte sie verhindern, dass sie mit dem Hintern im Suppenteller landete. Mit einem verzweifelten Seufzen blickte sie zur gläsernen Decke des Wintergartens empor, auf dem sich eine dünne Schicht Schnee gebildet hatte. Ihr war klar, dass Elke der restlichen Familie früher oder später Bericht erstatten würde. Vielleicht nicht mehr heute, aber bald. Hoffentlich eher später als früher.

11. Kapitel

»Komm, Naila, du musst jetzt erst mal zu Lizzy und Miss Daisy in den Pausenraum, bis mein Meeting vorbei ist.« Ricarda öffnete die Tür zu dem großen Aufenthaltsraum mit Küche im Sternbach Resort und schnipste mit den Fingern, um die Aufmerksamkeit der Hündin zu erlangen. »Hier könnt ihr ein bisschen zusammen spielen. Später darfst du dann mit in mein Büro.«

Das klingt ganz vernünftig, würde ich sagen. Spielen ist immer gut. Vor allem mit meinen beiden neuen Freundinnen. Naila wedelte fröhlich mit der Rute und sauste, kaum dass Ricarda sie von der Leine losgemacht hatte, auf die beiden anderen Hündinnen zu. Mit viel Gewiffel und Gewuffel begrüßten die schwarze Schnauzerdame und das im Kontrast dazu schneeweiße Westie-Mädchen den Neuankömmling.

Prüfend sah Ricarda sich um, ob die drei auch wirklich nichts kaputt machen konnten, dann schloss sie die Tür rasch wieder und wäre beinahe mit ihrem ältesten Bruder Justus zusammengestoßen.

»Na, na, so stürmisch heute?« Grinsend rückte er seine Brille zurecht und strich sich übertrieben sorgsam über den teuren grauen Anzug. »Womit habe ich denn so einen Angriff am frühen Morgen verdient?«

»Ich hab dich nicht kommen hören.« Spielerisch knuffte Ricarda ihn gegen den Arm. »Was schleichst du dich auch so an?«

»Das fragt mich meine Frau auch ständig.«

»Wir sollten dir ein Glöckchen umbinden, damit wir rechtzeitig hören, wenn der Geschäftsführer sich anpirscht.«

Justus lachte. »Das wäre wohl kontraproduktiv. Abgesehen davon kann ich dich doch bestimmt nicht bei etwas Unangemessenem erwischen, oder etwa doch?«

»Wohl kaum.« Sie warf einen raschen Blick auf ihre Armbanduhr. »Ich muss los. Wir haben doch gleich das Meeting.«

»Das wurde verschoben.« Justus setzte eine bedeutungsvolle Miene auf. »Ich habe einen Auftrag für dich.«

»Gott bewahre!«

»Du weißt doch noch gar nicht, worum es geht.«

»Deine Aufträge beinhalten fast immer Überstunden.« Sie verdrehte die Augen. »Also sag schon: Zu was willst du mich verdonnern?«

»Viola ist nicht da.«

Sie zog die Augenbrauen hoch. »Ach nee, ist dir das auch schon aufgefallen? Ich kann ihre Praxis leider nicht übernehmen.«

»Das sollst du auch gar nicht. Du weißt aber doch sicher, was ihre Aufgabe jedes Jahr um diese Zeit ist?«

»Inventur?«, fragte sie hoffnungsvoll.

»Das würde dir so passen.« Ihr Bruder grinste wieder. »Mama will heute auf Raubzug gehen.«

»Heiliges Kanonenrohr!« Ricarda fasste sich an die Stirn. »Schick Laura mit.«

»Laura ist mit der vorweihnachtlichen Marketingkampagne mehr als beschäftigt.«

»Dann Papa.«

»Er hat gesagt, er fungiert ausschließlich als Packesel, sobald ihr zurück seid. Tatsächlich war es seine Idee, dich dieses Jahr zu rekrutieren. Er meinte, du hättest letztes Jahr so guten Geschmack beim Schmücken des Hotels und der

Ferienhäuser bewiesen, dass er dich diesmal den neuen Dekokram aussuchen lassen will. Als Belohnung darfst du auch fast alle Sachen behalten, die hier ausrangiert werden. Zumindest die, die nicht als Spende an die Sozialstation gehen.«

Ricarda war hin- und hergerissen zwischen Lachen und Grauen. »Was soll ich denn mit den Sachen? In meine Wohnung passen doch gerade mal meine alte Weihnachtspyramide und der beleuchtete Strohstern im Fenster. Eine Duftkerze vielleicht auf dem Rand der Badewanne. Das war's.«

»Du benutzt Duftkerzen?« In Justus' Augen blitzte es schalkhaft. »Ist das nicht ein bisschen uncool für jemanden wie dich?«

»Die nutze ich nur zur Entspannung«, erwiderte Ricarda ausweichend. »Ätherische Öle helfen gegen Stress. Kann ich nicht stattdessen einfach wieder beim Schmücken helfen? Diese Einkaufsraubzüge dauern immer ewig!« Ihr fiel eine Ausrede ein. »Ich muss mich um Naila kümmern.«

»Das übernimmt Angelique.« Justus maß sie mit amüsierten Blicken. »Sie kommt nachher vorbei und holt die Hunde ab. Du kannst Naila heute Abend dann drüben in Patricks Firma wieder in Empfang nehmen.«

Ricarda kräuselte die Lippen. »Ihr habt das alles bereits hinter meinem Rücken abgesprochen.«

»Selbstverständlich.« Nun tippte Justus auf seine Armbanduhr. »Ich schlage vor, du beeilst dich jetzt. Mama wird schon in der Lobby auf dich warten.«

Ricarda gab sich geschlagen. Sie mochte Weihnachten und auch die Art und Weise, wie Stadthotel und Resort sich um diese Jahreszeit immer in ein Winter- und Weihnachtswunderland verwandelten. Doch diese riesigen Shoppingtouren, zu denen ihre Mutter alljährlich aufbrach, um älteren Weihnachtsschmuck oder auch solchen, der nicht mehr richtig funktionierte, gegen neue Sachen auszutauschen, waren hauptsächlich eins: anstrengend.

Andererseits war das vielleicht genau die richtige Beschäftigung, um sich abzulenken. Sie hatte in dieser Hinsicht die gesamte Woche über schon recht gute Arbeit geleistet. Einfach war es zwar nicht, weil sie ja nach wie vor in Franks Haus kampierte – auf der Luftmatratze! – und inzwischen von vielen seiner Möbel und Sachen umringt war, doch Geschäftigkeit war schon immer ein gutes Heilmittel gegen ihr Gedankenkarussell gewesen.

Erst am kommenden Mittwoch würde Frank aus Boston zurückkehren, denn nach der Beerdigung, die morgen stattfinden würde, wollte er seinen Freunden drüben noch ein klein wenig länger beistehen.

So war Frank. Stets hilfsbereit und achtsam im Umgang mit seinen Mitmenschen. Dabei konnte er auch knallhart sein, wenn es darum ging, sich für Recht und Gerechtigkeit einzusetzen. In seinem Beruf als Anwalt konnte er in dieser Hinsicht seine manchmal durchaus nervenaufreibenden bis ungemütlichen Charaktereigenschaften ausleben. Wo es nottat, war er absolut unnachgiebig, beharrlich bis zu einem Punkt, an dem man ihn am liebsten an die Wand klatschen wollte, und zielstrebig. Wenn er sich etwas in den Kopf gesetzt hatte, konnte er mit einer Hartnäckigkeit, die an Penetranz grenzte, darauf zustreben. Dieser Charakterzug im Besonderen machte Ricarda ein wenig Sorge, denn sie wusste nicht genau, was er sich in Bezug auf sie nun vorgenommen haben mochte.

Seit Montag hatten sie immer mal wieder Kurznachrichten ausgetauscht, jedoch nicht mehr telefoniert. Er war beschäftigt mit den Kids und mit was auch immer sonst noch, und das war sicher auch gut so. Ricardas innere Unruhe und dieses nervöse Herzzucken, sobald der Signalton an ihrem Smartphone verriet, dass eine Nachricht von ihm eingetroffen war, hatten sich allmählich gelegt und machten für ihren kühlen, analytischen Verstand Platz, von dem sie kurz befürchtet hatte, er sei ihr womöglich abhandengekommen.

Nach und nach formte sich in ihrem Kopf ein Plan, wie sie sich Frank gegenüber zukünftig verhalten konnte, ohne etwas am Status quo ihrer Freundschaft ändern zu müssen. Tatsache war nämlich, so argumentierte sie inzwischen sich selbst gegenüber sehr erfolgreich, dass sie schon seit einer ziemlich langen Zeit keinen Sex mehr gehabt hatte. Auch keine Beziehung. Letztere hatte sie schon immer gemieden, denn ihre Freiheit und die Gewissheit, ihr Leben in allen Bereichen selbst kontrollieren zu können, waren ihr wichtiger als eine Zweisamkeit, in der die sich früher oder später eingeengt fühlen oder langweilen würde. Dieser Umstand, gepaart mit diesen verflixten Flashbacks ihrer Gefühle von damals, hatte sie gründlich irritiert.

Da Frank ziemlich sicher keine Ruhe geben würde, war es wohl am besten, seinem Ansinnen nachzugeben, einmal mit ihm ins Bett zu gehen und die Sache damit hinter sich zu bringen. Ihrem Hormonhaushalt wäre damit Genüge getan, und sehr wahrscheinlich würden sie danach feststellen, dass sie beide auf eine überschäumende Libido hereingefallen waren. Zwei attraktive Menschen, die sich lange kannten und mochten und nun nach Jahren wiedersahen – da konnte so etwas schon mal passieren. Wenn diese Sache bereinigt und aus dem System ihrer Freundschaft entfernt war, würde alles wieder werden wie zuvor.

Das leise, aber irritierende Stimmchen in ihrem Kopf, das sie hin und wieder fragte, was passieren würde, wenn dieser Systemreset, wie Ricarda diese Vorgehensweise bei sich bezeichnete, nicht den gewünschten Effekt brachte, ignorierte sie geflissentlich. Vielleicht waren die Details noch nicht gänzlich durchdacht, aber ein paar Tage hatte sie ja noch, um sich vorzubereiten.

»Da bist du ja!« Margit Sternbach kam mit ausgebreiteten Armen und vor Unternehmungslust blitzenden Augen auf sie zugeeilt, kaum dass Ricarda durch die Glastür zur Lobby getreten war. »Wie schön, dass du es einrichten kannst, mich zu begleiten.«

»Einrichten ist gut.« Ricarda erwiderte amüsiert die überschwängliche Umarmung ihrer Mutter. »Justus hat mich sozusagen damit beauftragt und freigestellt. Da er leider mein Boss ist, konnte ich schlecht Nein sagen.«

»Leider?« Ihre Mutter lachte herzlich. »Ihr werdet doch hoffentlich deshalb nicht gezankt haben.« Sie legte den Kopf schräg. »Gezwungen hat er dich aber nicht, oder? Wenn du keine Lust hast mitzukommen, kann ich auch allein …«

»Nein, schon gut. Ich werde mir nicht mein Leben lang vorwerfen lassen, dass ich dich beim wichtigsten Raubzug des Jahres im Stich gelassen habe.« Da ihre Mutter sie bereits am Arm Richtung Ausgang zog, folgte sie ihr rasch. »Justus ist zwar manchmal ein Sklaventreiber und weiß genau, dass Shopping nicht meine Lieblingsbeschäftigung ist, aber vielleicht kann ich wenigstens den Kitschfaktor unserer Deko dieses Jahr ein bisschen in Grenzen halten.«

»Ach, Schatz, ein bisschen Kitsch gehört zu Weihnachten einfach dazu.« Ihre Mutter küsste sie auf die Wange, dann strebte sie geradewegs auf den großen SUV zu, mit dem Justus normalerweise fuhr. »Wir machen uns einen richtig schönen Tag, Ricarda. Du wirst schon sehen, das wird ein großer Spaß.«

***

Viereinhalb Stunden und sechs Geschäfte später kam es Ricarda so vor, als würden ihre Arme von den schweren Einkaufstüten und -taschen bis zum Boden reichen. Ihre Schultern waren verspannt und ihre Füße schmerzten. Dennoch machte sie gute Miene zum bösen Spiel, weil ihre Mutter immer noch mit Feuereifer bei der Sache war und akribisch eine mindestens einen Meter lange Einkaufsliste abarbeitete.

»Was hältst du davon, wenn wir uns jetzt irgendwo etwas zu essen genehmigen und danach rasch rüber nach Köln zum Großmarkt fahren?« Immer noch so lebhaft wie zu Beginn ihrer Tour sah Margit sich in dem großen Einkaufszentrum um, das vor einigen Jahren am Stadtrand eröffnet hatte. Sie waren zuerst in die Altstadt gefahren und hatten die beiden alteingesessenen Geschäfte abgeklappert, die erfahrungsgemäß ein paar passende Dekoartikel im Sortiment führten. Danach waren sie hierher in die Mall gefahren. »Wir könnten bei *Jupps Burger* etwas essen«, schlug Margit vor und deutete auf das große Schnellrestaurant, das sich gleich neben der Rolltreppe ins Erdgeschoss befand und jetzt zur späten Mittagszeit fast voll besetzt war. »Lucinde war neulich mal mit ihrem Mann hier und sagt, dass die Burger erstklassig sind. Alles bio und regional und frisch zubereitet. Es gibt Fleisch, vegetarisch und vegan, also alles, was man sich nur wünschen kann. Was meinst du?«

Ricarda warf einen Blick auf die großen Anzeigetafeln hinter dem Verkaufstresen. »Klar, warum nicht? Wird schon schmecken, so viel wie hier los ist.«

»Du siehst ein bisschen angegriffen aus, mein Schatz. Habe ich dich zu sehr gescheucht? Das tut mir leid.« Margit hakte sich bei Ricarda unter und führte sie an einen der

Tische. »Hier, setz dich. Ich bestelle uns etwas. Hast du einen Wunsch?«

»Ich kann auch selbst …«

»Nein, nein, mein liebes Kind. Mütterliche Anordnung. Du setzt dich hin, und ich hole Futter.«

»Na gut.« Da sie wusste, dass es zwecklos war, sich gegen den Willen ihrer Mutter aufzulehnen, verstaute Ricarda alle Taschen und Tüten unter dem Tisch und auf der Sitzbank und setzte sich. »Überrasch mich einfach.«

»Bis gleich.« Margit warf ihr einen liebevollen Blick zu und eilte hinüber zum Tresen.

Während sie wartete, warf Ricarda einen Blick auf ihre Kurznachrichten-App und fand einundzwanzig neue Bilder ihrer Schwester Viola vor, die diese im Lauf des Vormittags geschickt hatte. Das Wetter in England war wechselhaft, die Landschaften nichtsdestotrotz zauberhaft. Rasch schickte Ricarda ein paar passende Emojis als Antwort und erschrak, als das Smartphone in ihrer Hand vibrierte und gleichzeitig Franks Signalton von sich gab.

»Mist!« War es noch normal, dass ihr allein dieser Ton zu einem irren Puls verhalf? Dabei hatte sie sich zuletzt so gut im Griff gehabt. Hatte sie zumindest gedacht. In den vergangenen beiden Tagen hatte sie auf seine Nachrichten nur noch mit mildem Interesse reagiert. Heute hatte sie überhaupt noch nicht an ihn gedacht. Zumindest nicht, seit sie mit ihrer Mutter unterwegs war. Sich in Gedanken selbst eine Ohrfeige versetzend, rief sie die Nachricht auf.

Frank: Guten Morgen, Prinzessin. Oder vielmehr guten Tag, denn bei euch ist es ja bereits Mittag. Ich habe gerade zufällig gesehen, dass du online bist.

Nach einem tiefen Atemzug beruhigte Ricardas Innerstes sich wieder.

Ricarda: Was treibst du denn so früh schon am Handy?

Frank: Ich konnte nicht mehr schlafen, und das Erste, was mir in den Sinn kam, warst du.

Verflixt, damit war ihre innere Ruhe gleich wieder dahin.

Frank: Machst du gerade Mittagspause?

Ricarda: So was in der Art.

Sie schoss ein paar Fotos von dem Schnellrestaurant und den Läden in der Mall und hängte sie ihrer Nachricht an.

Frank: Schwänzt du die Arbeit, um zu shoppen? :-D

Ricarda: Von wegen, alles beruflich veranlasst.

Diesmal hängte sie zwei Fotos von den Sachen an, die sich in den Tüten befanden.

Ricarda: Mit Mama auf Weihnachtsdeko-Raubzug. Justus hat mich dazu verdonnert, weil Viola nicht da ist.

Frank: Wie schön.

Ricarda: Anstrengend trifft es eher.

Frank: Gib es zu, du hast jede Menge Spaß.

Ricarda: Erst mal habe ich jede Menge Hunger. Und *Last Christmas* hängt mir jetzt schon zum Hals heraus. Als gäbe es kein anderes Weihnachtslied auf diesem Planeten.

Mehrere Lach-Emojis waren Franks Antwort darauf.

Frank: Alles klar, dann wird das schon mal nicht unser Lied.

Ricarda schluckte, blieb diesmal aber ganz gelassen – nachdem sie erneut dreimal tief ein- und wieder ausgeatmet hatte.

Ricarda: Wir brauchen kein Lied. Sex geht auch ohne solchen Schnickschnack.

Für einen langen Moment schwebte ihre Fingerspitze über dem Senden-Button, dann drückte sie ihn entschlossen und hielt den Atem an. Sie zählte zwei Herzschläge. Dann einen weiteren. Und noch einen. Bis der Signalton ertönte.

Frank: Wer hat Sex? Und vor allem: wann und wo?

Ricarda: Wir. Darauf läuft es doch wohl hinaus, oder etwa nicht? Wann und wo ist egal.

Frank: Egal ist nicht im Angebot. Jedenfalls nicht, wenn ich ein Wörtchen mitzureden habe.

Frank: Woher kommt der Sinneswandel?

Ricarda: Reine Vernunft.

Ihr Herz pochte ihr bis zum Hals, und ihre Hände zitterten vollkommen entgegen jeder Vernunft, doch sie ignorierte beides.

Ricarda: Ich bin zu dem Schluss gekommen, dass wir damit diesen ganzen Flashbackkram und Hormonüberschuss am schnellsten aus dem Weg schaffen. Systemreset.

Frank: Reset?

Ricarda setzte zu einer Antwort an, doch ehe sie damit fertig war, erschien eine weitere Nachricht auf dem Display.

Frank: Wir werden nicht miteinander schlafen.

Verblüfft hielt sie inne und löschte das bisher Geschriebene.

Ricarda: Warum nicht?

Frank: Weil wir damit warten, bis wir es beide wollen. Ich. Du. Wir beide. Versteh mich nicht falsch, das Angebot ist verlockend. Aber nicht so.

Ricarda schluckte gegen das beständige Hakenschlagen ihres Herzens an, das sie ganz schwindelig machte.

Ricarda: Ich will doch. Kein Problem.

Frank: Mit dem Herzen, Prinzessin. Nicht nur mit dem Verstand. Wir reden noch mal darüber, wenn bei dir beides im Einklang ist. Aber schön, dass du an mich gedacht hast. Auf diese Art. ;-) Entschuldige mich, ich muss jetzt duschen. In einer Viertelstunde stehen die Kids auf, und dann ist das Bad ewig blockiert. Janet lässt mich ja nicht in einem Hotel wohnen, also muss ich mich mit zwei Teenagern arrangieren. 13 und 15. Die zehnjährige Shauna zählt zum Glück noch nicht mit, die ist immer in Turbogeschwindigkeit fertig. Bis später und habt noch viel Spaß beim Weihnachts-Shopping. Grüß Margit von mir.

Ricarda starrte die Nachricht schweigend an, bis sie bemerkte, dass ihre Mutter längst mit einem vollgepackten Tablett zurückgekehrt war und ihr vom Stuhl gegenüber aufmerksam zusah. »Mama! Entschuldige bitte.« Rasch schloss sie die App. Dabei verspürte sie doch tatsächlich so etwas wie Hitze in ihren Wangen. Fehlte nur noch, dass sie rot wurde! »Nur eine Nachricht von Frank.«

»Ist er jetzt schon wach? Es muss doch drüben in Boston noch ganz früher Morgen sein.« Margit schob ihr einen Burger hin. »Hier, mit Hühnchen, doppelt Käse und rauchiger Soße. Ich fand, das passt zu dir. Für mich habe ich den Fischburger mit Seelachs und hausgemachter Remoulade ausgesucht. Die Auswahl ist irrsinnig, sage ich dir. Wenn man will, kann man sich sogar alle Zutaten selbst zusammenstellen.« Sie hielt kurz inne, den Blick mütterlich-forschend auf Ricardas Gesicht gerichtet. »Wie geht es Frank?«

»Gut.« Ricarda musterte eingehend ihren Burger und die kross frittierten Steakhouse Fritten auf dem Tablett. »Ein bisschen zu gut womöglich. Er nennt mich dauernd Prinzessin.«

»Was?« Margit lachte.

»Genau.« Ohne den Blick von den Fritten zu nehmen, nickte Ricarda mit Nachdruck. »Er hat sie nicht mehr alle.«

»Prinzessin?« Bedächtig wickelte Margit ihren Burger aus und betrachtete ihn von allen Seiten. »Habt ihr euch gestritten? Will er dich damit auf die Palme bringen?«

Ricarda nahm sich eine Fritte und biss hinein. »Nein, haben wir nicht und … keine Ahnung. Vielleicht.«

»Prinzessin.« Nachdenklich legte Margit den Burger wieder aufs Tablett und nahm sich stattdessen ebenfalls eine Fritte, die sie in das essbare Schälchen mit Sour Cream tauchte. Dann lachte sie. »Entschuldige, aber das ist der unpassendste Kosename für dich, den ich je gehört habe.«

»Ach.« Ricarda verdrehte die Augen und vertilgte eine weitere Fritte. »Natürlich ist er das. Ich sagte doch, Frank spinnt.«

»Den Eindruck hatte ich nun allerdings nicht.« Margit trank einen Schluck von ihrer Biolimonade. »Weißt du, was er damit bezwecken will?«

»Nein.« Ricarda seufzte. Ihre Wangen brannten. »Ja, doch, wahrscheinlich. Bin ich rot im Gesicht?«

»Nicht die Spur.« Margit lächelte ihr zu. »Ihr macht das schon unter euch aus. Wie immer schon. Es ist gut, dass er wieder hier ist. Ich glaube, er hat dir sehr gefehlt. Mehr, als du immer zugegeben hast. Jeder Mensch braucht einen Freund, jemanden, der einen blind versteht. Frank war immer genau dieser Freund für dich. Hm, dieses Essen ist tatsächlich unglaublich gut. Hätte ich nicht gedacht. Und dazu noch sehr erschwinglich, wenn man bedenkt, dass die Zutaten alle frisch und bio sind.«

»Und regional«, setzte Ricarda leise hinzu.

»Ja, genau.« Margit tätschelte ganz kurz Ricardas Arm, dann zog sie unvermittelt ihre Einkaufsliste aus einer der Tüten. »Sieh mal hier, diese Spalte haben wir fast abgearbeitet. Die richtigen Großeinkäufe kommen aber natürlich nachher erst noch. Justus hat mir extra sein Auto überlassen, weil wir letztes Jahr ziemlich in Platznot geraten sind. Was meinst du, sollen wir erst in den Großmarkt und dann in das neue Weihnachts-Outlet oder umgekehrt?«

Ricarda, die gerade einen Schluck von ihrer Limonade genommen hatte, verschluckte sich beinahe. »Es gibt ein neues Weihnachtsoutlet?«

Margit lachte. »Sag bloß, das weißt du nicht. Auf halbem Weg nach Köln haben sie in einem Gewerbegebiet ein riesiges Zelt aufgebaut, in dem es laut Prospekt alles gibt, was das Herz des Weihnachtsfans begehrt. Die Firma sucht wohl noch nach einem festen Standort, und bis sie einen gefunden haben, wandern sie mit dem Zelt von Gewerbegebiet zu Gewerbegebiet. Soweit ich das verstanden habe, werden sie saisonal ihr komplettes Angebot immer wieder ändern. Also Weihnachten, Ostern, Sommer, Halloween und Erntedank und so weiter.«

»Und da willst du auch noch rein?« Ricarda rieb sich die Stirn. »Reicht die Zeit dafür überhaupt?«

»Keine Sorge, sowohl der Großmarkt als auch das Outlet haben bis zweiundzwanzig Uhr geöffnet.« Ihre Mutter zwinkerte ihr zu. »Das ist mehr als genug Zeit.«

»Uff.« Ricarda lachte und schob rigoros alle Gedanken an Frank beiseite. »Dafür zahlt Justus mir aber ordentlich Überstunden.«

***

»Warum habe ich mich nur dazu überreden lassen? Das Zeug reicht für zehn Haushalte.« Ächzend schob Ricarda die Kartons voller ausrangiertem Weihnachtsschmuck aus den beiden Hotels in Franks Wohnzimmer hin und her, um sie von denen mit seinen Habseligkeiten zu trennen.

Sie war sehr stolz gewesen, als sie sich im Sommer den Golf Sportsvan in Dunkelrot als Jahreswagen hatte leisten können. Nun wusste sie, dass er zwar alles andere als klein, der Menge an Kartons voller Dekokram jedoch nur mit äußerster Mühe gewachsen war. Sie hatte die Sachen nicht in ihre Wohnung gebracht, weil sie gar nicht wusste, wo sie sie dort unterstellen sollte. Patrick hätte ihr zwar bestimmt angeboten, ein Eckchen in seinem Lager freizumachen – vermutlich das, in dem Laura vor Jahren die Möbel aus ihrem Elternhaus zeitweise untergestellt hatte. Doch vorher wollte sie doch ganz gerne erst einmal die Spreu vom Weizen trennen und alles aussortieren, was sich irgendwie weiterverschenken ließ. Da das Wetter an diesem Wochenende erneut kalt und ungemütlich daherkam, war die Gelegenheit günstig, sich dieser Aufgabe in Ruhe zu widmen. Frank hatte bestimmt nichts dagegen, immerhin war er ja überhaupt nicht hier.

Mit Naila war sie glücklicherweise bisher ganz gut ausgekommen. Die anfänglichen Verständigungsprobleme hatten sich gelegt, nachdem Ricarda begriffen hatte, dass die Pudeldame jegliches Wetter, das mit Regen zu tun hatte, zutiefst verabscheute. Auch das Regenmäntelchen half nicht sonderlich weiter, obgleich Naila damit wenigstens ein paar Meter vor die Haustür zu locken war. Heute hatte der Regen glücklicherweise im Lauf des Tages nachgelassen und eisig-trockenem Sturmwind Platz gemacht, sodass Naila etwas weniger protestiert hatte. Dennoch lag sie nun zusammengerollt und halb unter ihrer Kuscheldecke vergraben in ihrem Körbchen und sah Ricarda mit halb neugieriger, halb beleidigter Miene zu.

Mit einem tiefen Seufzer richtete Ricarda sich wieder auf und sah sich in dem geräumigen Wohnzimmer um. Mit den Unterarmen stützte sie sich auf die Rückenlehne der riesigen L-förmigen dunkelbraunen Ledercouch, von der sie sich nachgerade fragte, wie sie jemals in eine von Franks Junggesellenbuden gepasst haben mochte. Sie sah noch so gut wie neu aus und roch wie frisch aus dem Möbelhaus – zumindest, wenn man die Nase ganz dicht an die Polster hielt. Vielleicht sollte sie die Möbel erst einmal ein bisschen sinnvoller im Raum anordnen. Zwar konnte sie nicht wissen, wie Frank sich später einrichten wollte, und es fehlten auch noch so einige Möbelstücke, um die Räume zu füllen, aber zumindest würde es dann nicht mehr ganz so chaotisch aussehen.

»Sollen wir uns ein bisschen Musik einschalten, bis die Pizza geliefert wird?«, fragte sie in Nailas Richtung, die darauf die Nase ein wenig anhob.

Pizza? Klingt gut. Musik? Keine Ahnung. Kommt drauf an, welche.

Ricarda öffnete ihre Musik-App auf dem Smartphone und suchte sich eine Playlist heraus. Dann koppelte sie ihr Handy mit ihrem kleinen Bluetooth-Lautsprecher, der auf der Kücheninsel stand. Einen Moment später schallte Rockmusik von Nickelback durch das Haus. »Na, wie ist das?« Wieder warf Ricarda dem Pudelmädchen einen Blick zu.

Naila gähnte ausgiebig. *Na ja, geht so. Wenn du das nicht zu laut aufdrehst. Etwas Ruhigeres dürfte es aber auch gerne sein.* Mit einem Schnauben legte sie den Kopf auf die Pfoten.

»Nicht dein Geschmack?« Ricarda lachte. »Da musst du jetzt durch. Ich brauch ein bisschen was Rockiges.« Mit ein paar angedeuteten Tanzschritten näherte sie sich erneut der Couch, betrachtete sie stirnrunzelnd und schob sie dann mit aller Kraft durch den Raum, bis sie so stand, wie Ricarda es für ansprechend und sinnvoll hielt. »So sieht es doch schon viel besser aus, findest du nicht, Naila?«

Hä? Gääähn. Ja, sicher, wenn du meinst.

»Die zwei Sessel dann hier und hier.« Ricarda schob die beiden Möbelstücke hin und her und wandte sich danach dem alten Couchtisch mit Marmorplatte zu, den sie noch von früher kannte und den Frank offenbar von seinen Eltern geschenkt bekommen hatte. Das Ding war bleischwer, aber unverwüstlich. Die grau-grüne Marmortischplatte war von einem hellen Eichenrahmen eingefasst und stand auf einem massiven Eichenfuß. Man konnte sehen, dass der Tisch schon einiges erlebt hatte, aber gerade die leichten Abnutzungsspuren machten ihm umso attraktiver. Es war gar nicht so einfach, den Tisch zu bewegen, doch nach einigem Hin und Her hatte sie es geschafft. Zufrieden betrachtete sie ihr Werk. »Wenn jetzt da an der Wand ein großer Flachbildschirm aufgehängt wird, also nicht dieses mickrige alte Ding, das dahinten in der Ecke steht, und dazu dann noch ein paar neue schicke Vitrinen, Regale und Sideboards in Eiche hell, wird das fantastisch aussehen.«

Wuff. Ich meine, ja, wahrscheinlich. Der eine Sessel steht jetzt ziemlich praktisch in der Nähe der Glasfront des Wintergartens. Ob ich wohl durchsetzen kann, dass ich dort liegen darf? Das wäre ein perfekter Aussichtspunkt. Also wenn ich tatsächlich dauerhaft hier einziehen soll. Allerdings hoffe ich doch sehr, dass es hier noch deutlich gemütlicher wird. Es gibt immer noch erschreckend wenige Möbel hier. Oben gar keine bis auf das Schlafzimmer von Frank. Nö, also das ist mir alles noch nicht schön genug. Ich habe schließlich auch Ansprüche.

»Dann noch ein paar bequeme, dick gepolsterte Rattanmöbel im Wintergarten …« Ricarda seufzte. »Geht mich ja im Grunde nichts an.«

Warum nicht? Du wohnst doch hier.

»Wahrscheinlich hat Frank schon seine eigenen Ideen. Die Küche hat er ja auch aus der Ferne geplant. Aber ein paar

Vorschläge werde ich ihm trotzdem machen.« Sie hüstelte. »Jetzt führe ich schon Selbstgespräche und tarne sie, indem ich so tue, als rede ich mit Naila.«

Wie bitte? Tust du das denn etwa nicht? Natürlich redest du mit mir. Ich höre dir auch sehr genau zu, auch wenn ich nicht alles verstehe.

»Was soll's.« Achselzuckend wandte sich Ricarda den mitten im Raum aufgestapelten Umzugskartons zu. »Ich werde die mal da drüben an die Wand schaffen, dann sind sie nicht im Weg, wenn ich den Weihnachtsschmuck sichte.« Entschlossen krempelte Ricarda die Ärmel ihrer hellgrau gemusterten Bluse bis zu den Ellenbogen auf und versuchte, zwei aufeinandergestapelte Kartons zur Seite zu schieben. Dabei wäre der obere beinahe heruntergerutscht. Fluchend packte sie ihn gerade noch rechtzeitig und hob ihn rasch herunter. »Das war knapp!« Kopfschüttelnd musterte sie den Karton, dessen Griff eingerissen war. Er war, wie fast alle Kisten, nicht zugeklebt, sondern die Deckelklappen nur ineinandergeschoben. »Was ist denn da überhaupt drin? Das hätte dein Herrchen mal besser überall draufgeschrieben.« Sie drehte den Karton und entdeckte eine verblasste Aufschrift mit Filzstift. »Fotokrempel«, entzifferte sie und wurde neugierig. Vorsichtig klappte sie den Karton auf und warf einen Blick hinein. Er war voll mit Fotoalben, Schuhkartons, auf denen Jahreszahlen notiert waren, sowie einem alten Diaprojektor. Irgendwo hatte sie auch die Leinwand dazu gesehen. Ihr Plan, aufzuräumen, war ebenso vergessen wie ihre Kisten voller Weihnachtsdeko. Rasch zog sie den Karton näher an die Couch heran, setzte sich und hob den Projektor heraus. Kaum hatte sie ihn auf dem Boden abgestellt und sich eines der Alben gegriffen, als es an der Tür klingelte.

Wau, hey, da ist jemand an der Tür! Naila sprang aus ihrem Körbchen und sauste wie eine Rakete zur Haustür. *Wer ist da? Ricarda, nun komm schon, beeil dich. Ich muss wissen, wer da gekommen ist. Hm, schnüff, da riecht etwas ziemlich lecker nach Pizza!*

»Immer langsam, Süße.« Ricarda legte das Fotoalbum auf den Tisch und ging in gemächlichem Tempo zur Tür, um die Hündin nicht noch weiter anzustacheln. »Jetzt setzt du dich erst einmal brav hin, Naila.« Sie hob den rechten Zeigefinger. »Sitz.«

Menno, Spielverderberin! Na gut, setze ich mich halt.

»Super«, lobte Ricarda. »Fein gemacht.« Dann öffnete sie die Tür, und sofort sprang Naila wieder auf. Ricarda seufzte. »Für eine Sekunde.« Sie warf der Pizzalieferantin einen kurzen Blick zu. »Entschuldigung, einen Moment bitte.« Nachdem sie die Tür wieder geschlossen hatte, wiederholte sie das »Sitz« und machte gleich darauf die Geste, die Naila zum Bleiben veranlassen sollte.

Herrje, nimmst du es aber genau. Na gut, wenn es sein muss. Diesmal gehorchte Naila, wedelte aber wie wild mit der Rute, die dabei über den Boden wischte, während Ricarda die Pizza bezahlte und entgegennahm.

»Die ist aber süß!« Die Pizzalieferantin, eine junge Frau mit weißblonder Igelfrisur und Nasenring, warf Naila neugierige Blicke zu. »Und so toll erzogen.«

Oh, vielen Dank. Du scheinst nett zu sein. Wuff.

Ricarda lachte. »Ja, wenn sie will. Du bist Luigis Enkelin, nicht wahr? Rosalba?«

»Rosita.«

»Entschuldige.«

»Schon gut.« Rosita grinste. »Opa lässt mich an den Wochenenden aushelfen, damit ich mir neben der Ausbildung noch was dazuverdienen kann. Als Erzieherin verdient man ja erst mal nicht so berauschend. Aber ich will unbedingt später noch ein Aufbaustudium machen und dann in der Sozialstation mit Jugendlichen arbeiten. Da helfe ich jetzt schon oft aus. Toni Mondoli, der Sohn des Leiters der Sozialstation, hat mich da reingebracht. Er ist mit meinem älteren Bruder befreundet. Die beiden sind zusammen zur Schule gegangen.«

»Toni und seinen Vater kenne ich gut.« Innerlich grinste Ricarda darüber, wie schnell man hier im Ort ins Gespräch kam und gleich die halbe Lebensgeschichte der Leute erfuhr. »Meine Mutter ist zusammen mit Sylvia Rosenbaum im Vorstand des Wohltätigkeitskomitees, das jedes Jahr die St.-Martins-Gala, den Weihnachtsball und das Kinderweihnachtsfest für den Sportverein und die Sozialstation veranstaltet.«

Rosita nickte ihr zu. »Ich weiß, ich hab Sie gleich erkannt. Aber seit wann wohnen Sie denn hier? Sind Sie umgezogen?«

Erheitert schüttelte Ricarda den Kopf. Es wurde wohl Zeit, ersten Gerüchten vorzubeugen, die sich sonst rasend schnell verbreiten würden. »Ich hüte momentan nur das Haus für einen Freund. Haus und Hund, um genau zu sein. Naila gehört mir auch nicht. Ich bin nur die Hundesitterin.«

Also wenn es nach mir geht, kannst du auch gerne mein Frauchen sein. Ich habe mich schon richtig an dich gewöhnt, und du verstehst mich auch meistens sehr gut.

»Ach so, okay.« Lächelnd deutete Rosita hinter sich auf den Smart, der mit laufendem Motor vor der Auffahrt parkte. »Ich muss weiter. Hab noch zwei Lieferungen.« Sie wandte sich an Naila. »Tschüss, du Süße. Du bist ja wirklich ein Zuckerstückchen.«

Wau, danke sehr. Ich mag dich auch. Naila wedelte erneut wild mit der Rute, hob dabei ihr Hinterteil aber nur ein ganz klein wenig vom Boden. Erst als Ricarda ihr das Zeichen gab, stand sie ganz auf und hüpfte um Rosita herum. *Hm, du riechst aber wirklich gut nach Pizza! Hoffentlich kriege ich von Ricarda-Frauchen was davon ab.*

»Darf ich sie streicheln?« Vorsichtig hielt Rosita der Pudeldame die Hand hin, damit sie sie beschnüffeln konnte.

»Klar, sie mag das.«

Rosita ging in die Hocke und streichelte Naila sanft über Kopf und Rücken. »Ach, Mensch, ich hätte auch gerne einen Hund, aber das geht erst, wenn ich mit der Ausbildung fertig bin.« Rasch erhob sie sich wieder. »Also, mach's gut, Naila. Tschüss, Frau Sternbach.«

»Ricarda.«

»Okay.« Die beiden Frauen lächelten einander zu, dann machte Rosita sich eilig auf den Weg zu ihrem Auto.

Ricarda scheuchte Naila ins Haus zurück, schloss die Tür und legte den Pizzakarton auf dem Couchtisch ab. Aus dem Kühlschrank, den sie mittlerweile mit einigen Lebensmitteln gefüllt hatte, holte sie sich ein Radler und setzte sich auf die Couch. Mit einer Hand angelte sie nach dem Fotoalbum, mit der anderen klappte sie den Pizzakarton auf und nahm sich eines der bereits vorgeschnittenen Stücke heraus. Dabei musste sie aufpassen, dass der Käse nicht herunterrutschte. Genießerisch biss sie ein Stück ab. »Heiß, heiß!«, nuschelte sie, sprang noch einmal auf und holte sich eine Rolle Küchenpapier, damit sie ihre Hände abwischen konnte. Dann widmete sie sich den Fotos im Album. Sie hatte eines aus Franks Uni-Zeit erwischt und betrachtete jedes Bild sehr eingehend. Damals hatte sie ihn nicht oft gesehen, jedoch viel mit ihm telefoniert. Als sie nun die Anmerkungen und Namen unter den Fotos las, erinnerte sie sich an so manche Anekdote, die er ihr erzählt hatte, und konnte sich endlich ein richtiges Bild von seinen Kommilitoninnen und Kommilitonen machen.

Nach einem weiteren Stück Pizza wechselte sie zum nächsten Album, das hauptsächlich Fotos von London und Glasgow enthielt. Beim dritten, ziemlich dicken Album blieb sie länger hängen, denn darin befanden sich Bilder aus Franks früher Kindheit – Baby- und Kindergartenfotos, Schulfeste, Kindergeburtstage, Klassenfahrten bis zur sechsten Klasse. Das war eine Zeit, als sie einander noch nicht gekannt hatten. Was ihr sofort auffiel, waren die Fotos, die zu seiner ersten Heiligen Kommunion gemacht worden waren. Damals hatte er von seinem Patenonkel und dessen Frau die Sternzeichenkette erhalten. Unwillkürlich tastete sie nach dem Löwe-Anhänger. Sie wusste, dass Viola und Justus zu diesen Anlässen ebenfalls solche Kettchen geschenkt bekommen hatten. Ein merkwürdiger Brauch, fand Ricarda, denn was hatte das Sternzeichen mit dem kirchlichen Ritus zu tun? Vielleicht war das damals aber auch nur gerade Mode gewesen. Allerdings hatte Justus seine Kette nie getragen und Viola die ihre irgendwann mit zwölf oder dreizehn abgelegt. Dass Frank sie so lange getragen hatte, war ungewöhnlich – oder eben auch nicht, wenn man ihn kannte. Er würde die Kette womöglich heute noch tragen, wenn Ricarda sie ihm nicht versehentlich heruntergerissen hätte. Warum er sie ihr damals geschenkt hatte, wusste sie bis heute nicht, doch sie brachte es einfach nicht fertig, sich davon zu trennen.

Die nächsten beiden Alben enthielten Fotos von Franks Eltern, Großeltern und weiteren Verwandten, von denen Ricarda einige kannte, viele aber auch nicht. Also griff sie zur Abwechslung nach einem der Schuhkartons und fand darin erwartungsgemäß weitere Fotos, viele davon waren wie bei den Uni-Fotos Abzüge von digitalen Bildern. Dass Frank so viele Fotos auf altmodische Art in Alben – oder Schuhkartons – aufbewahrte und nicht nur auf seiner

Computerfestplatte oder seinem Handy, entsprach ganz Ricardas Einstellung. Sie liebte es, durch Alben zu blättern und, wenn vorhanden, Kommentare und Namen zu lesen, die handschriftlich darunter oder auf der Rückseite eines Fotos vermerkt waren.

Der erste Karton enthielt noch einmal Fotos aus Franks Studienzeit und den ersten Jahren als Anwalt, die er in Kanzleien in Hamburg, Berlin und München verbracht hatte. Auch wenn einiges davon ganz interessant war, hielt Ricarda sich nicht allzu lange damit auf. Das war ein Bereich aus Franks Leben, der sie kaum betraf und der ihr ein Gefühl des Ausgeschlossenseins vermittelte. Fremde Freunde, auch einige hübsche Frauen, waren auf diesen Fotos zu sehen. Ricarda kam es so vor, als sehe sie hier die Erinnerungen an ein anderes Leben, einen anderen Frank.

Sag mal, Ricarda-Frauchen, wie sieht es eigentlich mit einem Snack für mich aus? Ich habe zwar vorhin schon mein Futter bekommen, aber hältst du es nicht für ein bisschen unhöflich, vor meinen Augen und vor allem vor meiner Nase diese köstliche Pizza zu essen, ohne mir etwas abzugeben?

Ricarda hob erstaunt den Blick von den Bildern, als Naila neben ihr auftauchte und an ihrem Knie hoch krabbelte. Das Pudelmädchen sah sie mit großen, bittenden Augen an und schnüffelte dabei sehr eindeutig in Richtung der Pizzaschachtel. »Nanu, was ist denn jetzt los? Hast du etwa noch Hunger?«

Hunger nicht gerade, aber den größten Appetit auf ein Stückchen Pizza. Da ist Schinken drauf, das rieche ich. Und Salami und noch so einige andere leckere Sachen. Naila wedelte eifrig mit der Rute.

»Pizza ist aber kein Hundefutter.«

Das kann man so nicht sagen. Alles, was gut schmeckt und

was du mir gibst, mit anderen Worten alles, was ich futtern kann, ist streng genommen Hundefutter. Das Wedeln ließ nicht nach. Zusätzlich neigte Naila den Kopf ein wenig zur Seite. *Komm schon, sei nicht so!*

»Warte mal.« Ricarda packte alle Fotos wieder in den Karton, stellte ihn beiseite und erhob sich, um Naila ein paar Hundekuchen zu holen. Sie legte sie ins Körbchen und packte auch noch ein kleines Randstück von der Pizza dazu.

Ah, prima, lauter gute Sachen. Und hm, ja, ich wusste doch, dass diese Pizza lecker schmeckt. Mjam.

Während Naila sich über die Leckerchen hermachte, hob Ricarda weitere Schuhkartons aus der Kiste. Der oberste geriet ins Rutschen, als sie sich setzte, und der Inhalt ergoss sich über ihren Schoß. »Ach, Mist!« Schimpfend stellte Ricarda den anderen Karton zur Seite und raffte die Fotos zusammen. »Hoffentlich waren die nicht irgendwie geordnet!« Als sie sie zu sortieren versuchte, stellte sie fest, dass die Bilder alle aus Franks und ihrer Schulzeit stammten. Sofort war sie gebannt, denn unzählige Erinnerungen stürmten auf sie ein. Es gab Schnappschüsse, Gruppen- und Klassenfotos, Fotos von Schulfeiern, Partys und Freizeitaktivitäten wie Wanderungen, Freibadbesuchen, Sportveranstaltungen und Campingausflügen. Eines hatten sie alle gemein: Ricarda und Frank waren nie weit voneinander entfernt, und wenn doch, schaute fast immer mindestens einer von ihnen zum anderen hin. Die enge Freundschaft und Verbundenheit war geradezu aus jedem der Fotos heraus zu spüren. Auf sehr vielen war selbstverständlich auch Patrick zu sehen, denn sie hatten ja meist ein Kleeblatt gebildet. Zwei Jungs, ein Mädchen. Für manch einen Außenstehenden mochte das wie eine seltsame Kombination angemutet haben, doch es hatte funktioniert. Nein, nicht nur das, es war perfekt gewesen.

Die Adoption durch das Ehepaar Sternbach hatte Ricardas und Patricks Leben vollkommen umgekrempelt und in eine neue Richtung gestoßen. Manchmal fragte Ricarda sich, was aus ihnen geworden wäre, wenn nicht eines Tages dieses Hotelier-Ehepaar vor ihnen gestanden und sie gefragt hätte, ob sie bereit wären, etwas Neues zu wagen und die beiden näher kennenzulernen. Zu dem Zeitpunkt waren sie und ihr Zwillingsbruder seit etwas über einem halben Jahr in einem Kinderheim untergebracht gewesen, nachdem man sie und einige andere Kinder aus den Fängen der Kriminellen gerettet hatte, die sie für Betrügereien und Taschendiebstähle ausgebildet und missbraucht hatten.

Inzwischen lag diese Zeit so weit hinter Ricarda, dass sie hin und wieder das Gefühl hatte, es sei ein gänzlich anderes Leben gewesen, oder dass das, was sie erlebt hatte, die Erinnerungen einer fremden Person waren. Lediglich die Tatsache, dass sie auch heute noch eine Brieftasche oder eine Armbanduhr so flink entwenden konnte, dass der oder die Betroffene es nicht mitbekam, bewies, dass es doch ihr Leben gewesen war. Ihre Vergangenheit, die sie mit Freude hinter sich gelassen hatte. Auch wenn es eine Weile gedauert hatte, bis sie echtes Vertrauen zu Margit und Hans Sternbach gefasst hatte, war sie von Anfang an dankbar gewesen, diese Chance erhalten zu haben. Patrick ging es ähnlich, das wusste sie, auch wenn er deutlich länger gebraucht hatte, um sich auf das neue Leben einzustellen und zu lernen, seine Aggressionen zu beherrschen, die wahrscheinlich zum größten Teil ein Überbleibsel des Gefühls der Macht- und Hoffnungslosigkeit gewesen waren, das sie beide über lange Zeiträume im Griff gehalten hatte.

Aus Gewohnheit begann Ricarda, die Fotos chronologisch und nach Anlässen zu ordnen, als ihr Handy vermeldete, dass Frank eine Nachricht geschrieben hatte.

In ihrer Magengrube kribbelte es diesmal eigentümlich. Heute war der Tag der Beerdigung. Genauer gesagt müsste diese, soweit sie sich erinnerte, in Kürze beginnen. Neugierig öffnete sie die Textnachrichten-App.

Frank: Was machst du gerade?

Ricarda schoss rasch zwei Fotos von den Fotoalben und Schuhkartons, die um sie herum verteilt lagen, und schickte sie ihm.

Ricarda: Ich stöbere in der Vergangenheit. Wie geht es dir?

Frank: Also hast du ein bisschen Zeit?

Ricarda: Klar. Wofür denn?

Sie hatte die Nachricht kaum versendet, als ihr Handy klingelte und gleichzeitig Franks Name und Gesicht auf dem Display erschienen. Sie schluckte gegen den kleinen Schreck an, bemühte sich, ihren ins Holpern geratenen Herzschlag zu ignorieren, und nahm den Anruf an. »Hey. Alles okay?«

»Hey.« Franks Stimme war anzuhören, dass er alles andere als okay war.

Ricardas Herz zog sich zusammen. »Was ist los?«

»Die Trauerfeier fängt gleich an.« Frank räusperte sich unterdrückt. Er sprach sehr leise, im Hintergrund waren weitere Stimmen zu vernehmen, die sich auf Englisch unterhielten. Alles war überdeutlich zu hören, weil ihr Smartphone immer noch mit dem Bluetooth-Lautsprecher verbunden war. »Würdest …« Er stockte kurz. »Kannst du bei mir bleiben?«

Ricarda verspürte eine Gänsehaut über ihren Körper kriechen. »Bei dir?«

»Ja, ich … weiß gerade nicht, ob ich das alleine durchstehe, vor allem so kurz nach Opas Tod. Ich weiß, du kanntest Geoffrey nicht, aber er war mein Freund. Ein sehr guter Freund. Kannst du während der Trauerfeier und der Beerdigung bei mir bleiben? Am Telefon, meine ich?«

»Du willst die ganze Zeit telefonieren? Wird das nicht unhöflich und pietätlos wirken?«

»Das ist mir egal.« Frank schluckte hörbar. »Ich habe das mit Janet abgesprochen, sie hat nichts dagegen. Ich halte das Handy auch nicht ans Ohr oder so, sondern nur in der Hand. Nur damit ich weiß, dass du bei mir bist. Am anderen Ende der Leitung.«

Hey, sagt mal, was ist das denn auf einmal? Ist das Franks Stimme? Wo kommt die denn plötzlich her? Ist er hier irgendwo? Naila sprang aus ihrem Körbchen auf und rannte mit erhobener Nase im Raum herum. *Nein, nichts. Wo steckt er denn bloß?*

Ein höchst eigenartiges Gefühl breitete sich in Ricardas Herz aus und drückte ihr zugleich die Luft ab. »Also … okay. Wenn du das möchtest, bleibe ich in der Leitung.« Sie klopfte neben sich auf das Polster der Couch, um Naila auf sich aufmerksam zu machen, die prompt näher kam und sie neugierig musterte.

»Danke, Ricarda.« Es entstand eine kurze Pause, in der sie Frank leise auf Englisch mit jemandem reden hörte. Dann sprach er wieder ins Smartphone. »Ricarda? Wir gehen jetzt in die Kirche. Bitte leg nicht auf, ja? Bis es vorbei ist?«

»Ich lege nicht auf.« Ein mulmiges Gefühl beschlich Ricarda, als sie sich vorstellte, wie die Trauergesellschaft in die Kirche zog, in der vermutlich vor dem Altar der Sarg aufgebahrt war. Oder war es eine Urnenbeisetzung? Sie hatte ganz vergessen zu fragen.

Ich kapiere immer noch nicht, woher diese komischen Geräusche kommen. Und Ricarda-Frauchen macht plötzlich so ein merkwürdiges Gesicht. Ich glaube, es geht ihr nicht gut. Was mache ich denn jetzt?

Vorsichtig schob Ricarda die Alben und Kartons zur Seite. Dann hob sie Naila einfach auf ihren Schoß.

Huch! Was passiert denn jetzt? Moment mal, ich darf hier hoch? Einfach so? Und auf deinem Schoß liegen? Na gut, dagegen habe ich nichts einzuwenden. Naila trampelte ein bisschen auf Ricardas Beinen herum, drehte sich einmal um sich selbst und kringelte sich dann zusammen. *Ja, so geht es. Das ist nicht übel.*

Die Situation hatte eindeutig etwas Surreales an sich. Es waren Geraschel und Geknister durch den Lautsprecher zu hören, hin und wieder Stimmen, dann wurde es still am anderen Ende der Leitung. Angestrengt lauschte Ricarda. Die Verbindung war nicht abgebrochen. Anscheinend hatten die Trauergäste jetzt alle ihren Platz gefunden. Es dauerte nur wenige Minuten, bis ein Mann, wahrscheinlich der Reverend, mit klarer Stimme ein Gebet anstimmte. Als es zu Ende war, vernahm sie ganz deutlich Franks »Amen«. Instinktiv umfasste sie ihr Smartphone fester und fragte sich, ob Frank wohl gerade das Gleiche tat. Mit der anderen Hand kraulte sie, ohne es wirklich zu merken, Naila hinter den Ohren, die ganz leise blieb und stillhielt, so als wüsste sie, dass sie nicht stören durfte.

Ein bisschen unheimlich ist mir das Ganze ja irgendwie. Ricarda, die so ein bedrücktes Gesicht macht, und diese Geräusche und Stimmen, die hier im Raum schweben. Das ist etwas anderes als die Musik von vorhin. Ich glaube, ich bleibe einfach mal ganz still hier auf Ricardas Schoß liegen und warte ab, was passiert.

Während der gesamten Trauerfeier saß Ricarda einigermaßen angespannt auf der Couch und lauschte den diversen kurzen Trauerreden und Gebeten und fühlte sich zunehmend, als sei sie tatsächlich vor Ort. Durch den Lautsprecher wurden alle Geräusche und Stimmen praktisch in natürlicher Lautstärke zu ihr übertragen. Sie war noch nicht oft auf Beerdigungen gewesen und noch nie bei der von jemandem, der ihr besonders nahegestanden hatte. Das war ihr glücklicherweise bislang erspart geblieben. Ihre leiblichen Eltern waren zwar beide nicht mehr da, doch weder sie noch Patrick waren zu einer der Beerdigungen gegangen noch hatten sie je die Gräber der beiden besucht. Vielleicht, so überlegte sie, sollten sie das irgendwann einmal nachholen. Und sei es auch nur, um den Menschen, die ihnen das Leben geschenkt hatten, dafür – und nur dafür – ihren Dank auszusprechen. Denn für mehr als das konnte sie weder ihrem Vater noch ihrer Mutter Dank, Zuneigung oder auch nur einen Funken Respekt zollen, sosehr sie dies auch bedauerte.

Natürlich wusste sie, wo die beiden beerdigt worden waren, kannte sogar genau die Parzellen auf den beiden Friedhöfen. Die Zahlen- und Buchstabenkombinationen würde sie wohl nie vergessen. Ihre Eltern hingegen schon. Sie hatte tatsächlich nur noch diffuse Erinnerungen an die beiden. Beide waren relativ jung gewesen, als Patrick und Ricarda auf die Welt gekommen waren, beide waren arbeitslos gewesen und schon mehrfach mit dem Drogenmilieu in Berührung gekommen. Alkohol und Hoffnungslosigkeit waren dazugekommen, ebenso wie eine grundsätzliche Unfähigkeit und der fehlende Wille, sich richtig um die Kinder zu kümmern. Deshalb hatte das Jugendamt schon recht früh eingegriffen und Pflegefamilien eingeschaltet. Immer wieder waren Versuche gestartet worden, die Familie wieder zusammenzuführen, doch es hatte nie lange funktioniert. Entweder hatte die Mutter die Zwillinge wieder weggeschickt, oder sie waren abgehauen.

Bei einem dieser Fluchtversuche waren sie der Diebesbande in die Hände geraten. Ricarda dachte mit Unbehagen an jene Zeit zurück und spürte jedes Mal eine beklemmende Enge, die erst nachließ, wenn sie sich daran erinnerte, dass sie dieser Hölle entkommen waren. Dass sie in Sicherheit und einem liebevollen Hafen gelandet waren. Dass alles gut geworden war, obwohl sie die Hoffnung bereits fast aufgegeben hatte.

»Wir fahren jetzt zum Friedhof.« Franks Stimme riss sie unsanft aus ihren Gedanken. »Bist du noch da, Ricarda?«

Nailas Kopf hob sich ruckartig. *Da! Das ist doch eindeutig Franks Stimme. Wieso redet er hier mit uns, obwohl er gar nicht zu sehen ist? Das ist wohl so ein Menschengeheimnis. Irgendwie echt unheimlich.* Mit einem leisen Schnaufen legte Naila den Kopf wieder auf ihren Pfoten ab.

Ricarda nickte, erinnerte sich dann aber daran, dass Frank das gar nicht sehen konnte. »Ja, ich bin noch da.«

»Gut.« Etwas raschelte, dann hörte sie Autotüren klappen und einen Motor anspringen. Die Stimme einer Frau und eines Mannes, die sich höflich bei Frank bedankten, dass er sie mitnahm. Danach wurden die Geräusche etwas dumpf. Wahrscheinlich hatte er das Handy in seine Manteltasche geschoben.

Die Fahrt dauerte nicht sehr lange, danach wurden die Geräusche wieder klarer, die Stimmen rings um Frank herum waren deutlich zu verstehen. Immer noch hatte Ricarda das eigentümliche Gefühl, wirklich dort zu sein und anstelle ihres Smartphones Franks Hand in ihrer zu halten. Die Entfernung von Tausenden von Kilometern und einem ganzen Ozean, der zwischen ihnen lag, war zu einem Nichts zusammengeschrumpft, die Welt winzig geworden.

Schweigend lauschte sie dem Reverend, der wiederum ein Gebet sprach und die üblichen Dinge sagte, die eben auf einer Beerdigung gesagt wurden. Sie war sogar hautnah dabei, als Frank ans offene Grab trat und Erde auf den Sarg schaufelte. Das leise Poltern und Knistern war unzweifelhaft zu erkennen, auch wenn er offenbar das Handy wieder kurz in irgendeine Tasche geschoben hatte. Danach waren erneut leise Stimmen zu hören, Beileidsbekundungen, hier und da leises Schluchzen.

Unsicher knabberte Ricarda auf ihrer Unterlippe herum. Auflegen würde sie selbstverständlich nicht, aber irgendwie war es auch nicht so wirklich angenehm, völlig fremde Menschen in ihrer Trauer zu belauschen.

»Ricarda?« Sie hätte vor Schreck beinahe das Handy fallen lassen, als Franks Stimme wieder laut und deutlich zu hören war.

»Ja, ich bin noch da«, antwortete sie hastig. »Ist es … ich meine …«

»Ja, es ist vorbei.« Frank klang ein wenig angestrengt, seine Stimme gepresst. Er hielt kurz inne. »Yes, I'm coming.« Das war wohl an jemanden aus der Familie gerichtet. »Okay, I'll tell her.« Er hüstelte. »Ich soll dir von Janet ausrichten, dass sie auch gerne so eine Freundin wie dich hätte.«

Darauf fiel Ricarda keine Antwort ein. »Geht es dir gut?«

»Einigermaßen. Ricarda?«

»Ja?« Sie hielt den Atem an.

»Danke.« In diesem einzelnen Wort steckte so viel, dass sich Ricardas Kehle zuschnürte.

»Keine Ursache.«

»Ich muss los.«

»Okay. Mach's gut.«

»Ich melde mich.« Es piepte kurz in der Leitung; die Verbindung war unterbrochen. Eine ganze Weile starrte Ricarda schweigend ihr Smartphone an. Der Akkustand war auf dreizehn Prozent geschrumpft. Kein Wunder nach dem fast zweistündigen Telefonat.

Vorsichtig hob sie Naila von ihrem Schoß und ging hinüber ins Gästebad, putzte ihre Zähne, schlüpfte in ihren blau-rot gemusterten Flanellpyjama und verkroch sich nur wenig später unter ihrer Bettdecke. Das Handy schloss sie rasch noch an die Stromversorgung an, dann löschte sie das kleine Lämpchen, das sie neben der Luftmatratze aufgestellt hatte, und starrte hinaus in den dunklen Garten.

Äh, und was jetzt? Hallo? Ricarda-Frauchen? Naila tappte leise näher, stellte sich an der Luftmatratze hoch und stupste Ricarda vorsichtig an. *Ist alles in Ordnung mit dir? Dein Verhalten ist so komisch.*

»Ach, Süße.« Ricarda hasste es, zu weinen oder auch nur in weinerliche Stimmung zu geraten. Deshalb wehrte sie sich beharrlich gegen das Brennen in ihren Augen. »Weißt du was? Wir hören jetzt ein bisschen Musik.« Umstandslos hob sie Naila hoch und bettete sie neben sich. Da sie sich auf die Seite gedreht hatte, war zumindest ein bisschen Platz entstanden. Gerade genug für einen Kleinpudel.

Oh, schon wieder kuscheln? Okay, dagegen ist nichts einzuwenden. Hier ist es gemütlich warm, und in deiner Nähe fühle ich mich immer sehr wohl. Aber bitte nicht wieder diese Musik von vorhin, ja? Ich stehe mehr auf ruhigere Töne.

»Wie wäre es mit ein bisschen Weihnachtsmusik?« Ricarda tastete nach ihrem Handy und suchte aus der Musik-App eine passende Playlist heraus. »Mir ist gerade danach, weißt du. Und nächste Woche ist ja auch schon der erste Advent. Außerdem habe ich gestern schon eine Dröhnung Weihnachtsmusik zum Eingewöhnen bekommen.« Sie schluckte. »Bloß nicht *Last Christmas*, sonst kriege ich die Krise.«

Wie du meinst. Diese Musik jetzt gefällt mir recht gut. Doch, daran könnte ich mich gewöhnen.

Ricarda bettete ihren Kopf wieder auf ihr Kissen und lauschte Albert Hammond, der *Under the Christmas Tree* sang. Danach folgten noch einige weitere amerikanische Weihnachtsklassiker. Wie sich allerdings Ed Sheerans *Perfect* in die Playlist geschmuggelt haben mochte, wusste Ricarda nicht, doch als der Song begann, wanderten ihre Gedanken automatisch zu dem Tanz mit Frank auf der Hochzeit. Die Worte *You look perfect tonight* waren das Letzte, woran sie sich erinnerte, bevor sie einschlief.

12. Kapitel

Ricarda wehrte sich entschieden gegen die Nervosität, die sie ergriff, während sie in der Ankunftshalle des Flughafens auf Frank wartete. Dennoch schlug ihr Herz einen Salto, als er schließlich lächelnd auf sie zukam. Fest entschlossen, sich nichts anmerken zu lassen, ging sie ihm ein paar Schritte entgegen. »Hallo. Ihr seid ja richtig pünktlich gelandet. Einige andere Flüge hatten offenbar Verspätung. Ich dachte schon, ich müsste …« Sie brach erschrocken ab, als Frank seinen Koffer abstellte und sie wortlos an sich zog. Im nächsten Moment spürte sie seinen Mund auf ihrem.

Ihr Puls schoss in die Höhe, ein heftiger Stich durchzuckte sie und ging in dieses verflixte schmerzliche Ziehen über, das von ihrer Magengrube bis in ihre Finger- und Zehenspitzen ausstrahlte. Sie erwiderte den Kuss, noch ehe sie überhaupt wusste, was geschah.

Nur Augenblicke später löste Frank sich schon wieder von ihr. »Hallo, Prinzessin. Es ist gut, wieder hier zu sein.«

»Ja.« Sie schluckte gegen den Frosch an, der sich in ihrer Kehle festgesetzt hatte. »Du sollst mich doch nicht so nennen. Ich sage doch auch nicht …« Sie überlegte. »Hasipupsi zu dir.«

Frank lachte schallend.

Sie biss sich auf die Unterlippe, konnte aber selbst ein Kichern kaum unterdrücken. »Oder Prinz.«

»Na, wenn schon, dann *mein Prinz*.« Er schnappte sich seinen Koffer, und sie gingen in Richtung Flughafenausgang. »Das klingt ehrerbietiger.«

Mit gespielter Verärgerung kräuselte sie die Lippen. »Pass auf, dass ich dir diese Macho-Allüren nicht im Schlaf um den Hals wickele und dich damit erdrossele.«

»Oh, Schmerz, lass nach! Aber dazu müsstest du mich erst einmal im Schlaf überraschen.« Er feixte und gestikulierte gleichzeitig theatralisch mit der freien Hand. »Ich bin also nicht dein Prinz? Dein Augenstern? Dein ...«

»Halt die Klappe.« Sie stieß ihn unsanft mit dem Ellenbogen an.

»Na gut, aber ich bleibe trotzdem bei der Prinzessin.«

»Das werden wir ja sehen.«

»Und wie wir das werden.« Er zwinkerte ihr zu. »Wo hast du denn Naila gelassen? Seid ihr gut miteinander ausgekommen?«

»Sie ist bei dir zu Hause. Ich habe mit ihr geübt, allein zu bleiben. Anscheinend kann sie das aber schon ziemlich gut. Dein Opa scheint sich viel Mühe mit ihr gegeben zu haben.«

»Wirklich?« Überrascht sah Frank sie von der Seite an. »Komisch, Mama behauptet immer, Naila sei verwöhnt und dickköpfig.«

»Damit hat sie ja auch recht.« Lächelnd übernahm Ricarda die Führung, nachdem sie das Flughafengebäude verlassen hatten, und steuerte auf den Parkplatz zu. »Man muss erst lernen, ihre Sprache zu sprechen. Ich habe mich mit Angelique und Laura beraten und ein Buch über Pudel gelesen. Wenn man Naila klare Ansagen macht, gehorcht sie sehr gut. Allerdings nicht, wenn es regnet.«

»Sie ist wasserscheu, das ist mir auch schon aufgefallen.«

»Regenscheu, ja. Und wenn sie etwas will, kann sie ziemlich lästig werden. Ich fürchte, du wirst gegen sie keine Chance haben.«

Frank hüstelte. »Was?«

»Du bist zu weich.«

»Wo bin ich denn weich?« Ein amüsierter Seitenblick traf sie, der ihren Blutdruck in die Höhe und die Hitze in ihre Wangen trieb. »Oder ist das vielleicht eine Anspielung und soll mich dazu auffordern, dir das Gegenteil zu beweisen?«

Allein der Gedanke ließ Ricardas Herz erneut in Salti ausbrechen. »Ich fordere dich zu gar nichts auf. Du bist einfach ein Softie. Warst du schon immer. Das wird Naila gnadenlos ausnutzen.«

»Also bist du die Harte von uns beiden.«

Sie traute sich nur, ihm einen sehr kurzen Blick zuzuwerfen. »War ich das nicht schon immer?«

Schmunzelnd nickte er. »Nichtsdestotrotz bleibst du meine Prinzessin.«

Ricarda schnaubte. »Können wir bitte das Thema wechseln?«

»Okay.« Gelassen wartete Frank, bis sie das Auto aufgeschlossen hatte, und packte sein Gepäck in den Kofferraum. »Naila hört also gut auf dich. Vielleicht solltest du mir dann einen Grundkurs in Pudelsprache geben. Hast du gleich noch ein bisschen Zeit?«

»Klar.« Ricarda hatte ihre Sachen bereits zusammengepackt und in ihre Wohnung zurückgebracht. Allerdings standen ihre Kartons mit dem Weihnachtsschmuck noch bei ihm, das musste sie wohl erklären. »Ich habe ein paar Sachen bei dir untergestellt.«

»Sachen?«

Sie stiegen ein, und Ricarda ließ den Motor an. »Weihnachtssachen. Du weißt schon, was Mama in den Hotels aussortiert hat. Etliches ist an die Sozialstation gegangen und an den Kindergarten, aber es ist immer noch ziemlich viel Kram übrig geblieben, den sie mir vererbt hat. Ich habe versucht, alles zu sortieren, aber …«

»Konntest du dich nicht entscheiden, was wegmuss?«

Sie hob die Schultern. »Vielleicht willst du ja etwas davon haben. Oder deine Eltern.«

»Dann schauen wir uns das gleich mal an.« Entspannt lehnte er sich im Sitz zurück.

***

Auf dem Weg nach Hause musste Frank sehr an sich halten, um seine Finger von Ricarda zu lassen. Er war nicht halb so entspannt, wie er sich den Anschein gab. Spätestens seit dem Begrüßungskuss spielte sein Innenleben einigermaßen verrückt. Dabei hatte er sich alles so einleuchtend zurechtgelegt. Er hatte gedacht, er habe einen Plan. Zumindest so weit solche Dinge sich planen ließen. Doch das, was er zu Ricarda gesagt hatte, musste er auch sich selbst eingestehen. Gefühle ließen sich weder planen noch kontrollieren. Wenn er sich nicht schon vor zehn Tagen sicher gewesen war, dass er Ricarda immer noch liebte, dann spätestens seit der Beerdigung. Er hatte überhaupt nicht darüber nachgedacht, dass sie ihm seine Bitte abschlagen könnte. Sie war immer für ihn da, war sein Fixpunkt, und als ihm am Vormittag vor der Trauerfeier so richtig bewusst geworden war, dass Geoffrey tot war, dass er eine schmerzliche Lücke hinterließ, hatte sein erster Gedanke Ricarda gegolten. Janet und ihre Familie waren gelinde gesagt überrascht gewesen, als er gefragt hatte, ob sie etwas dagegen hätten, wenn er Ricarda via Telefon der Trauerfeier zuschaltete. Doch offenbar hatte er einen allzu jämmerlichen Eindruck gemacht, sodass seine Freunde, obgleich selbst tief in Trauer, ihn sogar dazu ermutigt hatten, seine beste Freundin anzurufen. Janet hatte ihn vermutlich längst durchschaut, doch sie hielt sich dezent zurück und gab ihm keine guten Ratschläge. Wahrscheinlich ahnte sie – oder hatte aus seinen Erzählungen geschlossen –, dass das Band, das zwischen ihm und Ricarda gewoben war, ein kompliziertes Muster aufwies, das sich nicht einfach so entwirren und zu einer neuen Form knüpfen ließ.

Er hatte beschlossen, dieses Beerdigungstelefonat nicht von sich aus anzusprechen, und anscheinend wollte Ricarda das auch nicht tun. Es war eine Ausnahmesituation gewesen, etwas, worüber man nicht reden musste. Nicht mit Ricarda. Sie verstand ihn auch ohne Worte.

Überhaupt konnten sie schon immer sehr gut miteinander schweigen. Auch die Fahrt bis zu seinem Haus legten sie überwiegend wortlos zurück, ohne dass die Atmosphäre unangenehm wurde. Als sie in der Auffahrt hielten und der Motor erstarb, lächelte Frank Ricarda zu. »Du hast ein Lämpchen ins Küchenfenster gestellt.«

»Mit LED-Kerze, damit das Haus nicht versehentlich abbrennen kann.« Ricarda zuckte mit den Achseln. »Es ist so eine altmodische Laterne, die stand letztes Jahr auf dem Empfangstresen im Resort. Ich finde, sie ist ganz schick und passt einigermaßen zu deiner Einrichtung. Kein Kitsch, du weißt schon.«

»Ein bisschen Kitsch kann man zu Weihnachten schon vertragen.«

»Du vielleicht.« Sie lächelte leicht. »Das Flurlicht habe ich auch angelassen, damit Naila nicht ganz im Dunkeln sitzt.«

Er öffnete die Autotür und löste gleichzeitig seinen Gurt. »Vielleicht sollten wir ihr mitteilen, dass wir wieder zu Hause sind.«

»Das weiß sie doch längst.«

»Ihrem Gebell nach versucht sie eher, Einbrecher zu verscheuchen.«

Lachend stieg Ricarda aus und strebte bereits auf die Haustür zu, während Frank sein Gepäck aus dem Kofferraum holte. Dass sie ganz selbstverständlich seine Haustür aufschloss und Naila begrüßte, verursachte ihm ein unangemessenes Zwicken in der Magengrube. Ein Schritt nach dem anderen, mahnte er sich. Nichts überhasten. Immerhin musste auch er sich erst mal an die Situation gewöhnen.

Als er den Hauseingang erreichte, schoss Naila bellend auf ihn zu und hüpfte aufgeregt an ihm hoch.

Frank, Frank, Frank ist wieder da. Ich hätte gar nicht gedacht, dass ich mich darüber so freuen würde. Tue ich aber. Hallo, hallo, streichle mich mal!

»Na, du süße Kleine!« Frank stellte den Koffer ab und kniete sich hin, um die sich wild gebärdende Pudeldame zu knuddeln. »Hast du dich mit Ricarda gut vertragen, ja?«

Ganz hervorragend sogar. Sie ist eine sehr verständige Person, das muss ich schon sagen. Auch wenn sie ein paar ärgerlich strenge Regeln hat, aber damit kann ich umgehen. Sie ist nämlich eigentlich ganz lieb und schmusig, wenn man sie näher kennt. Sie lässt sich nur leider nicht auf der Nase herumtanzen. Das war bei meinem früheren Herrchen deutlich einfacher, und bei dir und deinen Eltern auch. Andererseits weiß ich bei ihr immer, woran ich bin und was sie von mir erwartet, und umgekehrt versteht sie mich auch fast immer. Also ein ideales Frauchen, das du mir da ausgesucht hast, lieber Frank. Dafür muss ich dir ein großes Lob aussprechen. Und jaaaa, haaach, genau da hinterm Ohr bitte weiterkraulen. Das tut so guuuut! Naila rekelte sich regelrecht unter seinen Händen und stieß Laute des Verzückens aus.

»Sie liebt es, hinter den Ohren gekrault zu werden. Wenn du so weitermachst, müsst ihr die Nacht vor der Haustür verbringen, weil sie dich nicht mehr aufhören lässt.« Amüsiert blickte Ricarda auf Frank hinab und ging dann einfach durch bis in die Küche. »Willst du einen Kaffee? Ich habe in einem deiner Kartons eine Kaffeemaschine gefunden.«

»Lieber nicht.« Als er aufhörte, Naila zu kraulen, blickte sie empört zu ihm auf und brummelte.

Hey, was ist denn? Das war gerade aufs Extremste angenehm. Du wirst doch wohl jetzt nicht aufhören?

»Ich werde eh noch ein paar Tage unter dem Jetlag leiden. Da werde ich nicht abends noch mit Kaffee nachhelfen.« Amüsiert blickte er auf Naila hinab und kraulte sie wieder. »Habe ich versehentlich aufgehört, dich zu beachten?«

Ja, hast du. Vollkommen inakzeptabel. Ich bestimme hier, wie lange meine Ohren gekrault werden. Das ist nämlich Wellness pur, jawohl. Außerdem warst du eine Ewigkeit weg, da wird es wohl erlaubt sein, um ein wenig Aufmerksamkeit zu bitten.

Der Blick, den das Pudelmädchen ihm zuwarf, sprach Bände und ließ ihn laut auflachen. Ricarda hatte recht, er war Wachs in Nailas Pfoten. Rasch erhob er sich. »Na, komm mal mit rein, Naila. Drinnen ist es viel wärmer.«

Jetzt hört er doch wieder auf. So was Rücksichtsloses! Aber gut, drinnen ist es wirklich wärmer. Wir könnten also eigentlich auch auf der Couch weitermachen. Nicht? Oh, anscheinend ist er jetzt abgelenkt. Dann werde ich mal schauen, was meine Spielsachen so machen.

»Wow, du hast ja aufgeräumt!« Staunend sah Frank sich in seiner neuen Küche um. Ricarda hatte das Geschirr, das sie in seinen Umzugskartons gefunden hatte, ebenso wie Besteck und Töpfe auf die Schränke und Schubladen verteilt. Ein Blick in den Kühlschrank sagte ihm, dass er vorerst auch nicht einzukaufen brauchte.

»Wahrscheinlich musst du alles noch mal umsortieren, damit es so ist, wie es für dich passt. Ich habe die Sachen erst mal so eingeräumt, wie ich es für sinnvoll und praktisch halte. Kurze Wege und so, du weißt schon.« Ricarda wirkte ein wenig nervös, wie sie an den Gläsern und Tassen in einem der Hängeschränke herumrückte. »Vorräte musst du dir natürlich auch noch ein paar anlegen. Ich weiß ja nicht, was du am liebsten isst und wie oft du vorhast, selbst zu kochen und so. Ich habe nur das Nötigste eingekauft, damit du nicht morgen gleich losrennen musst, um etwas Essbares zu besorgen. Das Hundefutter habe ich übrigens hier unten links in den Schrank gepackt, weil die Näpfe hier neben der Tür gleich nebendran stehen, ich habe so eine Schmutzmatte im Zoofachgeschäft besorgt, wie du siehst, weil sie doch immer ziemlich herumkleckert mit ihrem Futter. Fast wie eine Katze, die dreckeln ja auch gerne. Selbstverständlich könntest du auch …«

»Ricarda.« Sanft legte er ihr eine Hand auf den Arm. So viel redete sie sonst nie. »Danke. Ich glaube, es ist alles so, wie ich es auch gemacht hätte.«

»Ja?« Sie sah angelegentlich an ihm vorbei. »Ich habe auch im Wohnzimmer schon mal ein bisschen geräumt. Wenn es dir nicht gefällt, kannst du aber natürlich auch alles wieder umstellen.«

»Weshalb sollte es mir nicht gefallen? Du hast doch einen guten Geschmack.« Da sie sich unter seinem Griff leicht versteift hatte, ließ er sie ganz beiläufig wieder los und betrat das Wohnzimmer. Interessiert sah er sich um. »Bisschen leer immer noch. Ich habe vor meinem Umzug nach Boston nur die ganz neuen Möbel behalten und den Rest einem Sozialkaufhaus gestiftet.« Mit dem Ellenbogen stieß er sie leicht an. »Vielleicht gehen wir mal zusammen Möbel shoppen.«

»Wir beide? Es ist doch dein Haus.«

»Aber alleine einkaufen zu gehen ist langweilig. Außerdem hast du mich damals auch mitgeschleppt, als du ein neues Bett von deinen Eltern geschenkt bekommen hast. Dieses französische. Ich erinnere mich noch sehr gut, dass ich ziemlich genervt war, weil du dich ewig nicht entscheiden konntest. Es wird also Zeit, dass du den Gefallen erwiderst.«

Ricarda räusperte sich. »Das Bett besitze ich immer noch. Inzwischen mit einer neuen Matratze, denn die soll man ja alle zehn Jahre ersetzen.«

»Du schläfst immer noch in diesem Bett?« Verblüfft sah er sie an.

»Es passt genau in mein Schlafzimmer. Du hast doch selbst gesehen, wie klein meine Wohnung ist. Und für eine Person ist es mehr als groß genug. Immerhin ist es eins zwanzig breit.«

»Dann war mein Bett ja mal eine echte Abwechslung, oder? Immerhin ist es einen Meter achtzig breit.« Als sie nicht antwortete, musterte er sie aufmerksam. »Du hast nicht oben im Bett geschlafen.«

»Ich hatte ein sehr bequemes Luftbett.«

»Wie breit?«

Sie zog die Schultern hoch. »Ich habe nicht nachgemessen.«

»So schmal also. Wie oft bist du runtergepurzelt?«

»Gar nicht.«

Eindringlich sah er sie an.

Sie seufzte. »Also gut, einmal, aber nur fast. Man gewöhnt sich schnell daran.«

»Du bist wirklich ein kleiner Feigling.« Er strich ihr eine ihrer weichen braunen Haarsträhnen hinters Ohr und stellte erfreut fest, dass sie leicht erschauerte. Das wiederum veranlasste seinen Puls, ein wenig aus dem geregelten Rhythmus zu geraten. »Was hast du denn befürchtet, was passieren könnte, wenn du dich in mein Bett legst? Die Matratze ist auch noch ganz neu. Ich habe das Bett in einem Antiquitätengeschäft entdeckt und sofort vom Fleck weg gekauft. Schmiedeeisern mit Drachen und Rankenschmuck. Extrem genial. Dazu habe ich mir extra einen neuen Bettrahmen mit Lattenrost anfertigen lassen, weil der alte schon ziemlich mitgenommen aussah. Ich habe jede Nacht in Boston davon geträumt, endlich darin schlafen zu dürfen, und du schlägst die Gelegenheit einfach so aus, nur weil du Angst hast, dass … ja, wovor eigentlich?« Forschend blickte er ihr in die Augen.

Ricardas Miene verfinsterte sich. »Ich habe keine Angst, das ist lächerlich. Ich fand es nur unpassend, in deinem Bett zu schlafen, das ist alles. Das Bett an sich ist wirklich wunderschön. Und sauschwer. Es hat drei Möbelpacker gebraucht, um es unbeschadet nach oben zu verfrachten. Du hättest sie mal fluchen hören sollen!«

Er lächelte leicht. »Hattest du Angst, du könntest in meinem Bett von mir träumen?«

Ihre Miene wurde noch finsterer. »Ich sagte doch, dass ich keine Angst hatte. So ein Unsinn. Überhaupt, du bist es doch, der dem Unvermeidlichen ausweicht, nicht ich.«

Erheitert grinste er. »Dem Unvermeidlichen?«

»Du weißt genau, was ich meine.«

Selbstverständlich wusste er das. »Ich weiche nicht aus, sondern schiebe es noch ein wenig auf. Vorfreude ist bekanntlich die schönste Freude.«

Jetzt sprühten ihre Augen gefährliche Funken. »Machst du dich über mich lustig?«

Sanft zog er sie zu sich heran. »Das würde mir im Traum nicht einfallen, Prinzessin.« Ehe er in Versuchung geraten konnte, sie zu küssen, klingelte sein Handy. Seufzend ließ er wieder von Ricarda ab und zog den Unruhestifter aus seiner Gesäßtasche. »Entschuldige bitte.« Als er den Namen auf dem Display erkannte, lächelte er. »Hallo, Patrick, altes Haus, wie geht's, wie steht's?« Im Hintergrund hörte er das Baby schreien. »Offenbar ziemlich hektisch, was?«

»Ach was, mein Sohn ist nur ein bisschen ungeduldig, weil er auf die letzte Mahlzeit des Tages wartet.« Patrick klang entspannt und aufgeräumt – und glücklich –, und das freute Frank unsagbar. »Angelique hat das gut im Griff.« In diesem Moment wurde es still. »Siehst du? Sie ist eine Babyflüsterin.« Er lachte. »Oder Jakob hat einfach jetzt schon einen Heidenrespekt vor ihr, das könnte es auch sein.«

Frank lachte. »So wie du, meinst du?«

»Ich verweigere die Aussage.«

Da Ricarda neugierig die Augenbrauen hob, stellte Frank das Gespräch auf laut. »Deine Schwester ist übrigens bei mir. Wir sind gerade vom Flughafen zurück.«

»Ah, okay. Hallo, Ricarda.«

»Hallo, Patrick.«

»Wie war der Flug?«

»Anstrengend, nur wenig holprig. Also ganz okay.«

»Und drüben? Ich meine, ist alles so weit in Ordnung? So eine Beerdigung ist ja nicht gerade angenehm.«

Frank warf Ricarda einen kurzen Blick zu. »Wir haben es irgendwie hinter uns gebracht. Geoffrey wird uns allen fehlen.«

»Aha.« Patrick klang etwas verlegen. »Mein Beileid noch mal.«

»Danke.« Frank lächelte leicht. »Weshalb rufst du denn überhaupt an?«

»Ja, ja, ich bin schon dabei!«, rief Patrick, offenbar an

Angelique gerichtet. »Nein, ich vergesse nicht, es zu erwähnen.« Er seufzte theatralisch. »Also gut, bevor mein geliebtes Eheweib runterkommt und mir das Telefon aus den Händen reißt: Ich soll dich ganz dringend für Samstag zu unserem traditionellen Backtag ins Haus meiner Eltern einladen.«

»Ach.« Überrascht und erfreut zugleich lächelte Frank.

»Elke hat darauf bestanden.«

Verwundert hielt Frank inne. »Elke?«

»Angelique sagt, es ist egal, ob du schon was anderes vorhast, du musst den Termin canceln und zu uns kommen. Elke hat in ihren Tarotkarten gesehen, dass du dabei sein musst, also musst du dabei sein. Keine Widerrede.« Geräuschvoll stieß Patrick den Atem aus. »Damit wäre ich meiner Pflicht nachgekommen. Jetzt kannst du mich gerne für bekloppt erklären. Oder Elke, je nachdem.«

»Ich komme sehr gerne.« Frank lächelte Ricarda zu, deren Miene sich erneut verfinstert hatte. »Das wird ein großer Spaß, so wie früher. Ich kann sogar ein paar Cookierezepte von Janet beisteuern. Sie schickt mir ganz sicher welche, wenn ich sie darum bitte.«

»Lieber Himmel, noch mehr Sorten?« Patrick lachte auf. »Wir liegen doch jetzt schon bei über zwanzig. Wer soll das alles essen?«

Ricarda prustete, obgleich ihre Lippen grimmig verzogen waren. »Bisher haben unsere Plätzchenvorräte nie länger als bis Mitte Januar gereicht. Wenn überhaupt. Auf ein paar mehr oder weniger kommt es da nicht an.«

»Ein paar Pfund meinst du wohl, wenn er gleich mehrere Rezepte mitbringen will«, kam es trocken von Patrick. »Aber bitte, meinetwegen. Ich werde sowieso wieder zum Spülen verdonnert. Oder zum Zuckergusspinseln, wenn ich großes Glück habe.«

»Jeder nach seinem Talent«, schoss Ricarda zurück, diesmal grimmig grinsend.

Patrick ging nicht darauf ein. »Du bist also dabei?«

Frank nickte Ricarda zu. »Zu einhundert Prozent. Den Spaß lasse ich mir nicht entgehen.«

»Gut, dass du so erpicht darauf bist.« In Patricks Stimme schlich sich ein verschlagener Ton.

Ricarda wackelte vielsagend mit den Augenbrauen. »Damit hättest du rechnen müssen.«

Fragend hob Frank den Kopf. »Womit hätte ich rechnen müssen?«

»Damit.« Ricarda deutete auf das Smartphone, aus dem nun wieder Patricks Stimme drang.

»Es ist nämlich so, dass jeder Teilnehmer eine Einkaufsliste von unserer lieben Mutter erhält. Auch Gäste. Insbesondere, weil Viola und Lukas erst so kurz vor dem Wochenende nach Hause kommen, dass es ihnen unter keinen Umständen zuzumuten ist«, er hüstelte übertrieben, »gleich am nächsten Tag in einen Supermarkt zu gehen. Deshalb habe ich hier eine etwa einen Meter fünfzig lange Einkaufsliste für dich. Kosten werden selbstverständlich erstattet – oder in fertigen Plätzchen aufgerechnet, falls dir das lieber sein sollte.«

»Siehste. Die Steilvorlage hast du selbst geliefert.« Ricarda feixte.

»Für dich habe ich auch so eine Liste, Schwesterherz«, wandte Patrick ein.

Ricarda lächelte fein. »Ich gehe diesmal in den Baumarkt. Ist alles schon mit Mama abgesprochen.«

Frank stutzte. »Wozu muss man in den Baumarkt, wenn man Plätzchen backen will?«

Aus Ricardas Lächeln wurde wieder ein Grinsen. »Für das Weihnachtsdorf aus Lebkuchenteig, das meine Nichte und mein Neffe zu bauen gedenken. Vor Jahren haben sie das schon mal gemacht, und jetzt soll es die erweiterte und verbesserte Version geben. Lebkuchendorf 2.0 sozusagen. Dazu muss eigens eine Spanplatte als Unterbau zugeschnitten werden, ganz zu schweigen von einem Gestell, auf dem sie aufgestellt werden kann. Sonst ist nämlich für den Rest des Winters der Esstisch bei meinen Eltern belegt, und das ist bei der Größe, die unsere Familie inzwischen erreicht hat, nicht ganz sinnvoll.«

»Ein Weihnachtsdorf.« Frank ergriff Ricardas Hand und drückte sie. Er liebte nicht nur sie, er liebte die gesamte Familie Sternbach, auch wenn sie zuweilen ziemlich verrückt war. Oder vielleicht gerade deswegen. »Patrick, schick mir die Einkaufsliste per E-Mail. Ich gebe mein Bestes, alles herbeizuschaffen, was benötigt wird.«

»Perfekt.« Patricks Stimme war anzuhören, wie zufrieden er mit sich war. »Ja, mein Schatz, alles geklärt. Wir haben ein williges Opfer gefunden.« Das war offensichtlich wieder an Angelique gerichtet, die im Hintergrund etwas gerufen hatte. »Ich soll dir tausend Dank von meiner besseren Hälfte sagen. Ach, und, Frank?«

»Was denn noch?« Frank grinste breit.

»Wenn du Pech hast, legt Elke dir die Karten. Bis dann.« Im nächsten Moment war die Leitung unterbrochen.

Interessiert musterte Frank sein Smartphone, bevor er es in seine Gesäßtasche zurückschob. »Warum will ausgerechnet Elke, dass ich beim Backtag mit dabei bin?«

Ricarda verdrehte sichtlich aufgebracht die Augen. »Weil das typisch für sie ist. Sie will uns verkuppeln.«

Frank zog sie an der Hand zu sich heran. »Uns? Dich und mich?«

»Na sicher, was dachtest du denn?«

Er lächelte über ihren defensiven Tonfall. »Hast du etwas dagegen?«

Eine Falte entstand zwischen ihren Augen. »Dass sie uns verkuppelt?«

Rasch ergriff er auch noch ihre andere Hand. »Dass ich zu eurem Backtag komme. Früher war ich auch fast immer mit dabei.«

Ricarda blickte argwöhnisch auf ihre Hände in seinen. »Damals waren wir noch Kinder.« Sie zuckte mit den Achseln. »Aber warum sollte ich etwas dagegen haben?«

»Sag du es mir.« Aufmerksam musterte er sie. Ihre Miene wirkte gleichmütig, aber an der angespannten Kinnlinie erkannte er, dass sie versuchte, ihre Schutzwälle hochzuziehen.

Ihre Antwort kam denn auch ziemlich ruppig. »Willst du, dass ich etwas dagegen habe?«

Vorsichtig und auf der Hut, weil sie in einer gefährlichen Stimmung war, trat Frank dicht an Ricarda heran. »Ich will, dass wir Spaß haben.«

Sie stieß die Luft hörbar aus und blickte rechts und links an ihm vorbei, so als lote sie ihre Fluchtwege aus. »Okay, dagegen ist nichts einzuwenden.« Nach einem weiteren Atemzug setzte sie spröde hinzu: »Ich sollte jetzt gehen.«

Unter keinen Umständen würde er ihren Fluchtversuch so einfach hinnehmen. Deshalb ließ er ihre linke Hand los und umschlang stattdessen ihre Hüfte, zog sie an sich, bis ihre Körper sich berührten. »Stimmt etwas nicht?«

Sie versteifte sich etwas, wich aber nicht zurück. »Nein, ich dachte nur … Wir sind hier fertig, oder nicht? Den Weihnachtsschmuck können wir auch ein andermal sichten. Und was Naila angeht …«

»Fertig sind wir?« Frank spürte dem angenehmen Stich nach, den ihre Nähe ihm versetzte. »Kann es sein, dass ich dich ein bisschen aus dem Konzept gebracht habe, weil ich deinem Plan nicht zugestimmt habe?«

Ruckartig hob Ricarda den Kopf. »Welchem Plan?«

Selbstverständlich wusste sie genau, was er meinte, und sie wusste, dass er wusste, dass sie es wusste. Er ließ auch ihre rechte Hand los und berührte zärtlich ihre Wange. Prompt schien sie die Luft anzuhalten. »Deinem Plan, Sex zu haben, um diesen sogenannten Systemreset durchzuführen. Das hatte ich doch richtig verstanden, oder?«

Unwillkürlich rang sie nach Atem, als er seine Fingerspitzen über ihren Hals hinabgleiten ließ. Ihre Miene blieb jedoch bewundernswert gefasst. »Ich halte es immer noch für eine sinnvolle Strategie.«

»Ich nicht.« Sachte liebkoste er die weiche Haut in ihrer Halsbeuge und spürte, wie er damit eine Gänsehaut bei ihr auslöste. »Sie wird nämlich nicht funktionieren.« Ihm war bewusst, dass er auf einem gefährlichen Grat wanderte. Noch mochte Ricarda ganz gefasst sein, doch er wusste, wie schnell bei ihr die Panik die Oberhand gewinnen konnte. Er hoffte sehr, dass das nicht geschehen würde.

Ricarda versuchte indes, seinem Blick auszuweichen. »Das kannst du nicht wissen, bevor wir es nicht versucht haben.«

Frank hob die Hand wieder und umfasste ihre Wange, zwang sie, ihm wieder in die Augen zu sehen. »Doch, das weiß ich ziemlich genau. Ich habe Gefühle für dich. Nicht nur freundschaftliche. Du hast Gefühle für mich. Auch nicht bloß freundschaftlicher Art. Nein, leugne es nicht. Mit Flashbacks hat das nichts zu tun. Wie kommst du darauf, dass sich diese Gefühle vertreiben lassen, wenn wir miteinander schlafen? Meiner Meinung nach führt das genau zum Gegenteil des von dir gewünschten Effekts. Gefühle lassen sich nicht kontrollieren, Ricarda. Wenn dem so wäre, würden wir jetzt gar nicht darüber reden, weil es nicht notwendig wäre. Deshalb schlage ich vor, du lässt mal für eine Weile die Zügel locker und wartest ab, wohin uns diese Gefühle treiben, wenn wir sie lassen.« Gespannt wartete er auf ihre Reaktion.

In Ricardas Blick flackerte erwartungsgemäß ein Funken Panik auf. »Das kann ich nicht. Ich will nicht, dass sich an unserer Freundschaft etwas ändert oder … oder … dass …«

»Ich weiß.« Ganz langsam näherte Frank sich ihrem Gesicht, hielt jedoch inne, bevor sich ihre Lippen berührten. Seine Stimme klang rau in seinen Ohren, und prompt erschauerte sie wieder. »Ich will dich auch nicht verlieren, Ricarda. Aber vielleicht könnten wir ja, wie ich neulich schon vorgeschlagen habe, zumindest in Erwägung ziehen, dass sich diese Freundschaft um einige neue Facetten erweitert.«

Ricardas Blick zuckte immer wieder kurz zu seinem Mund. »Und wenn das nicht funktioniert?«

Frank spürte, wie sich die erwartungsvolle Spannung zwischen ihnen mit Ricardas Angst vermischte – und mit der seinen, denn er konnte ihre Bedenken gut verstehen. Dennoch blieb er auf dem nun eingeschlagenen Weg. Er musste es tun. Für ihn gab es keine Alternative. Langsam ließ er seine Finger in ihr Haar gleiten. »Darauf gibt es keine Antwort. Zumindest keine, über die wir jetzt schon nachdenken sollten, bevor wir überhaupt versucht haben, das Ganze hinzubekommen.« Testweise berührte er mit den Lippen ihren Mundwinkel und spürte sogleich etwas wie einen kleinen Stromstoß, der seinen Puls antrieb. »Ich weiß, du hasst es, keine Kontrolle über die Situation zu haben. Aber zumindest weißt du, dass wir beide dasselbe wollen.« Erwartungsvoll verharrte er mit dem Mund ganz dicht bei ihrem.

Ricarda atmete nur noch ganz flach und fuhr sich mit der Zungenspitze über die Lippen. »Wollen wir das wirklich?«

Länger hielt Frank die süße Qual nicht mehr aus. »Ich hoffe es«, raunte er, dann küsste er sie.

***

Herrliche Schockwellen fluteten Ricardas Körper, die sie trotz einiger Anstrengung nicht im Zaum halten konnte. Sie fluchte innerlich, erwiderte den Kuss aber umgehend. Sie kam gegen diesen rauschartigen Zustand, den seine Lippen auf ihren auslösten, einfach nicht an. Wenn sie noch länger diesem ziehenden, schmerzlichen … Irgendwas ausgesetzt wäre, würde sie sich vermutlich in heißes Wachs verwandeln und einfach hinwegfließen. Das durfte doch wohl nicht wahr sein! Sie hatte sich doch immer im Griff. Immer! Außer wenn Frank sie küsste. Hätten sie bloß nie damit angefangen.

Sie erschrak über sich selbst, als sie den gurrenden Laut vernahm, der aus ihrer Kehle emporstieg, als seine Zunge begann, die ihre neckend zu umspielen. In ihrer Körpermitte begann es zu prickeln, und sie begriff, dass sie mehr wollte. Nicht weil das zu ihrem Plan gehörte, sondern weil sie es einfach wollte. Weil ihr die Kontrolle zu entgleiten drohte und weil sich das erschreckend gut anfühlte. Doch das war aus irgendeinem Grund nicht gut. Es barg Gefahr. Sie mussten damit aufhören! Aber sie wollte nicht aufhören. Sie wollte …

»Du kannst deinen Kopf nicht ausschalten, oder?«, raunte Frank an ihrem Mund. Er schien bemerkt zu haben, dass sie sich unwillkürlich angespannt hatte. »Wie schlimm ist es?«

Überrascht öffnete sie die Augen. Ihr war gar nicht bewusst gewesen, dass sie sie geschlossen hatte. »Wie schlimm ist was?« Verdammt, klang ihre Stimme belegt!

Er hielt sie immer noch ganz fest, gab ihr nur wenige Zentimeter Platz, um zu atmen und zu sprechen. »Ist eine Panikattacke im Anmarsch, oder versuchst du nur gerade, die Kontrolle zu behalten?«

Warum verstand er sie so gut? Manchmal sogar besser als sie sich selbst. Es fiel ihr schwer, in einem vollständigen Satz zu antworten, unter anderem weil sie ziemlich außer Atem war. »Ich kriege keine Panikattacke.«

»Sicher?« Sein Blick war forschend auf ihre Augen gerichtet, sein Atem strich heiß über ihr Gesicht. So köstlich heiß! Schon hatte sie wieder das Gefühl, als verwandele sie sich in flüssiges Wachs.

»Ja, ganz sicher. Ich kann bloß nicht ... Ich weiß auch nicht.«

»Du kannst nicht entspannen. Loslassen. Dich treiben lassen.« Zärtlich streichelte er ihre Wange. »Du glaubst, dann entgleitet dir alles.«

Sie schluckte gegen ihren Herzschlag an, der durch diese einfache Berührung seiner Fingerspitzen völlig außer sich geraten war. »Woher weißt du das?«

Er lächelte und küsste sie auf die Nasenspitze. »Prinzessin, ich kenne dich schon eine halbe Ewigkeit. Mir sind deine Ausweichstrategien sehr gut bekannt. Du hast gerade versucht, deine inneren Schutzwälle hochzuziehen, als es dir zu eng wurde.«

Sie versuchte, seinem intensiven Blick auszuweichen. »Ich kann einfach nicht anders.«

»Ich weiß.«

Mutig hob sie doch wieder den Blick. »Es hat diesmal nicht geklappt.«

Sein Lächeln vertiefte sich. »Gut.«

»Was?« Ihre Kehle drohte sich zuzuschnüren. Hektisch schluckte sie.

Franks Miene wurde wieder ernst. »Das macht dir Angst. Hast du dich überhaupt schon jemals richtig gehen lassen? Dich Hals über Kopf hineingestürzt?«

»In was hineingestürzt?«

»Egal in was.« Seine Hand wanderte in ihr Haar. »Aber um beim Thema zu bleiben: in Sex, Leidenschaft, all so was?«

Allein der Gedanke behagte ihr nicht. »Das war bisher nicht nötig.«

Er lachte verblüfft auf. »Nicht nötig?«

Ein wenig verlegen wurde sie nun doch, dabei war sie überhaupt nicht prüde. »Man kann auch Spaß beim Sex haben, ohne sich gehen zu lassen, wie du es nennst. Ich behalte nun mal gerne einen klaren Verstand.«

In Franks Blick trat neben Verwunderung auch leichter Zweifel. »Sehr erfüllend klingt das für mich nicht.«

»Muss es ja auch nicht. Es sind mein Leben, mein Körper und mein Verstand.«

»Das ist wohl richtig«, gab er zu und lächelte wieder, diesmal so zärtlich, dass ihr ganz anders wurde. »Aber nur fürs Protokoll: Wenn ich an der Geschichte beteiligt sein soll, habe ich auch ein Wörtchen mitzureden. Und es kommt überhaupt nicht infrage, dass eine von uns beiden weniger Spaß hat als der andere, nur weil der Kontrollfreak in dir nie eine Pause einlegt.«

Argwöhnisch musterte sie ihn. »Was willst du damit sagen?«

»Dass wir daran arbeiten werden.«

»Woran?«

»Daran.« Er küsste sie auf den linken Mundwinkel. »Dass.« Jetzt auf den rechten Mundwinkel. »Du lernst, dich zu entspannen.« Nun knabberte er an ihrer Unterlippe. »Und die Kontrolle mal für eine kurze Weile aus der Hand zu geben.« Seine Zunge strich über die Stelle, an der er eben noch geknabbert hatte. »Oder auch für eine längere Weile.« Er hielt inne und suchte ihren Blick. »Was hältst du davon?«

Da ihr Puls gerade ganz außerordentlich außer Kontrolle geraten war, schluckte sie erst einmal hart. »Ich weiß nicht, ob das das Richtige für mich ist.«

»Lass es auf einen Versuch ankommen.«

»Aber wenn …«

»Schsch.« Erneut hauchte er einen Kuss auf ihre Lippen. »Kleine Schritte. Keine Riesensprünge. Und jetzt sehen wir uns mal diese Kartons mit Weihnachtsschmuck an.«

»Was?« Verblüfft konstatierte sie, dass er sie einfach losließ und auf die Kisten zutrat, die sie an der Wohnzimmerwand aufgestapelt hatte. »Das sieht nach einer Menge Zeug aus. Du weißt schon, dass deine Familie in der Hinsicht ziemlich übergeschnappt ist, oder? Ich habe noch nie ein Hotel – oder Resort – gesehen, das im Advent derart zum Weihnachtswunderland wird. Und ich habe in Boston gelebt. Man sagt den Amerikanern ja einen Hang zu pompösen Weihnachtsdekorationen nach, aber so sehr eskaliert drüben kaum jemand. Und wenn doch, dann nicht so geschmackvoll.«

»Wir sind alle Weihnachtsfreaks.« Der Themenwechsel half ihr, sich zu fangen, und ihrem Puls, sich so weit zu beruhigen, dass sie wieder durchatmen konnte. »Aber Mama eskaliert immer am extremsten.«

Lachend ergriff Frank ihre Hand, zog sie näher zu sich heran, ließ sie aber gleich wieder los. »Dann schauen wir mal, was wir hier haben. Wir könnten das Haus ja ein bisschen schmücken, dann wirkt es heimeliger. Denn selbst wenn wir nächste Woche Möbel shoppen gehen, werden sie garantiert nicht vor Mitte oder Ende Januar geliefert. Was meinst du, soll ich auch einen Weihnachtsbaum aufstellen? In den Wintergarten vielleicht? Solange das Wohnzimmer noch nicht fertig eingerichtet ist, kann man ja noch nicht so wirklich gut sagen, wo zukünftig der beste Platz dafür wäre.«

»Warum nicht.« Sie half ihm, einen der Kartons herunterzuheben, und öffnete ihn. »Das hier sind alles LED-Lichterketten.«

»Weshalb habt ihr die denn ausrangiert?« Frank hockte sich vor den Karton und wühlte in den Lichterkettenknäueln. »Oje, die sind aber ziemlich verknotet.«

Ricarda lachte. »Deshalb. Niemand will sich die Mühe machen, sie zu entwirren. Bescheuert, ich weiß. Jedes Jahr landen mindestens zehn Ketten in einem Karton mit ausrangierten Sachen, weil irgendein Mitarbeiter zu faul war, sie richtig aufzuwickeln und zu verstauen. Dabei weisen wir immer wieder darauf hin. Es ist zum Mäusemelken.«

»Wahrscheinlich geht dem zuständigen Mitarbeiter nach der gefühlt dreitausendsten Lichterkette die Puste aus, und er wirft sie einfach nur noch von sich.«

Kichernd hockte auch Ricarda sich vor den Karton. »Ja, kann sein.«

He, hallo? Was macht ihr denn da auf dem Boden und in dem Karton? Ist das ein Spiel? Kann ich mitmachen? Naila, die bis jetzt in ihrem Körbchen gelegen hatte, kam neugierig näher und versuchte, in den Karton zu klettern.

»Hey, Süße, da bist du ja.« Immer noch erheitert hob Ricarda das Pudelmädchen ein wenig zur Seite. »Pass auf, sonst verhedderst du dich noch in den Lichterketten.«

Aber ich will mitspielen! Sofort steckte Naila wieder ihre Nase zwischen Frank und Ricarda. *Das könnte Spaß machen.*

»Na gut, dann sieh dir das mal an.« Frank nahm eines der Kettenknäule aus dem Karton und raschelte damit vor Nailas Nase herum.

Sofort sprang Naila darauf zu. *Ha, das ist ja lustig. Was ist denn das überhaupt? Sieht vielversprechend aus.*

»Aber nicht zerbeißen.« Lachend spielte Frank eine Weile mit Naila und warf dann plötzlich das Knäuel zu Ricarda.

Reflexartig fing sie es auf, doch als Naila sie gleich darauf ansprang, kippte sie hintenüber und landete unsanft auf ihrem Hinterteil. »Hey!«

Ja, genau, hey! Das ist richtig toll. Warte, ich hüpfe auf dich drauf. Wollen doch mal sehen, ob ich das Kabeldingsda nicht fangen kann.

»Nichts da!« Ungeschickt versuchte Ricarda, das Knäuel wieder zu Frank zurückzuwerfen. Da das Kabel sich jedoch ein wenig entwirrt hatte, blieb sie darin hängen und verhedderte sich. Gleichzeitig versuchte sie, sich gegen Nailas übermütigen Angriff zu wehren, und verfiel schließlich in haltloses Kichern.

Wau, das ist super! Naila bellte freudig und hüpfte noch wilder um sie und auf ihr herum.

Frank setzte sich auf den Boden und sah ihnen mit einem breiten Grinsen zu. »Ihr seid zwei alberne Tussis, wisst ihr das?«

»Wie bitte?« Ricarda japste. »Ich gebe dir gleich eine Tussi.« Noch einmal versuchte sie, aus der Lichterkette ein Geschoss zu formen, scheiterte und warf sie schließlich einfach so in seine Richtung.

Lässig wehrte er die Kette ab. »Netter Versuch.«

»Na warte!« Sie versuchte, sich aufzurappeln, hatte aber nicht damit gerechnet, dass Frank so flink sein könnte. Ehe sie sich's versah, hatte er sich gedreht und nach ihr gegriffen.

Er zwickte sie in die Seite, schnappte sich die Lichterkette und setzte sie ihr auf den Kopf. Dann schnappte er sich eine weitere aus dem Karton und versuchte, sie darin einzuwickeln.

»Komm schon, Naila, wir beide gegen Ricarda!«

Wau, ja, toll! Wir zwei gegen Ricarda-Frauchen. Ich weiß zwar nicht genau, was das bedeuten soll, aber wenn ich hier mit euch wild herumtoben darf, dann ist mir alles recht. Bellend und hechelnd sauste Naila um sie herum, sprang abwechselnd an Ricarda und Frank hoch und versuchte, ein Stück Lichterkette zu erhaschen, um es wegzuzerren.

»Das ist unfair!« Ricarda japste, weil sie kaum noch Luft bekam.

»Warum denn? Naila hat das Prinzip zwei gegen eine doch gar nicht kapiert.« Lachend versuchte Frank, sie weiter in die Lichterketten einzuwickeln und sie dabei auch noch wild zu kitzeln.

»Lass das! Das ist gemein. Du weißt genau, dass ich kitzelig bin!« Ohne viel Erfolg bemühte Ricarda sich, ihn abzuwehren. »Außerdem bist du stärker als ich.«

»Seit wann?« Grinsend ging er zum Angriff über, und sie kugelten miteinander ringend auf dem Fußboden.

Irgendwann landete er mit seinem vollen Gewicht auf ihr, und sie hatte sich derart in der Lichterkette verheddert, dass sie praktisch gefesselt war. Keuchend bockte sie, doch was ihr früher ganz leicht geglückt war, nämlich ihn von sich zu stoßen, gelang ihr nun nicht mehr. Er war immerhin ein ausgewachsener Mann, der regelmäßig Sport trieb. Und sie hatte einen Lachkrampf.

»Gib dir keine Mühe. Ich hab dich.« Grinsend hielt Frank sie mit seinem Körpergewicht in Schach und grinste auf sie herab. »Das war doch schon mal ein sehr guter Anfang.«

»Was für ein Anfang?« Als er sie einfach küsste, begriff sie.

Im nächsten Moment rollte er sich aber schon wieder von ihr herunter und half ihr, sich aufzusetzen. »Wenn du irgendwann einmal keine Lust mehr haben solltest, Buchhalterin zu sein, könntest du auf Weihnachtsbaum umschulen.«

»Haha.« Nur mit Mühe beruhigte sie sich wieder. »Hilf mir gefälligst, diese Lichterketten loszuwerden!«

»Zu Befehl, Prinzessin!«

13. Kapitel

»Na bitte, geht doch.« Hochzufrieden mit sich ließ der Weihnachtsmann sich auf der Kante seines Schreibtischs nieder und sah Ricarda, Frank und Naila über den Videostream zu.

Elfe-Sieben stand neben ihm und blickte ebenfalls neugierig auf den Bildschirm. »Sag bloß, irgendetwas davon war dein Werk.« Mit großen Augen wandte sie sich ihm zu. »Doch wohl nicht dieses Überseetelefonat während der Beerdigung. Wie hast du das denn bloß zuwege gebracht?«

Santa Claus hüstelte. »Nein, das war ganz allein Franks Idee. Damit habe ich nichts zu tun. Sehr, sehr berührend und beeindruckend übrigens. Jetzt weiß ich erst, wie tief die Verbundenheit der beiden wirklich geht.«

»Ich habe die ganze Zeit geweint«, gab die kleine Elfe zu. »Aber wenn es das nicht war, was hast du denn dann angestellt, dass du gar so begeistert dreinschaust?«

»Kleine Ursachen haben manchmal große Wirkung.« Vielsagend lächelte der Weihnachtsmann Elfe-Sieben zu. »Während die beiden im Auto saßen, haben Elfe-Acht und Elf-Zwei die Kiste mit den Lichterketten zuoberst auf den Kartonstapel gestellt.«

»Ach.« Die Elfe sah ihn verblüfft an. »Aber wie konntest du wissen, dass das solch einen Effekt haben würde?«

Lächelnd zupfte Santa Claus an seinem Bart. »Intuition. Manchmal muss auch der Weihnachtsmann einfach auf sein Bauchgefühl hören. Außerdem habe ich in alten Himmelsarchivdaten entdeckt, dass die beiden früher gerne so herumgealbert haben.« Er zwinkerte der kleinen Elfe vielsagend zu.

Sie kicherte. »Du bist ja ein richtiger Kuppler, Santa Claus. Aber wie hast du es geschafft, dass Naila nichts von dem Kartonrücken mitbekommen hat? Sie besitzt doch unglaublich gute Ohren.«

»Das war einfach. Ich habe Elf-Siebzehn gebeten, im Obergeschoss ein bisschen zu rascheln. Daraufhin ist sie nachsehen gegangen und hat unsere beiden Kundschafterelfen nicht bei der Arbeit gesehen oder gehört.«

Besorgt verzog Elfe-Sieben das Gesicht. »Aber hat Naila sich nicht fürchterlich erschreckt?«

»Nein, gar nicht«, beruhigte Santa Claus sie. »Elf-Siebzehn hat es so wirken lassen, als habe nur ein bisschen Wind die Geräusche verursacht, weil im Badezimmer oben das Fenster gekippt war. Ricarda hatte vergessen, es nach dem Duschen wieder zu schließen, was unser Glück war, denn andernfalls wären Elf-Zwei und Elfe-Acht ja gar nicht ins Haus gekommen.«

»Wolltest du nicht sowieso mit Naila Kontakt aufnehmen? Das wäre doch die beste Gelegenheit gewesen.«

Der Weihnachtsmann nickte ihr zu. »Ja, da hast du wohl recht. Ich will aber erst noch ein bisschen abwarten, bevor ich Elf-Siebzehn mit Naila reden lasse. Noch bin ich mir nicht ganz sicher, wie die Kleine uns überhaupt helfen könnte.«

»Also ich hätte da schon eine Idee.« Elf-Sieben lächelte breit. »Soll ich sie dir verraten?«

Santa Claus blickte neugierig auf sie hinab. »Aber sicher doch. Immer heraus mit der Sprache.«

14. Kapitel

»Na, komm, Naila, bei den Sternbachs wird es dir gefallen. Lauter Verrückte und ein Rudel Hunde. Das müsste doch genau nach deinem Geschmack sein, nachdem du die letzten beiden Tage nur geschmollt hast.« Frank hob die kleine Pudeldame aus ihrer Transportbox, die er mittlerweile im Kofferraum eingebaut hatte, und schnappte sich auch gleich ein paar der Papiertüten voller Backzutaten, die er gestern besorgt hatte. Patrick hatte nicht übertrieben. Die Liste war ellenlang gewesen. Frank konnte sich nicht erinnern, ob sie früher auch schon derartig viele Zutaten gebraucht hatten. Allerdings war er damals auch nie beim Einkaufen dabei gewesen.

Ich habe nicht geschmollt, ich bin sauer. Und beleidigt. Jawohl. Du hast mein Ricarda-Frauchen weggeschickt. Oder vielmehr ist sie einfach gegangen, und du hast nichts getan, damit sie bei uns bleibt. Dabei dachte ich, sie wohnt jetzt mit uns in dem großen Haus. Aber nein, sie ist einfach neulich Abend weggegangen, obwohl wir so lustig miteinander gespielt hatten und es zu dritt so schön war. Das nehme ich dir wirklich krumm, weil ich nämlich der Ansicht bin, dass sie für mich das perfekte Frauchen ist. Du als Herrchen bist schon auch in Ordnung, weil du mir meistens ganz gut gehorchst, aber ich will mein Ricarda-Frauchen zurück, dass das klar ist. Hoffentlich ist sie heute hier. Ist ja nicht allzu weit von unserem Haus weg, da hätten wir auch zu Fuß gehen können. Allerdings hast du ja diese vielen Tüten und Kartons, die lassen sich natürlich im Auto leichter transportieren. Ich bin ja mal gespannt, wozu diese ganzen Sachen dienen sollen. Aber wehe, Ricarda ist nicht da, dann fange ich wirklich an zu schmollen!

Frank amüsierte sich über das ungehaltene Brummeln, das Naila auf dem Weg zur Haustür der Familie Sternbach von sich gab. Fast schien es, als sei sie ihm wegen irgendetwas böse.

Mit dem Ellenbogen betätigte er den Klingelknopf, und sogleich ertönte von drinnen mehrstimmiges Hundegebell. Noch ehe der Gong verklungen war, riss Viola die Tür auf und fiel ihm um den Hals. »Hallo, Frank, da bist du ja. Du bist aber spät. Wir warten schon alle auf dich.«

Lachend erwiderte Frank die Umarmung. »Hallo, Viola. Gut siehst du aus. Die Ehe steht dir hervorragend.«

»Danke sehr.« Violas Wangen hatten sich ein wenig gerötet, als sie einen Schritt zurücktrat. »Da ist ja auch die süße Naila!«

Ja, genau, ich bin auch da. Bitte begrüße mich mal!

Frank sah lächelnd zu, wie Viola in die Hocke ging und Naila streichelte. »Ich bin aber nicht zu spät. Patrick hat mir eine Nachricht geschickt, dass ich um zehn Uhr hier sein soll. Und wir haben jetzt genau zehn Uhr und«, er blickte umständlich auf seine Armbanduhr, »dreißig Sekunden.«

»Wir waren alle schon um neun hier. Je früher, desto besser. Mama hat den Ofen bereits vorgeheizt.« Viola erhob sich wieder. »Bring die Tüten einfach in die Küche. Naila kann ins Wohnzimmer zu den anderen Hunden. Ich bringe sie hin.« Sie musterte die Tüten. »Das ist aber nicht alles, was du mitgebracht hast, oder?«

»Im Auto ist noch mehr.«

»Gut. Ich dachte schon …« Zuvorkommend nahm sie ihm

Nailas Leine ab. »Ich sage Justus Bescheid, dass er dir helfen soll.« Als in diesem Moment das Surren eines Akkuschraubers durchs Haus tönte, grinste sie. »Patrick und Lukas sind gerade dabei, das Gestell für Jessicas und Joels Lebkuchendorf zu bauen.« Schon war sie mit Naila verschwunden. Aus dem Wohnzimmer war neben den Schraubergeräuschen auch buntes Stimmengewirr zu vernehmen. Rasch schob Frank die Haustür ins Schloss und wandte sich der Küchentür zu. Ehe er sie öffnen konnte, flog sie bereits auf.

»Wo bleibt denn … Ach, da bist du ja.« Ricarda prallte nur eine Winzigkeit zurück. »Mama wartet auf die Backzutaten. Bisher haben wir nur Mehl, Zucker und Butter im Überfluss. Damit kommen wir nicht allzu weit.« Rasch wollte sie sich wieder zurückziehen, doch Frank war schneller. Da er nun eine Hand frei hatte, zog er sie flink an sich und gab ihr einen schnellen Kuss.

»Guten Morgen, Prinzessin.«

Erschrocken riss sie die Augen auf. »Nenn mich nicht immer so. Schon gar nicht hier. Und küss mich nicht. Ich will nicht …« Sie warf einen nervösen Blick über die Schulter.

Er lächelte ihr zu. »Geheimniskrämerei liegt mir so gar nicht.«

»Aber …«

»Hey.« Er wurde wieder ernst. »Glaubst du wirklich, wir können vor deiner Familie etwas verheimlichen?«

Sie schluckte hörbar. »Wahrscheinlich nicht, aber ich weiß nicht … Wie sollen wir ihnen denn erklären, was zwischen uns ist, wenn wir selbst nicht wissen, wie es weitergehen soll?«

»Vielleicht indem wir ihnen einfach den aktuellen Status quo erklären.«

»Und wie sieht der aus?«

»So.« Er küsste sie noch einmal kurz, aber bestimmt. »Soll ich es ihnen sagen, oder willst du das übernehmen?«

Ricardas Blick flackerte leicht. »Am liebsten würde ich gar nichts sagen. Das führt bloß zu Fragen und Chaos und … Aber du hast wohl recht. Meine Familie hat verflixt gute Antennen für so etwas.« Sie hob die Schultern. »Hast du denn eine Idee, was wir sagen sollen?«

»Noch nicht. Aber uns fällt schon noch etwas ein.«

»Na toll. Wehe, du vermittelst ihnen einen falschen Eindruck. Wir sind kein … Paar oder so was. Wir versuchen nur …«

»Schon gut.« Er lachte leise. »Kleine Schritte. Warten wir ab, wohin sie uns führen. Und nun lass mich mal durch, damit deine Mutter ihre Backzutaten kriegt.«

»Ist dein Auto offen?«, fragte indes Justus, der aus der Wohnzimmertür getreten war.

Frank nickte. »Das meiste steht auf der Rückbank und im Fußraum vor dem Beifahrersitz.«

»Alles klar.« Schon war Justus draußen.

Aus dem Wohnzimmer drang ein Fluchen, dann Gelächter.

Ricarda trat den Rückzug an. »Ich muss … mich kümmern.«

»Klar.« Amüsiert sah er ihr nach, betrat dann aber mutig selbst die Küche, in der Margit Sternbach mit ihrer Schwiegermutter Iris an der Anrichte zwischen Ofen und Spüle stand. Die beiden hatten gleich mehrere Backbücher aufgeschlagen vor sich liegen. »Guten Morgen«, grüßte er und stellte seine Tüten auf der Arbeitsinsel ab. »Ich bringe die Backzutaten.«

»Na endlich!« Strahlend drehte Margit sich zu ihm um und trat auf ihn zu. »Wie schön, dass du es einrichten konntest.«

Auf jeder seiner Wangen landete ein Kuss. »Die Meute ist hoch motiviert und schon ganz ungeduldig. Hast du alles bekommen, was ich dir aufgeschrieben hatte?«

»Na klar, nach drei Supermärkten hatte ich alles beisammen.« Frank nickte auch Iris Sternbach zu, die daraufhin schmunzelnd winkte. »Und ein paar zusätzliche Zutaten habe ich online bestellt, weil es sie hier in den Geschäften meist nicht zu kaufen gibt. Ich habe ja amerikanische Cookierezepte mitgebracht.«

»Oh, wunderbar!« Strahlend wandte Margit sich den Tüten zu und warf einen Blick hinein. »Packed Brown Sugar! Davon habe ich schon mal gelesen. Ich bin gespannt auf deine Rezepte.«

»Hier kommt Nachschub«, verkündete Justus und schleppte mehrere Tüten herein. »Frank, willst du hier Wurzeln schlagen, oder bequemst du dich mal, die restlichen Sachen aus deinem Auto zu holen?«

»Bin schon unterwegs.« Frank beeilte sich, zu seinem Auto zu kommen, und stapelte zwei Kartons aufeinander, die noch im Kofferraum neben der Hundebox verstaut waren. Gerade als er sich wieder auf den Weg zum Haus machte, kam Justus ihm erneut entgegen.

»Dir ist schon klar, dass Patrick dir seine Einkäufe aufs Auge gedrückt hat, oder? Normalerweise teilt Mama die Einkaufslisten gleichmäßig auf alle Beteiligten auf.«

Frank zuckte mit den Achseln, was dazu führte, dass er beinahe den obersten Karton an die Schwerkraft verloren hätte. »Ich habe es mir fast gedacht.«

»Angelique hat ihm dafür bereits die Ohren lang gezogen.« Lachend raffte Justus die übrigen Tüten zusammen und schob mit dem Knie die Autotür ins Schloss. »Ihr Zorn ist gefürchtet.«

»Kann ich mir vorstellen.«

Justus schloss eilig zu Frank auf. »Sie ist genau richtig für Patrick. Seit er sie hat, ist er viel ausgeglichener. Er hatte sich ja vorher schon beachtlich im Griff, aber sie gibt ihm irgendwie die richtige Richtung vor.«

»So wie Laura dir.« Vielsagend wackelte Frank mit den Augenbrauen.

»Gewissermaßen.« Justus lachte, wurde aber gleich wieder ernst und blieb stehen. »Warte mal kurz.«

Erstaunt hielt Frank inne und drehte sich zu Justus um. »Stimmt etwas nicht?«

»Nein, alles okay.« Die Tüten raschelten, als Justus deren Gewicht hin und her verlagerte. »Ich wollte nur noch mal willkommen zurück sagen. Du hast uns allen gefehlt. Patrick wollte schon eine Party für dich schmeißen. Das ist nur mit Violas und Lukas' Hochzeit kollidiert. Und Ricarda … na ja.«

»Was ist mit Ricarda?«

Justus hob die Schultern. »Ich wollte eigentlich gar nichts sagen, aber als ich euch auf der Hochzeit zusammen tanzen sehen habe, ist mir erst so richtig aufgefallen, welche Lücke du in ihr Leben gerissen hast, als du damals weggegangen bist. Versteh mich nicht falsch, du musstest das tun, um im Leben voranzukommen und so. Sie hat das, glaube ich, am besten verstanden, weil sie dich so gut kannte. Kennt«, verbesserte er sich. »Aber es war ziemlich hart für sie, ohne dich auszukommen. So als hätte man ihr ein Stück Herz, Leber und Nieren weggeschnitten, wenn du weißt, was ich meine. Es ist gut, dass du wieder da bist.« Er räusperte sich. »Okay, genug gefühlsgeduselt. Wenn wir uns nicht beeilen, wird das Bäckerinnengeschwader gleich nach uns suchen, und glaub mir, das willst du nicht.«

Wie zum Beweis seiner Worte erschien Ricarda in der Haustür. »Wo bleibt ihr denn? Mama rotiert schon und hat die Teigschüsseln bereits verteilt. Seid ihr da draußen angewachsen, oder was?« Ohne auf eine Antwort zu warten, drehte sie sich um und war wieder verschwunden.

»Siehst du?« Justus lachte. »Das war die Vorhut.«

***

Ricarda beeilte sich, wieder ins Wohnzimmer zu gehen, damit sie gar nicht erst in Versuchung kam, nervös zu werden. Sie hatte sich fest vorgenommen, heute Spaß zu haben. Sehr viel Spaß. Sie freute sich jedes Jahr auf den Backexzess, in den ihre Familie am Samstag vor dem ersten Advent verfiel. Dass Frank mit von der Partie sein würde, freute sie, denn auch wenn er ihren Herzschlag allein durch einen Blick in ungesunde Höhen treiben konnte, war er doch nach wie vor ihr bester Freund, und es gab keinen Grund, sich nicht auf einen Tag in seiner Gesellschaft zu freuen. Auch wenn die Aussicht, ihrer Familie von der neuen Situation zu erzählen, die sich zwischen ihnen entwickelt hatte, sie einigermaßen nervös machte. Immerhin wusste bisher niemand außer ihm, dass sie früher bereits in ihn verliebt gewesen war.

Sie hatte dieses Geheimnis immer akribisch gehütet. Allerdings war ihr bewusst, dass nicht nur Elke womöglich schon etwas ahnte. Angelique und Laura hatten bereits Andeutungen gemacht und angefangen, Fragen zu stellen. Insofern hatte Frank natürlich recht, sie mussten der Familie reinen Wein einschenken. Wenn sie nur nicht so verflucht kribbelig bei diesem Gedanken wäre! Sie musste sich ganz genau überlegen, welche Worte sie wählte, um die Beziehung – Situation, korrigierte sie sich – zu erklären, die sich zwischen ihr und Frank entwickelt hatte. Hoffentlich hatte sie wenigstens dieses entsetzliche Ziehen in ihrem Inneren bis dahin einigermaßen im Griff. Im Grunde gab es doch gar nichts, wovor sie sich fürchten musste. Abgesehen natürlich von der Neugier ihrer Familie und deren manchmal fast schon penetranter Art, sich überall einzumischen. Dabei meinten sie es ja nur gut, redete sie sich zu. Sie würde schon irgendwie klarkommen und die richtigen Worte finden, damit nicht gleich alle ausflippten.

»Können wir bald mal anfangen?« Die zwölfjährige Jessica, Patricks Tochter, lag mehr als sie saß in einem Sessel, die Füße auf dem Couchtisch abgelegt, und blätterte in einer Backzeitschrift.

»Ja, wir haben jetzt alles beisammen«, rief Laura von der Verbindungstür zur Küche. »Es kann losgehen.«

»Füße vom Tisch!« Angelique, die sich den kleinen Jakob in einem Tuch vor den Bauch gebunden hatte, war gerade hereingekommen und stieß Jessicas Füße unsanft von der Tischplatte herunter. »Was sind denn das für Manieren?«

Jakob stieß ein fröhliches Greinen aus.

»Siehst du, dein kleiner Bruder ist genau meiner Meinung.« Angelique blickte ihre Stieftochter bedeutsam an.

Sofort sprang Jessica auf die Füße. »Kann ich ihn mal nehmen? Bitte?«

»Später. Er hat es sich gerade bequem gemacht.« Liebevoll wuschelte Angelique dem Mädchen durch die braunen Locken. »Außerdem ist er dir gleich nur im Weg, wenn du die erste Ladung Teig ansetzen willst. Joel?« Suchend sah sie sich um. »Hilf deiner Schwester mit dem Lebkuchenteig.«

»Klar, komme schon.« Joel hatte bisher Lukas und Patrick zugesehen, die immer noch dabei waren, die Spanplatte auf dem Unterbau zu befestigen. »Da muss noch die Folie drauf.«

Lukas nickte ihm zu. »Keine Sorge, das kriegen dein Vater und ich schon hin.«

»Aber nicht, dass nachher Falten in der Folie sind.« Joel zog kichernd den Kopf ein, als Patrick so tat, als wolle er ihn mit seinem Zollstock hauen.

»Jeden Tag wird er frecher!«, grollte Patrick, grinste dabei aber stolz, als Joel sich mit Jessica in die Küche trollte.

»Frank?« Iris Sternbach erschien in der Verbindungstür. »Wo steckt er denn? Frank?«

»Anwesend.« Frank betrat den großen Wohnraum durch die Tür vom Flur her. »Wer braucht mich?« Sein Blick fiel auf Ricarda, und prompt zwinkerte er ihr zu.

Iris ging auf ihn zu. »Du hast vorhin gesagt, dass du Rezepte mitgebracht hast. Margit will wissen, wo die sind. Sie möchte gerne die Backreihenfolge festlegen.«

»In einem der Kartons mit den Backzutaten ganz zuunterst.«

»Gut.« Iris drehte sich nur kurz um und rief in Richtung Küche: »In einem der Kartons, Margit!«

»Danke!«, kam prompt die Antwort.

»Nun schreit doch nicht jetzt schon so!«, protestierte Theo Sternbach, der zusammen mit seinem Sohn Hans am oberen Ende des riesigen Esstischs saß und in der Tageszeitung blätterte. »Wo soll das denn bitte enden, wenn ihr jetzt schon lärmt wie eine Horde Narren an Fastnacht?« Ohne auf eine Reaktion zu warten, wandte Theo sich Frank zu. »Guten Morgen, Junge. Schön, dich zu sehen.«

Frank trat an den Esstisch heran und schüttelte die Hand des inzwischen Sechsundachtzigjährigen. »Guten Morgen, Opa Theo. Ich hoffe, ich darf dich immer noch so nennen.«

»Ich wäre beleidigt, wenn du es nicht tätest.« Theo musterte ihn eingehend. »Endlich hab ich mal Gelegenheit, dich von Nahem zu betrachten. Auf der Hochzeit war ja für nichts wirklich Zeit. Gut siehst du aus. Bist erwachsen geworden. Hast aber weder Frau noch Kind, oder?«

»Nein, bisher noch nicht.«

Theo kräuselte die Lippen und rieb sich übers Kinn. »Worauf wartest du noch?«

Frank lachte. »Darauf, dass die richtige Frau anbeißt.«

»Dann will ich hoffen, dass du die Angel schon mal ausgeworfen hast.« Theo musterte ihn streng. »Das hast du doch wohl?«

»Kann schon sein.«

Ricarda hustete und tat rasch, als habe sie sich an einem Schluck Apfelsaft verschluckt.

»Gut.« Theo warf Ricarda nur einen kurzen Blick zu und wandte sich gleich wieder an Frank. »Lass dir mal nicht zu viel Zeit, Junge. Jetzt, wo du mit dem Haus und der Kanzlei so gut situiert bist, wird es allmählich Zeit, eine Familie zu gründen.«

»Theo, ich bitte dich!« Iris umrundete den Tisch und gab ihrem Mann einen Klaps auf die Schulter. »Lass doch den armen Frank in Ruhe. Er ist gerade erst aus den Staaten zurück. Wie soll er denn in so kurzer Zeit die Frau fürs Leben gefunden haben?«

»Er hätte ja eine von drüben mitbringen können.« Theo zuckte nur mit den Achseln. »Oder gleich dort bleiben.«

Ricarda wurde allein bei dem Gedanken ganz schlecht, doch sie beschäftigte sich rasch damit, die Backzeitschriften, die bunt über den Couchtisch verteilt lagen, einzusammeln und ordentlich aufzustapeln.

»Ganz offensichtlich war dort drüben nicht die Richtige dabei.« Iris tätschelte Franks Arm. »Oder doch?«

»Nein.« Ricarda glaubte, seinen Blick auf sich zu spüren, doch als sie in seine Richtung schaute, war er ganz auf ihre Großmutter konzentriert. »Die Richtige war dort drüben nicht dabei.«

»Ist auch besser so«, befand Theo. »Wäre doch irgendwie unschön, eine Frau so zu entwurzeln. Und wenn Frank drüben geblieben wäre, hätte er uns hier gefehlt. Von seinen Eltern ganz zu schweigen. Was hätten die dann wohl gemacht? Wozu auch in die Ferne schweifen, wenn das Gute so nahe liegen kann? Gibt ja hier im Ort auch genügend nette Frauen.«

Ehe jemand etwas darauf erwidern konnte, klingelte es an der Haustür. Die Hunde bellten und sausten alle gemeinsam in den Flur.

»Das müssen Elke und Otto sein!«, rief Margit aus der Küche. »Macht mal bitte jemand auf? Warum benutzt Elke denn nicht ihren Schlüssel?«

Nur Augenblicke später erschienen Elke und ihr erst jüngst angetrauter Ehemann Otto mit den herumwuselnden Hunden im Schlepptau im Wohnzimmer. »Das ist ja mal eine Begrüßung. Wir haben uns selbst hereingelassen. Otto meinte, wir sollten klingeln, aber ich habe gesagt, das ist doch nicht nötig. Wozu habe ich denn einen Schlüssel, nicht wahr?« Strahlend blickte Elke sich um. »Alle versammelt, wie wunderbar.« Dann entdeckte sie Frank. »Ach, wie schön, du bist auch da.« Sie stürzte sich geradezu auf ihn und küsste ihn auf beide Wangen. »Ich hatte gehofft, dass du meiner Einladung folgen würdest.« Sie ergriff seine Hand und zog ihn mit sich in Richtung Couchtisch. »Weißt du, ich habe nämlich neulich die Karten gelegt, und darin stand sehr deutlich, dass du unbedingt heute mit uns hier sein musst.«

»Tatsächlich.« Frank warf Ricarda einen kurzen Blick zu. »Ich wusste gar nicht, dass du dich mit Tarotkarten auskennst.«

»Doch, doch, sehr gut sogar.«

Otto lachte gutmütig. »Sie behauptet, dass wir ohne die Karten nie zusammengefunden hätten.«

»Hätten wir auch nicht.« Elke warf ihm einen bedeutsamen Blick zu. »Ohne die Karten hätte ich nie den Mut gefunden, mich noch einmal auf die Liebe einzulassen.«

»Und haben die Karten dir auch gesagt, weshalb ich heute unbedingt dabei sein muss?«, wollte Frank wissen. »Mal abgesehen davon, dass es eine Menge Spaß verspricht.«

»Nein, leider nicht.« Elke hob die Schultern. »Aber das ist nicht so wichtig. Wichtig ist bloß, dass du hier bist. Alles Weitere wird sich finden.« Sie lächelte breit. »Wenn du willst, kann ich *dir* die Karten legen.«

Patrick feixte. »Siehste. Ich hab dich gewarnt.«

»Halt die Schnute, du kleiner Tunichtgut.« Elke schoss einen gespielt strengen Blick auf ihren Neffen ab.

»Elke, würdest du bitte in die Küche kommen?«, unterbrach Margit die Unterhaltung. »Wir wollen die Aufgabenverteilung angehen. Kommt bitte alle mal zusammen!«

»Noch mal Glück gehabt«, raunte Patrick Frank so laut zu, dass alle es hören konnten.

Prompt schlug Elke ihm mit der flachen Hand gegen den Oberarm. »Frechdachs!«

»Patrick, du spülst«, rief Margit aus der Küche. »Lukas und Viola bereiten den Spritzgebäckteig zu, und Angelique hilft Joel und Jessica mit dem Teig für die Lebkuchenhäuser. Der muss zuerst abgebacken werden, damit er bis heute Nachmittag ausgekühlt ist, sonst lässt er sich so schlecht zuschneiden.« Als die gesamte Familie in der Küche versammelt war, blickte Margit zufrieden in die Runde. »Gut, sehen wir mal weiter. Laura kümmert sich um die Butterplätzchen, Justus …«

»Ich helfe meiner Frau.«

Margit lachte. »Das könnte dir so passen. Dann knutscht ihr beiden doch nur herum und kommt zu nichts. Nein, mein Lieber, du wirst jetzt erst mal die Hundehorde schnappen und mit ihnen eine Runde drehen. Wenn du wieder hier bist, kannst du mit dem Zuckerguss anfangen, denn bis dahin sind die ersten Butterplätzchen fertig.«

»Du kannst so gemein sein, Mama.« Mit einem schiefen Grinsen gab Justus Laura einen innigen Kuss und verzog sich dann unter Gelächter nach draußen.

»Immer das Gleiche.« Schmunzelnd wandte Margit sich ihrer Schwiegermutter zu. »Wir beide kümmern uns erst um die Vanillekipferl, weil deren Teig mindestens eine Stunde in den Kühlschrank muss, und hinterher wegen des vielen Eiweiß, das übrig bleiben wird, um die Zimtsterne und die Makronen. Elke und Otto haben Christstollen-Dienst.« Ihr Blick wanderte zu Frank. »Ich hoffe, du kannst nicht nur Rezepte mitbringen, sondern sie auch nachbacken.«

Frank hüstelte. »Das werden wir sehen, nehme ich an.«

Margit nickte leicht. »Okay, Ricarda wird dir helfen. Apropos Ricarda, würdest du bitte zwischendurch Fotos machen? Das hast du in den letzten Jahren auch immer so gut hinbekommen.«

»Klar.« Schon zückte Ricarda ihr Smartphone. »Machen wir gleich mal ein Foto von allen. Für den Vorher-nachher-Effekt.« Eifrig wedelte sie mit der linken Hand. »Los, los, rückt mal zusammen.«

»Du musst aber auch mit drauf sein!«, rief Joel. »Alle müssen mit drauf. Auch Opa Hans und Uropa Theo.«

»Das wird aber eng«, raunte Frank Ricarda zu, als er an ihr vorbei zur Tür ging, um die beiden Männer und auch Justus zu rufen, bevor dieser sich mit den Hunden auf den Weg machen konnte.

Ricarda bemühte sich, ein gleichmütiges Gesicht aufzusetzen. »Das schaffen wir schon. Hat bisher immer geklappt. Das erste Selfie ist das schwierigste. Im Lauf des Tages wird es einfacher … und schräger.«

Unter viel Gelächter, Geschimpfe und Gestöhne rückten alle zusammen und verrenkten sich, während Ricarda mithilfe eines ausziehbaren Selfie-Sticks mehrere Fotos schoss.

»Okay, Auftrag ausgeführt. An die Arbeit, Leute. Und irgendwer schaltet jetzt mal die Weihnachtsmusik ein!« Rasch schob Ricarda den Selfie-Stick wieder zusammen. Als sie sich umdrehte, stieß sie beinahe mit Frank zusammen, der plötzlich hinter ihr aufgetaucht war. »Hey!«

»Hey.« Er lächelte ihr zu. »Traust du dir Janets Rezepte zu?«

Da sie sich im Kreis ihrer Familie sehr sicher – und beobachtet – fühlte, grinste sie nur. »Muss ich wohl. Womit fangen wir denn an?«

»Was sind denn Snicker…äh…doodles?«, wollte Jessica wissen, die den Schnellhefter mit den amerikanischen Rezepten entdeckt hatte.

Die weihnachtliche Hintergrundmusik begann mit dem obligatorischen *White Christmas* von Bing Crosby.

Frank warf einen Blick auf das Rezept, das das Mädchen aufgeschlagen hatte. »Das sind weiche Cookies mit viel Zimt.«

»Oh, etwas für mich!«, rief Iris. »Ich liebe Zimt. Da bin ich ja mal gespannt.«

»Zeig mal her.« Ricarda nahm Jessica den Hefter ab und überflog die Rezepte. »Ich glaube, wir fangen mit den

Gingerbread-Cookies an, die können dann in Ruhe auskühlen und heute Nachmittag verziert werden.«

»Wie du meinst.« Frank sah sich in der Küche um. »Wo ist unser Platz?«

»Hier.« Margit deutete auf das hintere Ende der Arbeitsinsel. »Ich habe die Zutaten, die du extra für die amerikanischen Rezepte mitgebracht hast, schon mal zusammengestellt. Aber sag mal, wozu benötigt man denn die Hefeflocken?«

Frank lachte. »Ich musste Janet auch erst fragen, ob sie das ernst gemeint hat. Sie schwört, dass die Peanut-Buttercup-Cookies nur mit den Hefeflocken perfekt werden. Man kann sie auch ohne backen, aber dann sind sie eben nur halb perfekt. Ich musste ihr übrigens versprechen, Fotos zu schicken.« Er wandte sich Ricarda zu. »Du könntest das auch machen. Ich gebe dir ihre Nummer, dann kannst du ihr die Bilder direkt von deinem Handy schicken.«

»Ja, klar, gerne.« Am liebsten wäre Ricarda ein wenig vor ihm zurückgewichen, weil seine Nähe ein erschreckendes Kribbeln in ihrer Magengrube auslöste. Doch sie wollte sich auf gar keinen Fall eine Blöße geben. Nicht hier, nicht jetzt! Und schon gar nicht, bevor sie sich darüber klar geworden war, wie sie ihrer Familie das mit ihr und Frank erklären sollte.

***

Etwas mehr als zwei Stunden später war nicht nur die Küche, sondern das ganze Haus durchzogen von herrlichsten Plätzchendüften, und die ersten Keksdosen hatten sich bereits bis zum Rand gefüllt. Immer noch spielte im Hintergrund weihnachtliche Musik. Inzwischen zur Abwechslung die Fischerchöre mit *Morgen, Kinder, wird's was geben*.

Da die Gingerbread-Cookies ebenso wie die Snickerdoodles und eine Ladung White Chocolate and Macadamia Cookies bereits fertig waren, Erstere sogar schon verziert, weil Justus sich größte Mühe gegeben hatte, den mehrfarbigen Zuckerguss zu genau dem richtigen Zeitpunkt anzurühren, war jetzt eine kurze Pause für Frank und Ricarda entstanden, die sie nutzte, um ihre Runde durch die Küche zu machen und Fotos zu schießen. Frank unterhielt sich derweil mit Jessica und Joel, während Patrick die Schüsseln spülte, die sie danach für die Peanut Buttercup Cookies und die Brown Sugar Cookies benötigen würden.

Die zwölfjährigen Zwillinge waren gerade dabei, eine weitere Ladung Lebkuchenteig auszurollen, um ihn auf zwei Backbleche zu verteilen. Sie hatten schon etliche Teigplatten abgebacken, und Ricarda wähnte bereits, dass sie wohl nicht nur ein Weihnachtsdorf, sondern eine ganze Stadt zu basteln beabsichtigten.

Sie pirschte sich von hinten an die beiden heran und machte dann mehrere Fotos zwischen den beiden hindurch, sodass man nur den Teig und die vier Hände mit den Teigrollen sehen konnte. Als Jessica sich kichernd zu ihr umwandte, konnte Ricarda einen Schnappschuss landen.

»Geschickt.« Frank grinste. »Lass mich mal.« Flink nahm er Ricarda das Handy ab und hatte sie mehrmals fotografiert, noch bevor sie reagieren konnte.

»Hey!« Verärgert versuchte sie, ihr Smartphone zurückzuerobern. »Was soll das? Ich bin hier die Fotobeauftragte!«

»Ja, aber deshalb gibt es von dir besonders wenige Fotos. Außerdem habe ich Janet Bilder versprochen, auch von dir.«

»Nicht!« Ricarda versuchte, in Deckung zu gehen, als er sie nochmals knipste. »Ich habe garantiert Mehl im Haar.«

»Kann schon sein.« Er grinste und nahm die Verfolgung auf.

Ricardas Herzschlag beschleunigte sich ungebührlich. Hastig umrundete sie die Arbeitsinsel und versuchte, hinter Laura in Deckung zu gehen. »Und Zuckerguss im Gesicht.«

»Das macht die Fotos nur umso süßer, würde ich sagen.«

»Hör auf, mich zu fotografieren!« Hektisch rieb sie sich mit den Händen übers Gesicht, was ihm leider Zeit verschafft, sich ihr wieder zu nähern. »Geh weg!«

»Nö.« Ehe sie sich's versah, hatte er sie am Arm gefasst und zu sich herangezogen. Grinsend hielt er ihr die Handykamera vors Gesicht und betätigte den Auslöser.

»Nicht!« Sie machte zwar gerne Schnappschüsse von anderen und schoss auch hin und wieder Selfies, doch dabei bemühte sie sich immer, möglichst salonfähig auszusehen. Hektisch fuhr sie sich noch einmal übers Gesicht und durchs Haar, das sie zwar mit Spangen zurückgenommen hatte, in dem aber dennoch Mehlspuren zu finden waren. Gleichzeitig wich sie zurück und versuchte erneut, sich hinter irgendwem zu verstecken. Doch wieder war Frank schneller und zog sie diesmal an der Hüfte zu sich heran.

Sie erschrak, und ihr Herz blieb für einen Moment stehen, als sich ihre Körper berührten und er seinen Mund ihrem Ohr näherte, bis seine Lippen die Stelle unterhalb ihres Ohrläppchens berührten. »Du hast da eine Stelle übersehen«, raunte er und fuhr mit der Zunge genau über jenen Punkt. »Hm, tatsächlich Zuckerguss.«

Ein wilder Stich durchzuckte sie und löste dieses – verdammte! – Ziehen in ihrem Inneren aus. Unwillkürlich erschauerte sie … und erstarrte in der nächsten Sekunde. Ihr Atem stockte, als ihr bewusst wurde, dass es in der Küche ganz still geworden war und die Blicke aller Anwesenden auf sie und Frank gerichtet waren.

Aus den Lautsprechern der Stereoanlage erklang Albert Hammonds *Under the Christmas Tree*, das Ricarda überlaut in den Ohren dröhnte. Nervös schluckte sie gegen ihren wilden Herzschlag an und versuchte, Frank so lässig wie nur möglich von sich zu schieben, jedoch ohne viel Erfolg, denn sein Griff um ihre Taille lockerte sich kaum. »Ist Patrick nicht endlich mal mit unseren Schüsseln fertig? Ich will vor der Mittagspause noch diese Erdnusskekse ausprobieren.« Auch ihre Stimme klang überdeutlich in die Stille hinein. Immer noch blickten alle Anwesenden sie überrascht und erwartungsvoll an. Mit einem Anflug von Verzweiflung stieß sie Frank den Ellenbogen in die Rippen. »Lass mich endlich los, du Idiot!«

»Warum denn?« Er lächelte nur und brachte sie damit vollkommen aus dem Konzept.

»Weil uns alle anstarren, zum Beispiel!« Sie flüchtete sich in Ärger. »Was sollte das denn?«

Anstatt sie freizugeben, zog er sie noch ein Stückchen näher zu sich heran. »Ich habe gerade beschlossen, dass jetzt der beste Moment ist.« An die Familie gewandt, erklärte er mit einer Gelassenheit, für die sie ihm am liebsten den Hals umgedreht hätte: »Es ist alles okay. Sie will sich nur nicht anmerken lassen, dass ich sie neulich geküsst habe. Mehrfach.«

»O Gott.« Ricarda wurde ganz schlecht. »So doch nicht! Hättest du nicht warten können, bis ich … Mist. Jetzt ist eh schon alles egal.«

Patrick ließ klirrend eine Handvoll Besteck ins Spülwasser fallen, schnappte sich ein Küchenhandtuch und trat auf Frank zu. Seine Miene war finster: »Du hast was getan?«

Frank blieb äußerlich unbeeindruckt, doch Ricarda spürte, so nah, wie sie ihm war, dass er sich leicht anspannte. »Sie geküsst.«

Patrick warf das Küchenhandtuch achtlos auf die Arbeitsinsel. »Einfach so?«

»Ich würde es jetzt nicht als ›einfach so‹ bezeichnen.« Nun lockerte Frank doch seinen Griff um Ricardas Mitte, doch sie trat sicherheitshalber nicht zurück für den Fall, dass sie zwischen Frank und ihrem Bruder würde schlichten müssen.

»Ach? Wie denn sonst?« Patricks Stimme hatte einen drohenden Unterton angenommen. »Wie kommst du dazu, meine Schwester zu küssen?«

Frank trat einen halben Schritt auf Patrick zu. »Sie hat schon auch zurückgeküsst. Hast du doch, nicht wahr?«

Patricks Blick heftete sich auf Ricarda. »Hast du?«

Sie spürte glühende Hitze in ihre Wangen steigen. »Ja, habe ich. Allerdings wollte ich nicht gleich mit der Tür ins Haus fallen.« Sie funkelte Frank strafend an.

»Die Gelegenheit war doch günstig.« Er grinste schief. »Und ins Detail gegangen bin ich auch nicht.«

»Was für Details?« Immer noch argwöhnisch sah Patrick zwischen Frank und Ricarda hin und her.

»Er meint Dinge, über die wir gesprochen haben.« Ricarda winkte möglichst lässig ab. »Da ging es um Sex.«

»Ihr hattet Sex?« Patrick starrte erst Frank, dann Ricarda ungläubig an. Dann ging er zum Angriff über. Hart stieß er Frank vor die Brust. »Was bildest du dir eigentlich ein? Wie kannst du … Verdammt, ich dachte, ihr seid Freunde.«

Ricarda warf sich erschrocken dazwischen und hielt Patrick zurück. »Nicht, hör auf, Patrick. Wir hatten keinen Sex.«

Auf Patricks Stirn entstand eine tiefe Falte. Er atmete tief ein und wieder aus, dann entspannte er sich sichtlich. Seine Miene blieb aber weiterhin finster. »Weshalb redet ihr dann davon?«

»Weil …« Ricarda schluckte hektisch. »Wir darüber nachdenken, welchen zu haben.« Sie warf Frank einen Hilfe suchenden Blick zu. »Noch ist aber nichts entschieden. Können wir es also bitte dabei belassen?«

»Den Vorschlag möchte ich auch machen.« Frank blieb zwar sicherheitshalber zwei Schritte auf Abstand zu seinem Freund, suchte aber dessen Blick. »Aber zumindest brauchen wir jetzt nicht mehr so zu tun, als wäre nichts zwischen uns.«

»O…kay.« Patricks Miene glättete sich. »Das muss ich erst mal verdauen.«

»Es ist ja auch nichts zwischen uns.« Sie fluchte innerlich, als Franks eindringlicher Blick sie traf.

»Wirklich nicht?«

Ihr wurde ganz warm. »Also gut, es ist schon etwas zwischen uns, aber nichts … Definitives.« Nervös sah sie sich in der Küche um. »Jetzt wisst ihr also alle Bescheid. Können wir nun endlich weitermachen?«

»Besser wäre es.« Patrick zog sich ans Spülbecken zurück.

»Nichts lieber als das.« Sanft zog Frank sie wieder zu sich heran, bis sie mit dem Rücken gegen seine Brust stieß, und legte ihr locker die Arme um die Taille. Seinen Kopf brachte er dicht neben ihren und streifte mit dem Mund ihren Mundwinkel.

Sie erschauerte wohlig und nervös zugleich. »Das hatte ich nicht gemeint.«

Margit hüstelte, Elke räusperte sich umständlich.

»Seid ihr beide verliebt?«, fragte Jessica in die erneute Stille hinein.

Ricarda zuckte heftig zusammen und schloss für einen Moment entsetzt die Augen, riss sie aber sofort wieder auf, als Frank antwortete.

»Also natürlich kann ich erst mal nur für mich sprechen.« Seine Lippen streiften beim Sprechen ganz leicht ihr Ohr. »Aber aus welchem anderen Grund sollte ich Ricarda wohl küssen?«

Sie bekam kaum noch Luft. Verliebt? »Bist du irre?«

»Und du, Ricarda?« Jessicas neugieriger Blick verursachte ihr seltsame Krämpfe in der Magengrube.

»Sie ist noch unentschieden«, nahm Frank ihr die Antwort ab. »Am besten, wir thematisieren das jetzt wirklich nicht weiter, okay? Das ist alles noch neu für uns beide.«

»Okay.« Jessica griff wieder nach ihrem Nudelholz und rollte weiter an ihrem Lebkuchenteig herum. »Finde ich aber cool. Ich will auch mal verliebt sein.«

»Ende der Vorstellung!«, rief Angelique. »Wenn wir nicht allmählich weitermachen, werden wir nicht bis heute Abend fertig, und ich hatte eigentlich vor, meinem Sohn noch den Weihnachtsmarkt zu zeigen. Also, Marsch, an die Arbeit!«

Unter allgemeinem Raunen und Getuschel gehorchten alle ihrer Anweisung, und zu Judy Garlands *Have Yourself A Merry Little Christmas* wurde erneut in der Küche herumgewuselt.

Ricarda schnappte sich zwei saubere Schüsseln von der Spüle und knallte sie auf die Arbeitsfläche. »Ganz toll gemacht, wirklich.«

Frank griff nach dem Rezept für die Erdnusskekse. »Wie hättest du es denn angefangen?«

Sie hielt inne, wollte auffahren, besann sich dann aber und zuckte mit den Achseln. »Keine Ahnung.«

»Siehst du. Jede andere Form hätte genauso viel Aufsehen erregt. Aber mal abgesehen davon können wir uns jetzt völlig entspannen. Und das wollten wir doch, oder nicht? Spaß haben?«

»Ich hatte vorher auch Spaß.« Doch erst jetzt kribbelte es aufregend in ihrem Inneren, und in ihrem Bauch stoben Schmetterlinge umher.

»Nein, du hast so getan, als hättest du Spaß.« Er grinste. »So richtig Spaß macht das hier.« Er küsste sie aufs Ohr und zwickte sie gleichzeitig in die Seite.

»Hey!« Widerwillig kichernd wich sie ihm aus. »Lass das!«

»Erst wenn du lachst.«

»Tue ich doch.« Mit grimmiger Miene schnappte sie sich eine angebrochene Mehltüte, griff hinein und bewarf Frank mit dem Mehl. »Bitte sehr.« Sie setzte ein Haifischlächeln auf. »Leg dich nicht mit mir an.«

»O doch, und wie ich das tun werde.« Schon hatte er seinen Finger in Lauras rosafarbenen Zuckerguss getaucht, den sie gerade neben ihren Herzkeksen abgestellt hatte, und versuchte, das klebrige Zeug auf Ricardas Nase zu streichen. Mit einem Schrei wich sie zurück und brachte sich erst hinter Patrick in Sicherheit, der etwas unwillig brummelte, dann hinter Justus, als Frank ihr lachend nachsetzte.

***

Eine Stunde später dudelte aus den Lautsprechern *Rocking around the Christmas Tree*, während die eine Hälfte der Familie noch mit Plätzchenbacken beschäftigt war und die andere Hälfte damit, die Wände und Dächer des Lebkuchenhauses zuzuschneiden und zu verzieren. Frank hatte sich den Weihnachtsdorf-Erbauern angeschlossen, während Ricarda sich mit der Gebäckpresse beschäftigte und eine neue Ladung Spritzgebäck auf ein Backblech spritzte.

Angelique hatte Jakob gefüttert und zu seinem Nachmittagsschläfchen hingelegt. Das Babyphone in der Hand, trat sie neben Patrick, der am Esstisch saß und sich die Schablonen für die Lebkuchenhäuser ansah. Sie legte ihm eine Hand auf die Schulter und ließ sich auf dem Stuhl neben ihm nieder. Von hier aus konnte sie durch die offene Tür zur Küche Ricarda beobachten.

Leise räusperte sie sich. »Wie möchtest du deinen Besen samt Putzfrau gerne haben? Medium oder gut durch?«

Ruckartig hob Patrick den Kopf. »Was bitte?«

Angelique lächelte fein. »Du hast mal gesagt, wenn Ricarda heimlich verliebt sei, würdest du einen Besen samt seiner Benutzerin verspeisen. Ich möchte jetzt nur gerne wissen, wie ich dir beides servieren soll. Nur mit Pfeffer und Salz oder mit einem pikanten Sößchen?«

Für einen langen Moment starrte Patrick sie nur an, dann fuhr er sich mit einer kantigen Bewegung durch die Haare. »Du wusstest das die ganze Zeit schon?«

»Wissen ist zu viel gesagt.« Sie hob die Schultern, lächelte dann aber. »Doch, irgendwie schon. Seit ich weiß, dass sie diese Löwe-Kette von Frank hat, habe ich mir so etwas gedacht.«

»Himmel!« Entgeistert riss er die Augen auf. »Damals waren wir erst vierzehn oder so.«

»Na und?«

»Das ist eine Ewigkeit her. Wir waren Kinder!«

»Und jetzt seid ihr erwachsen.« Sie ergriff seine Hand. »Was ist so schlimm daran?«

»Du kennst Ricarda nicht so gut wie ich. Wenn das schiefgeht …«

»Weshalb sollte es?«

»Weil …« Noch einmal fuhr er sich durch die Haare. »Ich weiß auch nicht. Ricarda ist überhaupt nicht der Typ für so etwas. Sie ist doch nicht in Frank verliebt, Herrgott noch mal!«

»Nein.« Sanft drückte Angelique seine Hand. »Das ist sie wohl nicht. Ich glaube viel eher, sie liebt ihn. Schon immer«, setzte sie nach kurzem Innehalten hinzu.

»Nein.« Patrick hob abwehrend die Hände. »Das glaube ich nicht. Das ist … nicht Ricarda! Ich wüsste das. Sie ist meine Schwester. Sie hätte es mir gesagt.«

»Vielleicht. Vielleicht auch nicht.«

»Und was jetzt?«

Angelique zuckte mit den Achseln. »Das liegt nicht in unserer Hand.«

15. Kapitel

»So k.o. war ich schon lange nicht mehr!«, seufzte Margit gegen halb acht Uhr abends. Das letzte Blech Makronen war gerade aus dem Ofen gekommen, die Familie hatte sich auf alle verfügbaren Sitzgelegenheiten verteilt und streckte Arme und Beine von sich. Nur Hans und sein Vater waren noch auf den Beinen, weil sie nach diesem langen Backexzess das Aufräumen und Säubern der Küche übernommen hatten.

Ricarda stimmte ihrer Mutter lachend zu. Sie hatte sich auf einen Sessel gesetzt und Naila auf den Schoß genommen, die sich unter ihren streichelnden Händen geradezu aalte und rekelte.

Haaach jaaa, das tut sooo guuuut! Mein Ricarda-Frauchen ist da, damit ist meine Welt in Ordnung. Mein Frank-Herrchen ist auch da, das finde ich richtig gut. Er ist aber gerade gar nicht in der Nähe, weil er den Abfall rausbringt. Bestimmt kommt er gleich wieder rein. Patrick und Justus sind auch mit rausgegangen. So viele große Männer mit riesigen Händen und dunklen Stimmen! Am Anfang war mir das direkt unheimlich, aber jetzt weiß ich, dass sie alle sehr nett sind und mich mögen. Überhaupt sind das hier zwar unglaublich viele, aber sehr freundliche Menschen. Ich musste erst mal den Überblick gewinnen, wer hier wer ist, aber jetzt kann ich Frank recht geben. Ich fühle mich hier sehr wohl. Selbstverständlich noch mehr, weil auch noch Miss Daisy, Oskar und Lizzy da sind, mit denen ich wunderbar spielen kann. Und dann riecht es im Haus auch noch so unwahrscheinlich gut.

Plätzchen, Plätzchen und noch mal Plätzchen! Ich würde ja am liebsten losziehen, um nachzusehen, wo die alle versteckt sind. Ob ich das wirklich tun soll? Plätzchen suchen gehen? Ach, nein, jetzt gerade nicht. Hier auf Ricardas Schoß ist es einfach zu schön. Das ist auch so ein Plätzchen, das mir sehr gut gefällt und an das ich mich gewöhnen könnte. Ha! Ein Plätzchen bei meinem Lieblingsfrauchen. Nettes Wortspiel. Aber ich bin ja auch eine sehr intelligente Hündin. Kein Wunder, dass mir so etwas einfällt.

»Das gefällt dir, was?« Schmunzelnd blickte Ricarda auf Naila hinab, die ihr den Bauch zum Kraulen hinstreckte.

O ja, und wie! Bitte hör nicht auf.

»Naila ist genauso eine Knutschkugel wie Lizzy.« Lachend hob Laura die weiße Westie-Dame ebenfalls auf ihren Schoß und lehnte sich gemütlich auf der Couch zurück. »Hoffentlich kommt Justus gleich zurück. Er könnte mir ein bisschen die Füße massieren.«

Angelique grinste. »Das musste Patrick während meiner Schwangerschaft auch dauernd tun. Es geht nichts über eine Fußmassage. Die helfen auch wunderbar gegen geschwollene Knöchel.«

»So weit bin ich glücklicherweise noch nicht.« Laura streckte einen Fuß aus und drehte ihn hin und her. »Nein, noch nichts geschwollen.«

»Das kommt noch früh genug«, orakelte Angelique, die sich auf einem der Esszimmerstühle niedergelassen hatte. »Apropos, Jakob wird garantiert gleich aufwachen. Sein Rhythmus ist heute total durcheinandergeraten. Bestimmt wird er dann noch eine Weile fit sein, nachdem er über zwei Stunden geschlafen hat. Das wäre eigentlich ideal, um einen kleinen Abstecher zum Weihnachtsmarkt zu machen. Was meint ihr? Seid ihr alle noch fit genug?«

Ricarda stöhnte. »Fit ist übertrieben, aber ich habe Hunger.«

»Ich auch!«, kam es von Joel und Jessica im Chor.

»Also gegen eine Bratwurst und einen Glühwein hätte ich jetzt auch nichts einzuwenden«, befand Otto.

»Dann sollten wir aufbrechen, oder nicht?« Angelique streckte die Beine aus.

»Unbedingt.« Ächzend sank Ricarda in ihrem Sessel zurück. »Vielleicht in zehn Minuten?«

Einhelliges Seufzen war zu vernehmen.

***

Innerlich wappnete Frank sich, als er mit zwei Plastikeimern voller Verpackungsmüll zu dem kleinen Schuppen hinter dem Haus ging, in dem die Mülltonnen untergebracht waren. Patrick und Justus trugen ebenfalls große Abfallbehälter hinaus und waren nur wenige Schritte hinter ihm. Obgleich der Tag sehr harmonisch verlaufen und niemand weiter auf den kleinen Zwischenfall am Mittag eingegangen war, wusste Frank doch sehr genau, dass ihm noch ein inquisitorisches Verhör bevorstand. Ricardas Familie war nämlich nicht nur äußerst neugierig, sondern auch stets und in jeder Situation bereit, die Ihren zu beschützen, sei es vor Unglück jeglicher Form oder eben auch vor dem lange abwesenden Freund, der sich kurz nach seiner Rückkehr erdreistet hatte, Gefühle für Ricarda zu entwickeln, die weit über den Freundesstatus hinausreichten.

Er hatte denn auch gerade die beiden Behälter in der gelben Tonne entleert, als sich die Tür des Schuppens hinter ihm öffnete und gleich darauf mit einem vernehmlichen Klappen wieder schloss. Das grelle Licht der Leuchtstoffröhre ließ die

Szenerie beinahe wie in einem Mafiafilm anmuten, als sich die beiden Brüder mit verschränkten Armen vor ihm aufbauten. Lediglich die neben ihnen abgestellten Abfalleimer verzerrten den Gesamteindruck, wenn auch nur geringfügig.

»Du machst dich also an unsere Schwester heran.« Justus maß ihn mit abschätzenden Blicken.

»Nein.« Instinktiv verschränkte auch Frank seine Arme, löste sie aber gleich wieder, weil er aus beruflicher Erfahrung wusste, dass solche Gebärden nicht dazu angetan waren, Vertrauen zu erwecken. »Ich würde es eher als ein gegenseitiges Herantasten bezeichnen.«

»Und du bist dir sicher, dass das gut geht?« Auch Patrick lockerte seine Haltung ein wenig und schob seine Hände in die Taschen seiner Jeans. »Wie ist es überhaupt dazu gekommen? Ich meine, du bist gerade erst wieder hier, und plötzlich turtelt ihr miteinander herum?«

»Also als turteln würde ich es nicht unbedingt bezeichnen. Dazu ist die Situation zu kompliziert«, gab Frank unumwunden zu, denn er wusste, dass er keine Chance gegen die beiden Männer haben würde, wenn er nicht vollkommen ehrlich war. »Abgesehen davon ist mir bewusst, wie vorsichtig ich mit Ricarda umgehen muss, um sie nicht zu überfordern. Allerdings haben mich ihre Panikattacken überhaupt erst darauf gebracht, dass sie ähnlich empfindet wie ich, also hatten sie irgendwie sogar etwas Gutes an sich.«

»Ihre was?« Blitzschnell hatte Patrick ihn am Hemdkragen gepackt. »Verdammt noch mal, Frank, sie hatte Panikattacken? Deinetwegen?«

»He, he.« Bedächtig fasste Justus seinen Bruder an der Schulter und zog ihn wieder von Frank weg. »Immer mit der Ruhe. Wir stellen erst die Fragen. Umbringen können wir ihn hinterher immer noch.«

»Scheiße, Justus, hast du nicht gehört, was er gesagt hat?« Unwirsch entzog Patrick sich Justus' Griff. »Sie hatte Panikattacken!«

»Das habe ich sehr wohl mitbekommen.« Streng musterte Justus nun Frank. »Was hast du angestellt, dass es damit wieder losgeht?«

»Nichts.« Fieberhaft überlegte Frank, wie er die Lage erklären konnte, ohne zu viel von Ricardas Gemütszustand zu verraten – oder dem, was sie ihm anvertraut hatte. »Auch wenn es ziemlich platt klingt, aber es ist einfach so passiert. Dass sie …«

»Wann?«, unterbrach Patrick ihn schroff.

»Auf der Hochzeit«, antwortete Justus an Franks Stelle. »Als ihr getanzt habt. Ich dachte noch …« Was er gedacht hatte, verschwieg er. »Und dann wurde sie panisch?«

Frank nickte, schüttelte aber gleich darauf den Kopf. »Ihr kennt sie so gut wie ich. Neue Situationen überfordern sie leicht. Emotionale Veränderungen ganz besonders. Aber ich bin zuversichtlich, dass wir dieses Stadium weitgehend hinter uns gebracht haben.«

»Stadium?« Zwischen Patricks Augen entstand eine Falte. »Was ist sie für dich? Ein Versuchskaninchen? Ich dachte, du bist ihr Freund. *Bester* Freund.« Er spuckte die Worte beinahe aus.

»Das bin ich auch nach wie vor.« Während er die Worte aussprach, wurde ihm wieder bewusst, wie heikel die Situation war und wie verflucht groß seine Hoffnung, dass er diese Freundschaft retten konnte, ganz gleich, wie es mit ihm und Ricarda weitergehen würde. »Glaubt bitte nicht, dass ich diese Sache auf die leichte Schulter nehme.«

»Warum hast du überhaupt damit angefangen? Weshalb hast du sie nicht einfach in Ruhe gelassen?« Patricks harscher

Ton verriet, wie sehr er um Beherrschung kämpfte. Wenn es um seine Zwillingsschwester ging, war nicht mit ihm zu spaßen.

Frank wählte seine Antwort deshalb mit Bedacht. »Warum hast du Angelique nicht in Ruhe gelassen? Oder warum hat Justus sich nicht von Laura ferngehalten? Beide Frauen haben sogar jeweils für euch gearbeitet. Das ist bei Licht besehen ein ziemlich großer ethischer Fauxpas, oder nicht?«

»Das ist doch etwas vollkommen anderes«, brauste Patrick auf. »Angelique war … wir waren …« Er stockte und warf Justus einen Blick zu. In dessen Miene zeichnete sich eine Mischung aus Verblüffung und Besorgnis ab. Nach einem langen Moment wandte Patrick sich wieder Frank zu. »Scheiße.«

»Nicht, wenn ich es verhindern kann.« Frank versuchte sich an einem Lächeln.

»Dir ist das Ernst?«, hakte Patrick misstrauisch nach.

»Du müsstest mich gut genug kennen, um zu wissen, dass ich mir mit Ricarda niemals einen solchen … Spaß erlauben würde.«

Patrick schien regelrecht an diesen Worten zu kauen. »Du wirst nichts tun, was sie nicht ausdrücklich auch will.«

»Ricarda gibt das Tempo vor.« Ganz allmählich entspannte Frank sich. »Du wirst aber wohl erlauben, dass ich sie hin und wieder ein bisschen provoziere, damit sie sich nicht in ihrem Schneckenhaus verkriechen und den Eingang zumauern kann.«

Justus hüstelte, diesmal eindeutig amüsiert. »Die Queen der eisigen Schulter.«

Frank nickte leicht. »Entweder ihr bringt mich jetzt um, oder ihr gebt mir eine Chance.«

Die beiden Brüder sahen einander erneut einen langen Moment an, dann wandte Justus sich dem Ausgang zu. »Ich weiß nicht, wie es euch geht, aber ich habe Kohldampf. Wollte die Horde nicht noch rüber zum Weihnachtsmarkt?«

Patrick nickte zustimmend. »Essen klingt gut. Ich bin dabei.« Bevor er und Frank hinter Justus den Schuppen verlassen konnten, hielt er Frank hart am Arm zurück und suchte seinen Blick. »Wenn das schiefgeht, zerlege ich dich höchstpersönlich in deine Einzelteile, bis nicht einmal mehr deine Eltern dich identifizieren können.«

Frank lächelte grimmig. »Ist recht.« Wenn die Sache schiefging, würde er sich das sowieso niemals verzeihen.

Patricks Griff lockerte und seine Gesichtszüge entspannten sich. »Sei bloß vorsichtig.«

***

»Seid ihr jetzt endlich alle so weit? Ich sterbe gleich vor Hunger.« Angelique hatte sich Jakob in einem dicken, warmen Wolltuch vor den Bauch gebunden und zupfte jetzt an seinem Mützchen herum, damit er es auch wirklich kuschelig warm hatte. Die Temperaturen hatten sich knapp über dem Gefrierpunkt eingependelt, und der sternenklare Himmel versprach, dass es im Lauf des Abends und der Nacht noch deutlich kälter werden würde.

»Lukas und Viola fehlen noch.« Laura sah sich suchend um. »Halt, nein, da kommen sie gerade.« Sie deutete auf das frisch vermählte Pärchen, das gerade aus dem Auto stieg und Miss Daisy aus der Transportbox auf der Rückbank herausspringen ließ.

Ricarda atmete tief die kalte Winterluft ein und verspürte eine angenehme Vorfreude. Auch wenn sie nicht der romantische Typ war, war der Weihnachtsmarkt ihrer Heimatstadt für sie etwas ganz Besonderes. Schon der Anblick des großen Rundbogens, der mit Tannengirlanden, roten und goldenen Christbaumkugeln und LED-Lichterketten geschmückt war, verursachte ein leichtes Kribbeln in ihr. Bereits hier auf dem Parkplatz waren leise Klänge von Weihnachtsmusik zu vernehmen, die sich, nachdem sie den Torbogen durchquert hatten, zu einer Mischung aus *Schneeflöckchen, Weißröckchen*, *Frosty the Snowman* und Albert Hammonds *Under the Christmas Tree* vereinigten. Dieses Lied schien sie dieses Jahr regelrecht zu verfolgen, stellte sie amüsiert fest. Aber immer noch besser als *Last Christmas*.

Stimmengewirr und Gelächter mischten sich mit den Rufen eines Losbudenbetreibers, der Kundschaft anlocken wollte, indem er behauptete, jedes Los sei ein Gewinn, und dem Bimmeln des wunderschönen alten Karussells, das links vom Torbogen seinen altbewährten Platz eingenommen hatte. Um diese Zeit, es war schon fast halb neun Uhr abends, fuhren kaum noch Kinder mit, sondern vielmehr jugendliche und auch bereits erwachsene Paare. Die Musik von dort war stets eine Mischung aus Weihnachtsklassikern und romantischen Balladen. Ricarda schüttelte sich.

»Dann mal los! Da vorne sind die Fressbuden.« Angelique schnappte sich Patricks Hand und übernahm die Führung. »Ich brauche jetzt dringend Reibekuchen.«

Einige schlossen sich ihr an, während Elke und Otto sich für Bratwurst mit Pommes entschieden und Laura sich nicht zwischen Waffeln mit heißen Kirschen und Schaschlik entscheiden konnte. Am Ende beschloss sie, einfach beides zu bestellen.

Während Patrick noch mit Justus frotzelte, dass er sich schon mal an solche absonderlichen Gelüste gewöhnen dürfe, stellte Ricarda sich an dem Stand von *Jupps Burger* an, der sich genau zwischen dem mit der Bratwurst und dem mit den Reibekuchen befand. Prompt schloss Frank zu ihr auf. »Jupps Burger?« Interessiert studierte er die Speisekarte. »Wo habe ich den Namen schon mal gehört?«

»Eher gesehen. Ich habe dir Fotos aus der Mall geschickt, an dem Tag, als ich mit Mama den Weihnachtsschmuck gekauft habe.« Auch Ricarda warf einen Blick auf die Karte, die für einen mobilen Imbiss erstaunlich vielfältig war.

»Das Zeug schmeckt also?«

»Vertrau mir.« Als sie an der Reihe war, bestellte sie sich einen Pulled-Beef-Burger mit rauchiger Barbeque-Soße und eine Portion Fritten.

Frank entschied sich für Pulled Turkey und bat, Ricardas Pommesportion einfach zu verdoppeln und mit der angebotenen Dip-Variation zu versehen und außerdem noch zwei Flaschen Cola dazu zu packen. Ehe sie protestieren konnte, hatte er auch schon für sie mitbezahlt.

Stirnrunzelnd musterte sie ihn von der Seite. »Wann habe ich dir denn erlaubt, mich einzuladen?«

Lachend nahm er ihren Burger entgegen und reichte ihn ihr. »Ich wusste nicht, dass ich dafür um Erlaubnis bitten muss. Zum Ausgleich kannst du mir gleich einen Glühwein kaufen.«

»Ach, das darf ich, ja?« Sie schnappte sich die beiden Colaflaschen und trug alles zu einem der Stehtische.

Frank folgte ihr mit seinem Burger und den Fritten. »Du hast die Erlaubnis«, witzelte er.

Hallo? Wau? Und ihr habt die Erlaubnis, mir bitte etwas von diesem lecker riechenden Essen abzugeben. Wuff. Habt ihr mich gehört? Naila bellte hell und reckte die Nase immer weiter in die Luft, bis sie schließlich nur noch auf ihren Hinterpfoten stand.

Ricarda kicherte. »Da scheint aber jemand Appetit zu haben.«

Aber hallo, und wie! Gebt mir bitte, bitte etwas ab.

»Möchtest du mal probieren?« Frank zupfte ein Stückchen Pulled Turkey aus seinem Burger und steckte ihn Naila zu.

Ja, gerne, vielen Dank. Mjam, das ist gut. Bitte mehr davon!

»O Mann, hab ich's nicht gesagt? Sie hat dich voll im Griff.« Erheitert schüttelte Ricarda den Kopf. »Burger sind doch kein Hundefutter.«

Da muss ich vehement widersprechen, sie sind sogar ein ausgesprochen leckeres Hundefutter. Oh, was ist das jetzt? Eine Fritte mit so einer weißen Soße? Probiere ich auch sehr gerne. Naila nahm vorsichtig von Frank eine Fritte mit Sour-Cream-Dip entgegen.

»Auf dem Weihnachtsmarkt ist so etwas erlaubt«, erklärte Frank mit einem schiefen Grinsen und biss in seinen Burger. »Hm, wirklich gut.«

»Ich weiß.« Grinsend probierte Ricarda ihren Burger und wurde nicht enttäuscht.

»Dürfen wir uns zu euch gesellen?« Elke und Otto traten an den Stehtisch, beide mit Currywurst und Fritten sowie je einer Flasche alkoholfreiem Bier bewaffnet. »Da drüben ist nirgendwo mehr Platz, und die Tische sind ja für alle Stände gemeinsam gedacht.« Elke stellte ihren Teller dicht neben dem von Ricarda ab. »Schmeckt es euch? Ich weiß nicht, wie das kommt, aber auf dem Weihnachtsmarkt ist immer alles ganz besonders gut.«

»Vielleicht liegt es einfach daran, dass wir mit Zucker und Weihnachtsgewürzen zugedröhnt sind.« Lachend stellte Otto seinen Teller neben dem von Patrick ab und nahm einen

Schluck von seinem Bier. »Ich bin immer wieder beeindruckt davon, wie viel man an einem Tag backen kann.«

»Wir waren wieder einmal in Höchstform.« Fröhlich gabelte Elke ein Stück Wurst auf und schob es sich zwischen die Lippen. »Hmmm!« Genießerisch verdrehte sie die Augen. »Aber allmählich wird die Küche zu klein für so viele Leute. Nachmittags ging es deutlich besser, als die Hälfte der Truppe mit dem Lebkuchendorf beschäftigt war. Das ist wunderschön geworden, nicht wahr? Ich bin total hingerissen. Sogar beleuchtet haben sie es mit kleinen Lichterketten. Da kommt man gar nicht in Versuchung, etwas zu naschen.«

»Wenn zwischen den Jahren die Plätzchen zur Neige gehen, sehen wir weiter.« Schmunzelnd griff Ricarda nach einer Fritte und kam dabei Frank ins Gehege. Als ihre Hände sich kurz berührten, zuckte sie zusammen – und ärgerte sich gleich darüber. Sie bemühte sich aber, sich nichts anmerken zu lassen. »Joel hat schon angedroht, dass er nächstes Jahr Playmobilfiguren haben will, die wir dann zwischen den Häusern aufstellen können. Als Nächstes werden dann Autos folgen und eine Modelleisenbahn, die rundum und quer hindurchfährt.«

»Nun übertreib mal nicht.« Elke kicherte. »Das wäre dann doch ein bisschen zu viel des Guten.«

»Wart's ab, und denk an meine Worte.« Erneut stieß Ricarda mit ihrer Hand gegen die von Frank. Als sie ihn daraufhin anblickte, lächelte er ihr mit einem Zwinkern zu, das besagte, dass er die Kollision diesmal ganz bewusst herbeigeführt hatte. Sie war sich nicht ganz sicher, was sie davon halten sollte, dass er sie so leicht durchschaute.

»Ach, Naila-Schätzchen, hast du auch Hunger? Magst du ein Stückchen Wurst?« Elke streichelte Naila am Kopf. »Das geht aber nicht. Currywurst ist viel zu scharf für dich.«

Das überlass doch bitte mir. Ich muss alles probieren! Auffordernd wedelte die kleine Pudeldame mit der Rute.

»Hier, nimm lieber noch eine Fritte.« Rasch hielt Ricarda Naila einen kleinen Leckerbissen hin, den diese sofort dankbar annahm.

Hm, ja, das geht auch. Danke, Ricarda-Frauchen!

»Aber mit mir schimpfen.« Amüsiert grinste Frank ihr zu. »Gib es zu, du bist genauso ein Softie wie angeblich ich.«

Ricarda räusperte sich verlegen, weil er sie ertappt hatte. »Ich finde es sehr gut, dass *Jupps Burger* alle Zutaten möglichst frisch verarbeitet und regionale Zulieferer hat.«

»Mhm.« Frank zupfte an einer ihrer Haarsträhnen. »Schon klar.«

»Das hört sich gut an«, nahm Otto den Faden auf. »Eure Burger sehen wirklich appetitlich aus. Beim nächsten Besuch auf dem Weihnachtsmarkt essen wir auch mal hier. Was meinst du, Elke?«

»Auf jeden Fall.« Elke hatte Franks kleine Geste gesehen und lächelte Ricarda warm an. Zu deren Überraschung kommentierte sie sie jedoch nicht, sondern wechselte das Thema. »Was meint ihr, ob wir heute schon ein paar Weihnachtsgeschenke finden? Man kann ja nicht früh genug mit dem Suchen anfangen. Ich muss unbedingt gleich mal zum Stand der Sozialstation. Dort verkauft Tim, ihr wisst schon, der Schreiner, der so tolle Möbel für Lukas und Patrick baut, wieder seine Holzspielzeuge und hoffentlich auch wieder diese zauberhaften Schaukelpferde. Ich weiß, Jakob ist noch viel zu klein dafür, aber ich will ihm trotzdem zu Weihnachten eins schenken.«

»Ist das nicht wirklich noch ein bisschen früh?« Ricarda nahm einen großen Schluck von ihrer Cola. »Ein Mobile oder so etwas wäre doch viel nützlicher.«

»Ach was, nützlich. Das Schaukelpferd verdirbt ja nicht, wenn es noch eine Weile herumsteht. Aber wer weiß, ob Tim sie zukünftig noch bauen wird. Wenn er irgendwann keine Lust mehr darauf hat, stehe ich dumm da.« Elke gestikulierte mit ihrer Gabel. »Da sorge ich doch lieber jetzt schon vor.«

»Soweit ich weiß, ist Tim immer sehr aktiv, wenn es darum geht, die Sozialstation zu unterstützen.« Diesmal achtete Ricarda darauf, sich nur Fritten zu nehmen, wenn Franks Hände anderweitig beschäftigt waren. »Und die Schaukelpferde sind derart beliebt, dass er bestimmt nicht so schnell aufhört, sie für den Weihnachtsmarkt zu bauen.«

»Ach, trotzdem. Lass mir doch den Spaß.« Liebevoll gab Elke ihr einen Klaps auf den Arm. »Frank, das Angebot, dir die Karten zu legen, steht immer noch. Natürlich nicht gerade hier, aber ich könnte ja mal bei Gelegenheit vorbeikommen, wenn es dir recht ist.«

Frank warf Ricarda einen vieldeutigen Blick zu. »Das ist nett von dir, aber momentan ist mein Haus noch nicht besonders gastlich eingerichtet. Darf ich darauf zurückkommen, wenn sich dieser Zustand geändert hat?«

»Aber sicher doch.« Elke strahlte ihn an. »Vielleicht ergibt sich ja auch noch eine andere Gelegenheit. Zum Beispiel bei einem Adventskaffee. Zum dritten Advent will Margit einen für die ganze Sippe veranstalten. Da bist du selbstverständlich auch herzlich eingeladen.«

»Wir werden sehen.« Frank sah sich um. »Mir scheint, die anderen sind mit Essen fertig. Sollen wir uns also allmählich ins Getümmel stürzen?«

***

Es wurde ein sehr fröhlicher Abend, den Frank in vollen Zügen genoss. Als Gruppe zogen sie von Stand zu Stand, betrachteten die mal mehr, mal weniger kitschigen Auslagen, den Weihnachtsschmuck, die angebotenen Köstlichkeiten, alberten herum, trafen auf alte Bekannte und ehemalige Klassenkameraden. Anfangs ließ er Ricarda eine Menge Raum, sich zu entspannen und ihm auch einmal auszuweichen. Er wollte sie nicht bedrängen, denn er wusste, dass er damit alles kaputt machen konnte. Erfreut stellte er fest, dass sie nach einer Weile ganz von selbst – und wie selbstverständlich – seine Nähe suchte, auch wenn sie zunächst noch den direkten Körperkontakt vermied. Doch das war in Ordnung, denn immerhin wollten sie ja herausfinden, ob sie trotz der unbestrittenen Anziehung, die zwischen ihnen bestand, weiterhin ihre alte Freundschaft aufrechterhalten konnten. Also lachten und witzelten sie zusammen und hatten eine Menge Spaß.

Eine Weile lauschten sie auch dem Konzert des Gospelchors, der im Zentrum des Weihnachtsmarktes auf einer Bühne auftrat. Da Frank wusste, dass Romantik ein rotes Tuch für Ricarda war – nicht weil sie sie wirklich ablehnte, sondern weil sie nicht zeigen wollte, wie empfindsam sie in Wahrheit war –, empfand er umso größere Überraschung, als sie ausgerechnet während des Gospelkonzerts zuließ, dass er nah hinter sie trat. Er blickte einfach nur still über ihre Schulter, und plötzlich lehnte sie sich leicht gegen ihn. Prompt machte sein Herz einen Satz. Schon war er versucht, seine Arme um ihre Mitte zu legen, doch er bremste sich. Sie sollte sich bei ihm sicher fühlen, und das schaffte er nur, wenn er ihr die Wahl ließ.

Als er kurz zur Seite sah, bemerkte er, dass Patricks Blick auf ihm ruhte. Also nickte er seinem Freund fast unmerklich zu, damit dieser wusste, dass die Botschaft angekommen war. Er stand unter strenger Beobachtung.

Vorsichtig beugte er sich ein wenig vor, um an Ricardas Ohr heranzukommen. »Ich wusste gar nicht, dass wir einen so guten Gospelchor in der Stadt haben.«

Er spürte, wie Ricarda leicht erschauerte, was seinem Puls erneut Grund gab, sich zu beschleunigen. »Der Chor hat sich erst vor ein paar Jahren gegründet. Ich glaube, sie haben dann extra für die Auftritte diese Bühne angeschafft. Die gab es ja früher nicht.«

»Stimmt, die Bühne kannte ich auch noch nicht.« Er behielt die neue Nähe bei, weil sie sich nicht dagegen sträubte. »Was stand denn früher an der Stelle? Ich kann mich nicht erinnern.«

Ricarda hob ein wenig die Schultern. »Imbissstände. Der Stadtrat hat vor einigen Jahren den gesamten Weihnachtsmarkt umstrukturiert und auch ein bisschen vergrößert. Am selben Platz wie früher steht nur noch das Karussell, glaube ich. Aber ich finde, jetzt ist alles viel stimmiger.«

»Ja, da hast du recht. Alles ist irgendwie geordnet und heimelig.« Langsam ließ er seinen Blick schweifen. »Was ist eigentlich da drüben in dem Zelt? *Jana Weißmüller – Art in Glass?* Wer ist Jana Weißmüller?«

»Die müsstest du aber noch kennen. Sie war mit Viola in einem Jahrgang und ist jetzt eine erfolgreiche Glaskünstlerin. Sie besitzt auch einen eigenen Laden und stellt hin und wieder in einer Galerie in Köln aus. Sie macht ganz außergewöhnliche Sachen aus Glas, von Ketten über Verlobungsringe bis hin zu ausgefallenen Vasen und Skulpturen. Auch Weihnachtsschmuck bietet sie jedes Jahr an. Schweineteuer, aber wunderschön.«

»Verlobungsringe aus Glas?«

Ricarda nickte nur. »Die sind wohl aus einer besonderen Glaslegierung oder so, die nicht leicht zerkratzt oder kaputtgeht. Irgendwann hat sie mir das mal erklärt. Na ja, wem's gefällt.«

»Dir nicht?«

Sie lachte. »Darüber habe ich mir noch nie Gedanken gemacht. Braucht man so was überhaupt? Ich meine, man ist ja normalerweise eh nicht so ewig verlobt, und dann heiratet man, und was macht man dann mit dem Verlobungsring? Er kommt in die Schmuckschatulle und ward nicht mehr gesehen.«

»Also kein Verlobungsring für die Prinzessin.« Er hielt den Atem an, denn ihm waren die Worte herausgerutscht, bevor er sich hatte stoppen können.

Ricarda blieb völlig ruhig. »Korrekt. Und wenn du noch einmal Prinzessin zu mir sagst …«

Er beugte sich noch ein wenig weiter über ihre Schulter. »Was dann?«

Sie drehte den Kopf, sodass sich ihre Blicke trafen. »Das muss ich noch überlegen, aber du kannst dir sicher sein, dass es für dich äußerst schmerzhaft ausgehen wird.«

Er lächelte, erleichtert, dass sie auf ihn einging, ohne sich zu verschließen. »Das Risiko gehe ich ein.«

»Wie du meinst. Aber sag hinterher nicht, ich hätte dich nicht gewarnt.«

Sagt mal, wie lange stehen wir eigentlich noch hier? Können wir nicht noch mal ein bisschen herumwandern? Das fand ich interessanter. Naila bellte und stellte sich an Ricardas Bein hoch.

»Hey, ihr Turteltäubchen, kommt ihr mit?« Lukas winkte ihnen zu. »Wir wollen uns einen Glühwein genehmigen. Oder auch zwei oder drei.«

»Aber klar doch.« Frank nahm ganz beiläufig Ricardas Hand. »Jetzt darfst du mich einladen.«

»Wie großzügig von dir, mir das zu erlauben.« Ricarda schielte nur ganz kurz auf seine Hand, die ihre umfasst hielt, und verflocht sogar ihre Finger mit seinen.

»Du hast damit angefangen.« Lächelnd bedeutete er ihr, sich den anderen anzuschließen, die bereits auf halbem Weg zum Glühweinstand waren.

Oh, gut, endlich kommt wieder Bewegung in die Sache. Vielleicht wird es jetzt wieder interessanter. Moment mal, was ist das denn? Habe jetzt nur ich das gesehen? So kleine Leute … Sind das Menschen? Dafür sind sie aber eigentlich nicht groß genug. Kinder vielleicht? Mit so spitzen Mützen auf dem Kopf? Was machen die denn hier? Die sehen aber lustig aus. Komisch, wohin sind sie denn jetzt verschwunden? Ich könnte schwören, der eine hat mir eben zugewinkt. Mal sehen, ob ich ihn gleich noch mal entdecke. Dann muss ich ihn fragen, wer oder was er ist.

***

Nachdem abgesprochen war, wer fahren musste und wer Alkohol trinken durfte, dauerte es nicht lange, bis alle aus der Gruppe mit Getränken versorgt waren. Frank war mit Ricarda in seinem Wagen gekommen, deshalb probierte er den alkoholfreien Glühwein, der laut einem großen Schild dieses Jahr zum ersten Mal angeboten wurde. Ricarda entschied sich für einen *Nikolausschmaus mit Mütze*, einem schon seit Generationen stadtbekannten Getränk, das aus heißem Amaretto vermischt mit einer streng geheimen Gewürzmischung und einer Haube aus gesüßter Schlagsahne bestand.

Nachdem sie alle miteinander angestoßen hatten, nahm Ricarda gleich einen großen Schluck von dem Gebräu und stieß dabei natürlich mit der Nasenspitze mitten in die Sahnehaube. Bevor Frank womöglich auf die Idee kommen konnte, ihr die Sahne wegzuwischen – oder Schlimmeres –, zog sie ein Taschentuch aus der Manteltasche und rieb damit über ihre Nase. »Wow, das Zeug ist wieder mal genial.« Vorsichtig nahm sie noch einen Schluck und gleich einen dritten. »Lecker!«

»Immer langsam.« Sachte stieß Frank sie mit dem Ellenbogen an. »Wenn ich mich recht entsinne, ist das Zeug ziemlich stark.«

»O ja, ist es.« Sie grinste breit. »Mal probieren?« Auffordernd hielt sie ihm ihren Becher hin.

»Klar.« Er nahm einen winzigen Schluck. »Puh, der hat es aber in sich. Zwei davon und du tanzt auf dem Tisch.«

»Dann nehme ich drei.« Schon hatte sie den Becher zur Hälfte geleert. Der Alkohol machte sich unverzüglich auf den Weg durch ihren Körper. Sie fühlte sich wohl. Viel besser, als sie zunächst befürchtet hatte. Doch der Tag war alles in allem sehr schön gewesen. Ein bisschen beängstigend war die Sache mit ihrer Familie am Mittag gewesen, aber letztlich war es gut gewesen, alle einzuweihen. So mussten sie tatsächlich nicht ständig so tun, als wäre nichts. Abgesehen davon schien sie mit Frank weiterhin so auszukommen, wie sie es gewohnt waren. Zumindest solange er ihr nicht allzu nahe kam. Doch er machte es ihr leicht, sich zu entspannen und in seiner Gegenwart wohlzufühlen. Früher war sie ja auch mit dem Kribbeln im Bauch und all den Begleiterscheinungen zurechtgekommen, die Verliebtsein mit sich brachte. Dass er diesmal darauf einging und offenbar ebenfalls etwas für sie empfand, was über Freundschaft hinausging, würde sie schon irgendwie verkraften. Heute wollte sie nicht mehr darüber nachdenken.

Entschlossen leerte sie ihren Becher und leckte sich über die Lippen. »Das schreit nach mehr.« Schon wollte sie um ein Auffüllen ihres Bechers bitten, doch Frank griff unvermittelt nach ihrer Hand. »Warte mal. Was ist das?«

»Was ist was?« Irritiert beobachtete sie, wie er ihr den Becher abnahm und umdrehte.

»Da klebt etwas unter deinem Becher.«

Schon fummelte er daran herum.

»Das sind Überraschungslose«, erklärte Frieda, die Inhaberin des Getränkestands. Sie war eine nur knapp mittelgroße, leicht mollige Mittfünfzigerin mit langen, hennarot gefärbten Haaren, die sie zu einem Pferdeschwanz zusammengebunden hatte. Sie trug Jeans und eine schwarze Lederjacke mit aufgedrucktem Drachen. Ihr Mann, ein schlaksiger Endfünfziger von eins neunzig Körpergröße, mit grauem Pferdeschwanz und zu der seiner Frau passenden Lederjacke, bediente weitere Gäste auf der anderen Seite des Glühweinstands. Frieda deutete auf das quadratische Glückslos, das Frank inzwischen vom Boden des Bechers abgezogen hatte. »Jedes Los ist ein Gewinn. Das hat sich die Stadt zusammen mit den Standbesitzern dieses Jahr ausgedacht. Was ihr gewonnen habt, könnt ihr da vorne auf der Tafel nachsehen. Jeder Gewinn hat eine Nummer.«

»Wie cool!« Joel, der Friedas Worte mitgehört hatte, schaute vorsichtig unter seinen Becher mit alkoholfreiem Apfelpunsch. »Ich hab eine Drei. Jessica, was hast du für ein Los? Guck mal unter deinen Becher. Nein, pass auf, nicht auskippen!«

Ringsum wurde gelacht.

Jessica trank ihren Punsch erst aus, bevor sie den Becher drehte. »Auch eine Drei.«

»Lass mal nachsehen, was die Drei ist.« Joel zog seine Schwester mit zu der Tafel neben dem Getränkestand. »Boah, zehn Freilose am Losstand. Wie geil!«

»Hoffentlich gewinnt ihr nicht wieder so eine hässliche Stoffschlange mit Styroporfüllung wie auf dem Ostermarkt.« Angelique schüttelte sich übertrieben. »Oskar hat das blöde Ding zerlegt. Ich finde heute noch manchmal beim Staubsaugen ein paar von diesen kleinen Kügelchen. Grauenhaft!«

Wieder erklang ringsum Gelächter, dann sahen alle nach, welche Losnummer unter ihren Bechern klebte.

»Ein Gutschein für Janas Glaskunst!« Laura strahlte. »Wie toll, dann kann ich ja mal nachsehen, ob ich etwas Schönes fürs Kinderzimmerfenster finde.«

Elke quietschte auf. »Nein, wie drollig! Ein Besuch im Zelt der Wahrsagerin.«

Ricarda prustete. »Madame Loretta. Legt die nicht auch Tarotkarten? Da kannst du ihr vielleicht noch was beibringen.« Sie wandte sich an Frank. »Nun sag schon, was habe ich denn gewonnen?«

»Du hast eine Eins.« Er grinste so breit, dass sie misstrauisch wurde.

»Was in aller Welt ist die Eins?«

Noch ehe sie sich zu der Tafel durchgekämpft hatte, vernahm sie lautes Gelächter ringsum. »O mein Gott, so schlimm?«

»Nein, nicht schlimm, Ricarda.« Viola hakte sich kichernd bei ihr unter. »Toootal passend für dich. Du wirst es lieben.«

Argwöhnisch kniff sie die Augen zusammen und trat an die Tafel. »O Mann.« Sie lachte. »Wer will mit mir tauschen?«

»Niemand.« Viola prustete.

»Kommt schon. Irgendwer?« Sie fasste sich an die Stirn.

»Das ist doch albern.« Sie hatte eine Runde auf dem Karussell gewonnen. Eine Pärchenrunde. Das bedeutete eine gute Viertelstunde kitschiges Karussellfahren bei schnulziger Musik.

»Nein, wir tauschen wirklich nicht mit dir.« Viola küsste sie auf die Wange. »Weil wir anderen nämlich eh vorhatten, mit dem Karussell zu fahren. Im Gegensatz zu dir bezahlen wir sogar gerne dafür.«

Wieder lachten alle.

Ricarda schüttelte sich. »Nein, also das ist doch echt nicht wahr. Warum gewinne ausgerechnet ich so einen Blödsinn?« Skeptisch musterte sie ihre grinsenden Geschwister. »Habt ihr das eingefädelt?«

»Nein, ganz sicher nicht.« Justus lachte laut auf. »Woher sollten wir denn wissen, dass Frieda die Lose verteilt? Da musst du jetzt durch.«

»Nein, muss ich nicht.« Ricarda drehte sich zu Frank um. »Gib mir das Los. Ich verschenke es.«

»Nein, tust du nicht.« Er hielt das Los außerhalb ihrer Reichweite.

»Doch, tue ich.«

»Feigling.«

Mitten in der Bewegung hielt sie inne. »Fang nicht wieder damit an!«

»Warum? Hast du jetzt wirklich einen Flashback? Komm schon, sei kein Frosch.« Lächelnd verstaute Frank das Los in der Innentasche seiner Jacke. »So fürchterlich kann eine Runde auf dem Karussell doch wirklich nicht sein. Ich bin das letzte Mal damit gefahren, als …«

»Als du mich dazu gezwungen hast. Damals.« Sie stemmte die Hände in die Seiten. »Glaubst du wirklich, ich würde noch mal mit dir fahren?«

»Mit wem denn sonst?«

Grimmig verzog sie die Lippen. »Es findet sich bestimmt irgendein Freiwilliger.«

Franks Miene wechselte von erheitert zu ernst. »Du würdest lieber mit einem wildfremden Mann fahren als mit mir?«

Verlegen wich sie seinem Blick aus. »Am liebsten würde ich gar nicht mitfahren.«

»Was ist denn so schlimm daran? Jetzt mal im Ernst.« Sanft berührte er sie an der Schulter.

Ehe ihr darauf eine Antwort einfallen konnte, hielt Viola ihr den frisch aufgefüllten Getränkebecher vor die Nase. »Hier, bitte sehr, ein neuer Nikolausschmaus für die glückliche Gewinnerin. Komm, runter damit, danach bist du bestimmt nicht mehr so abgeneigt, den Gewinn einzulösen.« Sie zwinkerte Ricarda übertrieben zu und reichte dann auch Frank einen neuen Becher. »Alkoholfreier Glühwein für dich.«

Sie stießen alle noch einmal an, und die Gespräche wandten sich für eine kurze Weile anderen Themen zu. Ricarda beteiligte sich übereifrig an einer Diskussion zwischen Laura, Viola und Lukas über die Notwendigkeit von Adventskalendern, die natürlich hier auf dem Weihnachtsmarkt in Hülle und Fülle – und allen möglichen Variationen – angeboten wurden. Dabei vertrat sie vehement den Standpunkt, ohne einen Adventskalender nicht auszukommen. »Es kann auch ein ganz einfacher mit diesen Minischokolädchen sein«, bekräftigte sie gerade, als Frank schweigend hinter sie trat. »Ganz egal, aber ich muss jedes Jahr einen haben. Das ist wohl so eine Art Trauma, weil Patrick und ich als Kinder fast nie einen hatten. Bis auf das eine Mal, als wir zwei aus einem Supermarkt geklaut haben. Und einmal haben wir welche im Müll gefunden. Die waren zwar kaputt, und wir haben den Inhalt sicherheitshalber nicht gegessen, aber wir haben jeden Tag ein Türchen aufgemacht. Dann sind wir adoptiert worden, und seitdem haben wir immer einen Kalender bekommen.«

»Mama hat sich damit immer viel Mühe gemacht und sie selbst gebastelt und befüllt«, bestätigte Justus. »Sie muss sich schon Wochen im Voraus Gedanken gemacht haben, was sie für jeden von uns an jedem einzelnen Dezembertag in den Kalender packt.«

Gegen das beschleunigte Pochen ihres Herzens, als Frank ihr locker einen Arm um die Mitte legte, konnte Ricarda beim besten Willen nichts ausrichten, also fand sie sich einfach damit ab.

»Ich hatte immer so einen einfachen Schokoladenkalender.« Seine Stimme klang rau und ließ ihre Ohrmuschel geradezu vibrieren, dabei gab er sich diesmal gar keine Mühe, sich ihr übermäßig zu nähern. »Das hat mir immer gereicht. Irgendwann war ich dann zu alt und wohl auch zu cool dafür. Mit vierzehn, fünfzehn, glaube ich.«

»Für einen Weihnachtskalender ist man niemals zu cool oder zu alt.« Sicherheitshalber nahm Ricarda sich Violas Rat zu Herzen und trank einen Schluck von ihrem Nikolausschmaus. Die Wärme breitete sich sogleich wieder großflächig von ihrem Magen in ihren gesamten Körper aus. Das Zeug war wirklich verflixt stark. Sie trank nur selten mehr als einen Becher, weil sie Angst hatte, ihre Hemmungen – und damit auch die Kontrolle über sich – zu verlieren. Nach einem weiteren Schluck spürte sie, wie ihr der Alkohol in den Kopf stieg, und stellte den Becher entschlossen auf dem nächsten Stehtisch ab.

»Also ich weiß nicht, was ihr jetzt macht, aber ich will aufs Karussell.« Angelique stellte ihren Becher neben den von Ricarda. »Danach muss nämlich unser Goldschatz dringend ins Bett.« Sie streichelte liebevoll ihrem Sohn über das mützengeschützte Köpfchen. Inzwischen hatte Patrick ihn übernommen und trug ihn in dem Tuch vor seinem Bauch. »Wer ist dabei?« Sie zwinkerte Ricarda zu. »Mal abgesehen von denen, die mitfahren *müssen.*«

»Ich muss überhaupt nichts.« Beiläufig drehte Ricarda sich um und schob unbemerkt ihre Hand unter Franks Jacke. Nur einen Augenblick später erhaschte sie das Los in der Innentasche. »Ha!« Triumphierend hielt sie es in die Höhe, und alle lachten. »Das war's mit der blöden Karussellfahrt.« Sie zerknüllte das Los hastig zu einem winzigen Kügelchen und warf es in hohem Bogen über den Getränkestand hinweg. »Ätsch.« Sie grinste Frank an, stutzte aber, als er völlig gelassen etwas Gelbes aus der Gesäßtasche seiner Jeans zog und ihr vor die Nase hielt.

»Glaubst du wirklich, du könntest mich überlisten, Prinzessin?«

Als sie die aufgedruckte Eins auf dem gelben Los sah, kräuselte sie die Lippen. »Du hast mich reingelegt!«

»Und du hast mich gerade um einen Gutschein von *Jupps Burger* gebracht. Das nächste Essen dort geht also definitiv auf dich.« Rasch zog er seine Hand mit dem Los zurück, bevor sie es zu fassen bekam.

Wieder brandete Gelächter auf, ebenso wie milde Frotzeleien, die Ricarda stoisch hinnahm. »Einen Versuch war es wert.« Sie lächelte leicht. »Dann lasst uns halt endlich losgehen, umso schneller ist der Quatsch vorbei.«

***

Auf dem Dach des Glühweinstands, verborgen zwischen dem Namensbanner und einer voluminösen Tannendekoration, saßen Elf-Zwei und Elfe-Acht, grinsten einander verschwörerisch zu und gaben sich ein High Five.

***

Als sie das Karussell erreichten, lief gerade eine Runde, sodass sie warten mussten. Klaus, der Inhaber des Fahrgeschäfts, freute sich sichtlich, als er die Gruppe auf sich zukommen sah. Fröhlich begrüßte er alle mit Handschlag und vergaß dabei auch nicht, die Hunde mit Streicheleinheiten zu versorgen.

Frank erinnerte sich noch von früher an den inzwischen Mittsechziger, der unter anderem auch im örtlichen Heimat- und Geschichtsverein Mitglied war und mit Franks Vater eine langjährige Freundschaft pflegte. Als er Frank erblickte, ging ein Strahlen über sein Gesicht. »Das gibt es doch nicht! Bist du das wirklich? Meine Güte, Frank Hellberger, wie lange ist das her!« Überschwänglich schüttelte er Franks Hand und klopfte ihm gleichzeitig auf die Schulter. »Du bist erwachsen geworden. Dein Vater hat mir verraten, dass du die Kanzlei übernimmst. Meine Güte, kaum zu glauben, dass du ein erfolgreicher Anwalt bist. Sogar mit Auslandserfahrung. Mir kommt es vor, als wäre es erst gestern gewesen, als du und Patrick euch herumgetrieben und Unfug angestellt habt.« Sein Blick wanderte zu Patrick, der sich gerade lachend mit Joel und Jessica zankte. »Und nun sieh ihn sich nur mal einer an. Drei Kinder, eine tolle Frau. So ein Glückspilz.« Lächelnd wandte er sich wieder Frank zu. »Ich nehme an, ihr wollt alle zusammen als Nächste auf meinem alten Schätzchen mitfahren.«

»Das hat uns vorgeschwebt, ja.« Frank grinste in Ricardas Richtung. »Insbesondere, weil wir eine Losgewinnerin unter uns haben.«

»Tatsächlich? Wie schön, das ist die erste heute. Wer hat denn gewonnen?« Er lachte laut auf, als alle Umstehenden auf Ricarda zeigten. »Nein, also so etwas! Du armes Mädchen. Ausgerechnet dich hat die Glücksfee bedacht?«

»Hier ist der Beweis.« Frank hielt Klaus das Los hin, brachte es aber schnell in Sicherheit, bevor Ricarda es sich schnappen konnte. »Sie ist ein bisschen genervt.« Nachdem sie es aufgegeben hatte, nach dem Los zu greifen, reichte er es an Klaus weiter. »Sie hätte aber trotzdem gerne eine Gondel für zwei.«

Klaus rieb sich amüsiert übers Kinn. »Ihr beide, ja? Kann es sein, dass mich gerade ein Déjà-vu ereilt? Wie lange ist das her? Fast zwanzig Jahre, oder?« Er tätschelte Ricardas Schulter. »Mädchen, ganz ehrlich, damals hast du genauso ein Gesicht gezogen wie jetzt. Wenn du nicht mitfahren willst, kann ich den Gewinn auch jemand anderem …«

»O nein, sie will mitfahren«, unterbrach Frank ihn rasch. »Unbedingt sogar.«

»Ach ja?« Skeptisch musterte Klaus Ricarda, die daraufhin zögernd nickte.

»Schon gut, die Viertelstunde werde ich wohl überleben. Du hast nicht zufällig ein bisschen Rockmusik von Nickelback in deinem Computer?«

Klaus schüttelte mit einem bedauernden Lächeln den Kopf. »Ich glaube nicht. Das wäre auch nicht ganz salonfähig für den Weihnachtsmarkt, oder? Auf der Kirmes ist das was anderes, aber selbst da hat bisher noch nie jemand nach Rockmusik verlangt.«

»Wir wollen nicht mitfahren.« Jessica schob sich neben Frank. »Joel und ich passen auf die Hunde auf. Wir sind ja auch in niemanden verliebt oder so.«

Klaus lachte wieder. »Na gut, das ist ein Argument. Und fürs Verlieben habt ihr ja noch eine Menge Zeit. Dann schnappt euch mal die Hundeleinen. Ich muss zurück in meine Schaltzentrale. Die aktuelle Runde ist in fünf Minuten vorbei.«

Da die anderen sich inzwischen Tickets besorgt hatten, warteten sie nun geduldig, bis das letzte Lied der jetzigen Runde zu Ende ging.

Ricarda seufzte. »Zumindest bleibt mir *Last Christmas* erspart, weil das eben schon gelaufen ist.«

***

Tja, hm, was machen wir denn jetzt hier? Dieses Karussell-Dingsbums sieht ja ganz lustig aus, aber allmählich werde ich müde. Lizzy ist auch schon ganz erschöpft und gähnt dauernd, und Oskar hat sich sogar da vorne hingelegt, wo Joel sich mit seiner Leine auf die Stufe vor dem Karussell gesetzt hat. Vielleicht sollte ich mir auch mal ein Plätzchen suchen, an dem ich ein Nickerchen halten kann. Aber irgendwie wird mir das doch zu kalt. Solange wir herumlaufen oder ich mit Schauen und Schnüffeln beschäftigt bin, stört mich das kaum, aber jetzt, wo ich so müde bin, bibbere ich bestimmt ganz schnell, wenn ich mich auf den kalten Boden lege. Also gehe ich lieber ein bisschen auf und ab und inspiziere diesen Bretterzaun hier. Sieht ganz witzig aus mit den ganzen Tannengirlanden und Lichtern. Gut, dass Herrchen heute die Flexileine mitgenommen hat, da kann ich ein bisschen weiter herumstromern. Jessica hält die Leine ja im Moment, aber sie schmust mit Miss Daisy. Dann schaue ich halt wirklich mal, was es hier Interessantes zu entdecken gibt. Vielleicht hinter diesem Weihnachtsbaum? Huch! Wer ist das denn?

»Hallo, Naila.« Elf-Siebzehn trat hinter dem bunt geschmückten Weihnachtsbaum hervor und sah sich vorsichtig um, ob auch niemand ihn bemerkte. Normalerweise konnten die Menschen Elfen nicht sehen, aber es gab hin und wieder Ausnahmen. Insbesondere Kinder hatten manchmal die Eigenschaft, Elfen als das zu erkennen, was sie waren. »Bitte erschrick nicht. Mein Name ist Elf-Siebzehn, ich bin ein Weihnachtself.«

Ein was? Ich habe keine Ahnung, was ein Weihnachtself ist. Aber ich habe dich, glaube ich, vorhin schon mal gesehen. Neugierig tappte Naila auf den Elf zu und schnupperte an ihm.

»Wir Elfen sind die Helferinnen und Helfer von Santa Claus. Vielleicht hast du schon mal von ihm gehört. Er wird von den Menschen auch Weihnachtsmann genannt.«

Naila setzte sich hin und legte den Kopf schräg. *Weihnachtsmann? Keine Ahnung. Kann sein, dass ich das Wort schon mal gehört habe. Wer ist das denn?*

»Der Weihnachtsmann ist eine sehr wichtige Person.« Elf-Siebzehn setzte eine ernste Miene auf. »Er ist ein weihnachtlicher Glücksbote für die Menschen, genau wie das Christkind. Sie helfen den Menschen, die wahre Botschaft von Weihnachten zu begreifen. Du weißt doch, was Weihnachten ist?«

Ich glaube schon. Mein früheres Herrchen hat mir davon erzählt, und mein Ricarda-Frauchen und Frank-Herrchen reden auch oft darüber und über Weihnachtsschmuck und so. Und das hier alles, wo wir gerade sind, nennt sich Weihnachtsmarkt, also hat Weihnachten offenbar ganz viel mit Menschen und Musik und leckerem Essen zu tun. Und mit Lichtern und Lärm und lauter ulkigen bunten Kugeln und Sternen und so glänzendem Flitterzeug.

Elf-Siebzehn lachte. »So könnte man es zusammenfassen, zumindest aus Hundesicht. Aber hinter dem Weihnachtsfest steckt noch viel, viel mehr. Vielleicht komme ich bei Gelegenheit mal bei euch vorbei und erzähle dir davon.«

Das wäre aber nett von dir.

»Dann ist das abgemacht. Im Augenblick bin ich allerdings wegen etwas anderem hier. Nun ja, es hat schon etwas mit Weihnachten zu tun, um genau zu sein. Santa Claus hat nämlich eine Bitte an dich.«

An mich? Ich kenne ihn doch überhaupt nicht.

»Das ist richtig, aber er kennt dich und auch Frank und Ricarda und Lizzy und Oskar und Miss Daisy. Du kannst deine drei neuen Hundefreunde gerne fragen, sie werden es dir bestätigen, weil sie nämlich auch schon mit Santa Claus zusammengearbeitet haben.«

Zusammengearbeitet? Jetzt wird es aber spannend. Was haben sie denn gemacht?

Elf-Siebzehn sah sich noch einmal um und winkte Naila, noch etwas näher an den Baum heranzugehen. »Sie haben Santa Claus geholfen, ganz wichtige Weihnachtswünsche ihrer Menschen zu erfüllen. Dazu sind wir nämlich auch da, der Weihnachtsmann und wir Elfen. Wir erhalten jedes Jahr unzählige große und kleine Wünsche der Menschen. Meistens der Kinder, aber immer wieder wenden sich auch Erwachsene an uns und äußern ihre Herzenswünsche.«

Und ihr erfüllt sie dann?

»Ganz genau. Wir tun zumindest unser Bestes. Manche Wünsche sind natürlich so groß, dass es ein bisschen dauert, bis wir alle Hebel in Bewegung gesetzt haben, um sie zu erfüllen. Nun ja, und vor vielen Jahren ist bei so einem Versuch, Wünsche zu erfüllen, Santa Claus ein Fehler unterlaufen.«

Was denn für ein Fehler? Neugierig stellte Naila die Ohren auf.

»Ein ziemlich prekärer Fehler war es sogar, aber wirklich nicht mit Absicht. Selbst der Weihnachtsmann kann ja mal etwas falsch machen. Ihm haben einfach ein paar wichtige Informationen gefehlt, deshalb hat er versehentlich deinen beiden Lieblingsmenschen Kummer bereitet.«

Das hört sich aber schlimm an. Nun legte Naila die Ohren an. *Ich will nicht, dass meine Menschen traurig sind.*

»Das kann ich gut verstehen. Dieses Jahr will Santa Claus seinen Fehler von damals wiedergutmachen. Das schafft er aber nicht alleine. Und da kommst du ins Spiel. Sag, Naila, wie gern hast du Ricarda?«

Zur Antwort wedelte Naila heftig mit der Rute. *Ricarda ist wunderbar. Mein Lieblings-Lieblings-Lieblingsfrauchen. Sie ist zwar meistens ziemlich streng mit mir und lässt sich überhaupt nicht leicht von mir beeinflussen. Es muss immer nach ihren Wünschen gehen. Aber das ist gar nicht schlimm, weil ich dann auch immer weiß, was sie von mir will und was ich darf und was nicht. Außerdem ist sie total lieb und schmust gerne mit mir, und wir spielen auch miteinander. Sie hat sogar gesagt, dass sie mir irgendwann mal ein paar Tricks beibringen will. Ich weiß nicht genau, was sie damit meint, aber es klingt lustig. Alles, was wir zusammen machen, ist toll.*

»Das ist ja wunderbar.« Elf-Siebzehn strahlte. »Und Frank? Magst du den auch so gern?«

Anfangs nicht so, da war ich ein bisschen unsicher, was ich von ihm halten soll. Er ist nicht so konsequent wie Ricarda-Frauchen, und ich kann ihn total leicht um meine Pfote wickeln. Aber er ist sehr lieb und tut fast alles, was ich von ihm will. Na ja, im Austausch tue ich dann natürlich auch etwas für ihn. Aber natürlich nur, wenn mir danach ist. Ich habe ja auch meine Pudelehre. Naila schnaubte bekräftigend. *Also ja, ich mag ihn auch sehr gerne. Zusammen mit Ricarda ist er mir am allerliebsten. Ich habe beschlossen, dass er mein Herrchen sein darf, wenn Ricarda mein Frauchen ist.*

»Sehr schön.« Wieder lachte der Elf. »Ich sehe schon, wir sind bei dir an der richtigen Adresse. Wahrscheinlich wirst du schon bemerkt haben, dass Ricarda und Frank gute Freunde sind.«

Natürlich. Es ist immer so toll, wenn wir alle zusammen sind. Leider wohnt Ricarda-Frauchen nicht mehr bei uns. Dabei ist sie schon mal bei uns eingezogen, als Frank so lange weg war. Aber als er zurückgekommen ist, war sie plötzlich wieder weg. Ich sage dir, ich war ziemlich sauer auf ihn. Wie kann er einfach Ricarda wegschicken?

Elf-Siebzehn streichelte Naila beschwichtigend über den Kopf. »Er hat sie nicht weggeschickt. Sie ist von sich aus gegangen. Die beiden sind nicht nur Freunde. Sie ... Nun ja, die Menschen sind in dieser Hinsicht kompliziert, weißt du. Wenn tiefe Gefühle im Spiel sind, wird es manchmal sehr schwierig für sie. Und für uns natürlich auch, wenn wir ihnen helfen wollen.«

Aha. Und ihr wollt jetzt, dass ich auch irgendwie helfe? Aber bei was und wie?

»Da hat Santa Claus zusammen mit Elfe-Sieben einen Plan geschmiedet. Wenn du einverstanden bist, erkläre ich ihn dir, solange deine Menschen mit dem Karussell fahren.«

Gut, ich höre zu. Bin ja mal gespannt, was dieser Weihnachtsmann sich ausgedacht hat. Und Elfe-Sieben? Warum habt ihr denn alle nur Nummern? Besitzen Weihnachtselfen keine Namen?

»Doch, selbstverständlich haben wir alle Namen.« Elf-Siebzehn kicherte. »Aber weißt du, die Elfensprache ist sehr kompliziert, deswegen sind unsere Namen äußerst schwer auszusprechen. Selbst Santa Claus verhaspelt sich dabei ständig, dabei haben wir ihm schon so viele Unterrichtsstunden in Elfisch gegeben. Irgendwann hat er aufgegeben und beschlossen, uns einfach durchzunummerieren. Wir waren einverstanden, denn so eine Nummer ist allemal schöner als ein Name, der ständig falsch ausgesprochen wird.«

Aha, das ist natürlich verständlich. Danke, dass du mir das erklärt hast. Was ist denn nun dieser Plan, den ihr euch ausgedacht habt?

»Ja, also pass auf, das erkläre ich dir jetzt ganz genau.«

16. Kapitel

»Nach dir, Prinzessin.« Ganz Gentleman, ließ Frank Ricarda den Vortritt, als sie zu einer der altmodischen Pferdekutschengondeln gingen, in denen überraschend viel Platz war. Auf der Sitzbank lagen weiche Kissen, und Klaus hatte ihnen eine dunkelblaue Wolldecke mitgegeben, für den Fall, dass ihnen sonst zu kalt würde.

Umständlich kletterte Ricarda in die Gondel und setzte sich. Stirnrunzelnd sah sie sich um. »Sah es hier früher anders aus?«

»Keine Ahnung.« Frank ließ sich neben ihr nieder und breitete die Decke über ihren Beinen aus. »Ist schon ziemlich lange her. Allerdings hast du beim letzten Mal auch gar nicht in einer Gondel gesessen, wenn ich mich recht entsinne, sondern auf einem der Kutschböcke. Ich glaube, es war der rote da vorne.« Er deutete auf das Gefährt zwei Plätze vor ihnen. »Du hast geschmollt, also glaube ich kaum, dass du dich noch besonders gut an Details erinnern kannst.«

»Ich habe nicht geschmollt.« Halb erheitert, halb verärgert stieß sie ihm den Ellenbogen in die Rippen. »Ich schmolle nie, das ist albern. Ich war nur ziemlich genervt.«

»Wie auch immer.« Beiläufig legte Frank seinen Arm auf die Rückenlehne hinter Ricarda. »Es wäre aber schön, wenn du heute nicht mehr ganz so genervt wärst wie damals.«

»Ich gebe mir Mühe.« Seufzend blickte Ricarda auf ihre Armbanduhr und dann hinüber zum Marktgelände. »Es ist immer noch ganz schön was los.«

»Stimmt.« Frank folgte ihrem Blick. Der Weihnachtsmarkt war nach wie vor von fröhlichen Menschen jeglicher Herkunft bevölkert. Gelächter und Rufe mischten sich mit der bunten Kaskade an deutschen, englischen und französischen Weihnachtsliedern, die aus den versteckten Lautsprechern schallten. Der bunte Weihnachtsschmuck glänzte im Schein unzähliger Lichterketten, Lampions, Lämpchen und Laternen. »Es fehlt nur der Schnee.«

Ricarda nickte versonnen. »Es geht aber auch ohne, solange es so kalt ist. Ich mag die Stimmung und Atmosphäre hier so gerne. Unser Weihnachtsmarkt ist einfach der schönste weit und breit. Da kommen die großen Märkte in Köln oder Aachen oder wo auch immer nicht mit, finde ich.«

»Die in Amerika auch nicht.« Lachend rückte Frank ein wenig hin und her, um eine bequemere Sitzposition zu finden. »Dort ist alles ziemlich mit Kitsch überladen. Manchmal bis zur Schmerzgrenze. Zumindest für einen unbedarften Mitteleuropäer.«

»Kann ich mir vorstellen.«

»Aber nun sag bloß, ich habe dich gerade bei einer romantischen Anwandlung erwischt, Prinzessin.«

Erstaunt sah Ricarda ihn an. »Nein, gar nicht. Ich mag einfach Weihnachten und diesen Weihnachtsmarkt. Was hat das mit Romantik zu tun?«

»Für mein Dafürhalten eine ganze Menge.«

Sie schüttelte den Kopf. »Mit Nostalgie vielleicht.«

»Damit wohl auch«, stimmte er zu.

»Der Weihnachtsmarkt war das zweite Stadtfest nach der Kirmes, auf das Patrick und ich zusammen mit unseren Adoptiveltern gegangen sind. Es war für uns immer noch so unwirklich, dass wir einfach nur Kinder sein durften. Dass Mama und Papa für das Vergnügen, gebrannte Mandeln oder

Zuckerwatte zu essen, einfach so bezahlt haben. Oder für die Losbude. Ich weiß noch, dass ich damals ein Mousepad mit Duffy Duck darauf gewonnen habe.«

»An das Ding kann ich mich sogar noch erinnern. Du hattest es, bis von Duffy nichts mehr zu erkennen war.«

»Stimmt. Irgendwann habe ich es dann mal ausgetauscht. Weggeworfen habe ich es aber nicht. Es liegt noch in einem Karton mit altem Krempel auf dem Dachboden meiner Eltern.«

»Was du nicht sagst.« Lächelnd zupfte Frank an einer ihrer Haarsträhnen und begann dann, ganz sachte damit zu spielen.

Ricardas Nackenhärchen stellten sich auf, doch sie blieb äußerlich ganz ruhig. »Geht es jetzt eigentlich bald mal los, oder sitzen wir bis zum Sankt Nimmerleinstag hier herum?«

»Hast du es so eilig, hier wieder herauszukommen?«

»Na ja.« Sie seufzte nur.

»Du hast meine Frage vorhin nicht beantwortet.« Kaum hatte er den Satz ausgesprochen, als es bimmelte und das Karussell mit einem leichten Ruck anfuhr.

Gleichzeitig begann das erste Musikstück von dreien, die die Runde begleiten würden. Ricarda biss sich auf die Unterlippe. »Oh.«

Frank lachte leise. »Anscheinend hat Klaus doch noch etwas von Nickelback in seiner Datenbank gefunden.«

Tatsächlich schallte die Ballade *Far away* der Rockgruppe aus den Lautsprechern und verursachte Ricarda eine leichte Gänsehaut. In ihrer Kehle bildete sich ein Kloß. »Mist. Ausgerechnet.«

»Was ist denn?« Forschend sah Frank sie von der Seite an. »Du mochtest Nickelback doch schon immer. Den Song hier haben wir sogar mal bei einem Karaokeabend zusammen gesungen. Erinnerst du dich? Da waren wir …«

»Ich sechzehn, du gerade siebzehn«, vervollständigte Ricarda den Satz. »Damals war das Lied noch ziemlich neu.«

»Stimmt.«

»Das war auf Justus' Geburtstagsparty.«

Frank schmunzelte. »Du hast ein gutes Gedächtnis.« Als sie nur gegen den Kloß in ihrem Hals anschluckte, wurde er ernst. »Was ist los?«

»Nichts.« Sie hasste es, dass ihre Stimme so gepresst klang. »Ich habe diesen Song nur ein paarmal zu oft gehört.«

»Damals? Er war in den Charts, oder?«

»Ja. Nein.« Sie zog die Schultern hoch. »Später. Als du gerade nach Berlin gegangen warst.«

Einen Moment lang herrschte Schweigen zwischen ihnen, dann ließ Frank ihre Haarsträhne los und legte ihr einen Arm um die Schultern. »Shit.«

Ihr Puls beschleunigte sich, der Kloß drückte ihr die Luft ab. »Damals konnte ich auch kaum noch atmen. So wie …«

»In der Liedzeile.« Sanft zog er sie ein wenig zu sich heran. »*Stop breathing if I don't see you anymore*«, sang er leise den entsprechenden Vers mit. »Das wusste ich nicht.« Es schien, als wolle er noch etwas hinzufügen, schwieg dann aber.

»Solltest du ja auch nicht. Es war allein mein Problem.«

»Das ist Bullshit, Ricarda.« Zärtlich strich er ihr eine Haarsträhne hinters Ohr, während Chad Kroeger davon sang, dass er niemals aufgeben würde. »Ich habe dich auch vermisst. Warum hast du nie etwas gesagt? Wenn es so schwer für dich war …«

»Was hättest du denn tun können?« Energisch winkte sie ab. »Nichts. Ich habe es ja überlebt. Und … Irgendwann wurde das Atmen dann auch wieder leichter.« Nur nicht gerade jetzt. Sie hatte das Gefühl, als hätte sich ihre Kehle vollständig zugeschnürt. Als Frank ihren Blick suchte, wich sie ihm aus. Hoffentlich fing sie nicht auch noch an zu weinen!

»Ricarda!«

Seiner rauen Aufforderung nachkommend, sah sie ihm nun doch wieder in die Augen.

»War ich zu lange weg?« Er schluckte. »Ich habe mir immer eingeredet, auf die zwei oder drei Jahre in Boston kommt es nicht an. Dabei hatte ich fürchterliches Heimweh. Besonders nach dir. Es tut mir leid. Kannst du mir verzeihen?«

Ihr wurde heiß und kalt zugleich, als in diesem Moment auch der Sänger um Vergebung für sein Fernbleiben bat. »Es gibt nichts zu verzeihen, Frank. Du hast getan, was du tun musstest und was für dich das Wichtigste und Beste war. Ich hätte doch niemals zugelassen, dass du meinetwegen deinen Weg nicht gehst. Also hör auf damit.«

Wieder entstand ein Moment des Schweigens. Frank hielt sie fest an sich gezogen und blickte nachdenklich geradeaus. Irgendwann wandte er sich ihr aber doch wieder zu. »Was ist nun aber so schlimm an diesem Karussell? Doch sicher nicht, dass ich dich damals damit aufgezogen habe.«

»Keine Ahnung.« Allmählich löste sich der Knoten in ihrer Kehle wieder etwas. »So ein Schnulz-Kitsch ist einfach nicht meins. Am Ende kommen solche Unterhaltungen wie gerade dabei heraus. Darauf kann ich gut verzichten.«

»Manchmal ist es aber wichtig und nötig, die Dinge auszusprechen.«

»Habe ich das nicht allmählich zur Genüge getan?« Sie wusste selbst, wie defensiv sie klang, tat jedoch nichts, um den Eindruck abzumildern.

»Kann sein, aber ich noch nicht.« Er hielt inne, berührte

sie am Kinn, bis sie ihm wieder ins Gesicht sah. »Ich möchte dich genauso wenig verlieren wie du mich. Ich will mit dir zusammen sein. Als Freund und … mehr. Ich glaube, wir können das hinbekommen.«

Ihr Herz schlug einen Haken und pochte danach wild gegen ihre Rippen. »Ich weiß nicht … Wenn es schiefgeht, haben wir am Ende gar nichts.«

»Wer sagt denn, dass es schiefgehen muss?« Sein Mund hatte sich ihrem Gesicht genähert, sodass sie seinen Atem auf der Wange spürte.

»Keine Ahnung. Solche Dinge gehen doch dauernd schief. Ich kann einfach nicht auf unsere Freundschaft verzichten. Ich will es nicht.« Als die Musik wechselte, verdrehte sie die Augen. »Kennst du das, wenn du das Gefühl hast, ein Lied verfolgt dich geradezu?«

Albert Hammonds *Under the Christmas Tree* erklang aus den Lautsprechern.

»Ricarda.« Frank legte seine Hand an ihre Wange und verursachte dort ein warmes Kribbeln auf ihrer Haut. »Ich gehe nicht wieder weg.«

»Ich weiß.« Eine seltsame Nervosität ergriff sie. »Wie soll das aber unser Problem lösen?«

Er lächelte leicht. »Du nennst es Problem, ich bevorzuge die Bezeichnung Herausforderung. Wir haben genug Zeit, eine Lösung zu finden. Ein Leben lang, wenn es sein muss.«

Sie war sich nicht sicher, ob er wirklich etwas mit dieser Feststellung implizieren wollte, deshalb antwortete sie vorsichtshalber nicht darauf.

Sein Lächeln vertiefte sich. »Kleine Schritte. Keine Riesensprünge. Okay?«

»Okay.« Sie hob die Schultern. »Es bleibt uns wohl auch nicht viel anderes übrig.«

»Schön, dass du es siehst wie ich.« Seine Hand wanderte in ihr Haar. »Was hast du eigentlich gegen das Lied? *Don't forget the love under the Christmas Tree*«, sang er leise mit. »Das müsste doch einem Weihnachtsfan wie dir einleuchten.«

Das schalkhafte Funkeln in seinen Augen reizte sie zum Lachen. »Ich habe nicht gesagt, dass ich das Lied nicht mag. Es scheint mich nur auf Schritt und Tritt zu verfolgen. Das macht mich irgendwie nervös.«

»Warum? Liebe und Weihnachten gehören nun einmal zusammen. Ganz generell gesehen«, fügte er rasch hinzu. »Und auf deine Familie scheint das ganz im Besonderen zuzutreffen.« Sein Blick löste sich von ihr, und er wies mit dem Kinn vage in Richtung der anderen Gondeln, in denen ihre Geschwister mit ihren Partnern saßen.

Ricardas Herz weitete sich bei dem Anblick, und zugleich schlich sich ein merkwürdiges, sehnsüchtiges Ziepen hinein, als sie beobachtete, wie Justus und Laura sich innig küssten, Viola und Lukas einander ganz versunken in die Augen schauten und Angelique und Patrick sich fest aneinander kuschelten, die Köpfe seitlich aneinandergelehnt. »Ja, kann sein.« Es war tatsächlich ein wenig ungewöhnlich, dass alle drei Paare sich jeweils um die Weihnachtszeit gefunden hatten – und nun saß sie hier in der Karussellgondel mit Frank, ihrem besten Freund, den sie schon seit einer Ewigkeit liebte. Sie räusperte sich. »Jetzt wird mir die Sache unheimlich.«

Frank lachte. »Glaubst du ans Schicksal?«

»Nicht wirklich.« Sie zögerte. »Warum? Sollte ich?«

»Keine Ahnung.« Frank grinste, als das dritte Lied anlief – Ed Sheerans *Perfect*. »Falls es so etwas wie das Schicksal gibt, will es uns möglicherweise gerade etwas mitteilen.«

Ricarda versuchte vergeblich, tief durchzuatmen. Was er da andeutete, war zu viel. Wenn das wirklich sein Ernst war, hatten sie ein noch größeres Problem, als sie angenommen hatte. »Hör zu, Frank …« Sie suchte vergeblich nach den richtigen Worten. »Wir sollten …«

»Kleine Schritte machen«, vervollständigte diesmal er ihren Satz. »Ich würde gerne mit diesem hier beginnen.« Seine Lippen näherten sich ihren, bis nur noch ein Fingerbreit Platz dazwischen war. Abwartend hielt er inne und sah ihr in die Augen.

In Ricardas Magengrube kribbelte es, ihr Herz schlug gleich mehrere Purzelbäume. Mutig schloss sie die winzige Lücke zwischen ihnen. Sein Mund war warm und fest – weich und zärtlich, alles gleichzeitig. Einladend öffnete er die Lippen ein wenig, strich mit der Zunge über die Innenseite ihrer Unterlippe und verursachte ein heißes Brennen in ihrem Inneren. Und dieses schmerzliche Ziehen, das sie noch verrückt machen würde, wenn es nicht irgendwann nachließ.

Wärme flutete Ricardas Körper, die sich allmählich zu Hitze steigerte. Sie umschloss seine Jackenaufschläge mit den Händen, krallte sich hinein, spürte seine Hände, die ihre Wangen umschlossen – und für einen langen Moment vergaß sie, wo sie sich befand oder dass es außer ihnen beiden noch andere Menschen auf der Welt gab.

Das Bimmeln der Karussellglocke drang nur wie durch Watte gedämpft an ihr Ohr. Widerstrebend löste Frank seinen Mund von ihrem. Sein Atem ging unstet und stoßweise. Schweigend blickte er ihr weiterhin in die Augen – mit einem undeutbaren Ausdruck, der ihr Innerstes fast noch mehr aufrührte als der Kuss zuvor.

Ein übertriebenes Räuspern ließ Ricarda heftig zusammenfahren. Justus stand neben ihrer Gondel und lächelte seltsam ernst. »Wenn ihr noch eine Runde fahren wollt, müsst ihr neue Tickets kaufen.«

»Nein, nein, gar nicht.« Ricarda versuchte aufzustehen, sank aber auf die Bank zurück, weil Frank ihr den Fluchtweg versperrte. Erst als er mit einem Zwinkern ebenfalls aufstand und die Gondel verließ, rappelte sie sich hoch und raffte die Wolldecke zusammen.

Frank nahm sie ihr ab, faltete sie und brachte sie Klaus zurück.

Nervös rückte Ricarda ihre Brille zurecht, weil ihr älterer Bruder immer noch dastand und sie schweigend ansah. »Ist was? Habe ich einen Fleck im Gesicht, oder was?«

Das Lächeln kehrte auf Justus' Lippen zurück, diesmal amüsiert. »Ich wollte dich eigentlich nur erst mal zu Atem kommen lassen und dich dann fragen, ob wir dich mitnehmen sollen oder ob du mit Frank fährst. Ich denke aber, dass ich die Antwort bereits kenne.«

»Ich bringe Ricarda nach Hause.« Frank war bereits zurück und legte ihr locker einen Arm um die Hüfte.

»Okay?« Fragend blickte Justus sie an.

Sie nickte nur leicht. »Okay.«

»Alles klar dann.« Gemeinsam verließen sie das Karussell. »Wie es aussieht, ist der gemeinsame Abend hiermit beendet.« Justus übernahm Lizzys Leine von Jessica. »Der Tag war lang und anstrengend. Ich für meinen Teil wünsche euch einen schönen ersten Advent. Man sieht sich.«

Ein allgemeines Verabschieden mit Umarmungen und Küsschen folgte, die Hundeleinen verhedderten sich und wurden unter Gelächter wieder entwirrt. Schließlich standen Frank und Ricarda mit Naila allein auf dem Parkplatz, während alle anderen bereits davonfuhren.

Naila hatte sich hingesetzt, nicht so kerzengerade wie sonst, sondern leicht gebeugt, und gähnte immer wieder.

»Ich glaube, die Kleine ist im wahrsten Sinne des Wortes

hundemüde.« Schmunzelnd deutete Frank mit dem Kinn in Richtung des Pudelmädchens. »Ich sollte sie in ihr Körbchen bringen.«

Ricarda nickte zustimmend. »Ja, es ist schon reichlich spät.«

Frank betätigte die Fernbedienung für seinen Wagen und hielt ihr die Beifahrertür auf. »Keine Sorge, ich werde dich nicht fragen, ob du noch auf einen Kaffee mit zu mir kommst.«

Sie hüstelte. »Kaffee wäre um diese Uhrzeit wohl auch nicht angeraten.«

Lachend hob er Naila in ihre Transportbox. »Ich werde dir auch kein anderes Getränk anbieten.« Nachdem er den Kofferraum geschlossen hatte, klemmte er sich hinters Steuer und grinste sie jungenhaft an. »Aber vielleicht habe ich ja Glück und du träumst heute Nacht von mir.«

Rasch blickte sie geradeaus. »Was wäre denn daran für dich ein Glück? Du kriegst doch meine Träume gar nicht mit.«

»Vielleicht hättest du mir ja später mal davon erzählt.«

»Vergiss es.«

Sein Grinsen verbreiterte sich noch, als er den Motor anließ und den Wagen in Richtung ihrer Wohnung lenkte. »Hast du schon mal?«

»Habe ich was schon mal?«

»Von mir geträumt.«

Sein herausfordernder Tonfall ließ sie grimmig zurückgrinsen. »O ja, und wie. Neulich erst hatte ich diesen Traum …«

»Ah ja?«

»Mhm. Darin kam eine überdimensionale Küchenschere vor, mit der ich dein fettes Ego in tausend kleine Schnipselchen geschnitten habe.«

»Autsch.« Frank lachte so heftig, dass er beinahe das Lenkrad verriss.

Ricarda bemühte sich redlich, eine gleichmütige Miene

aufrechtzuerhalten, doch Franks Lachen war schon immer ansteckend gewesen. »Ich meine es ernst. Ganz so unwiderstehlich, wie du glaubst, bist du auch wieder nicht.«

Hörbar atmete Frank ein und wieder aus. »Du aber schon, Prinzessin.«

»In deinem alkoholfreien Glühwein muss doch irgendwas drin gewesen sein, das Rauschzustände verursacht. Du fantasierst.« Obwohl sie die Worte leicht dahinsagte, fühlte sie sich dennoch auf merkwürdige Weise geschmeichelt.

»Diesen speziellen Rausch hat nicht der Glühwein verursacht.« Er warf ihr einen kurzen Seitenblick zu. »Wir sind da.«

Überrascht sah sie aus dem Seitenfenster und stellte fest, dass sie tatsächlich bereits das Mehrfamilienhaus erreicht hatten, in dem sie wohnte. Frank lenkte den Wagen an den Bordstein. »Man sieht sich?«

Sie nickte vage, froh, dass er sie nicht gleich auf ein Date oder so etwas festzunageln versuchte. Gleichzeitig verspürte sie aber auch einen Anflug von Enttäuschung, weil sie nun irgendwie in der Luft hing. Ein Zustand, den sie hasste. Um sich nichts anmerken zu lassen, löste sie rasch den Sicherheitsgurt und öffnete die Tür. »Bis dann.«

»Ricarda?«

Nervös drehte sie sich um und blickte geradewegs in seine Augen. »Ja?«

»Es war ein schöner Tag – und Abend.«

Sie lächelte leicht. »Ja, war es. Also dann …«

»Bis dann. Gute Nacht, Prinzessin.« Er zwinkerte ihr noch einmal zu, lehnte sich über den Beifahrersitz und zog, nachdem sie ausgestiegen war, die Tür zu. Gleich darauf rollte der Wagen zügig davon.

Verunsichert, was sie davon halten sollte, wandte sie sich dem gepflasterten Weg zur Haustür zu.

Das Quietschen von Reifen und das Heulen eines Motors ließ sie erschrocken innehalten. Nur Augenblicke später schoss Franks Wagen rückwärts auf sie zu und hielt direkt neben ihr. Frank stieg aus, eilte um das Heck herum und zog sie in seine Arme. Ehe sie auch nur Luft holen konnte, lagen seine Lippen auf ihren.

Ein eigentümlicher Laut stieg in ihrer Kehle hoch und verwandelte sich in ein unwillkürliches Stöhnen, als sich ihre Zungen berührten und einander zu umspielen begannen. Beinahe wurde ihr schwindelig. Schon drohte sich ihr Verstand abzuschalten, so überwältigend waren die Empfindungen, die sie fluteten. Doch da löste Frank sich bereits wieder von ihr. »Ich konnte dich doch nicht ohne Gutenachtkuss ins Bett gehen lassen.« Er hauchte noch einen ganz kurzen Kuss auf ihre Lippen und war auch schon wieder im Auto. Diesmal fuhr er wirklich davon.

Auf reichlich wackeligen Beinen ging Ricarda zur Haustür, schloss sie auf, schleppte sich in ihre Wohnung, warf ihren Mantel unter die Garderobe und ließ sich nur Augenblicke später, noch angezogen, auf ihr Bett fallen.

Bei Franks Rückkehr aus den Staaten hatte sie geglaubt, ihre Welt sei nun endlich wieder in Ordnung. Jetzt hatte sie das Gefühl, dass er eben jene Welt immer mehr in Unordnung brachte. Was sollte sie nur tun?

Jede Faser ihres Seins war in Aufruhr. Jeder Millimeter ihres Körpers sehnte sich nach Frank. Jede graue Zelle in ihrem Hirn schrie um Hilfe. Verzweifelt schloss sie die Augen.

***

Der Signalton ihres Handys ließ sie erschrocken hochfahren. Sie musste eingeschlafen sein. Ein Blick auf die Uhr sagte ihr, dass kaum eine halbe Stunde vergangen war. Verwirrt angelte sie das Smartphone aus ihrer Hosentasche, weil es wiederholt piepte und vibrierte. Hastig rief sie die Kurznachrichten-App auf und fand als Erstes ein kurzes Video vor, das Frank ihr geschickt hatte.

Verwundert rief sie es auf. Es zeigte eine laut knurrende und jaulende Naila, die sich in Franks Hosenbein verbissen hatte und wild daran herumzerrte. Die Umgebung sah aus, als befänden die beiden sich gerade auf dem Weg zwischen Auto und Haustür.

Verwundert setzte Ricarda sich in ihrem Bett auf und öffnete das nächste Video. Wieder Naila, die – diesmal im Hausflur – entsetzlich bellte und heulte.

Ricardas Herz zog sich zusammen. Was war denn in das süße kleine Pudelmädchen gefahren? So hatte sie sich doch noch nie aufgespielt.

Ein drittes Video zeigte Naila wie von Hornissen gestochen durch die Wohnung rasen, immer wieder im selben Kreis, sie jammerte und bellte dabei, als wäre sie vollkommen verrückt geworden.

Hastig wählte Ricarda Franks Nummer. Es dauerte nur Sekunden, bis er abnahm. »Was ist mit ihr los?«, fragte sie, noch bevor er ein Wort sagen konnte. Im Hintergrund war Nailas Winseln zu vernehmen.

Frank stieß hörbar die Luft aus. »Ich habe so eine Theorie, aber ich weiß nicht, ob sie dir gefallen wird. Sie führt sich wie eine Verrückte auf, seit wir von dir weg sind. Inzwischen ist sie anscheinend erschöpft. Sie liegt in ihrem Körbchen und jault nur noch vor sich hin.«

Unbehaglich zupfte Ricarda an ihrer Bluse herum. »Du glaubst, sie ist meinetwegen durchgedreht?«

»Du hättest sie mal hören sollen, als ich losgefahren bin

und sie bemerkt hat, dass du nicht mitkommst. Ich glaube, sie dachte, ich wäre erst zurückgefahren, um dich doch noch mitzunehmen. Als sie begriffen hat, dass du nicht mitkommst, ist sie ausgeflippt. Ich wollte sie eben beruhigen und trösten, aber sie hat mich … irgendwie angebrummelt. Nicht geknurrt, aber so etwas Ähnliches. Und ihr Blick hat ziemlich eindeutig besagt, dass sie wütend auf mich ist.«

»Das ist doch Unsinn. Vollkommen verrückt. Ein Hund kann doch nicht sauer auf dich sein. Nicht … so jedenfalls.« Ihr Unbehagen wurde immer stärker. »Oder doch?«

»Soll ich dir noch ein Beweisvideo schicken?«

»Und was jetzt?«

Frank ließ sich mit seiner Antwort Zeit. »Irgendwie scheint sie zu denken, dass du ihr Frauchen bist.«

»Aber ich bin doch nicht …« Ricarda stockte, dachte an die zehn Tage, die sie mit Naila in Franks Haus verbracht hatte. »Mist. Tut mir leid, dass sie das denkt.« Dummerweise vermisste sie jetzt nicht nur Franks Nähe, sondern auch die der Pudeldame.

»Hast du morgen schon etwas vor?«, unterbrach Frank ihre Gedanken. »Vielleicht kann ich Naila beschwichtigen, wenn ich ihr erzähle, dass wir morgen mit dir zusammen einen Ausflug machen.«

Ricarda knabberte an ihrer Unterlippe. »Einen Ausflug wohin?«

»Vielleicht einen Waldspaziergang? Nachmittags gegen zwei, halb drei? Vormittags muss ich leider noch mal rüber in die Kanzlei und nachsehen, ob für meinen ersten Tag am Montag alles vorbereitet ist. Hinterher könnten wir etwas essen gehen oder hier etwas kochen und einen Film anschauen. Nichts Rührseliges. Außer du stehst auf *Der kleine Lord*. Der läuft nämlich morgen Abend im Fernsehen. Ich habe aber auch ein Netflix-Abo. *Stirb langsam* ist doch passend für die Adventszeit. Derzeit gibt es alle vier Teile im Streaming.«

Wider Willen musste Ricarda lachen. »*Stirb langsam* ist für Heiligabend und den ersten Weihnachtsfeiertag bestimmt. Als Marathon, bis dir die Augen zufallen.«

»Dann eben ein anderer Actionstreifen.« Frank hielt inne. »Für Naila?«

Ricarda schmunzelte. »Nur für Naila?«

»Selbstverständlich. Was denkst du denn? Alles für den Pudel!«

Sie prustete. »Okay, morgen um kurz nach zwei bei dir.«

17. Kapitel

»Na, wie haben wir das gemacht?« Mit triumphierender Miene betrat Elf-Siebzehn das Büro des Weihnachtsmannes und hob die Hand zu einem High Five.

Elfe-Sieben tat es ihm mit einem breiten Grinsen gleich und schlug ihre Handfläche gegen seine. »Einfach perfekt, würde ich sagen. Obwohl ich ja sagen muss, dass es ein bisschen gemein war, ausgerechnet diesen Song von Nickelback in Klaus' Playlist zu schmuggeln. Ich dachte schon, Ricarda fängt an zu weinen.«

Elf-Siebzehn hob verlegen die Schultern. »Ich dachte, damit beschleunige ich die Dinge ein bisschen. Ist mir ja auch gelungen. Zum Weinen bringen wollte ich sie aber selbstverständlich nicht. Das hätte mir sehr leidgetan.« Das Lächeln kehrte auf sein Gesicht zurück. »Aber über Klaus musste ich lachen. Er hat ewig versucht herauszufinden, woher die falsche Musik kam. Er hatte ja ganz andere Lieder in seiner Playlist, aber die hätten so überhaupt nicht zur Stimmung gepasst.«

Elfe-Sieben schmunzelte. »Ich glaube, er vermutet inzwischen Sabotage, weil das schon häufiger passiert ist. Zum Glück ahnt er nicht, wie nah er der Wahrheit damit kommt.«

Die beiden Elfen kicherten.

»Dein Plan scheint ja wirklich aufzugehen«, mischte Santa Claus sich ein, der hinter seinem Schreibtisch saß und eifrig Wunschzettel sortierte. »Naila ist offenbar auch ganz eifrig bei der Sache.«

»Eifrig ist gut.« Prustend ließ Elf-Siebzehn sich in den Besuchersessel fallen und hielt sich den Bauch. »Ich fürchte, sie ist ein bisschen übereifrig. Habt ihr gesehen, was sie für ein Spektakel veranstaltet hat, als sie mit Frank zu Hause ankam? Ich dachte wirklich, jetzt wird sie verrückt.«

»Es hat aber funktioniert«, warf Elfe-Sieben ein. »Frank hat gleich verstanden, dass es Naila um Ricarda ging. Oder vielmehr um ihre Abwesenheit. Dass er sich daraufhin sofort mit ihr verabredet hat, ist doch ein großer Erfolg. Ich hatte schon Sorge, dass er sich damit zu lange Zeit lassen könnte.«

»Er wollte Ricarda nicht bedrängen.« Santa Claus rückte einen Stapel Wunschzettel nach links, einen anderen nach rechts. »Das ist sehr klug gedacht, denn wir wissen ja jetzt, wie sensibel Ricarda ist. Er versucht, sie das Tempo vorgeben zu lassen.«

»Ja, aber ich bin mir nicht sicher, ob das immer so weise ist.« Nachdenklich tippte Elfe-Sieben sich gegen die Nase. »Eigentlich ist doch sonnenklar, dass die beiden füreinander bestimmt sind. Ich wette, beide wissen das ganz genau. Was soll es bringen, wenn sie noch viel länger um den heißen Brei herumtanzen?« Sie warf dem Weihnachtsmann einen vielsagenden Blick zu. »Abgesehen davon hast du in dieser Sache wirklich ein riesiges Schw… äh Glück gehabt.«

»Inwiefern? Die beiden sind doch noch weit davon entfernt, miteinander glücklich zu werden.«

»Ja, aber stell dir bloß mal vor, wenn einer von beiden nicht die Gefühle des anderen erwidern würde.« Elfe-Sieben hielt bedeutsam inne. »Was hättest du dann gemacht? Wie hättest du dann versuchen wollen, deinen Fehler wiedergutzumachen?«

»Tja, nun ja.« Der Weihnachtsmann räusperte sich. »Darüber müssen wir uns ja jetzt keine Gedanken machen.

Vielmehr ist es nun das Wichtigste, dass die beiden ihre Ängste überwinden. Besonders Ricarda muss begreifen, dass Liebe und Freundschaft einander nicht ausschließen, sondern bestenfalls sogar bedingen.«

Elfe-Sieben nickte mit ernster Miene. »Da haben wir uns ganz schön was vorgenommen. Ich glaube zwar, dass wir – oder vielmehr Ricarda und Frank – auf dem richtigen Weg sind, aber wehe, es kommt irgendetwas dazwischen. Dann stehen wir blöd da.«

Santa Claus faltete die Hände auf dem Tisch. »Dann müssen wir eben dafür sorgen, dass nichts dazwischenkommt.«

18. Kapitel

»Ich war mal in Jason Statham verknallt.« Ricarda stellte die leere Pappschachtel vom Chinesen auf den Couchtisch, nahm rasch einen Schluck von ihrer Cola und lehnte sich dann wieder auf der Couch zurück.

»Ach ja?« Frank stellte seine Schachtel ebenfalls auf den Tisch und angelte nach der Fernbedienung, um vom gerade beendeten Film *The Transporter* auf *The Transporter 2* umzuschalten.

»Ja, seit ich *The Transporter* zum ersten Mal gesehen habe.« Entspannt streckte Ricarda ihre Beine aus. »Der Mann sieht gut aus, hat dieses gewisse Bad-Boy-Etwas.«

»Ich dachte, du wärst in mich verknallt gewesen.«

Ihr stockte nur für einen winzigen Moment der Atem. »Na und? Das musste mich doch nicht davon abhalten, ins Sabbern zu geraten, wenn ich einen Kerl wie Statham auf der Leinwand gesehen habe.« Da der Tag sehr harmonisch und lustig verlaufen war, fühlte sie sich gerade richtig wohl. Vielleicht auch, weil sie es geschafft hatte, Frank so weit auszuweichen, dass er vermutlich inzwischen begriffen hatte, dass sie Zeit und Abstand brauchte, um mit der Situation zurechtzukommen. »Hast du als Teenager nicht für irgendeine Schauspielerin oder Sängerin geschwärmt?«

Frank lachte. »Ich verweigere die Aussage.«

»So schlimm?« Sie begleitete ihre Worte, indem sie mit beiden Händen eine übertrieben kurvige Frauengestalt in die Luft zeichnete.

»Wenn schon, denn schon.«

Sie prustete. »Klar. Ich erinnere mich noch dunkel an Poster von halb nackten Rockerbräuten an der Wand in deinem Zimmer. Die meisten von ihnen saßen in gleißender Sonne auf irgendwelchen Motorhauben oder schwarzen Motorradsitzen.«

»Na und?« Er grinste breit. »Ich wette, Statham hätte da auch nicht weggeschaut.«

»Pfff.« Sie winkte ab. »Weißt du eigentlich, wie weh es tut, mit nacktem Hintern auf einer von der Sonne aufgeheizten Motorhaube zu sitzen? Oder auf einem schwarzen Ledersitz?«

»Nein. Aber du anscheinend. Woher denn?«

Ricarda stieß ihm den Ellenbogen in die Seite. »Die Tussis müssen alle Brandwunden am Po gehabt haben.«

Frank lachte laut auf. »Bestimmt sind sie dafür gut bezahlt worden.«

»So viel könntest du mir gar nicht bezahlen, dass ich mir freiwillig meine vier Buchstaben versengen lasse.«

»Schade. Ich hätte die Fotos sofort bei mir aufgehängt.«

»Vergiss es. Das ist nicht mein Stil. Ich habe lieber ein paar Euro weniger auf dem Konto, kann dafür aber eine unversehrte Kehrseite vorweisen.« Sie schüttelte amüsiert den Kopf. »Außerdem habe ich eh nicht genügend Kurven. Kein Rockerposter-Fotograf würde jemals von mir solche Bilder machen wollen.« Zum Beweis zog sie ihre hellblau karierte Bluse über ihrem Busen glatt. »Ein bisschen mehr als A-Cup, ein bisschen weniger als B. Ich bin definitiv kein Nackige-Rockerbraut-Material.«

»Da könnten wir verschiedenerer Ansicht nicht sein.« Frank lächelte zwar schalkhaft, doch sein Blick, der natürlich an ihr hinabgeglitten war, verriet, dass er keinen

Scherz machte. Er rückte ein wenig näher an sie heran. »Darf ich?«

Misstrauisch blickte sie auf seine Hand, die er leicht angehoben hatte. »Darfst du was?«

»Bei dir Maß nehmen. Danach kann ich dir genau sagen, ob du für ein Poster an meiner Wand geeignet bist.«

»Maß nehmen?« Ihr Puls beschleunigte sich. Verdammt, sie hatte sich selbst in diese Situation hineinmanövriert!

»Es tut auch nicht weh.« Er zwinkerte ihr heiter zu, doch ihr kam es so vor, als habe sein Blick sich eine Spur verdunkelt. Sehr sanft umschloss er mit der linken Hand ihre rechte Brust. Mit dem Daumen streichelte er für einen Moment über die Seite. Im nächsten Moment zog er die Hand auch schon wieder zurück. Dennoch hämmerte Ricardas Herz wie verrückt in ihrer Brust.

Verlegen bemerkte sie, dass sich ihre Brustwarze aufgerichtet hatte und sehr deutlich unter ihrer Bluse zu erkennen war. Rasch zupfte sie an dem Stoff herum. »Siehst du, zu klein.«

»Nein, perfekt.« Seine Stimme klang ein wenig belegt. »Du musst das aus der Sicht des Mannes sehen.«

»Ich dachte, das tue ich.«

»Nicht aus der Sicht von Männern, die ein Magazin an halbwüchsige Jungs verkaufen wollen.«

»Sondern?«

»Ideal ist, was von Form und Größe genau in meine Handfläche passt.«

Erneut stockte ihr ein wenig der Atem, doch sie blieb weiterhin gefasst und versuchte, sich in einen Scherz zu retten. »Was beweist das? Dass du für einen Mann ziemlich kleine Hände hast? Ähm, du weißt schon, was man über Männer mit kleinen Händen sagt?«

»Nein, was denn?« Grinsend nahm er ihre rechte Hand und legte seine linke Handfläche dagegen, die ein gutes Stück größer war als die ihre. »Überleg es dir lieber noch mal, bevor du leichtsinnig Behauptungen aufstellst.«

Sie lachte zwar, spürte aber gleichzeitig ein heftiges Kribbeln in ihrer Handfläche, das sich langsam über ihren Arm ausbreitete und in eine Gänsehaut verwandelte, als er wie selbstverständlich seine Finger mit ihren verflocht.

Sie knabberte an ihrer Unterlippe. »Kann ich meine Hand wieder zurückhaben?«

»Nein, keinesfalls.«

Langsam ließen sie die Hände wieder sinken, bis sie auf ihrem Oberschenkel lagen. Sie seufzte. »Okay, ich hab ja zum Glück noch eine zweite.«

»Soll ich noch mal zurückspulen?« Er deutete mit dem Kinn auf den Fernsehbildschirm, auf dem sich der Film bereits ein gutes Stück entsponnen hatte.

»Eigentlich sollte ich allmählich nach Hause fahren.« Sie schielte auf ihre Armbanduhr. Es war kurz nach neun. »Ich muss morgen früh raus.«

»Ich auch.«

Sie nickte. »Der erste Tag in deiner eigenen Kanzlei. Da solltest du ausgeschlafen sein.«

Einige Augenblicke herrschte Schweigen zwischen ihnen, dann rückte sie noch etwas näher an ihn heran und lehnte sich gegen seine Schulter. »Lass den Film einfach noch ein bisschen laufen.«

***

Nanu, was ist denn mit Ricarda-Frauchen und Frank-Herrchen los? Die beiden sind ja schon so lange still. Ich bin eingeschlafen, und jetzt kommen plötzlich nur noch so komische Geräusche aus dem Fernseher, aber die beiden reden und lachen gar nicht mehr. Da muss ich doch direkt mal nachsehen. Ob sie auch eingenickt sind? Naila erhob sich aus ihrem Körbchen, streckte sich ausgiebig, gähnte und tappte dann zur Couch. Neugierig stellte sie sich an Ricardas Bein hoch und reckte die Nase. *Tatsächlich. Beide haben die Augen geschlossen und atmen ganz ruhig. Ist ja lustig.*

Ricarda erwachte, weil sie etwas an ihrem Knie spürte. Träge öffnete sie die Augen und sah Naila, die auf ihren Hinterpfoten stand, die Vorderpfoten gegen ihr Knie gestützt, und mit gestrecktem Hals und langer Nase in ihre Richtung schnüffelte. Irritiert sah sie sich um – und erschrak. Sie war ganz offensichtlich an Franks Schulter eingeschlafen. Ein Blick in sein entspanntes Gesicht zeigte ihr, dass auch er schlief. Vorsichtig hob sie ihren linken Arm und blickte auf ihre Uhr. Es war bereits weit nach Mitternacht! Auf dem Bildschirm lief immer noch ein Film, aber offenbar nicht mehr der zweite, sondern schon der dritte Teil der *Transporter*-Reihe.

Sehr vorsichtig versuchte Ricarda, sich von Frank zu lösen, ohne ihn zu wecken. Sie kam jedoch nicht weit.

»Bitte bleib hier.« Ohne die Augen zu öffnen, schlang er seinen Arm um ihre Taille und zog sie zurück an seine Seite.

Ganz eigentümliche Empfindungen durchrieselten sie. »Ich muss nach Hause. Du weißt doch: morgen früh raus und so.«

»Dann übernachte einfach hier.« Langsam öffnete er seine Augen und drehte den Kopf so weit, dass er ihr ins Gesicht blicken konnte. »Umso mehr Schlafzeit bleibt dir.«

»Frank …« Sie spürte eine leise Nervosität in sich aufsteigen. »Ich weiß nicht, ob wir das …«

»Hier auf der Couch.« Seufzend ließ er sie los und erhob

sich. Zu ihrer Überraschung hantierte er an der Couch herum und betätigte einen Mechanismus, mit dem sich die Sitz- in eine breite Liegefläche verwandeln ließ. »Voilà, das perfekte Gästebett. Eine Decke habe ich auch hier.« Tatsächlich lag auf einem der beiden Sessel eine dunkelrote Wolldecke, die er rasch über ihr ausbreitete, bevor sie sich erheben und die Flucht ergreifen konnte. Lächelnd schob er sich neben sie unter die Decke. »Fast wie früher, wenn du und Patrick bei mir übernachtet habt.«

»Ja, aber nur fast.« Eine ihr unbekannte Verlegenheit ergriff sie. »Bist du dir sicher, dass das eine gute Idee ist?«

»Du kannst auf deinem Smartphone den Wecker einstellen und so früh aufstehen, dass du noch genügend Zeit hast, dich bei dir zu Hause frischzumachen und umzuziehen.« Demonstrativ streckte er sich bequem neben ihr aus.

»Wir sind keine fünfzehn mehr, Frank.«

»Das ist mir bewusst. Aber wenn deine Eltern damals schon fanden, dass du gefahrlos bei mir übernachten kannst, brauchst du dir doch jetzt, da wir erwachsen sind, erst recht keine Gedanken zu machen, oder?« Er blinzelte ihr schalkhaft zu. »Komm schon, es war gerade so schön mit dir. Ich halte dich gerne in meinen Armen.«

»Du hast mich doch gar nicht in den Armen gehalten. Mein Kopf lag an deiner Schulter, mehr nicht.«

»Wer redet denn von vorhin?« Sachte zog er an ihrem Arm, ließ sie aber gleich wieder los, wohl um ihr Gelegenheit zu geben, sich doch noch anders zu entscheiden. Doch sie hatte so gar keine Lust, in ihre Wohnung zu fahren. Bis sie dort war, wäre sie garantiert wieder hellwach und würde eine Ewigkeit brauchen, um wieder einzuschlafen.

»Also gut.« Sie ließ sich in die Polster zurücksinken. »Ein Kissen wäre aber ganz gut.«

»Nimm dieses hier.« Er zog sie an sich, sodass sie ihren Kopf an seine Schulter betten konnte. Sogleich stieg ihr sein Geruch in die Nase und verursachte leichte, angenehme Schauer auf ihrem Rücken.

Zögernd legte sie ihre Hand auf seinem Brustkorb ab. So hatte sie tatsächlich schon mehr als einmal mit ihm beisammen gelegen. Damals. Als alles noch viel einfacher gewesen war, weil er nicht gewusst hatte, was sie für ihn empfand. Weil er ihre Gefühle nicht erwidert hatte. Es war allein ihr Problem gewesen. Trotzdem hatte sie sich immer sehr geborgen bei ihm gefühlt, irgendwie sicher und beschützt. Dabei hatte sie noch nie jemanden gebraucht, der sie beschützte. Das konnte sie sehr gut selbst.

»Entspann dich, Ricarda. Soll ich den Fernseher ausschalten oder noch ein bisschen laufen lassen? Die Geräuschkulisse schadet vielleicht nicht, um wieder müde zu werden.« Er lächelte sie an. »Ich kann den Sleeptimer einstellen, damit das Ding nicht die ganze Nacht dudelt.«

»Okay.« Es war ganz sicher verrückt und ein Fehler, sich so unglaublich wohlzufühlen, hier an seiner Seite, an seiner Schulter. Doch es war Nacht, und nachts, das wusste sie, waren viele Dinge irgendwie anders. Morgen bei Tageslicht würde sie noch ausreichend Gelegenheit haben, sich über ihre Dummheit zu ärgern.

Frank stellte den Timer am Fernseher ein, der dafür sorgen würde, dass das Gerät sich nach zwanzig Minuten von selbst abschaltete. Das Deckenlicht hatten sie sowieso schon gelöscht. Er rückte noch ein wenig hin und her, bis sie wirklich ganz dicht Körper an Körper lagen. »Bequem so?«

»Mhm.« O ja, sie würde sich morgen verfluchen. Aber im Moment war ihr das vollkommen egal. »Frank?«

»Ja?«

»Darf Naila zu uns rauf?« Sie wies mit dem Kinn auf die kleine Pudeldame, die kerzengerade neben der Couch saß und ihnen mit großen Augen zusah.

Meine Güte, endlich habt ihr mich bemerkt und begriffen! Das hat aber gedauert. Ich dachte schon, ihr hättet mich total vergessen.

»Wer von uns verwöhnt die Kleine denn nun?« Lachend schnipste Frank mit den Fingern. »Naila, komm her.« Mit der flachen Hand klopfte er auf sein Bein. »Komm hoch. Heute Nacht ist Kuscheln angesagt.«

Ganz wirklich echt? Oh, wie toll! Da bin ich selbstverständlich sofort dabei. Endlich habe ich mein Ricarda-Frauchen und mein Frank-Herrchen richtig beieinander. Das ging ja leichter, als ich dachte. Da wird Santa Claus sich aber freuen! Mit einem leisen Bellen nahm Naila Anlauf und sprang mit einem Satz direkt auf Ricarda. *Hui, da bin ich schon. Jetzt muss ich nur noch ein bequemes Plätzchen suchen. Ich weiß zwar nicht, warum wir hier unten schlafen und nicht oben in dem schönen großen Bett, aber letztlich ist das wohl egal. Ich glaube, hier auf Herrchens Beinen ist es ganz bequem. Oder doch lieber auf seinem Bauch? Huch, nein, da kullere ich womöglich zwischen Herrchen und Frauchen.* Umständlich trampelte Naila auf Frank und Ricarda herum, bis sie sich schließlich doch auf Franks Oberschenkel fallen ließ. *Hier müsste es gehen.*

Frank und Ricarda hatten der Kleinen amüsiert zugeschaut und streckten nun beide gleichzeitig eine Hand nach ihr aus, um sie zu streicheln. Als ihre Hände sich berührten, wanderte ein angenehmes Kribbeln Ricardas Arm hinauf. Sie drehte den Kopf leicht, begegnete seinem Blick. Schmunzelnd nahm er ihr die Brille ab und legte sie neben sich auf die Armlehne der Couch. »Wecker?«

Ricarda zog ihr Smartphone aus der Gesäßtasche und

öffnete umständlich mit einer Hand die Wecker-App. Sechs Uhr sollte reichen. Ein Blick auf den Akkustand beruhigte sie. Bis zum Morgen würde er durchhalten.

»Darf ich?« Frank nahm ihr das Mobiltelefon ab und legte es neben ihre Brille. Dann küsste er sie auf die Stirn, auf die Wange und verharrte schließlich an ihrem Mundwinkel. Sein Bart kratzte ganz leicht über ihre Haut und sorgte dafür, dass sich die Härchen an Ricardas gesamtem Körper aufstellten. Sie schluckte, wandte sich ihm zu, bis ihre Lippen aufeinandertrafen.

Der Kuss war sachte, zärtlich – und viel zu intensiv. Doch ehe sie sich darüber erschrecken konnte, war er auch schon wieder vorbei. »Gute Nacht, Prinzessin.« Lächelnd schloss Frank die Augen. Mit einer Hand kraulte er wieder Naila.

Ricarda streichelte der Hündin noch einmal über den Kopf, dann legte sie ihre Hand wieder auf seinem Brustkorb ab. Zögerte. Seufzte unterdrückt. Dann schlang sie ihren Arm um seine Mitte und schloss ebenfalls die Augen. Hörte seinen Atem, spürte das Heben und Senken seines Brustkorbs – und fühlte sich entsetzlich glücklich und geborgen. Während auf dem Bildschirm Jason Statham sich mit irgendwelchen Bösewichten herumschlug, entspannte Ricarda sich immer mehr … und schlief irgendwann ein.

Hach! Ich bin wirklich ein Genie, das muss ich schon sagen. Santa Claus wird riesig stolz auf mich sein. So schnell hat er bestimmt nicht damit gerechnet, dass ich sein Problem löse. Ach, ist das schön hier mit Herrchen und Frauchen. Ich bin ganz begeistert von mir selbst und meinen Fähigkeiten. In Nullkommanichts habe ich meine beiden Lieblingsmenschen zusammengebracht. Das muss mir erst mal jemand nachmachen!

***

Ricarda kam gerade aus der Dusche und wickelte sich ein Handtuch um ihre nassen Haare, als ihr Handy signalisierte, dass sie eine Textnachricht von Frank erhalten hatte.

Rasch warf sie sich ein Badetuch um und hastete in die winzige Küche, wo sie das Mobiltelefon an den Strom angeschlossen hatte, da es nach der Nacht bei Frank nur noch wenige Prozent Akkuleistung angezeigt hatte. Neugierig rief sie das Video auf, das er ihr geschickt hatte, und schwankte zwischen Schrecken und Lachen.

Er hatte wieder einmal Naila aufgenommen, die knurrend und winselnd in seinem Wohnzimmer hin und her rannte. Noch während sie das Video anschaute, kam eine weitere Nachricht mit mehreren Fotos von der Pudeldame, die mit tödlich beleidigter Miene vor ihrem vollen Futternapf saß und ganz offensichtlich das Fressen verweigerte.

Ricarda wollte gerade eine Nachricht tippen, als Frank erneut schrieb.

Frank: Du warst kaum aus der Tür, als es wieder angefangen hat.

Ricarda: Und was jetzt?

Frank: Das wird dir nicht gefallen.

Ricarda: Ich kann sie doch nicht einfach adoptieren. Naila ist dein Hund.

Frank: Wer redet denn von Adoptieren? Du musst bei uns einziehen. ;-)

Ricarda tippte etwas, löschte es wieder.

Dann schrieb sie: Das ist nicht dein Ernst, oder?
Ihr Finger schwebte über dem Senden-Button.

Frank: Entspann dich wieder, Ricarda. Das war ein Scherz.

Verdammt, er konnte tatsächlich ihre Gedanken lesen. Sie atmete tief durch und löschte den Text wieder.

Frank: Irgendwas müssen wir aber tun.

Ricarda: Und was?

Frank: Was, wenn es doch kein Scherz gewesen wäre?

Sie schluckte hart.

Ricarda: Hör auf damit.

Frank: Gehen wir am Freitag Möbel shoppen? Bis dahin hat sie sich hoffentlich wieder beruhigt. Ich nehme sie jeden Tag mit in die Kanzlei, da ist sie abgelenkt.

Ricarda atmete auf.

Ricarda: Ich wünsche dir viel Erfolg. Die erste Woche wird bestimmt anstrengend.

Frank: Davon kannst du ausgehen. Also dann. Mach's gut.

Ricarda: Du auch.

***

Das kann doch wohl nicht wahr sein! Ich glaube es einfach nicht. Ricarda-Frauchen ist fort. Einfach so vorgestern Morgen weggegangen und seitdem nicht wieder zurückgekehrt. Ich habe Frank-Herrchen so was von die Hölle heißgemacht. Aber es hat diesmal nicht geholfen. Er hat sie nicht wieder hergeholt. Das ist so gemein! Ich will mein Ricarda-Frauchen! Jetzt sofort!

Aber anscheinend muss ich mich gedulden. Im Moment sind wir nämlich in so einem Haus mitten in der Stadt, in dem Herrchen ein großes Büro hat. Da arbeitet er wohl, denn wir sind jetzt jeden Tag hier. Ich habe in der Zimmerecke ein großes hellblaues Schlafkissen und so ein buntes Spiel-Tau und meinen Teddy und eine Kaustange.

In dem Haus arbeitet auch noch eine Frau, die heißt Luise und hat einen Schreibtisch in dem Raum, den man zuerst betritt, wenn man reinkommt. Sie ist schon ein bisschen älter und ziemlich nett. Und ein junger Mann arbeitet auch noch in dem Haus, der ist ein Student und nur stundenweise da. Ich habe keine Ahnung, was ein Student ist, aber er scheint Frank irgendwie zu helfen. Ach ja, und dann ist da noch so ein großer Mann mit dunkelbraunen Haaren und einem kurzen Bart, so ähnlich wie der von Herrchen, aber irgendwie sieht der Mann unheimlicher aus. Oder gefährlicher. Herrchen nennt ihn Oliver, und anscheinend macht dieser Oliver auch irgendwas für ihn. Sie scheinen sich schon länger zu kennen. Mir ist er jedenfalls ein bisschen unheimlich, obwohl er immer freundlich zu mir ist und mich hin und wieder auch mal kurz streichelt. Aber trotzdem. Ich weiß auch nicht. Vielleicht liegt es daran, dass er immer Püppi zu mir sagt. Also bitte! Ich meine: Hallo? Püppi? Was soll das denn? Ich heiße Naila. Das nächste Mal, wenn er mich so nennt, knurre ich ihn an, jawohl! Natürlich nur, wenn ich mich traue. Zum Glück kommt er nur manchmal rein, also so einmal am Tag.

Wenn Frank mal Pause macht, geht er manchmal mit mir im Park spazieren. Das gefällt mir ganz gut, muss ich sagen. Auch Franks Eltern sind jetzt wieder da und kommen immer mal wieder in sein Büro und zeigen ihm Sachen oder erklären ihm etwas oder bringen Leute mit, die ihn kennenlernen sollen. Oder uns, denn ich bin ja immer mit dabei. Das ist schon irgendwie alles sehr interessant und aufregend, muss ich zugeben.

Aber jetzt bin ich glatt vom Thema abgekommen. Ich bin doch eigentlich bitterböse, dass Ricarda-Frauchen nicht mehr bei uns ist und anscheinend auch nicht mehr zu uns kommen will. Was ist da bloß los? Wenn Elf-Siebzehn davon erfährt und Santa Claus davon erzählt, stehe ich schön blöd da.

Dabei war ich mir so sicher, dass ich die beiden jetzt richtig zusammen habe. Und nun so etwas. Ich muss mir wirklich etwas einfallen lassen, bloß was? Hat jemand eine Idee?

***

Ricardas Magen knurrte vernehmlich, als sie am Donnerstagmittag die Abrechnungen des vergangenen Monats endlich abgeschlossen hatte. Als Nächstes würde sie die Lohn- und Gehaltszahlungen überprüfen, um sicherzugehen, dass alle Mitarbeiter der beiden Sternbach-Hotels pünktlich zum Monatsanfang ihr Geld auf dem Konto gehabt hatten. Seit ein Computercrash vor einigen Jahren einmal die Zahlungen verzögert hatte, prüfte sie immer alles doppelt und dreifach. Das nagende Hungergefühl veranlasste sie jedoch, diesen Arbeitsschritt auf nach ihrer Mittagspause zu verschieben. Rasch schaltete sie ihren Computer ins Stand-by, schnappte sich ihr Smartphone und machte sich auf den Weg in den Aufenthaltsraum für Angestellte, in dem es auch eine kleine

Küche mit Mikrowelle gab. Sie wollte sich rasch ein Risotto aufwärmen und dazu den zweiten Kaffee des Tages trinken.

Kaum hatte sie den Aufenthaltsraum betreten, als Laura von ihrem Platz am vorderen Tisch aufsprang und auf sie zuschoss. »Da bist du ja endlich! Wo bleibst du denn?«

»Waren wir verabredet?« Ricarda trat an den Vorratsschrank und entnahm ihm eine Tüte mit fertigem Risotto, das nur noch aufgewärmt werden musste.

»Ja, waren wir. Schau mal bitte in deine Textnachrichten.«

Ricarda füllte den Reis in eine passende Schüssel, gab etwas Wasser hinzu, rührte um und stellte alles in die Mikrowelle. Dann zog sie ihr Smartphone hervor und checkte ihre Nachrichten. Tatsächlich hatte Laura ihr bereits vor über einer Stunde geschrieben. »Entschuldige, ich hatte mein Handy auf lautlos gestellt.«

»Na toll!« Laura lachte gutmütig. »Dann kann ich ja lange auf eine Antwort warten. Aber jetzt bist du ja hier.«

»Gibt es denn etwas Wichtiges zu besprechen?« Während die Mikrowelle lief, holte Ricarda sich Besteck aus der Schublade und füllte eine Tasse mit dem stets frisch aufgebrühten Kaffee.

»Und wie!« Laura wartete, bis Ricarda mit ihrer Tasse und dem Risotto am Tisch saß, bevor sie weitersprach. »Es geht um Samstag.«

»Was ist am Samstag?« Ricarda rührte in ihrem Essen herum.

»Am Samstag …« Laura machte eine bedeutungsvolle Pause, »gehen wir Geschenke shoppen.«

»Nö.«

»Du, ich, Viola, Angelique. Elke weiß noch nicht genau, ob sie mitkommt. Kann sein, dass sie mit Margit separat loszieht.«

»Ich habe etwas anderes vor.« Das war zwar geflunkert, aber da sie ahnte, worauf diese Shoppingtour hinauslaufen würde, hielt sie sich lieber zurück und gab sich beschäftigt.

»Du bist aber nicht mit Frank verabredet.« Laura grinste. »Das weiß ich zufällig sehr genau, weil ihr nämlich morgen zusammen Möbel kaufen fahrt und Frank sich am Samstag mit Patrick und Lukas trifft. Justus wird wahrscheinlich nach seiner Schicht im Resort auch dazustoßen. Männertreff. Deswegen haben wir ja den Samstag ausgesucht.«

»Ich muss meine Wohnung putzen.«

»Pfff.« Laura lachte schallend. »Der Dreck kann warten.«

»Ich schenke dieses Jahr niemandem etwas.«

»Ach, komm schon, Ricarda! Es ist jedes Jahr dasselbe mit dir.« Laura wurde wieder halb ernst. »Du bist ja in dieser Hinsicht fast so schlimm wie ich früher. Dabei bist du doch gar kein Grinch. Ich weiß genau, dass du Weihnachten liebst.«

»Weihnachten, ja, aber nicht diese irre Geschenkesucherei. Darauf kann ich gut verzichten.«

»Wir anderen aber nicht, und ohne dich ist es nur halb so schön.« Laura ergriff ihre Hand. »Komm schon. Lächle und sag brav Ja. Abends machen wir es uns dann auch alle zusammen gemütlich, trinken Bier und schauen Weihnachtsfilme.«

»Zu Hilfe!« Ricarda lachte. »Damit willst du mich ködern? Außerdem darfst du gar kein Bier trinken. Du bist schwanger.«

»Es gibt auch die alkoholfreie Variante. Und Weihnachtsfilme gehören dazu, mit viel Eiscreme.«

»Bäh! Eiscreme mit Bier?« Kichernd schüttelte Ricarda sich. »Wie ekelhaft ist das denn? Am Ende fängt wieder eine von euch an, sich Verrücktheiten beim Weihnachtsmann zu wünschen. So wie letztes Jahr.«

»Das war etwas anderes. Damals hatten wir eine Christmas-in-July-Party mitten im Sommer. Da kann man schon mal auf solche Ideen kommen. Überhaupt müssten wir doch unsere Wunschzettel schon längst abgeschickt haben, oder nicht? Immerhin hat der Advent schon begonnen.«

»Du schreibst Wunschzettel?« Beinahe hätte Ricarda sich an ihrem Risotto verschluckt. »Wie alt bist du? Zehn?«

»Ich doch nicht!« Laura lachte wieder. »Na ja, obwohl es ja Familienmitglieder geben soll, die darauf schwören. Ich muss nur schon mal üben und mich daran gewöhnen, wieder in Wunschzetteln zu denken.« Zärtlich streichelte sie ihren Bauch. »Damit ich gewappnet bin, wenn unser Baby groß genug dafür ist.«

»Das wird aber wohl noch ein bisschen dauern, oder?«

»Man kann nicht früh genug mit Üben anfangen.« Fröhlich zwinkerte Laura ihr zu. »Also, bist du mit dabei? Sag Ja, sonst muss ich in Angeliques und Violas Auftrag die Daumenschrauben hervorholen.«

Ricarda seufzte übertrieben theatralisch. »Oookay, meinetwegen. Wenn euer Seelenfrieden davon abhängt.«

»Wunderbar!« Laura strahlte sie an und sprang von ihrem Stuhl auf. »Wir treffen uns Samstagmorgen um neun vor dem Stadthotel. Ich freue mich!« Sie warf Laura eine Kusshand zu und war im nächsten Moment zur Tür hinaus.

Argwöhnisch sah Ricarda ihr hinterher, dann musterte sie den Rest ihres Risottos. Irgendetwas kam ihr seltsam vor. Erst nach einer Weile wurde ihr klar, dass Laura gar nicht hinterfragt hatte, dass sie mit Frank Möbel kaufen würde. Sie hatte es einfach so erwähnt, als sei es das Normalste der Welt. Nach der Sache auf dem Backtag hätte Ricarda erwartet, dass irgendwelche anzüglichen Kommentare kommen oder womöglich sogar Vermutungen über ihren Beziehungsstatus geäußert würden. Doch Laura hatte nicht einmal gefragt, wie es überhaupt zwischen ihnen stand. Das war ungewöhnlich. Obwohl Laura noch die Zurückhaltendste in der Familie war, kam es Ricarda höchst merkwürdig vor, dass niemand sie bislang darauf angesprochen hatte. Seit dem Backtag war kein Wort mehr über sie und Frank gefallen.

Was hatte das zu bedeuten? Musste sie sich Sorgen machen? Und falls ja, worüber genau?

Hastig schlang sie den Rest des Risottos hinunter und spülte mit dem Kaffee nach. Es war vermutlich besser, wenn sie nicht weiter darüber nachdachte. Das würde sie nur nervös machen.

Verdammt, sie war bereits nervös! Weil sie mit ihrem besten Freund Möbel kaufen gehen würde. Möbel! Was an sich keine große Sache sein sollte, hatte sich vermutlich zur Staatsaffäre aufgeplustert. Wenn nämlich niemand sie darauf ansprach oder sie damit aufzog, war höchste Gefahrenstufe angesagt, denn dann hatten sich alle bereits ohne nachzufragen ein Bild gemacht. Eines, das Ricarda ziemliche Angst einjagte. Besser war es, sie ließ sich noch rasch eine sehr gute Ausrede einfallen, um der Inquisition am Samstag zu entgehen.

19. Kapitel

»Bist du dir ganz sicher, dass sie gesagt hat, sie kommt mit?« Bibbernd trat Angelique von einem Bein aufs andere und rieb sich dabei trotz ihres wattierten roten Wintermantels über die Oberarme. »Sie hat nicht *vielleicht* gesagt? Habt ihr alle eure Handys gecheckt, ob sie nicht doch kurzfristig abgesagt hat?«

»Lieber Himmel, so schlimm ist Ricarda auch wieder nicht.« Lachend öffnete Laura ihre Kurznachrichten-App und hielt sie ihrer besten Freundin unter die Nase. »Bitte sehr, keine Nachricht von Ricarda. Sie wird schon noch auftauchen. Sie ist doch erst fünf Minuten zu spät.«

»Sie kommt ganz sicher mit«, befand nun auch Viola, die ihren weichen rosafarbenen Wollschal lockerte und neu um ihren Hals drapierte. »Das hat sie noch jedes Jahr gemacht. Warum also dieses Jahr nicht? Ihr wisst doch, wie sie ist. Erst mal meckert sie ein bisschen, aber dann hat sie genauso viel Spaß wie wir.«

»Dann soll sie sich jetzt mal sputen. Mir ist kalt!« Angelique hüpfte ein wenig auf und ab. »Außerdem habe ich am wenigsten Zeit von uns allen, weil ich kurz nach Mittag wieder zu Hause sein muss, um mich um Jakob zu kümmern, wenn Patrick zu seinem Kundentermin fährt.«

»Aber abends kommst du noch mal kurz vorbei, oder?« Laura ergriff ihre Hand. »Du kannst Jakob ja mitbringen.«

»Nichts da.« Lachend winkte Angelique ab. »Patrick muss zwar heute Nachmittag noch mal zu diesem Kunden, aber abends hat er Babydienst. Ich stelle es mir ziemlich witzig vor, wenn vier Männer sich um ein sechs Monate altes Baby kümmern. Da würde ich am liebsten Mäuschen spielen.« Als ihr Handy vibrierte, zog sie es rasch aus der Hosentasche. »Ha!« Sie wischte auf dem Display herum. »Wehe, das ist Ricarda, die doch noch absagt. Dann werde ich ihr … Oh.« Sie stutzte. »Das ist eine Nachricht von Frank.«

»Was schreibt er denn? Hat er Ricarda entführt oder …« Viola machte große Augen. »Hat sie bei ihm übernachtet, und sie liegen womöglich noch in den Federn?«

»Nein.« Angelique kräuselte die Lippen und begann zu tippen. »Wartet mal kurz.«

Frank: Hallo, Angelique. Entschuldige, dass ich euch bei eurer Shoppingtour störe.

Angelique: Du störst nicht. Wir warten noch auf Ricarda. Ist sie bei dir?

Frank: Nein, sie hat in ihrer Wohnung übernachtet.

Frank: Es geht aber um Ricarda. Bitte lasst sie in Ruhe.

Angelique: Ich weiß nicht, was du meinst.

Frank: Doch, das weißt du ganz genau. Ich kenne zwar weder dich noch Laura besonders gut, aber ich kenne die Familie Sternbach. Lasst Ricarda einfach in Ruhe.

Frank: Bitte.

Angelique verzog grimmig die Lippen. »Das könnte dir so passen.«

Angelique: Wir schmeißen sie schon nicht auf den Grill. Sie ist ein großes Mädchen und wird einen Tag mit ihrer Schwester und ihren Schwägerinnen schon überleben.

Angelique: Abgesehen davon: Was, glaubst du, wird sie tun, wenn sie erfährt, dass du mir ihretwegen geschrieben hast?

Frank: Sie macht mich einen Kopf kürzer. Trotzdem. Übertreibt es nicht.

Angelique: Wir sind ganz lieb.

Darauf kam keine Antwort mehr. Wortlos hielt sie Viola und Laura den Chatverlauf zum Lesen hin. »Was halten wir davon?«

Laura stieß einen Pfiff aus. »Ob etwas zwischen den beiden vorgefallen ist?«

»Glaube ich nicht.« Viola schüttelte den Kopf. »Sonst hätte sie doch bei ihm übernachtet.«

»Ich dachte eher an einen Streit oder so etwas.« Schmunzelnd rückte Laura die zartgelbe Wollmütze auf ihren roten Haaren zurecht. »Etwas, wovon wir nichts wissen sollen. Sex wäre doch jetzt nicht so schlimm, oder?«

»Nicht so schlimm?« Viola hustete. »Ricarda und Frank … Das ist so surreal. Die beiden waren immer bloß Freunde. Okay, ziemlich gute Freunde, aber wenn ich mir vorstelle, dass sie und er plötzlich …« Sie schüttelte sich regelrecht. »Das kann ich mir noch gar nicht richtig vorstellen.«

»Na, na, so ungewöhnlich ist es nun auch wieder nicht, wenn aus Freundschaft mehr wird.« Laura lächelte amüsiert über Violas Gesichtsausdruck. »So etwas kommt häufiger vor. Wo die beiden sich doch so lange nicht gesehen haben. Da können die Perspektiven sich schon mal verschieben. Was soll daran schlimm sein?«

Viola seufzte. »Wir reden hier von Ricarda.«

»Ja, und?«

»Meiner großen Schwester.«

»Eure enge Verwandtschaft ist mir bekannt.«

»Ricarda verliebt sich nicht. Nicht in ihren besten Freund seit Ewigkeiten. Und falls doch, wäre sie deswegen total von der Rolle.«

»So kam sie mir bisher aber nicht vor.« Angelique ging ein wenig auf und ab. Ihr Atem verursachte weiße Wölkchen in der eisigen Dezemberluft. »Sie hat in den letzten Tagen ganz ausgeglichen auf mich gewirkt. Kein bisschen von der Rolle.«

»Weil sie sich perfekt verstellen kann.« Viola richtete ihren Schal noch einmal neu. »Wenn das wirklich alles so stimmt, wie ... na ja, wie es ausgesehen hat, dann muss sie jetzt vollkommen durcheinander sein. Frank wird das genau wissen. Wahrscheinlich will er deshalb, dass wir nicht daran rühren. Um sie nicht noch mehr aufzuregen.«

»Das kann ja sein, aber meiner Meinung nach ist das sogar ein Grund mehr, ihr mal auf den Zahn zu fühlen«, konstatierte Angelique. »Es ist bestimmt nicht gesund, wenn sie so etwas in sich hineinfrisst. Wenn ihr etwas zu schaffen macht, sind wir als ihre Freundinnen doch dazu da, ihr beizustehen.«

Viola hüstelte. »Noch mal: Wir reden hier von Ricarda. Sie redet über solche Dinge nicht. Mit niemandem.«

»Das wird sich noch herausstellen.« Siegesgewiss lächelte Angelique in die Runde.

Laura hob beschwichtigend die Hände. »Mal langsam. Viola hat recht. Frank wird einen Grund haben, dass er uns bittet, vorsichtig zu sein.«

Viola nickte. »Er weiß besser als wir alle, dass es gefährlich werden kann, wenn man versucht, Ricarda aus der Reserve zu locken.«

»Da kommt sie übrigens endlich.« Angelique wies auf Ricardas Auto, das gerade auf den Parkplatz des Stadthotels einbog. Nur wenig später kam Ricarda im Laufschritt auf die drei Frauen zugeeilt. »Entschuldigt bitte, aber ich hatte ein Problem in meiner Wohnung. Die Heizung ist ausgefallen, und warmes Wasser habe ich auch nicht mehr. Ich musste die Vermieterin anrufen. Dummerweise ist sie auf einer Kreuzfahrt. Es war schon ein Glück, dass ich sie überhaupt übers Handy erreicht habe. Anscheinend war sie gerade mal auf einem Landausflug. Es wird also möglicherweise noch eine Weile dauern, bis der Schaden behoben ist.«

»Ach du Schreck! Du Ärmste!« Mitfühlend umarmte Laura sie. »Ausgerechnet jetzt, da die Wetterfrösche eine Kaltfront angekündigt haben, die locker zwei Wochen anhalten könnte.«

»Das wird nicht gerade lustig«, stimmte Ricarda zu und schüttelte sich dabei demonstrativ. »Ich musste heute lauwarm duschen, und nun ist gar kein warmes Wasser mehr übrig. Die anderen Hausbewohner rotieren auch schon. Edda und Kerstin, die unter dem Dach wohnen, waren fuchsteufelswild. Man hat sie durchs ganze Haus schimpfen hören. Familie Kramer will vorübergehend zu Verwandten ziehen, weil sie zwei kleine Kinder haben. Die kann man ja nicht tage- oder wochenlang ohne heißes Wasser versorgen. Und noch dazu ohne Heizung. Nur den Hauschilds scheint das relativ egal zu sein, weil sie eh morgen in Urlaub fahren.«

»Und was willst du machen?« Angelique hakte sich bei Ricarda unter.

»Na, was schon?« Ricarda zuckte mit den Achseln. »Bibbern natürlich.«

»Quatsch! Du kommst einfach zu einer von uns.« Laura hakte sich ihrerseits bei Viola unter. »Wir haben doch alle ein Gästezimmer.«

»Das ist doch nicht nötig. Ich komme schon klar.«

»Nix da!« Angelique übernahm mit Ricarda die Führung – sie hatten zuerst eine Tour durch die Innenstadt vor, um dort alle Lädchen und Boutiquen abzugrasen – und warf Laura und Viola einen kurzen Blick über die Schulter zu. »Du hast die freie Auswahl an Gästezimmern bei uns. Deine Eltern haben ja auch eins. Frieren musst du also wirklich nicht.« Sie machte eine bedeutsame Pause, in die hinein Laura sich warnend räusperte. Angelique warf ihrer Freundin jedoch nur noch einen weiteren kurzen Blick zu. »Frank hat bestimmt auch Platz für dich.«

»Nein.« Abrupt blieb Ricarda stehen, sodass Angelique herumgewirbelt wurde und Viola und Laura beinahe in sie hineingelaufen wären.

»Nein, er hat keinen Platz?« Aufmerksam musterte Angelique sie und hatte den Eindruck, dass ihre Schwägerin ein bisschen blass geworden war. Oha, dachte sie. Hier scheint tatsächlich Vorsicht die Mutter der Porzellankiste zu sein.

»Nein, ich werde nicht bei Frank einziehen.« Ricardas Miene hatte sich verfinstert.

»Von Einziehen war ja auch gar keine Rede«, warf Angelique rasch ein. »Sondern nur von einem vorübergehenden …«

»Nein. Das geht nicht.« Ricarda funkelte sie wütend an.

»Ende der Diskussion.« Ehe jemand noch etwas erwidern konnte, lächelte sie plötzlich. »Also, wo fangen wir an? In *Rodrigos Fundgrube* oder in *Giselas Antiquitätenlädchen*?«

Fragend blickte Angelique von Laura zu Viola. Ihr lag eine Erwiderung auf der Zunge, doch als Viola warnend den Kopf schüttelte, passte sie sich Ricardas Stimmungsumschwung an. »Rodrigo, würde ich sagen. Da gibt es immer so tolle unnütze Kleinigkeiten, und ich muss unbedingt etwas für meine Tante Inge finden.«

Alle stimmten fröhlich zu, und sie zogen lachend und scherzend los. Im Geiste machte Angelique sich allerdings eine Notiz, am Nachmittag dringend mit Patrick zu reden.

***

»Das ist alles eure Schuld!« Anklagend hob Ricarda die rechte Hand leicht an, in der sie zwei vollgepackte Tüten trug. »Und das hier auch.« Damit hob sie die linke Hand mit zwei weiteren schweren Tragetaschen voller Einkäufe. »Euretwegen bin ich bald pleite.« Ächzend ließ sie sich auf die Couch im Wohnzimmer ihrer Eltern fallen. »Ich kann nicht mehr.«

»Dafür hast du aber schon jede Menge Geschenke gefunden. Mehr als wir alle zusammen.« Viola ließ sich neben ihr auf der Couch nieder und streckte die Beine aus. »Und diese tollen neuen Jeans und diese süße rosa Bluse mit den Rosenstickereien. Die steht dir wirklich einmalig gut.«

»Rosa!« Ricarda verdrehte die Augen. »Wie konnte ich mich bloß von euch dazu überreden lassen?«

»Es ist ein sehr schönes dunkles Altrosa«, dozierte Laura zum wiederholten Mal. »Kein Baby- oder Schweinchenrosa. Du brauchst deshalb nicht verlegen zu werden. Die Farbe ist wie für dich gemacht. Du siehst zum Anbeißen darin aus.«

Ricarda lachte. »Ich will aber nicht angebissen werden.« Dass sie natürlich sofort an Frank denken musste, ignorierte sie dabei beinahe vollständig. »Ich weiß nicht mal, wann ich das Teil anziehen soll.«

»Also, wenn du mich fragst, dann so oft wie möglich.« Angelique setzte sich auf einen Sessel, und Laura tat es ihr gleich. Als sie endlich alle saßen, seufzten sie unisono auf. Laura schielte in Richtung Küche. »Hunger! Durst! Wer geht das Essen holen?« Sehnsüchtig streckte sie die Hand in Richtung der Küchentür aus. »Ich kann nicht.«

»Warten wir ein paar Minuten, dann sind wir vielleicht hungrig genug, um den Weg zu schaffen«, schlug Viola vor.

»Niemand bewegt sich!« Margit Sternbach erschien in der Küchentür, in den Händen ein Tablett mit Kaffeegeschirr, aufgeschnittenem Stollen und einer großen Schale voller Weihnachtsplätzchen. »Der Rundum-Versorgungsservice ist schon da.«

Ricarda stöhnte begeistert auf. »Ich liebe das *Hotel Mama*!«

Margit lachte. »Und ich liebe es, meine vier Mädchen mal richtig verwöhnen zu dürfen. Ausnahmsweise gibt es jetzt schon was Süßes. Die überbackenen Pizzabrötchen kommen in knapp einer Viertelstunde.« Sie blickte auf ihre Armbanduhr. »Also genau um halb acht. Ihr habt euch heute ganz schön lange herumgetrieben.«

»Erst sind wir durch die Innenstadt gezogen und danach noch durch die Mall«, erklärte Viola und griff beherzt in die Plätzchenschale.

»Die Mall habe ich leider verpasst.« Auch Angelique bediente sich an den Keksen. »Dafür habe ich einen schönen Spaziergang mit Jakob in der Dezembersonne gemacht.« Sie kicherte. »Er hat fast den gesamten Nachmittag verschlafen.

Patrick wird jetzt seine helle Freude an seinem ausgeschlafenen Sohn haben. Na ja, er hat ja noch drei Freunde, die ihn beim Bespaßen unterstützen können.«

»Jessica und Joel sind doch auch noch da.« Schmunzelnd setzte Margit sich auf die Armlehne der Couch. »Die beiden sind alt genug, um sich ein bisschen mit ihrem Brüderchen zu beschäftigen.«

»Das sind sie wohl.« Angelique kicherte erneut. »Allerdings ist Joel heute bei seinem Kumpel Marty eingeladen und Jessica bei Isabell. Beides sind Übernachtungsdates, also hat Patrick gerade sturmfreie Bude.«

»Oder ihr beide, wenn du nachher nach Hause kommst.« Viola blinzelte ihr vielsagend zu.

»Herrje, ja!« Auf Angeliques Gesicht breitete sich ein Grinsen aus. »Allerdings nur, wenn Patrick es schafft, Jakob irgendwie wieder müde zu bekommen. Sonst haben wir Pech gehabt.«

»Das wird ihm sicherlich gelingen.« Margit hüstelte, schmunzelte aber wieder. »Was dir viel eher einen Strich durch die Rechnung machen könnte, ist Elke.«

»Warum das denn?« Verblüfft sah Angelique sie an.

»Ihr Rund-ums-Jahr-Silvesterpunsch wird heute Abend Teil unseres gemütlichen Treffens sein.« Margit lachte. »Der hat es in sich, wie ihr wisst.«

»Au Backe!« Viola fasste sich an den Kopf. »Elke kommt also doch rüber? Mitsamt ihrem Punsch?«

»Den Punsch wird sie natürlich hier vor Ort herstellen.« Nun bediente auch Margit sich an einem Plätzchen. »Hans und Otto haben beschlossen, zusammen ins Kino zu gehen. Es läuft so ein Denkerfilm auf Französisch mit Untertiteln. Irgendwas über das Leben eines Botanikers, der sich in eine seiner Blumen verliebt oder so.«

»Oje.« Ricarda prustete. »Die beiden haben einen sehr absonderlichen Filmgeschmack.«

»Das findet Elke auch, deshalb kommt sie lieber zu uns.«

»Kommt Oma auch?« Viola griff nach einer ihrer Tüten. »Dann muss ich die hier nämlich verstecken.«

»Sie wollte es einrichten. Theo ist heute bei seinem Nachbarn zum Skatturnier eingeladen. Also machen wir uns einen schönen Mehrgenerationen-Frauenabend.«

»Mit Weihnachtsfilmen.« Viola grinste in Ricardas Richtung, die prompt wieder stöhnte, diesmal sehr theatralisch.

»Kann ich mich noch Papa und Otto anschließen?«

»*Tatsächlich … Liebe*«, schlug Laura vor.

Wieder stöhnte Ricarda.

»*The Holiday Calendar*«, warf Angelique in die Runde und erntete begeisterten Jubel.

Ricarda raufte sich die Haare.

»*Während du schliefst.*« Margit erhob sich. »Den mag ich besonders gerne, und Oma auch, soweit ich weiß.«

Applaus brandete auf.

Ricarda hielt sich die Ohren zu.

»Und obendrauf *Drei Haselnüsse für Aschenbrödel.*« Angelique feixte.

Laura und Viola quietschten vor Vergnügen.

Ricarda leerte eine ihrer Papiertragetaschen aus, in der sie Jeans und Bluse verstaut hatte, und stülpte sich die Tasche wortlos über den Kopf. »Bringt mich besser gleich um die Ecke, sonst müsst ihr mich hinterher notschlachten.«

Margit gab ihr einen liebevollen Klaps gegen die Schulter. »Na, na, junge Dame.« Dann zog sie ihr die Papiertüte vom Kopf. »Du kannst gleich mal mitkommen und mir mit den Pizzabrötchen helfen. Viola, du holst die Getränke.«

Artig stand Viola auf. »Puh, meine Füße! Aber es geht schon wieder, glaube ich. Ohne Schuhe.« Während sie sprach, streifte sie bereits ihre Schuhe von den Füßen und atmete hörbar auf. »O ja, viel besser.«

»Hey, du könntest uns doch nachher alle mal schön massieren, Schwesterchen.« Ricarda folgte ihrer Mutter in die Küche.

Viola schloss rasch zu ihr auf. »Gern. Ich berechne meinen üblichen Stundensatz plus Wochenendaufschlag und Verwandten-Unverschämtheitsbonus.«

Ricarda hustete. »Du wirst auch immer teurer. Dabei hätte ich einen fetten Rabatt verdient. Immerhin habe ich überwiegend deinetwegen mein Budget für heute gnadenlos überzogen.«

»Ich habe dich nicht gezwungen, so viele Geschenke zu kaufen.« Kichernd betrat Viola die Vorratskammer neben der Küche, in der seit einiger Zeit ein zusätzlicher Kühlschrank für Getränke stand. Bewaffnet mit Wasser-, Cola-, Limo- und Saftflaschen kehrte sie ins Wohnzimmer zurück.

»Hier, ich stelle die Backbleche auf die Anrichte, und du verteilst die Brötchen auf die Platten.« Margit öffnete die Backofentür, und der angenehme Pizzaduft, der bereits in der Luft lag, schlug in einer warmen Welle über Ricarda zusammen.

»Hmmm, ich bleibe gleich hier und esse alles alleine!«

»Finger weg von den Brötchen!« Spielerisch schlug Margit ihr auf die Finger. »Du wirst es erwarten können wie alle anderen.« Sie wurde wieder ernst. »Ich habe vorhin Edda in der Drogerie getroffen. Sie hat mir erzählt, dass in eurem Wohnhaus die Heizung und das warme Wasser ausgefallen sind.«

»War ja klar, dass sich das schnell herumspricht.« Ricarda begann, die Pizzabrötchen mit einem Pfannenwender von den Blechen auf die Servierplatten zu verteilen. »Mach dir bitte keine Sorgen. Ich werde es überleben.«

»Du kannst doch bestimmt bei Patrick übernachten, nicht wahr? Oder bei Justus oder Viola.«

Ricarda nickte vage. »Klar.«

»Ich würde dir ja auch sofort unser Gästezimmer anbieten, aber da müsstest du auf dem Boden schlafen. Wir haben gerade neulich die Matratze des Gästebetts zum Sperrmüll gegeben und warten auf die Lieferung der neuen. Sie soll aber erst im Lauf der kommenden Woche kommen. Natürlich könntest du auch auf der Couch …«

»Schon gut, Mama, mach dich nicht verrückt.« Ricarda lächelte ihrer Mutter beruhigend zu. »Ich knoble noch aus, welchem meiner Geschwister ich für die nächste Zeit auf den Keks gehen werde. Dann packe ich morgen ein paar Sachen zusammen und übersiedele in das entsprechende Gästequartier.«

»Gut.« Margit schnappte sich die erste volle Platte und trug sie ins Wohnzimmer, wo sie mit großem Ah und Oh empfangen wurde.

Ricarda beeilte sich, auch noch die restlichen Brötchen vom Backblech auf die verbliebene Platte zu verfrachten, und brachte diese ebenfalls ins Wohnzimmer. Kaum hatte sie sie abgestellt, als die Tür ging und Elke und Iris eintraten.

»Einen wunderschönen guten Abend!« Elke winkte mit der einen Hand und hob mit der anderen den Korb an, in dem sie offenbar die Zutaten für ihren Punsch transportierte. »Ihr seid ja schon beim Essen. Einen Moment, ich stelle nur schnell die Sahne in den Kühlschrank.« Schon war sie in der Küche verschwunden.

Iris wurde indes von den Frauen mit Umarmungen und Küsschen begrüßt.

»Ihr habt es aber gemütlich. Darf ich?« Sie setzte sich neben Ricarda auf die Couch. »Sag mal, stimmt es, dass in deinem Wohnhaus die Heizung ausgefallen ist? Ich war vorhin beim Metzger und bin Lina Kramer begegnet, die sich bitterlich beklagt hat, weil sie mit Mann und Kindern kurzfristig zu ihrer Schwester ziehen musste. Ist ja ein riesiger Umstand mit vier Personen, aber zwei Kinder im Kindergarten- und Grundschulalter ohne warmes Wasser und ohne Heizung zu versorgen ist natürlich auch nicht das Wahre. Ich erinnere mich noch gut, wie oft bei uns in der Mietwohnung der Strom ausgefallen ist, als Hans noch klein war. Herrje, und dann, als wir hierhergezogen sind, das Hotel gebaut haben und praktisch auf der Baustelle gelebt haben. Das waren Zeiten! Noch dazu ohne eine Waschmaschine. Ich habe erst eine bekommen, als unsere Wohnung über dem Hotel fertig eingerichtet war. Was war ich damals stolz und glücklich! Das kann sich heute niemand mehr vorstellen.« Da sich alle bereits einen Teller sowie ein Brötchen genommen hatten, griff auch sie zu. »Was machst du denn jetzt, Ricarda? In der kalten Wohnung willst du doch bestimmt nicht bleiben, oder?«

»Sie muss sich nur entscheiden, bei wem von uns sie Obdach sucht.« Grinsend biss Angelique in ihr Brötchen. »Hm, lecker!«

»Wir haben alle ein Gästezimmer frei«, fügte Laura hinzu. »Sie hat die freie Auswahl.«

»Ich überlege noch.« Ricarda goss sich eine Cola ein. »Angelique und Patrick haben mit Jakob schon so viel zu tun. Viola und Lukas sind frisch verheiratet, da stört man wohl besser nicht.«

»Bleiben also wir übrig.« Laura schmunzelte. »Sollen wir dich vielleicht gleich nachher mitnehmen, wenn Justus mich abholt?«

Angelique grinste breit. »Nicht wenn sie vielleicht doch bei …«

»Pssst.« Viola trat ihrer Schwägerin heftig gegen das Schienbein.

»Au!« Immer noch halb grinsend, nun aber auch halb grimmig rieb Angelique sich über die malträtierte Stelle. »Wenn sie nicht doch lieber zu uns kommt, um der Überdosis Liebesgesäusel zu entkommen, das Justus und Laura immer von sich geben, wollte ich sagen.«

Laura kniff die Augen zu Schlitzen zusammen. »Als ob ihr zwei viel besser wärt! Als ich neulich Abend bei euch war, um die frischen Eier vom Eulenhof vorbeizubringen, habe ich euch durchs Fenster gesehen. Ihr habt in der Küche geknutscht.«

»Na und?« Leicht verlegen hob Angelique die Schultern.

»Du hast auf der Kücheninsel gesessen, und ich will gar nicht davon anfangen, wo die Hände deines Ehemannes waren.« Sie wandte sich an Ricarda. »Überleg dir gut, ob du das Risiko eingehen willst, deinen Zwillingsbruder bei solchen und ähnlichen Aktivitäten zu überraschen. Ich bin nicht mal sicher, ob er eine Hose anhatte.«

»Huch!« Iris schlug die Hände vor den Mund. Dennoch hörte man sie glucksen.

Angelique hüstelte. »Er hatte selbstverständlich eine Hose an. Wir haben zwei minderjährige Kinder im Haus.«

»Nicht an dem Abend. Da war doch dieser Klassenausflug mit Übernachtung im Landschulheim.«

»Nun hört schon auf, Kinder.« Mahnend hob Margit den rechten Zeigefinger. »Wer auch immer von euch Ricarda aufnimmt, wird sich doch wohl für ein paar Tage zusammenreißen können.« Obgleich aus ihrer Stimme die mütterliche Strenge klang, war ihr dennoch anzusehen, wie stolz und froh sie war, dass ihre Kinder glücklich verheiratet waren.

»Auf dem Rückweg vom Metzger bin ich übrigens beim Stadthotel vorbeigegangen und habe mir die Weihnachtsdekoration angeschaut«, fuhr Iris indes fort. »Wunderschön! Ihr werdet jedes Jahr besser. Dieses Jahr ist es besonders geschmackvoll, finde ich. Wer war denn diesmal federführend?«

Alle Anwesenden zeigten auf Ricarda, die überrascht von ihrem Teller aufsah. »Ich habe doch nur mit Mama die neue Deko ausgesucht. Beim Schmücken selbst war ich nur am Rande beteiligt.«

»Aber ohne deinen guten Geschmack wäre das Ganze jetzt nicht so wunderschön geworden.« Iris lachte. »Entschuldigt, das kam jetzt völlig falsch rüber. Die Hotels sehen immer zauberhaft aus, aber ihr steigert euch wirklich jedes Jahr. Ich würde Ricarda zukünftig die Oberaufsicht über den Kauf neuer Dekoration übertragen.«

»Echt jetzt?« In gespielter Verzweiflung sah Ricarda sich hektisch um. »Wo ist meine Tüte? Ich muss sie mir noch mal überstülpen.«

Ringsum wurde gelacht.

»Nun lasst uns mal endlich überlegen, mit welchem Film wir heute anfangen wollen«, wechselte Margit energisch das Thema.

»Da bin ich raus.« Ricarda biss demonstrativ in ein weiteres Brötchen. »Außer ihr schiebt einen schönen Actionstreifen dazwischen. Vielleicht etwas mit Vin Diesel.«

Mehrstimmiger Protest wurde laut.

»Wir haben vier Filme zur Auswahl«, wandte Viola sich an ihre Großmutter und Elke und zählte die Titel auf. »Wir werden aber höchstens drei schaffen, nehme ich an, und das wird schon sportlich. Also müssen wir mindestens einen aussortieren.«

Nach einigem Hin und Her wurden sie sich einig, *Drei Haselnüsse für Aschenbrödel* auf ein andermal zu verschieben. Ricarda seufzte übertrieben laut auf. »Danke, danke, danke!« Sie schnappte sich die Fernbedienung. »Ich bin immer noch für Vin Diesel. *Triple X* zum Beispiel.«

»Neeeiiin!«, schrien Laura, Viola und Angelique im Chor, und Viola versuchte, Ricarda die Fernbedienung zu entwinden. »Gib her!«

»Warum denn? In dem Film gibt es auch eine Lovestory.« Lachend hielt Ricarda die Fernbedienung außer Reichweite ihrer Schwester. »Die ist bloß nicht so schmalzig.«

Angelique sprang auf und entwand ihr die Fernbedienung. »Das wäre ja noch schöner!« Rasch wählte sie einen Streamingdienst an und klickte sich zu den Weihnachtsfilmen durch. Augenblicke später begann der Vorspann von *Tatsächlich … Liebe*, und alle klatschten begeistert.

Ricarda ließ sich in die Polster fallen und tat, als erleide sie einen Anfall.

»Ich gehe mal schnell in die Küche und bereite den Punsch vor«, flüsterte Elke in die Runde. »Stellt ihr die Lautstärke bitte ein bisschen höher ein? Wenn ich die Tür offen lasse, kriege ich alles mit.«

***

»Hach!« Mit einem leisen Schniefen wischte Viola sich eine Träne von der Wange. »Ich finde diesen Film so schön!«

»Das sagst du nach jedem romantischen Film.« Laura rekelte sich auf ihrem Sessel und nippte an einer Tasse heißer Schokolade. »Aber du hast recht, ich mag diesen Film mit dem verzauberten Adventskalender auch sehr gerne. Ein modernes Weihnachtsmärchen. Ein bisschen magisch, aber trotzdem noch realistisch genug, dass die Geschichte fast genau so wirklich passieren könnte. Und nicht zu kitschig, also müsste auch Ricarda damit …« Sie hielt inne. »Ricarda? Stimmt etwas nicht?«

Verlegen richtete Ricarda sich auf. »Schon gut, ich war nur mit den Gedanken gerade woanders.« Um keinen Preis wollte sie zugeben, dass der Film sie diesmal seltsam berührt hatte. Wahrscheinlich weil es darin um zwei Menschen ging, die seit ihrer Kindheit beste Freunde gewesen waren und nach einer Weile der Trennung feststellen, dass sie mehr füreinander empfinden als nur Freundschaft. Natürlich mit Happy End. In solchen Filmen gab es immer eins. So als wäre es furchtbar einfach, von Freundschaft auf Liebe umzuschalten. Als würde das nicht eine riesige Gefahr bergen. Die Gefahr des Verlusts dieser Liebe und damit auch der Freundschaft.

Viola, die neben ihr saß, fasste nach ihrer Hand. »Woran hast du denn gedacht, dass du plötzlich so ein böses Gesicht machst? So kitschig ist der Film doch nun wirklich nicht.«

Ricarda entzog sich ihr wieder. »Ich dachte nur … Was ist, wenn die zwei in dem Film nach einer Weile bemerken, dass sie sich doch nicht mehr lieben? Oder wenn einer von beiden den Abflug macht. Keine Lust mehr hat. Oder bemerkt, dass er sich geirrt hat? Dann hat der andere schön das Nachsehen, und das ganze Happy End ist dahin.«

Sie spürte, wie alle Anwesenden sie verblüfft ansahen.

»Aber am Ende werden die beiden doch ein Jahr später gezeigt«, wandte Viola ein. »Da sind sie immer noch sehr glücklich miteinander.«

»Ja, in dem Film.« Ricarda zog den Kopf zwischen die Schultern und griff nach der Karaffe mit Eierpunsch, die auf einem Stövchen stand, damit der Punsch nicht abkühlte. Rasch goss sie ihre Tasse voll und nahm einen tiefen Schluck.

Dann noch einen. Der Cognac in dem Gebräu fand seinen Weg direkt und ohne Umwege in ihre Blutbahn. Eigentlich hatte sie bereits zu viel davon getrunken. Dennoch nahm sie auch noch einen dritten Schluck. Sie trank sonst nie so viel Alkohol. Lediglich im engsten Familienkreis machte sie manchmal eine Ausnahme, weil sie sich dort sicher fühlte. Nachdem sie die Tasse wieder auf den Couchtisch zurückgestellt hatte, lehnte sie sich mit vor der Brust verschränkten Armen zurück und erklärte: »Im wahren Leben läuft das doch nie so glatt. Schon gar nicht, wenn ein solches Ungleichgewicht zwischen den beiden Personen besteht.« Ihr Kopf begann, sich ein bisschen wie mit Watte gefüllt anzufühlen – und ihre Zunge lockerte sich.

»Was denn für ein Ungleichgewicht?«, fragte ihre Großmutter.

Ricarda richtete sich wieder ein wenig auf. »Na, ist doch glasklar. Josh ist schon ewig in Abby verliebt, ohne dass sie es weiß. Dann kommt er nach langer Abwesenheit zurück, hofft auf eine Chance und hat auch noch das Glück, dass Abby zufällig auch Gefühle für ihn entwickelt, die über Freundschaft hinausgehen. Ich frage ja nur, was wäre, wenn sie es sich dann nach einer Weile wieder anders überlegt. Dann ist die Beziehung kaputt und die Freundschaft von früher im Eimer.«

Einen langen Moment herrschte Stille im Zimmer, nur durchbrochen von dem leisen Gedudel eines Werbetrailers für den nächsten Weihnachtsfilm.

»Aber in dem Film stellt sich doch am Ende heraus, dass Abby in Wahrheit Josh auch schon immer geliebt hat. Sie hat es nur erst erkennen müssen«, warf Viola erneut ein. »Sie überlegt es sich nicht mehr anders.«

»Ich sag doch, im Film ist das immer so einfach.« Mit einer beinahe hektischen Bewegung schnappte Ricarda sich erneut ihre Tasse und stürzte den Rest des Punsches in einem Zug hinunter. Das warme Getränk brannte für einen Moment in ihrer Kehle und verursachte ihr beinahe sofort einen leichten Schwindel. »So was funktioniert doch in der realen Welt nicht. Da hat immer eine von beiden Parteien das Nachsehen. In der Regel genau dann, wenn der andere bemerkt, dass er doch nicht wirklich verliebt, sondern nur auf seine Hormone hereingefallen ist. Oder geschmeichelt. Oder ein Idiot. Was weiß ich.«

Angelique räusperte sich vernehmlich. »Nur fürs Protokoll: Ich habe nicht damit angefangen.«

20. Kapitel

»Wer hätte gedacht, dass sich unsere Partys mal derart verändern würden.« Grinsend lehnte Patrick sich auf der Couch in seinem Wohnzimmer zurück. Seine Füße hatte er auf dem Couchtisch abgelegt – etwas, was er sich nur traute, wenn Angelique nicht zu Hause war. In der linken Hand hielt er Spielkarten, und auf seinem Bauch lag sein Sohn Jakob und stieß begeistert quietschende Laute aus, weil Patrick ihn mit dem Daumen seiner rechten Hand spielen ließ.

Frank warf ihm einen amüsierten Blick von seinem Sessel aus zu. »Die Zeiten ändern sich frappierend. Die Getränke auch. Früher hätten wir niemals nüchtern eine Pokerrunde veranstaltet.« Er griff nach seiner Flasche mit alkoholfreiem Bier und schwenkte deren Inhalt kurz, bevor er ihn hinunterstürzte. »Ihr wisst schon, wie man eure Spezies nennt? Domestiziert.«

»Und du bist der einzige übrig gebliebene wilde Junggeselle, was?« Da er an der Reihe war, nahm Justus seine nächste Karte auf.

Patrick reckte den Hals, um auf den Tisch sehen zu können, als Lukas die nächste Gemeinschaftskarte aufdeckte. »Ich erhöhe um zehn.« Mit dem Fuß schob er ein paar der Plastikchips, mit denen sie schon als Teenager gespielt hatten, in die Mitte des Tisches.

Lukas legte sein Blatt aus der Hand. »Ich bin raus.«

Frank kräuselte die Lippen. »War das eine Fangfrage?« Nach einem Blick in seine Karten schob er ebenfalls Chips in die Mitte. »Ich gehe mit.«

Justus legte seine Karten ebenfalls verdeckt auf den Tisch. »Ich bin auch raus. Weshalb glaubst du, das sei eine Fangfrage?«

Frank lehnte sich in seinem Sessel zurück. »Weil ich dachte, ich hätte neulich ziemlich deutlich signalisiert, dass ich weg vom Markt bin.«

Justus beugte sich auf seinem Sessel vor und stützte seine Unterarme dabei auf den Knien ab. »Es ist dir also wirklich ernst.«

Frank warf einen Blick auf die Karten auf dem Tisch, nahm aber keine.

»Das will ich doch schwer hoffen.« Wieder schob Patrick seine Chips mit dem Fuß in die Tischmitte. Diesmal alle. »All in. Andernfalls müsste ich dir wehtun.«

Die Doppeldeutigkeit seiner Worte erkannte Frank sehr wohl. Er musterte noch einmal seine Karten, obwohl er genau wusste, was er in der Hand hielt. Mit einem grimmigen Lächeln schob er seine Chips ebenfalls alle zur Mitte. »All in. Ich will sehen.«

Vorsichtig erhob Patrick sich und hielt dabei Jakob so, dass er nicht von seinem Bauch herunterrutschen konnte. Nacheinander legte er seine Karten auf den Tisch. »Full House.«

»Nicht schlecht.« Frank legte ebenfalls seine Karten auf den Tisch und schob sie auseinander, damit jede einzelne zu erkennen war. »Straight Flush. Her mit der Kohle.« Er wandte sich an Justus. »Wie ich schon einmal klargestellt habe: Ich würde mir mit Ricarda niemals einen solchen Scherz erlauben.«

»Von einem Scherz war ja nicht die Rede.« In der für ihn typischen schonungslos offenen Art fuhr Justus fort: »Eher von einer Laune oder temporären Verwirrung. Wir waren bestimmt alle schon mal auf eine Frau scharf und haben hinterher gemerkt, dass es bloß was Körperliches war.« Auffordernd blickte er in die Runde.

Patrick runzelte die Stirn, nickte dann aber.

Lukas zuckte mit den Achseln. »Ist vorgekommen. Oft sogar. Allerdings wollte ich es auch so. Aber das ist ein anderes Thema.«

»Das wird mir nicht passieren.« Frank sammelte die Spielkarten ein. »Nehmt das einfach als gegeben hin.«

»Weil?« Interessiert musterte Justus ihn.

»Weil es so ist.«

»Von jetzt auf gleich?« Patrick wiegte Jakob ein wenig in den Armen, weil der Kleine unruhig wurde und zu greinen begann. »Entschuldige, aber du bist gerade mal ein paar Tage wieder da.«

»Ein paar Wochen.« Frank teilte an jeden Spieler zwei Karten aus, während Lukas die Chips aufteilte. Sie hielten sich nicht ganz an die Regeln, aber das störte hier niemanden.

»Haarspalterei.« Vorsichtig stand Patrick auf und ging mit dem Baby auf und ab. »In der kurzen Zeit willst du dir also sicher geworden sein, dass Ricarda die Richtige für dich ist.«

Frank hob die Schultern, wissend, dass er sich nicht ganz fair verhielt, indem er seinem besten Freund einige wichtige Details verschwieg. »Wie lange hast du gebraucht, um zu wissen, dass Angelique die Richtige für dich ist?«

»Bei Laura wusste ich es praktisch auf den ersten Blick«, mischte Justus sich ein. »So etwas kommt vor. Aber bei euch liegt die Sache ja nun ein bisschen anders. Komplizierter. Oder irre ich mich da? Ist zwischen euch alles klar?«

Frank senkte den Blick, wenn auch nur eine Spur. »Wir arbeiten daran.«

Patrick blieb mitten im Raum stehen. »Tu ihr weh, und du hast es hinter dir.«

»Schon klar«, sagte Frank nachdrücklich und hielt dem Blick seines besten Freundes stand. »Deine Drohungen bringen uns aber nicht weiter. Ich glaube, du weißt, wie wichtig mir Ricarda ist. Das war schon immer so und wird sich auch niemals ändern. Ich weiß nur selbst noch nicht genau, wie ich mit der Situation umgehen soll.«

»Habt ihr schon …?« Justus nahm seine Karten auf, warf einen Blick darauf und legte sie zurück auf den Tisch. »Du weißt schon.«

»Nein.«

»Warum nicht?«

»Weil …« Er blickte zu Boden. »… es kompliziert ist.«

»Hm.« Nachdenklich griff Justus erneut nach seinen Karten. »Sexuelle Frustration wird das Problem auch nicht lösen.«

»Halt die Klappe, du Idiot!« Erbost machte Patrick einen Schritt auf seinen Bruder zu.

»Warum denn?« Justus erwiderte seinen Blick gelassen. »Habe ich etwa nicht recht?«

Patrick blickte mit einem verzweifelten Stöhnen zur Decke. »Willst du ihn jetzt etwa dazu auffordern, Ricarda flachzulegen?«

»Wenn es der Sache dienlich ist.« Justus räusperte sich verhalten. »Okay, das hat mir als ältestem Bruder, glaube ich, nun doch gerade so was wie einen Hirnschlag versetzt.«

»Gut so, dann weißt du, wie ich mich fühle«, grollte Patrick.

»Hört auf damit. Über dieses Thema werde ich nicht mit euch reden. Was zwischen Ricarda und mir passiert und wann, ist unsere Sache und niemandes sonst. Entweder spielen wir jetzt weiter, oder ich erkläre den Abend meinerseits für beendet.«

»Spielt eine Runde ohne mich. Der Kleine hat die Windel voll. Bin gleich wieder zurück.« Damit verließ Patrick das Wohnzimmer.

Justus sah ihm einen kurzen Moment nach, dann suchte er Franks Blick. »Viel Glück. Dir und Ricarda. Einen Bruder wie dich können wir in unserer Familie gut brauchen.«

»Wie läuft es eigentlich in deiner Kanzlei?«, wechselte Lukas das Thema, der sich bislang bedeckt gehalten hatte. »Du hast noch gar nichts darüber erzählt. Ich stelle es mir nicht ganz einfach vor, in die Fußstapfen der erfolgreichen Eltern zu treten. Das war immer etwas, wovon ich Abstand genommen habe.«

»Es läuft ganz gut.« Frank entspannte sich ein wenig. »Momentan versuche ich noch, einen Überblick über die bestehenden Klienten zu bekommen. Meine Eltern haben versucht, möglichst wenige offene Fälle zu hinterlassen, damit ich einen frischen Start hinlegen kann. Tatsächlich habe ich schon ein paar Anfragen von potenziellen neuen Klienten erhalten, aber da ist noch nichts konkret.«

»Das wird schon. Ein guter Anwalt wird doch immer gebraucht.« Lukas lächelte leicht. »Ein gutes Blatt auch. Ich hoffe, ihr habt eins, sonst ziehe ich euch die Hosen aus.«

»Keine Anzüglichkeiten!« Justus fletschte die Zähne. »Ich setze fünf.«

»Nur?« Lukas verdoppelte den Einsatz, ohne mit der Wimper zu zucken.

Schweigend schob Frank ebenfalls zehn Chips in die Tischmitte. »An deinem Pokerface solltest du noch ein bisschen arbeiten, Lukas. Der Sinn des Spiels ist, niemanden wissen zu lassen, wie gut oder schlecht dein Blatt ist.«

»Vielleicht blufft er nur.«

»Ja, vielleicht.« Lukas grinste breit.

Frank deckte die ersten drei Gemeinschaftskarten auf.

»Ich habe am kommenden Dienstag ein Meeting mit einem gewissen Arthur Mondoli von der städtischen Sozialstation und einem seiner Mitarbeiter. Noah Silberberg. Mein Vater hat in den vergangenen vier Jahren pro bono für die Station gearbeitet. Oder vielmehr für die Leute, die dort betreut werden. Ich würde das gerne fortsetzen.«

»Finde ich gut.« Anerkennend nickte Justus. »Ich bin mir sicher, du wirst Arthur und Noah mögen. Arthur leitet die Sozialstation schon von Anfang an. Noah ist vor sieben oder acht Jahren dazugekommen. Einer der besten Sozialarbeiter, die die Stadt je hatte.« Er wandte sich Lukas zu. »Tim ist eine seiner Erfolgsgeschichten, nicht wahr?«

Zustimmend nickte Lukas. »Er ist der lebende Beweis, dass man selbst dann etwas aus sich machen kann, wenn die Vorzeichen denkbar schlecht stehen. Tims Familie kannst du getrost abhaken. Alkohol, Gewalt, Arbeitslosigkeit. Such dir was aus, und es trifft zu. Hätte Noah sich nicht um Tim gekümmert und ihn angespornt, wäre der wahrscheinlich längst in der Gosse gelandet. Schule abgebrochen, frustriert, perspektivlos und so weiter. Stattdessen hat er die Kurve gekriegt und ist inzwischen mein bester Mann in der Schreinerei. Nebenbei baut er Kinderspielzeug aus Holz. Im neuen Jahr wollen wir eine neue Möbellinie zusammen entwerfen.«

»Das hört sich gut an.« Anerkennend nickte Frank.

»Was hört sich gut an?« Patrick hatte ohne Jakob das Wohnzimmer betreten. In der Hand hielt er ein Babyfon. »Hat noch jemand Hunger?«

»Später.« Lukas winkte ab. »Erst muss ich diese Runde gewinnen.«

Frank schnaubte. »Von wegen!«

***

Laura rutschte auf ihrem Sessel ein wenig vor und suchte Ricardas Blick. »Wo kommt denn diese traurige Einsicht plötzlich her? Kann es sein, dass es hier gar nicht um den Film geht?«

»Ja, ach!« Angelique verdrehte die Augen.

»Hey!« Viola warf ihr einen strafenden Blick zu. »Du bist doch sonst nicht so unsensibel.«

Nun beugte sich auch Margit besorgt zu Ricarda vor. »Stimmt etwas nicht, mein Schatz? Ist etwas zwischen dir und Frank vorgefallen?«

»Hat er es sich anders überlegt?« Sanft ergriff Viola Ricardas Hand.

Ricarda goss sich hastig erneut die Tasse voll Punsch. Nachdem sie einen großen Schluck genommen hatte, hielt Viola sie am Handgelenk fest, schüttelte den Kopf und entwand ihr vorsichtig die Tasse.

»Was soll schon vorgefallen sein?« Die Watte in Ricardas Kopf verdichtete sich. »Ich dachte, ihr wüsstet schon alle alles. Spricht sich ja schnell herum. Frank behauptet, er will mit mir zusammen sein. Habt ihr doch selbst gehört. Die meisten von euch zumindest.«

Elke, die bisher ungewöhnlich still gewesen war, rückte mitsamt ihrem Sessel näher an die Couch heran. »Willst du denn auch mit ihm zusammen sein?«

Schweigend blickte Ricarda zu Boden. Dachte an Frank. An seine Küsse. An seine Augen. An seine Arme, in denen sie sich so geborgen fühlte. Verzagt hob sie die Schultern. »Ich weiß es nicht.«

»Weil du Angst vor den Konsequenzen hast.« Nun war auch Angeliques Stimme etwas sanfter geworden. »Das kann ich gut verstehen. Habt ihr denn inzwischen schon … miteinander …«

»Nein.« Auch wenn sie nicht verklemmt war, verspürte Ricarda einen heftigen Anflug von Verlegenheit. Immerhin waren ihre Mutter, ihre Tante und ihre Großmutter anwesend.

»Warum nicht?«

»Angelique!« Lauras empörter Protest bewirkte nicht viel.

»Was denn? Ist das nicht eine legitime Frage? Worauf warten die beiden denn? Je länger sie zögern, desto frustrierter werden sie. Glaubt mir, ich kann ein Lied davon singen. Wenn Ricarda herausfinden will, ob das alles, nun ja, echt ist, dann muss sie irgendwann Nägel mit Köpfen machen. Dieses Herumgeeiere bringt sie nicht weiter.«

»Aber so etwas ist ein schwerwiegender Schritt«, gab Laura zu bedenken. »Da würde ich mich auch nicht so leichtfertig hineinstürzen.«

Angelique zuckte mit den Achseln. »Was soll aber das Warten groß bringen? Lieber ein Ende mit Schrecken als ein Schrecken ohne Ende. Das ist jedenfalls meine Meinung.«

»Aber genau vor dem Ende hat sie doch Angst.« Viola legte Ricarda einen Arm um die Schultern. »Frank ist ihr bester Freund.«

»Es ist doch längst nicht gesagt, dass es zu einem Ende kommen muss«, hielt Angelique dagegen. »Es kann doch auch gut gehen.«

In Ricardas Kopf begann sich langsam, aber sicher alles zu drehen. »Ich habe Angst«, brach es aus ihr heraus, ohne dass sie ihre Zunge bremsen konnte. »Was ist, wenn ... wenn ... Scheiße.«

»Ricarda!« Mit einem milden Tadel im Ton beugte Margit sich vor und ergriff ihre Hand. »Du musst das nicht überstürzen. Wenn du dir noch nicht sicher bist ...«

»Das ist doch nicht das Problem, Mama!« Ruckartig hob Ricarda den Kopf. »Ich kann nicht einfach so mit ihm zusammen sein. Das wäre falsch. So … falsch. Wenn es nicht gut geht, habe ich gar nichts mehr. Das ist alles so … unfair!«

»Also willst du erst mal nicht mit ihm zusammen sein und abwarten«, folgerte Laura.

»Ja. Nein! Verdammt.« Fahrig schob Ricarda ihre Finger unter die Brillengläser und rieb ihre Augen, die verdächtig zu brennen begonnen hatten. »Natürlich will ich. Das ist das Problem. Ich will viel zu sehr mit ihm zusammen sein. Aber das geht nicht.«

»Warum nicht?« Nun beugte sich auch ihre Großmutter zu ihr herüber. Die anderen folgten, bis Ricarda dicht umringt war.

»Weil.« Sie sehnte sich nach noch mehr Punsch, doch allein bei dem Gedanken drehte sich das Karussell in ihrem Kopf noch schneller. »Das geht nicht gut. Wie denn auch? Ich wollte schon immer mit ihm zusammen sein. Ich habe ihn schon immer geliebt. Aber für ihn ist das alles noch ganz neu. Ich weiß nicht, wie es überhaupt dazu gekommen ist, dass er plötzlich … an mir Interesse hat. Auf diese Weise, meine ich. Er war immer mein bester Freund. Und jetzt auf einmal … Was, wenn es nur die Hormone sind? Wenn er es sich wieder anders überlegt? Dann habe ich ihn verloren. In jeder Hinsicht.«

»Also brauchst du noch etwas Zeit, um herauszufinden, wie es um Franks Gefühle tatsächlich steht.« Ihre Großmutter nickte langsam. »Vielleicht ist das in dieser Situation tatsächlich das Beste.«

»Moment mal, habe ich das jetzt richtig verstanden?« Viola umfasste Ricardas Schultern und schüttelte sie leicht. »Hast du gerade gesagt, dass du Frank schon immer geliebt hast?«

»Definiere ›schon immer‹«, fügte Laura hinzu.

Ricarda hatte das Gefühl, in einer Achterbahn zu sitzen. »Schon immer heißt schon immer. Seit … immer eben.«

»Heilige Sch…reckschraube!« Viola ließ sich rücklings in die Polster fallen. »Das gibt es doch nicht. Immer schon? Also auch damals, als du … als ihr … Ich glaube es ja nicht! Warum hast du denn nie etwas gesagt?«

Ricarda umklammerte die Hand ihrer Mutter in der Hoffnung, dass sich dadurch die Achterbahn verlangsamen würde. »Weil es allein meine Sache war. Oder ist. Es geht niemanden etwas an.« Etwas zittrig atmete sie ein und wieder aus. Schluckte. Schluckte noch einmal. »Ich glaube, mir wird schlecht.«

21. Kapitel

»Hervorragend.« Mit einem zufriedenen Lächeln zupfte der Weihnachtsmann an seinem Bart. »Das läuft ja wie am Schnürchen.«

»Santa Claus, das ist doch wohl nicht wahr, oder?« Elfe-Sieben starrte ihn mit offenem Mund an. »Bist du das gewesen? Du hast dafür gesorgt, dass in Ricardas Haus die Heizung ausgefallen ist?«

»Allerdings.« Zufrieden ging der Weihnachtsmann in die Zimmerecke, in der das Gefühlsradar schon seit einer Weile vor sich hin schrillte. Er hatte die Lautstärke bereits heruntergeregelt und tat dies nun noch einmal.

»Wie gemein von dir! Was willst du denn damit bloß bezwecken? Und überhaupt – damit hast du doch auch den anderen Menschen geschadet, die in dem Haus leben.«

Langsam drehte Santa Claus sich um. Seine Miene war sehr ernst geworden. »Du glaubst doch nicht wirklich, dass ich auch nur einem dieser Menschen einen Schaden zufügen will! Nein, nein, ich habe das ganz genau geplant, glaub mir. Dabei erfülle ich sogar nebenbei noch ein paar andere Wünsche, denn jede einzelne Person, die mit Ricarda in diesem Haus wohnt, hat ein größeres oder kleineres Päckchen mit sich herumzutragen. Ich habe es so eingerichtet, dass dieser Ausfall der Heizung für alle eine Kette von Ereignissen auslöst oder vielmehr ausgelöst hat, die dazu führt, dass sie am Ende glücklicher sind als zuvor.«

»Wirklich?« Skeptisch warf Elfe-Sieben einen Blick auf

den Bildschirm, auf dem das abendliche Treffen der Frauen der Sternbach-Familie zu sehen war. »Das sieht aber im Moment zumindest bei Ricarda gar nicht so aus.«

»Ich weiß.« Der Weihnachtsmann nickte. »Die Kettenreaktion muss ja erst einmal richtig in Gang kommen.«

»Die Kettenreaktion?«, kam es erstaunt von der Tür, in der Santas Ehefrau erschienen war. Stirnrunzelnd trat sie näher. »Entschuldige, aber ich habe gerade mitbekommen, worüber ihr redet. Sag bloß, du hast im Alleingang irgendetwas angestellt.«

»Ich habe gar nichts angestellt!« Empört hob Santa Claus beide Hände. »Mag sein, dass mir die Idee recht kurzfristig gekommen ist, aber ich bin mir sehr sicher, dass sie funktionieren wird.«

»Sehr sicher?« Streng musterte seine Frau ihn.

»Ganz sicher.«

»Und warum ist dann das Gefühlsradar derart in Aufruhr und …« Sie deutete auf den Bildschirm. »Das kann doch wirklich nichts Gutes bewirken. Sieh dir Ricarda doch nur mal an! Es geht ihr fürchterlich schlecht.«

»Ach was, sie hat nur zu viel Punsch getrunken.« Der Weihnachtsmann winkte ab. »Das gehörte zwar nicht zum Plan, wird ihm aber auch nicht weiter schaden.«

»Willst du uns dann vielleicht mal deinen sogenannten Plan erklären?« Seine Frau verschränkte mit strenger Miene die Arme vor der Brust.

Santa Claus seufzte. »Das ist ein bisschen kompliziert.«

»Wenn ich das schon höre!« Missbilligend verzog sie die Lippen. »Die Menschen sind an sich schon kompliziert. Wie willst du ihnen denn dann mit noch komplizierteren Plänen helfen? Noch dazu, indem du ihnen mitten im Winter die Heizung kaputt machst.«

»Ich habe sie nicht kaputt gemacht. Sie wäre so oder so bald ausgefallen. Ich habe nur dafür gesorgt, dass es etwas früher passiert.«

»Und was soll das nun bewirken?«, hakte Elfe-Sieben nach. »Ich begreife es immer noch nicht.«

»Nun wartet es doch ab.« Der Weihnachtsmann trat ebenfalls an die Videowand und justierte die Bildeinstellungen. »Ihr werdet es gleich sehen.«

Mit sichtlichem Zweifel in der Miene wandte sich die kleine Elfe wieder dem Bildschirm zu und beobachtete, was geschah. Ihre Augen weiteten sich. »Das ist dein Plan? Santa! Das geht doch niemals gut.«

Der Weihnachtsmann verzog die Lippen zu einem siegesgewissen Lächeln. »Wollen wir wetten?«

22. Kapitel

»Guten Abend zusammen.« Frank betrat vor Justus und Lukas das Wohnzimmer der Familie Sternbach, nachdem Elke ihnen die Tür geöffnet hatte. Kurz zuvor hatte Laura Justus angerufen und verkündet, dass die nicht mehr fahrtüchtigen Mädels abgeholt werden wollten. Beim Anblick der Frauen, die mehr oder weniger matt auf dem Sofa oder in den Sesseln saßen, während im Fernseher irgendein Filmtrailer lief, blieb er abrupt stehen, sodass seine beiden Freunde beinahe in ihn hineingelaufen wären. »Was ist denn hier los? Eine Schlafparty, oder was?«

Margit erhob sich von dem Esszimmerstuhl, auf dem sie sich niedergelassen hatte. »Hallo, Frank, Jungs.« Sie lächelte erst ihm, dann ihrem Sohn und Schwiegersohn in einer Mischung aus Verlegenheit und mütterlicher Erheiterung zu. »Wir sind alle ein bisschen übermüdet, nehme ich an.«

»Besuuuch!« Ricarda rappelte sich in dem Sessel auf, in den ihre Schwägerinnen sie kurz zuvor verfrachtet hatten. Ihre Aussprache war undeutlich, doch auf ihrem Gesicht erstrahlte ein breites Lächeln. »Das is ja nett. Willkommen.« Dann erkannte sie Frank. »Oh. Was macht er hier?« Sie starrte ihn erbost an. »Was machs du hier? Geh weg!«

Verblüfft trat Frank einen Schritt auf sie zu. »Was?«

»Weg! Du! Geh!« Ungelenk wedelte Ricarda mit beiden Händen in der Luft herum. »Ich mag dich. Nicht! Nicht mag ich dich. Hau ab!«

»Schon gut, schon gut.« Laura sprang von der Couch auf

und schnappte sich Ricardas Hände. »Er bringt dich nur nach Hause.«

»Oh, gut. Nach Hause.« Ricarda versuchte aufzustehen, schwankte und fiel wieder zurück in den Sessel. »Ja, nach Hause will ich jetzt. Los!«

»Nicht zu dir nach Hause«, widersprach Laura energisch.

»Doch, nach Hause. Ich geh zu Fuß!«

»Es schneit wie verrückt.« Frank trat noch einen Schritt auf Ricarda zu.

»Dann isses kalt.« Ricarda versuchte erneut aufzustehen, und diesmal gelang es ihr. »Is doch egal. Zu Hause is es auch kalt. Meine Heizung is nämlich ausgefallen. Also nich meine, sondern die vom Haus. Und Frau Mäurer is auf Kreuzfahrt. Deshalb wird es auch nich wärmer. Bring mich nach Hause!«

»Okay.« Er wollte nach Ricardas Arm greifen, um sie zu stützen, doch sie entzog sich ihm erstaunlich flink.

»Untersteh dich, sie in ihre Wohnung zu fahren«, zischte Angelique ihm zu.

»Schon klar.« Er nickte ihr zu. »Was habt ihr mit ihr gemacht?«

»Sie ist nur ein bisschen betrunken.« Viola war inzwischen zu Lukas gegangen und hatte ihn mit einem Kuss begrüßt.

»Ein bisschen?« Justus hüstelte. »Die richtige Bezeichnung ist wohl eher *voll wie eine Haubitze*.«

»Schsch, hab zu viel Silvesterpunsch.« Ricarda zuckte die den Achseln. »Getrunken. Nur ein bisschen zu viel.« Sie versuchte mit Daumen- und Zeigefinger eine minimale Menge anzuzeigen.

»Du trinkst doch nie zu viel.« Da sie erneut schwankte, griff Frank nach ihrem Arm und erwischte ihn gerade rechtzeitig.

»Schschtimmt auffallend.« Sie nickte heftig, was einen Schluckauf auslöste. »War nich geplant. Du bis schuld.«

»Ich glaube, es ist wirklich besser, du bringst sie zu dir nach Hause.« Besorgt erschien Margit an Ricardas Seite. »Da ist sie nicht allein.«

»Nein!« Ricarda wehrte ab.

»Das ist auch viel näher als ihre Wohnung.«

»Und wärmer«, fügte Angelique hinzu.

»Ich will aber nich …«

»Ricarda!« Entschlossen fasste Margit sie am anderen Arm und rüttelte sie leicht, bis ihre Tochter sie ansah. »Du gehst jetzt mit Frank, hast du mich verstanden? Er hat ein Gästebett.« Sie sah ihn fragend an. »Du hast doch eins?«

Er nickte rasch.

»Siehst du, mein Schatz. Und dann schläfst du dich aus.«

»Aber ich will …«

»Keine Widerrede, junge Dame! Du hörst jetzt darauf, was ich dir sage. Franks Haus liegt nur ein paar Schritte entfernt.«

»Ich kann auch hier schlafen. Aufm Sofa.«

Margit seufzte.

»Nix da.« Laura drängte Ricarda ein wenig in Franks Richtung. »Los, nimm sie schon mit. Wir anderen fahren jetzt auch. Margit, vielen Dank für alles heute. Es war ein sehr schöner Abend. Angelique, wir nehmen dich wie besprochen mit und setzen dich zu Hause ab.«

Ein wenig verunsichert räusperte Frank sich. »Seid ihr euch sicher?«

»Ja!«, kam es im mehrstimmigen Chor.

»Sie kriegt eh nichts mehr mit«, fügte Viola halb lachend, halb besorgt hinzu.

»Ich kriege alles mit!«, protestierte Ricarda prompt. »Und ich will nicht …«

»Na los, raus mit euch.« Laura schob Ricarda und Frank energisch in den Flur. »Bist du mit dem Auto da?«

»Nicht für die paar Schritte. Die anderen ja, aber ich habe mein Auto vorhin zu Hause abgestellt und bin zu Fuß rübergekommen. Ich konnte ja nicht wissen, dass Ricarda …« Er stockte. »Sie trinkt doch sonst nie so viel.«

»Wahrscheinlich war es überfällig. Pass auf, dass sie nicht auch noch in den Schnee fällt.« Laura legte ihm eine Hand auf den Arm. »Es geht ihr gar nicht gut.«

»Das sehe ich.« Er lächelte schief.

»Das meine ich nicht.« Sie blickte ihn bedeutsam an.

»Okay.« Besorgnis breitete sich in ihm aus.

»Sei lieb zu ihr.« Laura lächelte ihm noch einmal zu. »Sie braucht dich jetzt.«

Er nickte nur.

»Ich brauch gar niemanden«, verkündete Ricarda. »Frauenpower!« Kämpferisch hob sie die rechte Faust und geriet gleich wieder ins Taumeln. »Huch!« Rasch krallte sie sich an Frank fest.

Obwohl sich ein gemeiner kleiner Knoten in seinem Magen gebildet hatte, musste er lachen. »Na klar. Komm jetzt, Prinzessin, zieh deinen Mantel an.«

»Kann ich alleine.« Umständlich kroch Ricarda in den wattierten Kurzmantel, ließ sich aber von Laura den Schal um den Hals drapieren. »Danke, Laura. Du bist meine Lieblingsschwester. Schwägerin. Schwester.«

Laura schmunzelte. »Lass das die anderen nicht hören.«

»Warum? Die sind auch meine Lieblingsschwestern.«

»Dann ist es ja gut.« Laura öffnete die Haustür. »Brrr, ist das kalt. Macht es gut, ja?«

Wieder nickte Frank nur. Er legte Ricarda einen Arm um die Schultern und führte sie langsam die Stufen vor dem Haus hinunter.

Sie streckte beide Hände aus. »Es schneit!«

»Hier entlang.« Energisch drängte er sie in Richtung Straße.

»Nee. Nach Hause.«

»Zu mir nach Hause.«

»Das is unfair!«

»Was ist denn daran unfair?«

Ricarda gestikulierte heftig. »Ich bin betrunken.«

»Ist mir aufgefallen.«

»Warum gehen wir zu Fuß?«

»Weil ich nicht wusste, dass ich eine Schnapsdrossel zur Freundin habe, die kaum noch einen Fuß vor den anderen zu setzen in der Lage ist.«

Ricarda kicherte. »Du bist mein Freund, ja?«

»Ja.«

»Und bringst mich nach Hause.«

»Ja.«

»Zu dir?«

»Ja.«

»Okay.« Ricarda schlang ihren Arm um seine Hüfte und lehnte sich schwer gegen ihn. »Warum schwankt denn die Straße so?«

»Weil du betrunken bist.«

»Bin ich gar nicht.« Wieder kicherte sie. »Ups. Doch, bin ich.«

»Wir sind gleich da.« Fast war er froh, dass sie den kurzen Weg zu Fuß gingen, denn er war sich nicht sicher, ob er Ricarda so leicht ins Auto bugsiert hätte, vom Aussteigen ganz zu schweigen. Vor der Haustür angekommen, zog er umständlich seinen Schlüsselbund aus der Hosentasche. »Bleib mal einen Moment ganz ruhig stehen.«

»Mhm.« Ricardas Augen waren halb geschlossen. »Du hast noch gar kein Gästebett.«

»Komm jetzt rein.«

»Okay.«

Wau, hallo, Ricarda-Frauchen! Das ist aber eine Überraschung. Ich wusste gar nicht, dass du uns besuchen kommst. Noch dazu so spät am Abend. Wir sind selbst erst gerade nach Hause gekommen, weil wir bei Patrick und Oskar zu Besuch waren. Und dann ist Frank-Herrchen einfach wieder weggegangen. Ich war schon ganz empört. Aber zum Glück hat er ja dich mitgebracht. Jetzt bin ich ihm gar nicht mehr böse. Ähm … Hallo? Was ist denn mit dir los? Du bist aber heute komisch. Sag doch mal was zu mir.

»Naila!« Ricarda lachte. »Du Süße. Hallo.« Sie versuchte, sich zu bücken, um die Hündin zu begrüßen, schwankte aber wieder verdächtig. »Iih, alles dreht sich.«

»Langsam!« Frank hielt sie fest. »Immer mit der Ruhe.«

»Das Bett für dein Gästezimmer wird erst in sechs Wochen geliefert.« Offenbar hatte die frische Luft zumindest dafür gesorgt, dass Ricarda wieder etwas deutlicher sprechen konnte. »Ich weiß das genau. Ich war dabei, als du es gekauft hast. Gestern.«

»Vorgestern.« Entschlossen zog er den Reißverschluss an ihrem Mantel auf und streifte ihn ihr von den Schultern. »Es ist schon nach Mitternacht.«

»Oh.« Ricarda verhedderte sich in ihrem Schal. »So spät schon.«

»Oder so früh.«

»Mist!« Sie wandte sich um und wollte zurück zur Haustür. »Ich hab meine Sachen vergessen. Meine Geschenke und die Jeans und die rosa Bluse. Ich hab nämlich eine rosa Bluse gekauft.«

»Tatsächlich?«

»Ja, aber die Sachen sind alle noch bei Mama und Papa. Ich muss sie holen.«

»Das kannst du später erledigen.« Energisch führte er sie zur Treppe. »Jetzt gehen wir erst mal ins Bett.«

Wau, hallo? Das ist jetzt aber echt seltsam. So komisch hat Ricarda-Frauchen sich noch nie verhalten. Aber ich glaube, sie übernachtet bei uns. Das ist so toll. Ich flitze mal schnell nach oben. Bellend sauste Naila an ihnen vorbei die Stufen hinauf.

»Naila ist so süß!«

»Stimmt.« Frank lotste sie ins Schlafzimmer. »Hier entlang.«

In der Schlafzimmertür blieb Ricarda wie angewurzelt stehen. »Das ist dein Bett.«

»Ich weiß.«

»Ich schlafe nicht mit dir. In deinem Bett, meine ich.«

»Hier sind ein paar Klamotten.« Frank hatte sie erneut kurz losgelassen und zerrte ein graues T-Shirt und Boxershorts aus der Schublade einer Kommode. »Die Shorts kannst du am Bund mit einer Kordel zusammenbinden.«

»Mhm. Okay.« Ricarda nahm die Sachen und tappte hinüber ins Bad.

Frank ließ sich auf die Bettkante sinken und fuhr sich mit gespreizten Fingern durchs Haar. Er hatte Ricarda tatsächlich noch niemals derart betrunken gesehen. Angeheitert höchstens. Mehr ließ sie nicht zu. Ein bisschen wunderte er sich, dass die anderen Sternbach-Frauen so vehement darauf bestanden hatten, dass sie hier bei ihm übernachtete. Sogar Margit. Dabei gab es doch im Sternbach-Haus ein Gästezimmer und eine Couch.

Er hörte die Toilettenspülung gehen, dann plätscherte Wasser ins Waschbecken. Als Ricarda in der Tür erschien, sprang er rasch wieder auf. Sie hatte sein T-Shirt angezogen, das ihr gerade so bis über den Po reichte, nicht jedoch die

Boxershorts. Langsam ging sie auf das Bett zu. »Links oder rechts?«

»Normalerweise schlafe ich rechts.«

Wortlos kroch sie auf der linken Seite unter die Decke. »Frank?«

»Mhm?« Er trat auf der anderen Seite ans Bett.

»Mir geht es nicht so gut.«

Er lächelte leicht. »Kann ich mir vorstellen.«

»Alles dreht sich wie auf der Achterbahn.«

Besorgt musterte er sie. »Brauchst du einen Eimer oder so? Nur zur Sicherheit?«

»Mh, mh.« Sie schüttelte den Kopf. »Schlecht war mir schon. Jetzt nicht mehr. Aber das Drehen hört einfach nicht auf.«

»Ich fürchte, da musst du jetzt durch.«

»Okay.« Sie zog die Decke bis zum Kinn hoch. »Wo schläfst du heute Nacht?«

»Na, hier.« Er deutete auf die freie Betthälfte.

»Keine gute Idee.«

»Wir haben früher schon mal zusammen in einem Bett geschlafen.«

»Ja, aber das war bevor … vorher. Früher.« Ihre Stimme wurde schon wieder undeutlich.

Er knöpfte sein Hemd auf und entledigte sich gleichzeitig seiner Schuhe. »Du weißt, dass du mir vertrauen kannst, oder?«

»Mhm.«

»Schlaf jetzt.«

»Ja.« Sie riss die Augen auf. »Wo ist denn Naila? Eben war sie noch da.«

»Hier.« Er deutete neben das Bett. »Sie passt auf dich auf.«

Allerdings. Ricarda kommt mir so merkwürdig vor, da

muss ich unbedingt aufpassen. Aber sie schläft in Herrchens Bett. Das finde ich irgendwie gut.

»Darf sie raufkommen?«

Frank zog ein dunkelblaues T-Shirt und gleichfarbige Shorts aus der Wäscheschublade. »Du bist doch sonst diejenige, die so etwas verbieten würde.«

»Nee. Naila!« Sie versuchte zu schnalzen, was aber missglückte. »Komm rauf zu mir.«

Wirklich? Misstrauisch legte Naila den Kopf schräg.

»Komm.« Matt klopfte Ricarda auf die Matratze.

Frank schmunzelte und hob die Hündin einfach auf das Fußende des Bettes. »Gut so?«

Ricarda lächelte, hatte die Augen aber bereits geschlossen.

Ich darf wirklich hier auf dem Bett schlafen? Das ist aber toll. Und so schön weich! Das gefällt mir.

»Bleib am Fußende, ja?« Frank streichelte die Hündin kurz. »Frauchen ist betrunken und könnte sich versehentlich auf dich drauf drehen.«

Oje! Na gut, dann bleibe ich hier. Aber meinen Kopf lege ich auf ihren Fuß.

»Naila?«, murmelte Ricarda.

»Sie liegt hier am Fußende.« Frank beeilte sich, ins Bad zu kommen. Als er zurückkehrte, schlief Ricarda bereits fest. Rasch schaltete er die Nachttischlampe ein und löschte das Deckenlicht. Dann schlüpfte er neben ihr unter die Decke, drehte sich auf die Seite und betrachtete ihr Gesicht, das im Schlaf ganz entspannt wirkte. Und schön. Schmunzelnd zog er ihr die Brille aus und legte sie auf dem Nachtschränkchen ab. Dann strich er ihr eine Haarsträhne aus dem Gesicht, löschte die Nachttischlampe und drehte sich auf den Rücken. Eine ganze Weile starrte er in die Dunkelheit und lauschte dem Sturm, der allmählich aufkam und ums Haus heulte. Das leise Geräusch von Ricardas Atem so dicht neben ihm versetzte ihn in ein fast schon irrsinniges Hochgefühl. Gleichzeitig machte er sich Sorgen wegen Lauras Andeutung, dass es Ricarda nicht gut ging. Wenn sie nicht so eine verdammt gute Schauspielerin wäre! Als sie am Freitag gemeinsam durch die Möbelhäuser gezogen waren, hatte er gedacht, dass sie endlich eine gemeinsame Grundlage gefunden hatten. Der Tag war schön gewesen. Sie hatten viel gescherzt und gelacht, waren auf einer Wellenlänge gewesen, so wie früher. Jetzt, im Nachhinein betrachtet, fiel ihm jedoch auf, dass der Tag schon fast zu harmonisch verlaufen war. Ganz so, als habe Ricarda, ohne dass es ihm aufgefallen war, ihrem Zusammensein eine bestimmte Richtung vorgegeben.

Verdammt, das hatte sie tatsächlich getan, und er war darauf hereingefallen! Sie hatte ihn ganz unterschwellig auf Abstand gehalten. War ihm ausgewichen und hatte es in Scherze verpackt. Er war ein Idiot! Unbemerkt hatte sie ihre Schutzmauern wieder hochgezogen.

Geräuschvoll stieß er die Luft aus. Vielleicht war es an der Zeit, die Taktik zu ändern.

***

»O nein. O Gott.« Stöhnend blinzelte Ricarda in das anbrechende Tageslicht. Ihr Kopf fühlte sich an, als habe jemand darin einen Presslufthammer gestartet. Sie hustete, ihre Kehle war ganz ausgetrocknet.

»Guten Morgen, Prinzessin.«

»Was?« Entgeistert fuhr sie auf, fasste sich jedoch sofort ächzend an die Stirn. »Aua.« Verstört blickte sie Frank an, der entspannt neben ihr auf der Seite lag und den Kopf in die Hand gestützt hatte. »Was hast du in meinem Bett zu suchen?« Dann bemerkte sie, dass sie sich nicht in ihrer Wohnung befand. »Wie komme ich in dein Bett? Oh … Scheiße.«

»Na, na.« Schmunzelnd setzte Frank sich auf. »Bitte keine Kraftausdrücke vor dem Frühstück.«

»Igitt! Sprich nicht vom Essen.« Mit einem knurrähnlichen Laut zog sie die Decke bis zum Kinn hoch. »Großer Gott, ist heute Nacht eine Dampflok über mich drüber gerollt?«

»Du hattest nur zu viel Punsch. Sagte zumindest Viola.«

»O Mann. Elkes Rund-ums-Jahr-Silvesterpunsch.« Ergeben schloss sie die Augen. »Bitte, töte mich einfach.«

»Ich dachte eher daran, dir einen Kaffee, eine Flasche Wasser und zwei bis drei Aspirin zu geben. Für den Anfang.«

»Kaffee!« Sie seufzte und schlug die Augen wieder auf. »Warum liege ich in deinem Bett?« Sie zog die Stirn in tiefe Falten. Nach und nach kehrten Erinnerungen an den gestrigen Abend zurück. »Oh.« Besorgt hob sie die Decke und blickte an sich hinab. »Oh, oh.«

»Nichts oh, oh.« Frank erhob sich und scheuchte damit Naila auf, die immer noch am Fußende lag.

Ha, endlich seid ihr wach! Ich dachte schon, ihr steht nie auf. Ich muss mal. Und dann will ich mit Ricarda-Frauchen kuscheln. Hey, Frauchen, sag mal Guten Morgen zu mir! Wuff. Die Hündin kletterte über Ricardas Beine bis auf ihren Bauch.

»Ach du liebe Zeit, Naila. Wo kommst du denn her?« Verblüfft richtete Ricarda sich auf und blickte zu Frank hinüber. »Lässt du sie etwa im Bett schlafen?«

»Nur weil du darauf bestanden hast.«

»Ich?«

»Sie war unsere Anstandsdame.«

Genau, war ich. Äh, wartet mal, was ist denn eine Anstandsdame überhaupt? Ach, egal. Hauptsache, ich durfte bei euch auf dem Bett schlafen.

»Was du nicht sagst.« Eine seltsame Mischung aus Verlegenheit und Magenkribbeln breitete sich in ihr aus, vertrug sich aber nicht mit der Großbaustelle, die jemand in ihrem Kopf eingerichtet hatte. Gequält rieb sie sich über die Schläfen.

»Ich schlage vor, du gehst duschen, und ich lasse erst Naila raus und mache dir dann den versprochenen Kaffee.« Frank wandte sich zur Tür. »Eine neue Zahnbürste findest du im Spiegelschrank. Und auf dem Schränkchen neben der Badewanne liegen Unterwäsche und zwei Oberteile von dir, die du neulich in der Waschmaschine vergessen hast.«

»Was?« Erschrocken starrte sie ihn an, doch da war er bereits zur Tür hinaus. Auf seinen kurzen Pfiff hin sprang Naila vom Bett und folgte ihm.

Ich komme schon, Herrchen. Entschuldige, Frauchen, aber ich muss wirklich dringend mal raus.

»Aua.« Vor sich hin jammernd kroch Ricarda aus dem Bett und schleppte sich hinüber ins Badezimmer. Sie hatte in Franks Bett geschlafen. Verdammt! Das hatte sie zuletzt mit sechzehn getan. Oder mit siebzehn. Nicht selten nach Partys, wenn mehrere Leute bei ihm oder bei ihr übernachtet hatten. Warum hatten ihre Eltern eigentlich nie etwas dagegen gehabt? Frank war gefährlich! Hochgefährlich. Oder etwa nicht? Schwankend tappte sie zur Dusche, überlegte es sich noch einmal anders und trat doch erst ans Waschbecken. Früher war Frank nicht gefährlich gewesen. Für ihre Gefühle natürlich sehr wohl, aber damals hatte er davon ja nichts gewusst und war nur ihr allerbester Freund gewesen. Er wäre im Traum nicht darauf gekommen, die Situation auszunutzen. Das hatte er ja vergangene Nacht auch nicht getan. Obwohl er inzwischen mehr von ihr wollte.

»So ein Mist!« Entsetzt starrte sie in den Spiegel über dem Waschbecken. Sie war käsig-bleich, und der Hauch Wimperntusche, den sie aufgelegt hatte, war unter ihren Augen verschmiert. Die dunklen Ringe unter ihren Augen passten perfekt dazu. Resigniert streckte sie sich die Zunge heraus.

Hinter dem Spiegel fand sie tatsächlich zwei noch verpackte Zahnbürsten, von denen sie sich eine schnappte. Bevor sie jedoch ihre Zähne putzte, trank sie direkt aus dem Hahn kaltes Wasser, so viel sie konnte.

Einige Minuten später stand sie stöhnend in der Dusche und ließ das warme Wasser über Gesicht und Körper rauschen. Das Gefühl, sterben zu wollen, wich ganz allmählich einem seltsam bänglichen Flattern in ihrer Magengrube. Wie hatte sie nur so schrecklich viel Punsch trinken können? Nach und nach erinnerte sie sich an die Ereignisse des Vorabends. Nicht jedes Detail fiel ihr ein, doch es reichte, um die Verlegenheit in Tsunamiwellen durch sie hindurchjagen zu lassen. Sie hatte sich verraten. Ihre Familie wusste jetzt, dass sie schon immer in Frank verliebt gewesen war. Und er … Sie war sich nicht sicher, wie sie ihm gegenübertreten sollte. Hatte sie ihm in der Nacht irgendetwas Verfängliches gesagt? Etwas getan? Nein, daran würde sie sich ganz sicher noch erinnern. Es war auch nicht so, dass er sie noch nie in einer erbarmungswürdigen Verfassung gesehen hatte. Dieser Kater war nichts gegen ihre früheren Panikattacken, deren Zeuge er mehrfach geworden war. In dieser Hinsicht fühlte sie sich vollkommen sicher bei ihm. Aber verflixt, in seinem Bett hatte sie nichts zu suchen. Sie hatte ihm zwar den Vorschlag gemacht, diese Sache zwischen ihnen mit Sex aus der Welt zu schaffen, doch das war etwas vollkommen anderes. Es war rein körperlich und nicht so … intim. Sie musste sich unbedingt zusammenreißen. Es kam nicht infrage, dass ihr die Kontrolle entglitt. Sie hatte ihre Gefühle und die Situation gerade wieder im Griff gehabt.

Nach einer gefühlten Ewigkeit trocknete sie sich ab und entwirrte ihre Haare mit der einfachen Bürste, die Frank ebenfalls im Spiegelschrank aufbewahrte. Auch das kam ihr irgendwie viel zu intim vor. So als wären sie ein Paar. Als lebten sie zusammen. Als wäre das alles ganz normal. Aber das war es nicht.

Der Anblick ihrer Slips und des BHs, die auf zwei ordentlich gefalteten Shirts auf dem Schränkchen lagen, löste noch mehr Verlegenheit in ihr aus. Suchend sah sie sich nach ihren Jeans um, fand sie jedoch nicht. Wo hatte Frank die wohl hingelegt? Irgendwo im Schlafzimmer vermutlich. Sie war sich ziemlich sicher, dass sie sie in der Nacht hier im Bad ausgezogen hatte. Die Boxershorts, die er ihr geliehen und die sie aus unbekannten Gründen ignoriert hatte, lagen über dem Wannenrand.

Entschlossen schlüpfte sie in Slip und BH, schnappte sich das rote Shirt mit dem V-Ausschnitt und lauschte kurz, bevor sie wieder ins Schlafzimmer huschte. Anscheinend war Frank noch irgendwo beschäftigt.

»Hast du mir noch ein bisschen warmes Wasser übrig gelassen, oder ist meine Heizung jetzt auch in Rente gegangen?« Grinsend blickte er ihr entgegen.

»Frank!« Erschrocken blieb sie in der Tür stehen. »Ich dachte, du bist unten oder mit Naila draußen.«

»Naila war kurz im Garten, der Kaffee läuft durch, und ich warte eigentlich nur darauf, dass ich auch mal die Dusche benutzen kann. Die unten steht noch voll mit Kartons.« Demonstrativ streifte er sein dunkelblaues T-Shirt ab und warf es achtlos aufs Bett. Dann ging er auf sie zu und löste damit ein wildes Herzklopfen in ihr aus. Wie gebannt starrte sie auf seinen nackten Oberkörper. Auf wohldefinierte Muskeln, schmale Hüften, einen unauffälligen Streifen blonder Härchen, der von unterhalb seines Bauchnabels aus unter dem Bund seiner Shorts verschwand. Hitze wallte in ihr auf. Der Atem stockte ihr, als er dicht vor ihr stehen blieb. Die Hand hob. Sie sachte an der Hüfte berührte. Hinauf zu ihrer Taille strich. Sie vorsichtig zu sich heranzog, bis ihre Körper sich ganz leicht berührten.

Lächelnd drehte er sich mit ihr. »Lässt du mich mal kurz durch? Ich bin gleich zurück. Geh ruhig schon mal nach unten und bedien dich am Kaffee. Wasser und Aspirin findest du auf der Anrichte.« Schon hatte er sie wieder losgelassen und strebte dem Badezimmer zu.

Geräuschvoll stieß Ricarda den Atem aus, den sie unwillkürlich angehalten hatte. Sie spürte eine Gänsehaut, wo er sie berührt hatte. Hastig streifte sie das Shirt über und ging auf die Suche nach ihrer Jeans. Frank hatte sie tatsächlich ins Schlafzimmer gebracht. Sie lag gefaltet auf der Kommode, die, wie sie nach einem Blick in die halb offene obere Schublade erkannte, seine Unterwäsche enthielt.

Entschlossen, sich nun wirklich zusammenzureißen, zog sie sich fertig an und begab sich in die Küche, die von herrlichem Kaffeeduft erfüllt war.

Da bist du ja, Ricarda-Frauchen! Wie ich mich freue, dass du hier bist. Kraul mich doch bitte mal. Bitte, bitte!

Obwohl es immer noch in ihrem Kopf brummte und pochte, musste Ricarda über Naila lachen, die wild wedelnd um sie herumwuselte und sich sogar mit Schwung auf den Rücken warf und ihr den Bauch hinhielt. Vorsichtig ging sie in die Hocke und tat der kleinen Pudeldame den Gefallen, sie ausgiebig zu streicheln und zu kraulen. »Guten Morgen, Naila. Na, du bist ja schon richtig fit, was?«

Ja, und wie! Warum denn auch nicht? Ich habe ganz wunderbar geschlafen, war draußen und habe schon etwas gefuttert. Haaach, ja, bitte hör nicht auf zu kraulen. Das ist sooo gut!

»Ich muss erst mal wieder ins Land der Lebenden zurückkehren, fürchte ich.« Ächzend erhob Ricarda sich nach einer Weile wieder und schnappte sich die Packung mit den Aspirin. Nach kurzem Zögern nahm sie zwei davon und spülte sie mit dem Mineralwasser hinunter, das Frank ihr hingestellt hatte. »Und jetzt Kaffee.« Sie trat an die Anrichte und füllte eine der beiden Tassen, die Frank ebenfalls schon bereitgestellt hatte, mit dem heißen Gebräu. Auch Milch stand schon daneben. Und Zucker.

Gedankenverloren trat sie mit ihrem Kaffee an das Fenster über der Spüle, das hinaus zur Straße zeigte. Beinahe hätte sie sich verschluckt. »Heiliges Kanonenrohr! Was ist denn da draußen los?«

Wau, ja, das habe ich mich auch gefragt, als ich vorhin draußen war. Verrückt, oder? Ich musste regelrecht hüpfen, um den nächstgelegenen Busch zu erreichen. Höchst merkwürdig, dieses kalte weiße Zeug. Ich bin mir noch nicht sicher, ob ich damit einverstanden bin.

Staunend betrachtete Ricarda die weiß verhüllte Umgebung. Es musste die ganze Nacht hindurch geschneit haben, denn die Schneedecke war mindestens schon fünfzehn Zentimeter hoch. Und immer noch schwebten dicke Flocken vom Himmel.

»Frau Holle macht Überstunden.« Unbemerkt war Frank in die Küche gekommen und trat nun dicht hinter Ricarda. Sogleich stellten sich ihre Nackenhärchen auf, und ihr Puls beschleunigte sich, als er wie selbstverständlich seine Arme um sie schlang und sein Gesicht dicht neben ihres hielt. »Angeblich soll es im Lauf des Tages sonnig werden. Das schreit geradezu nach einer Schneewanderung, meinst du nicht auch?«

Sie schluckte gegen ihren Herzschlag an, den sie bis in ihren Hals spüren konnte. »Eine Schneewanderung?«

»Wir müssen nur Naila davon überzeugen, dass Schnee toll ist. Nicht dass sie auch noch eine Schneephobie entwickelt. Ihre Abneigung gegen Regen ist ja fast schon legendär.« Er lachte leise, und seine Stimme vibrierte an ihrem Ohr. Sein Bart, den er offenbar eben ein wenig gekürzt hatte, reizte ihre Ohrmuschel, als er weitersprach. »Geht es dir schon ein bisschen besser?«

»Ich glaube schon.« Sie erschauerte heftig, als er seine Lippen ihren Hals hinab streichen ließ. »Was tust du da?«

»Wonach fühlt es sich denn an?« Seiner Stimme war anzuhören, dass er lächelte.

»Frank …«

»Ja?«

»Das ist keine so gute Idee.«

»Ich finde sie phänomenal.« Sein Mund wanderte weiter hinab bis in ihre Halsbeuge. »Du riechst gut.«

»Das ist nur dein Duschgel.«

Seine Zunge strich über ihre Haut. »Du schmeckst gut.«

Ricarda unterdrückte ein Stöhnen und stellte rasch ihre Tasse ab. »Frank … bitte …«

»Mhm?« Das raue Timbre seiner Stimme ließ sie noch mehr erschauern. Seine Lippen wanderten wieder ein Stückchen aufwärts und bis zu ihrem Nacken.

Ricarda erstarrte, krallte sich am Rand der Spüle fest. »Nicht! Ich …« Ihre Stimme erstarb, und sie sog scharf die Luft ein, als er eine besonders empfindsame Stelle an ihrem unteren Nacken fand. Ihr Blutdruck schoss in die Höhe, heiße Schauer durchrieselten sie. Als sie erneut die Mischung aus weichen, zärtlichen Lippen und leicht kratzigem Bart auf ihrer Haut spürte, knickten ihr beinahe die Beine weg.

Frank zog sie fester an sich und intensivierte seine Liebkosungen noch. Ricarda stieß einen entsetzten Laut aus. Sie kannte diese Stelle an ihrem Nacken nicht, hatte nicht gewusst, dass sie verrückt wurde, wenn er sie dort küsste, saugte, knabberte. Köstliche, beängstigende, gefährliche Erregung ergriff von ihr Besitz. Sie wollte fliehen, konnte sich aber nicht wegbewegen, denn zugleich wollte sie, dass er niemals wieder aufhörte, das zu tun, was er da gerade tat. In ihrer Körpermitte breitete sich ein sehnsüchtiges Prickeln und Pulsieren aus. Sie rang verzweifelt nach Atem – und um Fassung. »Frank!« Sie schluckte. »Nicht.«

Seine Lippen lösten sich nur ganz wenig von der gefährlichen Stelle, dann wanderten sie wieder hinauf zu ihrem Ohr. »Warum nicht?«

Als die qualvolle, süße Folter allmählich nachließ, atmete sie auf und entspannte sich ein wenig. Dabei spürte sie allerdings sehr genau, dass Frank ebenfalls erregt war. Verlegenheit mischte sich mit dem Nachglühen seiner Lippen auf ihrer Haut. »Ich dachte, du wolltest keinen Sex.«

»Das habe ich nie behauptet.« Lächelnd sah er sie im Spiegel der Fensterscheibe an. »Ich will ihn nur nicht als Mittel zum Zweck benutzen.« Ohne sie loszulassen, griff er nach ihrer Tasse und nippte daran. »Da fehlt der Zucker.«

»Ich brauche keinen Zucker.«

Verschmitzt sah er sie von der Seite an, ganz nah an ihrem Gesicht. »Ich schon. Er verleiht dem Kaffee das gewisse Etwas.«

Sie schluckte hart, weil sie genau wusste, dass sie nicht über das Heißgetränk sprachen. »Du sprichst aus Erfahrung?«

Sein Mund näherte sich wieder ihrem Ohr, berührte es ganz sachte. »Ich würde diese Erfahrung gerne mit dir machen, Ricarda.«

Sie hatte das Gefühl, unter Strom zu stehen. »Frank … Ich kann so was nicht. Wenn das mit uns nicht funktioniert …«

»Hey.« Sanft drehte er sie zu sich herum. »Was soll denn schiefgehen?«

»Keine Ahnung. Alles.«

Zärtlich strich er ihr eine feuchte Haarsträhne aus dem Gesicht. »Hast du so große Angst?«

Sein Blick war forschend auf sie gerichtet und wurde so intensiv, dass sie ihm schließlich auswich. »Ich habe keine Angst vor Sex. Das ist ja lächerlich.«

»Nein, ist es nicht.« Mit leichtem Nachdruck zog er sie in seine Arme, bis ihr Gesicht an seiner Schulter lag. »Ich meinte allerdings auch nicht die Angst vor Sex, sondern davor, was dabei mit dir passieren könnte, wenn du die Kontrolle verlierst.« Er hielt kurz inne. »Warst du eben kurz davor, dass genau das passiert?«

Sie schwieg, ein Brennen in den Augen und in der Kehle.

»Weißt du was?« Er küsste sie auf die Schläfe. »Wir backen jetzt Janets Sonntagsbrunch-Brötchen. Oder vielmehr ist es das Rezept ihres Mannes. Clark ist ein begnadeter Brotbäcker.«

»Was?« Vollkommen verblüfft starrte Ricarda ihn an. Frank hatte sie freigegeben und war an den Vorratsschrank getreten, aus dem er eine Tüte Mehl und eine Plastikdose mit dem Aufdruck *Zucker* hervorholte.

»Hol mal bitte die Butter aus dem Kühlschrank und die Milch auch.«

»Du willst Brötchen backen?«

»Die gehen ganz schnell, weil sie nicht mit Hefe zubereitet werden.« Grinsend öffnete Frank den Vorratsschrank erneut und entnahm ihm auch noch ein Päckchen Backpulver. »Clark sagt, dieses Rezept muss jeder Mann, der etwas auf sich hält, bis zur Perfektion beherrschen.«

»Ach.«

»Weil es eben so schnell geht und weil man eine Frau damit zum Frühstück beeindrucken kann.«

Ricarda stellte Butter und Milch auf die Anrichte. »Ich dachte, dazu muss man die besten Pancakes machen. Heißt es nicht so in jedem Hollywoodstreifen?«

»Pancakes gibt es nur nach einer wirklich heißen Nacht.« Frank zwinkerte ihr zu. »Abgesehen davon wird mir dein Magen danken, wenn wir das Frühstück nicht ganz so opulent gestalten.«

»Mein Magen ist okay.«

Er begann, Mehl und Backpulver mit Cup und Löffel abzumessen und in einer Schüssel zu vermischen. »Da hast du aber Glück. Was macht der Kopf?«

Sie hielt inne. »Geht wieder.« Tatsächlich hatte sie den Kopfschmerz gänzlich vergessen. Sie war sich allerdings nicht ganz sicher, ob das an den zwei Aspirin lag oder an dem Hormoncocktail, der eben noch durch ihre Adern gerauscht war.

»Gut. Reich mir mal die Butter.«

23. Kapitel

»Hey, lass das!« Lachend wich Ricarda dem Schneeball aus, den Frank in ihre Richtung geworfen hatte. Trotzdem streifte er ihre Schulter. »Na warte!« Sie raffte ebenfalls Schnee auf und formte einen Ball daraus.

»Pfff, soll ich jetzt Angst haben? Du wirfst doch eh wie ein Mädchen.«

»Ich bin ein Mädchen, du Klugscheißer!« Mit so viel Kraft wie möglich warf sie den Schneeball in seine Richtung und traf ihn tatsächlich mitten auf der Brust. Allerdings nur, weil er einfach stehen geblieben war.

»Mehr hast du nicht zu bieten?« Feixend klopfte er sich die Schneereste vom Mantel. »Das ist ja noch armseliger, als ich dachte.«

Was macht ihr denn da? Mit Schnee werfen? Kann ich da mitmachen? Ich hätte irgendwie Lust dazu. Dieses weiße Zeugs ist nämlich echt lustig. Mit einem fröhlichen Bellen sauste Naila um sie herum und sprang immer wieder wie ein Gummiball in die Höhe.

»Bist du ein Hund oder ein Känguru?« Kichernd warf Ricarda für Naila einen Schneeball, dem die Kleine sofort begeistert nachjagte.

Ein Hund bin ich natürlich. Ein glücklicher Hund. Was ein Känguru ist, weiß ich nicht. Ist mir auch egal. Mist, wo ist denn dieser Schneeball hin? In dem ganzen weißen Zeug sieht man ihn gar nicht. Moment, ich schnüffele mal. Oder ich buddele. Das ist noch viel besser. Ha! Wuff!

Lachend beobachtete Ricarda die Pudeldame, die wild im Schnee wühlte. »Hättest du gedacht, dass sie sich im Schnee so wohlfühlt?«

»Wir dürfen ihr wohl nur nicht verraten, dass Schnee eigentlich gefrorener Regen ist.«

Ricarda prustete und wich gerade rechtzeitig einem weiteren Schneeball aus, den er ihr hinterhältig in den Kragen zu stopfen versuchte. »Iih! Das wirst du mir büßen.«

»Uuh, ich zittere vor Angst.« Lachend duckte er sich, als sie zwei Handvoll Schnee in seine Richtung warf. Dann ging er zum Angriff über und versuchte, sie zu fangen.

Immer noch kichernd rannte sie vor ihm davon, quer über das große Feld am Waldrand, auf dem sie längst nicht die einzigen Schneebegeisterten waren. Paare, Familien mit Kindern, Gruppen von Kindern mit Schlitten verteilten sich auf dem Areal und erfreuten sich an der weißen Pracht. Auch mehrere Hunde tollten herum, doch Naila beachtete sie nicht weiter. Sie hatte offensichtlich viel mehr Spaß daran, mit ihren Menschen zu spielen.

»Ich kriege dich!«, rief Frank und schnitt Ricarda den Weg ab.

Sie stieß einen Schrei aus und versuchte, ihn zu umrunden, geriet aber ins Schlittern und wäre gefallen, wenn er sie nicht gerade noch erwischt und festgehalten hätte. »Siehst du. Flucht ist zwecklos.« Vielsagend wackelte er mit den Augenbrauen.

»Von wegen!« Mit einer filmreifen Drehung, die sie sich von ihrer judobegeisterten Schwester abgeschaut hatte, fegte sie Frank von den Füßen, sodass er mitten in einer Schneewehe landete. »Das hast du davon.« Rasch wollte sie weglaufen, doch da hatte er sie schon am Bein gepackt und zerrte sie zurück.

»Nix da. Hiergeblieben.«

Erschrocken schrie sie auf, als sie neben ihm im Schnee landete.

Grinsend rollte er sich auf sie. »So leicht entkommst du mir nicht, Prinzessin.«

Sie bäumte sich auf. »Geh runter von mir!«

»Mir gefällt es hier aber gerade so gut.«

»Muss ich rabiat werden?«

Nanu, was treibt ihr denn jetzt da am Boden? Ist das ein neues Spiel? Naila hörte auf, im Schnee zu wühlen, und trippelte nah an Ricarda und Frank heran. Dann steckte sie ihre Nase zwischen ihre Gesichter. *Alles in Ordnung mit euch?*

Ricarda blickte zu Frank empor, dann schielte sie zu Naila, die neugierig an ihrer Nase schnüffelte. Frank blickte auf Ricarda hinab, dann schielte er ebenfalls zu Naila. Wie auf Kommando prusteten sie los.

He! Was macht ihr denn? Pustet mir einfach ins Gesicht! Also echt. Empört schnaubend machte Naila einen Satz rückwärts. Ricarda lachte noch mehr, denn das Gesicht, das Naila zog, war allzu drollig. Auch Frank lachte herzlich und rollte sich nun tatsächlich von ihr herunter. Lächelnd blieb er auf dem Rücken liegen und blickte in den blassblauen Himmel, der sich allmählich dunkel verfärbte, weil der Nachmittag bereits weit fortgeschritten war.

Überrascht drehte Ricarda den Kopf ein wenig, um ihn anzusehen. »Was ist?«

Langsam drehte er ihr ebenfalls das Gesicht zu. »Das sage ich dir lieber ein andermal.«

Erschrocken schluckte sie.

Frank drehte sich auf die Seite. »Es war ein schöner Tag mit dir.«

Sie hielt den Atem an.

»Aber jetzt habe ich Hunger.« Mit Schwung erhob er sich und half gleich darauf ihr auf die Füße. »Was hältst du davon, wenn wir uns etwas Essbares besorgen und es uns bei einem guten Film bequem machen?« Er zwinkerte ihr zu. »Kein Schmalz, versprochen.«

Habe ich das Wort Essen gehört? Da wäre ich uneingeschränkt mit von der Partie. Mein Magen ist nämlich auch ganz fürchterlich leer.

Erleichtert fasste sie sich wieder. »Essen klingt gut. Aber eigentlich wollte ich bald mal nach Hause fahren.«

»In deine kalte Wohnung?«

»Ich muss zumindest nach dem Rechten sehen, und dann sollte ich mich mal bei Laura blicken lassen. Immerhin hat sie mir ihr Gästezimmer angeboten.«

Frank befestigte die Flexileine an Nailas Geschirr, die er zum Spielen abgeklinkt hatte. »Du könntest auch einfach bei mir bleiben.«

Ricarda blieb stehen. »Einfach so.«

»Ja.« Ausdruckslos erwiderte er ihren Blick. »Was spricht dagegen?«

Sie hob die Schultern. »Nichts wahrscheinlich.«

»Gut.« Auf seinen Lippen erschien ein Lächeln. »Dann nichts wie auf zum Weihnachtsmarkt.«

»Warum zum Weihnachtsmarkt?« Rasch schloss sie zu ihm auf, weil er einfach losgegangen war.

»Weil es dort gerade das beste Fastfood der Stadt gibt, was denn sonst?«

***

Knapp anderthalb Stunden später erreichten sie schwer bepackt mit Tüten voller Essen Franks Haus. Ricarda trug außerdem noch eine kleine Reisetasche mit frischen Klamotten bei sich. Auf dem Anrufbeantworter in ihrer Wohnung war eine Nachricht von der Schwester ihrer Vermieterin gewesen, die angekündigt hatte, dass die Reparatur der Heizung voraussichtlich erst Mitte der Woche beginnen und einige Tage dauern würde. Was bedeutete, dass Ricarda vermutlich eine ganze Woche lang auf Franks Gastfreundschaft angewiesen sein würde. Diese Aussicht löste eine Mischung aus ängstlicher Besorgnis und kribbelnder Erregung in ihr aus.

Kaum hatte Frank die Haustür aufgeschlossen, als Naila auch schon wie ein Pfeil zwischen ihnen hindurch ins Wohnzimmer sauste und mit einem regelrechten Hechtsprung in ihrem Körbchen landete.

Endlich zu Hause! Puh, bin ich vielleicht erschöpft. Und kalt. Und nass. Wenn dieses Schneezeug schmilzt, fühlt es sich wie Wasser an. Ich glaube, es ist auch Wasser. Wie Regen. Nur anders. Also ich habe für heute genug. Wenn mich jemand sucht: Ich schlafe und will nicht gestört werden. Nicht mal Hunger habe ich mehr. Ist ja auch egal, futtern kann ich später auch noch.

Schmunzelnd trug Frank das Essen ins Wohnzimmer. »Ich glaube, Naila ist für heute erledigt. Ist dir eigentlich aufgefallen, wie gut sie gehorcht, wenn du da bist?«

Ricarda ging in die Küche und holte zwei Flaschen alkoholfreies Radler aus dem Kühlschrank. »Wahrscheinlich tut sie das, weil ich konsequenter bin als du, Mr. Softie.«

»Sagt die Frau, die Naila unbedingt im Bett schlafen lassen wollte.«

»Da war ich betrunken.«

»Und die ihr Fritten füttert, obwohl die gar kein Hundefutter sind.«

»Das war nur auf dem Weihnachtsmarkt.«

»Ah ja. Und was war mit den Vanillekipferln, die du ihr am Backtag zugesteckt hast?«

Sie kicherte. »Die sind mir runtergefallen.«

»Ja, na klar.« Er bedachte sie mit einem vielsagenden Blick, ließ sich auf die Couch fallen und griff nach der Fernbedienung. »Worauf hast du Lust?«

»Keine Ahnung.« Sie setzte sich ebenfalls. »Vielleicht ein schöner Klassiker. *Armageddon*? Oder *Independence Day*.«

»Die nennst du Klassiker?« Frank verzog spöttisch die Lippen. »Dann können wir ja gleich *Titanic* gucken.«

»Bloß nicht!« Ricarda schüttelte sich. »Ich musste ein einziges Mal Leonardo DiCaprio beim Ertrinken zusehen. Das hat mir fürs Leben gereicht.«

»Mir auch«, gab er lachend zu. »Ah, ich weiß was. Der hier ist gut.« Er schaltete einen Streamingdienst ein und klickte sich zu *The Rock*.

Anerkennend nickte Ricarda. »Sean Connery und Nicolas Cage gehen immer.«

***

Nachdem sie wie in alten Zeiten das Essen vom Weihnachtsmarkt überwiegend mit den Fingern gegessen und sich dabei gegenseitig mit Kommentaren über den Film überboten hatten, räumte Frank während des Abspanns den Tisch ab und brachte die leeren Verpackungen zum Mülleimer.

Ricarda folgte ihm und wusch sich die Hände. »Und was jetzt?« Sie blickte auf die Wanduhr, die er inzwischen angebracht hatte. »Es ist ja eigentlich noch nicht so spät. Doch noch *Armageddon*?«

Auch Frank wusch sich die Hände, an denen Reste von Currysoße klebten. »Dann lieber *Independence Day*. Ich mag die Szene, in der Will Smith den Alien im Fallschirm hinter sich herzieht und herumflucht.«

»Die beste Szene des gesamten Films«, stimmte Ricarda zu und kehrte bereits ins Wohnzimmer zurück. »Weißt du, wo der läuft?«

»Nein, aber ich habe ihn auf DVD.« Frank folgte ihr und beobachtete schweigend, wie sie an den Karton herantrat, in dem er seine Filmsammlung aufbewahrte, bis die entsprechenden Schränke geliefert wurden. »Ricarda?«

»Hier ist er.« Nach kurzem Wühlen zog sie die DVD-Hülle zwischen etlichen weiteren hervor. Rasch kniete sie sich vor den Fernseher, unter dem auf einem Hocker der DVD-Player stand. Mit wenigen Handgriffen legte sie den Film ein und drückte auf Play. Frank trat auf sie zu.

»Den habe ich tatsächlich schon ein paar Jahre nicht mehr …« Sie stockte, als sie sich zu ihm umdrehte. »Hi.«

»Hi.« Er lächelte leicht, wurde aber gleich wieder ernst. »Willst du den Film wirklich ansehen, oder versuchst du nur, das Unvermeidliche hinauszuzögern?«

»Das Unvermeidliche?« Ihre Miene nahm ebenfalls einen ernsten Ausdruck an.

Beherzt trat er nah an sie heran und legte ihr locker die Arme um die Hüften. »Ich denke doch, dass wir beide wissen, worauf es heute hinausläuft, oder?« Ihre Nähe ließ sein Blut umgehend in Wallung geraten. Er blieb jedoch ganz ruhig und wartete ihre Reaktion ab. Keinesfalls hatte er vor, sie zu etwas zu drängen, was sie nicht wollte. Da er jedoch den Eindruck gewonnen hatte, dass sie nicht abgeneigt war, sondern nur noch immer nicht herausgefunden hatte, wie sie mit der Situation umgehen sollte, beschloss er, das Risiko einzugehen, sie ein wenig herauszufordern. Außerdem sehnte er sich nach ihr. Sehr.

Ricardas Blick irrte links und rechts an ihm vorbei. »Ich weiß nicht genau, was du von mir erwartest.«

»Ich erwarte, dass du mir vertraust.«

Ihre Augen weiteten sich.

Forschend musterte er sie. »Vertraust du mir?«

Zögernd nickte sie.

»Okay.« Er atmete tief durch. »Dann lass mich ganz eindeutig formulieren, was ich außerdem noch will und erwarte. Ich möchte mit dir zusammen sein. Ich will aber nicht einfach nur Sex, der, wie du es ausgedrückt hat, unser System resettet. Das wird er nämlich nicht tun. Er wird alles komplizierter machen. Das ist so etwas wie ein Naturgesetz.« Als sie schluckte und erneut seinem Blick auswich, berührte er sie am Kinn und zwang sie ganz sanft, ihn wieder anzusehen. In seiner Magengrube entwickelte sich ein leises Brennen, das sich in flackernde Wärme verwandelte. »Ich will dich, Ricarda. Ich will dich lieben, und ich will, dass du das bedingungslos zulässt. Wenigstens einmal. Auch wenn das für dich bedeutet, dass du deinen Kopf ausschaltest. Es ist keine Schwäche, mal die Kontrolle abzugeben oder womöglich sogar ganz zu verlieren. Es zeugt von Stärke, wenn du jemandem so sehr vertraust, dass du dich gänzlich fallen lässt.«

Sie schluckte mehrmals, antwortete jedoch nichts darauf. Frank konnte sehen, dass sie mit sich kämpfte – und wahrscheinlich auch mit einem Anflug von Panik. Er erkannte es an dem Flackern in ihrem Blick und ihrem unsteten Atem.

Zärtlich umfasste er ihre Wangen. »Es ist deine Entscheidung, Ricarda. Glaub nicht, dass ich nicht bemerkt habe, dass du seit einer Weile versuchst, deine Schutzmauer wieder hochzuziehen. Das bringt uns aber nicht weiter, und es rettet auch unsere Freundschaft nicht. Wenn du heute Nacht hierbleibst, dann lass uns ausnahmsweise nach meinen Regeln spielen.«

Wieder flackerte ihr Blick. Sie atmete hörbar ein und wieder aus. »Und wenn ich das nicht kann?«

»Du kannst.« Er näherte sich ganz langsam ihrem Mund. Das Brennen in seinem Inneren nahm zu. »Wenn du es willst. Andernfalls werden wir vermutlich beide eine sehr frustrierte Nacht in separaten Betten verbringen. Du oben und ich auf der Couch.«

Er sah, dass sie weiterhin mit sich kämpfte, dann aber nickte. Ihr Atem ging noch unruhiger, ihr ganzer Körper spannte sich an. »Ich habe Angst«, flüsterte sie.

»Ich weiß.«

Als sie sich ihm ein wenig entgegenreckte und ihre Lippen auf seine presste, durchzuckte ihn ein fast schmerzhafter Stich. Er zog sie fest in seine Arme und erwiderte den Kuss umgehend. Erst warm, innig, dann sehr rasch immer leidenschaftlicher. Seine Finger suchten sich den Weg in ihr seidiges Haar, und er bog ihren Kopf ein wenig nach hinten, um den Kuss noch zu vertiefen. Sehnsüchtig fuhr er mit der Zunge über die Innenseite ihrer Unterlippe, tastete sich vor, bis er ihre Zunge fand. Knisternder Strom floss durch ihn hindurch. Hitze stieg in ihm auf. In seinen Gedanken formte sich ein einziges Wort: endlich.

***

Ricarda hatte reagiert, noch bevor ihre Gedanken den Befehl ordnungsgemäß an ihren Körper entsenden konnten. Selbstverständlich hatte sie genau gewusst, worauf der Tag hinauslaufen würde. Sie hatte ganz sicher nicht geplant, in betrunkenem Zustand bei ihm zu übernachten, doch indem sie stillschweigend seine Einladung angenommen hatte, den Sonntag mit ihm zu verbringen, hatte sie vor sich selbst allem zugestimmt, was sich daraus entwickeln würde. Wissentlich. Natürlich würde er ihr Nein akzeptieren, doch sie selbst wollte es nicht akzeptieren. Nicht mehr. Er hatte recht damit, dass sie mit Absicht auf Distanz gegangen war. Dabei hatte sie aber nur herausgefunden, dass diese Distanz ihr nicht wirklich half. Sie sehnte sich bereits so lange nach ihm, dass sie nicht einmal mehr wusste, wann es genau angefangen hatte. Sie wusste nur, dass sie gar nicht anders konnte, als jetzt auf seine Bitten einzugehen. Zur Hölle mit den Folgen, vor denen sie sich so sehr fürchtete! Was sollte denn schon passieren? Entweder sie waren im Bett kompatibel oder nicht. Entweder sie hatten zusammen Spaß – oder eben nicht. Ihrer Erfahrung nach gab es nur diese beiden Möglichkeiten. Zwar konnte sie die Anzahl jener Erfahrungen oder vielmehr die Männer, mit denen sie sie gesammelt hatte, an einer Hand abzählen, dennoch ging sie davon aus, dass auch ein ausschweifenderes Liebesleben ihr keine weiteren Alternativen aufgezeigt hätte. Zumindest keine, die sie gerne kennengelernt hätte. Es hatte ihrem Spaß bislang auch keinen Abbruch getan, dass sie dabei stets einen klaren Kopf bewahrt hatte. Ihr Körper funktionierte auch ohne Kontrollverlust einwandfrei. Deshalb begriff sie nicht ganz, warum es Frank so wichtig war, dass sie eben diese Kontrolle aufgab.

Als sie nun aber Franks Mund auf ihrem spürte, seine Zunge mit der ihren rang, wurde sie von ungeahnter Erregung heimgesucht. Erwartungsvolle Vorfreude mischte sich mit ängstlichem Bangen, als sie sich an seine Liebkosungen am Morgen erinnerte. Vielleicht hatte sie da aber einfach noch unter dem Eindruck des Alkohols gestanden – und deshalb ein bisschen neben sich. Anders konnte sie sich die überwältigenden Empfindungen nicht erklären, die er in ihr hervorgerufen hatte. Sie war sich allerdings nicht sicher, ob sie sie noch einmal fühlen wollte. Es war erschreckend gewesen, wie leicht er sie damit vollkommen aus der Fassung gebracht hatte. Gleichzeitig hoffte sie, dass es noch einmal geschehen würde. Auch wenn sich in ihrer Magengrube bei dem Gedanken ein heißer Knoten bildete, der sich von unterschwelliger Panik nährte.

Als Frank den Kuss noch vertiefte und seine Hand tastend unter ihr Shirt schob, gesellte sich zu der Gänsehaut, die sich auf ihrem Körper bildete, dieses irrsinnige, schmerzliche Ziehen ganz tief in ihr. Instinktiv griff sie nach Frank, hielt sich an ihm fest, zerrte das legere hellgraue Freizeithemd aus dem Bund seiner Jeans. Als sie endlich seine warme, glatte Haut unter den Fingerspitzen spürte, brandete die Erregung erneut durch sie hindurch. Sie drängte sich fordernd an ihn und spürte, wie erregt auch er war. Mit einem unterdrückten Stöhnen umfasste er ihren Po mit beiden Händen und zog ihr Becken gegen seins.

In ihrer Mitte begann es zu prickeln, dann zu pulsieren. Hastig knöpfte sie sein Hemd auf und schob es ihm von den Schultern. Beinahe ehrfürchtig strich sie mit beiden Händen über seinen Brustkorb, seine Schultern, seine Oberarme und spürte, wie er mit einem Erschauern darauf reagierte. Er schob ihr Shirt weiter hoch, bis sie ihm half, es ihr auszuziehen. Dabei verhedderte sie sich beinahe in ihrer Brille, sodass sie sie verlegen abnahm und auf den Couchtisch legte. Sie war nur leicht kurzsichtig, musste aber dennoch zwei-, dreimal blinzeln, um ihre Augen an die Veränderung zu gewöhnen. Belohnt wurde sie mit warmen Männerhänden, die ihre Wangen umfassten, während Frank mehrere Küsse über ihr Gesicht verteilte, ihre Stirn, ihr Kinn, dann ihren

Hals hinab bis zu ihrer Schulter. Wo immer seine Lippen ihre Haut berührten, folgten ihnen eine Gänsehaut und ein wohliges Kribbeln. Nicht beängstigend, sondern wunderschön.

Sie hatte sich nie wirklich erlaubt, sich vorzustellen oder davon zu träumen, wie es wäre, auf diese Art mit Frank zusammen zu sein, mit ihrem besten Freund, der sie in- und auswendig kannte. Das war ihr immer viel zu gefährlich gewesen, weil sie fürchtete, sich vielleicht irgendwann einmal durch ein Wort oder eine Geste zu verraten. Diese Mischung aus sanfter Zärtlichkeit und unterschwelliger gefährlicher Leidenschaft hätte sie niemals erwartet. Allerdings musste sie nun mit einem Anflug von Eifersucht kämpfen, wenn sie an die ihr überwiegend unbekannten Frauen dachte, die schon einmal in den Genuss dieser gefährlichen Mischung gekommen waren.

Frank musste gespürt haben, dass etwas sie beschäftigte, denn er löste seinen Mund von ihrer Kehle und suchte ihren Blick. »Was geht in deinem Kopf vor, Prinzessin? Du bist angespannt wie ein Flitzebogen, aber nicht auf die gute Art.«

Fast hätte sie gelacht. »Nichts, ist schon gut, ich musste nur an etwas denken. Vergiss es, es ist albern.«

»Nichts da.« Seine Hände glitten über ihren Hals, über ihre Schultern und dann federleicht ihren Rücken hinab. »Meine Regeln, erinnerst du dich? Eine davon ist, dass wir uns nichts verschweigen.«

Sie erschrak ein wenig vor seiner ernsten Miene, seinem auffordernden Blick. »Es ist wirklich nichts. Einfach nur blöd.«

»Raus mit der Sprache!« Er küsste sie auf den Mundwinkel. »Alles, was dich daran hindert, dich zu entspannen, muss aus dem Weg geräumt werden.«

Ihr Puls ruckelte nervös. Da sie nicht wusste, wohin mit ihren Händen, legte sie sie auf seine Hüften, spürte den Übergang von seiner Haut zum festen Stoff seiner Jeans und dem kühlen Leder des Gürtels. »Du lachst mich aus.«

»Ricarda.« Seine Lippen fanden erneut ihre, strichen sehr sachte darüber. »Bitte.«

Sie seufzte und wandte den Blick verlegen ab. »Ich war nur gerade ein bisschen eifersüchtig, glaube ich.«

»Auf wen?« Behutsam zog er sie in seine Arme und streichelte weiter ihren Rücken, ihre Seiten.

So dicht an seiner Brust spürte sie seinen beschleunigten Herzschlag und entspannte sich tatsächlich wieder etwas. »Auf all die Frauen, mit denen du mal zusammen gewesen bist und … na ja, die … das hier schon mal erleben durften. Ich weiß, wie bescheuert das ist. Lass es einfach auf sich beruhen.«

Eine geraume Weile antwortete Frank nichts darauf, doch sie spürte, wie er sich für einen Moment anspannte, ähnlich wie sie zuvor, dann schlang er seine Arme noch fester um sie. Schließlich spürte er seinen Mund nah an ihrem Ohr. »Also zunächst einmal klingt *all die Frauen* nach einem ziemlich ausschweifenden Liebesleben.« Sein warmer Atem strich über ihre Ohrmuschel. »Ich will nicht behaupten, dass ich wie ein Mönch gelebt habe, aber ich war noch nie jemand, der auf schnellen Sex aus ist. Deshalb kann ich die Anzahl dieser Frauen vermutlich an zwei Händen abzählen.«

Sie schluckte hart gegen das Rumpeln ihres Herzens an. »Das ist immerhin eine Hand mehr, als ich benötigen würde.«

Frank stieß geräuschvoll den Atem aus. »Jetzt bin ich auf fünf mir unbekannte Kerle eifersüchtig.«

Fast hätte sie schon wieder gelacht. »Das brauchst du nicht. Es war nie … Nein. Brauchst du nicht.«

»Entspannst du dich wieder, wenn ich dir verrate, dass es sich umgekehrt genauso verhält? Keine dieser Frauen warst du, Ricarda. Deshalb ist ein Vergleich vollkommen unzulässig.«

»Unzulässig?«

»Entschuldige, der Anwalt in mir versucht gerade zu argumentieren. Du bist du, Ricarda. Du bist einzigartig für mich, und alles, was zwischen uns passiert, ist ebenso einzigartig.« Seine Hände strichen hinab zu ihren Hüften und umfassten nur einen Moment später ihren Po. Mit sanfter Bestimmtheit drängte er erneut sein Becken gegen ihres, ließ sie an seiner Erregung teilhaben.

Sogleich war das Prickeln und Pulsieren in ihrer Mitte wieder da, verstärkte sich sogar noch, als er sich ein wenig an ihr rieb. Sie krallte sich in seinen Hosenbund, hob den Kopf, suchte seinen Mund mit ihrem, seine Zunge mit ihrer.

Frank stieß einen überraschten und zugleich erregten Laut aus, der ihren Puls in ungeahnte Höhen katapultierte.

***

Was machen Frauchen und Herrchen denn da? Das ist aber kein Spiel, glaube ich. Zumindest keins, bei dem ich mitmachen könnte. Hm, sehr merkwürdig das Ganze, und irgendwie komme ich mir hier plötzlich fehl am Platz vor. Ich glaube, ich schleiche mich mal schnell raus und suche mir ein anderes Plätzchen zum Schlafen. Vielleicht oben im Bett. Sieht ja gerade nicht so aus, als ob die beiden dorthin gehen wollen. Also lasse ich sie mal besser hier alleine und – gäääähn – gehe oben weiterschlafen. Gute Nacht.

***

Ihr leidenschaftlicher Kuss vertrieb die durchaus unangenehmen Gedanken an irgendwelche Männer, die irgendwann einmal das Glück gehabt hatten, seiner Ricarda so nah gekommen zu sein. Was blieb, war der Nachhall der Erkenntnis, dass es ihr offenbar sehr ähnlich ergangen war wie ihm. Er hatte sich über die Jahre jegliche Gedanken an sie in den Armen eines anderen verboten. Diese Einsicht machte ihm klar, dass es Dinge gab, die immer noch zwischen ihnen standen, weil sie nicht ausgesprochen worden waren. Weil *er* sie nicht ausgesprochen hatte. Das musste sich ändern. Bald. Sehr bald.

Heißkalte Schauer durchrieselten ihn unter Ricardas streichelnden Händen, die offenbar entschlossen war, jeden Zentimeter seines Oberkörpers zu erforschen. Noch kreiste eine erkleckliche Menge Blut durch seine Adern, doch immer mehr davon sackte nach und nach in seinen Unterleib und verursachte dort ein von seinem schnellen Herzschlag angetriebenes Pochen. Hungrig machte er sich erneut über ihre Lippen her und tastete gleichzeitig nach dem Verschluss ihres BHs, öffnete ihn, streifte das überflüssige Kleidungsstück von ihren Schultern und warf es hinter sich auf den Boden. Er spürte ihren wilden Herzschlag, als er ihre rechte Brust sanft umfasste und das Gefühl der weichen Haut und der bereits aufgerichteten Spitze in seiner Handfläche genoss. Er umschloss sie ein wenig fester und hörte Ricarda scharf einatmen. Das kreisende Blut in seinen Adern entzündete sich umgehend. Mit der linken Hand tastete er hinab zum Knopf ihrer Jeans.

Sie half ihm, die Hose zu öffnen, und streifte gleichzeitig ihre leichten Slipper von den Füßen, die sie anstelle von Hausschuhen mitgebracht hatte. Da er es kaum erwarten konnte, sie nackt zu sehen, schob er beide Hände unter den

Bund ihrer Jeans und gleichzeitig auch ihres Slips. Glitt tiefer, umfasste kurz ihren Hintern, dann schob er beide Kleidungsstücke gleichzeitig über ihre Hüften hinab.

Ricarda half ihm erneut, indem sie Jeans und Slip hastig abstreifte und dabei auch gleich ihre Socken loswurde. Kaum hatte sie sich wieder aufgerichtet, als er sie auch schon wieder hungrig an sich zog, küsste, seine Hände auf Wanderschaft schickte. Ihre seidenweiche Haut unter seinen Handflächen sandte unzählige heiße Stiche durch ihn hindurch. Noch mehr Blut verabschiedete sich in seinen Unterleib. Seine Gedanken begannen nur noch um die eine Sache zu kreisen, nach der er sich schon so lange sehnte.

Ricarda tastete indessen ebenfalls nach seinem Gürtel, öffneten ihn und gleich darauf auch die ersten beiden Knöpfe seiner Jeans. Dann noch einen und den letzten. Ihm wurde unnatürlich heiß, als ihre Finger sich unter den Stoff schoben, vorsichtig, zögernd, und dabei seine inzwischen brutale Erektion nur leicht streiften, so als weiche sie ihr aus. Stattdessen wanderte ihre Hand seitlich zu seiner Hüfte.

»Warte.« Er trat einen halben Schritt zurück und entledigte sich seiner Hose und Socken, so schnell er konnte. Die Shorts behielt er noch an, auch wenn diese Barriere eher als fadenscheinig zu bezeichnen war, da sie nicht im Mindesten verbarg, wie hart er war. Dennoch erhoffte er sich davon zumindest ein Minimum an Unterstützung, um nicht zu schnell die Beherrschung zu verlieren.

Er sah und spürte, wie ihr Blick über seinen Körper wanderte, gleich darauf aber hastig wieder hinauf zu seinem Gesicht zuckte. Ihre Wangen waren leicht gerötet, ob nur vor Erregung oder auch vor Verlegenheit, konnte er nicht feststellen. Entschlossen trat er wieder auf sie zu, bis ihre Körper einander auf ganzer Länge berührten. Ihr Blick flackerte und verdunkelte sich. Ihr Atem ging in unregelmäßigen Stößen und mischte sich mit seinem, als sie sich küssten. Sie umfasste seine Schultern, hielt sich an ihm fest.

Frank vergrub seine Hände erst in ihren Haaren, vertiefte den Kuss, ließ seine Zunge die ihre necken, herausfordern. Dann strich er mit beiden Händen hinab über ihre Arme bis zu den Ellenbogen, wechselte zu ihren Hüften, umfasste diese, dann ihren Hintern. Energisch zog er sie an sich und schob gleichzeitig sein Becken gegen ihres.

Ricarda keuchte unterdrückt und schlang ihr rechtes Bein um sein linkes, drängte sich ihm entgegen. Frank sah Sternchen, als er ihre Haut über seine reiben spürte. Er packte ihren Oberschenkel und zog ihn hoch, damit er sich noch enger an sie pressen und sie spüren lassen konnte, wie sehr er sie wollte.

Ihre Finger krallten sich in seine Schultern, sie drängte sich ihm schwer atmend entgegen. Im nächsten Moment verbarg sie ihr Gesicht in seiner Halsbeuge, und er konnte spüren, wie sie sich anspannte.

»Hey.« Seine Stimme kratzte ein wenig und schwankte, weil er kaum noch klar denken konnte. »Was ist los?« Er schluckte. »Geht es dir zu schnell? Sollen wir …«

»Nein.« Ihre Stimme klang dumpf, weil sie gegen seine Schulter sprach. »Es ist nur …« Sie stockte kurz. »Es ist alles so surreal. Du, ich, wir, hier, jetzt. Das alles … ist wie in einem Traum, aus dem man dann ganz plötzlich erwacht, wenn …«

»Wenn es am schönsten wird?«

Als sie nicht darauf antwortete, ließ er ihren Oberschenkel los – nicht ohne leichtes Bedauern –, damit sie wieder das Gleichgewicht auf ihren beiden Füßen fand. »Du wirst nicht aufwachen, Ricarda. Das hier ist kein Traum. Eher ein

Traum, der sich endlich für uns beide erfüllt. Davor brauchst du dich nicht zu fürchten.« Vorsichtig tastete er nach ihrer Hand und verschränkte kurz seine Finger mit ihren, dann hob er sie an die Lippen und küsste ihren Handrücken. »Das hier ist real, Ricarda. Das hier«, er führte ihre Hand an seine Erektion und sah erneut Sternchen, als er durch den Stoff seiner Shorts die Wärme ihrer Handfläche spürte. »Das ist absolut real.«

Ihre Hand zuckte leicht in seiner, ihr Atem schien kurz zu stocken. Doch als er sie losließ, zog sie die Hand nicht fort, sondern streichelte ihn leicht. Dann schob sie ihre Hand unter den Stoff seiner Shorts und umschloss seine pralle Härte. Er stieß einen zischenden Laut aus, als die Lust mit einem schmerzlichen Stich durch ihn hindurchfuhr. Die Sternchen vor seinen Augen verwandelten sich in ein Blitzlichtgewitter. Das hier war nicht surreal, sondern der reine Irrsinn! Gierig griff er nach ihr, zog sie an sich, bis ihre Leiber aufeinanderprallten. Wieder packte er ihren Oberschenkel, zog ihn so weit hoch, wie es ging, und rieb sich an ihr. Er wollte sie. Wollte …

»Verdammt!« Schwer atmend versuchte er, einen klaren Kopf zu bekommen.

»Was?« Ricarda schwankte ein wenig, sodass er erneut ihren Schenkel in die Freiheit entließ. »Stimmt etwas nicht?« Auch ihr Atem ging hektisch und stoßweise. Fragend hob sie den Blick.

Er schaffte ein einigermaßen schiefes Grinsen. »Die verfluchten Kondome sind oben im Schlafzimmer.«

»Oh. Okay. Dann …« Sie zögerte.

Besorgt musterte er sie. »Ricarda?«

Zu seiner Überraschung umschlang sie seine Hüften mit den Händen und ließ ihre Hände an seinem Hinterteil unter den Stoff der Shorts gleiten. Im nächsten Moment zog sie ihm das Kleidungsstück bereits aus.

Er half ihr zwar, hielt sie aber zurück, als sie sich gleich darauf wieder an ihn schmiegte. »Was wird das?«

Ricarda hielt inne. »Ich … Wir sind beide schon eine Weile solo, oder?«

»Ja, aber was hat das mit …«

»Ich kann nicht schwanger werden.«

»Bitte was?« Verblüfft starrte er sie an.

Sie lachte trocken. »Also nicht überhaupt nicht, sondern jetzt gerade. Ich nutze schon seit vielen Jahren die natürliche Familienplanung zur Verhütung.«

»Natürliche was?«

»Das erkläre ich dir besser ein andermal, sonst …« Ein schwaches Lächeln folgte ihren Worten. »Ich bin dazu gekommen, weil ich eh nur selten verhüten muss. Die wenigen Male, als ich … Na ja, da haben wir ein Kondom benutzt, aber eigentlich ist es nicht nötig, wenn die Zeit richtig ist. Wenn es nur so selten vorkommt, muss ich meinen Körper doch nicht mit irgendwelchen Hormonen füttern, oder? Und ein Kerl, der nicht freiwillig ein Kondom benutzt, kann eh gleich wieder abhauen.«

Er schmunzelte, wurde aber gleich wieder ernst, weil er sichergehen wollte, dass er richtig verstanden hatte, was sie ihm gerade angeboten hatte. »Du kannst jetzt gerade also nicht schwanger werden?«

»Nein. Selbst wenn ich es wollte, würde es nicht klappen.« Sie atmete tief durch. »Deshalb können wir auch … na ja, hier unten bleiben.«

Erneut stieg Hitze in ihm auf – und eine ganz neue Art von Vorfreude. »Bist du dir wirklich sicher? Ich meine …«

»Absolut sicher. Ich würde dich niemals anlügen, Frank.«

»Okay.« Die kurze Unterbrechung hatte dazu geführt, dass er sich wieder ein wenig unter Kontrolle hatte. Etwas, was er jedoch so schnell wie möglich wieder zu ändern gedachte. Deshalb nahm er sie bei der Hand und führte sie zu dem nagelneuen Schaffellteppich, den er von ihrem Möbelraubzug am Freitag mitgebracht hatte und in Ermangelung einer anderen Idee zunächst im Wintergarten ausgelegt hatte.

»Hier?« Überrascht sah Ricarda sich um.

»Lieber nicht?« Die Gefahr, dass jemand sie durch die großen Fensterscheiben sehen würde, war denkbar gering, denn das Grundstück war von fast mannshohen Hecken umgeben, die jetzt auch noch dicht verschneit waren.

»Es ist fast, als wären wir draußen.« Sie lächelte. »Nur bedeutend wärmer.«

»Wenn es nach mir geht, wird es gleich noch ausgesprochen heiß.« Mit Schwung zog er sie an sich und dann mit sich auf den dicken weichen Teppich. Sie streckten sich nebeneinander aus und wandten sich einander zu.

»Ziemlich genau hier lag die Luftmatratze, auf der ich übernachtet habe, als du in Boston warst.«

»Und auf der du von mir geträumt hast?«

»Nein.«

»Wie schade.«

»Ich konnte einfach nicht …«

»Schon klar.« Er fuhr mit der Handfläche über ihre Seite, ihre Hüfte, ihr Bein. »Vielleicht muss ich mich noch ein bisschen mehr anstrengen, damit dein Unterbewusstsein gar nicht mehr anders kann, als dich mit Träumen von mir zu bombardieren.«

»Du willst, dass ich von dir träume?«

Er rückte ganz nah an sie heran. »Welcher Mann würde nicht wollen, dass die Frau, die er … begehrt, von ihm träumt?« Er fluchte innerlich und hoffte, dass sie die kurze Pause nicht bemerkt hatte. Um Ricarda daran zu hindern, womöglich darüber nachzudenken, was er eigentlich hatte sagen wollen, beugte er sich über sie, suchte ihren Mund, küsste sie und brachte sie gleichzeitig dazu, sich auf den Rücken zu drehen.

Ihr Blick flackerte ein wenig, so als überlege sie, ob sie wirklich bereit war, sich vollständig seinen Regeln zu ergeben. Doch dann gab sie nach, tastete nach seiner Hüfte und zog ihn näher zu sich heran.

***

Die Hitze, die von Franks Körper abstrahlte, ging wie fließender Strom auf Ricarda über. Sie schwankte immer noch ein wenig zwischen Staunen und ängstlichem Warten darauf, dass sie doch noch aus diesem Traum erwachte. Seine Haut an ihrer zu spüren, seine leidenschaftlichen Küsse, seine Hände, die ihren Körper gleichzeitig erforschten und liebkosten, all das ließ ihr Blut heiß durch ihren Körper kreisen. In ihrer Magengrube hatte sich dieses irrsinnige, verrückt machende Ziehen eingenistet und wollte nicht mehr nachlassen, ebenso wie das sehnsüchtige Pulsieren und Pochen in ihrer Körpermitte. Letzteres verstärkte sich noch, als sie, mehr aus Versehen, mit ihrer Hand seine Erektion streifte. Warum sie ausgerechnet dieser Beweis seiner heftigen Erregung so aus dem Gleichgewicht brachte, konnte sie sich selbst nicht erklären. Doch irgendwie kehrte dieses Gefühl des Surrealen wieder zurück. Dies war Frank, ihr Freund seit Ewigkeiten, und er begehrte sie ganz offensichtlich. Sehr sogar. Als sie ihren abhandengekommenen Mut endlich wiederfand und sein aufgerichtetes Glied sanft umfasste, stieß er unwillkürlich einen Lustlaut aus und spannte sich an. Ihr Puls schnellte in die Höhe, ihr Herz trommelte wild in ihrer Brust. Sie wollte ihn. Dieses unbedingte, drängende Bedürfnis hatte sie zuvor noch nie empfunden, und das erschreckte sie. Doch noch ehe sie sich zurückziehen konnte, umfasste Frank ihre Hand und zog sie sanft an seinen Mund.

»Wenn du so weitermachst, wird das hier eine ziemlich kurze Zusammenkunft.« Seine Stimme schwankte und hatte einen tiefen, fast grollenden Unterton angenommen, den sie noch nie zuvor bei ihm gehört hatte. Alle Härchen auf ihrem Körper richteten sich auf. Im nächsten Moment spürte sie seine Hand an der Innenseite ihres Oberschenkels hinaufwandern. Sein Blick war dunkel und verlangend auf sie gerichtet, und sie war nicht in der Lage, ihm auszuweichen, als er zärtlich in sie eintauchte. Unwillkürlich bog sie den Rücken durch. Sie war bereit für ihn, wollte ihn. Jetzt. Doch er schien sich Zeit lassen zu wollen. Sein Mund senkte sich auf ihren, während er ihre feuchte Hitze erkundete, ihren empfindlichsten Punkt reizte, bis sie erschrocken keuchte. Heiße, brennende Luststiche durchzuckten sie, steigerten sich und vernebelten ihr die Sinne. Sie versuchte, sich an irgendeinen Gedanken zu klammern, um nicht von diesen irrsinnigen Empfindungen weggespült zu werden.

»Meine Regeln, Ricarda«, raunte er an ihren Lippen. »Hör auf zu denken.«

»Ich kann nicht.« Ihr Becken zuckte unkontrolliert; sie krallte die Hände in den Teppich.

»Doch, du kannst.« Sein Mund zog eine heiße Spur über ihr Kinn und ihren Hals hinab, dann weiter zu ihren Brüsten. Und immer noch, immer wieder, reizte er sie, trieb sie weiter.

Ein seltsamer Wirbel setzte in ihrem Kopf ein, beinahe wie die Achterbahn nach der Überdosis Punsch. Sie spannte sich an, bangte und hoffte zugleich, als Frank sanft ihre Schenkel auseinanderschob. Dann spürte sie seine Zunge und stieß einen erschrockenen Laut aus, der irgendwo zwischen Stöhnen und Keuchen lag. Die brennenden Stiche gingen in ein einziges heißes Brennen über. Fahrig tastete sie auf dem Teppich umher, griff nach Franks Schulter, krallte sich in seine Haare. Er atmete heftig und stoßweise, als er wieder von ihr abließ und sich an ihr hochschob.

Gierig und voller Leidenschaft küssten sie sich; ihre Zungen rangen miteinander. Frank verlagerte sein Gewicht, und sie zog ihn zu sich heran, bis er auf ihr lag. Jetzt!, war das Einzige, was sie noch denken konnte, und schloss erwartungsvoll die Augen.

»Ricarda! Sieh mich an.«

Erstaunt hob sie die Lider wieder und erschrak ein bisschen vor seinem dunklen, intensiven Blick. Er griff nach ihrer Hand, verschränkte seine Finger mit ihren. »Bereit?«

Sie schluckte, hielt den Atem an, dann nickte sie – und umklammerte seine Hand, als er kraftvoll in sie eindrang. Ihre Blicke waren ineinander verhakt, ebenso ihre Hände, während er Besitz von ihr ergriff, tiefer und tiefer, bis er sie gänzlich ausfüllte.

Wohlige, wilde Schauer ergriffen sie. Die Muskeln in ihrem Inneren zuckten unwillkürlich und schlossen sich krampfend wieder und wieder um ihn, bis er regelrecht gequält stöhnte. Er bewegte sich nicht, damit sie sich an ihn gewöhnen konnte, aber vielleicht auch, um sich nicht gleich zu verausgaben. Sie verharrten so, sahen einander an – erstaunt und erregt zugleich.

Irgendwann hielt sie es nicht mehr aus und bewegte sich unter ihm, bis er reagierte und sich wiederum in ihr zu bewegen begann, sachte zuerst, quälend langsam. Sie wusste, sie würde diesen Moment niemals vergessen. Was sie erwartet hatte, wusste sie nicht, aber ganz sicher nicht das hier. Dieses wahnsinnige Sehnen, obwohl sie doch bereits miteinander verbunden waren. Dieses heiße, zehrende Brennen in ihrem Inneren, in ihrem Herzen, das sie vollständig zu vereinnahmen drohte.

»Nicht denken.« Immer noch klang seine Stimme dunkel und heiser. »Bleib hier, bei mir. Sieh mich an.« Aus seinen trägen Bewegungen wurden zunehmend kraftvolle Stöße. Sie drängte sich ihm entgegen, passte sich seinem Rhythmus mühelos an, wollte mehr, immer mehr. Gleichzeitig versuchte sie, in sich hineinzuhorchen, den Moment zu erkennen, in dem sie den Höhepunkt erreichen würde.

»Nicht.« Er küsste sie, verlangsamte den Rhythmus wieder, bis er sich nur noch qualvoll langsam in ihr bewegte. »Nicht verkrampfen, Schatz. Du bist sicher bei mir. Lass dich fallen.«

»Ich weiß nicht, wie.« Die Enttäuschung darüber, dass er innegehalten hatte, rang mit einem Anflug von Verlegenheit. »Bitte, ich …«

»Vertraust du mir?«, unterbrach er sie. Sein Blick hielt den ihren weiterhin gnadenlos gefangen.

Verunsichert nickte sie. »Natürlich, aber …«

»Dann weiß ich, was wir tun.« Zu ihrer grenzenlosen Verblüffung zog er sich aus ihr zurück und richtete sich auf, bis er neben ihr kniete. »Komm her.« Beinahe mühelos zog er sie zu sich heran und brachte sie dazu, sich auf den Bauch zu drehen. Im nächsten Moment war er hinter ihr und zog sie auf die Knie, und noch ehe sie begriff, was er vorhatte, drang er von hinten in sie ein.

Die Empfindungen, die sie überrollten, ließen sie erregt aufstöhnen. Mit dieser Stellung hatte sie so gut wie keine Erfahrungen, erkannte aber umgehend, dass ihr nicht allzu viele

Möglichkeiten blieben, Einfluss auf die Geschehnisse zu nehmen. Sie krallte ihre Finger in den weichen Teppich und gab sich schließlich den überwältigenden Empfindungen hin, die die Vereinigung mit Frank hervorriefen. Er bewegte sich wie ganz zu Anfang langsam in ihr, doch sie konnte an seinem schweren Atem hören, dass er mit seiner Selbstbeherrschung kämpfte. Als er ihre Hüften fester umfasste und tiefer in sie hineinstieß, drang ein unartikulierter Laut über Ricardas Lippen, der sie ein bisschen erschreckte. Doch sie kam nicht dazu, verlegen zu werden oder gar ihm auszuweichen, weil er jetzt den Rhythmus vorgab. Energisch hielt er sie an Ort und Stelle. Sie rang nach Atem und begriff, dass sie gar nicht ausweichen wollte. Sie wollte dies hier. Mehr!

Ihre Lust steigerte sich sprunghaft, als er sich über sie beugte und gleichzeitig tiefer, härter zustieß. Ihre Arme begannen zu zittern, ebenso ihre Beine, so als wolle die Kraft sie verlassen.

Sie spürte seine Lippen auf ihrem Rücken, seine Hände an ihren Seiten, an ihren Brüsten, wieder an ihren Seiten. Seinen Atem, der heiß über ihre Haut strich.

»Lass dich gehen, Ricarda.« Seine Stimme klang gepresst, erregt, schwankend vor Lust. »Ich halte dich. Lass dich einfach fallen.« Wie um seinen Worten Nachdruck zu verleihen, drängte er sie vorwärts, bis sie allmählich den Halt verlor und schließlich auf dem Bauch lag. Instinktiv winkelte sie ihr linkes Bein ein wenig an, um Frank leichteren Zugang zu gewähren. Er war jetzt über ihr, in ihr, sein Mund strich über ihren Rücken, sein Bart reizte ihre übersensible Haut derart köstlich, dass sie mit einer heftigen Gänsehaut reagierte. Er wurde wieder langsamer und stieß fast träge, tiefer noch als zuvor, in sie. In dieser Stellung hatte sie nun überhaupt keine Möglichkeit mehr, auf das Geschehen Einfluss zu nehmen.

Unwillkürlich spannte sie sich an. »Frank, bitte …« Sie wusste gar nicht genau, worum sie ihn bitten wollte. Mehr!, war das einzige Wort, das durch ihren vernebelten Verstand taumelte. Gleichzeitig spürte sie diesen tückischen heißen Knoten in der Magengrube, der sich immer dann entwickelte, wenn eine Panikreaktion in ihr erwachte.

»Schsch. Bleib bei mir, Ricarda. Nicht denken. Ich bin hier.« Er bewegte sich ein wenig schneller in ihr, dann biss er zärtlich in die Stelle an ihrem unteren Nacken, die er am Vormittag entdeckt hatte.

Entsetzt keuchte sie auf, als ein ungekannter Luststrahl von dieser Stelle bis hinab in ihre Mitte schoss. Das Entsetzen steigerte sich noch, denn nun saugte er leicht an dem Punkt, rieb mit der Zunge darüber, dann mit den Lippen, sodass erneut auch sein Bart Kontakt mit ihrer Haut hatte. Für einen Moment wurde ihr beinahe schwarz vor Augen, so intensiv waren die Lustgefühle, die er damit auslöste. Verzweifelt stöhnte sie auf, wollte sich wehren und hoffte gleichzeitig, dass diese schreckliche, köstliche Tortur niemals enden würde. Ihre Hände krampften sich in den Teppich, sie atmete immer schneller, flacher, hatte das Gefühl, ins Trudeln zu geraten.

Sein Stöhnen drang an ihr Ohr, laut, ungezügelt, und mischte sich mit ihrem. Er stieß immer fester in sie, schneller, sein Mund reizte die erogene Zone an ihrem Nacken unerlässlich, geradezu gierig. Etwas in ihr versuchte immer noch, sich gegen den Kontrollverlust zu wehren, doch sie hatte gar keine Kraft mehr, sich darauf zu konzentrieren. Sie fühlte nur noch, spürte ihn in sich, über sich.

Er raunte ihren Namen, griff nach ihrer linken Hand, legte seine darüber, verflocht seine Finger mit ihren, während er sich mit dem rechten Arm neben ihr abstützte. Ungezügelt trieb er sie voran, quälte sie erbarmungslos mit Lippen und

Zunge, riss sie mit sich in einen Wirbelsturm, der sie hinfort trug, ohne dass sie es hätte verhindern können. Und plötzlich wollte sie das auch gar nicht mehr. Das Ziehen und Brennen in ihr wurde übermächtig, ihre Gedanken flohen aus ihrem Bewusstsein. Sie öffnete sich, weit, ließ den Rausch zu, in den sie gemeinsam hineintrieben.

Erneut hörte sie, wie er ihren Namen raunte, wieder und wieder, und stieß den seinen regelrecht verzweifelt aus, weil sie es nicht mehr aushielt und doch immer mehr wollte.

Seine Stöße steigerten sich zu einem drängenden Stakkato, das sie an den Rand des Wahnsinns trieb. Keuchend sog sie die Luft ein. Dann biss er sie erneut.

Sie schrie auf, verkrampfte sich – und wurde in der nächsten Sekunde vom Orgasmus überrollt. In ihrem Inneren zog sich alles zusammen, krampfte, pulsierte, und für einen Moment glaubte sie, ohnmächtig zu werden. Doch sie spürte immer noch, dass Frank sie weiter antrieb und schließlich, einen grollenden Laut ausstoßend, ebenfalls den Höhepunkt erreichte. Keuchend verströmte er sich in ihr, drängte dabei tief in sie und ließ sich schließlich schwer atmend auf sie sinken.

***

Es dauerte eine geraume Weile, bis sich Ricardas Herzschlag so weit beruhigt hatte, dass sie es wagte, langsamer zu atmen und den Kopf anzuheben.

»Noch nicht.« Franks Stimme klang belegt und immer noch heiser. »Ich bin am ganzen Körper gelähmt.«

Aus unerfindlichen Gründen reizte sie diese Feststellung zum Kichern.

Prompt blies er ihr seinen Atem in den Nacken. »Das ist nicht witzig, Prinzessin.« Träge bewegte er seinen Fuß, und als das funktionierte, rückte er neben sie, schlang seine Arme fest um ihre Mitte und schmiegte sich an ihren Rücken. »Siehst du, ich wusste, dass du es kannst.«

Das Kichern erstarb auf ihren Lippen. »Frank, das war …« Sie suchte nach einem passenden Ausdruck, fand aber keinen.

»Ich weiß.« Er küsste sie auf die Schulter. »Mir geht es genauso.«

Ihr Herz rumpelte ein wenig. Sie tastete nach seinen Armen, dann nach seinen Händen, die er sogleich mit ihren verschränkte. »Und was jetzt?«

»Jetzt …« Er hielt einen langen Moment inne. »Sagst du mir, ob sich unser System resettet hat.«

Vorsichtig drehte sie den Kopf, versuchte ihn über die Schulter anzusehen. »Ich glaube nicht.«

»Gut.« Er gab ihr etwas Raum, damit sie sich zu ihm umdrehen konnte, schlang aber gleich wieder einen Arm und ein Bein um sie, so als wolle er verhindern, dass sie die Flucht ergriff.

Argwöhnisch ob seines seltsamen Tonfalls versuchte sie, in seiner entspannten Miene zu lesen. »Gut?«

»Ja.« Er lächelte leicht. »Weil das bedeutet, dass du immer noch Gefühle für mich hast, die über unsere frühere Freundschaft hinausgehen. Was mich wiederum hoffen lässt, dass du nicht in Panik ausbrechen wirst, wenn ich dir jetzt ein Geständnis mache.«

Ihr Herz setzte für einen Schlag aus und flatterte danach wild in ihrer Brust. »Was denn für ein Geständnis?« In ihrem Kopf begannen sich die wildesten und abstrusesten Gedanken umeinanderzuwinden. Er hatte eine Freundin in den Staaten. Er würde wieder weggehen. Er musste bald sterben. Er war … würde … wollte …

»Ich liebe dich.«

»Was?« Das Gedankenkarussell kam so abrupt zum Stehen, dass sie geradezu hinausflog.

Frank sah sie nur ganz ruhig an. »Ich liebe dich, Ricarda.«

Ihre Kehle schnürte sich zu, gleichzeitig schwoll der Knoten in ihrem Magen auf Fußballgröße an. Sie sog verzweifelt Luft in ihre Lungen. »Nicht. Sag … so was nicht.«

»Warum nicht?«

Dass er so vollkommen ruhig blieb, machte sie vollkommen kirre. »Weil … Es ist viel zu früh, um so etwas zu sagen. Wir sind erst … Du bist gerade erst aus Boston zurück. Und nur weil wir miteinander geschlafen haben …«

»Das hat damit gar nichts zu tun.« Ein Schmunzeln huschte über seine Lippen. »Es hat zwar auch nicht geschadet, aber ganz im Ernst, Ricarda, ich liebe dich nicht erst seit gerade eben.«

»Aber … das …« Ihr Verstand weigerte sich noch, sie vollständige Sätze formen zu lassen. »Es ist trotzdem noch zu früh.«

»Du hast mir schon viel früher gesagt, dass du in mich verliebt bist.«

Sie wollte widersprechen, ihm erklären, dass sie sich auf früher bezogen hatte, unterließ es dann aber. Es war sinnlos, ihm und sich selbst etwas vorzumachen. »Das ist etwas anderes«, argumentierte sie stattdessen. »Bei mir war das schon immer so. Aber du … du kannst nicht einfach nach den paar Wochen sagen … was du gesagt hast. Was, wenn du dich irrst? Wenn du bald merkst, dass es nur etwas Körperliches gewesen ist. Dass es wieder verflogen ist. Dann kannst du diese Worte nicht einfach zurücknehmen und so tun, als wäre nichts gewesen.« Verzweifelt blickte sie zur Decke. »Das ist nicht fair!«

»Ricarda.«

Sie blinzelte heftig. Jetzt bloß nicht weinen! »Du bist vollgepumpt mit Hormonen. Kann ja sein, dass manche Frauen es schön finden und sich geschmeichelt fühlen, wenn man nach dem Sex *Ich liebe dich* zu ihnen sagt. Aber das hier ist nicht richtig. Warum konntest du damit nicht warten, bis … du dir sicher bist? Damit machst du es uns nur noch schwerer, wenn es nicht klappt.«

»Ricarda!« Er richtete sich ein wenig auf. »Hör auf damit.«

Erschrocken über seinen verärgerten Ton hielt sie inne. Ihre Augen brannten immer noch, und nun nützte auch das Blinzeln nicht mehr.

»Verdammt, Schatz.« Er zog sie in seine Arme und barg ihr Gesicht an seiner Schulter. »Bitte nicht weinen.«

»Ich weine nicht.« Die Tränen, die seine Haut benetzten, straften ihre Worte Lügen.

»Darf ich dir eine Frage stellen?«

Sie spannte sich am gesamten Körper an. »Was für eine Frage?«

»Wirst du es dir anders überlegen?«

»Was anders überlegen?«

»Wir sind beide in der gleichen Situation. Also ist es doch nur legitim, wenn ich mir Sorgen mache, dass du mir das Herz brichst. Dass deine Gefühle verfliegen könnten. Dass du in ein paar Tagen oder Wochen vor mir stehst und mir sagst, dass du jemand anderen …«

»Das wird nicht passieren.«

»Warum nicht?«

Ärger stieg in ihr auf. »Weil das ausgeschlossen ist, Frank.«

Eindringlich blickte er ihr in die Augen. »Weshalb ist es ausgeschlossen?«

»Weil … du weißt, warum. Ich habe dir gesagt, dass ich …«

»Dass du schon damals Gefühle für mich hattest.«

Sie nickte.

»Und die haben sich nie geändert.«

Sie zögerte, nickte dann aber erneut.

»Und sie würden sich auch nicht ändern, wenn die Welt anfängt, sich rückwärts zu drehen.«

»Frank …«

»Oder wenn sich alles gegen uns verschwören würde.«

»Das ist doch …«

»Oder wenn wir noch eine Ewigkeit so tun, als wären wir nur beste Freunde.«

Ihr Puls begann, Haken zu schlagen. »Was willst du damit sagen?«

Er ließ sich auf den Rücken sinken, hielt sie aber weiterhin mit einem Bein fest und griff nun auch noch nach ihrer Hand. »Dass ich dich liebe. Ich liebe dich jetzt, ich habe dich damals geliebt und auch in der ganzen Zeit dazwischen. Aber ich habe dich das nie spüren lassen, zumindest damals nicht, weil ich glaubte, du brauchst mich mehr als Freund denn als … mehr.« Langsam wandte er ihr das Gesicht zu. »Außerdem bist du eine verdammt gute Schauspielerin. Wenn ich gewusst hätte, dass du damals schon scharf auf mich warst, hätte ich mich wohl kaum so lange beherrschen können.«

Ricarda riss die Augen auf. »Ich war doch nicht scharf auf dich.«

»Was denn sonst?« Ein Grinsen stahl sich auf seine Lippen.

Ricarda war wie vor den Kopf gestoßen. »Du warst schon immer … Das kann nicht sein. Warum hast du …«

»Das nicht gleich gesagt, als du mir deine Gefühle gestanden hast?« Er zog sie wieder in seine Arme, bis ihr Kopf an seiner Schulter lag. »Weil ich mich damals genauso gefühlt habe wie du dich jetzt. Ich musste das erst mal verarbeiten. Und mir gleich im Anschluss darüber klar werden, wie ich dich davon überzeugen kann, dass wir anscheinend zusammengehören.«

»Anscheinend?« Plötzlich fühlte sie sich gänzlich schwach und verloren – und zugleich erschreckend geborgen.

»Möglicherweise interpretierst du die Angelegenheit ja anders als ich.«

Sie schluckte hart. »Was machen wir denn jetzt?«

Er drückte seine Lippen gegen ihr Haar. »Kleine Schritte, erinnerst du dich? Keine Riesensprünge. Deshalb würde ich dich jetzt fürs Erste gerne noch einmal lieben. Diesmal von Angesicht zu Angesicht.« Wie um seine Worte zu unterstreichen, fuhr er mit den Fingerspitzen über ihre Schulter, ihren Arm, ihre Hüfte, schob sein Knie zwischen ihre Schenkel und war im nächsten Moment über ihr. In seinen Augen leuchtete es warm. »Aber eins muss dir klar sein.«

»Was denn?« Sie rang erregt nach Atem, als er in sie eindrang.

»Meine Regeln gelten nach wie vor.«

***

Der Wecker auf dem Nachttisch zeigte Viertel nach drei an, als sie endlich den Weg ins Bett fanden. Auch dort zog Frank sie fest in seine Arme und bette ihren Kopf an seiner Schulter.

Sie umschlang seine Mitte mit dem rechten Arm und schob ihr rechtes Bein zwischen seine. Ihr war ganz eigentümlich zumute, als er das Licht löschte und die nächtliche Stille sie umfing. Nur Nailas leises Schnaufen bildete einen erheiternden Kontrast. Die kleine Pudeldame schien etwas genervt zu sein, weil sie ihren weichen Schlafplatz direkt unterhalb von

Ricardas Kopfkissen hatte aufgeben und in ihr Körbchen umziehen müssen.

Franks Finger spielten in Ricardas Haar. Eine Geste, die in ihrer Zärtlichkeit und Beiläufigkeit fast noch intimer war als alles, was sie in den vergangenen Stunden miteinander erlebt hatten. Als sie draußen ein Auto langsam die Straße entlangfahren hörte, schmiegte sie sich unwillkürlich noch fester an ihn. Dieses kurze Eindringen der realen Welt in ihre Zweisamkeit ließ sie ebenso wohlig wie bänglich erschauern.

»Worüber grübelst du denn jetzt schon wieder nach?« In Franks Stimme klang ein Lächeln durch.

»Ich grübele nicht. Ich denke.«

»Na gut, woran?«

»Ed Sheeran.«

»Was?« Verblüfft lachte er auf.

»Ich mag ja eigentlich keine Schmalzlieder, aber dieses eine …«

»*Perfect.*«

»Ja.«

»Es ist fast, als wäre es über uns geschrieben worden.« Zärtlich streichelte er über ihren Arm.

»Das ist bescheuert.«

»Nein, ist es nicht. Ich glaube, es gibt einen Song für jedes Paar auf diesem Planeten.«

Sie gluckste. »Dann ist das jetzt unser Lied, ja?«

Er lachte leise. »Nur wenn ich überall herumerzählen darf, dass das deine Idee war.«

»Hey!« Sie kniff ihn in die Seite, und sogleich entwickelte sich ein spielerischer Ringkampf zwischen ihnen. Sehr bald jedoch sank Ricarda wieder lachend an seine Schulter. Und plötzlich manifestierte sich eine Erkenntnis in ihr, die sie erschreckte und auf unwirkliche Weise beruhigte. Sie war dort, wo sie schon immer hingehört hatte. Sie hatte ihren Platz gefunden. In Franks Armen war ihr Zuhause.

Obwohl sie in der Dunkelheit nur Schemen erkennen konnte, spürte sie seinen Blick auf sich ruhen. Ein geradezu schmerzliches Gefühl von Geborgenheit breitete sich in ihrem Herzen aus. »Frank?«

»Mhm?« Seine Fingerspitzen strichen wieder über ihren Arm, hinauf zu ihrer Schulter.

»Ich liebe dich.«

Er hielt mitten in der Bewegung inne, dann legte er seine Hand auf ihre Schulter. »Das trifft sich gut. Ich liebe dich auch, Ricarda.«

Etwas in ihr vibrierte ganz seltsam. Fühlte sich Glück so an? Sie schmiegte sich fester an ihn. »Das ist es jetzt mit uns, ja?«

Er küsste sie auf die Schläfe. »Das ist es jetzt mit uns.« Er hielt kurz inne, dann lachte er. »Und um es mal mit Eds Worten zu sagen: *I will not give you up this time.*« Wieder küsste er ihre Schläfe. »Or ever.«

Ihr Herzschlag beschleunigte sich. »Das Letzte ist aber nicht von ihm.«

»Nein.« Er suchte und fand ihre Lippen, küsste sie zärtlich. »Das ist mein ganz eigenes Versprechen an dich, Prinzessin.«

24. Kapitel

»Bitte entschuldigt, dass ich so spät komme.« Ein wenig außer Atem betrat Ricarda das Wohnzimmer ihrer Eltern und stellte die Tragetaschen voller Geschenke neben sich ab. Hinter ihr betrat Elke den Raum, die ihr die Tür geöffnet hatte, und zog ihr wortlos den Mantel von den Schultern. Ricarda reichte ihr auch noch den Schal. »Danke.«

»Setz dich erst einmal, und komm zu Atem.« Ihre Tante lächelte sie an und verschwand im Flur, um die Sachen aufzuhängen.

Ricarda raffte ihre Tüten erneut an sich. »Wohin damit? Mama?«

Margit wies auf die Tür. »Gästezimmer. Aber wehe, du schaust in eine der anderen Tüten.«

»Würde mir im Traum nicht einfallen.« Eilig stellte sie ihre Mitbringsel in das bereits dicht belagerte Gästezimmer und kehrte in den Wohnraum zurück, wo fast ihre gesamte Familie damit beschäftigt war, die riesige Weihnachtstanne zu schmücken. Oder vielmehr befolgten sie mehr oder weniger brav die Anweisungen, die Patrick ihnen zurief, während er selbst der Länge nach auf der Couch lag und mit einem Auge das Monopoly-Spielbrett im Auge behielt, um das sich Laura, Hans und Theo versammelt hatten.

Im Fernsehen lief *Ist das Leben nicht schön*, obwohl niemand hinschaute, und gleichzeitig intonierten die Fischerchöre im Hintergrund *Leise rieselt der Schnee*.

Neugierig trat Ricarda an den Couchtisch heran. »Ihr

spielt jetzt Monopoly? Während der Baum geschmückt wird? Ist das nicht ein Sakrileg?«

Ihr Großvater machte eine wedelnde Handbewegung. »Stör mich nicht. Ich gewinne gerade.«

Laura prustete. »In deinen Träumen vielleicht.«

»Doch, doch. Ich kriege die Kurve gleich, warte es nur ab, freches Frollein.« Theo warf Laura einen grimmigen Blick zu, doch in seinen Augen blitzte es gutmütig und ganz ähnlich wie bei Justus, wenn er seine Frau liebevoll aufzog.

Laura kicherte. »Frollein hat mich schon eine Ewigkeit niemand mehr genannt.«

»Wer sagt denn, dass ich mit dir geredet habe?« Er deutete auf ihren gewölbten Bauch. »Die Kleine dadrinnen soll ruhig so früh wie möglich wissen, wer in dieser Familie das Sagen hat.«

Sofort wurde Lauras Miene weich, und sie streichelte über ihren Babybauch. Gleichzeitig kräuselte sie aber die Lippen. »Und wer soll deiner Meinung nach das Sagen haben? Du etwa?«

»Wer denn sonst? Ich bin hier der Familienälteste. Zumindest, solange Vera und Armin noch nicht hier sind.«

»Der Älteste vielleicht, aber deshalb noch lange nicht der Chef.«

Empört richtete Theo sich auf. »Also bitte schön! Wer ist denn deiner Meinung nach der Chef hier?«

Wie auf Kommando deuteten alle Anwesenden auf Margit, die daraufhin überrascht von dem Karton mit Weihnachtskugeln aufsah, in dem sie gerade gestöbert hatte. »Wie bitte? Was ist los?«

Gelächter tönte durch den Raum.

Patrick seufzte übertrieben laut. »Das geht schon den ganzen Tag so. Und dieses Spiel will einfach nicht enden. Immer wenn wir glauben, dass es endlich vorbei ist, nimmt Theo sich bei Viola einen neuen Kredit auf und baut damit ein weiteres Hotel.«

»Verrückte Bande.« Theo würfelte und grinste breit. »Ha!« Er setzte seine Spielfigur – ein Segelschiff – die entsprechenden Felder weiter. »Parkallee!«, verkündete er triumphierend. »Jetzt wird hier weitergebaut.«

»O nein, so nicht.« Laura schob Viola einen Zettel zu. »Das sind die gesammelten Schulden, die er bei dir hat. Ich kaufe sie dir für eine Beteiligung von zwanzig Prozent an meinen Gewinnen ab.«

»Das ist doch wohl nicht dein Ernst.« Entgeistert starrte Theo sie an.

Laura lächelte fein. »Versuch doch, mich daran zu hindern.«

»Entschuldige, Opa, aber …« Viola zuckte mit den Achseln und schlug in Lauras hingestreckte rechte Hand ein. »Deal.«

»Ihr habt euch verschworen!« Empört erhob Theo sich. »Darauf brauche ich jetzt erst mal einen Pfefferminztee.«

»Warte, ich hole dir einen.« Auch Laura sprang auf, doch der alte Herr winkte ab. »Lass mal. Meine Frau meckert sowieso dauernd, dass ich zu viel sitze. Mach du es dir mit der Kleinen ruhig gemütlich.« Ein kurzes, liebevolles Lächeln huschte über seine Lippen, machte aber gleich wieder einem strengen Ausdruck Platz. »Wehe, ihr fasst das Spielbrett an, bis ich zurück bin.«

»Willst du da anwachsen oder mal endlich beim Baumschmücken helfen?« Patrick winkte Ricarda in Richtung Tanne. »Das geht mir hier heute alles nicht schnell genug.«

»Vielleicht liegt das daran, dass du faul auf der Couch herumliegst«, schoss Ricarda zurück.

»Ach was, du brauchst nicht auch noch beim Schmücken zu helfen«, mischte Margit sich ein. »Das wird zu viel. Wir treten einander ja jetzt schon dauernd auf die Füße. Fang doch lieber schon mal an, den Tisch zu decken. Und wenn Justus mit den Hunden zurückkommt, kann er dir helfen, die Getränke und die Schüsseln mit dem Kartoffelsalat aus dem Keller zu holen. Passt aber bitte auf, dass ihr sie nicht vertauscht. Ich habe die vegane Version für meine Eltern mit einem Post-it gekennzeichnet.« Sie hielt inne. »Warum bist du eigentlich so spät? Heute früh am Telefon hast du noch gesagt, dass du so früh wie möglich hier sein wolltest.«

»Das hatte ich auch vor.« Ricarda ging zu der großen Vitrine im Essbereich und öffnete beide Glastüren. »Frank musste noch mal in die Kanzlei, deshalb dachte ich, ich hüpfe nur schnell noch mal auf den Weihnachtsmarkt und hole ein Geschenk bei Jana ab und bin im Handumdrehen hier.« Vorsichtig bugsierte sie einen Stapel Teller auf den Esstisch.

»Und was ist dann passiert? Bist du in einen Stau geraten?« Viola kicherte, und der Gedanke, dass es in ihrer kleinen Stadt einen Stau geben könnte, reizte auch die anderen zum Lachen.

»Wahrscheinlich hat Frank es sich anders überlegt, und sie sind zu lange im Bett geblieben«, vermutete Patrick.

»Sind wir nicht.« So würdevoll wie nur möglich drehte Ricarda sich zu ihrem Zwillingsbruder um. »Im Gegensatz zu dir und deiner Frau können wir uns nämlich durchaus beherrschen.«

»Da habe ich gerüchteweise aber ganz was anderes gehört.« Feixend richtete Patrick sich auf der Couch auf.

Abrupt stellte Ricarda den nächsten Stapel Teller ab und war mit wenigen Schritten bei ihrem Bruder. Ehe er reagieren konnte, hatte sie ihn im Schwitzkasten. »Was für Gerüchte? Und wer hat die in die Welt gesetzt?«

Patrick lachte und hustete gleichzeitig und setzte sich gegen sie zur Wehr. »Hey, lass das, du brutales Weib. Kann ich was dafür, dass dein bester Kumpel seit Wochen mit einem schon ans Ekelhafte grenzenden Dauergrinsen durch die Weltgeschichte rennt? Entweder er schmeißt irgendwas ein, wovon ich eher nicht ausgehe, oder er hat ziemlich häufig ziemlich guten Sex.«

»Junge!« Mahnend räusperte Hans sich. »Deine Kinder befinden sich mit uns im Raum.«

»Wir wissen doch längst, was Sex ist«, kam es prompt von Joel.

»Trotzdem muss euer Vater euch nicht mit solchem Unfug konfrontieren«, mischte Theo sich ein, der gerade wieder das Wohnzimmer betreten hatte. In der Hand hielt er eine Tasse mit dampfendem Tee. »Zu meiner Zeit hat man so was nicht auf einer Familienfeier besprochen.«

»Welchem Unfug ich meine Kinder aussetze, ist allein meine Sache.« Als ihn ein Sofakissen am Kopf traf, drehte er umständlich den Kopf in Angeliques Richtung. »Okay, okay, und die meiner Frau.« Er stieß einen Knurrlaut aus, weil Ricarda ihn immer noch in Schach hielt. »Nun lass schon endlich los. Glaubst du wirklich, Frank hätte aus dem Nähkästchen geplaudert? Das sieht doch eher euch Mädels ähnlich. Aua!« Röchelnd zappelte er, weil Ricarda ihren Griff noch verstärkte. »Gib es zu.« Seine Stimme klang ganz gepresst und angestrengt. »Ihr erzählt euch heimlich jedes Detail. Aber wenn wir das wagen, werden wir … uff … gleich gesteinigt.«

»Ricarda!« Mit erhobenem Zeigefinger drehte Margit sich um, nachdem sie einen silbernen Zapfen an der Tanne angebracht hatte. »Keine Schlägereien vor dem Essen.« Seelenruhig hängte sie einen weiteren Zapfen auf. »Danach wohlgemerkt auch nicht.«

Ricarda lockerte ihren Griff, sodass sich Patrick befreien konnte.

»Jetzt seht euch bloß mal an, was ihr angerichtet habt.« Missbilligend deutete Theo auf das Monopoly-Spielbrett, gegen das Patrick bei dem Ringkampf gestoßen war. »Das sieht ja aus wie nach einem Erdbeben. Dabei war ich gerade dabei zu gewinnen.«

»Immer noch nicht, Theo, sooft du es auch wiederholst.« Laura war bereits dabei, die Häuser und Hotels wieder an ihren Platz zu schieben.

»Finger weg, Frolleinchen! Das mache ich lieber selbst. Du bist eine gemeingefährliche Abzockerin.«

»Was soll ich sagen?« Laura lächelte lieblich. »Das wusstest du praktisch von Tag eins an.«

Theo klopfte ihr sanft auf die Schulter, bevor er sich neben sie setzte. »Schon recht. Bist ein Schatz.«

In diesem Moment ging die Haustür, und lautes Hecheln ertönte.

»Justus ist mit den Fellnasen zurück«, verkündete Elke überflüssigerweise, nachdem sie den Kopf zur Tür hinausgestreckt hatte. »Ach, und Frank und seine Eltern sind auch schon da. Herzlich willkommen im Tollhaus, ihr Lieben. Legt eure Mäntel ab und kommt herein. Aber Vorsicht, die Bande ist mal wieder in Bestform.«

Zuerst preschten die Hunde ins Zimmer, dann erst folgten Justus, Frank und dessen Eltern, die Ricarda auf den Wunsch ihrer Mutter auch zum Heiligen Familienabend eingeladen hatte, wie Margit ihn mittlerweile scherzhaft nannte.

Ricarda-Frauchen, hallo, endlich! Ich hab mich schon ge-

fragt, wo du bist. Frank-Herrchen wollte ja unbedingt, dass ich heute mit ihm komme. Wir waren in seinem Büro in der Stadt und dann noch auf dem Weihnachtsmarkt. Aber das soll ich nicht verraten, weil es eine ganz geheime Überraschung sein soll. Kann ich ja auch nicht, weil ihr meine Sprache nicht versteht. Aber egal. Wie wild hüpfte Naila um Ricarda herum und gab erst Ruhe, als diese sich bückte und sie ausgiebig streichelte. *Jaaa, so ist das gut. Schöööön! Aber sagt mal, was geht denn hier vor? Meine Güte, sind das viele Menschen. Da muss ich erst mal meine Runde machen und schnüffeln.*

»Die Kleine ist ja wirklich auf dich fixiert.« Schmunzelnd schüttelte Annemarie den Kopf und umarmte Ricarda, bevor sie alle anderen begrüßte. »Um mich hat sie nie so ein Gewese gemacht. Und gehorcht hat sie schon gar nicht. Du scheinst ja eine Pudelflüsterin zu sein, was ich so höre.«

»Und eine Frank-Flüsterin«, kam es keck von Jessica.

»Pst!« Angelique stieß das Mädchen mit dem Ellenbogen in die Seite. »Wirst du wohl die Klappe halten.«

»Sie ist schon genauso vorlaut wie du.« Iris, die gerade dabei war, die Rückseite des Baumes zu schmücken, klang amüsiert.

»Warum schmückst du eigentlich dahinten so akkurat?«, wollte Theo wissen. »Die Seite sieht doch eh niemand, weil sie aufs Terrassenfenster zeigt.«

»Aber mein Lieber.« Streng musterte Iris ihren Mann. »Von draußen kann man den Baum doch sehen.«

»Wer soll denn von draußen reingucken? Da ist doch nur der Garten. Einbrecher vielleicht, aber die brauchen wir wohl nicht zu entzücken.«

»Einbrecher, so ein Unsinn!« Iris verzog empört die Lippen. »Mal bloß den Teufel nicht an die Wand. Aber vielleicht guckt ja der Weihnachtsmann herein. Oder das Christkind.«

»Und dann muss es hier schön aussehen«, fügte Joel grinsend hinzu.

»Der Weihnachtsmann, natürlich.« Amüsiert schmunzelte Theo. »Daran hatte ich natürlich nicht gedacht. Schön, dass ihr daran glaubt.«

»Ich glaube an alle, die Geschenke bringen.« Jessica setzte eine wichtige Miene auf. »Das sagt Angelique auch immer.«

»Ich sag's ja.« Theo hustete, um ein Lachen zu verbergen. »Die Kleine kommt ganz auf dich, Angie. Dazu braucht es nicht einmal einen gemeinsamen Genpool.«

»Warum ist eigentlich die Weihnachtsmusik so leise?« Viola bahnte sich ihren Weg durch die Kartons mit Baumdeko zur Stereoanlage. »Hat jemand einen Wunsch?«

»Ja, ich.« Lukas, der gerade in der Nähe stand, zog sie in seine Arme. »Den hier.« Schon küsste er sie unter dem fröhlichen Gejohle der Sternbach-Geschwister.

»Ich will auch.« Bevor Ricarda auch nur nach Luft schnappen konnte, hatte Frank sie an sich gezogen und erstickte ihren Protest mit seinen Lippen.

Wieder wurde gejohlt und sogar applaudiert.

In Ricardas Magengrube kribbelte es, dann setzte das altbekannte Ziehen ein. Doch inzwischen brachte es sie zum Lächeln. Um ihrem Ruf jedoch gerecht zu werden, schob sie Frank energisch von sich. »Finger weg von der heißen Ware. Hier wird gearbeitet.« Als sie sich zur Seite drehte, wäre sie beinahe mit Franks Vater Richard zusammengestoßen. Als sich ihre Blicke trafen, erschrak sie ein wenig, denn er blickte sehr ernst. Doch dann trat ein Lächeln auf seine Lippen, das sie frappierend an das von Frank erinnerte. »Können wir hier irgendwie helfen?«

»Ihr seid unsere Gäste.« Margit trat neben Richard und hakte sich bei ihm ein. »Setzt euch und genießt das Chaos, solange es noch überschaubar ist. Du auch, Annemarie, hier am Tisch ist genug Platz. Aber passt auf, dass ihr das Lebkuchendorf nicht versehentlich umstoßt.« Fürsorglich zog sie zwei Stühle unter der langen Tafel hervor.

»Hier geht es ja schon hoch her«, stellte Frank fest und übernahm es, die Teller und Gläser zu verteilen, die Ricarda auf dem Tisch abstellte.

»Ricarda wollte uns gerade erzählen, warum sie so spät hier angekommen ist«, kam Viola auf das ursprüngliche Thema zurück.

»Du warst auf dem Weihnachtsmarkt.« Frank wartete auf eine Ladung Gläser.

Ricarda hielt mitten in der Bewegung inne. »Woher weißt du das?«

»Ich bin Tim begegnet.«

»Ach du liebe Zeit. Wie geht es ihm? Er sollte doch ins Krankenhaus.«

»Wollte er aber nicht.«

»Moment mal.« Margit schoss auf Ricarda zu und umfasste ihren Arm. »Krankenhaus? Was ist denn passiert? Gab es einen Unfall?«

»Nein, eine Schlägerei.«

»Mit Tim?« Erschrocken merkten Patrick und Lukas gleichzeitig auf.

»Ja. Nein.« Ricarda seufzte. »Er hat versucht, die Schlägerei zu verhindern, und war plötzlich mittendrin.«

»Um Himmels willen!« Iris schlug die Hände vor den Mund.

»Wie ist es dazu gekommen?« Lukas trat auf Ricarda zu.

»Ich habe kurz bei Jana reingeschaut, weil …« Ricarda schielte zu Frank. »Ich hatte ein Geschenk bei ihr bestellt. Plötzlich kamen ein paar betrunkene Typen in ihr Zelt und haben herumgepöbelt. Einen davon kenne ich vom Sehen. Jolle oder so ähnlich heißt er.«

Lukas schnaubte. »Er ist so was wie Tims Erzfeind, seit der sich aus der Punkerszene verabschiedet hat.«

»Wohl eher aus der *Total abgewrackt*-Szene«, brummte Patrick.

Ricarda nickte leicht. »Wie dem auch sei, die Typen haben versucht, Janas Sachen kaputtzumachen und wahrscheinlich auch was davon zu stehlen. Sie hat sofort die Security gerufen, aber bis die da waren, ging es schon hoch her, weil die Kerle sich plötzlich gegenseitig angegriffen haben.«

»Und das in Janas Zelt?« Entgeistert schlug Margit die Hände zusammen. »Wo sie die vielen zauberhaften Sachen ausstellt?«

»Zauberhaft und übelst teuer«, fügte Viola seufzend hinzu. »Jedes Jahr kann ich mir nur ein Teil von ihr leisten.« Besorgt verzog sie die Lippen. »Ist viel kaputtgegangen?«

»Nein, nur eine Vase und eine Skulptur.« Ricarda hob die Schultern. »Schlimm genug. Tim hat den Aufruhr mitbekommen und sofort versucht, den Streit zu schlichten und diese Kerle nach draußen zu verfrachten. Dabei hat er ziemlich was abbekommen. Allerdings …« Sie hüstelte. »… auch ganz schön selbst ausgeteilt. Meine Güte, der hat vielleicht eine Kraft. Irgendwann kam dann auch Noah Silberberg dazu und hat ihm geholfen, die Männer in Schach zu halten, bis die Security da war. Und die Polizei. Die hat dann alle mitgenommen. Ich habe einen Krankenwagen gerufen, weil Tim wirklich übel aussah. Wenn du ihm vorhin begegnet bist, scheint er meinen Rat nicht angenommen zu haben, sich im Krankenhaus zusammenflicken zu lassen.« Bei der Erinnerung an diese Ereignisse schauderte Ricarda. »Jana war natürlich einigermaßen durch den Wind, deshalb habe ich mich um sie gekümmert, bis jemand aus ihrer Familie da war. Und eine Aussage musste ich natürlich auch noch machen.«

»Das war ja eine schreckliche Aufregung für dich.« Mitfühlend drückte ihre Mutter sie an sich. »Und das auch noch am Heiligen Abend. Wie gut, dass nicht mehr passiert ist und dass du bei ihr geblieben bist. Die arme Jana. Ich werde sie gleich morgen mal anrufen. Vielleicht treffen wir sie ja auch heute Abend in der Christmette, dann kann ich mich gleich persönlich bei ihr erkundigen, wie es ihr geht und ob wir etwas für sie tun können.«

Lukas zog sein Smartphone hervor. »Ich rufe mal kurz bei Tim an und höre, wie es ihm geht und ob er etwas braucht.« Er verzog sich in die Küche, dicht gefolgt von Viola, Patrick und Angelique.

Laura blickte ihnen kurz nach. »Tja, nun, da wir unseren Baumschmuck-Diktator los sind, sollten wir uns beeilen, mit dem Baum fertig zu werden.« Sie ergriff Justus' Hand und zog ihn mit sich. »Du kannst uns helfen.«

»Nein, Justus holt die Getränke und den Kartoffelsalat aus dem Keller«, widersprach Margit. »Am Baum arbeiten immer noch genug von uns.«

»Wir sollten uns beeilen«, empfahl Hans nach einem Blick auf seine Armbanduhr. »Sonst treffen deine Eltern ein, bevor wie dieses Chaos hier beseitigt haben.«

»Du hast recht.« Margit sah sich seufzend um. »Ach was, dann haben sie eben Pech gehabt. Zu meckern haben sie so oder so etwas. Da kommt es auf ein paar Kartons mit Baumschmuck wohl nicht an.«

Ricarda legte ihrer Mutter einen Arm um die Schultern. Margits Eltern waren im Gegensatz zur restlichen Familie recht blasiert und schwierig im Umgang. Deshalb war es immer etwas anstrengend, wenn sie alle paar Jahre Weihnachten hier verbrachten.

»Ich glaube, da kommen sie schon.« Elke ging zur Wohnzimmertür, weil alle vier Hunde bellend in den Flur gerannt waren. Augenblicke später klingelte es bereits.

»Wunderbar.« Margit lachte trocken. »Immer herein mit ihnen in die Räuberhöhle.«

»Mach dir nichts draus.« Annemarie hatte sich erhoben und war neben sie getreten. »Wir lenken sie ein bisschen ab, dann hast du Ruhe vor ihnen.«

Ricarda, die angefangen hatte, Messer und Gabeln abzuzählen, sah die beiden Frauen sinnierend an. Margit und Annemarie hatten sich immer schon gut verstanden und waren auch beide in einigen Vereinen und selbstverständlich im St. Martins-Wohltätigkeitskomitee.

Frank trat hinter sie und schlang seine Arme um ihre Mitte. »Meine Eltern mögen dich.«

Ricarda schmunzelte. »Natürlich tun sie das. Schon immer.«

Er lachte leise. »Das schon, aber als ich ihnen gesagt habe, dass wir Weihnachten hier verbringen werden, weil du und ich ein Paar sind, hat Papa fast einen Luftsprung gemacht und so was wie *Endlich ist er zur Vernunft gekommen!* gerufen. Ich weiß immer noch nicht so genau, was ich davon halten soll.«

»Man wird sich doch wohl noch freuen dürfen, dass der eigene Sohn seinen Verstand gefunden hat.« Unbemerkt war Richard neben ihnen aufgetaucht. »Was deine Mutter und mich angeht, so haben wir darauf gewartet, seit … keine Ahnung. Seit wann, Annemarie?« Er drehte sich zu seiner Frau um.

Annemarie lachte. »Seit wir Ricarda kennen.«

Verblüfft starrte Ricarda sie an. »Wie bitte?«

Ehe Annemarie etwas darauf erwidern konnte, erschien Elke wieder im Wohnzimmer, jedoch nicht mit Vera und Armin im Schlepptau, sondern mit einem hochgewachsenen Mann etwa Anfang dreißig mit dunklem Haar und Sechstagebart. Er trug schwarze Jeans, festes Schuhwerk, einen schwarzen Rollkragenpullover und eine abgewetzte dunkelbraune Lederjacke. Bei seinem Anblick verstummten alle und wandten sich ihm überrascht zu.

»Huch, was für ein Empfang!« Elke kicherte. »Entschuldigen Sie bitte, Herr Jones, aber …« Sie brach ab, als Naila von irgendwoher auf den Besucher zugeschossen kam und ihn wild bellend umkreiste.

Kann mir endlich einer verraten, was der hier macht? Mein Bellen beantwortet ja niemand. Wo kommst du her? Also ich weiß gar nicht, ob ich das gut finden soll oder nicht. Okay, eigentlich mag ich ja alle Menschen, aber du bist mir wirklich suspekt. Wau, jawohl. Weil du mich immer mit diesem blöden Namen ansprichst.

Der Besucher blickte mit einem leicht spöttischen Lächeln auf die Pudeldame hinab. »Na, Püppi, mal wieder auf hundertachtzig?«

»Hallo, Oliver.« Frank trat auf den Mann zu und schüttelte seine Hand. An alle anderen gewandt erklärte er: »Das ist Oliver Jones. Er arbeitet als Privatdetektiv für mich.« An Oliver gewandt fragte er: »Sag bloß, du hast die alten Akten schon organisiert. Das ging aber schnell.«

Mit einem Nicken deutete Oliver hinter sich in den Flur. »In dem Karton.«

»Danke.«

»Keine Ursache. Ich wollte auch gar nicht stören. Dachte nur, es ist ja ziemlich wichtig, also bringe ich die Akten lieber gleich vorbei.«

»Deshalb hatte ich dir ja diese Adresse genannt. Aber dass du so flott sein würdest, hätte ich nicht gedacht.« Frank schmunzelte. »Ich frage wohl lieber nicht, wie genau du das geschafft hast.«

»Besser wär's.« Oliver hob die Schultern. »Also dann ... Frohe Weihnachten allerseits. Ich mache wieder den Abflug.«

»Warte mal.« Frank hielt ihn an der Schulter zurück. »Hast du heute schon etwas vor?«

Oliver zuckte mit den Achseln. »Hacksteak aus der Mikrowelle und ein *Stirb langsam*-Marathon.«

»Ach herrje, das klingt ja schrecklich!« Iris trat auf ihn zu. »Haben Sie denn keine Familie, mit der Sie Weihnachten verbringen?«

Oliver musterte sie verblüfft. »Familie ja, aber die treibt sich derzeit in Hongkong herum. Meine Mutter und mein Stiefvater sind ziemlich reiselustig. Und um meinen Vater zu besuchen, müsste ich in die Staaten reisen.«

»Ach, deshalb der amerikanische Nachname.«

Oliver nickte nur.

Hans hatte sich derweil erhoben und trat ebenfalls näher. »Freut mich, Sie kennenzulernen, Oliver. Ich darf Sie doch so nennen?«

»Sicher.« Oliver schüttelte Hans' Hand. »Freut mich ebenfalls. Ich schätze, ich mache mich jetzt wirklich auf den Weg. Sie sind hier beschäftigt und möchten feiern.«

»Nun warte doch mal. Du könntest ...« Frank warf erst Ricarda, dann Hans und Margit einen kurzen Blick zu. »Also, ehe du den Heiligen Abend ganz alleine zu Hause verbringst, könntest du auch hierbleiben.«

»Hier?« In einer abwehrenden Geste hob Oliver die Hände. »Deine Leute kennen mich doch gar nicht.«

»Aber ich kenne dich. Schon eine ganze Weile sogar.«

Frank wandte sich an die Sternbachs. »Wir sind uns zum ersten Mal begegnet, als ich studiert habe. Damals war Oliver noch auf der Polizeischule. Später hat er dann das Metier gewechselt und für die Kanzlei in München gearbeitet, bei der ich angestellt war. Unsere Wege haben sich seitdem immer wieder mal gekreuzt. Als ich mitbekommen habe, dass er inzwischen sein Büro in Köln hat, habe ich ihn mir gleich gekrallt, sozusagen. Er ist ein sehr guter Privatdetektiv.« Kurz hielt er inne und suchte Margits Blick. »Das ist jetzt vielleicht ein bisschen kurzfristig, aber …«

»Ach was, Unfug.« Margit winkte ab. »Für einen mehr ist bei uns immer Platz.« Sie lächelte Oliver herzlich an. »Wenn Sie möchten, bleiben Sie gerne. Es gibt gleich Kartoffelsalat mit Würstchen. Allerdings muss ich Sie warnen, die Bande hier ist nicht so friedlich, wie sie aussieht. Aber wenn Sie etwas Chaos vertragen, sind Sie herzlich willkommen.«

Oliver zögerte sichtlich, und da Ricarda Frank ansah, dass es ihm wichtig war, seinen Freund und Mitarbeiter an Weihnachten nicht allein zu lassen, lächelte sie Oliver nun auch heiter zu. »Es hört sich schlimmer an, als es ist. Außer wir geraten in eine Diskussion. Dann ziehen Sie besser den Kopf ein und rennen, so schnell Sie können.«

Um Olivers Mundwinkel zuckte es. »Also … wenn es Ihnen wirklich nichts ausmacht …«

»Kommen Sie, setzen Sie sich.« Margit führte ihn zum Tisch. »Möchten Sie mir Ihre Jacke geben, dann hänge ich sie an die Garderobe. Und hätten Sie gern etwas zu trinken? Hans, biete unserem Gast mal Kaffee oder ein anderes Getränk an. Ich muss zusehen, dass wir hier endlich Ordnung schaffen.«

»Danke.« Frank lächelte in die Runde und zog Ricarda wieder an sich. »Wir sollten endlich mit dem Tisch fertig werden.«

»Ja, sollten wir.« Sie lehnte sich kurz gegen seine Brust, richtete sich aber gleich wieder auf. »Was war das denn?«

»Was meinst du?« Er lockerte seinen Griff ein wenig.

»Das da in deiner Jackettinnentasche.« Sie drehte sich in seinen Armen um und tippte gegen seine Brust. »Es wollte mich erstechen.«

Frank lachte. »Wohl kaum. Lass uns jetzt mal mit dem Besteck weitermachen.«

Ricarda warf ihm einen argwöhnischen Blick zu. »Versteckst du da etwas vor mir?«

Er wurde wieder ernst. »Ich weiß nicht, wovon du sprichst.«

»Ist das mein Weihnachtsgeschenk?«

»Nein.« Er griff in die Besteckschublade. »Hier.« Energisch drückte er ihr eine Handvoll Gabeln in die Hand. Als sie nach seinem Jackett greifen wollte, wich er ihr geschickt aus. »Finger weg.«

»Margit?« Lukas kam aus der Küche, das Smartphone immer noch am Ohr. »Ich würde gerne Tim zu uns einladen. Er ist heute ganz allein, und nach der Sache vorhin … er könnte zwar auch zu Noah und dessen Familie, aber ich finde, als seine Arbeitgeber sollten Patrick und ich …«

»Du liebe Zeit!« Margit seufzte und lachte gleichzeitig. »Immer her mit ihm. Hans, ich fürchte, wir müssen noch ein paar Stühle organisieren.«

***

»O Gott, bin ich voll.« Stöhnend lehnte Ricarda sich auf ihrem Stuhl zurück und rieb sich den Bauch.

»Ich bin so satt, ich mag kein Blatt«, stimmte Angelique ihr zu und wippte dabei den kleinen Jakob auf ihren Knien.

»Sprach die Ziege«, fügte Hans schmunzelnd hinzu.

»Määääh«, riefen Jessica und Joel gleichzeitig und kicherten.

»Das war der beste Kartoffelsalat, den ich seit einer Ewigkeit gegessen habe.« Oliver nickte Margit zu. »An welchen Koch oder welche Köchin muss ich meinen Dank richten?«

»Das war ein Gemeinschaftsprojekt von Hans, Elke und mir.« Geschmeichelt nickte Margit ihm zu. »Es freut mich, dass es Ihnen geschmeckt hat.«

»Ich muss mich auch bei Ihnen bedanken.« Tim Hillebrand lächelte schief. Er war ein sehr muskulöser junger Mann von Mitte zwanzig mit kurzem braunem Haar und grauen Augen. Sein energisches, nicht unattraktives Gesicht war verunziert von einer geklammerten Platzwunde an der linken Schläfe und einem Bluterguss direkt darunter, der sich über das gesamte Jochbein ausgebreitet hatte. »Es war sehr freundlich von Ihnen, mich heute hierher einzuladen.«

»Freundlich, allerdings.« Margits Vater Armin hüstelte missbilligend.

»Vater!« Margit schüttelte warnend den Kopf.

Der Neunundachtzigjährige musterte seine Tochter stirnrunzelnd. »Was denn? Darf man sich nicht einmal mehr wundern, dass ihr zu einer reinen Familienfeier jetzt schon ganze Horden wildfremder Leute einladet?«

»Ganze Horden?« Margits Hand krampfte sich um ihre Serviette. »Das ist ja wohl Unsinn. Hier sitzt nicht eine wildfremde Person mit uns am Tisch.«

»Für uns schon«, sprang Vera ihrem Gatten bei. »Es ist doch ein bisschen rücksichtslos von euch, uns einfach mit einer so großen Runde zu konfrontieren.«

»Was ist denn daran rücksichtslos?« Margit richtete sich entrüstet auf, doch noch ehe sie weiterreden konnte, legte

Hans ihr beschwichtigend eine Hand auf den Arm und wandte sich seinerseits an seine Schwiegereltern.

»Heute ist Heiligabend. Weihnachten. Das Fest der Liebe. Wen wir dazu einladen, ist unsere Sache.«

Tim hüstelte. »Ich wollte keinesfalls …«

»Nein, nein«, unterbrach Hans ihn mit Bestimmtheit. »Sie sind hier herzlich willkommen, ebenso wie Sie, Oliver, und ihr beide natürlich auch.« Er nickte Richard und Annemarie zu. »Von Frank ganz zu schweigen.« Erneut wandte er sich an seine Schwiegereltern. »Die drei haben immer schon mehr oder weniger zur Familie gehört, wie ihr sehr wohl wisst.«

»Wissen wir das?« Vera tupfte sich vornehm mit der Serviette über die Lippen. »Nun ja, wenn ihr meint.«

»Meinen wir, jawohl.« Margit hatte ihre Fassung wiedergewonnen und straffte die Schultern. »Und nun auf zum Sklavendienst. Joel und Jessica, ab an die Spülmaschine. Die Männer räumen das Geschirr ab, die Frauen kümmern sich um den Rest. Und wagt es nicht, die Zwillinge aus der Küche zu lassen, bevor das Glöckchen klingelt.«

Patrick schob geräuschvoll seinen Stuhl zurück. »Welche Zwillinge? Kommt der Weihnachtsmann etwa auch für Ricarda und mich?«

»Quatschkopf.« Margit gab ihm einen Klaps auf den Arm. »Abmarsch jetzt, damit wir endlich zur Bescherung schreiten können.«

»Jaaaa!« Jessica und Joel sausten jubelnd in die Küche, dicht gefolgt von den bellenden Hunden, die offenbar glaubten, dass es dort etwas Spannendes zu sehen gab.

»Gut Idee.« Hans lachte. »Lasst die Hunde in der Küche, damit wir hier weniger Gewusel haben.«

»Ich gehe mit der Bande mal kurz um den Block«, bot Justus an.

»Du willst dich ja bloß um den Sklavendienst drücken.« Patrick stieß seinen älteren Bruder an.

»Hey, ich hatte schon Getränkedienst, während du dich auf dem Sofa gerekelt hast.« Justus stieß Patrick ebenfalls an. Sofort entstand eine Rangelei.

»Lieber Himmel!« Energisch ging Laura dazwischen. »Nehmt euch mal ein Beispiel an den Kids. Los jetzt: Patrick, ab in die Küche, Justus, ab nach draußen. Dalli!«

Ringsum wurde gelacht.

»Du wirst mal eine wunderbare Mutter«, flüsterte Margit Laura so laut ins Ohr, dass alle es hören konnten. »Genau wie Angelique.«

Lauras Wangen färbten sich rötlich, und sie lächelte gerührt. »Wir haben an dir das beste Vorbild.«

»Oh, huch.« Margit blinzelte ein paarmal heftig und umarmte Laura liebevoll. »Jetzt aber wirklich an die Arbeit.«

»Aye, aye, Captain!« Laura schmunzelte.

Inzwischen war Hans an den Wohnzimmerschrank getreten und holte das silberne Glöckchen daraus hervor, mit dem in der Sternbach-Familie schon seit Generationen zur weihnachtlichen Bescherung gerufen wurde. In Ricardas Magengrube kribbelte es angenehm, fast so wie damals, als sie dieses Ritual zum allerersten Mal miterlebt hatte. Das war nun schon so lange her, und trotzdem kam es ihr vor, als sei es erst gestern gewesen.

»Alles okay bei dir?« Frank war neben ihr aufgetaucht und umfasste ihre Hand. »Du bist auf einmal so still geworden.«

»Ich habe nur gerade an früher gedacht. An unser erstes Weihnachten hier.«

»Hattest du dir damals etwas gewünscht?«

»Nein. Ich bin gar nicht auf die Idee gekommen. Aber

Mama und Papa haben trotzdem genau gewusst, womit sie uns eine Freude machen konnten.«

»Ihr hattet großes Glück.«

»Ja.« Sie lächelte versonnen. »Das hatten wir. Haben wir immer noch.«

»Ich aber auch.« Sanft zog er sie an sich. »Weißt du, was ich glaube?«

»Nein, was denn?« Unter seinem liebevollen Blick wurde ihr ganz warm.

»Ich glaube, ich war in dem Moment verloren, als du und Patrick damals zum ersten Mal unser Klassenzimmer betreten habt. Patrick mit diesem *Ihr könnt mich alle mal*-Gesichtsausdruck und du mit der Miene, die du auch heute noch aufsetzt, wenn du entschlossen bist, alles unbedingt von Anfang an zu hundertfünfzig Prozent richtig zu machen.« Er hauchte ihr einen Kuss auf die Lippen. »In dem Moment war es um mich geschehen.«

Ihr Herz schlug ein wenig schneller. »Ich weiß gar nicht mehr, wann …« Sie überlegte, zuckte dann aber mit den Achseln. »Es war einfach irgendwann so und ist nicht mehr weggegangen. Schade, dass ich das nicht an einem bestimmten Ereignis festmachen kann.«

»Das ist doch aber auch kein Wettstreit.« Lächelnd küsste er sie erneut, diesmal mit etwas mehr Nachdruck. »Die Hauptsache ist doch, dass es so ist.«

Sie erwiderte den Kuss innig und ließ dabei ihre Hand zärtlich über seinen Brustkorb wandern.

Kurz vor der Innentasche seines Jacketts schnappte er sich ihr Handgelenk. »Vergiss es, Prinzessin. Da ist nichts für dich drin.«

»Verdammt!« Sie lachte. »Fast hätte ich es geschafft.«

»Du warst nicht mal in der Nähe, kleine diebische Elster.«

»Sagt mal, wollt ihr nicht mal langsam mithelfen?« Angelique stieß sie beide grinsend an. »Knutschen könnt ihr auch später noch. Immer diese Frischverliebten.«

»Wir sind nicht frisch verliebt«, konterte Ricarda.

Angelique kicherte. »Was denn dann? Ewig verliebt? Trotzdem gilt der Sklavendienst auch für euch.«

»Apropos verliebt.« Patrick, der gerade an Angelique vorbeiging, zog sie schwungvoll an sich und gab ihr einen ausgiebigen Kuss, bis sie empört quietschte.

»Himmel Herrgott noch mal!« Theo rang theatralisch die Hände. »Alle gleich, diese Verbrecher!«

»Hör gefälligst auf zu fluchen, Theo Sternbach.« Iris gab ihm einen Klaps auf die Schulter. »Es ist Heiligabend!«

***

Eine knappe halbe Stunde später hatte Hans das Glöckchen geläutet, und alle Familienmitglieder und Gäste hatten sich um den Couchtisch herum versammelt. Sie hatten zuvor noch Sessel und Stühle gerückt, damit auch wirklich alle einen Platz fanden. Der liebevoll geschmückte Baum erstrahlte im Licht unzähliger LED-Lichter, die sich in den bunten Kugeln spiegelten und das altmodische, von Margit streng gehütete Lametta glitzern ließen. Und rund um den Weihnachtsbaum waren ganze Berge von unterschiedlich großen, liebevoll verpackten Geschenken aufgetürmt. Auf dem Couchtisch stand eine große Schale mit buntem Gebäck.

Noch lief im Hintergrund ein Weihnachtskonzert, doch als Hans sich feierlich erhob, betätigte Justus schnell die Fernbedienung der Stereoanlage, und die Musik verstummte.

Lächelnd blickte Hans in die Runde. »Alle Jahre wieder«, hob er an, »bin ich sehr glücklich, euch hier am Heiligen

Abend versammelt zu finden. Aber auch unseren neuen und zum Teil unerwarteten Gästen möchte ich gerne meinen Dank aussprechen, dass sie sich die Zeit nehmen, an unserer Familientradition teilzunehmen. Für alle, die mit unseren Gepflogenheiten noch nicht vertraut sind: Die Bescherung findet erst statt, nachdem wir gesungen haben. Weihnachtslieder, versteht sich. Papa.« Er nickte Theo zu, der daraufhin eine Mundharmonika aus der Brusttasche seines Hemdes zog und ein paarmal damit gegen seine Handfläche klopfte.

»Bin bereit.«

»Gut.« Hans rieb die Handflächen aneinander. »Nun zunächst die obligatorische Frage in die Runde: Kann jemand ein Gedicht aufsagen? Nein? Also alles wie immer.«

Ringsum wurde gelacht.

»Letztes Jahr konnten wir aber eins«, mischte Jessica sich ein.

»Sogar mit verteilten Rollen«, fügte Joel hinzu.

Hans maß sie mit vielsagenden Blicken. »Und warum dieses Jahr nicht?« Ehe die beiden antworten konnten, winkte er lachend ab. »Schon gut. Nicht dass noch jemand sich bemüßigt fühlt, *Dunkel war's, der Mond schien helle* zu rezitieren.«

Wieder lachten alle.

»Noch eins zu den Regeln«, fügte er hinzu. »Wer nicht mitsingt, kriegt kein Geschenk.« Er wandte sich an Oliver und Tim. »Das gilt auch für Zufallsgäste.«

Oliver stieß einen überraschten Laut aus. »Sie müssen mir doch nichts schenken.«

»Das überlassen Sie mal schön uns.« Margit gluckste und sah ihre Töchter und Schwiegertöchter vielsagend an. »Merkt euch gut, dass es immer von Vorteil ist, wenn man ein paar Notfallgeschenke …« Sie schielte zu Joel und Jessica. »…

beim Weihnachtsmann bestellt. Dieser Rat gilt natürlich auch für die Herren der Schöpfung.« Sie maß nacheinander Patrick, Justus, Lukas und zuletzt auch Frank mit eindringlichem Blick.

»Yes, Ma'am!« Justus salutierte zackig. »Der Ratschlag ist notiert und wird zuverlässig übernommen.«

Wieder erschallte vielstimmiges Gelächter.

»Schreiten wir nun zum Gesang.« Hans gab seiner Mutter einen Wink, woraufhin sie Liedhefte von einem Stapel auf dem Tisch verteilte. »Wir beginnen mit *O du fröhliche*.«

Theo gab mit der Mundharmonika die Melodie vor, und nach und nach setzten alle mit dem Gesang ein.

Ricarda verspürte wieder dieses wohlige Ziehen in ihrem Inneren, vermischt mit einem angenehm warmen Kribbeln, weil sie Frank so nahe war. Er hatte sich einen der Sessel gesichert und sie einfach auf seinen Schoß gezogen. Sie hielt das Liedheft so, dass sie gemeinsam hineinsehen konnten. Dabei hatte er seine Arme um sie gelegt und liebkoste sie unablässig.

Nach dem ersten Lied wechselten sie zu *Kommet, ihr Hirten* und danach zu *Ihr Kinderlein kommet*. Zwischendurch wurde immer wieder gefrotzelt und gelacht. Nach über einer halben Stunde beendeten sie schließlich die Gesangsrunde mit *Stille Nacht*.

»Sehr schön«, lobte Hans. »Und fast gar nicht schief. Dann würde ich sagen, die Geschenkeschlacht, pardon, die Bescherung ist offiziell eröffnet.«

Mit fröhlichem Kreischen stürzten Joel und Jessica sich auf den Geschenkeberg und begannen eifrig, die mit Namen gekennzeichneten Päckchen zu verteilen.

Papier knisterte und riss, Freudenrufe mischten sich mit Gelächter. Die Hunde wühlten vergnügt in dem zerknüllten Geschenkpapier am Boden.

»Das hier ist für dich.« Frank überreichte Ricarda eine flache Schachtel.

Sie nahm das kleine Päckchen in die Hand. »Das ist aber leicht. Ist da nur Luft drin?« Sie schüttelte es, doch kein Geräusch war zu hören. Vorsichtig löste sie die Schleife und öffnete den Deckel an. Geknülltes rosafarbenes Seidenpapier quoll ihr entgegen. Sie schnaubte. »Rosa? Wirklich?«

Frank lachte. »Du trägst doch heute auch eine rosafarbene Bluse.«

»Die ist altrosa!« Anklagend blickte sie zu Viola. »Ihr habt mich hereingelegt!« Seufzend wandte sie sich wieder dem Geschenk zu. Es war ein zusammengerollter Zettel, der von einem ebenfalls rosafarbenen Geschenkband zusammengehalten wurde. »Ist das ein Gutschein?«

»Autsch! Grober Fehler!«, rief Justus. »Schenke einer Frau niemals nie nicht einen Gutschein zu Weihnachten. Dafür kommst du geradewegs in die Hölle.«

Zustimmende Rufe der Frauen und hämisches Gelächter der Männer bestätigten seine Aussage.

Frank blieb jedoch ganz ruhig. »Ihr unterschätzt mich gewaltig.«

Neugierig entfernte Ricarda die Schleife, nicht ohne noch einmal empört wegen der Farbe zu schnauben. Dann entrollte sie das Papier – und kreischte auf. »Frank!«

Er lächelte nur.

»Das ist eine Bestätigung für Konzerttickets!« Sie wedelte begeistert mit dem Papier herum. »Für Nickelback. Kommendes Frühjahr. O mein Gott.« Sie starrte auf das Blatt, und ihre Augen weiteten sich. »In Boston!«

Ringsum wurde gejohlt und gepfiffen.

Sie schluckte. »Und Backstagepässe?«

Frank nickte. »Meet and Greet. Janet kennt jemanden, der jemanden kennt, der sich gut mit dem Frontsänger der Band versteht.«

»Das ist unglaublich.« Sie fiel Frank um den Hals. »Danke.«

»Gern geschehen.« Er küsste sie aufs Ohr und atmete tief ihren unvergleichlichen Duft ein. »Bei der Gelegenheit kannst du dann auch Janet und Clark kennenlernen. Sie freuen sich schon darauf.«

»Dann sollte ich bis dahin mein Englisch aufpolieren.« Suchend sah sie sich um. »Wo ist denn …? Ah.« Sie angelte nach dem ebenfalls nur kleinen Päckchen, das sie mit Franks Namen versehen hatte. Achselzuckend reichte sie es ihm. »Es ist bei Weitem nicht so sensationell wie dein Geschenk, aber ich habe es extra für dich anfertigen lassen.«

»Bei Jana?« Er deutete auf das Logo von *Jana Weißmüller Art in Glass*.

»Ja. Es sollte etwas Einzigartiges sein.«

»Okay.« Lächelnd riss er das Geschenkpapier auf und zog die stabile Pappschachtel mit Deckel hervor. Vorsichtig hob er den Deckel ab – und stieß verblüfft die Luft aus. Amüsiert und gerührt zugleich zog er ein einfaches Goldkettchen aus der Schachtel hervor, an dem ein Sternzeichenanhänger befestigt war. Ein Stier, der aus Gold und Glas bestand, die beide auf ganz eigenartige Weise miteinander verschlungen waren.

Gespannt hing Ricardas Blick an seinem Gesicht. »Es ist nur gerecht, wenn ich dir endlich deine Kette zurückgebe. Oder vielmehr einen passenden Ersatz. Ich trage deine schon so lange und dachte, vielleicht fehlt sie dir. Da ich mich aber schon so an den Löwe-Anhänger gewöhnt habe, wollte ich …« Sie stieß einen erstickten Laut aus, als Frank sie an sich zog und küsste. Er hatte die versteckte Botschaft hinter dem Geschenk verstanden. Einst hatte er ihr etwas von sich geschenkt, das sie seither nie wieder abgelegt hatte. Nun besaß er etwas von ihr, zumindest symbolisch, das auch er mit Sicherheit niemals wieder hergeben würde. »Danke«, flüsterte er, ganz dicht an ihren Lippen.

»Und da soll noch mal einer behaupten, dass meine Schwester keine romantische Ader hat.« Justus hustete übertrieben laut. Im nächsten Moment flackerte gleich mehrfach der Blitz an seiner Handykamera auf. »Fürs Familienalbum und als Beweismaterial.«

»Hey!« Empört fuhr Ricarda auf.

»Zu spät.« Laura kicherte. »Jetzt hast du dich verraten.«

»Habe ich gar nicht.« Ricarda zog einen Schmollmund und ließ sich wieder gegen Franks Brust sinken.

»Hast du wohl!« Auch Viola grinste breit.

»Ricarda ist 'ne Romantikerin, Ricarda ist 'ne Romantikerin«, sang Angelique vergnügt.

Patrick beugte sich zu Tim und Oliver hinüber. »Keine Sorge, die beruhigen sich gleich wieder.«

»Ha!« Mit einem Triumphschrei sprang Ricarda auf die Füße und schwenkte eine weiße quadratische Pappschachtel durch die Luft.

Patrick zuckte mit den Achseln. »Oder auch nicht.«

»Ich bin gut!« Sie grinste Frank frech an. »Gib es zu!«

Frank erhob sich langsam. »Okay, okay, du bist gut. Jetzt gib das wieder her.«

»Erst, wenn du mir sagst, was drin ist.« Sie rüttelte leicht an der Schachtel, doch es war nichts zu hören. »Und für wen es ist. Für mich ja anscheinend nicht.«

Er schluckte und sah sich mit einem Anflug von Nervosität um. Alle Augenpaare – und das waren verdammt viele –

waren gespannt auf sie gerichtet. »Nein, stimmt, für dich ist das nicht.«

»Warum die Geheimnistuerei?« Eingehend untersuchte sie die schlichte weiße Schachtel, die mit einem Metallklipp verschlossen war. »Schmuck?«

Er wand sich. »Gewissermaßen.«

»Für deine Mutter.«

»Nein.«

»Schwester? Schade übrigens, dass sie nicht hier ist.«

»Sie hatte schon lange diese Einladung zu ihrer Freundin in Salzburg.« Mit einer schnellen Bewegung versuchte er, Ricarda das Kästchen abzunehmen, doch sie wich ihm flink aus.

»Netter Versuch, Herr Dr. Hellberger. Also gut, viele Möglichkeiten bleiben jetzt nicht mehr übrig. Heimliche Geliebte?«

Er hielt inne, ließ die Hand sinken, mit der er erneut nach dem Päckchen hatte greifen wollen. Mit einem schmalen Lächeln sah er sich erneut im Raum um. »So was Ähnliches, aber nicht nur.«

»Was?« Erschrocken sah sie ihn an.

Die Schrecksekunde reichte ihm, um ihr die Schachtel zu entwinden. Erleichtert schloss er seine Finger darum, wusste aber, dass er aus der Nummer jetzt nicht mehr herauskam. Nicht in dieser Familie. »Eigentlich hatte ich vor, mit dir unter vier Augen darüber zu reden. Später. Zu Hause.«

In ihren Augen flackerte es argwöhnisch. »Reden worüber?«

Er fluchte innerlich, weil er sie nicht hatte erschrecken wollen. »Über das hier – und über uns. Ich weiß, ich habe immer gesagt, dass wir kleine Schritte machen sollten, keine Riesensprünge, aber …« Angestrengt suchte er nach den richtigen Worten. Er hatte sie sich den ganzen Tag vorgesagt, doch nun waren sie wie weggefegt. Ihr verwirrter Blick verursachte ein seltsames Brennen in seiner Magengrube. Sein Puls stieg rasant an. Das hatte er sich wirklich anders vorgestellt. Nicht mit so viel Publikum. Dennoch trat er entschlossen dicht an sie heran. »Weißt du, von meiner Warte aus gesehen ist das hier eigentlich nur noch ein ganz winziger Schritt. Ich meine … Warum noch groß warten? Außerdem habe ich noch einen Wunsch bei dir frei. Du weißt schon, wegen der Karussellfahrt, die dir definitiv gefallen hat. Und da dachte ich, ich wünsche mir … oder besser, ich frage dich …«

»Ja.« Sie lächelte verhalten, doch ihre Augen leuchteten, weil sie begriff, was er sagen wollte.

Eine Mischung aus Erleichterung und purem Glück schockte sein System. »Ja?«

»Ja.« Sie schlang die Arme um seinen Hals und barg ihr Gesicht in seiner Halsbeuge. Ihre Schultern zuckten leicht.

»Verdammt.« Justus, der neben ihnen stand, fuhr sich mit gespreizten Fingern durchs Haar. »Du hast meine Schwester zum Weinen gebracht. Und ich kann dir dafür nicht mal eins überbraten.«

»War das jetzt das, was ich glaube, das es war?« Margit begann zu schniefen. »Oje. Oh Gott. Ich kann es nicht glauben.« Sie fiel Annemarie um den Hals.

Hans trat neben Richard und klopfte ihm herzlich auf die Schulter. »Ich schulde dir hundert Euro.«

»Wie bitte?« Wie von der Wespe gestochen fuhr Ricarda herum.

Ihre Mutter schluchzte noch immer, ließ Annemarie aber los, die sich nun auch über die Augen wischte. »Hans?«

Hans zuckte mit einem verlegenen Lächeln die Achseln. »Ach, weißt du, mein Schatz. Eine ganz alte Wette. Ist schon ewig her.«

»Ihr habt auf mich gewettet?« Entgeistert starrte Ricarda ihren Vater an.

Richard lachte. »Nicht auf dich. Auf euch. Mir war das alles schon von Tag eins an klar. Dein Vater hat mich für verrückt erklärt.« Er grinste Hans an. »Du kannst deine Wettschulden in Form eines Gutscheins für ein Wellnesswochenende für Annemarie und mich im Resort begleichen.«

Hans räusperte sich. »Das kostet mehr als hundert Euro.«

Richard lachte. »Über zwanzig Jahre Zinsen, mein Freund!«

***

Mit wild pochendem Herzen wandte Ricarda sich wieder Frank zu. »Hast du das gehört? Sie haben auf uns gewettet.«

Er lachte und zog sie wieder in seine Arme. »Anscheinend passen unsere beiden Familien perfekt zusammen.«

»Anscheinend?«

»Vielleicht hast du ja einen anderen Eindruck gewonnen.«

Sie lächelte leicht. »Nein, habe ich nicht. Alle gleich, diese Verbrecher, wie Opa sagen würde.« Vorsichtig nahm sie ihm das Kästchen wieder ab und beäugte es von allen Seiten. Plötzlich kam ihr ein Gedanke. »Du hast doch wohl nicht …?«

»Es ist kein Verlobungsring darin.« Seine Hand wanderte zärtlich an ihre Wange. »Die Botschaft ist klar und deutlich bei mir angekommen.«

»Wieso kein Verlobungsring?« Viola klang enttäuscht. »Das wäre doch so romantisch!«

»Eben.« Er grinste sie schief an. »Deine Schwester hat kategorisch ausgeschlossen, dass sie jemals einen Verlobungsring tragen wird.«

»Weil es überflüssiger Schnickschnack ist.« Nervös drehte sie das Kästchen zwischen den Fingern. »So einen Ring trägt man doch nur kurz, und dann legt man ihn für den Trauring ab, und er landet im Schmuckkästchen und …« Sie stockte, als sie begriff. »Oh.« Ihre Hände begannen leicht zu zittern. »Hast du etwa …?«

Frank lächelte nur. »Es ist nicht für dich, sie sind für uns.«

»Okay …« Ganz vorsichtig öffnete sie den Klipp und hob den Deckel des Kästchens an. Beim Anblick der beiden Trauringe aus Gold und Glas blieb ihr beinahe das Herz stehen. »Bist du wahnsinnig?« Kraftlos lehnte sie sich an ihn. »Weißt du, wie gemeingefährlich teuer die sind?«

Er lachte leise in ihr Haar. »Zufällig sehr genau, ja.«

»Das sind Unikate von Jana. Hast du die …?«

»Anfertigen lassen, ja. Sie hat mir geschworen, dass das Glas durch eine besondere Behandlung oder Veredelung oder was auch immer so unempfindlich ist wie das Gold, das darin verwoben ist. Vielleicht sogar noch unempfindlicher. Natürlich sollten wir damit keine Bauarbeiten ausführen oder in einer Erzmine schuften, aber alles andere halten die Ringe aus.«

»Woher hattest du denn meine Ringgröße?«

Amüsiert lächelte er. »Ich weiß so ziemlich alles über dich. Das ist der Vorteil, wenn man seine beste Freundin heiraten will.«

Vorsichtig berührte sie die Trauringe mit den Fingerspitzen. »Die sind einzigartig.« Sie lächelte glücklich. »Hatte ich schon Ja gesagt?«

»Ich glaube schon.«

Ringsum wurde geklatscht und gejubelt, und nun wollten alle Anwesenden Ricarda und Frank gleichzeitig umarmen und ihnen gratulieren.

»Jetzt braucht ihr unbedingt noch einen Termin«, befand Elke, als wieder ein wenig Ruhe einkehrte. »Ich könnte euch die Karten legen, um ein passendes Datum zu finden.«

»Also wirklich, Elke, muss das sein?« Theo verzog missbilligend die Lippen. »Fang doch nicht mit diesem verrückten Esoterikkram an.«

»Das ist kein Kram, sondern eine ganz eigene Wissenschaft.«

»Wissenschaft, wenn ich das schon höre.« Empört winkte Theo ab.

»Bitte jetzt nicht streiten.« Margit legte ihrer Schwägerin und ihrem Schwiegervater je eine Hand auf den Arm. »Lasst uns feiern.«

»Jawoll!« Viola klatschte in die Hände. »Elke, mach uns eine Kanne Silvesterpunsch.«

»Nein!« Entsetzt hob Ricarda beide Hände. »Bloß kein Punsch!«

Wieder wurde herzlich gelacht.

»Ach, übrigens.« Angelique hielt Patrick ein Päckchen hin. »Ich habe noch etwas für dich.«

»Für mich?« Verwundert nahm Patrick das Geschenk entgegen. »Was ist das?«

»Mach es auf, dann weißt du es.« Angelique grinste.

Misstrauisch schüttelte er das Päckchen und riss dann beherzt das Papier ab. Zum Vorschein kam ein Karton mit dem Aufdruck der örtlichen Schokoladenmanufaktur. Er lachte ungläubig auf. »Du schenkst mir Pralinen?«

Angelique gluckste. »Nein. Eine Spezialanfertigung.«

»Spezial…?« Er öffnete den Karton und zog eine detailgetreue Schokoladenfigur daraus hervor. »Was ist das denn?«

»Na, was schon?« Angelique hakte sich bei ihm unter. »Eine Putzfrau samt Besen. Da du mir nie verraten hast, wie du sie gerne serviert haben willst, habe ich mich für die Schokoladenvariante entschieden.« An die anderen gerichtet erklärte sie: »Er hat mir nicht geglaubt, dass Ricarda verliebt sein könnte, und gesagt, eher frisst er einen Besen samt Putzfrau.« Sie lächelte Patrick lieblich zu. »Ich wünsche guten Appetit.«

Patrick musterte die Schokoladenfigur mit in Falten gezogener Stirn. »Tja … Wettschulden sind Ehrenschulden.« Damit biss er beherzt in den Besenstiel. »Hm, lecker!«

Kreischendes Gelächter und Gejohle brandeten auf.

Ricarda kuschelte sich in Franks Arme. »So wird es zukünftig immer sein.«

»Das will ich doch sehr hoffen.« Zärtlich küsste er sie. »Ach, noch etwas.«

Atemlos blickte sie ihm in die Augen. »Was denn noch?«

Er schmunzelte. »Wegen des Karussells.«

Sie kräuselte die Lippen. »Was ist damit?«

»Ich verspreche dir hoch und heilig, dass du erst wieder damit fahren musst, wenn unsere Kinder alt genug sind, um Spaß daran zu entwickeln.«

Sie gluckste. »Das versprichst du mir also?«

»Ja.« Er hielt inne. »Also, wenn du überhaupt Kinder haben willst.«

Ihr Herz machte einen riesigen Satz. »Ich glaube schon.«

»Heureka!« Hans klopfte Frank kräftig auf die Schulter und küsste Ricarda auf die Wange. »Ich habe es schon einmal gesagt und wiederhole es gerne: Ich bin ein gesegneter Mann.«

»Aber wir haben immer noch keinen Termin«, rief Viola dazwischen.

Ricarda lächelte ihre Schwester über Franks Schulter hinweg glücklich an. »Wir finden schon noch einen.«

»Von mir aus so bald wie möglich«, raunte Frank ihr ins Ohr.

Ein wohliger Schauer durchrieselte sie, und sie fragte sich, warum sie sich so lange gegen all das hier gesträubt hatte. Sie liebte ihren besten Freund und würde ihn heiraten. War das nicht das Beste, was ihr je hätte passieren können? »Ganz bald«, raunte sie zurück. Dann wandte sie sich an ihre Geschwister. »Aber egal, was ihr vorhabt: Ich will keinen Kitsch und keine rosa Schleifchen oder Pusteblumen oder so was.«

Laura und Viola lachten auf.

»Aber hoffentlich auch keine Zombie-Hochzeit«, unkte Angelique.

»Was ist eine Zombie-Hochzeit?«, wollte Iris erstaunt wissen.

»Egal.« Angelique winkte ab. »So was kommt definitiv nicht in die Tüte.«

Hans schmunzelte. »Macht doch einfach, was ihr wollt. Aber ihr wisst ja …«

»Nicht in der Hauptsaison!«, antwortete die gesamte Familie im Chor.

25. Kapitel – Nachspiel

»Hab ich es nicht gesagt?« Mit einem selbstzufriedenen Lächeln schaltete Santa Claus den Bildschirm aus. »Alles ist genau so gekommen, wie ich es eingefädelt habe. Das war geradezu ein Geniestreich!«

Seine Frau lächelte amüsiert und erleichtert zugleich. »Nun ja, bei so viel Liebe konnte wohl auch nicht wirklich etwas schiefgehen.«

»Komm mir jetzt nicht auf einmal so!« Mit gespielter Empörung sah Santa Claus sie an. »Du bist es doch immer, die mich mit Unkenrufen bombardiert.«

»Ja, weil irgendjemand dich auf dem Boden der Tatsachen halten muss. Deine Winkelzüge sind schon manchmal sehr gewagt.« Sie half ihm in seinen roten Mantel und richtete den Kragen, zu guter Letzt reichte sie ihm noch seine warme Mütze. »Zum Glück ist auch diesmal wieder alles gut gegangen und alle sind glücklich.«

»Ganz genau.« Der Weihnachtsmann trat nach draußen vor sein Haus, wo bereits der voll beladene Schlitten mit den vorgespannten Rentieren auf ihn wartete. »Dann werde ich mich jetzt mal auf den Weg um die Erde machen.« Behände schwang er sich auf den Sitz.

»Grüß mir das Christkind, wenn du ihm begegnen solltest!«, rief seine Frau ihm hinterher.

»Wird gemacht.« Santa Claus nahm die Zügel auf. »Auf geht es! Die Weihnachtsnacht hat begonnen!« Er schnalzte, und sofort liefen die Rentiere los. Der Schlitten erhob sich in die Lüfte, fuhr einen Halbkreis am Firmament, und ehe er hinter dem Horizont verschwand, hörte man ein fröhliches *Ho, ho, ho!*

Die Frau des Weihnachtsmannes rief die Elfen zusammen und kehrte mit ihnen ins Haus zurück. »Plätzchen und Lebkuchen für alle!«, verkündete sie und erntete dafür vielstimmigen Jubel. »Geht schon mal ins Esszimmer. Ich komme gleich.« Ihr war aufgefallen, dass im Arbeitszimmer ihres Mannes noch das Licht brannte. Als sie den Lichtschalter betätigen wollte, fiel ihr auf, dass das Gefühlsradar wild blinkte. »Nanu, was ist denn da los?« Neugierig trat sie auf das Gerät zu und sah sich die Ausschläge an. Sie schaltete den Bildschirm der Familie Sternbach noch einmal ein und überprüfte ein paar Einstellungen. »Nein, da ist nichts. Ricarda und Frank haben endlich die Liebe gefunden und lassen sie zu, und alle sind glücklich. Aber irgendwo im Umkreis der Familie muss sich ein versteckter Wunsch verbergen, den wir noch nicht erfüllen konnten.« Akribisch prüfte sie alle Einstellungen und Frequenzen, bis sie ein klareres Signal hereinbekam. Nachdenklich tippte sie sich an die Lippen. »Ich glaube, da hat mein lieber Santa Claus im kommenden Jahr einiges zu tun.«

***

So was aber auch. Da haben mich Ricarda-Frauchen und Frank-Herrchen doch tatsächlich aus dem Schlafzimmer ausgesperrt. Frauchen hat gesagt, ich darf erst wieder reinkommen, wenn sie mich rufen. Ich wäre zu jung für ihre Party. Hallo? Eine Party? Warum darf ich denn da nicht mitmachen? Die im Haus von Margit und Hans war doch auch so unglaublich toll und aufregend. Obwohl ich zugeben muss, dass ich irgendwann eingeschlafen bin, weil das Spielen und Herumtollen in dem ganzen Geschenkpapier dann doch sehr anstrengend wurde.

Na ja, wenn das also eine spezielle Herrchen-und-Frauchen-Party ist, muss ich eben erst mal im Wohnzimmer schlafen. Mein Körbchen dort ist ja auch ganz okay, und es ist ja auch schon spät. Oder besser gesagt früh am Morgen. Am Weihnachtsmorgen, um genau zu sein. So heißt das wohl.

Vielleicht suche ich mir zur Feier des Tages auch ein ganz anderes Plätzchen. Es gibt ja einige hier. Vielleicht auf meinem neuen Lieblingssessel, von dem aus man so gut in den Garten schauen kann.

Apropos Plätzchen gesucht … Ich könnte mal nachsehen, ob Herrchen die Dose mit den Vanillekipferln auf dem Esstisch hat stehen lassen. Ja, da ist sie! Sehr gut. Den Deckel kriege ich nämlich auf, das ist ganz leicht. Ich muss nur erst hier auf den Stuhl springen und von da auf den Tisch. Natürlich darf ich das nicht, aber es merkt ja jetzt gerade niemand. Ihr verratet mich doch auch nicht, oder? Mmmh, riechen die gut. Und mjam, so was von lecker! Ich wünsche euch ein frohes und glückliches Weihnachtsfest und dass alle, die ein Plätzchen für sich auf der Welt suchen, dabei die Liebe finden. Wuff!

Rezepte

WICHTIGES VORAB

Bitte alle Zutaten der folgenden Cookierezepte mit einem Cupmaß portionieren. Viele Messbecher haben eine Cup-Skala, aber es gibt auch Cupmaße günstig (online) zu kaufen. Alternativ kann man auch einen Kaffeebecher (keine normale Tasse) benutzen.

JANETS GINGERBREAD COOKIES

ZUTATEN

3¼ Cups Mehl (Typ 405)
1 EL gemahlener Zimt
1 EL gemahlener Ingwer
¾ TL Backpulver
¾ TL gemahlene Nelken
½ TL Salz
½ TL gemahlene Muskatnuss
¾ Cup ungesalzene weiche Butter (Raumtemperatur)
½ Cup Packed Light Brown Sugar
1 großes Ei
½ Cup Melasse (ungeschwefelt, am besten bio)
1½ TL Vanilleextrakt
(optional) Schale von einer kleinen Orange
optional zum Verzieren: einfacher Zuckerguss (siehe unten), bunte Streusel etc.

ZUBEREITUNG

Mehl, Zimt, Ingwer, Backpulver, Nelken, Salz und Muskatnuss in einer großen Rührschüssel gut vermischen. Beiseitestellen. Janet fügt immer noch Orangenschale hinzu, weil die Cookies dadurch ein ganz einzigartiges Aroma erhalten.

In einem elektrischen Standmixer mit Paddel- oder Rühraufsatz (oder alternativ mit einem Handrührgerät und einer separaten großen Rührschüssel) die Butter und den Zucker 2 Minuten lang auf mittlerer bis hoher Stufe schlagen, bis sie leicht und schaumig sind.
Ei, Melasse und Vanille hinzufügen und auf mittlerer Stufe weiterschlagen, bis alles gut vermischt ist.
Die Geschwindigkeit des Mixers auf niedrig reduzieren und nach und nach die Mehlmischung hinzufügen, bis sie sich gerade so mit den anderen Zutaten verbunden hat. Nicht zu lange rühren, sonst wird der Teig zäh.
Den Teig in zwei gleich große Portionen teilen und diese jeweils zu einer Kugel formen.
Jede Kugel vorsichtig mit den Händen zu einer etwa 1 cm dicken Scheibe drücken, fest in Frischhaltefolie einwickeln und etwa 1 Stunde lang in den Kühlschrank legen (oder bis der Teig gekühlt, aber noch etwas biegsam/elastisch ist).
Der Teig kann auch für längere Zeit in den Kühlschrank. Vor der Verarbeitung einfach auf der Arbeitsplatte 15–20 Minuten weich werden lassen, bevor er ausgerollt wird.
Den Backofen auf 160 °C Umluft (180 °C Ober-/Unterhitze) vorheizen.
Ein Backblech mit Backpapier auslegen und beiseitestellen.
Den Teig auswickeln und auf eine große, leicht bemehlte Arbeitsfläche legen. Mit einem bemehlten Nudelholz gleichmäßig ausrollen, bis er etwa 3–4 mm dünn ist.
Mit Plätzchenausstechern die gewünschten Formen ausstechen und den Teig bei Bedarf erneut ausrollen, um weitere Formen auszustechen.
Die Cookies mit etwas Abstand auf dem Backblech verteilen.
8–10 Minuten backen, bis die Kekse an den Rändern und an der Oberseite knusprig sind.

Aus dem Ofen nehmen und 5 Minuten auf dem Blech abkühlen lassen, dann auf ein Kuchengitter zum Auskühlen geben. Sobald die Kekse Zimmertemperatur haben, können sie nach Belieben mit der Glasur (siehe unten) und zusätzlichen Streuseln oder Süßigkeiten verziert werden.
In einem verschlossenen Behälter bleiben die Cookies bis zu 4 Tage frisch.

EINFACHER ZUCKERGUSS

2 Cups Puderzucker
2–3 EL Milch
¼ TL Vanilleextrakt
(optional) Speisefarbe

ZUBEREITUNG

Alle Zutaten in einer Rührschüssel verrühren, bis eine glatte, zähflüssige Masse entsteht. Wenn der Zuckerguss zu dünn ist, etwas mehr Puderzucker hinzufügen. Wenn der Zuckerguss zu dick ist, einen kleinen Schuss Milch hinzugeben. Nach Belieben mit Speisefarbe einfärben.
Mit einem Spritzbeutel, Gefrierbeutel (mit abgeschnittener Ecke) oder einer Plastikspritzflasche den Zuckerguss auf die Kekse aufbringen.

PEANUTBUTTER COOKIES

ZUTATEN

1 großes Ei
¾ Cup cremige Erdnussbutter (ohne Stückchen)
½ Cup ungesalzene Butter (1 Stick, ca. 115 g)
½ Cup Packed Light Brown Sugar
¼ Cup Kristallzucker
1 EL Vanilleextrakt
1¼ Cup Mehl (Typ 405)
¼ Cup Hefeflocken (Es geht auch ohne, aber Janet schwört darauf!)
½ TL Backpulver
1 Prise Salz, optional und zum Abschmecken

ZUBEREITUNG

Das Ei, die Erdnussbutter, die Butter, beide Zuckersorten und die Vanille in die Schüssel eines Standmixers mit Paddel- bzw. Rühraufsatz (oder in eine große Rührschüssel mit einem elektrischen Mixer) geben und etwa 4 Minuten auf mittlerer bis hoher Stufe schlagen, bis die Masse cremig und gut vermischt ist. Den Teig von den Seiten der Schüssel abkratzen und das Mehl, die Hefeflocken, das Backpulver und optional das Salz hinzufügen. Dann erneut auf niedriger Stufe verrühren, bis alles gut vermischt ist (ca. 1 Minute).

Mit einem großen Keksportionierer, einem 1/4-Cup-Maß oder den Händen etwa 12 gleich große Teighäufchen formen, zu Kugeln rollen und mit den Zinken einer Gabel leicht abflachen.
Die Kugeln auf eine große Platte oder ein Tablett legen, mit Frischhaltefolie abdecken und für mindestens 2 Stunden (und bis zu 5 Tage) in den Kühlschrank stellen.
Nicht mit ungekühltem Teig backen, da die Kekse dann dünner und flacher werden und sich eher ausbreiten.
Den Ofen bei Ober-/Unterhitze auf 180 °C (Umluft 160–170 °C) vorheizen.
Ein Backblech mit Dauerbackfolie oder Backpapier auslegen oder dünn mit Trennspray einsprühen.

Die Teighäufchen mit einem Abstand von mindestens 5 cm auf das Backblech setzen (am besten nicht mehr als 8 Kekse pro Blech) und ca. 9 Minuten backen (für superweiche Kekse) oder so lange, bis die Ränder fest und die Oberseiten gerade so fest sind, auch wenn sie in der Mitte noch blass und glänzend sind; nicht überbacken. Die Kekse werden beim Abkühlen fester. Für durchgebackene Kekse kann man sie auch bis zu 12 Minuten backen.
Vor dem Servieren die Kekse etwa 10 Minuten auf dem Backblech abkühlen lassen (nicht auf einem Kuchengitter).

HINWEIS

Die Kekse halten sich luftdicht verschlossen bei Raumtemperatur bis zu 1 Woche oder im Gefrierschrank bis zu 6 Monate. Alternativ kann ungebackener Plätzchenteig in einem luftdichten Behälter im Kühlschrank bis zu 5 Tage oder im

Gefrierschrank bis zu 4 Monate aufbewahrt werden. Am besten immer nur so viele Plätzchen backen, wie gebraucht werden, und den restlichen Teig aufbewahren, um ihn bei Bedarf später zu backen.

SNICKERDOODLES

ZUTATEN

2¾ Cups Mehl
2 TL Weinstein (Cream of Tartar, z. B. von Dr. Oetker)
1 TL Backpulver
½ TL Salz
1½ Cups Zucker
1 Cup weiche Butter (ca. 115 g)
2 Eier
1 TL Vanille oder Vanilleextrakt

3 EL Zucker
1 EL Zimt

ZUBEREITUG

Den Backofen auf 180 °C (Ober-/Unterhitze) bzw. 160 °C (Umluft) vorheizen.
Mehl, Weinstein, Backpulver und Salz miteinander vermischen. Beiseitestellen.
Zucker und Butter schaumig rühren. Eier und Vanille hinzugeben und gut unterrühren.
Die trockenen Zutaten zu den feuchten Zutaten geben und gut mischen.

Zimt und Zucker in einer Schüssel oder auf einem tiefen Teller vermischen.
Den Teig zu ca. 2,5 cm großen Kugeln formen und in der Zimt-Zucker-Mischung rollen.
Mit einem Abstand von 5 cm auf ein ungefettetes Backblech legen (Backpapier optional).
8–10 Minuten backen. (Ergibt etwa 3–4 Dutzend Kekse)

HINWEISE

Luftdicht verpackt können Snickerdoodles bis zu 3 Monate im Gefrierschrank aufbewahrt werden. Die Snickerdoodles können einfach in ihrem Behälter aufgetaut werden und schmecken dann genauso lecker wie am Tag der Zubereitung.
Snickerdoodles müssen weich sein, deshalb nicht zu lange backen und in einem luftdichten Behälter aufbewahren.
Ein kleines Stück Brot mit den Keksen in den Behälter legen. Das Brot absorbiert die zusätzliche Luft im Behälter und sorgt dafür, dass die Kekse länger frisch bleiben. Bei Raumtemperatur bleiben die Kekse auf diese Weise bis zu 3 Tage frisch.

BROWN SUGAR COOKIES

ZUTATEN

½ Cup weiche Butter
2 Cups brauner Zucker (oder nach Geschmack Packed Light Brown Sugar)
2 große Eier (leicht verquirlt)
1 TL Vanille oder Vanilleextrakt
2½ Cups Mehl (Typ 405)
¾ TL Backpulver
½ TL Salz
1 Cup Puderzucker

ZUBEREITUNG

Den Backofen auf 180 °C (Ober-/Unterhitze) bzw. 160 °C (Umluft) vorheizen.
In einem mittelgroßen Topf die Butter bei mittlerer Hitze erhitzen, dabei häufig umrühren und den Boden abkratzen, bis sich braune Flecken bilden und sie ein nussiges Karamellaroma annimmt. Vom Herd nehmen.
Sobald die Butter etwas abgekühlt ist, den braunen Zucker, die Eier und den Vanilleextrakt einrühren, bis die Masse glatt und cremig ist.
In einer separaten Schüssel Mehl, Backpulver und Salz miteinander vermischen.

Die Zuckermischung in die Schüssel eines Standmixers mit aufgesetztem Rührwerk geben (oder eine Schüssel mit Handmixer benutzen).
Die Mehlmischung der Buttermischung hinzufügen und auf niedriger Stufe rühren, bis sich der Teig verbunden hat, dann 5 Sekunden lang auf mittlerer Stufe weiterrühren, um ihn vollständig zu verbinden.
Den Puderzucker in eine kleine Schüssel geben. Kugeln von ca. 2,5 cm Durchmesser aus dem Teig formen und im Puderzucker rollen, bis sie rundum bedeckt sind.
Mit etwas Abstand auf einem Backblech verteilen (Backpapier optional).
Im vorgeheizten Ofen ca. 12–14 Minuten backen, bis die Ränder leicht gebräunt sind.
Die Kekse 2 Minuten lang auf dem Backblech abkühlen lassen, dann auf ein Gitterrost geben und vollständig abkühlen lassen.

WHITE CHOCOLATE MACADAMIA COOKIES

ZUTATEN

¾ Cup Macadamianüsse
¾ Cup weiße Schokolade
1 Cup weiche Butter
2¼ Cups weißer Zucker
½ Cup brauner Zucker
2 Eier (Größe M)
1 EL Vanilleextrakt
1¼ Cup Weizenmehl (Typ 405)
1 TL Backpulver
½ TL Backnatron
½ TL Salz

ZUBEREITUNG

Macadamianüsse und weiße Schokolade mit einem Messer in grobe Stücke hacken.
Den Backofen auf 160 °C Umluft (180 °C Ober-/Unterhitze) vorheizen.
Backbleche mit Backpapier auslegen.
Butter in einen Standmixer mit Rühraufsatz oder eine Schüssel mit Handmixer geben und cremig rühren.

Beide Zuckersorten zugeben und weiterrühren, bis eine cremige Masse entstanden ist.
Eier und Vanilleextrakt auf mittlerer bis hoher Rührstufe jeweils eine Minute lang unterrühren.
Mehl, Backpulver, Natron und Salz zugeben und auf hoher Rührstufe ca. 20 Sekunden lang unterrühren.
Mit einem Teigspatel alles vom Rand nach unten schieben und weitere 15 Sekunden verrühren.
Gehackte Nüsse und Schokolade vorsichtig unterheben.
Den Teig mit einem gut gefüllten Teelöffel häufchenweise auf die Backbleche setzen. Dabei ausreichend Abstand lassen, da sie eher flach werden und gut in die Breite gehen.
Die Cookies für ca. 10 Minuten backen, bis die Ränder leicht gebräunt sind. Innen sollten sie noch »chewy« sein, wie die Amerikaner so schön sagen. Wenn sie aus dem Ofen kommen, sind sie noch recht weich.
Die Cookies sofort vorsichtig vom Blech nehmen und auf einem Kuchengitter auskühlen lassen.

CLARKS BAKING POWDER BISCUITS

ZUTATEN

3 Cups Mehl (Typ 405 oder 550)
1 TL Salz
1 EL Backpulver
1 EL Zucker
6 EL (85 g) weiche Butter (Raumtemperatur)
1 bis 11/8 Cups kalte Milch oder Buttermilch (mit Vollmilch werden die Brötchen am zartesten)

ZUBEREITUNG

Den Backofen auf 220 °C Umluft (200 °C Ober-/Unterhitze) vorheizen.
Das Backblech nicht fetten (Backpapier optional).
Mehl, Salz, Backpulver und Zucker gut vermischen.
Die Butter mit den Fingern, einer Gabel oder einem Teigmixer, einem Standmixer oder einer Küchenmaschine in die Mehlmischung vorsichtig einkneten, bis eine gleichmäßig krümelige Mischung (wie Brotkrümel) entsteht.
Die Milch gleichmäßig über die Mehlmischung träufeln, dabei zunächst nicht mehr als 1 Cup nehmen. Schnell und sanft für etwa 15 Sekunden mit der Hand kneten, bis ein zusammenhängender Teig entsteht. Wenn der Teig zu trocken erscheint und nicht zusammenklebt, nicht weiterkneten, son-

dern nur genug Milch hinzugeben – bis zu 2 Esslöffel, damit er zusammenhält.

Den Teig auf eine leicht bemehlte Arbeitsfläche geben und kurz (!) zu einem groben Rechteck mit einer Stärke von ca. 2 cm formen, dann das untere Drittel nach hinten und das obere Drittel nach vorne klappen, sodass ein kleineres Rechteck entsteht (wie ein Din A4-Blatt, das gefaltet in einen Briefumschlag passen soll). Mit einem bemehlten Nudelholz vorsichtig erneut ausrollen, bis der Teig wieder etwa 2 cm dick ist.

Mit einem Keksausstecher (6–8 cm Durchmesser) traditionelle runde Biscuits ausstechen. Um Teigreste zu vermeiden, kann man den Teig auch mit einem scharfen Messer in Quadrate oder Rauten schneiden.

Die Biscuits mit der Unterseite nach oben auf das vorbereitete Backblech legen; auf diese Weise erhalten sie eine schöne, glatte Oberseite.

Mit Milch bepinseln, um die Bräunung zu verbessern.

15 bis 20 Minuten backen, bis die Biscuits leicht gebräunt sind.

Aus dem Ofen nehmen und warm servieren.

Übrig gebliebene Biscuits können gut verpackt bei Raumtemperatur für mehrere Tage aufbewahrt werden. Für eine längere Aufbewahrung einfrieren. Die Biscuits schmecken immer am besten, wenn sie vor dem Servieren wieder aufgewärmt werden.

TIPPS

Die Milch kann durch Buttermilch oder Schlagsahne ersetzt werden. Dadurch verändert sich die Konsistenz.
Legt man die Biscuits auf dem Backblech näher zusammen (mit einem Abstand von ca. 1,5 cm), gehen sie höher und gerader auf; sie halten sich buchstäblich gegenseitig, während sie im Ofen aufgehen. Auch die Seiten werden weicher. Für knusprigere Biscuits sollte der Abstand mindestens 2,5 cm betragen, damit die Hitze des Ofens ihre Seiten erreichen kann.

ELKES RUND-UMS-JAHR-SILVESTERPUNSCH

ZUTATEN (ca. 8 Gläser)

1 Flasche Eierlikör
500 ml Weißwein, am besten lieblichen
500 ml Orangensaft
1–2 Päckchen Vanillezucker
2 cl Weinbrand

ZUM VERZIEREN

125 ml Sahne
Zimt

ZUBEREITUNG

Den Eierlikör mit dem Weißwein, dem Orangensaft, Weinbrand und Vanillezucker in einem Topf verrühren und erwärmen. Nicht kochen!
Sahne aufschlagen.
Den Punsch in Gläser füllen und heiß mit Sahnehäubchen und Zimtpulver bestreut servieren.

MARGITS PIZZABRÖTCHEN

ZUTATEN

400 g Champignons, frisch, nicht zu groß
100 g Salami
250 g Kochschinken
1 Becher Sahne
250 g geraspelter Käse (z. B. Gouda, Mozzarella, Emmentaler oder gemischt)
Salz und Pfeffer
Oregano
evtl. Pizzagewürz oder italienische Kräutermischung
8 Brötchen

ZUBEREITUNG

Den Backofen auf 200–210 °C (Ober-/Unterhitze) bzw. 180–190 °C (Umluft) vorheizen.
Die Champignons in Scheiben schneiden. Salami und Schinken klein würfeln.
Die Sahne steif schlagen.
Alle Zutaten, auch den Käse, in die geschlagene Sahne geben und gut unterheben. Mit Salz, Pfeffer, Oregano und Pizzagewürz abschmecken.
Die Brötchen halbieren und die Masse darauf verteilen.
Ca. 15 Minuten überbacken.